Jojo Moyes est romancière et journaliste. Elle a travaillé à la rédaction de l'*Independent* pendant dix ans avant de se consacrer à l'écriture. Ses romans ont été salués unanimement par la critique et lui ont déjà valu de nombreuses récompenses littéraires. Elle vit en Angleterre, dans l'Essex, avec son mari et ses trois enfants.

Jojo Moyes

La Dernière Lettre de son amant

Traduit de l'anglais (Grande-Bretagne) par Alix Paupy

Milady

Milady est un label des éditions Bragelonne

ISBN : 978-2-8112-1431-9

Bragelonne – Milady
60-62, rue d'Hauteville – 75010 Paris

E-mail : info@milady.fr
Site Internet : www.milady.fr

À Charles, qui a mis le feu aux poudres avec un simple message.

Remerciements

En dehors de la lettre tirée de l'intrigue du roman, toutes les lettres de rupture qui ouvrent chaque chapitre sont réelles. La plupart m'ont été généreusement fournies en réponse à mes nombreux appels, et, dans le cas de correspondances jamais publiées à ce jour, j'ai modifié l'identité de l'expéditeur et du destinataire pour protéger les innocents (et les moins innocents).

Je tiens à exprimer ma reconnaissance aux personnes qui m'ont aidée à rassembler cette correspondance. Un grand merci à Brigid Coady, Suzanne Parry, Kate Lord Brown, Danuta Kean, Louise McKee, Suzanne Hirsh, Fiona Veacock, ainsi qu'à ces âmes fortes et généreuses qui m'ont envoyé leurs propres lettres de rupture mais ont préféré garder l'anonymat.

J'aimerais également remercier Jeanette Winterson, les héritiers de F. Scott Fitzgerald et les Presses Universitaires de Nouvelle-Angleterre pour m'avoir autorisée à reproduire la correspondance littéraire dont je me sers dans ce livre.

Merci comme toujours à la formidable équipe de Hachette : mon éditrice, Carolyn Mays, ainsi que Francesca Best, Eleni Fostiropoulos, Lucy Hale et Hazel Orme pour ses impressionnantes compétences de correctrice.

Merci également à l'équipe de Curtis Brown, tout particulièrement mon agent, Sheila Crowley. J'adresse aussi ma reconnaissance à la *British Newspaper Library* de Colindale, une ressource incroyable pour les écrivains cherchant à s'immerger dans un autre monde.

Merci à mes parents, Jim Moyes et Lizzie Sanders, ainsi qu'à Brian Sanders. Tous mes remerciements aux membres du Writer's Block, qui fut une source constante de soutien et m'a fourni un tas de bonnes raisons de procrastiner.

Enfin, un grand merci à ma famille, Charles, Saskia, Harry et Lockie.

Joyeux anniversaire!
Tu trouveras ton cadeau dans ce paquet, j'espère qu'il te plaira…
Je pense à toi aujourd'hui tout particulièrement… parce que j'ai compris que, même si je t'aime, je ne suis pas amoureuse de toi. Je n'ai pas l'impression qu'on soit faits l'un pour l'autre. Quoi qu'il en soit, j'espère vraiment que ton cadeau te plaira et que ton anniversaire sera inoubliable.

Une femme à un homme, par lettre

PROLOGUE

À plus, bisou.

Ellie Haworth repère ses amis et se fraie un chemin à travers la foule qui se presse devant le bar. Elle laisse tomber son sac à ses pieds et pose son téléphone sur la table. Ses amis sont déjà bien imbibés – ainsi qu'en témoignent leurs voix fortes, leurs mouvements extravagants, leurs rires tonitruants et les bouteilles vides alignées devant eux.

— Tu es en retard, lui fait remarquer Nicky en levant sa montre d'un air faussement réprobateur. Et ne nous fais pas le coup de « j'avais un article à terminer ».

— Une interview avec la femme d'un député volage. Désolée. C'était pour l'édition de demain, explique Ellie en se glissant sur le siège vacant.

Elle se verse un fond de bouteille dans un verre vide et pousse son téléphone sur la table.

— Bon. Les deux mots énervants de la soirée : « À plus ».

— À plus ?

— À la fin d'un texto. Ça signifie « À demain » ou « À plus tard dans la journée » ? S'agit-il d'une de ces horribles expressions creuses qui ne veulent rien dire du tout ?

Nicky se penche sur l'écran lumineux.

— Il a écrit « À plus » et « Bisou ». C'est un peu comme « Bonne nuit ». Je pencherais pour « À demain ».

— C'est forcément « À demain », renchérit Corinne. « À plus », ça se rapporte toujours au lendemain. Parfois même

11

au surlendemain, ajoute-t-elle après quelques secondes de réflexion.

—C'est très anodin.

—Anodin?

—Oui, comme quelque chose qu'on pourrait dire à son facteur.

—Tu fais des bisous à ton facteur?

Nicky sourit.

—Pourquoi pas? Il est canon.

Corinne étudie à son tour le message.

—Je ne sais pas… Peut-être qu'il était simplement pressé, ou absorbé par autre chose.

—Ouais. Par sa femme, par exemple.

Ellie jette à Douglas un regard courroucé.

—Quoi? proteste ce dernier. Ce que je veux dire, c'est que tu ne crois pas que tu devrais avoir dépassé depuis longtemps la phase «décodage de textos»?

Ellie avale son vin d'un trait avant de se pencher vers son ami.

—OK… Si tu es parti pour me faire la leçon, je crois que je vais avoir besoin d'un autre verre.

—Et toi, si tu es assez intime avec un homme pour coucher avec lui dans son bureau, je pense que tu devrais être capable de lui demander de préciser à quelle heure il veut te retrouver pour un café.

—Qu'est-ce qu'il y a dans le reste du message? Par pitié, ne me dis pas qu'il est question de parties de jambes en l'air dans son bureau.

Ellie récupère son portable et fait défiler les messages.

—«Impossible de t'appeler de la maison. Dublin la semaine prochaine mais programme pas encore défini. À plus, bisou.»

—Il se ménage plusieurs options, analyse Douglas.

—À moins qu'il… vous savez… qu'il n'ait pas encore défini son programme, suggère Nicky.

—Dans ce cas, il aurait dit : « Je t'appelle de Dublin », ou même : « Je t'emmène à Dublin. »

—Est-ce qu'il emmène sa femme ?

—Jamais. C'est pour le travail.

—Il emmène peut-être quelqu'un d'autre, hasarde Douglas, le nez dans sa bière.

Nicky secoue la tête d'un air songeur.

—Tout de même, la vie était plus simple quand les hommes devaient téléphoner pour nous parler… Au moins, on avait le ton de leur voix pour mesurer le degré d'implication.

—Oui, ricane Caroline. Et on pouvait rester assises pendant des heures à côté du téléphone, à attendre un coup de fil.

—Oh, les soirées que j'ai passées…

—… à vérifier la tonalité…

—… et à reposer le combiné en vitesse au cas où il serait juste en train de m'appeler.

En les entendant rire, Ellie se rend compte que, au fond, elle est toujours dans l'attente de voir un appel illuminer le petit écran de son portable – un appel qui, vu l'heure et les circonstances, n'est pas près d'arriver.

Douglas la raccompagne chez elle. Il est le seul des quatre à vivre en couple, mais Lena, sa fiancée, occupe un poste important dans les relations publiques et reste souvent au bureau jusqu'à 22 ou 23 heures. Elle ne voit pas d'inconvénient à ce qu'il sorte avec ses vieilles amies : elle l'a déjà accompagné une fois ou deux, mais les vieilles plaisanteries et références communes inhérentes à quinze années d'amitié sont pour elle un mur infranchissable ; la plupart du temps, elle le laisse venir seul.

—Alors, mon grand, qu'est-ce qui t'arrive ? demande Ellie en contournant un vieux caddie abandonné sur le trottoir. Tu n'as pas lâché un mot de la soirée. À moins que j'aie tout raté ?

—Non, pas grand-chose.

Il hésite et fourre les mains dans ses poches.

—En fait, ce n'est pas tout à fait vrai. Euh… Lena veut avoir un bébé.

Ellie le dévisage.

—Waouh.

—Et moi aussi, se hâte-t-il d'ajouter. Ça fait un bail qu'on en parle, mais on vient tout juste de se rendre compte que le bon moment n'existe pas et qu'on ferait bien de s'y mettre dès maintenant.

—Quel romantisme…

—Je suis… je ne sais pas… je suis plutôt content. Vraiment. Lena gardera son travail, et moi je resterai à la maison pour m'occuper du bébé. Enfin, à condition que tout se passe bien et…

Ellie fait de son mieux pour parler d'un ton posé :

—C'est vraiment ce que tu veux ?

—Ouais. De toute façon, je n'aime pas mon boulot. Ça fait des années que j'ai envie d'arrêter. Lena gagne une fortune à elle seule, et je pense que ça me plairait bien de passer mes journées à jouer avec un gamin.

—Être parent ne se limite pas à jouer…, commence-t-elle.

—Je sais bien. Attention… regarde devant toi, dit-il en lui faisant doucement contourner un tas d'ordures. Mais je suis prêt. Je n'ai pas besoin de traîner au bar tous les soirs. Je veux passer à la vitesse supérieure. Ça ne veut pas dire que je n'aime pas sortir avec vous trois, mais il m'arrive de me demander si on ne devrait pas… grandir un peu.

—C'est pas vrai ! s'écrie Ellie en lui serrant le bras. Tu es passé du côté obscur !

14

— Disons que je n'ai pas la même relation que toi à mon travail. Le boulot, c'est toute ta vie, non ?

— Presque, admet-elle.

Ils poursuivent leur chemin sur quelques rues en silence, écoutant les hurlements lointains des sirènes, les portes qui claquent et les disputes étouffées de la ville. Ellie adore cette heure de la soirée où, entourée de ses amis, elle se trouve momentanément libérée des incertitudes qui planent sur sa vie. Elle a passé un bon moment au bar et s'apprête à regagner son appartement douillet. Elle est en bonne santé. Elle a une carte de crédit pleine de ressources encore inexploitées, des projets pour le week-end, et elle est la seule de ses amis à ne pas s'être encore trouvé le moindre cheveu blanc. La vie est belle.

— Ça t'arrive de penser à elle ? demande Douglas.

— À qui ?

— À la femme de John. Tu crois qu'elle est au courant ?

La simple évocation de cette femme suffit à anéantir sa bonne humeur.

— Je ne sais pas.

Face au silence de son ami, elle ajoute :

— À sa place, je suis sûre que je m'en serais aperçue. Il dit qu'elle s'intéresse plus aux enfants qu'à lui. Parfois, je me dis que peut-être, quelque part, elle est contente de ne pas avoir à s'occuper de lui. Tu sais, s'occuper de le rendre heureux.

— C'est ce qu'on appelle prendre ses désirs pour des réalités.

— Peut-être. Mais, pour être tout à fait honnête, la réponse est non. Non, je ne pense pas à elle. Et non, je ne me sens pas coupable. Parce que je ne pense pas que ce serait arrivé s'ils avaient été heureux ou… disons… connectés.

— Vous, les femmes, vous avez une vision tellement biaisée des hommes…

— Tu crois qu'il est heureux avec elle ? demande Ellie en étudiant attentivement l'expression de son visage.

—Je n'en ai aucune idée. Je pense seulement qu'il n'a pas besoin d'être malheureux avec sa femme pour coucher avec toi.

Percevant son brusque changement d'humeur, Ellie lui lâche le bras pour rajuster son écharpe.

—Tu penses que ce que je fais est mal. Ou que ce qu'il fait est mal.

C'est sorti. Elle se sent d'autant plus blessée que la remarque vient de Douglas, celui de ses amis qui est le moins prompt à juger.

—Je ne te juge pas. Je pense seulement à Lena et à ce que ça signifierait pour elle de porter mon enfant, et l'idée de la tromper simplement parce qu'elle choisit d'accorder au bébé une attention que je me croyais acquise…

—Donc tu es convaincu que c'est mal.

Douglas secoue la tête.

—C'est juste que…

Il s'interrompt et lève les yeux vers le ciel nocturne, cherchant ses mots :

—Je pense que tu devrais faire attention, Ellie. Quand je te vois essayer de déchiffrer le moindre de ses mots, le moindre de ses gestes… C'est de la connerie. Tu perds ton temps. Dans mon livre, les choses sont généralement très simples : quelqu'un t'aime, tu l'aimes en retour, vous sortez ensemble, fin de l'histoire.

—Tu vis dans un bel univers, Doug. Dommage que ça ne ressemble pas à la réalité.

—OK, changeons de sujet. Je n'aurais pas dû parler de ça avec un coup dans le nez.

—Si, réplique-t-elle sèchement. *In vino veritas*, comme on dit… Très bien. Au moins, je sais ce que tu penses. Je vais continuer seule. Tu salueras Lena de ma part.

Elle parcourt les deux dernières rues au pas de course, sans se retourner une seule fois pour voir son vieil ami qui marche derrière elle.

La Nation se fait emballer, carton après carton, pour être transféré vers sa nouvelle maison à la façade de verre, sur un quai réaménagé flambant neuf à l'est de la ville. La salle de rédaction se vide, semaine après semaine : là où s'entassaient auparavant des piles impressionnantes de communiqués, de dossiers et de coupures de presse, il n'y a plus que des bureaux vides, des longueurs insoupçonnées de surfaces stratifiées exposées à la lumière crue des néons. Des souvenirs d'histoires passées ont refait surface, telles des antiquités déterrées lors de fouilles archéologiques : drapeaux de jubilés royaux, casques en métal cabossé venus de guerres lointaines, certificats encadrés de récompenses depuis longtemps oubliées. Des rangées de câbles ont été exposées, des carrés de moquette arrachés et des trous béants ouverts dans les plafonds, suscitant des visites théâtrales d'inspecteurs de l'hygiène et de la sécurité armés de calepins. La Publicité, les Petites Annonces et le Sport ont déjà déménagé à Compass Quay. Le Supplément du samedi, les Affaires et la Gestion des finances personnelles préparent leur transfert pour les semaines à venir. La rubrique d'Ellie – Reportages – suivra avec les Actualités en un tour de passe-passe chorégraphié avec soin, si bien qu'alors que l'édition du samedi émanera des vieux bureaux de Turner Street, celle du lundi sortira comme par magie de ses nouveaux locaux.

Le vieux bâtiment qui a accueilli le journal pendant près d'un siècle n'est plus « en adéquation avec les besoins de l'entreprise », pour reprendre cette expression déplaisante. D'après la direction, il ne reflète pas la nature dynamique et rationalisée du journalisme moderne. « On y avait surtout trop d'endroits où se cacher », ont fait remarquer avec humeur les journaleux, arrachés à leur milieu naturel comme des berniques se cramponnant obstinément à une épave.

— Il faut marquer le coup, déclare Melissa, rédactrice en chef des reportages, debout dans son bureau presque vide.

17

Melissa arbore une robe de soie bordeaux. Porté par Ellie, le vêtement aurait évoqué la chemise de nuit de sa grand-mère ; sur Melissa, il ressemble exactement à ce qu'il est : de la haute couture assumée.

—Le changement de locaux ?

Ellie jette un coup d'œil à son portable, posé à côté d'elle en mode silencieux. Autour d'elle, les autres rédacteurs sont assis sans mot dire, un bloc-notes sur les genoux.

—Oui. L'autre soir, j'ai discuté avec un des archivistes. Selon lui, il traîne dans les archives des tas de vieux documents dont personne n'a pris connaissance depuis des années. Je veux un article sur les rubriques féminines d'il y a cinquante ans. Comment les attitudes ont changé, la mode, les préoccupations des femmes. Je veux des études de cas mettant en parallèle monde d'hier et monde d'aujourd'hui.

Melissa ouvre un dossier et en sort plusieurs photocopies en format A3. Elle s'exprime avec l'aisance de quelqu'un qui a l'habitude d'être écouté.

—Par exemple, voici ce que j'ai trouvé dans le courrier des lecteurs : « Que puis-je faire pour que ma femme apprenne à s'habiller et à se faire belle ? Je gagne 1 500 livres par an, et ma carrière dans la vente commence à décoller. Je reçois fréquemment des invitations de mes clients, mais, ces dernières semaines, j'ai dû toutes les refuser à cause de ma femme qui, en deux mots, est un désastre ambulant. »

De légers gloussements se font entendre dans la salle.

—« J'ai essayé d'insister gentiment, mais elle prétend qu'elle n'est intéressée ni par la mode, ni par les bijoux, ni par le maquillage. Elle ne ressemble franchement pas à la femme d'un homme qui a réussi, et c'est ce que je veux qu'elle soit. »

Un jour, John a dit à Ellie que, après avoir eu les enfants, sa femme avait perdu tout intérêt pour son apparence physique. Il a presque aussitôt changé de sujet et n'en a jamais reparlé, comme s'il avait eu l'impression que c'était là une trahison plus grave encore que de coucher avec une autre femme. Ellie lui en avait voulu pour cet instant de galante loyauté, mais une petite partie d'elle-même l'avait admiré pour cela.

L'image avait frappé son imagination : elle s'était représenté la femme de John en souillon vêtue d'une chemise de nuit maculée de taches, un bébé dans les bras, le houspillant pour rien. Elle avait eu envie de lui dire qu'elle ne serait jamais comme ça avec lui.

— On pourrait envoyer les questions à un courrier du cœur moderne, suggéra un rédacteur nommé Rupert tout en examinant les autres photocopies.

— Je ne suis pas sûre que ce soit nécessaire. Écoutez la réponse : « Votre femme n'a peut-être jamais songé qu'elle était censée faire partie de la vitrine de votre boutique. Peut-être s'imagine-t-elle, en admettant qu'elle se soit posé la question, que, puisqu'elle est mariée et qu'elle mène une vie stable et heureuse, elle n'a plus besoin de s'en donner la peine. »

— Ah, dit Rupert dans un soupir, la béatitude conjugale…

— « J'ai remarqué que cela arrivait extrêmement vite aux filles qui tombent amoureuses, tout autant qu'aux femmes qui se laissent aller dans le confort d'un vieux mariage. Un jour, elles sont belles et brillent comme un sou neuf, bataillant héroïquement pour garder la ligne et s'aspergeant anxieusement de parfum. Un homme leur dit "Je t'aime" et, le lendemain, la fille superbe devient, pour ainsi dire, une souillon. Une souillon heureuse. »

Des rires polis et appréciateurs fusent un instant dans la pièce.

— Alors ? Quel est votre choix, les filles ? Batailler héroïquement pour garder la ligne ou devenir une heureuse souillon ?

— Je crois que j'ai vu un film qui avait ce titre il n'y a pas si longtemps, dit Rupert.

Son sourire s'évanouit quand il réalise que les rires se sont tus.

— Il y a beaucoup à faire à partir de ce matériel, intervient Melissa en désignant son dossier. Ellie, est-ce que tu peux creuser un peu l'idée cet après-midi ? Regarde ce que tu trouves d'autre aux archives. Ce qu'on cherche doit dater d'environ quarante ou cinquante ans. Cent ans, ce serait trop éloigné de notre époque. Nous devons mettre le changement en lumière sans pour autant perdre le lecteur.

— Tu veux que j'aille fouiller dans les archives ?

— Ça te pose un problème ?

Non, j'adore rester assise pendant des heures dans une cave sombre pleine de papier moisi, surveillée par des maniaques au teint cadavérique et à l'esprit stalinien.

— Pas du tout, répond-elle gaiement. Je suis sûre que je vais trouver quelque chose.

— Prends quelques stagiaires pour t'aider, si tu veux. On m'a dit qu'il y en avait une ou deux qui traînaient dans le placard de la rubrique Mode.

Ellie ne remarque pas l'expression de satisfaction malveillante qui traverse le visage de sa rédactrice en chef à l'idée d'envoyer dans les entrailles du journal la dernière fournée des pseudo-Anna Wintour. Elle est trop occupée à penser : *Et merde ! Il n'y a pas de réseau au sous-sol.*

— Au fait, Ellie, tu étais où ce matin ?

— Quoi ?

— Ce matin. Je te cherchais pour te donner à réécrire cet article sur les enfants et le deuil. Personne n'avait l'air de savoir où tu étais passée.

— J'étais partie faire une interview.

— Avec qui ?

Un expert en langage corporel aurait aussitôt identifié le sourire de Melissa comme une sorte de menace.

— Une avocate. J'espérais pouvoir recueillir quelques propos édifiants sur le sexisme au barreau.

C'est sorti avant même qu'elle se rende compte de ce qu'elle disait.

— Le sexisme à la City? Vu et revu. Fais en sorte d'être à l'heure demain. Les interviews spéculatives, c'est sur ton temps libre. OK?

— Très bien.

— Parfait. Je veux une double page pour la première édition de Compass Quay. Un article du genre « Plus ça change, plus c'est la même chose », dit-elle en griffonnant dans son carnet à couverture de cuir. Des préoccupations, des publicités, des courriers des lecteurs… Apporte-moi quelques pages en fin d'après-midi, que je puisse voir ce que tu as trouvé.

— D'accord.

Ellie quitte le bureau derrière ses collègues, un grand sourire professionnel aux lèvres.

J'ai passé la journée dans l'équivalent moderne du purgatoire, écrit-elle avant de reprendre une gorgée de vin. Les archives du journal. Tu as de la chance de n'écrire que des histoires inventées.

Il lui a envoyé un message sur son compte Hotmail. Il se fait appeler Grattepapier : une plaisanterie entre eux. Elle se met en tailleur sur sa chaise, guettant le signal de réponse qui ne se fait pas attendre :

Tu es une horrible mécréante. J'adore les archives. Rappelle-moi de t'emmener à la British Newspaper Library pour notre prochain rendez-vous galant.

Elle sourit.

Toi, tu sais ce qui plaît aux femmes.

Je fais de mon mieux.

Le seul archiviste à peu près humain que j'ai pu trouver m'a confié un immense tas de feuilles volantes. Ce n'est pas la plus palpitante des lectures de chevet.

Craignant de paraître trop sarcastique, elle ajoute un smiley, puis se maudit en se souvenant qu'il a écrit un essai pour le *Literary Review* en prenant le smiley comme illustration de la dégénérescence de la communication moderne.

C'était un smiley au second degré, ajoute-t-elle avant de se fourrer le poing dans la bouche.

Téléphone. Je reviens.

L'écran s'immobilise.

Téléphone. Sa femme ? Il est dans une chambre d'hôtel à Dublin. Avec vue sur la mer, lui a-t-il dit. « Tu aurais adoré. » Qu'était-elle censée répondre à ça ? « Alors emmène-moi, la prochaine fois » ? Trop direct. « Je n'en doute pas une seconde » ? Ça semblait presque sarcastique. « Oui », avait-elle finalement répondu avec un long soupir qu'elle seule avait entendu.

Tous ses amis lui disent que c'est entièrement sa faute. Et, pour une fois, elle ne peut pas les contredire.

Elle l'a rencontré lors d'un salon du livre dans le Suffolk, où on l'avait envoyée pour interviewer cet auteur qui avait fait fortune avec des thrillers après avoir abandonné des ambitions plus littéraires. Il s'appelait John Armour, et son héros, Dan Hobson, était un amalgame presque caricatural de traits masculins rétrogrades. Elle l'avait interrogé pendant un déjeuner, s'attendant à une défense ombrageuse du genre et peut-être à quelques récriminations à l'encontre de l'industrie du livre – elle avait toujours trouvé les écrivains pénibles à interviewer. Elle s'était attendue à un homme bedonnant, la quarantaine, empâté par les années passées assis à son bureau. Mais le grand homme bronzé qui s'était levé pour lui serrer la main était mince, le visage parsemé de taches de rousseur, avec des airs de fermier sud-africain à la peau burinée par le soleil. Il était drôle, charmant, modeste et attentif. Il avait retourné l'interview contre elle, lui posant des questions personnelles avant de lui parler de ses propres théories sur l'origine du langage et de lui expliquer pourquoi il pensait que la communication se transformait peu à peu en quelque chose de dangereusement informe et laid.

Lorsque le café était arrivé, elle s'était rendu compte qu'elle ne prenait plus de notes depuis près de quarante minutes.

— Mais vous n'aimez pas leur musicalité ? demanda-t-elle en quittant le restaurant pour regagner le salon du livre.

L'année était déjà bien avancée, et le soleil d'hiver était descendu en dessous des immeubles bas de la rue principale qui se vidait. Ellie avait trop bu : elle avait atteint ce point où sa bouche se mettait à parler avant qu'elle n'ait eu le temps de réfléchir à ce qui allait en sortir. Elle regrettait de ne plus être au restaurant.

— De quelles langues ?

— L'espagnol. Et surtout l'italien. Je suis sûre que c'est pour ça que j'adore les opéras italiens et que je ne supporte pas ceux en allemand, avec tous ces sons durs et gutturaux.

Il médita un instant, et son silence la désarçonna. Elle se mit à bafouiller :

— Je sais que c'est terriblement démodé, mais j'adore Puccini. J'adore ces émotions intenses. J'adore les « r » roulés, le phrasé saccadé…

Sa voix mourut dans sa gorge quand elle se rendit compte à quel point elle avait l'air pédante.

Il s'arrêta dans l'embrasure d'une porte, jeta un coup d'œil vers la route derrière eux, puis se retourna vers elle.

— Je n'aime pas l'opéra.

Il l'avait regardée droit dans les yeux en disant ces mots. Comme par défi. Elle avait senti quelque chose chavirer en elle.

C'est pas vrai, songea-t-elle.

— Ellie…, dit-il après qu'ils furent restés plantés là pendant près d'une minute.

C'était la première fois qu'il l'appelait par son prénom.

— Ellie, je dois récupérer quelque chose à mon hôtel avant de retourner au salon. Vous voulez m'accompagner ?

Il n'avait pas encore refermé la porte de sa chambre qu'ils étaient déjà l'un sur l'autre, étroitement enlacés, leurs bouches se dévorant mutuellement tandis que leurs mains exécutaient une chorégraphie frénétique pour les déshabiller.

Plus tard, en repensant à son attitude, elle s'était extasiée comme face à une aberration. Des centaines de fois, son esprit avait rejoué la scène, gommant tout ce que cela avait signifié pour elle et l'émotion qui l'avait envahie, ne conservant que les détails : ses sous-vêtements, ceux de tous les jours, jetés négligemment sur une presse-pantalon ; la façon dont, un peu plus tard, ils avaient éclaté d'un rire bête et incontrôlable, couchés par terre sous l'édredon en patchwork de l'hôtel ; comment il avait joyeusement, et avec un charme indécent, rendu sa clé à la réceptionniste.

Il l'avait appelée deux jours plus tard, alors que le choc euphorique de cette journée se changeait peu à peu en quelque chose de plus décevant.

— Tu sais que je suis marié, dit-il. Tu as lu mon dossier de presse.

J'ai passé des heures à taper ton nom dans les moteurs de recherche, répondit-elle en silence.

— Je n'ai jamais été… infidèle. J'ai encore du mal à mettre des mots sur ce qui s'est passé.

— Tout ça, c'est la faute de la quiche, lança-t-elle avec une grimace embarrassée.

— Tu me fais quelque chose, Ellie Haworth. Je n'ai pas pu écrire un mot en quarante-huit heures. Tu m'as fait oublier tout ce que je voulais dire, ajouta-t-il après un silence.

Alors je suis condamnée, songea-t-elle. Dès qu'elle avait senti le poids de son corps sur le sien, la pression de sa bouche sur la sienne, elle savait su – malgré tout ce qu'elle avait pu dire à ses amis sur les hommes mariés, malgré tout ce qu'elle avait pu croire – qu'elle n'avait besoin que de la plus petite reconnaissance de sa part pour être irrémédiablement perdue.

Un an plus tard, elle n'avait toujours pas commencé à chercher une issue de secours.

Il se reconnecte près de quarante-quatre minutes plus tard. Pendant ce temps, elle a quitté l'ordinateur, s'est servi un nouveau verre de vin et a erré sans but dans l'appartement avant de se mettre à rassembler des chaussettes orphelines pour les jeter dans le panier à linge. Lorsqu'elle entend le « bip » d'un nouveau message, elle se rue sur sa chaise.

Désolé. Je ne pensais pas que ça prendrait si longtemps. J'espère pouvoir te parler demain.

Pas d'appels sur son portable, a-t-il recommandé. Ses factures sont détaillées.

À la hâte, elle écrit :

Tu es à l'hôtel ? Je pourrais t'appeler sur le téléphone de ta chambre.

Lui parler au téléphone est un luxe, une rare opportunité. Bon sang, comme elle a envie d'entendre sa voix !

J'ai un dîner, ma belle. Désolé, je suis en retard. À plus, bisou.

Et il est déjà parti.

Ellie reste là, les yeux rivés sur l'écran vide. À présent, il doit être en train de traverser l'entrée de l'hôtel, charmant au passage les réceptionnistes, avant de grimper dans la voiture que le festival lui a envoyée. Ce soir, au dîner, il va improviser un brillant discours et fera profiter de sa présence amusée et vaguement pensive tous ceux qui auront la chance d'être assis à sa table. Il vivra sa vie à fond tandis qu'elle restera coincée ici avec l'impression de mettre la sienne en suspens.

Mais qu'est-ce qu'elle fout ?

—Mais qu'est-ce que je fous ? s'exclame-t-elle à voix haute en éteignant son ordinateur.

Elle crie sa frustration au plafond de sa chambre et se laisse choir sur son grand lit vide et froid. Elle ne peut pas appeler ses amis : ils ont subi ces conversations bien trop souvent, et elle sait déjà quelle sera leur réponse – la seule possible. Les paroles de Doug ont été douloureuses. Mais elle aurait dit exactement la même chose à n'importe lequel d'entre eux.

Elle s'assied sur le canapé et allume la télé. Puis son regard tombe sur la pile de papiers posée à côté d'elle. Elle prend le tout sur ses genoux, maudissant Melissa. « C'est un échantillon hétérogène, lui a dit l'archiviste. Des articles sans date ni catégorie apparente. Je n'ai pas eu le temps de tout classer. On en déterre tellement comme ça en ce moment… » C'est le seul archiviste de moins de cinquante ans qui travaille au journal. L'espace d'un instant, elle se demande par quel hasard elle ne l'a jamais remarqué.

« Regarde là-dedans si tu trouves quelque chose d'utile. » Il s'était penché vers elle avec un air de conspirateur. « Tu peux jeter tout ce qui ne te sert pas, mais ne dis rien à mon chef. On en est arrivés à un stade où on ne peut plus se permettre d'examiner le moindre bout de papier. »

Elle a tôt fait de comprendre pourquoi : il y a là des critiques de théâtre, une liste de passagers pour une croisière, quelques menus de dîners de fête… Elle les lit en diagonale, levant de temps en temps les yeux sur la télévision. Il n'y a pas grand-chose là-dedans susceptible d'intéresser Melissa.

Elle parcourt à présent le contenu d'une chemise défraîchie pleine de dossiers médicaux. Uniquement des maladies pulmonaires, remarque-t-elle distraitement. Un truc en rapport avec le travail minier. Alors qu'elle s'apprête à jeter le tout à la poubelle, son regard s'arrête sur un coin bleu pâle. Elle le saisit entre le pouce et l'index et tire du dossier une enveloppe portant une adresse manuscrite. Elle a déjà été ouverte, et la lettre qu'elle contient est datée du 4 octobre 1960 :

Mon cher et unique amour,

Je pensais tout ce que je t'ai dit. J'ai compris que la seule façon d'avancer, c'est que l'un de nous deux fasse un choix difficile.
Je n'ai pas autant de force que toi. Lors de notre première rencontre, je pensais que tu étais une petite chose fragile que je devais protéger. À présent, je me rends compte que je me trompais sur toute la ligne. Tu as plus de force que moi. C'est toi qui parviens à vivre avec la possibilité d'un amour comme celui-ci et le fait que jamais on ne nous le permettra. Je te demande de ne pas me juger pour ma faiblesse. La seule façon pour moi de supporter la situation est d'être dans un endroit où je ne te verrai plus et où je n'aurai plus à redouter de t'apercevoir en sa compagnie. J'ai besoin de me trouver quelque part où les dures nécessités de la vie m'empêcheront de penser à toi, minute après minute, heure après heure. Ici, c'est impossible.

*Je vais accepter ce travail. Je serai sur le quai numéro 4,
à Paddington, à 19 h 15 vendredi soir, et rien au monde
ne pourrait me combler plus de joie que si tu trouvais
le courage de partir avec moi.*

*Si tu ne viens pas, je saurai que, quoi que nous
ressentions l'un pour l'autre, ce n'était pas assez fort.
Je ne t'en blâmerai pas, mon amour. Je sais que ces
dernières semaines ont fait peser beaucoup de pression
sur tes épaules — je la ressens moi-même. Je ne supporte
pas l'idée d'avoir pu te causer de la peine.*

*J'attendrai sur le quai à partir de 18 h 45. Mon cœur
et mes espoirs sont entre tes mains.*

B.

Ellie relit la lettre. Pour une raison qui lui échappe,
elle en a les larmes aux yeux. Elle n'arrive pas à détourner
son regard de cette écriture ample et arrondie ; les mots lui
sautent au visage avec une force incroyable, plus de quarante
ans après avoir été couchés sur le papier. Elle retourne la
feuille, puis cherche des indices sur l'enveloppe. Elle est
adressée à la boîte postale n° 13, à Londres. L'expéditeur
pouvait aussi bien être un homme qu'une femme.

Qu'as-tu fait, BP n° 13 ? demande-t-elle en silence.

Puis elle se lève, replace soigneusement la lettre dans son
enveloppe et retourne à son ordinateur. Elle ouvre sa boîte
mail et rafraîchit la page. Rien depuis le message qu'elle a
reçu à 19 h 45.

J'ai un dîner, ma belle. Désolé, je suis déjà en retard.
À plus, bisou.

Partie 1

La seule façon pour moi de le supporter est d'être dans un endroit où je ne te verrai plus et où je n'aurai plus à redouter de t'apercevoir en sa compagnie. J'ai besoin de me trouver quelque part où les dures nécessités de la vie m'empêcheront de penser à toi, minute après minute, heure après heure. Ici, c'est impossible.

Je vais accepter ce travail. Je serai sur le quai numéro 4, à Paddington, à 19 h 15 vendredi soir, et rien au monde ne pourrait me combler plus de joie que si tu trouvais le courage de partir avec moi.

Un homme à une femme, par lettre

Chapitre premier

— E lle se réveille.

Il y eut un bruissement de tissu, le raclement des pieds d'une chaise qu'on traîne, puis le cliquetis caractéristique des anneaux de rideau qui s'entrechoquent. Deux voix chuchotant.

— Je vais chercher M. Hargreaves.

Dans le bref silence qui s'ensuivit, elle prit peu à peu conscience d'un autre niveau sonore – des voix étouffées par la distance, une voiture qui passait dans la rue : elle avait l'impression étrange que tous ces bruits provenaient de loin en dessous d'elle. Étendue là, elle les assimilait, les laissant se cristalliser, laissant son esprit reconnaître chaque son.

Puis elle prit conscience de la douleur. Cette dernière l'envahissait doucement, par étapes : d'abord le long du bras, une sensation aiguë et brûlante qui irradiait du coude jusqu'à l'épaule ; puis dans la tête, sourde et incessante. Le reste de son corps lui faisait mal, comme quand elle avait…

Quand elle avait… ?

— Il arrive dans deux secondes. Il a dit de fermer le rideau.

Sa bouche était sèche. Elle serra les lèvres et avala péniblement sa salive. Elle voulait demander de l'eau, mais les mots ne sortaient pas. Elle ouvrit les paupières de quelques millimètres. Deux formes indistinctes se mouvaient autour d'elle. Chaque fois qu'elle

31

pensait pouvoir distinguer de qui il s'agissait, elles bougeaient et s'estompaient de nouveau. Du bleu.

Elles étaient bleues.

— Tu sais qui vient d'arriver à la réception ?

— La fiancée d'Eddie Cochran, murmura l'une des voix. Celle qui a survécu à l'accident. Elle a écrit des chansons pour lui. Enfin, à sa mémoire.

— Elles ne seront jamais aussi bonnes que les siennes.

— Elle a reçu des journalistes toute la matinée. L'infirmière en chef est au bord de la crise de nerfs.

Elle ne comprenait pas un mot de ce qu'elles disaient. La douleur dans sa tête s'était muée en un bruit sourd et lancinant, gagnant en volume et en intensité jusqu'à ce qu'elle n'eût plus d'autre solution que de refermer les yeux et d'attendre que ce martèlement – ou qu'elle-même – disparaisse. Puis le blanc surgit pour l'envelopper comme une marée montante. Avec soulagement, elle poussa un soupir silencieux et se laissa couler dans son étreinte.

— Êtes-vous réveillée, ma chère ? Vous avez de la visite.

Un reflet vacillant apparut au-dessus d'elle, comme un spectre aux mouvements saccadés, partant de droite à gauche à une vitesse fulgurante. Elle se souvint soudain de sa première montre et de la façon dont elle s'était amusée à refléter un rayon de soleil sur le verre, l'envoyant au plafond de la salle de jeu et le faisant aller d'avant en arrière pour exciter le petit chien.

Le bleu était revenu. Elle le voyait bouger, entendait le froissement de tissu qui l'accompagnait. Puis une main se posa sur son poignet. Un vif éclair de douleur lui fit pousser un cri perçant.

— Doucement de ce côté, infirmière, gronda la voix. Elle l'a senti.

— Je suis vraiment désolée, monsieur Hargreaves.

— Le bras va avoir besoin d'une nouvelle opération. On lui a mis des broches, mais ce n'est pas encore ça.

Une forme sombre planait près de ses pieds. Elle aurait voulu voir les contours de cette ombre se préciser, mais elle demeurait indistincte, tout comme les formes bleues. Ses paupières se refermèrent.

— Vous pouvez rester avec elle, si vous voulez. Lui parler. Elle vous entendra.

— Comment vont ses… autres blessures ?

— Il y aura quelques cicatrices, j'en ai peur. Surtout sur ce bras-ci. Et elle a reçu un gros coup sur la tête. Il lui faudra sans doute un moment avant de redevenir elle-même. Mais, vu la gravité de l'accident, on peut estimer qu'elle a eu beaucoup de chance.

Il y eut un bref silence.

— Oui.

Quelqu'un avait posé un saladier de fruits à côté d'elle. Elle avait rouvert les yeux et fixé dessus toute son attention, laissant se cristalliser les formes et les couleurs jusqu'à se rendre compte, avec une immense satisfaction, qu'elle était capable de les identifier. *Raisins*, songea-t-elle. Elle se le répéta, faisant rouler le mot en silence dans sa tête : *Raisins*. Cela lui semblait d'une importance capitale, comme si ça l'aidait à s'ancrer dans cette nouvelle réalité.

Puis, aussi vite qu'ils étaient venus, les raisins étaient repartis, oblitérés par la masse bleu foncé qui venait de se poser à côté d'elle. Quand la chose s'approcha, elle crut déceler une vague odeur de tabac. La voix, lorsqu'elle lui parvint, semblait hésitante, peut-être même un peu embarrassée.

— Jennifer ? Jennifer ? Tu m'entends ?

Les mots étaient assourdissants et étrangement envahissants.

— Jenny, chérie, c'est moi.

Elle se demanda s'ils allaient la laisser revoir les raisins. Cela lui semblait indispensable ; ils étaient épanouis, violets, solides. Familiers.

— Vous êtes sûr qu'elle peut m'entendre ?

— Absolument. Mais, au début, elle se sentira peut-être trop épuisée pour communiquer.

Ils échangèrent quelques murmures qu'elle ne put discerner. Ou peut-être avait-elle seulement arrêté d'essayer. Tout lui semblait confus.

— Pouvez-vous…, hasarda-t-elle dans un souffle.

— Mais son cerveau n'a pas été endommagé dans l'accident ? Vous pouvez m'assurer qu'il n'y aura pas de… séquelles… ?

— Comme je l'ai dit, elle a reçu un gros coup sur la tête, mais il n'y a aucune raison médicale de s'inquiéter. (Un froissement de papier se fit entendre.) Pas de fracture du crâne. Pas de lésion cérébrale. Cela dit, ce type de blessure est toujours un peu imprévisible, et les patients ne sont pas tous affectés de la même façon. Vous allez juste devoir être un peu…

— S'il vous plaît…, murmura-t-elle d'une voix à peine audible.

— Monsieur Hargreaves ! Je crois qu'elle essaie de parler !

— … veux voir…

Un visage apparut, flottant au-dessus du sien.

— Oui ?

— … veux voir…

Les raisins, suppliait-elle. *Je veux seulement revoir les raisins.*

— Elle veut voir son mari ! s'écria l'infirmière en se levant d'un bond, triomphante. Je crois qu'elle veut voir son mari !

Le silence se fit, et quelqu'un s'approcha.

— Je suis là, chérie. Tout est… tout va bien.

Puis le corps penché sur elle s'éloigna. Elle entendit une main tapoter un dos.

— Alors, vous voyez ? dit une autre voix masculine. Elle revient déjà à elle. Vous voyez ? Chaque chose en son temps ! Infirmière ? Demandez à ce qu'on prépare un repas pour ce soir. Rien de trop copieux. Un plat léger, facile à avaler… Et, tant que vous y êtes, vous pourrez peut-être nous apporter une tasse de thé.

Elle entendit des bruits de pas s'éloigner et des voix qui continuaient à chuchoter à côté d'elle. Alors que les lumières s'éteignaient de nouveau, sa dernière pensée fut : *Mon mari ?*

Plus tard, quand on lui révéla depuis quand elle séjournait à l'hôpital, elle eut du mal à y croire. Le temps était devenu fragmenté, ingérable. Il allait et venait à coups d'heures chaotiques. C'était le petit déjeuner du mardi. Puis le déjeuner du mercredi. Apparemment, elle avait dormi dix-huit heures – on le lui apprit avec une certaine désapprobation, comme si elle s'était montrée impolie en s'étant absentée si longtemps. Puis ce fut vendredi. Une fois encore.

Parfois, tout était sombre quand elle s'éveillait. Elle remontait alors un peu la tête sur l'oreiller blanc amidonné pour observer les mouvements apaisants de l'équipe de nuit ; le bruissement de chaussons des infirmières qui passaient dans les couloirs, les occasionnelles bribes de conversations entre une infirmière et une patiente. Elle pouvait regarder la télévision le soir si elle voulait, lui avait-on dit. Son mari payait pour des soins privés – elle pouvait obtenir presque tout ce qu'elle désirait. Elle disait toujours « non, merci » : le torrent d'informations qui l'assaillait la déconcertait suffisamment pour ne pas y ajouter l'incessant bavardage de la télévision.

Alors que les périodes d'éveil devenaient plus longues et plus fréquentes, elle se familiarisa avec les visages des autres patientes de la petite salle. La vieille femme qui occupait la chambre sur sa droite avait des cheveux d'un noir de jais, parfaitement épinglés en une sculpture rigide sur le sommet de son crâne ; elle avait les traits figés en une expression de vague déception étonnée. Elle avait apparemment joué dans un film quand elle était jeune, et elle prenait la peine d'en informer chaque nouvelle infirmière qui l'approchait. Elle avait une voix impérieuse et peu de visiteurs. Dans la chambre d'en face, il y avait une jeune femme potelée qui pleurait toujours en silence au petit matin. Une femme plus âgée à l'air sévère – peut-être une nourrice ? – lui amenait de jeunes enfants une heure chaque soir. Les deux garçons grimpaient sur le lit et se serraient contre elle jusqu'à ce que la nourrice leur ordonne de redescendre, de peur qu'ils ne «fassent mal à leur mère».

Les infirmières lui disaient les noms des autres femmes, et parfois même les leurs, mais elle ne parvenait pas à s'en souvenir. Elle les décevait, songeait-elle.

«Votre mari», comme tout le monde l'appelait, venait presque tous les soirs. Toujours vêtu d'un costume à la coupe impeccable, bleu foncé ou gris, il lui déposait sur la joue un baiser de pure forme et s'asseyait d'ordinaire au bout du lit. Il parlait de la pluie et du beau temps d'un air soucieux, lui demandant comment elle trouvait la nourriture et si elle voulait qu'il lui envoie quelque chose. De temps en temps, il se contentait de lui lire le journal.

C'était un bel homme, de peut-être dix ans son aîné, avec le front haut et un regard sérieux aux paupières tombantes. Elle savait, quelque part au fond d'elle-même, qu'il était bien celui qu'il prétendait être, et qu'elle-même était bien son épouse, mais il était déconcertant de ne rien ressentir alors qu'il s'attendait visiblement à une autre réaction. Parfois, elle l'observait à la dérobée, espérant que cet étranger lui devienne soudainement familier. Parfois, quand elle s'éveillait, elle le trouvait assis là, le journal baissé, les yeux posés sur elle comme s'il ressentait la même chose.

M. Hargreaves, le médecin, venait la voir tous les jours. Il vérifiait ses diagrammes et lui demandait si elle pouvait lui donner la date, l'heure, son nom. Désormais, elle ne se trompait plus. Elle parvenait même à lui dire que le Premier Ministre de l'Angleterre était Mr. Macmillan et qu'elle avait vingt-sept ans. Cependant, elle peinait à se remémorer les gros titres des journaux et certains événements datant d'avant son hospitalisation.

— Ça vous reviendra, disait le docteur en lui tapotant la main. N'essayez pas de forcer les choses, c'est déjà très bien.

Et puis il y avait sa mère, qui lui apportait des petits cadeaux, du savon, des shampooings aux parfums agréables et des magazines, comme pour la pousser à ressembler de nouveau à celle qu'elle était censée être.

— Nous nous sommes tous tellement inquiétés, Jenny chérie ! s'exclamait-elle en lui posant une main fraîche sur le front.

C'était agréable. La sensation n'était pas familière, mais néanmoins agréable. Parfois, sa mère semblait s'apprêter à lui demander quelque chose, puis marmonnait :

— Il ne faut pas que je te fatigue avec mes questions. Tout reviendra en temps et en heure. C'est ce qu'ont dit les médecins. Tu ne dois pas t'inquiéter.

Jenny aurait voulu lui dire qu'elle ne s'inquiétait pas. Elle était bien, dans sa petite bulle. Elle ne ressentait qu'une vague tristesse à l'idée de ne pas pouvoir être la personne que tout le monde attendait qu'elle soit. C'était à ce stade, quand ses pensées devenaient trop confuses, qu'elle se rendormait invariablement.

Ils lui annoncèrent enfin qu'elle allait rentrer chez elle par un matin si froid que des colonnes de fumée grimpaient dans le ciel bleu hivernal au-dessus de la capitale, comme une forêt d'arbres filiformes. À cet instant, elle parvenait déjà à se lever pour faire le tour de la salle, échangeant des magazines avec les autres patientes tandis que celles-ci discutaient avec les infirmières ou écoutaient la radio. Elle avait subi une nouvelle opération au bras qui, lui avait-on dit, était en voie de guérison malgré la longue cicatrice rouge et douloureuse qui barrait sa peau à l'endroit où on avait inséré la broche et qu'elle essayait de dissimuler sous sa manche. On lui avait fait passer des examens pour tester la vue et l'audition. Sa peau s'était remise des myriades d'écorchures causées par les morceaux de verre, et les hématomes avaient fini par disparaître. Enfin, sa côte et sa clavicule cassées s'étaient suffisamment reconstituées pour qu'elle puisse se coucher dans diverses postures sans souffrir le martyre.

Ils s'accordaient tous à dire qu'elle était « redevenue elle-même », comme si, à force de se l'entendre dire, elle allait se remémorer celle qu'elle était avant. Sa mère avait passé des heures à lui montrer des piles de photos en noir et blanc pour lui renvoyer une image de son existence passée.

Elle apprit qu'elle était mariée depuis quatre ans. Elle n'avait pas d'enfants – à l'intonation de sa mère, elle devina que c'était là une cause de déception pour tout le monde. Elle habitait une superbe maison dans un beau quartier de Londres, avec une gouvernante et un chauffeur, et elle crut comprendre que bon nombre de jeunes femmes seraient prêtes à donner leur bras droit pour disposer de la moitié de sa fortune. Son mari était un important exploitant minier et s'absentait souvent, bien que son dévouement fût tel qu'il avait reporté plusieurs voyages *de première importance* depuis l'accident. Compte tenu de la déférence avec laquelle le personnel médical s'adressait à lui, Jennifer devinait qu'elle avait affaire à quelqu'un de très important et que, par voie de conséquence, elle aussi devait s'attendre à un certain respect, même si cela lui paraissait absurde.

Personne n'avait vraiment parlé de ce qui l'avait amenée à l'hôpital, mais elle avait jeté un coup d'œil aux notes du médecin et compris qu'elle avait eu un accident de voiture.

La seule fois où elle avait interrogé sa mère à ce sujet, celle-ci s'était empourprée et, posant sa petite main potelée sur celle de Jennifer, l'avait priée de «ne pas revenir là-dessus, ma chérie. Ça a été… terriblement bouleversant». Soucieuse de ne pas la perturber davantage, la voyant les larmes aux yeux à cette seule évocation, Jennifer était passée à autre chose.

Une jeune fille bavarde aux cheveux orange vif était venue d'un autre service de l'hôpital pour la coiffer. Après ça, lui dit-elle, elle se sentirait beaucoup mieux. Jennifer avait perdu quelques cheveux à l'arrière du crâne – on les lui avait rasés pour recoudre une plaie –, mais la jeune fille lui annonça qu'elle savait dissimuler à merveille ce genre de blessure.

Une heure plus tard, la coiffeuse leva son miroir en un geste théâtral. Jennifer observa la jeune femme qui la regardait dans la glace. *Plutôt jolie*, songea-t-elle avec une sorte de satisfaction distante. Contusionnée, un peu pâle, mais un visage aux traits agréables. *Mon visage*, se corrigea-t-elle.

—Avez-vous du maquillage à portée de main ? demanda la coiffeuse. Je peux vous maquiller, si votre bras vous fait toujours mal. Une touche de rouge à lèvres égaie toujours un visage. Ça et quelques pancakes…

Jennifer se regardait toujours dans le miroir.

—Vous croyez que je devrais ?

—Oh, oui. Une jolie fille comme vous ! Je peux rendre ça très subtil… mais cela vous mettra un peu de couleur aux joues. Ne bougez pas, je fais juste un saut en bas pour récupérer ma trousse. J'ai des fards aux couleurs somptueuses que j'ai fait venir de Paris, et un rouge à lèvres Charles of the Ritz qui vous ira à ravir.

—Eh bien, vous voilà radieuse ! C'est agréable de voir une dame se maquiller de nouveau. C'est la preuve que vous vous reprenez en main, déclara M. Hargreaves lors de sa ronde, quelques heures plus tard. On a hâte de rentrer à la maison ?

—Oui, merci, répondit-elle poliment.

Elle ne savait comment lui faire comprendre qu'elle ignorait de quelle maison il s'agissait.

Il étudia son visage un instant, décelant peut-être l'incertitude qui se lisait dans son regard. Puis il s'assit sur le bord de son lit et lui posa la main sur l'épaule.

—Je comprends que tout doit vous paraître un peu confus, que vous ne vous sentez pas encore tout à fait vous-même… Mais ne vous en faites pas trop si certaines choses ne sont pas claires. C'est très courant d'être un peu amnésique après une blessure à la tête. Votre famille vous apporte beaucoup de soutien, et je suis sûr qu'une fois que vous serez entourée d'objets familiers et que vous aurez retrouvé votre routine et vos amis, vos trajets habituels pour faire les boutiques, ce genre de choses, tout finira par se remettre en place.

Docile, elle hocha la tête. Elle avait eu tôt fait de se rendre compte que tout le monde avait l'air plus content ainsi.

—J'aimerais vous revoir d'ici quelques semaines, que je puisse surveiller la cicatrisation de ce bras. Il va vous falloir un peu de kinésithérapie pour en retrouver tout l'usage. Mais le plus important, c'est que vous vous reposiez et ne vous inquiétiez de rien. D'accord ?

Il se préparait déjà à partir. Que pouvait-elle ajouter ?

Son mari vint la chercher peu avant l'heure du thé. Les infirmières s'étaient alignées à la réception, au rez-de-chaussée, pour lui dire au revoir, propres comme des sous neufs dans leurs tabliers amidonnés. Jennifer, toujours faible et mal assurée, lui fut reconnaissante lorsqu'il lui tendit le bras.

—Je vous remercie pour toute l'attention dont vous avez entouré ma femme. Envoyez la facture à mon bureau, si vous le voulez bien, dit-il à l'infirmière en chef.

—Ce fut un plaisir, déclara cette dernière, qui lui serra la main en adressant un grand sourire à Jennifer. Nous sommes ravis de la voir en forme. Vous êtes superbe, madame Stirling.

—Je me sens… beaucoup mieux. Merci.

Elle portait un long manteau de cachemire et un chapeau tambourin assorti. Son mari avait demandé à ce que trois ensembles lui fussent envoyés. Elle avait choisi le plus discret : elle ne voulait pas attirer l'attention.

Soudain, M. Hargreaves passa la tête par la porte de son bureau.

—Ma secrétaire me dit qu'il y a des journalistes dehors – pour voir la fille Cochran. Peut-être préférerez-vous sortir par la porte de derrière pour éviter tout ce remue-ménage.

—En effet, ce serait préférable. Pourriez-vous envoyer mon chauffeur de l'autre côté ?

Après des semaines passées dans la chaleur confinée de sa chambre, l'air extérieur lui parut incroyablement froid. Elle s'efforça de maintenir l'allure, essoufflée, et se retrouva soudain assise à l'arrière d'une grosse voiture noire, s'enfonçant dans les immenses sièges en cuir. Les portières se refermèrent dans un bruit sourd, et la voiture se mêla à la circulation de Londres avec un ronronnement à peine perceptible.

Jennifer jeta un coup d'œil par la fenêtre pour voir les journalistes rassemblés sur les marches de l'hôpital et les photographes emmitouflés qui comparaient leurs objectifs. Un peu plus loin, les rues de Londres étaient bondées de gens pressés, le col relevé contre le vent, le chapeau de feutre baissé sur les sourcils.

—Qui est la fille Cochran ? demanda-t-elle en se tournant vers lui.

Il était occupé à murmurer des instructions au chauffeur.

—Qui ?

—La fille Cochran. M. Hargreaves a parlé d'elle.

— Je crois que c'était la fiancée d'un chanteur populaire. Ils ont été impliqués dans un accident de voiture un peu avant…

— À l'hôpital, les infirmières ne parlaient que d'elle.

Il semblait déjà avoir perdu tout intérêt pour la question.

— Je vais déposer Mme Stirling à la maison, et, dès qu'elle sera installée, je repartirai au travail, dit-il au chauffeur.

— Qu'est-ce qui lui est arrivé ? demanda-t-elle.

— À qui ?

— Cochran. Le chanteur.

Son mari la regarda longuement, semblant peser le pour et le contre.

— Il est mort, répondit-il enfin.

Puis il se retourna vers son chauffeur.

Elle gravit à pas lents le perron de la grande maison à façade de stuc blanc. Lorsqu'elle arriva en haut des marches, la porte s'ouvrit comme par magie devant elle. Le chauffeur posa précautionneusement sa valise dans l'entrée, puis se retira. Son mari, derrière elle, fit un signe de la tête à une femme qui se tenait là, apparemment pour les accueillir. Cette dernière devait avoir une cinquantaine d'années ; elle portait un tablier bleu marine, et ses cheveux bruns étaient rassemblés à l'arrière de son crâne en un chignon serré.

— Bienvenue chez vous, madame, la salua-t-elle en lui tendant la main. Nous sommes tellement heureux que vous soyez de retour !

Son sourire était franc, et elle parlait avec un fort accent que Jennifer ne put identifier.

— Merci, répondit-elle.

Elle aurait voulu dire le nom de cette femme, mais elle n'osa le demander.

La femme prit leurs manteaux et disparut.

— Tu es fatiguée ? demanda son mari en inclinant la tête pour mieux étudier son visage.

— Non. Non, je vais bien.

Elle regarda autour d'elle, espérant dissimuler son désarroi : elle aurait aussi bien pu ne jamais avoir mis les pieds dans cette maison.

— Je dois repartir au bureau. Je peux te laisser avec Mme Cordoza ?

Cordoza. Ce nom lui était vaguement familier. Elle ressentit un petit accès de joie. *Mme Cordoza.*

— Tout ira bien, merci. Ne t'inquiète pas pour moi.

— Je serai là à 19 heures… Si tu es sûre que ça va…

De toute évidence, il avait hâte de partir. Il se pencha, l'embrassa sur la joue et, après une brève hésitation, s'en alla.

Elle resta un instant dans l'entrée, écoutant le bruit de ses pas qui descendaient les marches du perron et le bourdonnement du moteur de sa grosse voiture qui s'éloignait. La maison lui sembla soudain immense et caverneuse.

Elle passa la main sur le papier peint de soie et tenta de s'habituer à la vue du parquet poli et des plafonds à la hauteur vertigineuse. Elle ôta ses gants avec des gestes précis et mesurés. Puis elle se pencha pour regarder de plus près les photographies posées sur la console. La plus grande était une photo de mariage exposée dans un cadre en argent ouvragé superbement poli. Elle était debout, vêtue d'une robe blanche très ajustée, le visage en partie dissimulé sous un voile de dentelle blanche, son mari souriant largement à ses côtés. *Je l'ai vraiment épousé*, songea-t-elle. Puis : *J'ai l'air tellement heureuse.*

Elle sursauta. Mme Cordoza était apparue derrière elle et se tenait là, les mains serrées sur son tablier.

— Je me demandais si vous vouliez que je vous serve un peu de thé. Je pensais que vous aimeriez le prendre au salon. J'ai allumé un feu pour vous.

— Ce serait…

Jennifer parcourut du regard les nombreuses portes qui s'ouvraient dans le vestibule. Puis elle posa de nouveau les yeux sur la photographie. Au bout d'un long moment, elle reprit la parole :

— Madame Cordoza… pourriez-vous me donner le bras ? Juste le temps de m'asseoir. Je me sens un peu chancelante.

Plus tard, elle ne put dire exactement pourquoi elle n'avait pas voulu révéler à cette femme qu'elle avait oublié l'agencement de sa propre maison. Elle avait seulement l'impression que, si elle parvenait à faire semblant et que tout le monde la croyait, l'illusion finirait par devenir réalité.

La gouvernante avait préparé le souper : un ragoût, avec des pommes de terre et de bons haricots verts. Elle l'avait laissé dans le four du bas, avait-elle précisé à Jennifer. La jeune femme dut attendre le retour de son mari pour poser quoi que ce fût sur la table : son bras droit était toujours faible, et elle avait peur de laisser tomber la lourde cocotte en fonte.

Après le départ de Mme Cordoza, elle avait passé une heure à parcourir la vaste demeure, se familiarisant avec les nombreuses pièces, ouvrant les tiroirs et regardant les photographies. *Ma maison*, se répétait-elle. *Mes affaires. Mon mari.* Une ou deux fois, elle essaya de se vider l'esprit et de laisser ses pas la mener automatiquement à une salle de bains ou à un bureau, et elle fut heureuse de découvrir qu'une partie d'elle-même n'avait pas tout à fait oublié cette maison. Elle fit un rapide inventaire des livres du salon, constatant avec une certaine satisfaction que, même si tant de choses lui étaient devenues étrangères, elle pouvait se remémorer les intrigues de bon nombre de romans.

Elle s'attarda le plus longtemps possible dans sa chambre. Mme Cordoza avait défait sa valise et rangé tous ses vêtements. Deux grands placards encastrés dans le mur s'ouvraient pour révéler des quantités de vêtements impeccablement rangés. Tout lui allait à la perfection, même les chaussures les plus usées. Sa brosse à cheveux, ses parfums et ses poudres étaient alignés sur une coiffeuse. Sur sa peau, les senteurs étaient agréablement familières. Les couleurs du maquillage lui allaient bien : Coty, Chanel, Elizabeth Arden, Dorothy Gray… Son miroir était entouré d'innombrables crèmes et onguents hors de prix.

Elle ouvrit un tiroir, où elle découvrit des dizaines et des dizaines de soutiens-gorge et autres sous-vêtements de soie et de dentelle. *Je dois sans doute attacher beaucoup d'importance aux apparences*, en conclut-elle. Elle s'assit pour contempler son reflet dans le miroir à trois faces, puis se mit à se brosser les cheveux avec de longs mouvements réguliers. *C'est ce que je fais toujours*, songea-t-elle à plusieurs reprises.

Lorsqu'elle sentait que cette sensation d'étrangeté menaçait de la submerger, elle s'occupait l'esprit avec de petites tâches : ranger les torchons dans le placard du rez-de-chaussée, sortir des assiettes et des verres.

Il revint peu avant 19 heures. Elle l'attendait dans l'entrée, fraîchement maquillée, une légère touche de parfum sur le cou et les épaules. Elle constata que cela lui plaisait – ce semblant de normalité. Elle lui prit son manteau, le rangea dans la penderie et lui demanda s'il voulait boire quelque chose.

— Ce serait parfait. Merci, dit-il.

Elle hésita, la main posée sur une carafe.

Il se retourna et comprit son indécision.

— Oui, c'est ça, chérie. Du whisky. Deux doigts, avec des glaçons. Merci.

À l'heure du souper, il s'assit à sa droite à la grande table en acajou, dont la plus grande partie était vide et dépourvue d'ornements. Elle servit à la louche le plat fumant dans deux assiettes, qu'il posa à leurs places respectives. *C'est ma vie*, se surprit-elle à penser en regardant s'activer les mains de son mari. *Voilà ce que nous faisons tous les soirs.*

— Je me disais qu'on pourrait inviter les Moncrieff à dîner vendredi. Tu te sens d'attaque ?

Elle avala une petite bouchée de ragoût.

—Je pense, oui.

—Bien, dit-il avec un hochement de tête. Nos amis ont demandé de tes nouvelles. Ils seront heureux de voir que tu es… de nouveau toi-même.

Elle esquissa un sourire.

—Ce serait… sympathique.

—Je me suis dit que nous devrions rester au calme pendant une semaine ou deux. Le temps que tu te remettes.

—D'accord.

—C'est très bon. C'est toi qui l'as préparé?

—Non. C'est Mme Cordoza.

—Ah.

Ils mangèrent en silence. Elle ne but que de l'eau, M. Hargreaves lui ayant déconseillé les boissons plus fortes, mais elle envia à son mari le verre posé devant son assiette. Elle aurait aimé pouvoir estomper cet inquiétant sentiment d'étrangeté, en atténuer l'impact.

—Comment ça se passe à… ton bureau?

Il ne leva pas la tête de son assiette.

—Très bien. Je vais devoir visiter les mines dans les semaines à venir, mais je ne veux pas partir avant d'être sûr que tu vas bien. Bien sûr, tu auras Mme Cordoza avec toi pour t'aider en mon absence.

Elle ressentit un léger soulagement à l'idée d'être seule.

—Je suis sûre que ça va aller.

—Et après ça, je me suis dit qu'on pourrait partir sur la Côte d'Azur pour quelques semaines. J'ai des affaires à régler là-bas, et le soleil te fera du bien. M. Hargreaves a dit que ça pourrait aider à ta… la cicatrisation…

Sa voix mourut dans le silence.

—La Côte d'Azur, répéta-t-elle.

Elle eut soudain la vision d'un front de mer éclairé par la lune. Des rires. Des tintements de verres. Elle ferma les yeux, souhaitant que cette image fugace s'éclaircisse.

— J'avais pensé que, cette fois, on pourrait y aller rien que tous les deux.

L'image s'était évanouie. Elle entendait le sang battre dans ses tempes. *Reste calme*, se dit-elle. *Tout finira par revenir. C'est M. Hargreaves qui l'a dit.*

— Tu as toujours l'air heureuse, là-bas. Peut-être même un peu plus qu'à Londres.

Il leva les yeux vers elle, puis détourna le regard.

Une fois encore, elle avait l'impression d'être testée. Elle se força à mâcher et à avaler.

— On fera comme bon te semblera, dit-elle à voix basse.

Un lourd silence envahit la pièce, uniquement troublé par le lent raclement du couteau de son mari sur son assiette. Ce bruit lui était oppressant; finir son plat lui parut soudain insurmontable.

— En fait, je suis plus fatiguée que je pensais. Ça t'embêterait beaucoup si je montais me coucher?

Il se leva en même temps qu'elle.

— J'aurais dû dire à Mme Cordoza qu'un souper en cuisine aurait suffi. Veux-tu que je t'aide à monter l'escalier?

— Je t'en prie, ne t'en fais pas pour moi, dit-elle en déclinant l'offre d'un geste de la main. Je suis juste un peu fatiguée. Je suis sûre que ça ira bien mieux demain matin.

À 21 h 45, elle l'entendit entrer dans la chambre. Elle s'était étendue dans le lit, percevant avec une étrange acuité la lumière de la lune qui s'immisçait entre les longs rideaux et le bruit lointain de la circulation, des taxis qui s'arrêtaient pour faire descendre leurs passagers, d'une salutation polie d'un homme qui promenait son chien. Elle était restée immobile, attendant que quelque chose se remette en place, que l'aisance

47

avec laquelle elle s'était replongée dans son environnement physique atteigne enfin son esprit.

Puis la porte s'était ouverte.

Il n'alluma pas la lumière. Elle entendit le claquement étouffé des cintres de bois quand il suspendit sa veste, puis un léger bruissement lorsqu'il ôta ses chaussures. Soudain, elle se raidit. Son mari – cet homme, cet inconnu – allait s'installer dans son lit. Elle avait été si focalisée sur l'épreuve de l'instant présent qu'elle n'y avait pas même songé. Elle s'attendait à ce qu'il dorme dans la chambre d'amis.

Elle se mordit la lèvre, serrant les paupières, s'obligeant à respirer lentement pour feindre le sommeil. Elle l'entendit disparaître dans la salle de bains, ouvrir le robinet, se brosser vigoureusement les dents et se gargariser. Puis le bruit de ses pas se rapprocha, étouffé par la moquette, et il se glissa entre les couvertures, faisant se creuser le matelas et protester le sommier. Pendant une minute, il resta couché là sans bouger, et Jennifer fit de son mieux pour garder un souffle régulier. *Oh, s'il te plaît, pas maintenant*, supplia-t-elle en silence. *Je te connais à peine.*

— Jenny ? dit-il.

Elle sentit sa main sur sa hanche et se força à ne pas tressaillir.

Il la secoua timidement.

— Jenny ?

Elle poussa un long soupir évoquant l'innocent abandon du profond sommeil. Elle sentit sa main s'immobiliser. Puis, soupirant à son tour, il se laissa tomber lourdement sur ses oreillers.

J'aurais aimé être celui qui te sauverait, mais ça ne va pas être possible Je ne t'appellerai pas une fois que tu auras reçu cette lettre, parce qu'elle risque de te bouleverser et que ça me donnerait une mauvaise image de toi si je t'entendais pleurer. Je ne t'ai jamais vue pleurer en un an et demi, et c'était la première fois que j'avais une copine comme ça.

Un homme à une femme, par lettre

CHAPITRE 2

Devant l'expression menaçante de son patron et sa démarche déterminée lorsqu'il traversa son bureau, Moira Parker se dit que M. Arbuthnot, son rendez-vous de 14 h 30, avait été bien inspiré d'être en retard. De toute évidence, la dernière réunion ne s'était pas bien passée.

Elle se leva en lissant sa jupe et lui prit son manteau, qui avait eu le temps de se moucheter de pluie sur la courte distance qu'il avait eue à parcourir entre sa voiture et les bureaux. Elle déposa son parapluie dans le porte-parapluies et s'attarda plus que nécessaire pour suspendre soigneusement son manteau. Elle travaillait pour lui depuis suffisamment longtemps pour savoir quand il avait besoin de passer un moment seul.

Elle lui servit une tasse de thé – il en prenait toujours une dans l'après-midi, après ses deux tasses de café du matin –, puis rassembla ses papiers avec une économie de mouvement née de ses nombreuses années d'expérience et frappa à la porte de son bureau.

— Je crois que M. Arbuthnot a été pris dans les embouteillages, dit-elle en entrant dans la pièce. Apparemment, il y a un gros ralentissement sur Marylebone Road.

Il lisait les lettres à signer qu'elle avait déposées un peu plus tôt sur son bureau. Visiblement satisfait, il sortit son stylo de la poche de son veston et apposa sa signature avec de petits mouvements secs. Elle posa la tasse de thé sur son bureau et ajouta le courrier à sa pile de papiers.

—J'ai acheté les billets pour votre voyage en Afrique du Sud, et j'ai pris les dispositions nécessaires pour qu'on vous réceptionne à l'aéroport.

—C'est le quinze du mois.

—Oui. Si vous voulez vérifier les papiers, je vous les apporterai. Voici les chiffres des ventes de la semaine dernière. Le dernier total des salaires est dans ce dossier. Et comme je ne savais pas si vous auriez le temps de déjeuner après la réunion avec les constructeurs automobiles, j'ai pris la liberté de vous commander des sandwichs. J'espère que ça vous conviendra.

—C'est très gentil, Moira. Merci.

—Les voulez-vous maintenant ? Avec votre thé ?

Il hocha la tête et lui adressa un bref sourire. Elle fit de son mieux pour ne pas rougir. Elle savait que les autres secrétaires se moquaient d'elle pour ce qu'elles considéraient comme une attitude trop attentionnée envers son patron, sans parler de ses tenues guindées et de sa manière un peu rigide de travailler. Mais cet homme aimait que les choses soient faites correctement. Ça, elle l'avait toujours compris. Ces filles idiotes, toujours fourrées dans leurs magazines ou en train de partager des ragots dans les toilettes, ne comprenaient pas le plaisir inhérent au travail bien fait. Elles ne comprenaient pas la satisfaction d'être indispensable.

Elle hésita un instant, puis tira la dernière lettre de son dossier.

—Le courrier de l'après-midi est arrivé. Je me suis dit que vous voudriez voir ceci. C'est encore une de ces lettres à propos des ouvriers de Rochdale.

Il fronça les sourcils, faisant disparaître le petit sourire qui avait illuminé son visage. Il lut la lettre, puis la relut.

—Quelqu'un d'autre a-t-il vu ce courrier ?

—Non, monsieur.

—Archivez-le avec les autres, ordonna-t-il en lui fourrant dans la main la feuille de papier. Ce ne sont que des inventions visant à semer la pagaille. Les syndicats sont derrière tout ça. Je ne veux rien avoir à faire avec eux.

Elle reprit la lettre sans un mot et fit mine de partir, puis revint.

— Puis-je vous demander Comment va votre femme ? Heureuse d'être sortie de l'hôpital, j'imagine ?

— Elle va bien, merci. Elle est presque redevenue comme avant. Ça lui a fait un bien fou de rentrer à la maison.

Elle avala sa salive.

— Je suis ravie de l'entendre.

Il ne faisait déjà plus attention à elle – il parcourait les chiffres des ventes qu'elle lui avait laissés. Un grand sourire toujours peint sur son visage, Moira Parker plaqua ses papiers sur sa poitrine et regagna son bureau d'un pas décidé.

De vieux amis, avait-il dit. Rien de trop éprouvant. Deux de ces amies lui étaient familières, car elles lui avaient rendu visite à l'hôpital et une fois encore après son retour à la maison. Yvonne Moncrieff, une femme grande et mince aux cheveux bruns, d'une petite trentaine d'années, était son amie depuis qu'elles étaient devenues voisines à Medway Square. Ses manières sarcastiques contrastaient avec celles de leur autre amie, Violet, qu'Yvonne connaissait depuis l'école et qui semblait accepter comme son fardeau l'humour caustique et les reparties cinglantes de l'autre.

Jennifer avait d'abord peiné à saisir les références communes et à comprendre ce que signifiaient les noms qu'elles échangeaient entre elles, mais elle s'était sentie à l'aise en leur compagnie. Elle avait appris à avoir confiance en ses réactions instinctives : les souvenirs ne résidaient pas uniquement dans le cerveau.

« J'aimerais pouvoir perdre la mémoire, avait déclaré Yvonne quand Jennifer lui avait confié qu'elle s'était sentie comme une étrangère en s'éveillant à l'hôpital. Je partirais dans le soleil couchant. J'oublierais que j'ai épousé Francis. »

Elle était passée chez Jennifer pour la rassurer, lui dire que tout allait bien se passer. C'était censé être un dîner « tranquille », mais, en voyant l'après-midi avancer, Jennifer se sentait presque paralysée de terreur.

— Il n'y a aucune raison de te mettre dans cet état, ma chérie. Tes soirées sont légendaires.

Yvonne s'assit au bord du lit, regardant Jennifer se tortiller pour entrer et sortir de toute une série de robes.

— Oui. Mais pourquoi ?

Elle essaya d'arranger le devant de sa robe, qui faisait des plis disgracieux. Apparemment, elle avait perdu un peu de poids à l'hôpital.

Yvonne éclata de rire.

— Oh, pas de panique ! Tu n'as rien à faire, Jenny. La merveilleuse Mme C. va te faire honneur. La maison est belle. Tu es éblouissante. Enfin, tu le seras si tu te mets quelque chose sur le dos !

Elle se débarrassa de ses chaussures d'un coup de pied et étendit ses longues jambes sur le lit.

— Je n'ai jamais compris pourquoi tu aimais tant recevoir, reprit-elle en inspectant sa manucure. Ne te méprends pas, j'adore tes dîners, mais toute cette organisation Ce que j'aime dans les soirées, c'est y aller, pas les donner. C'est ce que disait toujours ma mère et, franchement, c'est toujours d'actualité. Je veux bien m'acheter de nouvelles robes, mais m'occuper des canapés et des plans de table ? Non merci !

Jennifer arrangea au mieux son décolleté et se contempla dans le miroir, se tournant à gauche, puis à droite. Elle leva le bras. La cicatrice, enflée, était encore d'un rose très vif.

— Tu crois que je devrais mettre des manches longues ?

Yvonne se redressa pour mieux la regarder.

— Ça fait mal ?

—Tout mon bras est douloureux, mais le médecin m'a donné des cachets. Je me demandais juste si la cicatrice n'était pas un peu

—Voyante ? acheva Yvonne en fronçant le nez. Je pense que des manches longues conviendraient mieux, ma chérie. Le temps qu'elle s'atténue un peu. Et puis il fait si froid…

La brusquerie de son amie étonna Jennifer, mais elle n'en fut pas offensée. C'était la première fois qu'on lui parlait avec franchise depuis sa sortie de l'hôpital.

Elle ôta sa tenue et partit fouiller dans sa penderie pour y dénicher une robe fourreau de soie grège. Elle la décrocha pour l'examiner. C'était un choix si tapageur Depuis son retour à la maison, elle avait tout fait pour disparaître sous des couches de tweed et des nuances subtiles de gris et de brun, mais ces robes somptueuses n'avaient cessé de lui faire de l'œil.

—C'est ce genre de vêtement ? demanda-t-elle.

—Quel genre de vêtement ?

Jennifer prit une profonde inspiration.

—Que je porte d'habitude. C'est à ça que je ressemblais ? demanda-t-elle en tenant la robe devant elle.

Yvonne sortit une cigarette et l'alluma, étudiant attentivement l'expression de Jennifer.

—Tu es en train de me dire que tu ne te souviens vraiment de rien ?

Jennifer s'assit devant sa coiffeuse.

—Presque, avoua-t-elle. Je sais que je te connais. Je sais que je connais mon mari. Je le sens là, poursuivit-elle en se tapotant la poitrine. Il y a d'énormes vides. Je ne me souviens pas de ce que je pensais de ma vie. Je ne sais pas comment je suis censée me conduire avec les gens. Je ne sais plus qui je suis, dit-elle en se mordant la lèvre.

Les larmes aux yeux, elle ouvrit un tiroir, puis un autre, à la recherche d'un mouchoir.

Yvonne attendit un instant. Puis elle se leva, traversa la pièce et s'assit avec elle sur le petit tabouret de la coiffeuse.

—Ce n'est rien, ma chérie, je vais combler les blancs. Tu es charmante et drôle, et tu respires la joie de vivre. Tu as une vie parfaite, un riche et beau mari qui t'adore et une garde-robe à faire mourir d'envie n'importe quelle femme. Ta coiffure est toujours impeccable. Ta taille fait la largeur de la main d'un homme. Tu es le clou de toutes les assemblées, et nos maris sont amoureux de toi en secret.

—Oh, ne sois pas ridicule.

—Je t'assure! Francis t'adore. Dès qu'il aperçoit ton petit sourire fripon et tes nattes blondes, je le vois se demander pourquoi il a épousé cette vieille Juive grincheuse et dégingandée. Quant à Bill…

—Bill?

—Le mari de Violet. Avant ton mariage, il te suivait littéralement comme un petit chien. Heureusement qu'il est terrifié par ton mari, sans quoi ça fait des années qu'il t'aurait kidnappée.

Jennifer s'essuya les yeux avec son mouchoir.

—Tu es très gentille.

—Pas du tout. Si tu n'étais pas aussi charmante, je t'aurais fait liquider depuis longtemps. Mais tu as de la chance, je t'aime bien.

Elles restèrent assises en silence durant quelques minutes. Du bout de l'orteil, Jennifer frottait une tache sur la moquette.

—Comment se fait-il que je n'aie pas d'enfants?

Yvonne tira longuement sur sa cigarette et exhala un impeccable rond de fumée. Puis elle jeta un bref regard à Jennifer et haussa les sourcils.

—La dernière fois qu'on a abordé le sujet, tu m'as fait remarquer que, pour avoir des enfants, il est généralement conseillé que le mari et l'épouse vivent sur le même continent. Le tien est souvent en déplacement, ajouta-t-elle avec un petit sourire en coin. Ça fait partie des choses que je t'ai toujours terriblement enviées.

Jennifer laissa échapper un petit rire forcé. Son amie poursuivit :

— Oh, ça va aller, ma chérie. Tu devrais faire ce que t'a conseillé ce médecin ridiculement hors de prix et arrêter de te tracasser. À n'en pas douter, tu vas avoir une illumination d'ici quelques semaines et te souvenir de tout : les ronflements dégoûtants de ton mari, l'état de l'économie actuelle, celui de ton ardoise chez Harvey Nichols… Mais, en attendant, profite de ton innocence tant que tu le peux encore.

— Je suppose que tu as raison.

— Bon ! Puisque c'est réglé, je pense que tu devrais mettre ce truc rose. Tu as un collier de quartz qui va merveilleusement bien avec. Le vert émeraude ne te met pas du tout en valeur, tes seins ressemblent à deux vieux ballons dégonflés.

— Quelle bonne amie tu fais ! s'écria Jennifer, et elles éclatèrent de rire.

Il claqua la porte et laissa tomber son attaché-case sur le sol de l'entrée, amenant l'air glacial de l'extérieur sur son manteau et sur sa peau. Il dénoua son écharpe, embrassa Yvonne et s'excusa pour son retard.

— Réunion des comptables. Vous savez comme ils sont : intarissables dès qu'il est question d'argent.

— Oh, Larry, tu devrais les voir quand ils sont entre eux ! Je m'ennuie toujours à en pleurer. Avec Francis, on est mariés depuis cinq ans et je ne sais toujours pas faire la différence entre un débit et un crédit. D'ailleurs, il ne devrait pas tarder, ajouta-t-elle en consultant sa montre. Il doit être en train d'agiter sa baguette magique au-dessus d'une dernière colonne de chiffre.

Laurence Stirling se tourna vers son épouse.

— Tu es ravissante, Jenny.

—N'est-ce pas? Ta femme n'a pas oublié comment se rendre présentable.

—Oui. Oui, c'est certain. Bien, dit-il en lui passant la main le long de la mâchoire, si vous voulez bien m'excuser, je vais aller me rafraîchir avant que nos autres invités arrivent. Il va encore neiger, j'ai entendu le bulletin météo à la radio.

—On va boire un verre en t'attendant, lança Yvonne.

Lorsque la porte s'ouvrit pour la deuxième fois, un cocktail bien alcoolisé avait un peu atténué l'état de nerfs de Jennifer. Ça va aller, ne cessait-elle de se répéter. Yvonne interviendrait pour lui souffler ses répliques si jamais elle la voyait sur le point de se ridiculiser. C'étaient ses amis. Ils n'étaient pas là pour la piéger. Ils étaient une nouvelle étape dans son processus de guérison.

—Jenny. Merci infiniment de nous avoir invités.

Violet Fairclough la serra dans ses bras. Son visage grassouillet disparaissait presque entièrement sous un immense turban, qu'elle détacha et tendit à Jennifer avec son manteau. Elle portait une robe de soie au décolleté arrondi, tendue comme un parachute sur sa large silhouette. La taille de Violet, comme Yvonne le ferait remarquer par la suite, avait la largeur combinée de toutes les mains d'un petit corps d'infanterie.

—Jennifer! La beauté incarnée, comme toujours.

Un homme de haute taille au visage rubicond, se pencha pour l'embrasser.

Jennifer était ébahie par l'improbabilité de ce couple. Elle n'avait pas le moindre souvenir de Bill, et trouvait presque amusante l'idée qu'un homme aussi grand ait pu épouser une femme aussi petite.

—Entrez, dit-elle, faisant de son mieux pour ne plus le regarder et contrôler son hilarité. Mon mari va descendre dans quelques minutes. Je vais vous servir à boire en attendant.

— « Mon mari ? », s'esclaffa Bill. On fait dans le cérémonieux, ce soir ?

— Eh bien…, bredouilla Jennifer. Ça fait longtemps que je ne vous ai pas tous vus

— Monstre ! s'écria Yvonne en l'embrassant. Tu devrais être gentil avec Jenny, elle est toujours terriblement fragile. En ce moment, elle devrait être étendue dans sa chambre, languissante, pendant qu'on sélectionnerait un homme après l'autre pour lui faire manger des grains de raisin. Mais elle tenait absolument à boire des martinis.

— Ah, ça, c'est la Jenny qu'on connaît et qu'on adore !

Le sourire admiratif de Bill était si insistant que Jennifer jeta un coup d'œil à Violet pour s'assurer qu'elle n'était pas offensée. Par chance, son amie semblait ne rien avoir remarqué, trop occupée à chercher quelque chose au fond de son sac à main.

— J'ai donné ton numéro à la nouvelle nounou, dit-elle en levant enfin les yeux. J'espère que ça ne te dérange pas. Cette femme est une incompétente, je m'attends à ce qu'elle appelle d'une minute à l'autre pour dire qu'elle n'arrive pas à trouver le bas de pyjama de Frederick – ça ou autre chose.

Jennifer surprit Bill levant les yeux au ciel et eut une triste impression de déjà-vu.

Ils étaient huit convives : Laurence et Francis présidaient en bout de table ; Yvonne, Jennifer et Dominic, un haut gradé de la cavalerie, étaient assis du côté de la fenêtre et faisaient face à Violet, Bill et Anne, l'épouse de Dominic. Anne était une femme enjouée, bien dans sa peau, qui s'esclaffait aux plaisanteries des hommes avec dans le regard une lueur espiègle.

Jennifer se surprit à regarder ses amis manger, analysant leurs discussions avec une attention quasi scientifique, cherchant des indices pour reconstruire leur vie passée.

Bill, remarqua-t-elle, se tournait rarement vers sa femme et ne prenait même pas la peine de lui adresser la parole. Violet ne semblait pas s'en rendre compte, et Jennifer se demanda si elle était réellement inconsciente de cette indifférence ou seulement assez stoïque pour dissimuler son embarras.

Yvonne, en dépit de ses incessants persiflages à l'égard de Francis, ne cessait de le couver des yeux. Ses plaisanteries à ses dépens étaient toujours accompagnées d'un sourire de défi. C'est leur façon d'être ensemble, songea Jennifer. C'est sa manière de lui montrer à quel point il compte pour elle.

—Je regrette de ne pas avoir investi dans les réfrigérateurs, disait Francis. Ce matin, j'ai lu dans le journal qu'il y en aura un million de vendus en Grande-Bretagne cette année. Un million ! Il y a cinq ans, c'était cent soixante-dix mille.

—En Amérique, ça doit faire dix fois plus. J'ai entendu dire que, là-bas, les gens en changeaient tous les deux ans, déclara Violet en harponnant un morceau de poisson. Et ils sont énormes – deux fois la taille des nôtres. Vous imaginez ?

—Tout est plus gros en Amérique. En tout cas, c'est ce qu'ils adorent nous raconter.

—Y compris les egos, à en juger par ceux que j'ai rencontrés, surenchérit Dominic d'une voix forte. Si on ne vous a jamais présenté un général yankee, vous ne savez pas ce qu'est réellement un insupportable je-sais-tout.

Anne éclata de rire :

—Ce pauvre Dom n'a pas très bien pris que l'un d'eux veuille lui apprendre à conduire sa propre voiture.

—« Dites donc, ils sont sacrément petits, vos quartiers ! Elles sont sacrément petites, ces voitures ! Elles sont sacrément petites, ces rations », singea Dominic. S'ils avaient vu ce que c'était avec le rationnement… Mais, bien sûr, ils n'ont pas idée

—Dom s'est dit qu'il allait se payer un peu sa tête, et il a emprunté la Mini de ma mère. Il est passé le prendre avec. Vous auriez dû voir ça !

— « Chez nous, c'est la taille standard, je lui ai dit. Pour les dignitaires étrangers, on a une petite berline. Ils ont trois centimètres de plus pour les jambes. » Le général a presque dû se plier en deux pour entrer dedans.

— J'ai hurlé de rire, s'esclaffa Anne. Je ne sais pas comment Dom a fait pour ne pas s'attirer de terribles ennuis.

— Comment vont les affaires, Larry ? On m'a dit que tu repartais en Afrique dans une ou deux semaines.

Jennifer regarda son mari se caler contre le dossier de sa chaise.

— Elles vont bien. Plus que bien, même. Je viens de signer un contrat avec un certain constructeur automobile pour fabriquer des garnitures de freins.

Il reposa sa fourchette et son couteau sur son assiette.

— En quoi consiste ton travail, exactement ? Je n'ai jamais bien compris ce qu'était ce nouveau minéral que vous utilisez.

— Ne fais pas comme si ça t'intéressait, Violet, dit Bill de l'autre côté de la table. Violet ne se passionne que pour ce qui est rose ou bleu pastel et qui commence toutes ses phrases par « Maman ».

— Cela signifie peut-être, mon cher Bill, que l'environnement n'est pas assez stimulant pour elle à la maison, riposta Yvonne, que les hommes sifflèrent aussitôt.

Laurence Stirling s'était tournée vers Violet.

— Il ne s'agit pas vraiment d'un nouveau minéral, expliqua-t-il. On s'en sert depuis l'Antiquité. Tu as étudié la Rome antique à l'école ?

— Sûrement. Mais, bien entendu, j'ai tout oublié, répondit-elle avec un petit rire perçant.

Laurence baissa la voix, et la tablée se tut pour mieux l'écouter.

— Eh bien, Pline l'Ancien a écrit qu'il avait vu un homme jeter un morceau de tissu dans le feu et l'en sortir quelques minutes plus tard sans qu'il soit aucunement consumé.

D'aucuns ont parlé de sorcellerie, mais Pline savait qu'il s'agissait d'un matériau extraordinaire.

Il sortit un stylo de sa poche et se pencha pour griffonner quelque chose sur sa serviette damassée. Puis il la fit glisser vers Violet.

— Le nom du chrysotile, qui est sa variété la plus commune, est dérivé du grec *chrysos*, qui signifie « or », et *tilos*, « fibre ». Même à l'époque, ils avaient conscience de son immense valeur. Tout ce que je fais – enfin, tout ce que fait mon entreprise –, c'est l'extraire et le mouler pour une multitude d'utilisations.

— Vous éteignez les incendies ?

— Oui, dit-il en observant ses mains d'un air songeur. Ou plutôt je fais en sorte qu'ils ne s'allument pas.

Dans le bref silence qui s'ensuivit, l'atmosphère s'alourdit autour de la table. Laurence posa les yeux sur Jennifer, puis les détourna.

— Mais où sont les gros sous, mon vieux ? Pas dans les nappes ignifugées ?

— Les composants automobiles.

Il se laissa aller contre le dossier de sa chaise, et le reste des convives sembla se détendre avec lui.

— On estime que, d'ici dix ans, la quasi-totalité des ménages britanniques aura une voiture, poursuivit-il. Ça fait un sacré paquet de garnitures de freins. On est aussi en cours de négociation avec les chemins de fer et les compagnies aériennes, mais les utilisations de l'amiante blanc sont presque infinies. On en met dans la plomberie, la construction, la tôle, l'isolation Bientôt, il sera partout.

— Le matériau miracle !

Il semblait très à l'aise quand il parlait de ses affaires avec ses amis, bien plus que lorsqu'il se trouvait seul avec elle, songea Jennifer. Lui aussi avait dû être bouleversé de la voir si gravement blessée et de savoir que, même à présent, elle n'était pas encore redevenue elle-même. Elle songea à la description qu'Yvonne avait donnée d'elle dans l'après-midi : superbe, assurée, friponne. Cette femme manquait-elle à Laurence ? Peut-être conscient des yeux de Jennifer posés sur lui, il tourna la tête et croisa son regard. Elle sourit et, après un instant, il lui rendit son sourire.

—Je vous ai vus ! Larry, tu n'as pas le droit de faire de l'œil à ta femme ! s'écria Bill en remplissant leurs verres.

—Bien sûr que si, il a le droit de faire de l'œil à sa femme ! rétorqua Francis. Après tout ce qu'elle a traversé ! Comment tu te sens, Jenny ? Tu es sublime.

—Ça va. Merci.

—Je dirais même qu'elle va parfaitement bien, si elle donne un dîner à peine – combien ? – à peine une semaine après être sortie de l'hôpital !

—Si Jenny ne recevait plus à dîner, je penserais que quelque chose de terrible est arrivé – pas seulement pour elle, mais à un niveau planétaire ! s'écria Bill en prenant une longue gorgée de vin.

—Quelle horrible histoire ! C'est merveilleux de te retrouver telle que tu étais.

—On était affreusement inquiets. J'espère que tu as reçu mes fleurs, ajouta Anne.

Dominic posa sa serviette sur la table.

—Tu te rappelles quelque chose au sujet de l'accident, Jenny ?

—Si ça ne te dérange pas, je suis sûr qu'elle préfère ne pas s'étendre là-dessus, répliqua Laurence en se levant pour aller chercher une nouvelle bouteille de vin.

—Bien sûr, dit Dominic en levant la main en signe d'apaisement. C'était indélicat de ma part.

Jennifer commença à ramasser les assiettes.

—Je me sens bien. Vraiment. Seulement, je n'ai pas grand-chose à raconter. Je ne me souviens de rien.

— Ce n'est pas plus mal, fit remarquer Dominic.

Yvonne alluma une cigarette.

— Eh bien, mon cher Larry, plus tôt tu fabriqueras les garnitures de freins de toutes les voitures, plus vite on sera en sécurité.

— Et plus riche il sera, s'esclaffa Francis.

— Oh, Francis chéri, doit-on vraiment faire revenir la moindre conversation sur des questions d'argent ?

— Oui, répondit-il en chœur avec Bill.

Jennifer les entendit éclater de rire en s'éloignant vers la cuisine avec sa pile de vaisselle sale.

— Alors, ça s'est bien passé, tu ne trouves pas ?

Assise à sa coiffeuse, elle enlevait avec précautions ses boucles d'oreilles. Dans le miroir, elle vit son mari entrer dans la chambre en desserrant sa cravate. Il ôta ses chaussures et passa dans la salle de bains, laissant la porte ouverte.

— Oui, dit-elle. Je suppose.

— Les plats étaient sublimes.

— Oh, le mérite ne m'en revient pas. C'est Mme Cordoza qui a tout fait.

— Oui, mais tu as composé le menu.

C'était plus simple de ne pas le contredire. Elle rangea soigneusement ses boucles d'oreilles dans leur écrin. Elle l'entendait remplir le lavabo.

— Je suis contente que ça t'ait plu.

Elle se leva et s'extirpa à grand-peine de sa robe, qu'elle suspendit. Puis elle entreprit de retirer ses bas.

Elle en avait ôté un quand elle leva les yeux et l'aperçut, planté sur le pas de la porte. Les yeux posés sur ses jambes.

— Tu étais très belle, ce soir, dit-il à voix basse.

Elle cligna des yeux et se hâta d'ôter son second bas. Très mal à l'aise, elle tendit le bras dans son dos pour dégrafer sa gaine. Elle ne pouvait se servir de son bras gauche, trop faible pour se tordre en arrière. La tête toujours baissée, elle l'entendit s'approcher. Il était torse nu mais n'avait pas encore enlevé son pantalon. Il se plaça derrière elle et lui repoussa la main pour défaire lui-même sa gaine. Il était si proche qu'elle sentait son souffle sur la peau de son dos tandis qu'il libérait chaque petit crochet de son attache.

— Tu es très belle, répéta-t-il.

Elle ferma les yeux.

C'est mon mari, se dit-elle. Il m'adore. C'est ce que tout le monde me dit. Nous sommes heureux.

Elle sentit la caresse de ses doigts courir le long de son épaule, le contact de ses lèvres sur sa nuque.

— Tu es très fatiguée? murmura-t-il.

Elle savait que c'était l'occasion. C'était un gentleman. Si elle répondait par l'affirmative, il n'insisterait pas et la laisserait tranquille. Mais ils étaient mariés. Mariés. Il faudrait bien qu'elle s'y soumette à un moment ou à un autre. Et puis, comment savoir? S'il lui devenait moins étranger, peut-être retrouverait-elle un petit bout d'elle-même

Elle se retourna dans ses bras. Elle ne pouvait soutenir son regard, elle ne pouvait l'embrasser.

— Pas si… pas si tu ne l'es pas, souffla-t-elle contre son torse.

Elle sentit sa peau sur la sienne et ferma les yeux très fort, espérant retrouver une impression familière, peut-être même un peu de désir. Ils étaient mariés depuis quatre ans. Combien de fois l'avaient-ils fait? Il avait été si patient depuis son retour de l'hôpital.

Elle sentit ses mains glisser sur elle, plus assurées à présent, et dégrafer son soutien-gorge. Elle garda les paupières closes, plus consciente que jamais de son apparence.

— Est-ce qu'on peut éteindre la lumière? demanda-t-elle. Je ne veux pas Je voudrais oublier mon bras. Ma cicatrice.

— Bien sûr. J'aurais dû y penser.

Elle entendit le « clic » de l'interrupteur. Ce n'était pas réellement son bras qui la dérangeait : c'était lui qu'elle ne voulait pas regarder. Elle ne voulait pas se sentir aussi exposée, aussi vulnérable sous son regard. L'instant d'après, ils étaient sur le lit et il lui embrassait la nuque, les mains impatientes, le souffle court. Il s'allongea sur elle, la clouant au matelas. Elle passa les bras autour de son cou, ignorant ce qu'elle était censée faire en l'absence des sentiments qu'elle avait attendus.

Qu'est-ce qui m'arrive ? se demanda-t-elle. Comment je faisais, avant ?

— Tout va bien ? lui murmura-t-il à l'oreille. Je ne te fais pas mal ?

— Non, répondit-elle. Non, pas du tout.

Il lui embrassa les seins en laissant échapper un sourd gémissement de plaisir.

— Enlève ça, dit-il en tirant sur l'élastique de sa petite culotte.

Il la soulagea de son poids pour la laisser descendre le sous-vêtement jusqu'à ses genoux et s'en débarrasser d'un coup de pied. Elle fut alors entièrement nue. On pourrait peut-être , voulut-elle dire, mais il lui écartait déjà les jambes, tentant maladroitement de s'introduire en elle. Je ne suis pas prête. Elle ne pouvait rien dire : à présent, elle ne pouvait plus se refuser. Il était éperdu de désir.

Elle grimaça et leva les genoux, essayant de ne pas se crisper. Puis il la pénétra et elle se mordit la joue dans l'obscurité, tentant d'ignorer la douleur et le fait qu'elle ne ressentait rien. Elle voulait simplement que cette mascarade prenne fin. Les mouvements de Larry gagnèrent en vitesse et en ardeur. Il l'écrasait de tout son poids, son visage chaud et moite posé sur son épaule. Enfin, avec un petit cri et une pointe de vulnérabilité qu'il ne laissait paraître dans aucun autre aspect de son existence, il acheva sa besogne et se retira, ne lui laissant qu'une moiteur collante entre les cuisses.

Elle s'était mordu la joue si fort qu'elle sentait le goût du sang dans sa bouche.

Il roula sur le côté, toujours essoufflé.

—Merci, murmura-t-il dans le noir.

Elle était soulagée qu'il ne pût pas la voir, étendue là, le regard perdu dans le vague, les draps tirés jusqu'au menton.

—Tout va bien, dit-elle à voix basse.

La mémoire pouvait se loger dans d'autres zones que le cerveau, elle venait d'en faire l'expérience.

Les jours heureux ne seront pas… Ce n'est vraiment pas toi, c'est moi.

Un homme à une femme, par carte postale

CHAPITRE 3

— Un profil. D'un industriel.

Le ventre de Don Franklin menaçait à chaque instant de déborder de son pantalon. Les boutons de sa chemise étaient tendus à craquer, révélant au-dessus de la ceinture un triangle de peau blafarde. Il se cala au fond de son siège et remonta ses lunettes sur son crâne dégarni.

— Le rédac' chef tient à cet article, O'Hare. Il veut quatre pages sur le minéral miracle, pour la publicité.

— Mais, bordel, qu'est-ce que je sais des mines et des usines ? Je suis correspondant à l'étranger, bon sang !

— Tu l'étais, rectifia Don. On ne peut plus t'envoyer à l'étranger, Anthony, tu le sais bien. Et, pour cet article, j'ai besoin d'un bon journaliste. Tu ne peux pas rester ici à traîner toute la journée.

Anthony se laissa tomber sur le siège de l'autre côté du bureau et sortit une cigarette.

Derrière le rédacteur, à peine visible à travers la cloison de verre de son bureau, Phipps, l'assistant-reporter, arracha trois feuilles du cylindre de sa machine à écrire et, grimaçant de rage, les replaça sans oublier le papier carbone.

— Je t'ai déjà vu faire. Tu sais user de ton charme.

— D'accord, donc il ne s'agit même pas d'un vrai profil. Ce que tu me demandes, c'est un article bidon. De la publicité déguisée.

— La société est en partie basée au Congo. Tu connais bien le pays.

— Je sais quel genre de type ouvre des mines au Congo.

Don lui demanda une cigarette d'un geste de la main. Anthony lui en tendit une et l'alluma.

— Inutile de noircir le tableau, ce n'est pas si terrible.

— Ah non?

— Tu vas interviewer ce type dans sa résidence d'été du sud de la France. Sur la Côte d'Azur. Tu vas passer quelques jours au soleil, déguster un homard ou deux aux frais du journal, et peut-être même croiser Brigitte Bardot… Tu devrais me remercier.

— Envoie Peterson. Il adore ce genre de trucs.

— Peterson est sur l'affaire du meurtrier d'enfants de Norwich.

— Murfett, alors. C'est un lèche-bottes de première.

— Murfett est au Ghana, il couvre les événements en Ashanti.

— Lui? s'écria Anthony d'un air incrédule. Il n'est même pas foutu de couvrir une bagarre d'écoliers dans une cabine téléphonique! Comment se fait-il qu'il s'occupe du Ghana? Renvoie-moi là-bas, Don, ajouta-t-il à voix basse.

— Non.

— Je pourrais être à moitié fou, alcoolique et enfermé au fond d'une chambre capitonnée, je ferais toujours un meilleur boulot que Murfett, et tu le sais parfaitement!

— Ton problème, O'Hare, c'est que tu ne connais pas ta chance. Écoute, dit Don en baissant la voix. Arrête un peu de gueuler et écoute. Quand tu es rentré d'Afrique, ils ont beaucoup discuté là-haut (il esquissa un geste en direction du bureau du rédacteur en chef) pour décider s'ils devaient te donner ton congé. Cet incident… Ils s'inquiétaient pour toi, mon vieux. Heureusement, Dieu sait comment, tu t'es fait beaucoup d'amis ici – des amis haut placés. Ils ont tenu compte de ce que tu as vécu et ne t'ont pas rayé du registre du personnel. Même quand tu étais en… Enfin tu sais…

Anthony ne le quittait pas des yeux.

— Bref. En deux mots, ils ne veulent pas que je te confie une mission trop… tendue. Alors prends-toi en main, pars en France et sois reconnaissant d'avoir un travail qui te permet parfois de dîner dans les contreforts de Monte-Carlo. Et qui sait ? Tu pourrais en profiter pour emballer une petite starlette.

Un long silence s'ensuivit.

Constatant qu'Anthony ne parvenait pas à manifester l'enthousiasme de rigueur, Don écrasa sa cigarette.

— Tu ne veux vraiment pas le faire, hein ?

— Non, Don. Tu le sais très bien. Si j'accepte ça, c'est la porte ouverte aux naissances, mariages et décès.

— Bon sang, O'Hare, ce que tu peux être contrariant !

Il tendit la main vers une feuille de papier, qu'il arracha de la pique posée sur son bureau.

— OK, alors prends ça. Vivien Leigh va traverser l'Atlantique. Elle compte camper devant le théâtre où joue Olivier. Apparemment, il refuse de lui parler, et elle raconte aux journalistes de la presse à scandale qu'elle ne sait pas pourquoi. Qu'est-ce que tu dirais de découvrir s'ils vont droit vers le divorce ? Et tant que tu y es, j'aimerais une jolie description de son style vestimentaire…

Un nouveau silence s'installa. Dehors, Phipps arracha trois nouvelles pages, se frappa le front et jura en silence.

Anthony écrasa sa cigarette et jeta un regard noir à son supérieur.

— Je vais faire mes valises, grogna-t-il.

Il y a quelque chose chez les gens très riches qui me donne envie de les faire enrager, songea Anthony en s'habillant pour le dîner. Cela provenait peut-être de cette assurance inhérente aux hommes rarement contredits, ou des manières pompeuses de ceux dont les opinions les plus prosaïques étaient prises tellement au sérieux.

Au premier abord, il avait trouvé Laurence Stirling moins déplaisant que ce à quoi il s'était attendu : l'homme avait été courtois, ses réponses réfléchies, son opinion sur ses ouvriers relativement éclairée. Mais, au cours de la journée, Anthony avait compris qu'il faisait partie de ces hommes qui voulaient toujours tout contrôler. Plutôt que de solliciter des informations, il parlait aux gens sans attendre de réponse. Il ne s'intéressait pas à ce qui ne touchait pas directement son cercle. Il était ennuyeux et suffisamment riche pour ne pas vouloir être autre chose.

Anthony donna un coup de brosse à sa veste, se demandant pourquoi il avait accepté d'assister à ce dîner. Stirling l'avait invité à la fin de l'interview et, pris au dépourvu, il avait été forcé d'admettre qu'il ne connaissait personne à Antibes et qu'il n'avait rien prévu pour la soirée en dehors d'un rapide casse-croûte au bar de l'hôtel. Il soupçonna ensuite Stirling de l'avoir invité uniquement pour s'assurer qu'il écrirait un article flatteur. À peine avait-il accepté à contrecœur que Stirling demandait déjà à son chauffeur de passer le prendre à l'*Hôtel Cap* à 19 h 30.

— Si vous venez seul, vous ne trouverez pas la maison, avait-il déclaré. On ne la voit pas depuis la route.

Je l'aurais parié, avait songé Anthony. Stirling ne semblait pas être le genre d'homme à réserver un accueil favorable aux rencontres fortuites.

Le concierge sembla se réveiller en voyant la limousine s'arrêter devant l'hôtel. Lui qui avait à peine levé les yeux à l'arrivée d'Anthony, il se précipitait pour lui ouvrir la porte, en affichant sur son visage un sourire obséquieux.

Anthony l'ignora. Il grimpa sur le siège avant en saluant le chauffeur – au grand désarroi de ce dernier, il le comprit après coup, mais, à l'arrière, il se serait senti comme un imposteur. Il ouvrit la fenêtre pour laisser la brise tiède de la Méditerranée lui caresser la peau tandis que le long et lent véhicule négociait son chemin sur des routes côtières qui fleuraient bon le thym et le romarin. Son regard se perdit vers les collines violettes qui s'étendaient à l'horizon. Trop habitué aux paysages plus exotiques de l'Afrique, il avait oublié à quel point étaient belles certaines régions d'Europe.

Il échangea des banalités avec le chauffeur, lui demandant des renseignements sur les environs, pour qui il avait travaillé et comment était la vie dans la région pour un homme ordinaire. Il ne pouvait s'en empêcher : toute connaissance était bonne à prendre. Certaines de ses meilleures pistes lui étaient venues de chauffeurs et autres serviteurs des grands de ce monde.

— M. Stirling est un bon patron ? demanda-t-il.

Le chauffeur lui jeta un regard en coin, brusquement moins détendu.

— Oui, dit-il d'un ton qui impliquait que la conversation était close.

— Heureux de l'entendre, répliqua Anthony, qui fit en sorte de lui offrir un généreux pourboire en arrivant devant la grande maison blanche.

En regardant la voiture faire le tour de la bâtisse vers ce qui devait être le garage, Anthony se sentit vaguement déprimé. Taciturne comme il était, il aurait préféré partager un sandwich et un jeu de cartes avec le chauffeur plutôt que de faire la conversation à d'ennuyeux millionnaires de la Côte d'Azur.

La maison, une bâtisse du XVIIIe siècle, était semblable à celle de tout homme riche : démesurée, avec une façade immaculée requérant à elle seule les soins continuels de plusieurs membres du personnel. La large allée gravillonnée était impeccable, flanquée de chemins dallés où aucune mauvaise herbe n'osait pousser. De grandes fenêtres illuminées brillaient entre leurs volets fraîchement repeints. Un grand escalier de pierre menait les visiteurs à un immense vestibule orné d'imposantes compositions florales, où résonnaient déjà les conversations des autres invités. Anthony gravit lentement les marches, toujours tièdes après la chaleur torride de la journée.

Il y avait sept autres convives : M. Moncrieff et son épouse, qui ne cessait de le jauger du regard ; le maire de la ville, M. Lafayette, avec sa femme et leur fille, une petite brune aux yeux lourdement maquillés et à l'air espiègle ; M. et Mme Demarcier, un couple de retraités qui occupaient la villa voisine. La femme de Stirling était une jolie blonde bien mise, à la Grace Kelly. Ce genre de femme, admirée depuis toujours pour son apparence, n'avait généralement rien de bien intéressant à dire. Anthony espérait être placé à côté de Mme Moncrieff. Son air évaluateur ne l'avait pas dérangé ; au contraire, il le prenait comme un défi.

—Alors comme ça, vous travaillez pour un journal, monsieur O'Hare ? demanda la vieille Française en le regardant avec attention.

—Oui. En Angleterre.

Un domestique apparut à ses côtés avec un plateau de boissons.

—Vous avez quelque chose de non alcoolisé ? demanda-t-il. Un tonic, peut-être ?

L'homme hocha la tête et disparut.

—Comment s'appelle votre journal ? demanda Mme Demarcier.

—*La Nation*.

—*La Nation*, répéta-t-elle, visiblement déçue. Je n'en ai jamais entendu parler. Je connais le *Times*. C'est le meilleur journal d'Angleterre, n'est-ce pas ?

—C'est ce que certains pensent.

Bon sang, songea-t-il. *Faites que la nourriture soit bonne.*

Le plateau d'argent réapparut avec un grand verre de tonic glacé. Anthony tenta d'ignorer les kirs pétillants que sirotaient les autres. Pour se changer les idées, il testa sur la fille du maire les quelques phrases de français qui lui restaient du lycée ; celle-ci lui répondit dans un anglais impeccable, à peine teinté d'un délicieux accent français. *Trop jeune*, songea-t-il en voyant le maire froncer les sourcils.

Lorsque enfin ils se mirent à table, il eut la satisfaction d'être placé à côté d'Yvonne Moncrieff. Cette femme était polie, amusante… et complètement insensible à son charme. *Saloperies de mariages heureux.* Jennifer Stirling était assise à sa gauche, engagée dans une conversation.

— Venez-vous souvent ici, monsieur O'Hare ? demanda Francis Moncrieff, un homme grand et mince – l'équivalent masculin de sa femme.

— Non.

— Vous devez être le plus souvent attaché à la City de Londres ?

— Non. Je ne m'occupe pas du tout de ça.

— Vous n'êtes pas journaliste financier ?

— Je suis correspondant. Je couvre… l'actualité et les conflits à l'étranger.

— Tandis que Larry en est la cause, s'esclaffa Moncrieff. Sur quels sujets écrivez-vous ?

— Oh, la guerre, la famine, les maladies… Tout ce qui prête à rire.

— Je ne pense pas que ces choses-là prêtent à rire, fit remarquer la vieille Française en sirotant son vin.

— L'an dernier, je couvrais la crise au Congo.

— Lumumba est un fauteur de troubles, lança Stirling. Les Belges sont d'une idiotie et d'une lâcheté sans nom s'ils imaginent que le pays ne va pas sombrer sans eux.

— Vous pensez qu'on ne peut pas faire confiance aux Africains pour gérer leurs propres affaires ?

—Hier encore, Lumumba n'était qu'un postier pieds nus dans la jungle ! Dans tout le Congo, il n'y a pas un seul Noir qui ait des qualifications professionnelles, déclara son hôte en allumant un cigare avant de souffler un panache de fumée. Comment vont-ils faire tourner les banques une fois que les Belges seront partis ? Et les hôpitaux ? La région va devenir une zone de guerre. Mes mines se trouvent sur la frontière rhodésienne, et j'ai déjà dû prendre des mesures de sécurité supplémentaires. Avec les Rhodésiens, bien entendu – on ne peut plus faire confiance aux Congolais.

Il y eut un bref silence. Anthony sentit un muscle de sa mâchoire se contracter nerveusement.

Stirling tapota son cigare.

—Alors, monsieur O'Hare, où étiez-vous au Congo ?

—À Léopoldville, la plupart du temps. Et à Brazzaville.

—Alors vous savez qu'on ne peut plus contrôler l'armée congolaise.

—Je sais que l'indépendance est un moment difficile pour tout pays. Et que si le lieutenant-général Janssens s'était montré plus diplomate, de nombreuses vies auraient été épargnées.

Stirling le dévisagea à travers la fumée de son cigare. Anthony savait qu'il était en train de revoir son jugement.

—Alors vous aussi vous êtes laissé entraîner dans le culte de Lumumba. Encore un progressiste naïf ?

Son sourire était glacial.

—Je vois mal comment les conditions de vie de la plupart des Africains pourraient être pires.

—Alors vous et moi n'allons pas être d'accord, rétorqua Stirling. Je pense qu'il y a des peuples pour qui la liberté est un cadeau empoisonné.

Un lourd silence tomba. Au loin, une moto vrombit en grimpant une colline. Mme Lafayette leva la main d'un air inquiet pour se lisser les cheveux.

— Je ne connais strictement rien à ce sujet, dit Jennifer Stirling en posant proprement sa serviette sur ses genoux.

— Trop déprimant, acquiesça Yvonne Moncrieff. C'est simple, il y a des matins où je n'arrive tout simplement pas à lire les journaux. Francis consulte les pages sportives et les finances, et je me contente de mes magazines. La plupart du temps, nous ne prêtons pas attention aux nouvelles.

— Ma femme estime que ce qui ne paraît pas dans les pages de *Vogue* n'est pas une vraie nouvelle.

La tension se relâcha. La conversation repartit, et les domestiques remplirent les verres. Les hommes parlèrent de la Bourse et du développement de la Côte d'Azur : ils se plaignirent des interminables travaux de construction, des affreux nouveaux venus qui avaient joint le British Bridge Club et de l'arrivée massive des campeurs – ce qui amena le couple de vieux Français à déplorer une « baisse de standing ».

— À votre place, je ne m'inquiéterais pas trop, dit Moncrieff. Cette année, une cabine de plage à Monte-Carlo coûte cinquante livres la semaine. Je ne pense pas que beaucoup de campeurs auront les moyens.

— J'ai entendu dire qu'Elsa Maxwell avait proposé de recouvrir les galets de caoutchouc mousse pour que la plage ne soit pas trop inconfortable sous les pieds.

— Ce sont de terribles malheurs que vous devez affronter ici, marmonna Anthony.

Il aurait voulu partir, mais c'était impossible à ce stade du repas. Il se sentait trop loin de ce qu'il connaissait, comme s'il venait d'être lâché dans un univers parallèle. Comment ces gens pouvaient-ils être si imperméables aux horreurs qui se passaient en Afrique alors que leurs vies étaient si clairement bâties dessus ?

Il hésita un instant, puis fit un geste à un serveur pour demander un verre de vin. Personne à table ne sembla le remarquer.

—Alors… vous allez écrire des choses merveilleuses sur mon mari ?

Mme Stirling avait les yeux fixés sur sa manchette. Le second plat, un plateau de fruits de mer, venait d'être déposé devant lui. Il rajusta sa serviette.

—Je ne sais pas. Je devrais ? Il est si merveilleux que ça ?

—D'après notre cher ami M. Moncrieff, mon mari est un modèle de bonne pratique commerciale. Ses usines sont bâties selon les normes les plus rigoureuses. Son chiffre d'affaires augmente année après année.

—Ce n'est pas ce que je vous ai demandé.

—Ah non ?

—Je vous ai demandé s'il était merveilleux.

Il se savait acerbe, mais l'alcool l'avait réveillé et il sentait sa peau le picoter.

—Ce n'est pas à moi que vous devriez poser la question, monsieur O'Hare. Une épouse peut difficilement être impartiale.

—Oh, d'après mon expérience, nul n'est plus brutal et impartial qu'une épouse.

—Continuez.

—Qui d'autre est capable de connaître les moindres défauts d'un homme après seulement quelques semaines de vie commune et de les énoncer – régulièrement et de mémoire – avec une précision chirurgicale ?

—Votre femme doit être terriblement cruelle. Elle me plaît assez.

—C'est une femme d'une intelligence hors pair.

Il regarda Jennifer avaler une crevette.

—Vraiment ?

—Oui. Assez intelligente pour m'avoir quitté il y a des années.

Elle lui passa la mayonnaise. Puis, comme il ne la prenait pas, elle lui en mit une bonne cuillerée sur le côté de son assiette.

— Vous n'étiez donc pas si merveilleux que ça, monsieur O'Hare ?

— En tant que mari ? Non. Je ne pense pas. Mais dans tous les autres domaines, bien entendu, je n'ai pas mon pareil. Et, de grâce, appelez-moi Anthony.

Il se sentait comme contaminé par leur maniérisme, leur façon négligemment arrogante de s'exprimer.

— Eh bien alors, Anthony, je suis sûre que vous et mon mari allez très bien vous entendre. Il me semble qu'il a une vision similaire de lui-même.

Elle posa les yeux sur Stirling, puis reporta son attention sur Anthony, son regard s'attardant juste assez longtemps sur lui pour amener le journaliste à prendre conscience de ce qu'elle n'était peut-être pas aussi inintéressante qu'il l'avait cru.

Durant le plat principal – roulé de bœuf à la crème et champignons sauvages –, il apprit que Jennifer Stirling, née Verrinder, était mariée depuis quatre ans. Elle vivait la plupart du temps à Londres, et son mari faisait de nombreux voyages à l'étranger pour visiter ses mines. Ils se rendaient sur la Côte d'Azur pendant les mois d'hiver, quelques semaines en été et pour d'occasionnelles vacances, quand la société de Londres devenait ennuyeuse.

— Il y a foule ici, dit-elle en jetant un coup d'œil à la femme du maire, assise de l'autre côté de la table. Vous ne voudriez pas vivre ici toute l'année, c'est un véritable bocal à poisson rouge.

Elle lui raconta toutes ces choses, des choses qui auraient dû la faire passer à ses yeux pour une riche épouse trop gâtée parmi d'autres. Mais il nota certains détails : Jennifer Stirling était probablement un peu négligée par son mari et plus intelligente que sa position le demandait, et elle n'avait pas encore compris ce que cette combinaison pouvait lui faire en l'espace d'un an ou deux. Pour l'heure, seul un éclair de tristesse dans son regard suggérait une telle conscience. Elle était prise dans un tourbillon social sans fin et dénué de sens.

Ils n'avaient pas d'enfants.

— J'ai entendu dire que, pour en avoir, il faut que deux personnes se trouvent dans le même pays pendant plusieurs mois d'affilée.

Il se demanda si ses mots contenaient un message. Mais elle semblait candide, plus amusée qu'attristée par sa situation.

— Vous avez des enfants, Anthony ? demanda-t-elle.

— Je… Il paraît que j'en ai perdu un. Il vit chez mon ex-femme, qui fait tout pour s'assurer que je ne vienne pas corrompre son éducation.

Dès que ces mots franchirent ses lèvres, il sut qu'il était soûl. Sobre, il n'aurait jamais mentionné Phillip.

Cette fois, il surprit quelque chose de sérieux derrière le sourire de Jennifer, comme si elle se demandait si elle devait compatir. *Non*, lui signifia-t-il en silence. Pour dissimuler sa gêne, il se versa un autre verre de vin.

— Ça va. Il…

— Dans quelle mesure pouvez-vous être considéré comme une influence corruptrice, M. O'Hare ? demanda Mariette, la fille du maire, depuis l'autre côté de la table.

— Je pense, mademoiselle, que je suis plus susceptible d'être moi-même corrompu, répliqua-t-il. Si je n'avais pas décidé par avance d'écrire un profil flatteur de M. Stirling, j'imagine que ces plats et la compagnie de cette table auraient suffi à me séduire.

Il marqua une pause, puis demanda :

— Que faudrait-il pour vous corrompre, madame Moncrieff ?

Il estimait que cette dernière était le choix le moins risqué pour ce genre de question.

—Oh, ça ne coûterait pas bien cher. Personne n'a jamais vraiment essayé, répondit-elle.

—Quelle bêtise! s'exclama tendrement son mari. Il m'a fallu des mois pour te corrompre.

—Ça, c'est parce que tu as dû m'acheter, mon chéri. Contrairement à M. O'Hare ici présent, tu n'avais aucun charme, rétorqua-t-elle en lui envoyant un baiser. Jenny, en revanche, est absolument incorruptible. Vous ne trouvez pas qu'elle dégage une terrifiante impression de bonté?

—Nulle âme terrestre n'est incorruptible, déclara Moncrieff. Il suffit d'en trouver le prix. Même la douce Jenny a un prix.

—Non, Francis. M. Lafayette est notre vrai modèle d'intégrité, dit Jennifer d'un air malicieux. Après tout, il n'y a pas de corruption dans la politique française.

—Chérie, je ne crois pas que tu aies les capacités pour parler de politique française, intervint Laurence Stirling.

Anthony vit une légère rougeur monter aux joues de Jennifer.

—Je disais seulement…

—Eh bien, ne dis rien, la coupa-t-il avec légèreté.

Elle cilla et baissa les yeux sur son assiette.

Il y eut un bref silence.

—Je pense que vous avez raison, madame, lui dit galamment M. Lafayette en posant son verre. Cependant, je pourrais vous dire à quel point mon rival à la mairie est un vaurien sans scrupules… si vous payez bien, évidemment.

Des rires fusèrent. Sous la table, le pied de Mariette était pressé contre celui d'Anthony. De l'autre côté, Jennifer Stirling donnait à voix basse des instructions aux domestiques. Les Moncrieff, quant à eux, étaient plongés dans une conversation de part et d'autre de M. Demarcier.

Bon sang, songea-t-il. *Qu'est-ce que je fabrique avec ces gens? Ce n'est pas mon monde.* Laurence Stirling parlait avec emphase à son voisin. *Quel crétin*, se dit Anthony, conscient que lui-même, avec sa famille perdue, sa carrière en chute libre et ses moyens plus que limités, devait encore plus correspondre à cette description. La mention de son fils, l'humiliation de Jennifer Stirling et la boisson – tout avait contribué à assombrir son humeur. Il n'y avait plus qu'une solution : il fit un geste au serveur pour demander un nouveau verre de vin.

Les Demarcier s'en allèrent peu après 23 heures, et les Lafayette les suivirent de peu – il y avait un conseil municipal dans la matinée, expliqua le maire.

— Nos journées commencent plus tôt que les vôtres. Vous autres les Anglais n'êtes pas des lève-tôt.

Il leur serra la main sur l'immense terrasse où ils s'étaient retirés pour le café et le cognac.

— Lire votre article m'intéresserait, monsieur O'Hare, ajouta-t-il. Ce fut un plaisir.

— Tout le plaisir fut pour moi, répliqua Anthony, qui titubait légèrement. Jamais la politique municipale ne m'a autant fasciné.

Il commençait à se sentir très aviné. Les mots sortaient de sa bouche avant même qu'il n'ait eu l'intention de les prononcer. Il battit des paupières, conscient de ne pas avoir de contrôle sur la façon dont ses paroles seraient perçues. Il n'avait presque aucun souvenir de ce dont ils avaient parlé durant une heure. Le maire regarda Anthony dans les yeux pendant un long moment. Puis il lâcha sa main et s'éloigna.

— Papa, je vais rester un peu, si tu veux bien. Je suis sûre qu'un de ces charmants messieurs me ramènera à la maison, dit Mariette en jetant un regard sans équivoque à Anthony, qui hocha la tête d'un air solennel.

— C'est moi qui risque d'avoir besoin de votre aide pour rentrer, mademoiselle. Je n'ai pas la moindre idée de l'endroit où je me trouve.

Jennifer Stirling embrassa les Lafayette.

— Je m'assurerai qu'elle rentre bien, dit-elle. Merci infiniment d'être venus.

Puis elle ajouta quelques mots en français qu'Anthony ne comprit pas.

La nuit était fraîche, mais il le sentait à peine. Il entendait des vagues qui clapotaient loin en contrebas, des verres qui s'entrechoquaient et des bribes de conversation tandis que Moncrieff et Stirling discutaient de marchés financiers et d'opportunités d'investissement à l'étranger, mais il n'y prêtait pas grande attention, sirotant l'excellent cognac que quelqu'un lui avait glissé dans la main. Il avait l'habitude de se retrouver seul en terre étrangère, à l'aise avec lui-même, mais, ce soir-là, il se sentait particulièrement irritable.

Il se tourna vers les trois femmes, les deux brunes et la blonde. Jennifer Stirling levait la main, peut-être pour leur montrer un nouveau bijou. Les deux autres murmuraient entre elles et riaient. De temps à autre, Mariette levait les yeux sur lui et souriait. Devait-il y voir une lueur de conspiration ? *Elle a dix-sept ans*, se raisonna-t-il. *Trop jeune.*

Il entendait les cigales, les rires des femmes, un air de jazz s'échappant des profondeurs de la maison. Il ferma les yeux, puis les rouvrit et consulta sa montre. Une heure était passée, il ne savait pas où. Il eut la désagréable impression de s'être assoupi. Dans tous les cas, il était temps de rentrer.

— Je crois, dit-il aux hommes en s'extirpant tant bien que mal de son fauteuil, que je vais rentrer à l'hôtel.

Laurence Stirling se leva. Il fumait un énorme cigare.

— J'appelle mon chauffeur, déclara-t-il en faisant un pas vers l'intérieur de la maison.

— Non, non, protesta Anthony. L'air frais me fera du bien. Merci beaucoup pour cette… cette soirée très enrichissante.

— Appelez-moi à mon bureau dans la matinée s'il vous faut d'autres informations. J'y serai jusqu'à midi. Ensuite, je pars pour l'Afrique. À moins que vous ne vouliez m'accompagner pour voir les mines de vos propres yeux? Après tout, si vous connaissez bien le pays, vous pourrez m'être utile…

— Une autre fois, répondit Anthony.

Stirling lui serra la main – une poignée de main brève et ferme. Moncrieff l'imita, puis se posa un doigt sur le front en un salut muet.

Anthony commença à s'éloigner vers le portail du jardin. Le chemin était illuminé par de petites lanternes dissimulées dans les plates-bandes. Au loin, il apercevait les lumières des bateaux sur le vide obscur de la mer. Des murmures lui parvenaient, portés par la brise depuis la terrasse.

— Un homme intéressant, disait Moncrieff d'un ton qui suggérait le contraire.

— Ça vaut toujours mieux qu'un pédant suffisant, grommela Anthony entre ses dents.

— Monsieur O'Hare? Ça vous dérange si je vous accompagne?

Il se retourna en titubant. Mariette se tenait derrière lui, serrant contre elle un petit sac à main, un cardigan noué sur les épaules.

— Je connais le chemin pour aller en ville – il y a un sentier le long de la falaise. J'ai comme l'impression que vous allez vous perdre, tout seul.

Il descendit l'allée gravillonnée d'un pas mal assuré. La jeune fille passa sa main fine et bronzée sous son bras.

— Heureusement qu'il y a la lune. Au moins, on pourra voir nos pieds, dit-elle.

Ils marchèrent en silence. Anthony avait conscience du frottement de ses chaussures sur le sol et du drôle de halètement qui lui échappait quand il trébuchait sur des touffes de lavande sauvage. Malgré la nuit qui embaumait et la jolie fille à son bras, il se sentait nostalgique d'une chose qu'il ne pouvait définir.

— Vous êtes très silencieux, monsieur O'Hare. Vous êtes sûr que vous n'êtes pas encore en train de vous endormir?

Un éclat de rire leur parvint depuis la maison.

—Dites-moi une chose, dit-il. Vous aimez ce genre de soirée?

Elle haussa les épaules.

—C'est une jolie maison.

—Une jolie maison! Alors c'est ça votre grand critère pour une soirée réussie, mademoiselle Lafayette?

Elle haussa un sourcil, apparemment peu troublée par son agressivité.

—Appelez-moi Mariette. S'il vous plaît. Dois-je comprendre que vous ne vous êtes pas amusé?

—Les gens comme eux, articula-t-il, conscient qu'il avait l'air soûl et querelleur, me donnent envie de me fourrer un flingue dans la bouche et d'appuyer sur la gâchette.

Elle gloussa. Satisfait de cette apparente complicité, il s'enflamma sur ce thème:

—Les hommes n'ont qu'un seul sujet de conversation: qui possède quoi. Et les femmes sont incapables de voir plus loin que leurs fichus bijoux! Ils ont l'argent et les moyens de faire tout ce qu'ils veulent, de voir tout ce qu'ils veulent, et pourtant personne n'a la moindre opinion sur quoi que ce soit qui ne fasse pas partie de leur petit monde étriqué!

Il trébucha de nouveau, et la main de Mariette se raffermit sur son bras.

—J'aurais préféré passer la nuit à discuter avec les clochards devant l'*Hôtel Cap*. Sauf que des gens comme Stirling les auraient fait embarquer et envoyer dans un endroit où ils ne gâchent pas le paysage…

—J'aurais pensé que vous auriez apprécié Mme Stirling, le gronda-t-elle. On prétend que la moitié des hommes de la région sont amoureux d'elle.

—Une petite femme au foyer pourrie gâtée, voilà ce qu'elle est. On en trouve dans toutes les villes, mademoi… Mariette. Belle comme un cœur, mais rien dans la tête.

Il poursuivit un moment sa tirade avant de se rendre compte que la jeune fille s'était arrêtée. Percevant un changement dans l'atmosphère, il jeta un regard en arrière et, quand sa vision se clarifia, il aperçut Jennifer Stirling qui se tenait à quelques mètres de lui sur le chemin. Ses cheveux blonds renvoyant une lueur argentée sous la lune, elle serrait entre ses mains la veste de lin qu'il avait laissée sur la terrasse.

—Vous avez oublié ça, dit-elle en lui tendant le vêtement.

Sa mâchoire était crispée, ses yeux étincelaient dans la lumière bleue.

Il fit un pas en avant et prit sa veste.

Elle parla d'une voix qui sembla couper l'air immobile:

—Je suis désolée que nous vous ayons tellement déçu, monsieur O'Hare, et que notre mode de vie soit pour vous une telle offense. Peut-être aurions-nous reçu votre approbation si nous avions été noirs et dans le besoin.

—Je suis désolé, dit-il en déglutissant avec peine. Je… j'ai trop bu.

—De toute évidence. Je vous demanderai seulement, malgré l'opinion que vous avez de moi et de ma vie de femme au foyer pourrie gâtée, de ne pas vous en prendre à Laurence dans votre article.

Puis elle se retourna et s'éloigna vers la colline.

Tandis qu'il grimaçait et jurait en silence, sa dernière phrase lui arriva, portée par la brise:

—La prochaine fois qu'on vous proposera de subir la compagnie de personnes si ennuyeuses, vous trouverez peut-être plus simple de répondre: «Non, merci.»

Tu ne me laissais pas te tenir par la main, pas même par le petit doigt, ma petite caille.

Un homme à une femme, par lettre

Chapitre 4

—Je vais passer l'aspirateur, madame, si ça ne vous dérange pas.

Jennifer avait entendu des bruits de pas sur le palier et s'était assise sur ses talons.

Mme Cordoza, l'aspirateur à la main, s'arrêta sur le pas de la porte.

—Oh! Toutes vos affaires… Je ne savais pas que vous aviez l'intention de ranger cette pièce. Voulez-vous que je vous aide?

Jennifer s'essuya le front, étudiant le contenu de sa garde-robe qu'elle avait étalé autour d'elle sur le sol de la chambre.

—Non merci, madame Cordoza. Continuez votre ménage. Je fais simplement un peu de rangement pour retrouver mes affaires plus facilement.

La gouvernante hésita.

—Si c'est ce que vous voulez… J'irai faire les courses quand j'en aurai fini avec l'aspirateur. J'ai mis de la charcuterie au réfrigérateur. Vous avez dit que vous ne vouliez rien de trop lourd pour votre déjeuner.

—Ça suffira largement. Merci.

La gouvernante sortit, et le rugissement étouffé de l'aspirateur s'éloigna dans le couloir. Jennifer se redressa et ouvrit une nouvelle boîte à chaussures. Elle faisait ça depuis des jours, effectuant son ménage de printemps en plein cœur de l'hiver. Elle avait fait les autres pièces avec l'aide de madame Cordoza, vidant les étagères et les placards, examinant, empilant, triant avec une effrayante efficacité, estampillant ses possessions, imprimant sa façon de faire à une maison qui refusait toujours obstinément de lui appartenir.

Ça avait commencé comme une distraction, un moyen de ne pas trop penser à ce qu'elle ressentait : cette impression de remplir un rôle que le reste du monde lui avait assigné. Puis c'était devenu une manière de s'ancrer dans cette maison, de découvrir qui elle était, qui elle avait été. Elle avait découvert des lettres, des albums et des photographies de son enfance qui la dépeignaient comme une enfant rebelle avec des nattes, juchée sur un gros poney blanc. Elle avait déchiffré les gribouillages appliqués de ses années d'école, les plaisanteries légères des petits mots échangés, et avait découvert avec soulagement qu'elle se souvenait de fragments entiers de son existence. Elle commençait à se représenter le fossé qui s'était creusé entre ce qu'elle avait été, une créature joyeuse, adorée de tous, peut-être même trop gâtée, et la femme qu'elle était à présent.

Elle savait presque tout ce qu'il y avait à savoir sur elle-même, mais cela ne l'aidait pas à dissiper ce sentiment permanent de dissociation, cette impression d'avoir été parachutée dans une vie qui n'était pas la sienne.

— Oh, ma chérie, tout le monde a cette impression, lui avait dit Yvonne en lui tapotant l'épaule lorsque Jennifer avait abordé le sujet après deux martinis, la veille au soir. Je serais incapable de te dire combien de fois je me suis réveillée à côté de cette beauté immaculée qu'est mon mari ronflant et puant l'alcool, et de m'être dit : « Mais comment est-ce que j'en suis arrivée là ? »

Jennifer avait essayé de rire. Personne n'avait envie de l'entendre pleurnicher. Elle n'avait pas d'autre choix que de s'y faire. Le lendemain de son petit dîner, anxieuse et contrariée, elle s'était rendue seule à l'hôpital et avait demandé à s'entretenir avec M. Hargreaves. Il l'avait immédiatement reçue dans son bureau – moins par conscience professionnelle, songea-t-elle, que par courtoisie envers la femme d'un client extrêmement fortuné. Sa réponse, bien que moins désinvolte que celle d'Yvonne, avait été presque semblable :

— Un choc à la tête peut vous affecter de bien des manières, avait-il déclaré en écrasant sa cigarette. Certaines personnes éprouvent des troubles de la concentration, d'autres ont envie de pleurer sans raison apparente ou sont constamment en colère. J'ai eu des patients très calmes qui devenaient violents du jour au lendemain. Après ce que vous avez vécu, la dépression est une réaction parfaitement normale.

— Mais il y a plus que ça, monsieur Hargreaves. Je pensais qu'au bout de quelques jours, je me sentirais de nouveau… moi-même.

— Vous ne vous sentez pas vous-même ?

— Tout me semble factice. Déplacé. Parfois, ajouta-t-elle avec un petit rire gêné, j'ai l'impression de devenir folle.

Il hocha la tête comme s'il avait déjà entendu ces mots à de nombreuses reprises.

— Le temps est la meilleure médecine, Jennifer. Je sais que c'est un horrible lieu commun, mais c'est vrai. Ne vous tracassez pas à essayer de vous conformer à une manière correcte de ressentir les choses. Dans les cas de blessure à la tête, il n'y a pas vraiment de règles. Vous vous sentirez peut-être un peu bizarre – dissociée, comme vous dites – pendant un moment. En attendant, je vais vous donner quelques cachets qui vous aideront à vous sentir mieux. Mais essayez de ne pas trop y penser.

Il griffonnait déjà une ordonnance. Elle attendit un moment, prit le papier qu'il lui tendait et se leva pour partir. *Essayez de ne pas trop y penser.*

Une heure après être rentrée chez elle, elle avait commencé à trier. Elle avait une armoire pleine de vêtements. Elle avait une boîte à bijoux en noyer recélant une impressionnante quantité de bijoux fantaisie. Elle avait douze chapeaux, neuf paires de gants et dix-huit paires de chaussures, dénombra-t-elle en rangeant la dernière boîte. Elle avait griffonné une brève description sur chaque boîte – *tennis basses, bordeaux* et *soirée, soie verte*. Elle avait soupesé chaque chaussure, tentant d'en arracher des souvenirs d'occasions passées. Une fois ou deux, une vision fugace lui avait traversé l'esprit : son pied revêtu de soie verte, descendant d'un taxi – pour aller au théâtre ? –, mais ces images étaient terriblement éphémères, s'envolant avant qu'elle n'ait pu les saisir.

Essayez de ne pas trop y penser.

Elle était en train de replacer la dernière paire de chaussures dans leur boîte quand elle aperçut le livre de poche. C'était une romance historique bon marché, coincée entre le papier de soie et le bord de la boîte. Elle examina la couverture, se demandant pourquoi elle ne parvenait pas à se souvenir de l'histoire comme ça avait été le cas pour tant de livres de sa bibliothèque.

Je l'ai peut-être acheté avant de renoncer à le lire, se dit-elle en feuilletant les premières pages. L'histoire semblait assez scabreuse. Elle le lirait en diagonale dans la soirée et l'offrirait à Mme Cordoza s'il ne lui plaisait pas. Elle posa le roman sur la table de nuit et épousseta sa jupe. Pour l'heure, elle avait des affaires bien plus urgentes à régler, comme ranger tout ce chantier et décider de ce qu'elle allait pouvoir porter ce soir-là.

Il y en avait deux dans le courrier de l'après-midi. On aurait dit des copies carbone, songea Moira en les lisant : mêmes symptômes, mêmes plaintes. Elles provenaient de la même usine, où chacun des deux hommes avait commencé à travailler près de vingt ans auparavant. C'était peut-être un coup des syndicats, comme l'avait dit le patron, mais il était un peu troublant que le faible goutte-à-goutte de ce genre de correspondance soit devenu au fil des années un courant régulier.

En levant les yeux, elle le vit revenir de son déjeuner et se demanda ce qu'elle devait lui dire. Il serrait la main de M. Welford, et tous deux avaient aux lèvres le sourire satisfait annonçant un rendez-vous d'affaires couronné de succès. Après une demi-seconde d'hésitation, elle glissa les deux lettres au fond d'un tiroir. Elle les mettrait avec les autres. Après tout, elle savait ce qu'il lui aurait dit.

Elle l'observa un instant tandis qu'il raccompagnait M. Welford à l'ascenseur, se remémorant leur conversation de la matinée, quand ils étaient encore seuls dans les bureaux. Contrairement aux autres secrétaires, qui se montraient rarement avant 9 heures, elle arrivait toujours une heure plus tôt pour mettre en route la machine à café, ranger les papiers, vérifier que des télégrammes n'étaient pas arrivés durant la nuit et s'assurer que tout était parfait à l'heure où son patron commençait sa journée. C'était son travail. Et puis elle préférait prendre son petit déjeuner à son bureau : elle s'y sentait moins seule que chez elle depuis la mort de sa mère.

Il l'avait convoquée d'un petit geste de la main, debout derrière son bureau. Il savait qu'elle l'apercevrait : elle gardait toujours un œil sur lui au cas où il aurait besoin de quelque chose. Elle s'était levée, avait lissé sa jupe et était entrée dans son bureau d'un pas vif, s'attendant à devoir prendre une dictée ou à lui communiquer des chiffres. Au lieu de ça, il avait traversé la pièce sans mot dire et fermé la porte derrière elle. Elle s'était efforcée de réprimer un frisson d'excitation : il ne s'était jamais enfermé avec elle, pas une fois en cinq ans. Inconsciemment, elle s'était passé la main dans les cheveux.

— Moira, c'est au sujet de ce dont nous avons parlé il y a quelques semaines, dit-il à voix basse en s'avançant vers elle.

Elle le regarda fixement, paralysée par cette proximité et par la tournure inattendue des événements. Puis elle secoua la tête – un peu bêtement, songea-t-elle après coup.

—Ce dont nous avons parlé, répéta-t-il avec une nuance d'impatience, après l'accident de ma femme. Il faut que je vérifie. Il n'y a jamais rien eu…

Elle tenta de reprendre ses esprits, rajustant machinalement le col de son chemisier.

—Oh. Oh non, monsieur. J'y suis allée deux fois, comme vous me l'avez demandé. Et non. Il n'y avait rien. Rien du tout. J'en suis certaine.

Il hocha la tête, l'air un peu rassuré. Puis il lui sourit – un de ses rares sourires aimables.

—Merci, Moira. Vous savez à quel point je vous apprécie, n'est-ce pas ?

Des picotements de plaisir parcoururent l'échine de la secrétaire.

—La discrétion a toujours été votre qualité la plus admirable, poursuivit-il en rouvrant la porte.

Elle dut avaler sa salive avant de répondre :

—Je… Vous pouvez toujours compter sur moi. Vous le savez.

—Qu'est-ce qui t'arrive, Moira ? lui avait demandé l'une des dactylos quelques heures plus tard, dans les toilettes des dames.

Moira s'était alors rendu compte qu'elle chantonnait. Elle avait soigneusement rectifié son rouge à lèvres et s'était aspergée d'un léger nuage de parfum.

—Tu as l'air du chat qui vient d'avaler la souris.

Un gloussement déplaisant résonna dans la cabine.

—Peut-être que Mario lui a enfin remonté ses jupons dans la salle du courrier, dit une voix.

—Si tu accordes à ton travail la moitié du temps que tu consacres à répandre des ragots stupides, Phyllis, tu pourras peut-être un jour prétendre à un poste plus élevé que celui d'assistante-dactylo, rétorqua Moira en partant.

Mais même les huées et les éclats de rire qui la suivirent quand elle sortit des toilettes ne parvinrent pas à gâcher son plaisir.

On avait accroché des guirlandes de Noël tout autour de la place, avec de grosses ampoules blanches en forme de tulipe. Elles étaient suspendues aux lampadaires victoriens et enroulées en spirales irrégulières entre les arbres qui bordaient les jardins communautaires.

— Ils les mettent un peu plus tôt chaque année, fit remarquer Mme Cordoza en se détournant de la large baie vitrée lorsque Jennifer la rejoignit dans le salon. On n'est même pas encore en décembre.

— Mais c'est très joli, déclara Jennifer en mettant ses boucles d'oreilles. Madame Cordoza, puis-je vous demander de boutonner ma robe derrière la nuque? Je n'y arrive pas.

Son bras allait de mieux en mieux, mais elle n'avait pas encore retrouvé assez de souplesse pour s'habiller seule.

La gouvernante ajusta le col, attacha le bouton couvert de soie bleu nuit et fit un pas en arrière, attendant que Jennifer se retourne.

— Cette robe vous va toujours à ravir, fit-elle remarquer.

Jennifer s'était habituée à ces instants où elle devait se retenir de demander: «Ah bon? Quand ça?» Elle avait décidé de les dissimuler, de convaincre le monde qu'elle était sûre de la place qu'elle y tenait.

— Je ne me souviens pas exactement de la dernière fois que je l'ai portée, murmura-t-elle d'un air songeur après quelques secondes de réflexion.

— C'était pour votre dîner d'anniversaire. Vous êtes allée au restaurant, à Chelsea.

Jennifer avait espéré que cette information appellerait un souvenir. Mais rien ne vint.

—Ah oui, dit-elle avec un bref sourire. Ça a été une très bonne soirée.

—C'est une occasion spéciale ce soir, madame?

Jennifer jeta un coup d'œil à son reflet dans le miroir au-dessus de la cheminée. Ses cheveux longs ondulaient en douces vagues blondes et son regard était souligné d'un trait de khôl artistement appliqué.

—Oh non, je ne crois pas. Les Moncrieff nous ont invités à sortir. On va dîner, puis aller danser. Tout simplement.

—Je vais rester une heure de plus, si ça ne vous dérange pas. Les draps ont besoin d'être amidonnés.

—On vous paie pour vos heures supplémentaires, n'est-ce pas? demanda Jennifer sans réfléchir.

—Bien sûr, répondit Mme Cordoza. Votre mari et vous avez toujours été très généreux.

Comme Laurence – elle ne parvenait toujours pas à l'appeler Larry, même si tous leurs amis le faisaient – l'avait prévenue qu'il ne pourrait pas quitter le travail de bonne heure, elle avait décidé de prendre un taxi jusqu'à son bureau et de repartir avec lui pour la soirée. Il avait semblé un peu réticent, mais elle avait insisté. Au cours des dernières semaines, elle s'était forcée à sortir un peu plus souvent, cherchant à retrouver une certaine indépendance. Elle avait fait les boutiques, d'abord avec Mme Cordoza, puis toute seule, parcourant Kensington High Street à petits pas, essayant de ne pas se laisser désarçonner par la foule, le vacarme et les bousculades. Elle s'était acheté un châle dans un grand magasin deux jours auparavant, non pas parce qu'elle en avait particulièrement besoin ou envie, mais pour pouvoir rentrer chez elle en ayant rempli un objectif.

—Puis-je vous aider, madame?

La gouvernante lui tendait un manteau coupe trapèze, en brocart émeraude. Elle le tint pour permettre à Jennifer de l'enfiler facilement, une manche après l'autre. Il était doublé de soie, et le brocart pesait agréablement sur ses épaules. Jennifer tourna sur elle-même et remonta le col.

— Que faites-vous d'habitude ? demanda-t-elle. Après votre travail ici ?

La gouvernante cilla, prise de court.

— Ce que je fais ?

— Je veux dire, où allez-vous ?

— Chez moi.

— Retrouver… votre famille ?

Je passe tellement de temps avec cette femme, songea Jennifer. *Et je ne sais rien d'elle.*

— Ma famille est en Afrique du Sud. Mes filles sont adultes. J'ai deux petits-enfants.

— Bien sûr. Pardonnez-moi, mais je n'arrive pas encore à me souvenir des choses aussi bien que je le devrais. Je ne me rappelle pas vous avoir entendue parler de votre mari.

La femme baissa les yeux.

— Il est mort il y a près de huit ans, madame.

Face au silence de Jennifer, elle ajouta :

— Il était contremaître à la mine du Transvaal. Votre mari m'a offert ce travail pour me permettre de continuer à subvenir aux besoins de ma famille.

Jennifer eut le sentiment d'avoir été surprise en train de fouiner dans un tiroir.

— Je suis désolée. Comme je vous l'ai dit, ma mémoire n'est plus ce qu'elle était. Je vous en prie, n'allez pas imaginer que cela reflète…

Madame Cordoza hocha la tête.

Jennifer se sentit rougir comme une pivoine.

— Je suis sûre qu'en temps normal j'aurais…

— Il n'y a pas de mal, madame, déclara prudemment la gouvernante. Je vois bien que… que vous n'êtes pas encore tout à fait vous-même.

Un long moment, elles restèrent là, face à face. La domestique paraissait mortifiée par tant de familiarité.

Mais Jennifer ne voyait pas les choses ainsi.

—Madame Cordoza, demanda-t-elle, me trouvez-vous profondément changée depuis mon accident?

Elle vit son interlocutrice étudier son expression avant de répondre.

—Peut-être un peu.

—Pouvez-vous me dire en quoi?

La gouvernante semblait gênée, et Jennifer comprit que cette dernière craignait de lui donner une réponse trop franche. Mais il était trop tard pour revenir en arrière.

—S'il vous plaît, dites-moi. Il n'y a pas de bonne ou de mauvaise réponse, je vous assure. J'ai seulement… Tout est devenu si étrange depuis… J'aimerais me faire une meilleure idée de ce qu'étaient les choses avant.

La gouvernante gardait les mains serrées sur son tablier.

—Vous êtes peut-être un peu plus silencieuse. Un peu moins… sociable.

—Diriez-vous que j'étais plus heureuse avant?

—Madame, s'il vous plaît…, marmonna la domestique en tirant nerveusement sur son collier. Je ne… Il faut vraiment que j'y aille. Je m'occuperai des draps demain, si vous voulez bien.

Sans laisser à Jennifer le temps de répondre, la gouvernante s'éclipsa.

Le *Beachcomber* de l'hôtel *Mayfair* était l'un des restaurants les plus prisés de la capitale. Lorsque Jennifer entra, son mari sur les talons, elle comprit la raison de cette popularité : à peine sortie des rues glaciales de Londres, elle se retrouvait soudain dans un paradis tropical. Le bar circulaire était recouvert de bambou, tout comme le plafond. Le sol était en jonc marin, des filets de pêche et des bouées pendaient aux poutres, et des haut-parleurs dissimulés dans des rochers factices diffusaient des chants hawaïens, presque couverts par le brouhaha de la foule du vendredi soir. Une fresque représentant une plage de sable blanc qui s'étirait à l'infini sous un ciel bleu d'azur couvrait presque entièrement le mur du fond, et un immense buste de femme, récupéré sur la proue d'un navire, délimitait la partie bar. C'est là qu'ils repérèrent Bill, occupé à accrocher son chapeau sur l'un des seins sculptés de la figure de proue.

—Ah, Jennifer... Larry... Je vous présente Ondine, dit-il avec un grand mouvement de son chapeau.

—Méfie-toi, murmura Yvonne en se levant pour les accueillir. Violet est coincée chez eux, et Bill est déjà rond comme une queue de pelle.

Laurence lâcha le bras de Jennifer tandis qu'on les menait à leur table. Yvonne s'installa en face d'elle, puis fit un petit geste gracieux de la main pour attirer l'attention d'Anne et de Dominic, qui venaient d'arriver. Bill, de l'autre côté de la table, avait attrapé la main de Jennifer pour l'embrasser quand elle était passée devant lui.

—Bill, franchement, tu es pathétique, soupira Francis en secouant la tête. Si tu continues, j'envoie chercher Violet.

—Pourquoi Violet est-elle restée à la maison ? demanda Jennifer en s'asseyant.

—Un de ses enfants est malade et elle ne s'est pas sentie capable de laisser la nounou s'en occuper seule, répondit Yvonne, qui parvint en un simple haussement de sourcil à exprimer tout ce qu'elle pensait de cette décision.

—Parce que «les enfants passent toujours en premier», ânonna Bill en adressant un clin d'œil à Jennifer. Surtout, ne changez pas, mesdames, poursuivit-il. Nous, les hommes, avons constamment besoin d'attention.

—Est-ce qu'on commande un pichet de quelque chose ? Qu'est-ce qu'ils servent de bon, ici ?

—Je vais prendre un Mai Tai, dit Anne.

— Et moi un Ananas Royal, déclara Yvonne en épluchant le menu, qui annonçait « cocktails à base de rhum » en dessous de l'image d'une femme vêtue d'une jupe de paille.

— Qu'est-ce qui te ferait plaisir, Larry ? Non, attends, laisse-moi deviner. Un « Scorpion de Bali ». Sûrement un truc avec un dard au bout de la queue ! lâcha Bill, qui avait attrapé la carte des boissons.

— Ça m'a l'air répugnant. Je vais prendre un whisky.

— Alors laisse-moi choisir pour la belle Jennifer. Jenny chérie, qu'est-ce que tu dirais d'une Perle Cachée ? Ou d'une Fille Perdue ? Ça te tente ?

Jennifer éclata de rire.

— Comme tu veux, Bill.

— Et pour moi, je vais prendre un Pauvre Diable, conclut-il joyeusement. Parce que j'en suis un. Bon, quand est-ce qu'on danse ?

Quelques verres plus tard, les plats arrivèrent : porc à la polynésienne, crevettes aux amandes et steak au poivre. Jennifer, très vite enivrée par la puissance des cocktails, se rendit compte qu'elle pouvait à peine picorer le contenu de son assiette. Autour d'elle, la salle était devenue de plus en plus bruyante : un groupe jouait dans un coin, des couples se pressaient sur la piste de danse, et les tablées rivalisaient de volume pour se faire entendre. Les lumières se firent bientôt plus tamisées, une lueur rouge et or émanant des lampes de table en verre coloré. Jennifer reporta son attention sur ses amis. Bill ne cessait de lui jeter des regards en coulisse, comme s'il cherchait constamment son approbation. Yvonne, le bras posé sur l'épaule de Francis, racontait une anecdote. Anne cessa de siroter sa boisson multicolore pour éclater d'un rire retentissant. La sensation revenait lentement, aussi inexorable que la marée : elle n'était pas à sa place. Elle se sentait comme enfermée dans une bulle de verre, coupée de ceux qui l'entouraient – elle avait le mal du pays, comprit-elle soudain.

Tu as trop bu, se morigéna-t-elle. *Imbécile.* Elle croisa le regard de son mari et lui sourit, espérant avoir réussi à dissimuler son malaise. Il ne lui rendit pas son sourire. *Je suis trop transparente*, songea-t-elle tristement.

— Alors, quelle est la grande nouvelle ? demanda Laurence à Francis. Qu'est-ce qu'on est venus fêter, exactement ?

— Est-ce qu'on a besoin d'un prétexte pour s'amuser ? répliqua Bill.

À présent, il buvait dans l'ananas d'Yvonne à l'aide d'une longue paille rayée. Celle-ci ne sembla pas le remarquer. Elle se cala au fond de sa chaise, fouilla dans son sac à main et alluma une cigarette.

— Bien sûr que oui.

— On a voulu vous réunir ici ce soir – vous, nos meilleurs amis – pour vous apprendre avant tout le monde que…

Francis jeta un doux regard à sa femme avant de poursuivre :

— … dans environ six mois, nous allons accueillir un petit Moncrieff.

Il y eut un bref silence. Anne ouvrit de grands yeux.

— Vous allez avoir un bébé ?

— Eh bien, une chose est sûre, c'est qu'on ne va pas en acheter un, déclara Yvonne, dont les lèvres lourdement maquillées frémissaient d'amusement.

Anne s'était déjà levée de sa chaise et faisait le tour de la table pour prendre son amie dans ses bras.

— C'est une merveilleuse nouvelle ! Tu as réussi, félicitations !

Francis éclata de rire.

— Oh, croyez-moi, ce n'était pas grand-chose.

— En effet, je n'ai pas senti grand-chose ! rétorqua Yvonne, ce qui lui valut un petit coup de coude dans les côtes.

Jennifer se leva et contourna la table machinalement, puis se pencha pour embrasser Yvonne.

—C'est une merveilleuse nouvelle, déclara-t-elle à son tour, sans savoir pourquoi elle se sentait soudain encore plus mal à l'aise. Félicitations.

—J'aurais voulu te l'annoncer plus tôt, murmura Yvonne en posant la main sur la sienne, mais je me suis dit qu'il valait mieux attendre que tu redeviennes…

—Moi-même. Oui, fit Jennifer en se redressant. Mais c'est vraiment formidable, je suis tellement contente pour toi!

—Votre tour viendra, déclara Bill en les désignant, elle et Laurence, avec un geste théâtral.

Son col était défait, sa cravate desserrée.

—Vous allez être les seuls à rester en arrière, poursuivit-il. Allez, Larry, on s'active! On ne laisse pas tomber les amis!

Jennifer, en retournant s'asseoir, se sentit rougir et espéra que la lumière tamisée dissimulerait son embarras.

—Chaque chose en son temps, Bill, l'interrompit doucement Francis. On a mis des années à trouver le moment opportun. Mieux vaut prendre le temps de s'amuser avant.

—Quoi? On s'est amusés? s'écria Yvonne.

Il y eut un grand éclat de rire.

—Exactement. Il n'y a pas d'urgence.

Jennifer observa son mari tirer un cigare de la poche intérieure de son veston et en couper le bout avec une lenteur calculée.

—Pas d'urgence, répéta-t-elle.

Ils avaient appelé un taxi pour rentrer chez eux. Debout sur le trottoir gelé, Yvonne leur faisait signe, le bras de Francis posé sur ses épaules en un geste protecteur. Dominic et Anne étaient partis quelques minutes auparavant, et Bill était occupé à chanter la sérénade aux passantes.

—C'est une excellente nouvelle pour Yvonne, non? demanda-t-elle.

—Tu trouves?

—Eh bien, oui. Pas toi?

Il regardait par la fenêtre. L'obscurité avait presque entièrement envahi les rues de la ville, à l'exception de quelques rares lampadaires.

—Si, dit-il. Un bébé, c'est toujours un heureux événement.

—Bill était affreusement soûl, tu ne trouves pas?

Elle sortit son poudrier pour jeter un coup d'œil à son reflet. L'image que lui renvoyait le miroir avait enfin cessé de la surprendre.

—Bill est un imbécile, déclara son mari sans cesser d'observer les alentours.

Au loin, une alarme retentit. Jennifer referma son sac et croisa les mains sur ses genoux, se creusant la tête pour trouver quelque chose à répondre.

—Est-ce que… Qu'est-ce que tu en as pensé?

Il se tourna vers elle. Le côté droit de son visage était illuminé par les lampes à sodium, l'autre restait plongé dans l'obscurité.

—À propos d'Yvonne, précisa-t-elle. Tu n'as pas dit grand-chose. Au restaurant.

—Je me suis dit que Francis Moncrieff était un sacré veinard, déclara-t-il.

Elle décela dans sa voix une infinie tristesse.

Plus aucun mot ne fut échangé durant le court trajet qu'il leur restait à parcourir. Une fois arrivés à destination, Laurence paya le chauffeur tandis qu'elle montait prudemment les marches sablées du perron. Les fenêtres étaient illuminées, projetant une pâle lumière jaune sur les pavés couverts de neige. C'était la seule maison sur la place silencieuse à n'être pas encore plongée dans l'obscurité. *Il est ivre*, comprit-elle en observant son mari qui gravissait les marches d'un pas lourd et inégal. Elle tenta en vain de se rappeler combien de whiskys il avait bus. Toute la soirée, elle avait été plongée dans ses pensées, préoccupée par l'image qu'elle renvoyait aux autres. Son cerveau avait presque fondu sous ses efforts pour paraître *normale*.

—Tu veux que je te serve un verre? demanda-t-elle en entrant.

Leurs bruits de pas résonnèrent dans l'entrée.

—Je peux faire du thé, si tu veux, reprit-elle.

—Non, répondit-il en laissant tomber son pardessus sur une chaise. J'ai envie d'aller me coucher.

—Dans ce cas, je pense que je vais…

—Et j'ai envie que tu viennes avec moi.

Il en serait donc ainsi. Elle suspendit soigneusement son manteau dans la penderie et le suivit à l'étage. Soudain, elle regretta de ne pas avoir bu davantage. Elle aurait bien voulu qu'ils soient plus insouciants, comme Dominic et Anne, qui s'étaient effondrés l'un sur l'autre en riant dans la rue. Mais son mari, elle le savait à présent, n'était pas du genre rieur.

Le réveil indiquait 1 h 45. Il ôta ses vêtements, les laissant glisser en un tas informe sur le sol. Il semblait soudain épuisé. Elle caressa l'espoir de le voir tomber endormi. Elle se déchaussa, puis comprit qu'elle ne serait pas en mesure de défaire elle-même le col de sa robe.

—Laurence?

—Quoi?

—Tu pourrais m'aider…?

Elle lui tourna le dos et tenta de ne pas grimacer en sentant ses doigts glisser maladroitement sur le tissu. Son haleine était chargée de whisky et de la senteur âcre de ses cigares. Il tira sur le bouton, attrapant à plusieurs reprises les petits cheveux de sa nuque. Elle tressaillit.

—Merde, fulmina-t-il enfin, je l'ai arraché.

Elle fit glisser la robe de ses épaules, et il lui posa le bouton recouvert de soie dans le creux de la main.

—Ce n'est pas grave, murmura-t-elle, essayant de ne pas se formaliser. Je suis sûre que Mme Cordoza pourra le recoudre.

Elle s'apprêtait à ranger la robe quand il lui saisit le bras.

—Laisse ça, dit-il.

Il l'observait, la tête vacillant légèrement de droite à gauche, les paupières se fermant à demi sur des yeux au regard éteint. Il baissa la tête, lui prit le visage entre les mains et se mit à l'embrasser. Elle ferma les yeux et laissa ses caresses descendre le long de sa nuque et de ses épaules, avec de brusques saccades lorsqu'il perdait l'équilibre. Puis il la fit basculer sur le lit, ses larges mains posées sur sa poitrine, pesant déjà sur elle de tout son poids. Elle accueillit poliment ses baisers, faisant de son mieux pour surmonter le dégoût que lui inspirait son haleine.

—Jenny, haleta-t-il. Jenny…

Au moins, ça n'allait pas être long.

Puis elle se rendit compte qu'il s'était arrêté. Elle ouvrit les yeux et s'aperçut qu'il la dévisageait.

—Qu'est-ce qui t'arrive? demanda-t-il d'une voix sourde.

—Rien.

—On dirait que ce que je fais te dégoûte. Je me trompe?

Il était soûl, mais il y avait autre chose dans son expression. Une amertume que Jennifer ne s'expliquait pas.

—Je suis désolée, chéri. Je ne voulais pas te donner cette impression.

Elle se redressa sur les coudes.

—Je suis seulement un peu fatiguée, ajouta-t-elle en tendant la main vers lui.

—Ah. Fatiguée.

Ils s'assirent côte à côte sur le lit. Il se passa la main dans les cheveux, la déception se lisait sur son visage. Jennifer se sentait affreusement coupable, mais aussi, à sa grande honte, terriblement soulagée. Lorsque le silence devint insupportable, elle le prit par la main.

—Laurence… tu penses que je vais bien?

—Bien? Qu'est-ce que c'est censé vouloir dire?

Une boule se forma dans sa gorge. Il était son mari : elle devait pouvoir se confier à lui. Elle songea un instant à Yvonne, pendue au cou de Francis, et aux regards qu'ils ne cessaient de s'échanger, témoins muets d'une centaine d'autres conversations auxquelles personne n'avait assisté. Elle songea à Anne et Dominic, riant aux éclats en grimpant dans leur taxi.

— Laurence...

— Larry ! explosa-t-il. Tu m'as toujours appelé Larry ! Je ne comprends pas pourquoi tu n'arrives pas à t'en souvenir !

Elle se plaqua les mains sur la bouche.

— Larry, je suis désolée. C'est juste que... je me sens tellement bizarre.

— Bizarre ?

Elle grimaça.

— C'est comme s'il me manquait quelque chose. J'ai l'impression d'être un puzzle dont on a perdu quelques pièces. Ça te paraît insensé ?

S'il te plaît, rassure-moi, le supplia-t-elle en pensée. *Prends-moi dans tes bras. Dis-moi que je me fais du souci pour rien, que tout finira par revenir. Dis-moi que Hargreaves avait raison et que cette affreuse sensation va disparaître. Aime-moi un peu. Serre-moi contre toi jusqu'à ce que j'aie l'impression que nous nous appartenons. Comprends-moi !*

Mais, quand elle leva les yeux, il avait le regard fixé sur ses chaussures, abandonnées sur le tapis à quelques pas de lui. Son silence, comprit-elle peu à peu, n'était pas interrogateur. Il n'était pas évocateur de choses qu'il essayait de comprendre. Sa terrible immobilité exprimait un sentiment bien plus sombre : une colère à peine contenue.

Quand il parla enfin, posément, sa voix était de glace :

— Que crois-tu qu'il manque dans ta vie, Jennifer ?

— Rien, répondit-elle très vite. Rien du tout. Je suis parfaitement heureuse. Je...

Elle se leva et s'éloigna vers la salle de bains.

—Ce n'est rien, reprit-elle. Comme l'a dit M. Hargreaves, ça finira par passer. Bientôt, je serai parfaitement moi-même.

Lorsqu'elle s'éveilla, il était déjà parti et Mme Cordoza frappait doucement à la porte de la chambre. Elle ouvrit les yeux et sentit une inquiétante douleur lui traverser le crâne quand elle bougea la tête.

—Madame? Voulez-vous que je vous apporte une tasse de café?

—Ce serait très gentil, merci, murmura-t-elle d'une voix enrouée.

Elle se redressa doucement, plissant les yeux dans la lumière vive du matin. Il était 9 h 45. Dehors, elle entendait le vrombissement d'un moteur, les raclements sourds d'une pelle à neige sur le trottoir et les piaillements des moineaux qui se querellaient parmi les arbres. Les vêtements éparpillés dans la chambre la veille au soir avaient disparu. Elle se laissa retomber sur ses oreillers, laissant les événements de la nuit passée lui revenir en mémoire.

Il s'était détourné lorsqu'elle était revenue se coucher, faisant de son dos large et musclé une barrière impénétrable. Elle s'était sentie soulagée, mais également un peu déroutée. Et, à présent, une lassitude mêlée de mélancolie s'abattait sur elle. *Je dois rattraper ça*, songea-t-elle. *Je dois me montrer plus généreuse. Je l'ai blessé hier soir.*

Puis elle se souvint des paroles du médecin. *Essayez de ne pas y penser.*

Mme Cordoza frappa à la porte. Elle apportait sur un plateau une tasse de café et deux fines tranches de pain grillé.

—Je me suis dit que vous pourriez avoir faim.

—Oh, vous êtes gentille. Je suis désolée. Je devrais être debout depuis des heures.

—Je pose ça là.

La gouvernante déposa soigneusement le plateau sur le couvre-lit, puis mit la tasse de café sur la table de nuit de Jennifer.

— Je vais rester au rez-de-chaussée pour ne pas vous déranger.

Elle posa un instant les yeux sur le bras nu de Jennifer, puis détourna le regard. La cicatrice était bien visible à la lumière crue du jour.

Lorsque la domestique eut quitté la pièce, Jennifer aperçut le livre, ce roman sentimental qu'elle avait décidé de lire ou de donner. Elle prendrait d'abord son café, songea-t-elle, puis elle l'emporterait au rez-de-chaussée. Cela lui permettrait de se réconcilier avec Mme Cordoza après leur échange gênant de la veille.

En buvant son café, Jennifer se mit à feuilleter distraitement le livre de poche. Ce matin-là, sa vue troublée lui permettait à peine de lire. Soudain, une feuille de papier glissa du petit volume. Jennifer le posa sur la table de chevet et ramassa la feuille. Elle la déplia lentement et lut :

Ma chérie,
Je n'ai pas pu t'obliger à m'écouter quand tu es partie en courant, mais sache que je ne te rejetais pas. Tu étais si loin de la vérité que je peux à peine le supporter.
La vérité, la voici : tu n'aurais pas été la première femme mariée à qui j'aurais fait l'amour. Tu connais ma situation personnelle et, pour être honnête, ces relations, telles qu'elles étaient, me convenaient. Je ne voulais être proche de personne. Quand nous nous sommes rencontrés, j'ai voulu croire que, avec toi, ce ne serait pas différent.
Mais quand tu es arrivée dans ma chambre samedi dernier, tu étais si belle dans ta robe… Et puis tu m'as demandé de défaire ce bouton derrière ton cou.

Mais quand mes doigts ont frôlé ta peau, j'ai compris à cet instant que si nous faisions l'amour, ce serait un désastre pour nous deux. Toi, ma chère petite, tu n'as aucune idée de ce qu'une telle trahison t'aurait fait. Tu es une créature honnête et délicieuse. Même si tu ne t'en rends pas compte pour le moment, on éprouve une réelle jouissance à être quelqu'un de bien. Je ne veux pas être responsable de ta déchéance.

Et moi? J'ai su dès l'instant où tu as levé les yeux sur moi que, si nous le faisions, je serais irrémédiablement perdu. Je serais incapable de t'abandonner, comme je l'ai fait avec les autres. Je serais incapable de saluer Laurence d'un aimable signe de tête si je le croisais au restaurant. Je ne saurais jamais me satisfaire d'une simple partie de toi. Je me suis menti à moi-même en voulant croire le contraire. C'est pour cette raison, ma chère petite, que j'ai rattaché ce maudit bouton derrière ton cou. Et c'est pour cette raison que je suis resté éveillé dans mon lit ces deux dernières nuits, me haïssant pour la seule chose correcte que j'aie faite de ma vie.

Pardonne-moi.

B.

Jennifer s'assit sur son lit, ne pouvant détacher les yeux du mot qui lui avait sauté au visage : Laurence.

Laurence.

Cela ne pouvait signifier qu'une chose.

C'était à elle que cette lettre était adressée.

Je ne veux pas que tu te sentes mal, mais j'ai honte de ce qui s'est passé entre nous. Ça n'aurait pas dû arriver. Pour être juste envers tout le monde, je ne pense pas que nous devrions nous revoir.

Un homme (marié) à une femme, par mail

CHAPITRE 5

Anthony O'Hare se réveilla à Brazzaville. Les yeux rivés sur le ventilateur qui tournait paresseusement au-dessus de sa tête, vaguement conscient de la lumière du soleil qui filtrait à travers les volets, il se demanda un bref instant si, cette fois, il allait mourir pour de bon. Sa tête était comme prise dans un étau, des flèches lui perçaient le crâne de part en part. On aurait dit que quelqu'un avait passé la nuit à lui taper allégrement sur les reins avec un marteau. Un goût infect lui emplissait la bouche, qu'il avait sèche comme un vieux bout de carton, et il se sentait vaguement nauséeux. Il eut un accès de panique. S'était-il fait tirer dessus ? Avait-il été passé à tabac lors d'une émeute ? Il ferma les yeux, attendant que les bruits de la rue lui parviennent par la fenêtre : les cris des vendeurs ambulants, le bourdonnement omniprésent de la radio que les gens écoutaient assis en petits groupes, essayant de savoir où allait éclater le prochain débordement. Ce n'était pas une balle. C'était la fièvre jaune. Cette fois, il allait y rester. Mais alors même que cette idée faisait son chemin dans son esprit, il comprit que quelque chose n'allait pas. Tout était trop calme : pas de vociférations sortant d'une fenêtre ouverte, pas de musique, pas d'odeurs de kwanga cuisant dans des feuilles de bananier. Pas de coups de feu. Pas de hurlements en lingala ou en swahili. Le silence. Les cris lointains de mouettes.

Ce n'était pas le Congo. C'était la France. Il était en France.

Son soulagement fut de courte durée. Une vague de douleur déferla en lui. Le médecin l'avait pourtant prévenu que ce serait pire s'il se remettait à boire, songea-t-il avec la région de son cerveau encore capable de raisonner froidement. M. Robertson serait heureux de savoir à quel point ses pronostics s'étaient révélés justes.

Quand il fut à peu près certain d'y parvenir sans se couvrir de ridicule, il se redressa sur son lit. Il bascula les jambes sur le côté et se leva pour s'avancer d'un pas hésitant vers la fenêtre, laissant dans son sillage une odeur rance. Les cadavres de bouteilles éparpillés sur la table étaient les témoins muets de la longue nuit qu'il venait de passer. Il écarta les rideaux de quelques centimètres et aperçut la baie étincelante qui s'étendait en contrebas, baignée d'une lumière d'or pâle. Sur les flancs des collines, les toits rouges des maisons n'étaient pas faits de tôles rouillées, mais de tuiles de terre cuite ; leurs habitants étaient des gens en bonne santé, heureux, qui flânaient sur le front de mer, bavardaient, se promenaient, couraient. Des gens blancs. Des gens riches.

Il plissa les yeux. Cette scène était parfaite, idyllique. Il laissa retomber le rideau, tituba jusqu'à la salle de bains et vomit, penché sur la cuvette des toilettes, toussant et crachant, lamentable. Quand il fut de nouveau en mesure de tenir sur ses pieds, il pénétra dans la cabine de douche d'un pas mal assuré et s'affala contre le mur, laissant l'eau tiède couler sur lui pendant vingt bonnes minutes, regrettant qu'elle ne puisse emporter le poison qui coulait en lui.

Allez, remue-toi !

Il s'habilla, appela la réception pour commander du café et, se sentant un peu plus posé, s'assit devant le bureau. Il était presque 10 h 45. Il devait envoyer sa copie, ce fameux profil sur lequel il avait travaillé la veille. Il parcourut les notes griffonnées dans l'après-midi, tentant de se remémorer l'issue de la soirée. Le souvenir lui revint peu à peu, légèrement indistinct.

Mariette, le visage levé vers le sien devant cet hôtel, réclamant un baiser. Son refus catégorique de lui céder, même si dans le même temps il se maudissait intérieurement : la jeune fille était désirable et il n'avait qu'à tendre le bras pour la cueillir. Mais il avait besoin d'être en paix avec sa conscience pour au moins une toute petite chose qu'il aurait faite ce soir-là.

Oh, bon sang ! Jennifer Stirling, offensée, qui lui tendait sèchement sa veste. Elle avait entendu sa stupide diatribe d'alcoolique. De quel surnom insultant l'avait-il affublée ? *Une petite femme au foyer pourrie-gâtée... sans rien dans la tête.* Il ferma les yeux. Les zones de guerre, songea-t-il, étaient moins dangereuses. Moins complexes. En zone de guerre, on savait toujours qui était l'ennemi.

Le café arriva. Il prit une profonde inspiration et se servit une tasse. Puis il saisit le combiné du téléphone et demanda à l'opératrice de le mettre en communication avec Londres.

Madame Stirling,

Je suis un malappris. J'aimerais pouvoir mettre mon attitude sur le compte de la fatigue ou d'une allergie aux fruits de mer, mais j'ai bien peur qu'elle n'ait été le fruit de la combinaison de l'alcool, qui m'est interdit, et du tempérament colérique d'un homme socialement inapte. Il n'y a pas grand-chose que vous puissiez dire de moi que je n'ai pas déjà compris dans mes heures plus sobres. Je vous prie de bien vouloir m'excuser. Si pour me rattraper je pouvais vous inviter à déjeuner, vous et M. Stirling, avant mon départ pour Londres, j'en serais honoré.

Honteusement vôtre,
Anthony O'Hare.

P.-S. : Je joins à cette lettre une copie du profil que j'ai envoyé à Londres. Ainsi vous pourrez voir qu'au moins à cet égard j'ai agi honorablement.

Anthony plia la feuille pour la glisser dans une enveloppe, qu'il ferma et retourna. Peut-être n'avait-il pas encore tout à fait dessoûlé : il n'avait pas souvenir d'avoir jamais voulu être honnête dans une lettre.

À cet instant, il se rendit compte qu'il n'avait pas d'adresse à inscrire au dos de l'enveloppe. Il se maudit intérieurement pour sa stupidité. La veille au soir, c'était le chauffeur de Stirling qui était passé le prendre, et il se souvenait à peine du trajet du retour – en dehors de ses diverses humiliations.

La réception de l'hôtel ne lui fut pas d'un grand secours :

— Stirling ? répéta le concierge d'un air absent.

— Vous le connaissez ? demanda-t-il, la bouche toujours pâteuse. Un homme riche. Important.

— Monsieur, répondit le concierge d'un air las, tout le monde ici est riche et important.

L'après-midi était doux, l'atmosphère presque transparente sous un ciel clair et dégagé. Il se mit à marcher, suivant la route qu'il avait prise en voiture la veille au soir. Le trajet avait à peine duré une dizaine de minutes : la maison ne devait pas être trop difficile à retrouver. Il déposerait la lettre devant la porte et s'empresserait de quitter les lieux. Il refusait de penser à ce qu'il allait faire une fois de retour à Londres. Depuis son réveil, son corps, qui se souvenait de sa longue histoire d'amour avec l'alcool, n'avait cessé de faire entendre un sourd, un pervers ronronnement de convoitise. De la bière, vite. Du vin. Du whisky. Ses reins le faisaient souffrir et il tremblait toujours un peu. Une bonne marche lui ferait du bien, se dit-il en saluant d'un signe de tête deux femmes souriantes sous leur chapeau.

Le ciel d'Antibes était bleu vif et les plages envahies de vacanciers venus cuire au soleil sur le sable blanc. Anthony se souvenait d'avoir tourné à gauche au rond-point et vit que la route, bordée de villas aux toits couverts de tuiles, montait vers les collines. C'était la bonne direction. À travers son chapeau, le soleil frappait dur sur sa nuque. Il enleva sa veste et la jeta sur son épaule tout en marchant.

Ce fut dans les collines derrière la ville que les choses se mirent à mal tourner. Anthony avait bifurqué à gauche après une église qui lui avait semblé vaguement familière et commencé à gravir une colline. Au cours de l'ascension, les pins et les palmiers se firent de plus en plus rares et finirent par disparaître, le laissant entièrement à découvert dans la chaleur accablante qui se réfléchissait sur les roches blanches et le goudron. Il sentit la peau de son visage le tirailler et comprit que, le soir venu, elle serait rouge et douloureuse.

De temps en temps, une voiture passait, projetant de petites pierres dans un ravin de plus en plus profond. Le trajet lui avait paru si court la veille, dans l'odeur des herbes sauvages et la brise tiède du crépuscule. À présent, les kilomètres s'étiraient devant lui et sa confiance déclina encore quand il fut forcé d'admettre qu'il s'était sans doute perdu.

Don Franklin aurait bien rigolé, songea-t-il en s'arrêtant pour s'essuyer le front avec son mouchoir. Lui qui était capable de tracer sa route d'un bout à l'autre de l'Afrique, de se battre pour passer les frontières, il avait réussi à se perdre sur un trajet de dix minutes dans une aire de jeu pour millionnaires. Il s'écarta pour laisser passer une nouvelle voiture, puis plissa les yeux dans la lumière quand, avec un léger crissement de pneus, le véhicule s'arrêta et revint vers lui en marche arrière.

Yvonne Moncrieff, ses lunettes noires remontées sur la tête, se pencha par la fenêtre côté passager de la Daimler SP250.

— Vous êtes fou ? fit-elle d'un air joyeux. Vous allez cuire !

Il scruta l'intérieur du véhicule et vit que Jennifer Stirling était au volant. Elle le regardait fixement derrière d'énormes lunettes de soleil, les cheveux attachés en queue-de-cheval, une expression indéchiffrable sur le visage.

—Bonjour, dit-il en ôtant son chapeau, prenant soudain conscience de son visage luisant et de la sueur qui trempait sa chemise froissée.

—Que diable faites-vous aussi loin de la ville, monsieur O'Hare? demanda Jennifer. Vous chassez le scoop?

Il fit glisser sa veste de lin de son épaule, fouilla dans sa poche et lui montra l'enveloppe.

—Je… je tenais à vous donner ça.

—De quoi s'agit-il?

—Une lettre d'excuses.

—Une lettre d'excuses?

—Pour mon attitude d'hier soir.

Elle n'esquissa pas le moindre geste pour prendre la lettre qu'il lui tendait.

—Jennifer, tu veux que je la prenne? demanda Yvonne Moncrieff en lui jetant un regard perplexe.

—Non. Pouvez-vous me la lire, monsieur O'Hare? demanda-t-elle.

—Jennifer!

—Si M. O'Hare l'a écrite, je suis sûre qu'il est parfaitement capable de la lire.

Derrière les lunettes noires, son visage était parfaitement inexpressif.

Anthony hésita un moment, contemplant la route déserte qui s'étirait derrière lui et le village inondé de soleil en contrebas.

—Je préférerais vraiment…

—En ce cas, il ne s'agit pas de vraies excuses, n'est-ce pas, monsieur O'Hare? dit-elle doucement. N'importe qui peut griffonner quelques mots.

Yvonne Moncrieff, les yeux baissés sur ses mains, secouait la tête. Les lunettes noires de Jennifer étaient toujours tournées vers lui ; il distinguait dans les verres fumés le reflet de sa propre silhouette.

Il ouvrit l'enveloppe, en sortit la feuille de papier et, après quelques secondes de flottement, lut ce qu'il avait écrit. Sur le flanc de la colline, sa voix prenait une résonance inhabituelle. Il acheva sa lecture et remit la lettre dans sa poche. Il se sentit étrangement gêné dans le silence qui s'ensuivit, seulement troublé par le léger ronronnement du moteur.

— Mon mari, dit enfin Jennifer, est en Afrique. Il est parti ce matin.

— Alors je serais enchanté, si vous le permettez, de vous inviter à déjeuner, vous et Mme Moncrieff. Un déjeuner tardif, ajouta-t-il en jetant un coup d'œil à sa montre.

— Ce sera sans moi, mon cher. Francis s'est mis en tête de me faire visiter un yacht cet après-midi.

— On va vous ramener en ville, monsieur O'Hare, dit Jennifer en lui faisant signe de se caser à l'arrière. Je ne voudrais pas être responsable de l'insolation du correspondant le plus « honorable » de votre journal, en plus de son coma éthylique.

Elle patienta tandis qu'Yvonne descendait et rabattait son siège pour laisser monter Anthony, puis fouilla dans la boîte à gants.

— Voilà pour vous, dit-elle en lui jetant un mouchoir. Et savez-vous que vous ne marchiez pas du tout dans la bonne direction ? Nous habitons là-bas.

Elle lui montra du doigt une colline distante, toute plantée d'arbres. Il la vit esquisser un sourire, juste ce qu'il lui fallait pour se croire peut-être pardonné, puis les deux femmes éclatèrent de rire. Profondément soulagé, Anthony O'Hare enfonça son chapeau sur sa tête et ils démarrèrent, descendant à toute allure la route étroite en direction de la ville.

Ils se retrouvèrent coincés dans les embouteillages presque aussitôt après avoir déposé Yvonne à l'*Hôtel Saint-Georges*.

—Ne faites pas de bêtises, leur avait-elle dit avec un petit geste d'adieu.

Elle avait parlé avec la joyeuse insouciance de quelqu'un qui savait parfaitement que ce n'était même pas envisageable.

Une fois qu'ils furent seuls tous les deux, l'humeur changea. Jennifer Stirling devint silencieuse, semblant bien plus absorbée par la route que vingt minutes auparavant. Profitant de ce qu'elle était concentrée sur la longue file de feux arrière qui s'étirait devant elle, Anthony jetait des regards furtifs à son visage et à ses bras au bronzage délicat. Il se demanda, l'espace d'un instant, si elle n'était pas plus en colère contre lui que ce qu'elle-même avait cru.

Brisant le silence, il demanda :

—Combien de temps votre mari va-t-il rester en Afrique ?

—Une semaine, je suppose. Il y reste rarement plus longtemps.

Elle se tourna vers la fenêtre de sa portière, probablement pour voir ce qui causait l'embouteillage.

—C'est un sacré voyage pour un séjour aussi court.

—Vous devez le savoir, monsieur O'Hare.

—Moi ?

Elle haussa un sourcil.

—Vous savez tout sur l'Afrique. Vous l'avez dit hier soir.

—Tout ?

—Par exemple, vous savez que la majorité des hommes qui y font des affaires sont des escrocs.

—J'ai dit ça ?

—À M. Lafayette.

Anthony s'enfonça un peu plus dans son siège.

—Madame Stirling…, commença-t-il.

—Oh, ne vous en faites pas. Laurence ne vous a pas entendu. Francis oui, mais il n'a pas beaucoup d'affaires en Afrique, donc il ne l'a pas pris *trop* personnellement.

Les voitures devant eux se remirent à avancer.

—Laissez-moi vous inviter à déjeuner, dit-il. S'il vous plaît. J'aimerais avoir l'occasion de vous montrer, même l'espace d'une petite demi-heure, que je ne suis pas si con que ça.

—Vous pensez pouvoir me faire changer d'opinion aussi vite?

Encore ce petit sourire.

—Je suis partant si vous l'êtes. Emmenez-moi où vous voulez.

Le serveur lui apporta un grand verre de limonade. Elle en but une gorgée, puis se cala au fond de son siège pour contempler le front de mer.

—Jolie vue, dit-il.

—Oui, admit-elle.

Ses cheveux dégringolaient de chaque côté de son visage en vagues blondes et soyeuses qui lui arrivaient juste au-dessus des épaules. Elle n'était pas son genre. Il aimait les femmes à la beauté moins conventionnelle, celles qui recélaient quelque chose de plus sombre et dont les charmes étaient moins évidents.

—Vous ne buvez pas?

Il regarda son verre.

—Je n'en ai pas vraiment le droit.

—Ordre de votre femme?

—*Ex*-femme, corrigea-t-il. Et non, des médecins.

—Alors vous avez vraiment trouvé la soirée d'hier insupportable.

Il haussa les épaules.

—Je n'ai pas l'habitude de sortir en société.

—Un touriste occasionnel.

—Je l'admets. Je trouve les conflits armés bien moins intimidants.

Elle esquissa un sourire malicieux.

—Vous êtes une sorte de William Boot, dit-elle. Perdu en territoire ennemi dans la bonne société de la Côte d'Azur.

—Boot…

À la mention du malheureux personnage d'Evelyn Waugh, il se surprit à afficher un vrai sourire pour la première fois de la journée.

—J'aurais mérité pire de votre part.

Une femme entra dans le restaurant, serrant contre sa large poitrine un petit chien qui semblait terrorisé. Elle se fraya un chemin entre les tables, l'air à la fois déterminé et épuisé, comme s'il ne lui restait plus que la force de se concentrer sur sa destination. Lorsqu'elle s'assit à une table vide, non loin d'eux, elle laissa échapper un petit soupir de soulagement. Elle posa le chien à ses pieds et l'animal resta là, tremblant, la queue entre les jambes.

—Alors, madame Stirling…

—Jennifer.

—Jennifer. Parlez-moi un peu de vous, dit-il en se penchant vers elle.

—C'est à vous de me parler. Ou plutôt de me montrer.

—Vous montrer quoi ?

—À vous de me prouver que vous n'êtes pas si con que ça. Il me semble que vous vous êtes donné une demi-heure.

—Ah. Combien de temps me reste-t-il ?

Elle consulta sa montre.

—Environ neuf minutes.

—Et, pour le moment, que pensez-vous de ma performance ?

—Je ne dévoilerai mon verdict qu'en temps voulu.

Ils se turent –lui, pour une fois, ne savait pas quoi dire ; quant à Jennifer, elle regrettait probablement son dernier choix de mots. Anthony O'Hare songea à la dernière femme avec qui il avait eu une relation. C'était l'épouse de son dentiste, une rousse à la peau si fine qu'il n'osait la regarder de trop près, de peur de voir ce qu'il y avait en dessous. Elle était usée par la longue indifférence de son mari, et Anthony s'était demandé si sa réponse à ses avances avait été un acte de pure vengeance.

—Que faites-vous de vos journées, Jennifer ?

—Je n'ose vous le dire.

Il haussa un sourcil.

—Je me rends si peu utile que je redoute votre jugement, poursuivit-elle d'un ton qui disait tout le contraire.

—Vous tenez deux maisons à vous toute seule.

—Non. Ici, il y a du personnel à temps partiel. Et à Londres Mme Cordoza est bien plus douée que moi pour jouer les fées du logis.

—Alors qu'est-ce que vous faites ?

—J'organise des cocktails, des dîners. Je rends les choses plus belles. Je suis décorative.

—Vous êtes très douée pour ça.

—Oh, une experte. Ça demande des compétences très pointues, vous savez.

Il aurait pu passer la journée à la regarder. Il y avait quelque chose qui le fascinait dans la façon dont sa lèvre supérieure se retroussait légèrement juste en dessous de son nez. Cette partie du visage avait un nom, et il était certain que, s'il la contemplait assez longtemps, il finirait par s'en souvenir.

—J'ai fait ce pour quoi j'ai été élevée. Je me suis trouvé un homme riche et je le rends heureux.

Son sourire vacilla. Un autre que lui n'aurait peut-être rien remarqué, mais son expérience ne le trompait pas : il touchait du doigt quelque chose de plus complexe que ne le suggéraient les apparences.

— Finalement, je crois que je vais prendre un verre d'alcool, dit-elle. Vous y voyez un inconvénient ?

— Non, bien au contraire. Cela me profitera par procuration.

— « Par procuration », répéta-t-elle en faisant signe au serveur.

Elle commanda un martini avec beaucoup de glace.

— Si ça peut vous rassurer, déclara-t-il d'un ton léger, je ne sais rien faire d'autre que mon travail.

— Je veux bien vous croire, répliqua-t-elle. Les hommes trouvent toujours plus facile de travailler que de s'occuper de tout le reste.

— Tout le reste ?

— Le chaos du quotidien ; les gens qui ont des attitudes qui vous déplaisent ou qui ressentent des choses que vous auriez préféré qu'ils ne ressentent pas. Au travail, on a des résultats concrets, on est le maître de son domaine. Les gens font ce que vous leur demandez.

— Pas dans mon monde, s'esclaffa-t-il.

— Peut-être, mais vous pouvez rédiger un article et le retrouver dans les kiosques le jour suivant, tel que vous l'avez écrit. Vous n'en êtes pas fier ?

— Au début, si. Mais votre enthousiasme s'estompe avec le temps. Dernièrement, je ne pense pas avoir accompli quoi que ce soit dont je puisse être fier. Tout ce que j'écris est éphémère. Le journal d'aujourd'hui servira de cornet de frites demain.

— Ah bon ? Alors pourquoi travailler si dur ?

Il déglutit, écartant de son esprit l'image de son fils. Il avait soudain très envie d'un verre. Il se força à sourire.

— Pour les raisons que vous avez évoquées. C'est tellement plus facile que de s'occuper de tout le reste.

Leurs regards se croisèrent. L'espace d'un instant, elle oublia de sourire. Elle rougit légèrement et remua lentement sa boisson avec sa pique à cocktail.

—Par procuration, articula-t-elle lentement. Vous allez devoir me dire ce que ça signifie, Anthony.

Elle avait prononcé son prénom d'une manière qui lui sembla très intime. Il y avait là une promesse : ce n'était pas la dernière fois qu'elle le prononçait.

—Ça veut dire…, commença Anthony, la bouche sèche. Ça veut dire que, par ricochet, on éprouve du plaisir à travers celui de quelqu'un d'autre.

Lorsqu'elle l'eut déposé à son hôtel, il s'étendit sur son lit et resta près d'une heure à contempler le plafond. Puis il descendit à la réception, demanda une carte postale et écrivit un mot à son fils, se demandant si Clarissa allait prendre la peine de le lui transmettre.

Quand il regagna sa chambre, un petit mot avait été glissé sous la porte :

Cher Boot,
N'étant pas encore tout à fait certaine que vous n'êtes pas un con, je souhaiterais vous accorder une autre chance de m'en convaincre. Mes projets pour le dîner de ce soir sont tombés à l'eau. Je dîne à l'hôtel des Calypsos, rue Saint-Jacques, à 20 heures.

Il relut deux fois le billet, puis courut au rez-de-chaussée pour envoyer un télégramme à Don :

IGNORE DERNIER TÉLÉGRAMME STOP RESTE TRAVAILLER SUR SÉRIE HAUTE SOCIÉTÉ CÔTE D'AZUR STOP INTÉGRERAI DÉTAILS MODE STOP

Souriant, il plia le papier et le tendit au réceptionniste, imaginant la tête que ferait Don en le lisant, puis se demanda comment faire nettoyer son costume avant la soirée.

Ce soir-là, Anthony O'Hare fut un modèle de charme et d'élégance. Il fut l'homme qu'il aurait dû être la veille, peut-être même celui qu'il aurait dû être pendant son mariage. Il se montra spirituel, courtois, galant. Jennifer n'était jamais allée au Congo – son mari estimait que ce n'était pas un endroit pour une femme comme elle – et, probablement en raison d'un besoin impérieux de contredire Stirling, Anthony se donna pour mission de lui faire aimer ce pays. Il lui parla des larges rues bordées d'arbres de Léopoldville et des colons belges qui importaient toute leur nourriture, achetant des plats surgelés ou en conserve à des prix indécents au lieu de profiter d'une des plus belles cornes d'abondance au monde. Il lui raconta la stupeur des Européens lorsqu'un soulèvement au sein de la garnison de Léopoldville se solda par leur fuite vers la relative sûreté de Stanleyville.

Il voulait qu'elle le voie sous son meilleur jour, qu'elle le regarde avec admiration au lieu de mélange de pitié et d'irritation. Et, soudain, une chose étrange arriva : à force de jouer le rôle de l'inconnu charmant et enjoué, il se sentit devenir cet homme-là. Il songea à sa mère : « Souris, tu seras plus heureux », lui disait-elle toujours quand il était petit. Il ne l'avait pas crue.

Jennifer, à son tour, semblait d'humeur badine. Elle écoutait plus qu'elle ne parlait, comme toutes les femmes socialement intelligentes, et lorsqu'elle s'amusait de l'une ou l'autre de ses remarques, il se surprenait à développer le sujet, désireux de l'entendre rire. Il remarqua, non sans fierté, qu'ils s'attiraient les regards admiratifs de leurs voisins – *ce couple terriblement joyeux de la table 16*. Curieusement, Jennifer ne semblait pas mal à l'aise à l'idée d'être vue en compagnie d'un homme qui n'était pas le sien. C'était peut-être ainsi que fonctionnait la bonne société de la Côte d'Azur, songea-t-il – un ballet social sans fin où l'on se croise et se recroise avec les maris et les femmes des autres. Il préférait ne pas envisager l'autre possibilité : qu'un homme de sa stature ne pouvait être perçu comme un rival.

Entre le plat et le dessert, un homme de haute taille, vêtu d'un costume à la coupe impeccable, apparut à leur table. Il embrassa Jennifer sur les deux joues, échangea avec elle quelques plaisanteries, puis attendit d'être présenté.

—Richard, mon cher, voici M. Boot, dit-elle avec un grand sérieux. Il travaille sur un portrait de Larry pour un journal anglais. Je lui fournis des détails, et j'en profite pour essayer de lui prouver que les industriels et leurs épouses ne sont pas aussi ennuyeux qu'il le pense.

—Personne ne pourrait t'accuser d'être ennuyeuse, Jenny. Richard Case, se présenta-t-il en serrant la main d'Anthony.

—Anthony… euh… Boot. Pour ce que j'en ai vu, la société de la Côte d'Azur est tout sauf ennuyeuse. M. et Mme Stirling sont des hôtes remarquables, ajouta-t-il, résolu à rester diplomate.

—M. Boot pourrait écrire un article sur toi aussi. Richard possède un hôtel au sommet d'une colline, précisa-t-elle à l'intention d'Anthony. Celui qui a cette vue fabuleuse. Il est à l'épicentre absolu de la bonne société de la Côte d'Azur.

—Peut-être désirerez-vous séjourner chez nous lors de votre prochaine visite, monsieur Boot, dit l'homme.

—J'apprécierais beaucoup, mais j'attends de voir si M. Stirling aime ce que j'ai écrit sur lui avant de songer à remettre les pieds ici, répliqua-t-il.

Jennifer et lui s'étaient arrangés pour mentionner Laurence à de nombreuses reprises au cours du dîner, songea-t-il après coup, comme s'ils éprouvaient le besoin de dresser entre eux deux sa présence invisible.

Ce soir-là, elle était rayonnante. Il se dégageait d'elle une vibration, une énergie qu'il pensait n'être perceptibles que de lui seul. *C'est moi que te fais cet effet?* lui demanda-t-il en pensée. *Ou est-ce seulement le soulagement d'avoir échappé à l'emprise tyrannique de ton mari?* En se remémorant la façon dont Stirling avait humilié Jennifer la veille, il lui demanda ce qu'elle pensait personnellement des marchés financiers, du Premier Ministre et du mariage royal, refusant de la laisser s'en remettre à son opinion. Elle n'était pas très au courant de l'actualité, mais la finesse de son jugement et son réel intérêt pour ce qu'il avait à dire faisaient d'elle une flatteuse compagnie. Il songea soudain à Clarissa : ses remarques acerbes sur les gens qui les entouraient, son empressement à déceler un manque de respect dans les gestes les plus anodins… Cela faisait des années qu'il n'avait pas autant apprécié une soirée.

— Je vais devoir y aller, déclara-t-elle en jetant un coup d'œil à sa montre.

Le café était arrivé, accompagné de petits fours disposés avec soin sur un plateau d'argent.

Anthony posa sa serviette sur la table, un peu déçu.

— Vous ne pouvez pas partir, répliqua-t-il avant d'ajouter en hâte : Je ne suis toujours pas sûr que vous ayez reconsidéré votre point de vue me concernant.

— Oh, vraiment ?

Elle tourna la tête et croisa le regard de Richard Case, assis au bar avec des amis. Il détourna aussitôt les yeux, comme s'il avait été en train de les observer.

Elle étudia le visage d'Anthony. Si elle lui avait fait passer un test, il semblait l'avoir réussi. Elle se pencha vers lui et baissa la voix :

— Vous savez ramer ?

— Si je sais *ramer* ?

Ils descendirent sur le quai. Là, elle scruta longuement les eaux sombres, comme si elle n'était pas certaine de reconnaître l'embarcation, puis finit par lui désigner un petit canot. Il sauta à bord et lui tendit la main pour l'aider à s'installer en face de lui. La brise était encore tiède, et les lumières des langoustiers leur faisaient de doux clins d'œil dans les ténèbres.

—Où va-t-on?

Il ôta sa veste, la posa sur le banc à côté de lui et s'empara des avirons.

—Contente-toi de ramer dans cette direction. Je te dirai quand on y sera.

Il rama lentement, écoutant le clapot des vagues contre les bords de la petite embarcation. Elle était assise en face de lui, un châle posé sur les épaules. Elle ne le regardait pas, tournée vers l'avant du canot pour voir vers où elle le guidait.

Anthony n'arrivait plus à réfléchir. En temps normal, il aurait développé des stratégies, calculant soigneusement son coup, excité à la perspective de la nuit qui l'attendait. Mais même alors qu'il était seul avec cette femme, même alors qu'elle l'avait invité sur un bateau au beau milieu d'une mer obscure, il n'était pas sûr de savoir comment allait évoluer la soirée.

—Là, dit-elle en tendant le doigt. C'est celui-ci.

—Un petit bateau, tu disais? s'écria-t-il en levant les yeux sur le grand yacht lisse et blanc qui se dressait devant eux.

—Disons un assez gros bateau, concéda-t-elle. Je n'aime pas vraiment les yachts. Je ne monte à bord que deux ou trois fois par an.

Ils arrimèrent le canot et grimpèrent à bord du yacht. Elle l'invita à s'asseoir sur une banquette matelassée et, quelques minutes plus tard, émergea de la cabine. Elle avait enlevé ses chaussures, remarqua-t-il en essayant de détacher le regard de ses pieds incroyablement menus.

—Je t'ai préparé un cocktail sans alcool, annonça-t-elle en lui tendant un verre. Je me suis dit que tu ne devais plus en pouvoir des tonics.

Il faisait bon, même aussi loin dans le port, et la mer était si calme que le yacht bougeait à peine sous leurs pieds. Derrière elle, il apercevait les lumières du port et les phares des quelques voitures qui remontaient la route côtière. Il songea au Congo et eut le sentiment d'avoir été tiré de l'enfer et propulsé dans un paradis tout droit sorti de son imagination.

Elle s'était servi un verre de martini avant de s'asseoir avec grâce, les jambes ramenées sous elle, sur la banquette qui lui faisait face.

—Alors, commença-t-il, dis-moi comment tu as rencontré ton mari.

—Mon mari ? Est-ce qu'on travaille toujours sur ce profil ?

—Non. Je suis juste intrigué.

—Par quoi ?

—Je me demande comment il…

Il se reprit :

—J'aime savoir comment les gens finissent ensemble.

—Je l'ai rencontré à l'occasion d'un bal – il faisait une donation pour les invalides de guerre. Il était assis à ma table, nous avons parlé et il m'a invitée à dîner. Voilà tout.

—Voilà tout ?

—Ça s'est passé très vite. Au bout de quelques mois, il m'a demandée en mariage et j'ai dit oui.

—Tu étais très jeune.

—J'avais vingt-deux ans. Mes parents étaient ravis.

—Parce qu'il était riche ?

—Parce qu'ils pensaient que c'était un bon parti. C'était un homme solide et de bonne réputation.

—Et ces choses sont importantes pour toi ?

—Ne le sont-elles pas pour tout le monde ?

Elle se mit à jouer machinalement avec l'ourlet de sa jupe.

—Maintenant, reprit-elle, à mon tour de poser les questions. Combien de temps a duré ton mariage ?

—Trois ans.

—Ce n'est pas très long.

—J'ai compris assez vite que j'avais commis une erreur.

—Et ta femme n'a pas eu trop de peine quand tu as demandé le divorce ?

—C'est elle qui l'a demandé.

Elle le dévisagea, et il la vit passer en revue toutes les façons dont il aurait pu le mériter.

—Je n'ai pas été un mari fidèle, ajouta-t-il, sans vraiment savoir pourquoi il se sentait obligé de lui avouer ça.

—Ton fils doit te manquer.

—Oui. Parfois, je me demande si j'aurais agi comme je l'ai fait si j'avais su à quel point il allait me manquer.

—C'est pour ça que tu bois ?

Il afficha un sourire narquois.

—N'essayez pas de me soigner, madame Stirling. J'ai été le passe-temps de beaucoup trop de femmes pleines de bonnes intentions.

—Qui a dit que je voulais te soigner ?

—Tu as pris cet air… charitable. Ça me rend nerveux.

—On ne peut pas cacher sa tristesse.

—Qu'est-ce que tu sais de la tristesse ?

—Je ne suis pas stupide. Personne n'a tout ce qu'il veut. Je le sais aussi bien que toi.

—Ton mari a tout ce qu'il peut souhaiter.

—C'est gentil.

—Je ne disais pas ça gentiment.

Leurs regards se croisèrent, puis elle détourna les yeux. L'atmosphère était devenue électrique, comme si chacun contenait à grand-peine sa colère. Loin des contraintes de la vie réelle sur la terre ferme, quelque chose entre eux s'était relâché. *J'ai envie d'elle*, songea-t-il, presque rassuré d'avoir accès à un désir si ordinaire.

— Tu as couché avec combien de femmes mariées ? demanda-t-elle d'une voix qui sembla couper l'air immobile.

Il faillit avaler de travers.

— Il serait plus simple de dire que je n'ai pas souvent couché avec des femmes célibataires.

Ces derniers mots la laissèrent songeuse.

— Le pari est moins risqué avec une femme mariée ?

— Oui.

— Et pourquoi acceptent-elles de coucher avec toi ?

— Je ne sais pas. Peut-être parce qu'elles ne sont pas heureuses.

— Et tu les rends heureuses ?

— Au moins pour un temps.

— Ça ne fait pas de toi un gigolo ?

Il esquissa un sourire.

— Non. Seulement un homme qui aime faire l'amour aux femmes mariées.

Cette fois, le silence qui tomba sembla le pénétrer jusqu'à la moelle. Il l'aurait bien rompu, mais il n'avait pas la moindre idée de ce qu'il était censé dire.

— Je ne vais pas coucher avec vous, monsieur O'Hare.

Il laissa la phrase résonner plusieurs fois dans sa tête avant d'être certain d'avoir bien entendu. Il prit une nouvelle gorgée de son cocktail, essayant de reprendre ses esprits.

— Ça me va.

— Vraiment ?

— Non, répliqua-t-il en se forçant à sourire. Ça ne me va pas. Mais je vais me faire une raison.

— Je ne suis pas assez malheureuse pour ça.

Bon sang, quand elle le regardait, il avait l'impression qu'elle lisait en lui comme dans un livre. Il n'était pas sûr d'aimer ça.

—Je n'ai jamais ne serait-ce qu'embrassé un autre homme depuis que je suis mariée. Pas un.

—C'est admirable.

—Tu ne me crois pas.

—Bien sûr que si. C'est rare.

—Maintenant, tu dois me trouver d'un ennui mortel.

Elle se leva pour arpenter le pont du yacht, se retournant vers lui quand elle en eut atteint l'extrémité.

—Tes femmes mariées, elles tombent amoureuses de toi ?

—Un peu.

—Elles sont tristes quand tu les quittes ?

—Comment sais-tu que ce ne sont pas elles qui me quittent ?

Elle attendit.

—Je ne leur parle plus après avoir rompu, ajouta-t-il enfin.

—Tu fais semblant de ne pas les voir quand tu les croises ?

—Non. Je suis souvent à l'étranger. J'ai tendance à ne pas passer trop de temps au même endroit. Et puis, elles ont leur mari, leur vie… Je ne crois pas qu'une seule d'entre elles ait eu envie de quitter son mari. Je n'étais… qu'une diversion.

—Tu n'en as aimé aucune ?

—Non.

—Mais tu as aimé ta femme.

—Je le croyais. Maintenant, je n'en suis plus très sûr.

—Tu as déjà aimé quelqu'un ?

—Mon fils.

—Quel âge a-t-il ?

—Huit ans. Tu ferais une bonne journaliste.

Elle éclata de rire.

—Tu as vraiment du mal à supporter le fait que je ne me rende pas utile, n'est-ce pas ?

—Je pense que tu gâches tes capacités dans la vie que tu mènes.

— Ah, vraiment ? Et comment voudrais-tu les mettre à profit ?

Elle s'avança vers lui. La lune se reflétait sur sa peau pâle, formant une ombre bleue dans le creux de son cou. Elle fit encore un pas et baissa la voix, même s'il n'y avait personne pour les entendre.

— Qu'est-ce que tu m'as dit tout à l'heure, Anthony ? « N'essaie pas de me soigner ? »

— Pourquoi le ferais-je ? Tu m'as dit toi-même que tu n'étais pas malheureuse.

Le souffle lui manquait. Elle était si proche à présent, son regard cherchant le sien. Il avait l'impression d'être soûl : ses sens étaient plus aiguisés que d'ordinaire, comme si l'image de cette femme tentait de s'imprimer dans son esprit. Il huma son parfum, une fragrance florale, orientale.

— Je pense que ce que tu m'as raconté ce soir, c'est ce que tu aurais dit à n'importe laquelle de tes femmes mariées.

— Tu te trompes.

Mais il savait qu'elle avait raison. Il faisait tout son possible pour ne pas presser sa bouche contre la sienne. Il n'avait jamais été aussi excité de toute sa vie.

— Je pense que nous pourrions nous rendre terriblement malheureux.

Alors qu'elle prononçait ces mots, il sentit quelque chose s'effondrer au fond de lui.

— Je pense que ça me plairait beaucoup.

Je reste en Grèce. Je ne rentre pas à Londres parce que tu me fais peur, mais dans le bon sens du terme.

Un homme à une femme, par carte postale

CHAPITRE 6

Les deux femmes tapaient encore au carreau. Jennifer les apercevait depuis la fenêtre de sa chambre : une brune et une rousse aux cheveux en bataille, assises derrière une vitre du premier étage d'un immeuble au coin de la rue. Dès qu'un homme passait devant, elles tapaient à la fenêtre. Puis, s'il avait la bêtise de lever les yeux, elles lui faisaient de petits signes en souriant.

Leur présence mettait Laurence en rage. Un peu plus tôt dans l'année, un procès avait déjà eu lieu pour un cas similaire. Laurence affirmait que leur racolage, malgré sa discrétion, entachait la réputation du quartier. Il ne comprenait pas pourquoi, si elles enfreignaient la loi, personne ne bougeait le petit doigt pour les arrêter.

Jennifer, quant à elle, ne s'en formalisait pas. À ses yeux, les deux femmes étaient comme emprisonnées derrière leur vitre. Un jour, elle leur avait même fait signe mais n'avait reçu pour toute réponse qu'un regard absent et s'était empressée de s'éloigner.

En dehors de ça, sa vie avait repris une certaine routine. Le matin, elle se réveillait en même temps que Laurence, lui faisait son café et ses toasts et allait chercher le journal dans l'entrée pendant qu'il se rasait et s'habillait. Souvent, elle se levait même avant lui pour se coiffer et se maquiller afin de paraître séduisante et soignée pour les rares occasions où il levait les yeux de son journal tandis qu'elle s'affairait dans la cuisine en robe de chambre. Il était plus facile de commencer la journée sans le voir soupirer en la regardant d'un air irrité.

Puis il se levait de table, lui permettait de l'aider à enfiler son pardessus et, peu après 8 heures, son chauffeur venait frapper quelques coups discrets à la porte d'entrée. Elle lui faisait de grands signes de la main jusqu'à ce que sa voiture disparaisse au coin de la rue.

Dix minutes plus tard, elle accueillait Mme Cordoza. Puis, pendant que la vieille gouvernante préparait le thé en faisant d'éventuelles remarques sur le froid de l'hiver, Jennifer préparait la liste des tâches de la journée. En plus des corvées habituelles – l'aspirateur, la poussière et la lessive –, il y avait souvent un peu de couture, un bouton de manchette à recoudre ou des chaussures à cirer. Elle demandait parfois à Mme Cordoza de trier et replier le contenu du placard à linge ou de polir la ménagère en argent, assise à la table de la cuisine, en écoutant la radio.

Jennifer, pendant ce temps, prenait son bain et s'habillait. Elle pouvait ensuite aller frapper à la porte voisine pour boire un café avec Yvonne, emmener sa mère prendre un déjeuner léger ou héler un taxi pour se rendre au centre-ville faire quelques achats de Noël. Elle s'arrangeait toujours pour être rentrée en début d'après-midi et trouvait alors une nouvelle tâche pour Mme Cordoza : aller en bus acheter du tissu à rideaux ou partir à la recherche d'une variété de poisson que Laurence aimait particulièrement. Un jour, elle accorda même un après-midi de congé à la gouvernante – tous les prétextes étaient bons pour pouvoir passer quelques heures seule à la maison et se consacrer à la recherche d'autres lettres.

Dans les quinze jours qui avaient suivi la découverte de la première, elle en avait déniché deux autres. Elles aussi étaient adressées à une boîte postale mais lui étaient clairement destinées. C'était la même écriture, le même style direct et passionné. Les mots éveillaient en elle un écho souterrain.

Ils décrivaient des événements qui, bien qu'oubliés, trouvaient en elle une profonde résonance, comme une lourde cloche qui vibre encore longtemps après avoir cessé de sonner.

Aucune lettre ne portait d'autre signature que ce « B ». Elle les avait lues et relues jusqu'à ce que les mots fussent gravés dans son âme.

Ma chère petite,

Il est 4 heures du matin. Je n'arrive pas à dormir en sachant qu'il va te retrouver ce soir. J'emprunte le chemin de la folie, mais je reste couché là à l'imaginer au lit à tes côtés, libre de te toucher, de te serrer contre lui, et je ferais n'importe quoi pour que cette liberté soit mienne.

Tu étais si en colère quand tu m'as surpris Chez Alberto, un verre à la main. Tu as appelé ça une faiblesse, et je crains que ma réponse n'ait été impardonnable. Les hommes se blessent eux-mêmes quand ils s'emportent et, aussi cruels et stupides qu'aient été mes mots, tu sais sans doute que les tiens m'ont blessé davantage. Quand tu es partie, Felipe m'a traité d'imbécile, et il avait raison.

Je te dis tout ça parce que j'ai besoin que tu saches que je vais devenir un homme meilleur. J'arrive à peine à croire que je suis en train d'écrire une telle platitude. Mais c'est la vérité. Tu me donnes envie de devenir une meilleure version de moi-même. Je suis resté assis là pendant des heures devant cette bouteille de whisky. Et puis, il n'y a pas cinq minutes, j'ai fini par me lever pour la vider dans l'évier. Je deviendrai une meilleure personne pour toi, ma chérie. Je veux vivre comme un homme bien, je veux que tu sois fière de moi. Si nous n'avons droit qu'à quelques heures, quelques minutes ensemble, je veux pouvoir graver le moindre de ces instants dans ma mémoire avec une netteté parfaite pour pouvoir m'en

souvenir dans des moments comme celui-ci, quand mon
âme elle-même me semble s'assombrir.

Reste près de lui si tu le dois, mon amour, mais ne l'aime
pas. De grâce, ne l'aime pas.

Égoïstement,
B.

En lisant ces dernières lignes, les yeux de Jennifer s'étaient emplis de larmes. *Ne l'aime pas. De grâce, ne l'aime pas.* À présent, tout devenait plus clair : elle n'avait pas créé de toutes pièces la distance qu'elle ressentait entre elle-même et Laurence. C'était la conséquence directe de son amour pour un autre. Ces lettres étaient passionnées : cet homme s'était ouvert à elle comme Laurence n'en aurait jamais été capable. En relisant ses messages, elle avait la chair de poule et son cœur battait la chamade. Elle connaissait ces mots. Mais pas l'histoire qui allait avec.

Son esprit bourdonnait de questions. L'aventure avait-elle duré longtemps ? Était-elle récente ? Avait-elle couché avec cet homme ? Était-ce pour cela qu'elle se sentait si peu attirée par son mari ?

Et, plus mystérieux que tout : qui était son amant ?

En quête d'indices, elle avait disséqué les lettres avec une précision chirurgicale. Elle ne connaissait personne dont le nom commençait par un B – hormis Bill et le comptable de son mari, qui se prénommait Bernard, mais elle savait sans l'ombre d'un doute qu'elle n'avait jamais été amoureuse de l'un d'eux. B était-il venu la voir à l'hôpital juste après son accident, quand le monde lui apparaissait encore flou et indistinct ? L'observait-il de loin, à présent ? Attendait-il qu'elle renoue avec lui ? Il existait quelque part. Il détenait les réponses à toutes ses questions.

Jour après jour, elle tentait de revêtir sa personnalité d'avant, celle d'une femme qui avait des secrets. Où l'ancienne Jennifer aurait-elle dissimulé ses lettres ? Elle en avait retrouvé deux glissées entre les pages d'un livre, et une autre pliée avec soin dans un bas roulé en boule. Toutes étaient cachées dans des endroits où son mari n'aurait jamais songé à regarder. *J'étais maligne*, songea-t-elle. Puis, un peu moins fière : *J'étais sournoise.*

—Maman, demanda-t-elle un jour pendant le déjeuner, qui conduisait la voiture quand j'ai eu mon accident ?

Mme Verrinder avait vivement levé les yeux de son sandwich. Autour d'elles, le restaurant était bondé de clients encombrés de sacs de courses et de lourds manteaux d'hiver, et la salle résonnait de leurs bavardages et du bruit des couverts.

Elle jeta un rapide coup d'œil aux alentours avant de se tourner vers Jennifer, comme si la question était presque subversive.

—Ma chérie, a-t-on vraiment besoin de parler de ça ?

Jennifer but une gorgée de thé.

—C'est que je ne sais presque rien de ce qui s'est passé. Ça m'aiderait si je pouvais remettre en place toutes les pièces du puzzle.

—Tu as failli mourir. Je n'ai pas envie d'y repenser.

—Mais qu'est-ce qui s'est passé ? Est-ce que c'était moi qui conduisais ?

Sa mère baissa les yeux sur son assiette.

—Je ne m'en souviens pas.

—Et si je n'étais pas au volant, qu'est-ce qui est arrivé au conducteur ? Si j'ai été blessée, il a dû l'être aussi !

—Je ne sais pas. Comment le saurais-je ? Laurence s'est toujours bien occupé de son personnel, n'est-ce pas ? J'imagine qu'il n'a pas été gravement blessé : s'il en avait eu besoin, Laurence lui aurait payé des soins.

Jennifer songea au chauffeur qui l'avait ramenée chez elle quand elle était sortie de l'hôpital : une soixantaine d'années, l'air fatigué, une élégante moustache et une calvitie. Il n'avait pas eu l'air d'avoir souffert d'un grave traumatisme – ni d'avoir été son amant.

Mme Verrinder repoussa les restes de son sandwich.

—Pourquoi ne lui poses-tu pas la question ?

—Je le ferai, répondit-elle en sachant pertinemment qu'elle n'en ferait rien. Mais il ne veut pas que j'essaie de me souvenir.

—Eh bien, je pense qu'il a parfaitement raison, ma chérie. Tu devrais peut-être te montrer plus attentive à ses conseils.

—Mais est-ce que tu sais où j'allais ?

Sa mère semblait un peu nerveuse, exaspérée par cet interrogatoire.

—Je n'en ai aucune idée. Faire les boutiques, probablement. Écoute, c'est arrivé près de Marylebone Road. Je crois que tu as percuté un autobus. Ou qu'un autobus t'a percutée. C'était si terrible, Jenny chérie, nous ne nous préoccupions que de ton état de santé, conclut-elle en serrant les lèvres, indiquant à Jennifer que la conversation était close.

Dans un coin du restaurant, une femme enveloppée d'un manteau vert bouteille regardait dans les yeux un homme qui lui caressait le visage du bout du doigt. Sous les yeux de Jennifer, elle prit soudain le doigt de son compagnon entre ses dents. Devant l'intimité désinvolte de ce geste, elle sentit comme un courant électrique lui traverser le corps. Personne d'autre ne semblait avoir remarqué le couple.

Mme Verrinder se tamponna la bouche avec sa serviette.

—En quoi est-ce important, ma chérie ? Les accidents de voiture, ça arrive tous les jours. Plus il y a de véhicules sur les routes, plus le danger est important. Je n'ai pas l'impression que la moitié des personnes qui prennent le volant savent réellement conduire. Contrairement à ton père. Lui, au moins, était un conducteur prudent.

Jennifer n'écoutait pas.

— Et puis maintenant tu es guérie, n'est-ce pas ? Tout va bien ?

— Ça va, répondit Jennifer avec un grand sourire. Ça va bien.

Désormais, lorsque Jennifer sortait le soir avec Laurence, elle se surprenait à observer d'un œil nouveau leur vaste cercle d'amis et de connaissances. Quand l'attention d'un homme s'attardait sur elle plus que de raison, elle se trouvait incapable d'en détacher le regard. Était-ce *lui* ? Y avait-il un sens caché derrière cette aimable salutation ? S'agissait-il d'un sourire entendu ?

Si « B » n'était qu'un surnom, il y avait trois hommes possibles. Le premier était Jack Amory, le directeur d'une compagnie de pièces détachées automobiles, un célibataire qui lui baisait la main de manière ostentatoire à la moindre occasion. Mais il le faisait presque en adressant un clin d'œil à Laurence, si bien que Jennifer ne pouvait déterminer s'il s'agissait ou non d'un coup de bluff.

Il y avait ensuite Reggie Carpenter, le cousin d'Yvonne, qui se joignait parfois à eux pour le dîner. C'était un jeune homme brun, au regard fatigué mais pétillant d'humour. Jennifer aurait cru son mystérieux correspondant plus âgé, mais il était charmant, drôle, et ne manquait jamais une occasion de s'asseoir à côté d'elle quand Laurence n'était pas là.

Et puis, bien sûr, il y avait Bill. Bill, qui racontait des blagues comme si elles n'étaient destinées qu'à son approbation. Bill, qui déclarait en riant qu'il l'adorait, même devant Violet. Ses sentiments pour elle étaient incontestables. Mais pouvait-elle en avoir eu pour lui ?

Elle se mit à faire plus attention à son apparence. Elle se rendait régulièrement chez le coiffeur, s'achetait de nouvelles robes et devint plus bavarde – « Tu redeviens toi-même », lui avait dit Yvonne d'un air approbateur. Elle s'était un peu cachée derrière ses amies au cours des premières semaines qui avaient suivi son accident, mais elle osait à présent poser des questions. Elle les interrogeait poliment mais avec détermination, cherchant la faille qui lui apporterait quelques réponses. De temps à autre, elle glissait des indices dans la conversation, demandant par exemple si quelqu'un voulait un whisky, puis étudiait les visages des hommes à la recherche d'un signe de reconnaissance. Malheureusement, Laurence n'était jamais loin, et elle se doutait bien que même si ses allusions étaient comprises, son amant était dans l'impossibilité de lui répondre.

Si Laurence avait remarqué une intensité particulière dans ses conversations avec leurs amis, il ne lui fit aucune remarque. Il lui en faisait rarement. Il ne l'avait pas approchée une seule fois, physiquement parlant, depuis le soir de leur dispute. Il se montrait poli mais distant. Il rentrait tard le soir et, lorsqu'elle se réveillait, il était déjà parti. Plusieurs fois, elle était passée devant la chambre d'amis et avait vu des draps froissés lui signifiant, comme un reproche silencieux, qu'il avait une fois encore passé la nuit seul. Elle savait qu'elle aurait dû le regretter davantage, mais elle avait de plus en plus besoin de se retirer dans son petit monde parallèle, où elle pouvait réinventer son histoire d'amour mythique et passionnée, et se voir avec les yeux de l'homme qui l'adorait.

Quelque part, songeait-elle, *B est toujours là. À m'attendre.*

—Ces documents sont à signer, et des cadeaux sont arrivés ce matin. Il y a une caisse de champagne de la part de Citroën, un panier garni des cimentiers de Peterborough et une boîte de chocolats de votre comptable. Je sais que vous n'aimez pas les chocolats fourrés, donc je me demandais si vous voulez que je les distribue dans les bureaux. Je sais qu'Elsie Machzynski aime tout particulièrement les fondants.

Il leva à peine les yeux.

— Très bien.

Moira comprit que M. Stirling n'avait pas la tête aux cadeaux de Noël.

— J'espère que ça ne vous dérange pas, poursuivit-elle, mais j'ai pris un peu d'avance et j'ai organisé quelques petites bricoles pour la soirée de Noël. Vous avez décidé de la faire ici plutôt qu'au restaurant, maintenant que la société s'est tellement agrandie, alors j'ai commandé un petit buffet de traiteur.

— Bien. Quand la soirée aura-t-elle lieu?

— Le 23. Quand la journée de travail sera terminée.

— D'accord.

Pourquoi semblait-il si préoccupé? Si malheureux? Les affaires n'avaient jamais été aussi florissantes. Ils croulaient sous les commandes. Même avec le resserrement du crédit annoncé dans tous les journaux, *Acme Mineral and Mining* affichait l'un des bilans les plus positifs du pays. Ils n'avaient plus reçu de lettres calomnieuses depuis plusieurs semaines, et celles du mois précédent étaient toujours rangées au fond de son tiroir, sans que M. Stirling en ait pris connaissance.

— Je me suis aussi dit que vous aimeriez…

Un bruit le fit soudain lever les yeux. Moira se retourna, inquiète, pour voir de quoi il s'agissait. Elle était là, dans les bureaux, coiffée d'un petit chapeau rouge de la teinte exacte de ses chaussures, les cheveux parfaitement arrangés en souples vaguelettes blondes. Que faisait-elle ici? Mme Stirling ne cessait de regarder autour d'elle, semblant chercher quelqu'un. M. Stevens, le comptable, s'avança vers elle pour lui serrer la main. Ils échangèrent quelques mots et se tournèrent de l'autre côté de la salle, où elle-même se trouvait avec M. Stirling. L'épouse de ce dernier leva la main pour les saluer.

Moira se tapota les cheveux. Certaines femmes semblaient toujours tout droit sorties des pages glacées d'un magazine de mode, et Jennifer Stirling en faisait partie. Moira n'en avait que faire : elle avait toujours préféré se concentrer sur son travail, sur des objectifs autrement plus importants. Mais lorsque cette femme entra dans le bureau, la peau rosie par le froid du dehors, deux superbes diamants scintillant à ses oreilles, il n'en fut pas moins difficile de ne pas se sentir légèrement insipide en comparaison. Elle ressemblait à un cadeau de Noël parfaitement emballé, un bibelot étincelant.

— Madame Stirling, salua poliment Moira.

— Bonjour.

— Quelle agréable surprise !

M. Stirling se leva pour l'accueillir, un peu maladroit mais peut-être secrètement ravi, comme un gamin mal aimé qui se fait approcher par la plus jolie fille de l'école.

— Voulez-vous que je vous laisse ? demanda Moira, mal à l'aise. J'ai quelques dossiers à…

— Oh non, ne partez surtout pas pour moi ! Je n'en ai que pour une minute. Je passais dans le quartier, poursuivit-elle en se tournant vers son mari, et je voulais te demander si tu risquais de rentrer tard ce soir. Si oui, j'envisageais de passer chez les Harrison. Ils font du vin chaud.

— Je… Oui, tu peux. Je te retrouve là-bas si je finis plus tôt.

— Formidable.

Elle dégageait l'odeur délicate d'un parfum de Nina Ricci. Moira avait essayé le même quelques jours auparavant dans une grande surface, mais elle l'avait trouvé un peu cher. À présent, elle regrettait de ne pas l'avoir acheté.

— J'essaierai de ne pas finir trop tard.

Mme Stirling n'avait pas l'air pressée de partir. Elle se tenait toujours face à son mari mais semblait plus intéressée par les autres hommes assis à leur poste de travail. Elle les observait, l'air attentif, comme si elle les voyait pour la toute première fois.

—Ça faisait longtemps que tu n'étais pas venue, fit-il remarquer.

—Oui, répondit-elle. Sans doute.

Il y eut un bref silence.

—Oh, dit-elle brusquement. Comment s'appellent tes chauffeurs?

Il fronça les sourcils.

—Mes chauffeurs?

—Je me suis dit que ça te ferait plaisir si j'offrais à chacun un petit cadeau de Noël, expliqua-t-elle avec un léger haussement d'épaules.

La perplexité se lut sur le visage de son époux.

—Un cadeau de Noël? Eh bien, c'est Eric qui a le plus d'ancienneté. Je lui offre une bouteille de cognac chaque année depuis vingt ans. Simon le remplace à l'occasion. Il ne boit pas d'alcool, donc je lui mets un petit extra dans sa paie de décembre. Je ne pense pas que ce soit une chose dont tu aies besoin de t'occuper.

Mme Stirling semblait étrangement déçue.

—C'est que j'aimerais aider un peu… Je vais acheter le cognac, déclara-t-elle enfin en serrant contre elle son sac à main.

—C'est très… prévenant de ta part.

L'attention de Mme Stirling dévia vers les bureaux avant de se reporter sur eux.

—Bon, reprit-elle, j'imagine que vous êtes terriblement débordés. Comme je vous l'ai dit, je ne faisais que passer. Ce fut un plaisir de vous voir… euh…

Son sourire vacilla.

—Moira, intervint M. Stirling quand le silence devint insupportable.

—Oui. Moira. Bien sûr. Ce fut un plaisir de vous revoir.

—Je reviens, dit M. Stirling en escortant sa femme vers la sortie.

Moira les regarda échanger quelques mots, puis, après un petit signe de sa main gantée, Mme Stirling tourna les talons.

La secrétaire prit une profonde inspiration, tentant de ravaler sa contrariété. M. Stirling resta immobile devant la porte de l'ascenseur tandis que sa femme quittait le bâtiment.

Avant de savoir elle-même ce qu'elle faisait, Moira quitta le bureau de son patron et se glissa vers le sien. Elle sortit une clé de sa poche et déverrouilla un tiroir, fourrageant parmi les divers éléments de correspondance jusqu'à trouver ce qu'elle cherchait. Elle fut de retour dans le bureau de M. Stirling avant lui.

Il ferma la porte derrière lui en jetant un dernier regard à travers la cloison vitrée, comme s'il espérait voir sa femme revenir. Il semblait s'être adouci.

—Donc, dit-il en s'asseyant, un petit sourire aux lèvres, vous me parliez de la soirée de Noël. Vous avez prévu quelque chose.

Elle peinait à respirer et dut avaler sa salive avant de pouvoir s'exprimer normalement.

—En fait, monsieur Stirling, il y a autre chose.

Il venait de sortir une lettre, prêt à la signer.

—Pas de problème. De quoi s'agit-il ?

—C'est arrivé il y a deux jours, dit-elle en lui tendant une enveloppe à l'adresse manuscrite. À la boîte postale dont vous m'avez parlé.

Devant le silence de son patron, elle ajouta :

—J'ai surveillé le courrier, comme vous me l'avez demandé.

Il regarda fixement l'enveloppe, puis leva les yeux vers sa secrétaire. Il devint aussitôt pâle comme la mort et elle crut qu'il allait s'évanouir.

—Vous êtes sûre ? Ce n'est pas possible.

—Mais c'est…

—Vous avez dû vous tromper de numéro.

—Je vous assure que c'était la bonne boîte postale ! Numéro 13. Je me suis servie du nom de Mme Stirling, comme vous me l'avez… suggéré.

Il déchira l'enveloppe et se pencha sur son bureau pour lire les quelques lignes du message. Moira resta debout de l'autre côté, désireuse de ne pas paraître trop curieuse, consciente que l'atmosphère de la pièce était subitement devenue pesante. Elle redoutait déjà ce qu'elle venait de déclencher.

Lorsqu'il releva la tête, il semblait avoir vieilli de plusieurs années. Il s'éclaircit la gorge, puis froissa la feuille de papier dans son poing et la jeta d'un geste rageur dans la corbeille sous son bureau. L'expression de son visage était féroce.

—La poste avait dû l'égarer. Personne ne doit savoir. Vous m'entendez ?

Elle recula d'un pas.

—Oui, monsieur Stirling. Bien sûr.

—Et fermez-moi cette boîte postale.

—Maintenant ? J'ai toujours mon rapport à…

—Cet après-midi. Faites tout ce que vous avez à faire. Mais fermez cette boîte. Vous comprenez ?

—Oui, monsieur Stirling.

Elle glissa son dossier sous son bras et sortit du bureau. Elle prit son sac à main et son manteau, prête à se rendre au bureau de poste.

Au départ, Jennifer avait prévu de rentrer chez elle. Elle était fatiguée, l'incursion sur le lieu de travail de son mari avait été infructueuse et la pluie avait commencé à tomber, faisant courir les piétons, le col relevé et la tête enfoncée dans les épaules. Mais, debout sur les marches de l'immeuble de bureaux, elle n'avait pu se résoudre à regagner la maison silencieuse.

Elle descendit du trottoir et héla un taxi, faisant de grands signes jusqu'à voir une lumière jaune faire un écart dans sa direction. Elle grimpa à bord, chassant les gouttes de pluie qui s'étaient écrasées sur son manteau rouge.

— Connaissez-vous un endroit qui s'appelle *Alberto's*ʔ demanda-t-elle lorsque le chauffeur se tourna vers elle.

— C'est dans quel quartier de Londres ?

— Je suis désolée, je n'en ai aucune idée. Je me suis dit que vous pourriez savoir.

Il fronça les sourcils.

— Il y a un club de ce nom à Mayfair. Je peux vous y emmener, mais je ne suis pas sûr qu'il soit ouvert.

— Très bien, dit-elle en s'installant confortablement sur la banquette.

Le trajet ne dura qu'une quinzaine de minutes. Puis le taxi s'arrêta et le chauffeur lui montra l'autre côté de la rue.

— C'est le seul *Alberto's* que je connaisse, déclara-t-il. Je ne suis pas sûr que ce soit un endroit pour vous, madame.

Elle essuya de sa manche la buée qui couvrait la vitre et jeta un coup d'œil. Une barrière métallique entourait une entrée en sous-sol dont les marches disparaissaient hors de son champ de vision. Une enseigne fatiguée portait le nom du club, et deux ifs dépenaillés gardaient la porte, plantés dans de grands pots.

— Vous pensez que c'est le bon endroit ? demanda le chauffeur.

Elle parvint à sourire.

— Eh bien, répondit-elle, je ne vais pas tarder à le découvrir.

Elle paya la course et se retrouva seule, dans le crachin, debout sur le trottoir. La porte était entrebâillée, maintenue ouverte par une poubelle. En entrant, Jennifer fut assaillie par des relents d'alcool, de tabac froid, de sueur et de parfum bon marché. Elle attendit que ses yeux s'habituent à la pénombre. À sa gauche, il y avait un vestiaire laissé sans surveillance, une bouteille de bière et un trousseau de clés posés sur le comptoir. Elle suivit un couloir étroit, poussa une porte battante et se retrouva dans une grande salle vide, les chaises empilées sur des tables rondes disposées devant une petite scène. Allant et venant entre les tables, une vieille femme traînait un aspirateur en marmonnant entre ses dents d'un air désapprobateur. Un bar occupait tout le mur du fond. Derrière, une femme fumait une cigarette en discutant avec un homme qui garnissait de bouteilles les étagères illuminées.

— Deux secondes, dit la femme en apercevant Jennifer. Je peux t'aider, ma jolie ?

Jennifer se sentit jaugée par un regard vaguement hostile.

— Vous êtes ouverts ?

— Est-ce qu'on en a l'air ?

Elle serra son sac à main contre son ventre, soudain intimidée.

— Je suis désolée. Je reviendrai plus tard.

— Vous cherchez quelqu'un, ma petite dame ? demanda l'homme en se redressant.

Il avait les cheveux noirs, lissés en arrière, et le visage pâle et bouffi d'un grand consommateur d'alcool ne voyant pas souvent la lumière du jour.

Elle le dévisagea un instant, incapable de dire si cet homme lui était familier.

— Est-ce que… est-ce que vous m'avez déjà vue ici ? demanda-t-elle.

Il parut vaguement amusé.

— Pas si vous dites le contraire.

—Ici, on n'est pas très physionomistes, surenchérit la femme en inclinant la tête.

Jennifer avança de quelques pas vers le bar.

—Connaissez-vous un homme du nom de Felipe?

—Vous êtes qui? demanda la femme.

—Je… peu importe.

—Qu'est-ce que vous voulez à Felipe?

Leurs visages s'étaient durcis.

—Nous avons un ami commun, expliqua-t-elle.

—Alors votre ami a dû vous dire que Felipe n'est pas du genre facile à trouver.

Elle se mordit la lèvre, se demandant ce qu'elle pouvait dévoiler de son histoire.

—Nos contacts ne sont pas très…

—Il est mort, ma petite dame.

—Quoi?

—Felipe. Mort. Il y a un nouveau patron, ici. Des tas de gens sont venus nous raconter que Felipe leur devait ci ou ça, alors j'aime autant vous dire que vous n'obtiendrez rien de moi.

—Je ne suis pas venue pour…

—À moins de me montrer la signature de Felipe sur une reconnaissance de dette, vous n'aurez rien.

La femme regardait à présent ses vêtements et ses bijoux avec un sourire suffisant, comme si elle s'était fait une idée très précise de ce pour quoi Jennifer était là.

—Sa famille hérite de ses biens. Ou de ce qu'il en reste. Y compris sa *femme*, précisa-t-elle d'un ton acerbe.

—Je n'ai rien à voir personnellement avec ce Felipe, rétorqua Jennifer d'un air guindé. Je vous présente mes condoléances.

Puis, aussi vite que possible, elle sortit du club et remonta les marches vers la lumière grise du jour.

Moira fouilla parmi les boîtes de décorations jusqu'à y trouver ce qu'elle cherchait, puis tria et étala leur contenu. Elle fixa deux guirlandes autour de chaque porte, puis s'assit à son bureau pendant près d'une demi-heure pour recoller les guirlandes de papier qui s'étaient défaites pendant l'année et les scotcha au-dessus des bureaux. Aux murs, elle punaisa des morceaux de ficelle auxquels elle suspendit les cartes de vœux de leurs partenaires commerciaux. Enfin, elle entoura les appliques de fils d'aluminium scintillants, s'assurant que ceux-ci n'étaient pas assez proches des ampoules pour risquer de provoquer un incendie.

Dehors, le ciel s'était assombri et les lampes à sodium s'étaient peu à peu allumées sur toute la longueur de la rue. Progressivement, dans le même ordre que tous les autres jours, le personnel des bureaux londoniens d'*Acme Mineral and Mining* quitta le bâtiment. D'abord Phyllis et Elsie, les dactylos, qui partaient toujours à 17 heures tapantes malgré un sens de la ponctualité bien moins développé quand il s'agissait d'arriver le matin. Puis David Moreton, un comptable, suivi de près par Stevens, qui se retirait au bar du coin pour se payer quelques bons verres de whisky avant de rentrer chez lui. Les autres partaient en petits groupes, emmitouflés dans leurs écharpes et leurs manteaux, certains lui faisant un petit signe en passant devant le bureau de M. Stirling. Felicity Harewood, la chargée du personnel, prenait le même bus que Moira mais ne lui avait pas une seule fois proposé de faire la route avec elle. Lorsque Felicity avait été embauchée, au mois de mai, Moira s'était réjouie à l'idée d'avoir quelqu'un à qui parler sur le trajet du retour, une femme avec qui elle pourrait échanger des recettes de cuisine ou des commentaires sur les événements de la journée dans la foule et la confusion du bus 274. Malheureusement, Felicity partait tous les soirs sans jeter un regard en arrière. La seule fois où Moira et sa collègue s'étaient retrouvées dans le même bus, cette dernière avait gardé la tête fourrée dans un livre de poche durant la plus grande partie du trajet, même si Moira était presque sûre que Felicity savait pertinemment qu'elle était assise à peine deux sièges derrière elle.

M. Stirling partit à 18 h 45. Il s'était montré distrait et impatient pendant tout l'après-midi, téléphonant au gérant de l'usine pour l'admonester au sujet des taux d'absentéisme et annulant une réunion prévue à 16 heures. Lorsque Moira était revenue du bureau de poste, il lui avait jeté un regard furtif, comme pour s'assurer qu'elle avait accompli sa mission, puis s'était remis au travail.

Moira poussa deux bureaux vacants contre un mur de la salle, non loin de la comptabilité. Elle y étendit des nappes de fête, sur lesquelles elle punaisa quelques brins de guirlande. Dans dix jours, songea-t-elle, ces tables accueilleraient le buffet ; en attendant, elle était bien contente d'avoir un endroit où poser les cadeaux des fournisseurs et la boîte à lettres en carton où l'équipe était censée déposer ses cartes de vœux.

Lorsqu'elle eut terminé, il était près de 20 heures. Moira parcourut des yeux les bureaux déserts, que ses efforts avaient rendus festifs et chaleureux, puis lissa sa jupe et se laissa aller à imaginer l'expression de plaisir qu'elle pourrait lire sur le visage de ses collègues quand ils passeraient la porte le lendemain matin.

Elle ne serait pas payée pour ces heures supplémentaires, mais c'étaient les petits gestes qui faisaient toute la différence. Les autres secrétaires ne se rendaient pas compte que le travail d'une assistante de direction ne se limitait pas à taper à la machine la correspondance du patron et à s'assurer que les dossiers étaient en ordre. C'était un rôle bien plus important. Il ne s'agissait pas seulement de s'assurer que tout fonctionnait selon une mécanique bien huilée, mais aussi de faire en sorte que les employés aient le sentiment de faire partie d'une famille. Une boîte à cartes de vœux et quelques jolies décorations, voilà ce qui finissait par souder une équipe et par faire du bureau un endroit où on avait hâte d'arriver.

Le petit sapin de Noël qu'elle avait installé dans un coin semblait plus à sa place ici que chez elle, où il n'y avait plus qu'elle pour en profiter. Ici, au moins, beaucoup de gens pouvaient le voir et l'apprécier. Et si quelqu'un faisait une remarque sur les ravissantes boules ornées de cristaux de glace ou l'adorable petit ange perché à son sommet, elle lui dirait tranquillement, comme si ça venait de lui traverser l'esprit, que ces décorations avaient été les préférées de sa mère.

Moira enfila son manteau. Elle ressembla ses affaires, noua son écharpe et aligna soigneusement son stylo et son crayon sur son bureau, prêts pour le lendemain. Elle alla jusqu'au bureau de M. Stirling, son trousseau à la main, pour verrouiller la porte, mais, après une seconde d'hésitation, elle se glissa dans la pièce et s'approcha de la corbeille à papier.

Elle retrouva la lettre manuscrite en un instant. Elle hésita à peine avant de la ramasser. Puis, après avoir de nouveau vérifié à travers la cloison de verre qu'elle était bien seule, elle lissa le papier sur le bureau et commença à lire.

Puis elle relut.

Dehors, une cloche sonna 20 heures. Effarouchée par le bruit, Moira quitta le bureau, posa la corbeille à l'extérieur à l'intention de la femme de ménage et verrouilla la porte. Elle plaça la lettre au fond du tiroir de son bureau, le ferma à clé et glissa le trousseau dans sa poche.

Pour une fois, le trajet du retour lui sembla très court. Moira Parker avait de quoi méditer.

J'apprécie ce que tu m'as dit. Mais j'espère que, quand tu liras cette lettre, tu comprendras la magnanimité [sic] de mon remords et de mes regrets pour la façon dont je t'ai traitée et la voie que j'ai choisie de prendre Ma relation avec M est vouée à l'échec et l'a toujours été. Je regrette d'avoir mis trois ans à me rendre compte que ce qui avait commencé comme une amourette de vacances aurait dû rester une amourette de vacances.

Un homme à une femme, par lettre

CHAPITRE 7

Ils se retrouvaient tous les jours pour s'asseoir aux terrasses des cafés inondées de soleil ou parcourir les collines desséchées dans sa petite Daimler, pique-niquant dans des endroits qu'ils choisissaient au hasard, sans s'inquiéter de rien. Elle lui parlait de son enfance dans le Hampshire, des beaux quartiers de Londres, des poneys, de l'internat, du cocon douillet qui avait été le sien jusqu'à son mariage. Elle lui raconta comment, dès l'âge de douze ans, elle s'était sentie étouffer. Elle avait besoin de voir plus grand, et avait été déçue en comprenant que les vastes étendues de la Côte d'Azur recelaient un cercle social tout aussi étriqué et policé que celui qu'elle venait de quitter.

Elle lui raconta qu'elle était tombée amoureuse, à quinze ans, d'un garçon du village. Quand il avait découvert leur relation, son père l'avait emmenée dans une annexe pour la fouetter avec une paire de bretelles.

—Pour être tombée amoureuse?

Comme elle avait raconté l'histoire d'un ton léger, il essayait de ne pas montrer à quel point il en était perturbé.

—Pour être tombée amoureuse d'un garçon qui n'était pas fait pour moi. Oh, je suppose que m'élever n'a pas été de tout repos. Ils m'ont dit que j'allais jeter le déshonneur sur la famille. Que je n'avais aucun sens moral et que, si je n'y prenais pas garde, aucun homme digne de ce nom ne voudrait m'épouser. Bien sûr, ajouta-t-elle avec un petit rire amer, mon père entretenait une maîtresse depuis des années, mais ça, ce n'était pas *du tout* la même chose.

— Et puis Laurence est arrivé.

— Oui, dit-elle avec un sourire malicieux. Quelle chance j'ai eue, n'est-ce pas ?

Il lui raconta sa vie à la façon de ces gens qui confient leurs secrets les plus enfouis à d'éphémères compagnons de voyage, au détour d'un wagon : une intimité légère et franche, reposant sur l'accord tacite qu'ils avaient peu de chances de se revoir un jour. Il lui parla de sa mission de trois ans en tant que correspondant en Afrique centrale pour la *Nation* : au début, il avait été heureux d'échapper au désastre de son mariage, mais il avait omis de revêtir l'armure nécessaire pour supporter les atrocités dont il avait été témoin. Au Congo, des milliers de personnes avaient trouvé la mort dans la marche vers l'indépendance. Il avait fini par passer toutes ses soirées au Club des correspondants étrangers de Léopoldville, noyant sa douleur dans le whisky ou, pire encore, le vin de palme, jusqu'à ce que la combinaison des horreurs qu'il avait vues et d'un accès de fièvre jaune eût presque eu raison de lui.

— J'ai fait une sorte de dépression nerveuse, expliqua-t-il en tentant d'imiter le ton léger de son interlocutrice. Évidemment, personne n'a eu l'impolitesse d'appeler ça comme ça. Ils font porter le chapeau à la fièvre jaune et me supplient de ne pas remettre les pieds en Afrique.

— Pauvre Boot.

— Oui. Pauvre de moi. Surtout que ça donne à mon ex-femme une nouvelle bonne raison de m'empêcher de voir mon fils.

— Et moi qui pensais que ce n'était qu'une petite affaire d'infidélité en série ! Je suis désolée, ajouta-t-elle en posant la main sur la sienne. Je te taquine. Je ne voulais pas te répondre par une banalité.

— Est-ce que je t'ennuie ?

—Non, au contraire. Je n'ai pas l'habitude de passer du temps avec un homme qui a vraiment envie de discuter avec moi.

Il ne buvait pas d'alcool en sa compagnie, et cela ne lui manquait plus. Le défi qu'elle représentait était un bon substitut à l'ivresse, et il avait besoin de contrôler l'image qu'il renvoyait en sa présence. Il ne s'était que très peu confié depuis son séjour en Afrique, effrayé à l'idée de ce qu'il pourrait révéler, des faiblesses qu'il pourrait exposer, mais il se découvrait à présent une nouvelle volonté de parler. Il aimait la façon dont elle le regardait, comme si rien de ce qu'il dirait ne pourrait changer fondamentalement l'opinion qu'elle avait de lui, comme si rien de ce qu'il lui confiait ne serait plus tard utilisé contre lui.

—Qu'est-ce qui arrive aux anciens correspondants quand ils se sont lassés des conflits ? demanda-t-elle.

—Ils s'installent dans les recoins sombres de la salle de rédaction et ennuient tout le monde avec les récits de leurs jours de gloire. Ou bien ils restent sur le terrain jusqu'à se faire tuer.

—Et toi, tu te ranges dans quelle catégorie ?

—Je ne sais pas, répondit-il en croisant son regard. Je ne me suis pas encore lassé des conflits.

Il se laissa doucement happer par le rythme tranquille de la Côte d'Azur : les longs dîners, le temps passé en extérieur, les discussions interminables avec des personnes qu'il connaissait à peine. Après n'avoir été que l'ombre de lui-même, il avait commencé à faire de longues marches au petit matin, profitant de l'air marin et des salutations amicales de gens qui n'étaient pas rendus grincheux par la gueule de bois ou le manque de sommeil. Il se sentait bien dans sa peau pour la première fois depuis plusieurs années. Il ignora les télégrammes de Don, qui le menaçaient de funestes conséquences s'il ne lui envoyait pas très vite un dossier utilisable.

—Tu n'as pas aimé mon portrait de Stirling? avait-il demandé.

—C'était très bien, mais on l'a publié mardi! Le comptable veut savoir pourquoi tu envoies toujours des notes de frais quatre jours après l'avoir écrit.

Jennifer l'emmena en virée à Monte-Carlo, prenant sur les routes de montagne des virages vertigineux tandis qu'il regardait ses mains fines et nerveuses serrées sur le volant, s'imaginant glisser chaque doigt dans sa bouche avec révérence. Elle l'emmena au casino, où il éprouva un sentiment de toute-puissance lorsque les quelques sous qu'il avait en poche se changèrent en un gain substantiel à la roulette. Elle mangea des moules dans un café en bord de mer, les arrachant de leur coquille avec une telle délicatesse mêlée de cruauté qu'il en resta sans voix. Elle s'était si bien insinuée dans son esprit, absorbant toute pensée lucide, que non seulement il ne pouvait plus penser à autre chose, mais qu'en plus il n'en avait pas la moindre envie. Durant ses heures de solitude, il imaginait mille et une issues possibles. Cela faisait bien longtemps qu'il ne s'était pas senti aussi préoccupé par une femme, et cette idée l'émerveillait.

Elle était un oiseau rare, véritablement inaccessible. Il aurait dû abandonner depuis des jours, mais son pouls s'accélérait chaque fois qu'on glissait un nouveau petit mot sous sa porte, lui proposant de venir boire un verre au *Piazza* ou de partir en balade à Menton…

Quel mal cela pouvait-il faire? Il avait trente ans et ne se souvenait pas de la dernière fois où il avait autant ri. Pourquoi ne pourrait-il pas profiter, au moins pour un instant, de cette gaieté que les autres prenaient pour acquise? La situation était si éloignée de son quotidien qu'elle lui semblait irréelle.

Ce fut le vendredi soir qu'il reçut le télégramme qu'il attendait et redoutait depuis des jours: son billet de train pour Londres avait été réservé pour le lendemain, et il était attendu au journal le lundi matin. En lisant le message, il éprouva un certain soulagement : sa relation avec Jennifer Stirling était devenue étrangement déstabilisante. En temps normal, il n'aurait jamais consacré tant de temps et d'énergie à une femme dont la passion à son égard n'était pas une fin courue d'avance. La perspective de ne plus la voir était certes contrariante, mais une partie de lui voulait revenir à ses vieilles routines, redécouvrir la personne qu'il était réellement.

Il sortit sa valise du placard et la posa sur son lit. Il allait faire ses bagages, puis il lui enverrait un message pour la remercier, suggérant que si jamais elle voulait déjeuner avec lui à Londres, elle pourrait toujours lui téléphoner. Si elle choisissait de le contacter là-bas, loin de la magie de cet endroit, peut-être deviendrait-elle comme toutes les autres : une distraction purement physique.

Alors qu'il rangeait ses chaussures dans sa valise, il reçut un appel du concierge. Une femme l'attendait à la réception.

— Une blonde ?

— Oui, monsieur.

— Pourriez-vous me la passer au téléphone ?

Il entendit quelques mots en français, puis sa voix, un peu hors d'haleine, hésitante :

— C'est Jennifer. Je me demandais juste… si tu avais un petit moment pour boire un verre.

— J'en serais ravi, mais je ne suis pas tout à fait prêt. Tu veux bien monter m'attendre ?

Il rangea sa chambre à la hâte, poussant sous le lit ses affaires éparpillées. Il plaça une feuille de papier dans sa machine à écrire, comme s'il était en train de travailler sur l'article qu'il avait envoyé une heure auparavant. Enfin, il enfila une chemise propre, même s'il n'avait pas le temps de la boutonner. Lorsqu'on frappa doucement à la porte, il ouvrit.

— Quelle charmante surprise, dit-il. J'étais en train de terminer quelque chose, mais entre donc.

Elle resta debout dans le couloir, un peu gênée. Apercevant son torse nu, elle détourna les yeux.

—Tu préfères peut-être que j'attende en bas?

—Non. Je t'en prie. Je n'en ai que pour quelques minutes.

Elle entra et s'avança au centre de la pièce. Elle portait une robe couleur d'or pâle, sans manches, avec un col mandarin. Elle avait les épaules légèrement rosies là où le soleil l'avait frappée pendant qu'elle conduisait. Ses cheveux retombaient en cascade sur ses épaules, un peu ébouriffés par le vent, comme si elle avait dû faire la route au plus vite.

Elle posa les yeux sur le lit couvert de blocs-notes, puis sur la valise à moitié pleine. L'espace d'un instant, ils furent intimidés par la promiscuité de la situation. Jennifer se reprit la première.

—Tu as l'intention de m'offrir à boire?

—Désolé. C'est très impoli de ma part.

Il appela la réception pour commander un gin-tonic, qui arriva quelques minutes plus tard.

—Où est-ce qu'on va? demanda-t-il.

—Comment ça?

—Est-ce que j'ai le temps de me raser? poursuivit-il en passant dans la salle de bains.

—Bien sûr. Vas-y.

Il l'avait fait volontairement, songea-t-il après coup. Il l'avait sciemment rendue complice de cette intimité forcée. Il avait meilleure mine: il n'avait plus ce teint jaunâtre et maladif, et les marques de fatigue sous ses yeux avaient disparu. Il fit couler l'eau chaude et l'observa discrètement dans le miroir tout en se savonnant le menton.

Elle semblait distraite, préoccupée. Tandis que le rasoir lui raclait la peau, il la voyait faire les cent pas comme une bête en cage.

—Tout va bien? demanda-t-il en rinçant la lame sous l'eau.

—Ça va.

Elle avait déjà bu la moitié du gin-tonic et s'en versa un autre verre.

Il finit de se raser, s'essuya le visage et s'aspergea de l'*after-shave* qu'il s'était acheté à la pharmacie – une lotion à l'odeur âcre, avec des notes d'agrume et de romarin. Il ferma sa chemise et ajusta son col devant le miroir. Il aimait cet instant où convergeaient désir et potentialité. Il se sentait étrangement triomphant. Il sortit de la salle de bains et retrouva Jennifer sur le balcon. Le ciel s'assombrissait, les lumières du front de mer s'embrasant dans le crépuscule. Jennifer tenait son verre dans une main, l'autre bras posé d'une manière un peu défensive en travers de sa taille. Il fit un pas vers elle.

—J'ai oublié de te dire à quel point tu es belle, déclara-t-il. J'aime cette couleur sur toi. C'est…

—Larry revient demain.

Elle s'écarta du balcon et se planta devant lui.

—J'ai reçu un télégramme cet après-midi. On rentre à Londres mardi.

—Je vois.

Elle avait sur le bras un léger duvet blond, que faisait frémir la brise marine.

Elle leva les yeux et plongea son regard dans le sien.

—Je ne suis pas malheureuse, dit-elle.

—Je sais.

Elle étudiait son visage, un pli sérieux barrant son joli front. Elle se mordit la lèvre, puis lui tourna le dos et resta immobile.

—Le bouton du haut, fit-elle.

—Pardon?

—Je ne peux pas le défaire moi-même.

Quelque chose s'embrasa en lui. Il le ressentit presque comme un soulagement : la femme dont il avait tant rêvé, qu'il avait invoquée la nuit dans ce lit, allait enfin être sienne. Sa distance, sa résistance, avait été sur le point de le briser. Il avait besoin de cette libération, de se sentir épuisé, la douleur du désir perpétuel enfin apaisée.

Il lui reprit son verre, et elle souleva les cheveux qui lui masquaient la nuque. Obéissant à ses instructions silencieuses, il leva les mains vers son cou. Ses doigts, d'habitude si assurés, semblaient hésitants, gourds et maladroits. Il les regarda batailler, comme s'ils ne lui appartenaient pas, pour défaire le bouton couvert de soie. Quand enfin il y parvint, il vit que ses mains tremblaient. Il se figea et posa les yeux sur son cou : à présent dénudé, il était légèrement penché en avant, comme pour une prière. Il voulait y poser les lèvres, croyant déjà sentir le goût de cette peau pâle et couverte de taches de rousseur. Il l'effleura du bout du pouce, tendrement, savourant à l'avance les plaisirs à venir. Elle haleta légèrement, si légèrement qu'il le sentit plus qu'il ne l'entendit. Quelque chose en lui s'éteignit.

Il contempla le duvet marquant la ligne où les cheveux dorés de Jennifer rencontraient la peau de sa nuque, et les doigts minces qui les retenaient toujours. Il sut alors, avec une désespérante certitude, ce qui allait arriver.

Anthony O'Hare ferma les yeux très fort. Puis, avec une exquise lenteur, lui referma sa robe et recula d'un pas.

Elle hésita, comme si elle essayait de comprendre ce qu'il venait de faire, remarquant peut-être l'absence de sa peau contre la sienne.

Puis elle se retourna, la main posée sur la nuque, comprenant pleinement ce qui venait de se passer. Elle l'interrogea du regard, puis rougit.

— Je suis désolé, commença-t-il, mais je… je ne peux pas.

— Oh…

Elle tressaillit. Sa main se plaqua sur sa bouche, et une vive rougeur se répandit sur son cou.

— Pardon… j'avais cru…

— Non ! Tu ne comprends pas, Jennifer. Ce n'est pas ce que…

Elle l'écarta de son chemin et attrapa son sac à main. Puis, sans lui laisser le temps de prononcer un mot, elle ouvrit grand la porte et partit en courant dans le couloir.

— Jennifer! hurla-t-il. Jennifer! Laisse-moi t'expliquer!

Mais, lorsqu'il atteignit le seuil de la porte, elle était déjà loin.

Le train pour Lyon progressait lentement à travers la campagne desséchée, comme résolu à lui laisser le temps de penser à toutes les choses qu'il avait faites de travers et à toutes celles qu'il n'aurait pas pu changer même s'il l'avait voulu. Régulièrement, il songeait à se commander un grand verre de whisky au wagon-restaurant; il regardait les stewards parcourir la voiture d'un pas expert, réglé sur les mouvements du train, et savait qu'il lui suffirait de lever un doigt pour obtenir cette consolation. En y repensant un peu plus tard, il fut presque sûr de savoir ce qui l'avait retenu.

Le soir venu, il s'installa dans la couchette que le steward lui avait dépliée avec une dédaigneuse efficacité. Tandis que le train traversait la nuit dans un grondement sourd, il alluma sa lampe de chevet et sortit le livre de poche qu'il avait trouvé à l'hôtel, abandonné par un autre voyageur. Il relut plusieurs fois la même page sans la comprendre et finit par reposer le livre, dépité. Il y avait bien un journal français dans la cabine, mais l'espace était trop étroit pour déplier correctement les pages, et les caractères trop petits pour être lus à la faible lumière de la lampe. Il somnola un peu, puis s'éveilla, et au fur et à mesure que l'Angleterre se rapprochait, l'avenir s'amoncelait au-dessus de lui comme un gros nuage noir.

Enfin, lorsque l'aube se leva, il trouva du papier et un stylo. Il n'avait jamais écrit une lettre à une femme, hormis de courtes notes de remerciements expédiées à sa mère pour les petits cadeaux qu'elle lui envoyait et le mot d'excuses adressé à Jennifer après le premier soir. À présent, saisi d'une douloureuse mélancolie, hanté par l'expression mortifiée qu'il avait lue dans les yeux de la jeune femme, délivré par la perspective de ne jamais plus la revoir, il écrivit librement sa pensée, uniquement désireux de s'expliquer :

Ma chérie,
Je n'ai pas pu t'obliger à m'écouter quand tu es partie en
courant, mais sache que je ne te rejetais pas. Tu étais si
loin de la vérité que je peux à peine le supporter.
La vérité, la voici : tu n'aurais pas été la première femme
mariée à qui j'aurais fait l'amour. Tu connais ma
situation personnelle et, pour être honnête, ces relations,
telles qu'elles étaient, me convenaient. Je ne voulais être
proche de personne. Quand nous nous sommes rencontrés,
j'ai voulu croire que, avec toi, ce ne serait pas différent.
Mais quand tu es arrivée dans ma chambre samedi
dernier, tu étais si belle dans ta robe… Et puis tu m'as
demandé de défaire ce bouton derrière ton cou. Mais
quand mes doigts ont frôlé ta peau, j'ai compris à cet
instant que, si nous faisions l'amour, ce serait un désastre
pour nous deux. Toi, ma chère petite, tu n'as aucune idée
de ce qu'une telle trahison t'aurait fait. Tu es une créature
honnête et délicieuse. Même si tu ne t'en rends pas compte
pour le moment, on éprouve une réelle jouissance à être
quelqu'un de bien. Je ne veux pas être responsable de
ta déchéance.
Et moi ? J'ai su dès l'instant où tu as levé les yeux sur moi
que si nous le faisions, je serais irrémédiablement perdu.
Je serais incapable de t'abandonner, comme je l'ai fait
avec les autres. Je serais incapable de saluer Laurence
d'un aimable signe de tête si je le croisais au restaurant.
Je ne saurais jamais me satisfaire d'une simple partie
de toi. Je me suis menti à moi-même en voulant croire
le contraire. C'est pour cette raison, ma chère, que j'ai

rattaché ce maudit bouton derrière ton cou. Et c'est pour
cette raison que je suis resté éveillé dans mon lit ces deux
dernières nuits, me haïssant pour la seule chose correcte
que j'aie faite de ma vie.
Pardonne-moi.

B.

Il la plia soigneusement et la glissa dans la poche avant de sa chemise, puis, enfin, il s'endormit.

Don écrasa sa cigarette et relut le texte tapé à la machine tandis que le jeune homme qui se tenait, mal à l'aise, à côté de son bureau dansait d'un pied sur l'autre.

— Tu ne sais même pas écrire « bigamie ». Ça ne prend qu'un seul « m » ! Et cette introduction ne vaut rien, poursuivit-il en rayant trois lignes d'un trait de crayon rageur. Un homme épouse trois femmes nommées Hilda dans un rayon de trois kilomètres ; c'est un cadeau, cette histoire ! Mais, vu comme tu l'as rédigée, j'aurais préféré lire un compte-rendu sur les égouts municipaux !

— Je suis désolé, monsieur Franklin.

— Rien à foutre de tes excuses ! Réécris-moi ça ! C'était pour l'édition matinale, et il est déjà 15 h 40 ! Qu'est-ce qui ne va pas, chez toi ? « Bigammie », non mais je te jure ! Il jeta la feuille de papier au visage du jeune homme, qui la rattrapa de justesse et quitta le bureau en toute hâte.

— Alors, poursuivit Don d'un air exaspéré, elle est où, cette foutue chronique ? « Les secrets du gratin de la Côte d'Azur » ?

— Ça vient, mentit Anthony.

— Tu ferais bien de te grouiller. Je t'ai réservé une demi-page dans l'édition de samedi. Tu as passé un bon moment, au moins ?

— C'était sympa.

Don le dévisagea un instant, la tête penchée sur le côté.

— Ouais. Ça se voit. Bref. J'ai de bonnes nouvelles pour toi.

Les vitres de son bureau étaient couvertes d'une épaisse couche de nicotine, si bien que quiconque les frôlait par mégarde avait sa chemise irrémédiablement teintée de jaune. À travers la fumée, Anthony jeta un coup d'œil à la salle de rédaction. Cela faisait deux jours qu'il se promenait avec la lettre dans sa poche, cherchant un moyen de la lui transmettre. Il ne cessait de revoir son visage, sa rougeur mortifiée quand elle avait cru comprendre son erreur.

— Tony ?

— Oui.

— J'ai de bonnes nouvelles pour toi.

— Bien.

— J'ai parlé au bureau des correspondants, et ils ont besoin de quelqu'un à Bagdad. Pour enquêter sur un type de l'ambassade polonaise qui se fait passer pour un super espion. C'est une affaire sérieuse, mon vieux. Juste ce qu'il te faut. Ça va te sortir du bureau pour une semaine ou deux.

— Je ne peux pas y aller maintenant.

— Tu as besoin de quelques jours ?

— J'ai des affaires personnelles à régler.

— Est-ce que je dois aussi demander aux Algériens de remettre à plus tard le cessez-le-feu ? Juste au cas où ça perturberait les arrangements domestiques de monsieur O'Hare ? Tu te fous de ma gueule ?

— Si ça ne peut pas attendre, envoie quelqu'un d'autre. Je suis désolé, Don.

Ce dernier se mit à jouer avec son stylo-bille, faisant entendre des cliquetis de plus en plus irréguliers.

— Je ne comprends pas. Tu passes ton temps à traîner dans les bureaux en te plaignant que tu as besoin de faire du « vrai » journalisme, et quand je te confie une mission pour laquelle Peterson se couperait un bras, tu refuses de te bouger le cul!

—Je te le répète, je suis désolé.

Don en resta bouche bée. Puis il ferma la bouche, s'extirpa de son fauteuil et traversa lourdement son bureau pour fermer la porte.

—Tony, dit-il en se rasseyant, c'est un reportage qui vaut de l'or. Tu devrais être emballé. Surtout que tu as besoin de cette histoire. Tu as besoin de leur montrer qu'ils peuvent compter sur toi.

Il s'interrompit pour le dévisager d'un regard pénétrant.

—Tu as perdu le goût du risque? reprit-il. Tu es en train de me dire que tu veux rester sur les articles de société?

—Non. C'est juste que… J'ai seulement besoin d'un peu de temps.

Don s'enfonça dans son fauteuil, alluma une cigarette et tira une longue bouffée.

—J'y suis, dit-il enfin. C'est une femme.

Anthony ne répondit pas.

—Donc c'est ça. Tu as rencontré une femme. Et alors, c'est quoi, le problème? Tu ne peux aller nulle part tant que tu ne l'as pas baisée?

—Elle est mariée.

—Depuis quand ça t'arrête?

—C'est… C'est sa femme. La femme de Stirling.

—Et?

—Elle est trop bien pour…

—Pour lui? Ne m'en parle pas!

—Pour moi. Je ne sais pas quoi faire.

Don leva les yeux au ciel.

—Alors ça y est, tu as une conscience? Je me demandais bien pourquoi tu avais cet air sinistre, soupira-t-il en secouant la tête d'un air navré. Bon, poursuivit-il en posant son stylo sur le bureau, voilà ce que tu vas faire: tu vas la voir, tu fais ce que tu as à faire et tu sautes dans l'avion qui part demain midi. Je raconterai au patron que tu es parti ce soir. Ça te va ? Et écris-moi un putain de bon article.

— « Tu fais ce que tu as à faire » ? Ton romantisme te perdra, va !

— Tu as peut-être une plus formule plus élégante ?

Anthony vérifia que la lettre était toujours dans sa poche.

— Merci, je te dois une fière chandelle !

— Tu m'en dois même quatre-vingt-trois, grommela Don.

Trouver l'adresse de Stirling avait été un jeu d'enfant. Il avait parcouru le *Who's Who* du journal et l'avait trouvée en bas de son entrée, juste en dessous de « m » : Jennifer Louisa Verrinder, n. 1934 ». Ce soir-là, après le travail, il s'était rendu à Fitzrovia et s'était garé sur la place, non loin de la maison à façade de stuc blanc.

C'était une villa de style Régence, avec un perron flanqué de colonnes qui lui faisait penser au bureau hors de prix d'un consultant de Harley Street. Il resta assis dans sa voiture, imaginant ce qu'elle pouvait faire derrière ces rideaux. Il l'imagina assise avec un magazine, le regard perdu dans le vague, songeant à un certain moment d'égarement dans une chambre d'hôtel en France. Vers 18 h 30, une femme d'un âge moyen sortit de la maison en s'emmitouflant dans son manteau, levant les yeux comme pour voir s'il risquait de se mettre à pleuvoir. Elle se noua sur les cheveux une capuche étanche et descendit la rue d'un pas pressé. À l'intérieur, une main invisible tira les rideaux. Bientôt, la soirée humide fit place à la nuit. Anthony resta assis dans sa Chrysler, les yeux fixés sur le numéro 32.

Il avait commencé à s'assoupir quand, enfin, la porte s'ouvrit de nouveau. Il se redressa sur son siège et la vit faire un pas au-dehors. Il était près de 21 heures. Elle portait une robe blanche sans manches, un petit châle sur les épaules, et descendait les marches d'un pas prudent comme si elle avait peur de tomber. Puis Stirling sortit derrière elle et lui dit quelque chose qu'Anthony n'entendit pas. Elle hocha la tête, et le couple grimpa dans une grosse voiture noire. Tandis qu'elle déboîtait, Anthony mit le contact. Il démarra et suivit le véhicule.

Ils n'allèrent pas bien loin. Le chauffeur s'arrêta devant un casino de Mayfair pour les laisser descendre. Jennifer lissa sa robe et entra en enlevant son châle.

Anthony attendit d'être certain que Stirling l'avait suivie, puis arrêta sa vieille Chrysler derrière la voiture noire.

— Garez-la pour moi, vous voulez bien ? dit-il au portier incrédule en lui jetant ses clés avant de lui glisser un billet de dix shillings dans le creux de la main.

— Monsieur ? Puis-je voir votre carte de membre ?

Il traversait le hall d'entrée d'un pas pressé lorsqu'un homme vêtu de l'uniforme du casino l'arrêta :

— Monsieur ? Votre carte de membre ?

Les Stirling s'apprêtaient à entrer dans l'ascenseur. Il parvenait tout juste à apercevoir Jennifer à travers la foule.

— Je dois parler à quelqu'un. Je n'en ai que pour deux minutes.

— Monsieur, j'ai bien peur de ne pouvoir vous laisser entrer sans…

Anthony fouilla ses poches, en sortit tout leur contenu – portefeuille, clés, passeport – et le déversa dans les mains ouvertes de l'employé du casino.

— Tenez, prenez tout ! Je vous promets que je n'en ai que pour deux minutes.

Profitant de ce que l'homme le regardait fixement, bouche bée, il se fraya un chemin dans la foule et se glissa dans l'ascenseur alors que les portes se fermaient.

Comme Stirling se tenait à droite de la cabine, Anthony inclina le bord de son chapeau sur son visage et passa derrière lui. Puis, certain d'être passé inaperçu, il recula jusqu'à avoir le dos collé à la paroi.

Tout le monde était tourné vers les portes de l'ascenseur. Stirling, devant lui, conversait avec un homme qu'il semblait connaître. Anthony l'entendit murmurer quelques phrases à base de marchés et de crise, que son interlocuteur approuva à voix basse. Le sang battait à ses tempes, assourdissant ; il sentait un filet de sueur lui ruisseler le long du dos. Jennifer tenait son sac entre ses mains gantées, le visage impassible. Seule une mèche blonde s'échappant de son chignon permettait d'affirmer qu'elle était bien un être humain et non quelque apparition divine.

—Deuxième étage.

Les portes s'ouvrirent, laissant sortir deux personnes et entrer un homme. Les passagers restants se déplacèrent poliment, libérant de la place pour le nouvel arrivant. Stirling parlait toujours, d'une voix basse et sonore. La soirée était chaude et, dans l'espace restreint de la cabine, Anthony sentait avec une acuité incroyable les corps qui l'entouraient, les odeurs de parfum et de lotions capillaires qui flottaient dans l'air moite, et le léger courant d'air qui accompagna le mouvement des portes.

Il leva imperceptiblement la tête pour mieux voir Jennifer. Elle se trouvait à moins de trente centimètres de lui, si proche qu'il parvenait à discerner la fragrance de son parfum et la moindre petite tache de rousseur sur ses épaules. Il l'observa ainsi jusqu'au moment où elle tourna la tête… et l'aperçut. Elle ouvrit de grands yeux, rougissante. Son mari était toujours en grande conversation.

Elle baissa les yeux vers le sol, puis les releva. Les mouvements convulsifs de sa poitrine trahissaient son émoi. Leurs regards se croisèrent et, en quelques secondes, sans prononcer un mot, il lui dit tout. Il lui dit qu'elle était ce qu'il lui était arrivé de plus incroyable. Qu'elle hantait ses jours et que chaque émotion, chaque expérience qu'il avait pu avoir dans sa vie était insignifiante à côté de ce qu'il ressentait pour elle.

Il lui dit qu'il l'aimait.

—Troisième étage.

Elle cligna des yeux et ils s'écartèrent l'un de l'autre, laissant passer un homme qui quittait l'ascenseur. Profitant du mouvement, Anthony sortit la lettre de sa poche. Il fit un pas vers la droite et la glissa derrière le dos d'un homme en smoking, qui se mit à tousser. Ils sursautèrent. Stirling hocha la tête en réponse à une quelconque remarque de son compagnon, et les deux hommes éclatèrent d'un rire sans joie. Un instant, Anthony se dit que Jennifer n'allait pas prendre l'enveloppe, mais sa main gantée surgit subrepticement et la lettre disparut dans son sac.

—Quatrième étage, annonça le groom. Restaurant.

Tout le monde sauf Anthony fit un pas en avant. Stirling jeta un regard vers la droite, semblant se souvenir de la présence de sa femme, et la prit par le bras – non pas par affection, remarqua Anthony, mais pour la contraindre à avancer plus vite. Les portes se refermèrent sur elle, et il se retrouva seul tandis que l'ascenseur amorçait sa descente.

Anthony ne s'était pas vraiment attendu à une réponse. Il n'avait même pas pris la peine de vérifier son courrier. En quittant son domicile, déjà en retard, il trouva deux lettres posées sur le paillasson.

Il s'élança sur le trottoir, moitié marchant, moitié courant, sa valise lui battant les jambes, évitant de justesse les infirmières et les patients qui sortaient de l'immense hôpital St Bartholomew. Il était censé être à l'aéroport d'Heathrow à 14 h 30 et n'était pas certain de pouvoir y arriver. La vue de l'écriture de Jennifer lui avait fait un choc, suivi d'une vague de panique quand il avait compris qu'il était déjà 11 h 50 et qu'il avait tout Londres à traverser.

Postman's Park. Midi.

Évidemment, il n'avait pas trouvé de taxi. Il avait sauté dans un métro pour une partie du trajet et avait couru pour le reste. Sa chemise, propre et repassée, lui collait à la peau ; ses cheveux retombaient sur son front moite.

— Excusez-moi, souffla-t-il, s'attirant la réprobation d'une femme en sandales à talons hauts, qui dut s'écarter pour le laisser passer.

Un bus s'arrêta, vomissant des fumées violettes, et le chauffeur sonna la cloche pour annoncer le départ. Tandis que le flot de passagers se déversait sur le trottoir, il hésita, tentant de reprendre son souffle, et consulta sa montre. 12 h 15. Elle était peut-être déjà repartie.

Mais qu'est-ce qui lui avait pris ? S'il ratait son avion, il serait chargé des noces d'or et autres anniversaires pour les dix années à venir, Don en ferait une affaire personnelle. Ils verraient ça comme un nouvel exemple de son incapacité à gérer la situation, une raison de plus pour confier la prochaine bonne histoire à Murfett ou à Phipps.

Il descendit au pas de course la King Edward Street pour se retrouver, hors d'haleine, dans une minuscule oasis de paix en plein cœur de la City : le Postman's Park, un petit jardin créé par un philanthrope victorien pour rendre hommage aux héros ordinaires. Le souffle court, il s'avança jusqu'au milieu du parc.

Il y avait là une nuée bleue qui se déplaçait doucement. Puis, au fur et à mesure que sa vision s'éclaircissait, il distingua des dizaines de postiers en uniforme bleu. Certains marchaient, d'autres étaient étendus dans l'herbe ou assis sur le banc situé face aux plaques de céramique commémorant des actes de bravoure. Les facteurs de Londres, délestés de leurs sacs de courrier, profitaient du soleil de midi, en bras de chemise, bavardant, échangeant des sandwichs ou se reposant sur l'herbe dans l'ombre mouchetée du feuillage des arbres.

Anthony avait repris son souffle. Il laissa tomber sa valise et sortit son mouchoir pour s'éponger le front, puis tourna lentement sur lui-même, cherchant à voir derrière les hautes fougères et le mur de l'église, scrutant les enclaves ombragées des immeubles de bureaux, fouillant des yeux le parc à la recherche d'une robe couleur d'émeraude, d'un éclair de cheveux blonds.

Elle n'était pas là.

Il regarda sa montre. 12 h 20. Elle était venue et repartie. Elle avait peut-être changé d'avis. Stirling avait peut-être mis la main sur cette foutue lettre. Il se souvint alors de la seconde enveloppe, celle de Clarisse, qu'il avait fourrée dans sa poche en quittant la maison. Il la ressortit et la lut rapidement. Il était incapable de lire son écriture sans entendre dans sa tête sa voix acerbe et désapprobatrice ou visualiser ses corsages blancs bien propres, toujours boutonnés jusqu'en haut quand elle était en sa présence, comme s'il pouvait gagner sur elle un quelconque avantage en apercevant la moindre parcelle de peau.

Cher Anthony,
Je t'écris pour t'informer, par pure courtoisie, que je vais
me marier.

Il ressentit une vague indignation de propriétaire à l'idée que Clarissa eût pu trouver le bonheur avec un autre. Il l'en avait crue incapable.

J'ai rencontré un homme correct, patron d'une chaîne de
textile, qui accepte de nous prendre en charge, Phillip
et moi. Il est gentil et compte élever Phillip comme

son propre fils. Le mariage aura lieu en septembre. Ce n'est pas facile pour moi d'aborder le sujet, mais il faudrait que tu réfléchisses au contact que tu souhaites maintenir avec notre enfant. J'aimerais qu'il soit en mesure de vivre dans une famille normale, et je crains que ce contact continu et inconstant qu'il entretient avec toi ne l'empêche de se fixer convenablement.

Je te prie d'y songer et de me tenir au courant de ta décision. Nous n'aurons plus besoin d'assistance financière de ta part, puisque Edgar peut entièrement subvenir à nos besoins. Tu trouveras ci-dessous notre nouvelle adresse. Sincères salutations,

Clarissa

Il lut et relut la lettre, mais ce ne fut qu'au troisième passage qu'il comprit enfin ce qu'elle proposait : Phillip, son fils, allait être élevé par un honnête marchand de rideaux, libéré du « contact continu et inconstant » de son père. Le monde s'effondrait sur lui. Pris d'une envie irrépressible de boire de l'alcool, il aperçut une taverne de l'autre côté de la rue, à travers la grille du parc.

— Oh, bon sang ! jura-t-il à haute voix, les mains sur les genoux, la tête baissée.

Il resta là, plié en deux, pendant une bonne minute, tentant de rassembler ses esprits, laissant son cœur reprendre un rythme normal. Puis, en soupirant, il se redressa.

Elle était là. Vêtue d'une robe blanche ornée de roses rouges, les yeux dissimulés derrière une paire d'immenses lunettes de soleil qu'elle remonta dans ses cheveux. Il sentit un long soupir s'échapper de sa poitrine.

— Je ne peux pas rester, commença-t-il lorsqu'il eut retrouvé l'usage de la parole. Je dois prendre un avion pour Bagdad. Il décolle dans… Je ne sais pas comment je…

Elle était tellement belle, éclipsant les fleurs dans leurs parterres bien entretenus, éblouissant les facteurs qui s'arrêtaient pour la contempler.

— Je ne… Je peux tout te dire dans des lettres. Et quand je te verrai, je…

— Anthony, dit-elle, comme pour se persuader qu'il était bien là.

— Je reviens dans une semaine. Si tu me retrouves à mon retour, je pourrai t'expliquer. Il y a tant de…

Elle fit un pas en avant et, lui prenant le visage entre ses mains gantées, l'attira tout contre elle. Elle hésita le temps d'un battement de cils, puis posa ses lèvres sur les siennes. Elles étaient chaudes, à la fois tendres et avides. Anthony oublia son avion pour Bagdad. Il oublia le parc, son fils et son ex-femme. Il oublia le reportage qui, d'après son chef, aurait dû le faire trépigner d'excitation. Il oublia que les sentiments, selon son expérience, étaient plus mortels que les munitions. Il se laissa aller et fit ce que Jennifer lui demandait : s'abandonner à elle, se donner librement.

« Anthony », avait-elle dit. Avec ce simple mot, elle lui avait fait don d'elle-même, mais aussi d'une nouvelle version, revue et corrigée, de son avenir.

Toi et moi – terminé.

Une femme à Jeanette Winterson, par texto

CHAPITRE 8

Une fois encore, il ne lui parlait pas. Paradoxalement pour un homme si peu démonstratif, les humeurs de Laurence Stirling pouvaient être très changeantes. En silence, Jennifer regardait son mari prendre son petit déjeuner en lisant son journal. Elle avait beau être descendue avant lui pour préparer le petit déjeuner comme il l'aimait, il n'avait pas lâché un mot depuis qu'il avait posé les yeux sur elle pour la première fois ce matin-là, trente-trois minutes auparavant.

Elle baissa les yeux sur sa robe de chambre, vérifia sa coiffure. Tout était en place. Sa cicatrice, qui le dégoûtait, était dissimulée sous sa manche. Qu'avait-elle fait ? Aurait-elle dû l'attendre à l'étage ? La veille, il était rentré si tard qu'elle n'avait été que brièvement réveillée par le claquement de la porte d'entrée. Avait-elle parlé dans son sommeil ?

Le tic-tac monotone de la pendule résonnait dans la pièce, seulement couvert par le froissement intermittent du journal de Laurence quand il tournait les pages. Dehors, elle entendit des bruits de pas sur le perron, le bref cliquetis du facteur qui glissait le courrier dans la boîte, puis la voix perçante d'un enfant en colère qui passait devant la fenêtre.

Elle hasarda quelques remarques au sujet de la neige et d'un gros titre sur l'augmentation du prix du carburant, mais Laurence se contenta de soupirer d'un air irrité. Elle se tut.

Mon amant ne m'aurait pas traitée comme ça, se dit-elle en silence en beurrant un toast. *Il m'aurait souri, m'aurait prise par la taille en passant derrière moi dans la cuisine.* En fait, ils n'auraient probablement même pas pris le petit déjeuner dans la cuisine : il lui aurait apporté au lit un plateau de mets délicieux, l'aurait réveillée en lui tendant son café, et ils auraient échangé de joyeux baisers au milieu des miettes. Dans une de ses lettres, il avait écrit :

Lorsque tu manges, tu te consacres entièrement à la dégustation. Je t'ai observée lors de ce premier dîner, et j'ai souhaité que tu m'accordes la même attention.

La voix de Laurence la fit sortir de sa rêverie :
— Ce soir, on prend l'apéritif chez les Moncrieff avant la soirée de Noël de l'entreprise. Tu n'as pas oublié ?
— Non, répondit-elle sans lever les yeux.
— Je serai rentré vers 18 h 30. Francis nous attendra.
Elle sentit son regard s'attarder sur elle, comme s'il attendait une nouvelle réponse, mais elle refusa de dire un mot. Puis il partit au travail, la laissant dans cette grande maison silencieuse, avec ses rêves d'un petit déjeuner imaginaire.

Tu te souviens de ce premier dîner ? Je me suis comporté comme un imbécile, ce qui ne t'a pas échappé. Mais tu étais parfaite, si charmante, ma chère J., alors même que je me montrais odieux.
J'étais si en colère ce soir-là… Avec le recul, je pense que j'étais déjà troublé par ta présence, mais nous, les hommes, sommes si lourdauds, si incapables de voir ce que nous avons sous les yeux… J'ai trouvé plus facile de faire passer mon trouble pour quelque chose de totalement différent.

Elle avait découvert sept lettres dissimulées un peu partout dans la maison ; sept lettres déployant devant elle l'amour qu'elle avait connu, la personne qu'elle était devenue. Entre ces lignes manuscrites, elle se voyait reflétée sous une multitude de facettes : impulsive, passionnée, prompte à s'offusquer et à pardonner.

Il semblait être son parfait opposé. Il provoquait, proclamait, promettait. C'était un fin observateur, autant d'elle que des choses qui l'entouraient. Il ne lui cachait rien. Elle semblait être la première femme qu'il eût vraiment aimée. Elle se demandait, en relisant ses mots, s'il était lui aussi son premier amour.

> *Quand tu me sondais de ton regard exquisément décadent d'une profondeur infinie, je me suis souvent demandé ce que tu pouvais bien voir en moi. À présent, je sais que c'est une vision réductrice de l'amour. Toi et moi ne pouvions cesser de nous aimer, pas plus que la Terre ne pouvait cesser de tourner autour du Soleil.*

Bien que les lettres ne fussent pas toujours datées, elle était parvenue à les placer dans un semblant d'ordre chronologique : celle-ci était arrivée peu après leur première rencontre, une autre après une sorte de dispute, une troisième après des retrouvailles passionnées. Il avait formulé le souhait qu'elle quitte Laurence. Plusieurs lettres le lui demandaient expressément. Apparemment, elle avait résisté. Pourquoi ? Elle songeait à présent à cet homme froid dans la cuisine, au silence étouffant de sa maison. Pourquoi n'était-elle pas partie ?

Elle relisait les sept lettres de manière obsessionnelle, y cherchant des indices, tentant de découvrir l'identité de cet homme. La dernière était datée du mois de septembre, quelques semaines avant son accident. Pourquoi ne l'avait-il pas contactée depuis ? De toute évidence, ils ne s'étaient jamais téléphoné et n'avaient pas de lieu de rendez-vous régulier. Lorsqu'elle s'aperçut que certaines lettres avaient été adressées à la même boîte postale, elle se rendit au bureau de poste pour voir s'il y en avait d'autres. Malheureusement, la boîte avait été réaffectée et il n'y avait rien pour elle.

Elle se forgea la conviction qu'il finirait par se manifester. Comment l'homme qui avait écrit ces lettres, l'homme dont les sentiments étaient si passionnés, pourrait-il se contenter d'attendre sans rien faire ? Elle avait renoncé à l'idée que ce pouvait être Bill ; pas parce qu'elle était incapable de croire qu'elle ait pu avoir des sentiments pour lui, mais parce que tromper Violet était au-dessus de ses forces, sinon de celles de Bill. Restaient Jack Amory et Reggie Carpenter, mais Jack Amory venait d'annoncer ses fiançailles avec une certaine Victoria Nelson de Camberley, dans le Surrey.

Mme Cordoza entra dans la chambre alors que Jennifer finissait de se coiffer.

— Pourriez-vous préparer ma robe de soie bleu nuit pour ce soir ? demanda-t-elle.

Elle posa contre sa peau blanche une rivière de diamants. Il adorait son cou :

Je n'ai jamais pu le regarder sans avoir envie de t'embrasser dans le creux de la nuque.

— Je l'ai posée sur le lit.
— Je vais la repasser immédiatement, madame Stirling, dit Mme Cordoza en traversant la chambre pour ramasser la robe.

Reggie Carpenter flirtait. Il n'y avait pas d'autre mot pour ça. Penché sur le fauteuil de Jenny, le cousin d'Yvonne ne quittait pas des yeux la bouche de la jeune femme, qui souriait d'un air malicieux comme s'ils partageaient une plaisanterie.

Yvonne les regarda faire en tendant un verre à Francis, assis un peu plus loin. Elle se pencha pour murmurer à l'oreille de son mari :

— Tu ne peux pas envoyer Reggie avec les hommes ? Depuis que Jennifer est arrivée, il est presque assis sur ses genoux.

— J'ai essayé, ma chérie, mais à part le traîner par le col de sa chemise, je ne vois pas ce que je peux faire.

— Alors occupe-toi de Maureen. Elle semble sur le point de fondre en larmes.

Dès l'instant où elle avait ouvert la porte aux Stirling, Yvonne avait été en proie à un mauvais pressentiment. Jennifer, emmitouflée dans un manteau de vison, semblait déjà très éméchée ; Laurence, quant à lui, affichait un air sinistre. Il y avait de l'électricité dans l'air. Puis Jennifer et Reggie s'étaient rapprochés de manière franchement exaspérante.

— J'aimerais que les gens règlent leurs conflits en privé, murmura-t-elle.

— Je vais servir à Larry un grand verre de whisky. Ça va le réchauffer. Il a dû passer une mauvaise journée au bureau.

Francis se leva en lui pressant gentiment le coude, puis s'éloigna.

Les petites saucisses cocktail avaient à peine été entamées. Avec un soupir, Yvonne prit un plateau de canapés pour les proposer à la ronde.

— Tiens, Maureen, prends-en un.

La petite amie de Reggie, âgée de vingt et un ans, remarqua à peine qu'on lui avait adressé la parole. Impeccable dans sa petite robe de laine couleur rouille, elle était assise avec raideur sur sa chaise et jetait des regards noirs aux deux personnes installées à sa droite, qui ne lui prêtaient aucune attention. Jennifer était affalée dans son fauteuil tandis que Reggie, perché sur un accoudoir, lui glissait quelques mots à l'oreille. Ils éclatèrent de rire.

—Reggie? dit Maureen. Tu ne m'avais pas dit qu'on allait retrouver les autres en ville?

—Oh, ils peuvent attendre, répliqua-t-il d'un ton dédaigneux.

—On devait les retrouver au *Green Room*, Baloo. Tu avais dit 19 h 30.

—Baloo?

Jenny, qui avait cessé de rire, regardait fixement Reggie.

—C'est son surnom, dit Yvonne en lui tendant le plateau. À la naissance, c'était un bébé poilu des plus ridicules. Ma tante prétend qu'elle s'imaginait avoir donné naissance à un ours.

—Baloo, répéta Jenny.

—Ouaip. Je suis doux et irrésistible, comme un gros nounours. Et jamais plus heureux que quand on me glisse dans son lit…, murmura-t-il d'un air coquin en se penchant sur elle.

—Reggie, je peux te parler une minute?

—Pas quand tu fais cette tête, ma chère cousine. Jenny, Yvonne s'imagine que je flirte avec toi.

—Elle ne fait pas que l'imaginer, rétorqua froidement Maureen.

—Oh, allez, Mo, ne sois pas chiante, protesta Reggie d'une voix dans laquelle, bien que toujours plaisante, on sentait poindre une note d'irritation. Ça fait longtemps que je n'ai pas eu l'occasion de parler à Jenny. On ne fait que rattraper le temps perdu.

—Ça fait si longtemps que ça? demanda innocemment Jennifer.

—Oh, une éternité…, dit-il avec ardeur.

Yvonne vit le visage de Maureen se décomposer.

—Maureen, chérie, tu veux bien venir m'aider à préparer les boissons? Dieu seul sait où mon fainéant de mari a encore disparu.

—Il est juste là. Il…

—Viens, Maureen. Par ici.

La jeune femme se laissa entraîner dans la salle à manger et prit la bouteille de crème de menthe qu'Yvonne lui tendait. Elle frémissait d'une rage impuissante.

—Qu'est-ce qui lui prend à la fin ? Cette femme est mariée, non ?

—Jennifer est seulement… Oh, elle ne pense pas à mal.

—Elle n'arrête pas de se coller à lui ! Regarde-la ! Qu'est-ce qu'elle dirait si je me comportais comme ça avec son mari ?

Yvonne jeta un coup d'œil vers le salon où Larry, affichant une expression de désapprobation contenue, n'écoutait Francis que d'une oreille.

Elle ne le remarquerait même pas, songea-t-elle.

—Je sais qu'elle est ton amie, Yvonne, mais, pour moi, c'est une garce absolue !

—Maureen, je sais que l'attitude de Reggie est détestable, mais tu ne peux pas parler comme ça de mon amie. Tu n'as pas idée de ce qu'elle a vécu. Passe-moi cette bouteille, tu veux bien ?

—Et ce qu'elle me fait vivre, alors ? C'est terriblement humiliant ! Tout le monde sait que je suis avec Reggie, et il lui mange dans le creux de la main !

—Jennifer a eu un grave accident de voiture. Elle vient à peine de sortir de l'hôpital. Elle essaie juste de se lâcher un peu.

—Ah, ça, pour se lâcher, elle se lâche…

—Mo…

—Elle est bourrée. Et elle est *vieille*. Quel âge elle a ? Vingt-sept ? Vingt-huit ans ? Elle a au moins trois ans de plus que mon Reggie.

Yvonne prit une profonde inspiration. Elle alluma une cigarette, en tendit une autre à la jeune femme et referma la porte à double battant.

—Mo…

— C'est une voleuse! Elle essaie de me le piquer! Je le vois bien…

Yvonne baissa la voix.

— Tu dois comprendre, ma chérie, qu'il y a flirter et flirter. Reggie et Jenny passent un bon moment ensemble, mais ni l'un ni l'autre n'a l'intention de tromper qui que ce soit. Ils flirtent, oui, mais dans une pièce pleine de gens. Ils ne font rien pour le cacher. Si c'était un tant soit peu sérieux, tu crois vraiment qu'elle ferait ça devant Larry?

Elle parvenait presque à se convaincre elle-même.

— Ma chérie, poursuivit-elle en croquant une noix de cajou, tu vas comprendre en grandissant que ces petites parades sans conséquence font partie du jeu. C'est une des grandes consolations de la vie quand on doit être fidèle à un seul homme pendant des années et des années.

La jeune femme prit un air renfrogné mais sembla se calmer un peu.

— Je suppose que tu as raison, dit-elle. Mais je trouve toujours que ce n'est pas une façon de se comporter pour une dame digne de ce nom.

Elle ouvrit la porte et retourna dans le salon. Yvonne prit une grande inspiration et la suivit.

Au fur et à mesure que les verres se vidaient, les conversations se faisaient plus bruyantes et animées. Francis passa dans la salle à manger pour refaire des cocktails tandis qu'Yvonne enfilait des cerises sur des pics en bois pour les décorer. Comme cette dernière s'était rendu compte qu'elle se sentait très mal après deux verres dignes de ce nom, elle était passée au curaçao bleu avant de se contenter d'un simple jus de jaffa. Il n'y avait presque plus de champagne. Francis baissa la musique, dans l'espoir que ses amis comprendraient et s'en iraient, mais Bill et Reggie remontèrent le son et se mirent en tête de faire danser tout le monde. À un moment, les deux hommes s'étaient même emparés des mains de Jennifer pour danser autour d'elle. Francis étant trop occupé avec les boissons, Yvonne alla retrouver Laurence et s'assit à côté de lui. Elle s'était juré de lui arracher un sourire.

Il ne dit rien, mais avala une longue gorgée de sa boisson et jeta un bref regard à sa femme avant de détourner les yeux. Il bouillait de mécontentement.

—Elle se ridiculise, murmura-t-il entre ses dents quand le silence entre eux devient insupportable.

C'est toi qu'elle ridiculise, songea Yvonne.

—Elle ne fait que s'amuser, dit-elle. Ces dernières semaines n'ont pas été faciles pour elle, Larry. Elle... elle essaie juste de prendre du bon temps.

Quand elle leva les yeux vers lui, elle vit son regard attentif posé sur elle. Elle se sentit un peu gênée.

—Tu m'as bien dit que le médecin pensait qu'elle pouvait ne plus être elle-même pendant quelque temps ? ajouta-t-elle.

Il le lui avait dit alors que Jennifer était toujours à l'hôpital – du temps où il parlait encore aux gens.

Il but une nouvelle gorgée sans la quitter des yeux.

—Tu étais au courant, n'est-ce pas ?

—Au courant de quoi ?

Les yeux de Larry sondaient les siens, semblant chercher une réponse.

—Au courant de quoi, Larry ?

Francis avait lancé une rumba. Derrière eux, Bill suppliait Jennifer de bien vouloir danser avec lui.

Laurence vida son verre.

—Rien.

Elle se pencha sur lui et posa la main sur la sienne.

—Ça a été dur pour vous deux. Vous avez besoin d'un peu de temps pour...

Elle fut interrompue par un nouvel éclat de rire de Jennifer. Reggie, une fleur entre les dents, l'entraînait dans un tango improvisé.

Laurence repoussa doucement sa main. Bill, hors d'haleine, se laissa tomber à côté d'eux.

—Ce Reggie en fait un peu trop, non ? Yvonne, tu ne devrais pas lui parler ?

Elle n'osa pas croiser le regard de Laurence, mais sa voix, quand il prit la parole, était calme.

—Ne t'en fais pas, Yvonne, dit-il, le regard fixé au loin. Je vais régler ça.

Peu avant 20 h 30, Yvonne retrouva Jennifer dans la salle de bains. Penchée au-dessus du lavabo de marbre, celle-ci apportait quelques retouches à son maquillage. Son regard se posa sur son amie quand elle entra, puis revint à son reflet. Son visage était écarlate, remarqua Yvonne.

—Tu veux un café ? demanda-t-elle.

—Un café ?

—Avant d'aller à la soirée d'entreprise.

—Je pense, répliqua Jennifer en se repassant une couche de rouge sur lèvres avec une minutie inhabituelle, que pour aller à cette petite fiesta, je vais plutôt avoir besoin d'un autre verre.

—Qu'est-ce que tu fais ?

—Je mets du rouge à lèvres. Qu'est-ce que j'ai l'air de…

—Avec mon cousin. Tu te comportes comme une traînée.

La remarque était sortie plus durement qu'elle l'avait voulu, mais Jennifer ne semblait pas l'avoir entendue.

—Quand est-ce qu'on est sortis avec Reggie pour la dernière fois ?

—Quoi ?

—La dernière fois qu'on est sortis avec lui, c'était quand ?

— Je n'en sais rien. Peut-être quand il est venu avec nous en France, l'été dernier.

— À part les cocktails, qu'est-ce qu'il a l'habitude de boire ?

Yvonne prit une grande inspiration pour ne pas perdre son calme.

— Jenny, chérie, tu ne crois pas que tu devrais y aller mollo ?

— Quoi ?

— Ce truc avec Reggie. Ça énerve Larry.

— Oh, il se fiche complètement de ce que je fais, rétorqua-t-elle d'un air dédaigneux. Qu'est-ce que Reggie a l'habitude de boire ? Tu dois me le dire. C'est très important.

— Je ne sais pas. Du whisky. Jenny, est-ce que tout va bien à la maison ? Entre toi et Larry ?

— Je ne vois pas de quoi tu parles.

— Je me mêle sûrement de ce qui ne me regarde pas, mais Larry a l'air terriblement malheureux.

— Larry ?

— Oui. Si j'étais toi, je ne malmènerais pas ses sentiments de la sorte, ma chérie.

Jenny se tourna vers elle.

— Ses sentiments ? Et moi ? Tout le monde se fout de ce que j'ai traversé !

— Jenny, je…

— Surtout lui, d'ailleurs. Je suis censée faire avec, la fermer et jouer les femmes aimantes. Tant que Larry ne fait pas la gueule…

— Si tu veux mon avis…

— Non, je vais m'en passer ! Mêle-toi de tes affaires, Yvonne. Vraiment.

Les deux femmes restèrent immobiles, face à face. L'air vibrait autour d'elles, comme si un coup avait retenti.

Quelque chose se serra douloureusement dans la poitrine d'Yvonne.

—Tu sais, Jennifer, ce n'est pas parce que tu peux de séduire n'importe quel homme dans cette pièce que tu es obligée le faire, lança-t-elle d'une voix glaciale.

—Quoi?

Yvonne rajusta les serviettes sur le porte-serviettes.

—Oh, arrête avec tes réactions de petite princesse sans défense… On sait que tu es belle, Jennifer, d'accord? On sait que nos maris t'adorent. Mais, pour une fois, préoccupe-toi un minimum de ce que ressentent les autres.

Elles échangèrent un long regard.

—Alors c'est ce que tu penses de moi? Que je joue les princesses?

—Non. Je pense que tu joues les salopes.

Jennifer écarquilla les yeux. Elle ouvrit la bouche, la referma, rangea son rouge à lèvres, redressa les épaules et fusilla Yvonne du regard. Puis elle sortit.

Yvonne s'assit lourdement sur la lunette des toilettes et s'essuya le nez, les yeux fixés sur la porte de la salle de bains, espérant la voir se rouvrir. Voyant que ça n'arrivait pas, elle se laissa tomber la tête entre les mains.

Quelques instants plus tard, elle entendit la voix de Francis:

—Ça va là-dedans? Je me demandais où tu étais. Chérie?

Lorsqu'elle leva les yeux et qu'il lut la tristesse dans son regard, il s'agenouilla aussitôt devant elle en lui prenant les mains.

—Ça va? C'est le bébé? Il faut que je fasse quelque chose?

Elle frissonna et le laissa envelopper ses mains dans les siennes. Ils restèrent ainsi pendant quelques minutes, écoutant la musique et les conversations qui montaient du rez-de-chaussée, parfois interrompues par le rire aigu de Jennifer. Francis lui alluma une cigarette.

—Merci.

Elle prit la cigarette et inhala profondément avant de poser sur son mari un regard sérieux.

—Promets-moi qu'on sera heureux même quand le bébé sera là, Franny chéri.

—Qu'est-ce…

—Promets-le-moi.

—Tu sais bien que je ne peux pas te faire une telle promesse, répondit-il en lui caressant doucement la joue. J'ai toujours mis un point d'honneur à te tyranniser et à te rendre malheureuse.

Elle ne put s'empêcher de sourire.

—Monstre.

—Je fais ce que je peux.

Il se leva et lissa son pantalon.

—Écoute, je crois que tu es épuisée. Je vais mettre dehors tout ce beau monde, et nous pourrons filer au lit. Ça te va ?

—Je me dis parfois que t'avoir épousé n'est peut-être pas la pire décision de ma vie, après tout, lui dit-elle tendrement alors qu'il lui tendait la main pour l'aider à se relever.

L'air du dehors était glacial et la place presque déserte. L'alcool l'avait réchauffée ; elle se sentait un peu étourdie.

—Ce n'est pas ici qu'on va se trouver un taxi, dit joyeusement Reggie en remontant son col. Qu'est-ce que vous allez faire, les gars ?

Son haleine formait un nuage dans l'air froid du soir.

—Larry a un chauffeur.

Son mari était debout sur le bord du trottoir, scrutant la pénombre de la rue.

—Sauf qu'on dirait qu'il a disparu, ajouta-t-elle.

Elle trouva soudain la situation irrésistible et fit son possible pour s'arrêter de glousser.

—Je lui ai donné son congé pour ce soir, murmura Laurence. Je vais conduire moi-même. Ne bouge pas, je vais chercher les clés de la voiture.

Jennifer resserra son manteau autour d'elle. Elle ne parvenait pas à détacher son regard de Reggie. C'était lui. *Baloo.* C'était forcément lui. Il ne l'avait pas quittée de la soirée. Elle était sûre qu'il y avait des messages cachés dans nombre de remarques qu'il avait faites. *Ça fait longtemps que je n'ai pas eu l'occasion de parler à Jenny.* Elle ne pouvait pas l'avoir inventé. Il buvait du whisky. *Baloo.* La tête lui tournait. Elle avait trop bu, mais elle s'en fichait éperdument. Elle devait en avoir le cœur net.

—On va être horriblement en retard, grommela la petite amie de Reggie d'un air sombre.

Il adressa à Jennifer un regard complice et consulta sa montre.

—Oh, ils seront sûrement déjà partis. À l'heure qu'il est, ils ont dû aller manger.

—Alors qu'est-ce qu'on fait ?

—Qui sait ? répliqua-t-il en haussant les épaules.

—Tu es déjà allé dans ce club, *Alberto's* ? demanda soudain Jennifer.

—Vous savez bien que oui, madame Stirling, répondit Reggie avec un lent sourire rusé.

—Vraiment ?

Son cœur battait à tout rompre. Elle n'en revenait pas que personne d'autre ne l'entendait.

—Il me semble t'avoir vue *Chez Alberto* la dernière fois que j'y suis allé.

Son expression était espiègle, presque malicieuse.

—Sacrée soirée, dit Maureen d'un ton acerbe, les mains enfoncées dans les poches de son manteau.

Elle fusilla Jennifer du regard, comme si tout était sa faute.

Oh, si seulement tu n'étais pas là, songea Jennifer, le cœur battant.

— Vous n'avez qu'à venir avec nous ! s'écria-t-elle soudain.

— Pardon ?

— À la soirée dans les bureaux de Laurence. Ce sera sûrement d'un ennui mortel, mais vous pourrez mettre un peu d'ambiance. Venez tous les deux ! Il y aura beaucoup à boire, ajouta-t-elle.

Reggie semblait enchanté.

— Tu peux compter sur nous.

— J'ai mon mot à dire là-dedans ? intervint Maureen, furieuse.

— Allez, Mo ! On va s'amuser. Sinon, ce sera seulement toi et moi dans un vieux restaurant barbant.

Le désespoir de Maureen se lisait dans son regard. Jennifer avait beau se sentir coupable, elle resta ferme. Elle devait savoir.

— Laurence ? appela-t-elle. Laurence chéri ? Reggie et Maureen vont venir avec nous. On va bien s'amuser, n'est-ce pas ?

Laurence hésita en haut du perron, les clés à la main, le regard passant de l'un à l'autre.

— Formidable ! lâcha-t-il enfin en descendant les marches d'un pas tranquille.

De toute évidence, Jennifer avait sous-estimé le potentiel de déchaînement de la soirée de Noël de l'entreprise. Peut-être était-ce à cause de la décoration, des généreuses quantités de boisson et de nourriture, ou encore de l'absence prolongée du patron, mais, quand ils arrivèrent, la fête battait son plein. Quelqu'un avait apporté un gramophone portable, les lumières étaient tamisées et les bureaux avaient été poussés sur le côté pour aménager une piste de danse. Une foule bruyante se déhanchait sur du Connie Francis.

—Larry! Tu ne nous avais pas dit que tes employés avaient un goût si prononcé pour la fête! s'écria Reggie.

Jennifer abandonna son mari, resté figé sur le pas de la porte, et partit se mêler aux danseurs. Sa mauvaise humeur se lisait sur son visage : son lieu de travail, son domaine, son refuge, était méconnaissable ; il ne contrôlait plus son équipe, et il détestait ça. Son assistante se leva de sa chaise, où elle avait dû rester assise toute la soirée, et lui adressa quelques mots. Il hocha la tête et tenta de sourire.

—À boire! s'écria Jennifer, désireuse de s'éloigner de lui autant que possible. Bats-toi, Reggie! Trouve-nous quelque chose de fort!

Elle fut vaguement consciente des quelques regards surpris qui passèrent d'elle à son mari lorsqu'elle se fraya un chemin au milieu du personnel. Beaucoup avaient desserré leur cravate, le visage rougi par l'alcool et la danse.

—Bonsoir, madame Stirling.

Elle reconnut le comptable qui lui avait parlé au bureau quelques semaines auparavant et lui sourit. Le visage luisant de sueur, il tenait par la taille une fille qui gloussait sous son chapeau pointu.

—Bonsoir! Pouvez-vous nous indiquer où se trouvent les boissons?

—Là-bas. Près du bureau des dactylos.

On avait préparé une gigantesque cuve de punch. Des gobelets en carton furent remplis et passés au-dessus de la tête des fêtards. Reggie en tendit un à Jennifer, qui le vida cul sec et éclata de rire lorsque la puissance inattendue de l'alcool la fit tousser et cracher. Puis elle se mit à danser, perdue dans une mer de corps, vaguement consciente du sourire de Reggie, de sa main qui se posait de temps à autre sur sa hanche. Elle aperçut Laurence, posté contre le mur, qui l'observait d'un air impassible. Puis, avec réticence, il s'engagea dans une conversation avec l'un de ses employés parmi les plus âgés et les plus sobres. Elle ne voulait pas s'approcher de lui. Elle aurait voulu qu'il rentre à la maison et la laisse danser. Elle ne voyait plus Maureen. La jeune femme était peut-être partie. Les choses se brouillaient, le temps s'étirait, devenait élastique. Elle s'amusait. Elle avait chaud. Elle leva les bras au-dessus de la tête et se laissa porter par la musique, ignorant les regards curieux des autres femmes. Reggie la fit tourner sur elle-même, la faisant hurler de rire. Bon sang, comme elle était vivante! Enfin, elle avait l'impression d'être à sa place. Pour la première fois, elle ne se sentait pas comme une étrangère dans un monde censé être le sien.

La main de Reggie frôla la sienne, troublante et électrique. Ses regards étaient devenus complices, son sourire entendu. *Baloo.* Il articula quelque chose en silence.

—Quoi?

Elle repoussa une mèche que la sueur avait collée sur son visage.

—Il fait chaud. J'ai besoin d'un autre verre.

Sa main était comme radioactive sur sa hanche. Elle se colla derrière lui, dissimulée par les corps qui les entouraient. Laurence avait disparu. Il devait être dans son bureau, songeait-elle. La lumière y était allumée. Laurence devait détester ça. Il haïssait toute forme d'amusement. Et souvent, au cours de ces dernières semaines, elle s'était demandé s'il ne la haïssait pas, elle aussi.

Reggie lui glissa un gobelet dans la main.

—De l'air, cria-t-il. J'ai besoin d'air!

Puis ils se retrouvèrent dans le grand vestibule, rien que tous les deux, dans la fraîcheur et le silence. Les bruits de la fête s'étaient tus lorsque la porte s'était refermée derrière eux.

—Par ici, murmura-t-il en la faisant passer devant l'ascenseur, vers la sortie de secours. Sortons dans l'escalier.

Il peina à ouvrir la porte, mais ils se retrouvèrent bientôt dans l'air glacial de la nuit, que Jennifer inspira avidement comme pour étancher une grande soif. En contrebas, elle apercevait la rue et les occasionnels feux de stop d'une voiture.

— Je suis trempé ! s'écria-t-il en tirant sur sa chemise. Et je n'ai absolument aucune idée de l'endroit où j'ai laissé ma veste !

Elle se surprit à contempler son corps, à présent clairement dessiné par le tissu humide de sa chemise, et se força à détourner les yeux.

— On s'est bien amusés, murmura-t-elle.

— Ma foi ! Mais je n'ai pas vu le vieux Larry danser.

— Il ne danse pas, répondit-elle en se demandant comment elle pouvait l'affirmer avec une telle certitude. Jamais.

Ils restèrent un instant silencieux, les yeux perdus dans la pénombre de la ville. Au loin, ils entendaient la rumeur de la circulation et, derrière eux, le brouhaha étouffé de la fête. Elle avait le souffle court, le corps tendu par l'anticipation.

— Tiens, fit Reggie, qui venait de prendre un paquet de cigarettes dans sa poche et de lui en allumer une.

— Je ne…

Elle s'interrompit. Après tout, qu'en savait-elle ? Peut-être avait-elle fumé des centaines de cigarettes.

— Merci.

Elle la prit avec précaution, entre deux doigts, avala la fumée et se mit à tousser.

Reggie éclata de rire.

— Je suis désolée, dit-elle avec un sourire. Je suis nulle à ça.

— Continue quand même. Ça va te faire tourner la tête.

— J'ai déjà la tête qui tourne, répliqua-t-elle en se sentant rougir.

— C'est d'être si proche de moi, je parie, souffla-t-il avec un grand sourire en s'approchant d'un pas. Je me demandais quand nous pourrions enfin nous retrouver seule à seul.

Il lui frôla l'intérieur du poignet.

—Ce n'est pas facile de parler en code quand tout le monde est là, poursuivit-il.

Elle se demanda si elle avait bien entendu.

—Oui, dit-elle d'une voix rauque d'émotion. Oh, mon Dieu, j'aurais voulu te retrouver plus tôt. Ça a été tellement dur. Je t'expliquerai plus tard, mais il y a eu un moment où… Oh, Baloo serre-moi. Serre-moi fort.

—Avec joie.

Il l'enlaça, l'attirant tout contre lui. Elle ne dit rien, ne cherchant qu'à retrouver la sensation d'être dans ses bras. Elle ferma les yeux, respirant l'odeur virile de sa sueur, percevant la surprenante étroitesse de son torse, prête à se laisser transporter. *Je t'ai attendu si longtemps*, lui dit-elle en silence en levant le visage vers le sien.

Il posa ses lèvres sur les siennes et, l'espace d'un instant, elle frémit. Puis son baiser se fit avide, sauvage. Ses dents vinrent heurter les siennes et sa langue se fraya un chemin jusqu'au fond de sa bouche, si bien qu'elle dut le repousser.

Il ne sembla pas s'en formaliser. Ses mains glissèrent sur ses fesses, l'attirant si près de lui qu'elle put sentir son sexe pressé contre elle. Il la contemplait, les pupilles dilatées de désir.

—Tu veux qu'on aille se trouver une chambre d'hôtel ? Ou… ici ?

Elle le regarda longuement. *C'est forcément lui*, se dit-elle. Tout l'indiquait. Mais comment B pouvait-il être si… si différent de ce qu'il avait écrit ?

—Qu'est-ce qu'il y a ? demanda-t-il, voyant une ombre passer sur son visage. Il fait trop froid pour toi ? Ou bien c'est l'hôtel qui te dérange ? C'est trop risqué ?

—Je…

Ça n'allait pas. Elle recula, se dégageant de son étreinte.

—Je suis désolée. Je ne crois pas…

Elle leva la main à son front.

—Tu ne veux pas faire ça ici ?

Elle fronça les sourcils. Puis leva les yeux vers lui.

—Reggie, tu sais ce que signifie «décadent»?

—Dé-ca… quoi?

Elle ferma les yeux, puis les rouvrit.

—Il faut que je m'en aille, marmonna-t-elle.

Elle se sentait soudain terriblement sobre.

—Pourtant tu aimes ça, aller voir ailleurs.

—J'aime *quoi*?

—Eh bien, je ne suis pas le premier…

Elle cilla.

—Je ne comprends pas.

—Oh, ne joue pas les innocentes, Jennifer! Je t'ai vue, tu te souviens? Avec cet homme. *Chez Alberto*. J'ai bien compris tes allusions, tout à l'heure, devant tout le monde.

—Cet homme?

Il tira une dernière fois sur sa cigarette, puis l'écrasa violemment sous son talon.

—C'est quoi, ton petit jeu? Hein? Je ne suis pas digne de toi parce que je n'ai pas compris ce mot stupide, c'est ça?

—Quel homme?

Elle l'avait pris par la manche, incapable de se retenir.

—De qui tu parles?

Il la repoussa furieusement.

—Tu es en train de jouer avec moi?

—Non, protesta-t-elle. Il faut juste que je sache avec qui tu m'as vue.

—Bon sang! Je savais bien que j'aurais dû repartir avec Mo quand j'en ai eu l'occasion. Elle, au moins, elle sait m'apprécier. Ce n'est pas une… une allumeuse, cracha-t-il.

Soudain, son visage, rouge de colère, fut inondé de lumière. Jennifer fit volte-face: Laurence venait d'ouvrir la porte de secours. Il resta un instant figé devant le spectacle de sa femme et de l'homme qui s'écartait d'elle précipitamment.

La tête basse, Reggie passa devant Laurence et entra dans le bâtiment sans mot dire, en s'essuyant la bouche.

Jennifer resta clouée sur place.

—Laurence, ce n'est pas ce que tu…

—Retourne à l'intérieur, dit-il.

—Je…

—Rentre. Tout de suite.

Il parlait à voix basse, apparemment calme. Après une seconde d'hésitation, elle pénétra dans le bâtiment. Elle s'avança vers la porte des bureaux, se préparant à rejoindre la fête, sous le choc, tremblante, en proie à la confusion. Lorsqu'ils passèrent devant l'ascenseur, il la saisit par la taille et lui fit faire volte-face.

—Ne crois pas pouvoir m'humilier, Jennifer, souffla-t-il.

—Lâche-moi!

—Je ne plaisante pas. Je ne suis pas un imbécile que tu peux…

—Lâche-moi! Tu me fais mal!

Elle se débattit.

—Écoute-moi, grinça-t-il, la mâchoire serrée. Je ne vais pas supporter ce petit manège, tu m'entends? Je ne vais pas le supporter.

La colère dans sa voix était palpable.

—Laurence!

—Larry! Appelle-moi Larry! hurla-t-il en levant le poing.

La porte s'ouvrit, et l'homme de la comptabilité apparut. Il riait, le bras passé sur les épaules de la fille de tout à l'heure. Lorsqu'il surprit la scène, son sourire s'effaça.

—Ah… On ne faisait que sortir prendre l'air, monsieur, dit-il d'un air gêné.

Laurence lâcha le poignet de Jennifer qui, saisissant sa chance, passa devant le couple et dévala l'escalier en courant.

Il y a des choses que j'aime tant chez toi, mais il y a aussi des choses que je déteste. Et je veux que tu saches que je pense de plus en plus aux choses qui me gênent chez toi.

La fois où tu as tué ce homard.

La façon que tu as eue de crier et de taper des mains pour que les vaches s'écartent de la route. Nous aurions pu nous contenter d'attendre qu'elles aient fini de passer. Nous aurions pu rater le cinéma

Ta manière aléatoire de couper les légumes.

Ta perpétuelle négativité.

J'ai dû étaler trois couches de peinture à l'endroit où tu as écrit ton numéro sur le mur, au stylo rouge. Tu savais que je redécorais, mais ça n'en reste pas moins un gros gâchis de peinture.

Un homme à une femme, par lettre

CHAPITRE 9

A ssis au bar, une tasse à café vide à la main, Anthony regardait l'escalier qui montait vers la rue, attendant de voir une paire de jambes descendre les marches. De temps en temps, un couple descendait *Chez Alberto*, se plaignant de la chaleur inhabituelle pour la saison et de leur grande soif. Ils passaient devant Sherrie, la fille du vestiaire, qui s'ennuyait ferme, avachie sur son tabouret avec un livre de poche. Anthony étudiait un instant leurs visages, puis se retournait vers le bar.

Il était 19 h 15. Dans sa lettre, elle avait indiqué 18 h 30. Il la ressortit de sa poche et la lissa sur le comptoir, examinant la grande écriture tout en courbes qui confirmait qu'elle serait là.

Je t'embrasse, J.

Pendant cinq longues semaines, ils avaient échangé des lettres. Il adressait les siennes au centre de tri de Langley Street, où elle avait pris la boîte postale numéro 13 – celle dont personne ne voulait jamais, à en croire l'employée des postes. Ils n'avaient pu se voir que cinq ou six fois, et leurs rencontres avaient été brèves – trop brèves, restreintes aux rares occasions où son emploi du temps et celui de Laurence le leur permettaient.

Mais ce qu'il n'avait pas le temps de lui dire en personne, il l'avait dit sur le papier. Il écrivait presque tous les jours et lui racontait tout, sans honte ni embarras. C'était comme si une brèche s'était ouverte dans un barrage. Il lui disait à quel point elle lui manquait, lui racontait sa vie à l'étranger et comment, jusqu'à leur rencontre, il n'avait jamais pu se poser, comme s'il devait toujours suivre une conversation qui se poursuivait ailleurs.

Devant elle, il avait étalé tous ses défauts – égoïste, entêté, souvent insensible – et lui avait montré à quel point son influence lui avait permis de les adoucir. Il lui répétait qu'il l'aimait, encore et encore, se délectant de l'aspect des mots sur le papier.

En comparaison, ses lettres à elle étaient brèves et pragmatiques. *Retrouve-moi à tel endroit*, disaient-elles. Ou bien : *Pas à cette heure-là, viens une demi-heure plus tard.* Ou simplement : *Oui. Moi aussi.* Au début, craignant que cette concision ne fût le reflet des sentiments qu'elle éprouvait pour lui, il avait peiné à comprendre comment ces mots pouvaient appartenir à la femme qu'elle était quand ils étaient ensemble – affectueuse, taquine, soucieuse de son bien-être.

Un soir où elle était arrivée très en retard – Laurence était rentré plus tôt que prévu, et elle avait dû inventer une amie malade pour pouvoir sortir –, elle l'avait trouvé ivre et hargneux au bar.

— C'est gentil de passer me voir, avait-il dit d'un air sarcastique en levant son verre dans sa direction.

Il l'avait attendue pendant deux heures et avait bu quatre doubles whiskys.

Elle avait enlevé son foulard et commandé un martini. Puis, une seconde plus tard, elle avait annulé la commande.

— Tu ne restes pas ?

— Je n'ai pas envie de te voir dans cet état.

Il s'était mis à vociférer, lui reprochant tous les manques qu'il ressentait à cause d'elle – le manque de temps, le manque de mots sur le papier –, ignorant la main que Felipe, le barman, avait posée sur son bras pour le calmer. Ses sentiments le terrifiaient, et, rien que pour ça, il voulait la blesser.

— C'est quoi, ton problème ? Tu as peur d'écrire quelque chose dont on pourrait se servir contre toi ?

Il s'était détesté en prononçant ces mots. Il savait qu'il avait perdu toute grâce à ses yeux, qu'il était devenu l'objet de la pitié qu'il avait si désespérément tenté de ne pas éveiller en elle.

Jennifer avait tourné les talons et remonté les marches d'un pas vif, ignorant ses supplications.

Le lendemain matin, il avait laissé dans la boîte postale un message contenant un seul mot. Puis, deux longues journées plus tard, accablé de remords, il avait reçu une lettre :

Boot. Je ne me dévoile pas facilement par écrit. Pas plus que je ne donne mon cœur au premier venu. Les phrases, c'est ton métier, et je chéris le moindre mot que tu m'envoies. Mais ne juge pas de mes sentiments en fonction de mes réponses.
Si j'essayais d'écrire comme toi, tu serais très déçu, j'en ai bien peur. On se préoccupe rarement de mon opinion — surtout sur un sujet si important — et j'ai beaucoup de mal à l'exprimer. Crois-moi quand je te dis que je suis là. Aie confiance en mes actes, en mon affection. Pour moi, c'est tout ce qui compte.

J.

Il avait pleuré de honte et de soulagement en recevant la lettre. Plus tard, il soupçonna qu'une partie du problème, celle dont Jennifer ne parlait pas, résidait dans le fait qu'elle se sentait toujours humiliée par ce qui s'était passé dans cette chambre d'hôtel, malgré tous ses efforts pour lui expliquer ses raisons. En dépit de tout ce qu'il avait pu dire, il devinait qu'elle redoutait de n'être qu'une énième femme mariée à son tableau de chasse.

—Ta petite amie ne va pas venir?

Felipe se glissa sur le tabouret voisin. Peu à peu, le club s'était rempli. Les tables bourdonnaient de discussions, un pianiste jouait dans un coin, et Felipe avait encore une demi-heure devant lui avant de prendre sa trompette. Au plafond, le ventilateur tournait paresseusement, déplaçant à peine l'air épais et moite de la salle.

—Tu ne vas pas encore finir déchiré, hein?

—C'est du café.

—Fais gaffe, Tony.

—Je t'ai dit que c'était du café.

—Je ne parle pas de ça. Un de ces jours, tu vas coucher avec une femme de trop. Un jour, un mari va venir te faire la peau.

Anthony leva la main pour commander un autre café.

—Je suis flatté, Felipe, que ma survie te tienne à cœur, mais je fais toujours très attention au choix de mes partenaires…

Il esquissa un sourire oblique.

—Crois-moi, reprit-il, il faut avoir une certaine confiance en son jugement pour laisser un dentiste jouer de la roulette dans sa bouche moins d'une heure après avoir… diverti sa femme.

Felipe ne put réprimer un éclat de rire.

—T'as honte de rien, mec.

—Jamais. Parce que, et c'est mon deuxièmement, je ne toucherai plus aux femmes mariées.

—Plus que des célibataires?

—Non. Plus qu'une seule femme. Cette fois, c'est la bonne.

—En attendant la suivante, oui! s'esclaffa Felipe. Et après ça, tu vas me dire quoi? Que tu t'es mis à étudier la Bible?

L'ironie était là: plus il lui écrivait, tentant de la convaincre de la réalité de ses sentiments, plus elle semblait penser que ses mots ne signifiaient rien pour lui, comme s'ils coulaient trop facilement de son stylo. Elle l'avait taquiné plusieurs fois à ce sujet, mais il avait senti le goût âpre de la vérité sous les plaisanteries.

Jennifer et Felipe voyaient la même chose : un homme incapable d'aimer vraiment. Un homme qui désirait l'inaccessible le temps qu'il lui fallait pour l'obtenir.

— Un jour, Felipe, mon ami, je pourrais te surprendre.

— Tony, ça fait bien trop longtemps que tu t'assieds à cette place. Il n'y a plus de surprises. Tiens, regarde, quand on parle du loup… Voilà ton cadeau d'anniversaire. Et joliment emballé.

Anthony leva les yeux et vit une paire d'escarpins de soie vert émeraude négocier les marches. Elle progressait lentement, la main sur la rampe, comme la première fois qu'il l'avait regardée descendre les marches de son perron, se révélant centimètre par centimètre jusqu'à ce que son visage, rouge et luisant de sueur, se trouve à sa hauteur. En la voyant, il oublia une seconde de respirer.

— Je suis désolée, dit-elle en l'embrassant sur la joue.

Il respira une tiède bouffée de parfum, sentit l'humidité de ses joues se transférer sur les siennes. Elle lui serra doucement les doigts.

— J'ai eu… un peu de mal à venir ici. On peut s'asseoir quelque part ?

Felipe leur désigna un coin isolé, et elle tenta de se remettre de l'ordre à ses cheveux.

— Je croyais que tu ne viendrais plus, déclara-t-il après que Felipe lui eut apporté un martini.

— La mère de Laurence m'a rendu visite à l'improviste. Elle n'arrêtait pas de parler. J'étais assise là, à l'écouter en servant le thé, et j'ai failli me mettre à hurler.

— Et Laurence, il est où ?

Il tendit la main sous la table et la referma sur la sienne. Bon sang, comme il aimait cette sensation.

—À Paris. Il a rendez-vous avec quelqu'un de chez Citroën pour une histoire de garnitures de freins, ou quelque chose comme ça.

—Si tu étais ma femme, dit Anthony, je ne t'abandonnerais pas un seul instant.

—Je parie que tu as déjà fait cette déclaration à celles qui m'ont précédée.

—Arrête. J'ai horreur de ça.

—Oh, ne prétends pas que tu ne t'es pas déjà servi de toutes tes meilleures répliques sur d'autres femmes. Je te connais, Boot. Tu me l'as dit toi-même, tu te rappelles ?

Il soupira.

—Alors voilà où l'honnêteté nous mène. Je comprends mieux pourquoi je n'avais jamais eu envie d'essayer.

Il la sentit glisser sur la banquette pour se rapprocher de lui. Elle enroula les jambes autour des siennes, et quelque chose en lui se détendit. Elle but son martini, puis un deuxième, et là, dans ce box douillet, avec elle tout contre lui, il eut l'impression fugace qu'elle lui appartenait. Le groupe se mit à jouer, Felipe à la trompette, et, tandis qu'elle regardait les musiciens, le visage radieux à la lueur des bougies, il l'observa à la dérobée, savourant la mystérieuse certitude qu'elle serait la seule femme jamais capable de lui faire ressentir ça.

—On danse ?

Il y avait déjà des couples sur la piste, se balançant au rythme de la musique dans une quasi-obscurité. Il la prit dans ses bras, respirant l'odeur de ses cheveux, sentant son corps se serrer contre le sien, et il s'autorisa à croire qu'il n'y avait qu'eux deux, la musique et la douceur de sa peau.

—Jenny ?

—Oui ?

—Embrasse-moi.

Tous leurs baisers, depuis le premier qu'ils avaient échangé à Postman's Park, avaient été cachés : dans sa voiture, dans une rue déserte de banlieue, derrière un restaurant. Il voyait déjà la protestation se former sur les lèvres de Jennifer : *Ici ? Devant tous ces gens ?* Résigné, il attendit de s'entendre dire que le risque était trop grand. Puis, à sa grande stupéfaction, il vit son visage s'adoucir comme chaque fois qu'il n'était plus qu'à quelques millimètres du sien. Elle posa la main sur sa joue et l'embrassa avec un mélange de fougue et de tendresse.

— Tu me rends heureuse, tu sais, murmura-t-elle, avouant à demi-mot qu'elle ne l'était pas avant.

Elle entrelaça ses doigts dans les siens ; possessive, sûre d'elle.

— Je ne peux pas prétendre que cette situation me rend heureuse, mais toi oui.

— Alors quitte-le.

Les mots étaient sortis de sa bouche avant qu'il n'ait eu le temps de réfléchir.

— Quoi ?

— Quitte-le. Viens vivre avec moi. On m'a offert une affectation. On pourrait disparaître.

— Arrête.

— Quoi ?

— De parler comme ça. Tu sais que c'est impossible.

— Pourquoi ? demanda-t-il, conscient du ton revendicateur qu'il avait employé. Je ne vois pas en quoi c'est impossible.

— On… on ne se connaît pas vraiment.

— Si, on se connaît. Tu sais bien qu'on se connaît.

Il se pencha sur elle et l'embrassa encore. Sentant cette fois une légère résistance, il l'attira plus près, la main posée sur ses reins, et la sentit fondre contre lui. La musique sembla s'éloigner. Il releva d'une main les cheveux qui lui couvraient la nuque, sentant sa peau moite en dessous, et s'arrêta. Elle avait les yeux fermés, la tête légèrement inclinée sur le côté, les lèvres à peine entrouvertes.

Puis elle ouvrit les paupières, plongea ses yeux bleus dans les siens et sourit. Un demi-sourire à se damner, dans lequel on devinait un immense désir. Combien de fois dans sa vie un homme voyait-il un sourire comme celui-ci ? Ce n'était pas une mimique de consentement, d'affection ou d'obligation. *Oui, très bien, chéri, si c'est vraiment ce que tu veux.* Jennifer Stirling avait envie de lui. Elle avait envie de lui autant qu'il avait envie d'elle.

— J'ai terriblement chaud, dit-elle dans un souffle sans le quitter des yeux.

— Alors allons prendre l'air.

Il la prit par la main pour la guider entre les couples qui dansaient. Il la sentait rire, s'accrocher à sa chemise dans son dos. Lorsqu'ils parvinrent à la relative intimité du couloir, il étouffa son rire sous les baisers, perdant les mains dans ses cheveux, pressant ses lèvres tièdes sous les siennes. Elle lui rendit son baiser avec une passion grandissante, sans même tressaillir en entendant des gens passer à côté d'eux. Il sentit des mains se glisser sous sa chemise, et la caresse de ses doigts sur sa peau lui procura un plaisir si intense qu'il perdit un instant la faculté de penser. Que faire ? Que faire ? Leurs baisers se firent plus profonds, plus passionnés. Il savait que s'il ne la prenait pas maintenant, il allait exploser. Il s'écarta d'elle, les mains posées sur son visage, et croisa son regard lourd de désir. Son visage rougissant était la seule réponse dont il avait besoin.

Il tourna la tête. Sherrie était toujours plongée dans son roman, le vestiaire étant désert dans la chaleur moite du mois d'août. Elle ne les regardait même pas, blasée par tout ce qu'elle avait vu dans ce couloir au fil des années.

— Sherrie, dit-il en sortant un billet de dix shillings de sa poche, qu'est-ce que tu dirais d'une pause-café ?

Elle haussa un sourcil, prit le billet et se laissa glisser de son tabouret.

— Dix minutes, répondit-elle sans détour.

Puis Jennifer, en gloussant, le suivit dans le vestiaire. Il entendit son souffle s'accélérer quand il tira le rideau noir de la petite alcôve aussi loin que possible.

Là, l'obscurité était douce et complète, l'odeur d'un millier de manteaux flottant tout autour d'eux. Lovés dans les bras l'un de l'autre, ils trébuchèrent contre la tringle à vêtements, les cintres métalliques s'entrechoquant au-dessus d'eux. Il ne la voyait pas mais elle était bien là, face à lui, le dos contre le mur, les lèvres contre les siennes, murmurant son nom.

Une partie de lui savait, même à cet instant, qu'elle allait le mener à sa perte.

— Dis-moi d'arrêter, murmura-t-il, la main sur son sein, respirant avec peine, sachant que c'était là la seule échappatoire. Dis-moi d'arrêter.

Elle secoua la tête en un refus muet.

— Oh, bon sang! dit-il dans un murmure.

Puis la passion s'empara d'eux. Le souffle court, elle noua les jambes autour des siennes. Il passa les mains sous sa robe, effleurant ses sous-vêtements de soie et de dentelle. Il la sentit glisser les doigts dans ses cheveux, l'autre main tâtonnant à la recherche de sa braguette. Il en fut confusément choqué, comme s'il s'était imaginé que son sens inné du protocole aurait dû tempérer ses ardeurs.

Le temps s'étira, l'air se fit élastique, leurs souffles se mêlèrent. Un bruit de tissu froissé se fit entendre. Leurs jambes devinrent moites, les siennes se renforçant pour soutenir son poids. Puis – ô merveille – il fut soudain en elle. L'espace d'un instant, tout s'arrêta: son souffle, ses gestes, son cœur. Peut-être même le monde. Il sentit sa bouche ouverte contre la sienne tandis qu'elle reprenait son souffle. Puis ils se remirent en mouvement. Il ne pouvait plus percevoir qu'une seule chose, sourd aux tintements des cintres qui s'entrechoquaient, à la musique étouffée de l'autre côté du mur, à la sourde exclamation d'un homme retrouvant un ami dans le couloir. Il n'y avait plus que lui et Jennifer, se balançant doucement d'avant en arrière, puis plus vite. Elle avait cessé de rire et le serrait de plus en plus fort, les lèvres sur sa peau, le souffle à son oreille. Il la sentit se convulser avec une violence exponentielle, la sentit disparaître au plus profond d'elle-même. Il savait au fond de lui qu'il ne devait pas faire un bruit – c'est du moins ce que lui dictait le peu de raison qui lui restait. Un cri montait du fond de sa gorge. Il l'arrêta net en soudant ses lèvres aux siennes, absorbant à la fois le son et le plaisir, qu'il ressentit à l'unisson avec elle.

Par procuration.

Puis il la reposa au sol, les jambes tremblantes. Ils s'appuyèrent l'un contre l'autre, étroitement enlacés, et il sentit les larmes de Jennifer lui couler sur les joues tandis qu'elle frissonnait, toute molle entre ses bras. Plus tard, il ne put se rappeler ce qu'il lui avait dit à cet instant. *Je t'aime. Je t'aime. Ne me laisse jamais partir. Tu es si belle.* Il se souvint d'avoir tendrement essuyé ses larmes, de ses murmures rassurants, de ses demi-sourires, de ses baisers, de ses baisers et surtout de ses baisers.

Puis, comme au bout d'un lointain tunnel, ils entendirent Sherrie toussoter. Jennifer défroissa sa robe, le laissa refermer sa chemise et le prit par la main pour le guider vers la lumière, vers le monde réel. Les jambes toujours engourdies, le souffle haletant, il regrettait déjà ce paradis obscur.

— Quinze minutes, fit remarquer Sherrie sans lever les yeux de son roman lorsque Jennifer passa dans le couloir.

Sa robe était impeccable ; seule sa coiffure, légèrement aplatie sur la nuque, pouvait laisser deviner ce qui venait de se passer.

— Si tu le dis.

Il glissa à la jeune fille un nouveau billet.

Jennifer se tourna vers lui, le visage toujours écarlate.

—Ma chaussure! s'écria-t-elle en levant un pied seulement chaussé d'un bas.

Elle éclata de rire, la main plaquée sur la bouche. Il tenta de se réjouir de son air espiègle – il avait craint de la voir soudain pensive ou prise de remords.

—J'y vais, déclara-t-il en faisant demi-tour.

—Qui a dit que la galanterie était morte? murmura Sherrie.

En furetant dans l'obscurité à la recherche de l'escarpin vert, il mit de l'ordre à ses cheveux, craignant d'être aussi compromis par sa coiffure que Jennifer. Il lui semblait reconnaître les effluves musqués du sexe, mêlés à des traces de parfum. Il n'avait jamais rien ressenti de tel. Il ferma les yeux un instant, faisant revivre la sensation de…

—Ça alors, madame Stirling!

Il trouva la chaussure sous une chaise retournée et entendit la voix de Jennifer – un bref murmure de conversation.

En émergeant, il aperçut un jeune homme qui s'était arrêté près du vestiaire. Une cigarette vissée au coin de la bouche, il tenait par la taille une petite brune qui applaudissait les musiciens avec enthousiasme.

—Comment vas-tu, Reggie? demanda Jennifer en lui tendant une main qu'il serra rapidement.

Anthony vit le regard du jeune homme glisser vers lui.

—Très bien. M. Stirling vous accompagne?

Elle hésita à peine:

—Laurence est en voyage d'affaires. Voici Anthony, un ami. Il a eu la gentillesse de m'emmener danser ce soir.

—Enchanté.

Anthony lui serra la main avec un grand sourire qui lui fit l'effet d'une grimace.

Le désordre dans la coiffure de Jennifer n'échappa pas à Reggie, qui remarqua aussi la légère rougeur de ses joues. Après l'avoir détaillée, il lui jeta un regard entendu.

— J'ai comme l'impression qu'il vous… manque une chaussure, murmura-t-il.

— Ce sont mes chaussures de danse, expliqua-t-elle, imperturbable. J'ai mis les autres au vestiaire, mais on m'a rendu une paire dépareillée.

Anthony lui tendit sa chaussure.

— Je l'ai trouvée. J'ai remis ton autre paire sous ton manteau.

Sherrie, assise derrière eux, restait impassible, le visage dissimulé derrière son livre.

Reggie afficha un petit sourire suffisant. De toute évidence, il se délectait de l'embarras dans lequel il venait de les mettre. Anthony se demanda si le jeune homme s'attendait à ce qu'ils lui offrent un verre ou lui proposent de se joindre à eux, mais il pouvait toujours courir.

Heureusement, la compagne de Reggie le tira par le bras.

— Viens, Reggie. Regarde, Mel est là-bas.

— Le devoir m'appelle. Profitez bien de la… danse.

Avec un dernier signe de la main, Reggie s'éloigna, slalomant entre les tables.

— Merde, marmonna Jennifer. Merde. Merde. Merde.

Anthony la poussa doucement pour la ramener dans la salle.

— Allons boire un verre.

Ils se glissèrent dans leur box. L'extase qu'ils avaient partagée dix minutes auparavant n'était déjà plus qu'un lointain souvenir. Rien que pour ça, Anthony aurait voulu assommer Reggie d'un coup de poing.

Jennifer vida d'un trait son verre de martini. En d'autres circonstances, il aurait trouvé ça amusant. À présent, cela ne faisait que trahir son anxiété.

— Ne te tracasse pas pour ça, dit-il. De toute façon, tu ne peux rien faire.

— Mais s'il en parlait à…

— Alors tu n'as plus qu'à quitter Laurence. C'est simple.

—Anthony…

—Tu ne peux plus revenir vers lui, Jenny! Pas après ça! Tu le sais!

Elle sortit son poudrier et essuya le mascara qui lui avait coulé sous les yeux. L'air mécontent, elle le referma brutalement.

—Jenny?

—Tu te rends compte de ce que tu me demandes? Je perdrais tout. Ma famille… toute ma vie. Je serais déshonorée.

—Mais tu m'aurais, moi. Je te rendrais heureuse. C'est toi-même qui l'as dit.

—Ce n'est pas pareil pour une femme. Je serais…

—On pourrait se marier.

—Tu crois vraiment que Laurence accepterait le divorce? Tu crois vraiment qu'il me laisserait partir? répliqua-t-elle, le visage assombri.

—Je sais qu'il n'est pas bon pour toi. Moi, je le suis.

Face à son silence, il demanda:

—Tu es heureuse avec lui? C'est ça, la vie que tu veux? Être prisonnière d'une cage dorée?

—Je ne suis pas prisonnière. Ne sois pas ridicule.

—Tu n'en es pas consciente, voilà tout.

—Non. C'est toi qui vois ce qui t'arrange. Larry n'est pas quelqu'un de mauvais.

—Tu ne t'en rends pas encore compte, Jenny, mais tu vas être de plus en plus malheureuse si tu restes avec lui.

—Alors maintenant tu es cartomancien, en plus d'être gratte-papier?

Il était toujours hors de lui, et ça le rendait téméraire.

—Il va t'étouffer, souffler cette étincelle qui fait de toi ce que tu es. Jennifer, cet homme est un imbécile, un imbécile dangereux, et tu es trop aveugle pour le voir.

Elle se tourna furieusement vers lui.

—Comment oses-tu? Comment oses-tu?

Quand il vit qu'elle avait les larmes aux yeux, le feu en lui s'éteignit. Il prit un mouchoir dans sa poche pour sécher ses larmes, mais elle arrêta son geste.

—Ne fais pas ça, murmura-t-elle. Reggie nous regarde peut-être.

—Je suis désolé. Je ne voulais pas te faire pleurer. S'il te plaît, ne pleure pas.

Ils restèrent assis là dans un silence morose, les yeux rivés sur la piste de danse.

—C'est tellement dur, murmura-t-elle. Je me croyais heureuse. J'étais très satisfaite de ma vie. Et puis tu es arrivé, et plus rien… plus rien n'a de sens. Toutes ces choses que j'avais prévues – les maisons, les enfants, les vacances – je n'en veux plus. Je ne dors plus. Je ne mange plus. Je pense à toi tout le temps. Et maintenant, je sais que je ne pourrai plus m'empêcher de penser à *ça*, ajouta-t-elle avec un geste en direction du vestiaire. Mais envisager de le quitter pour de bon, renifla-t-elle, c'est comme contempler le fond d'un abîme.

—Un abîme ?

Elle se moucha.

—Le prix à payer pour t'aimer serait si lourd… Mes parents me renieraient. Je partirais sans rien. Je ne sais rien faire, Anthony. Je ne suis bonne qu'à vivre comme je le fais. Et si je n'étais même pas capable de tenir ta maison ?

—Tu crois que j'en aurais quelque chose à faire ?

—Oui. À terme. Une petite femme au foyer pourrie-gâtée. C'est ce que tu pensais de moi au début, et tu avais raison. Mon seul talent, c'est de me faire aimer des hommes.

Sa lèvre inférieure se mit à trembler. Il regretta, furieux contre lui-même, d'avoir été si dur avec elle. Ils restèrent assis en silence, regardant Felipe jouer de la trompette, plongés dans leurs pensées.

—On m'a proposé un poste, annonça-t-il enfin. À New York, aux Nations unies.

—Tu vas partir ? s'écria-t-elle en se tournant vers lui.

—Écoute-moi. Pendant des années, j'ai été une épave. Quand j'étais en Afrique, je pétais les plombs, mais, dès que je rentrais la maison, je n'avais qu'une seule hâte, c'était d'y retourner. J'étais incapable de me poser, d'échapper à cette impression que j'aurais dû être ailleurs, en train de faire autre chose. Et puis je t'ai rencontrée, poursuivit-il en lui prenant la main. Je commence enfin à entrevoir un avenir. J'ai envie de me poser, de me bâtir une vie quelque part. Être journaliste aux Nations unies, ça me convient. Tout ce que je veux, c'est être avec toi.

—Mais je ne peux pas ! Tu ne comprends pas !

—Quoi ?

—J'ai peur !

—De sa réaction ? Tu crois que j'ai peur de lui ? cracha-t-il, en proie à une brusque fureur. Tu crois que je ne serais pas capable de te protéger ?

—Non. Ce n'est pas lui qui m'effraie. S'il te plaît, parle moins fort.

—Alors c'est à cause de ces gens ridicules que tu fréquentes ? Leur opinion t'importe à ce point ? Ils sont si bêtes et insipides, avec…

—Arrête ! Ça n'a rien à voir avec eux !

—Alors quoi ? De quoi tu as peur ?

—De toi !

Il en resta bouche bée.

—Mais je ne…

—J'ai peur de ce que je ressens pour toi. Ça me fait peur, d'aimer quelqu'un à ce point.

Sa voix se brisa. Elle plia sa serviette, la tordant entre ses doigts fragiles.

—Je l'aime, mais pas comme ça. Parfois je l'apprécie, parfois je le méprise, mais, dans l'ensemble, nous cohabitons plutôt bien. Je me suis accommodée de cette vie et je sais que je peux continuer ainsi. Tu comprends ? Je sais que je peux vivre ainsi pour le restant de mes jours et que ce ne sera pas si mal. Beaucoup de femmes n'ont pas cette chance.

—Et avec moi?

Elle resta silencieuse si longtemps qu'il faillit répéter la question.

—Si je m'autorisais à t'aimer, mes sentiments pour toi me consumeraient. Il n'y aurait plus que toi dans ma vie. J'aurais constamment peur que tu ne cesses de m'aimer. Et, si tu le faisais, j'en mourrais.

Il s'empara de ses mains et les porta à ses lèvres, ignorant ses murmures de protestation. Il lui embrassa le bout des doigts. Il aurait voulu l'avaler tout entière. Il aurait voulu s'enrouler autour d'elle et ne jamais la laisser partir.

—Je t'aime, Jennifer, dit-il. Jamais je ne cesserai de t'aimer. Je n'ai aimé personne avant toi et il n'y aura personne après toi.

—C'est ce que tu dis maintenant.

—Parce que c'est vrai. Je ne vois pas ce que je peux dire de plus.

—Rien. Tu as tout dit. Tous ces jolis mots, je les ai déjà sur papier.

Elle dégagea sa main de la sienne et la referma sur son verre. Lorsqu'elle reprit la parole, elle semblait se parler à elle-même.

—Mais ça ne rend pas les choses plus faciles.

Elle avait écarté sa jambe de la sienne. Il ressentit son éloignement comme une douleur.

—Qu'est-ce que tu veux dire? demanda-t-il, luttant pour garder le contrôle de sa voix. Tu m'aimes, mais c'est sans espoir pour nous deux?

Son visage se chiffonna.

—Anthony, je pense que nous savons tous les deux...

Elle n'acheva pas sa phrase.

C'était inutile.

Arthur James est passé de « en couple » à « célibataire ».

Un homme à une femme, par statut Facebook.
(Le nom a été modifié.)

CHAPITRE 10

E lle avait vu Mme Stirling s'éclipser et M. Stirling devenir de plus en plus nerveux, jusqu'à poser violemment son verre pour sortir après eux dans le couloir d'un pas décidé. Frémissante d'excitation, Moira Parker avait été tentée de le suivre, par curiosité, mais elle était assez maîtresse d'elle-même pour rester là où elle était. Personne d'autre ne semblait avoir remarqué son départ.

Lorsque enfin il revint à la fête, elle l'observa par-dessus les têtes des danseurs, qui montaient et descendaient au rythme de la musique. Son visage ne trahissait pas de réelle émotion, mais elle décela dans son regard une tension qu'elle n'avait encore jamais vue.

Que s'était-il passé dehors? Que faisait Jennifer Stirling avec ce jeune homme?

Une étincelle de satisfaction presque indécente fusa en elle, nourrissant son imagination jusqu'à l'embrasement. Peut-être avait-il enfin été forcé de voir son épouse comme la créature égoïste qu'elle était? Moira savait que, lorsque le travail aurait repris, il suffirait de quelques allusions bien placées pour que tout le monde au bureau commentât la conduite outrageuse de cette femme. Elle ne put cependant s'empêcher de songer, avec une soudaine mélancolie, qu'on parlerait aussi nécessairement de M. Stirling. La perspective de voir cet homme brave, digne et stoïque devenir la cible des ragots des secrétaires lui serrait le cœur. Comment pourrait-elle l'humilier dans le seul endroit sur Terre où il devait être considéré comme au-dessus de tous?

Moira resta figée, impuissante, de l'autre côté de la pièce, effrayée à l'idée d'aller réconforter son patron mais si détachée des festivités qu'elle aurait aussi bien pu se trouver dans une autre pièce. Elle le vit s'approcher du bar improvisé et, avec une grimace, accepter un gobelet rempli d'une espèce de whisky. Il le vida cul sec et en demanda un autre. Après un troisième, il adressa un signe de tête à ceux qui l'entouraient et partit s'isoler dans son bureau.

Moira se fraya un chemin à travers la foule. Il était 23 h 15. La musique s'était arrêtée, et les gens commençaient à partir. Ceux qui ne rentraient pas chez eux se préparaient visiblement à aller ailleurs, loin du regard indiscret de leurs collègues. Derrière le portemanteau, Stevens embrassait à pleine bouche cette jeune dactylo rousse, comme si personne ne les voyait. La jupe de la fille était remontée jusqu'à mi-cuisse, et il tirait maladroitement sur le porte-jarretelles couleur chair qu'il venait de dévoiler. Moira remarqua que le garçon du courrier n'était pas remonté après avoir accompagné Elsie Machzynski à son taxi ; elle se demanda ce qu'elle pourrait plus tard insinuer auprès d'Elsie pour lui faire comprendre qu'elle savait tout, même si personne d'autre ne l'avait remarqué. Étaient-ils donc tous obsédés par les plaisirs charnels ? Les salutations formelles, les conversations polies de tous les jours ne servaient-elles qu'à couvrir une nature bachique dont elle-même était amputée ?

— On va au *Cat's Eye Club*. Tu viens avec nous, Moira ? Tu veux te lâcher un peu ?

— Oh, elle ne viendra pas, ricana Felicity Harewood d'un air si méprisant que, l'espace d'un instant, Moira envisagea de tous les surprendre en répondant : « Oui, avec plaisir. »

Mais la lumière était allumée dans le bureau de M. Stirling. Moira fit donc ce que toute assistante de direction digne de ce nom aurait fait : elle resta après tout le monde pour faire le ménage.

Il était près d'une heure du matin quand elle eut enfin terminé. Elle n'avait pas nettoyé les bureaux toute seule : la nouvelle comptable lui avait tenu le sac-poubelle pendant qu'elle jetait les bouteilles vides. Quant au chef des ventes, un grand Sud-Africain, il avait aidé à rassembler les gobelets en chantant à tue-tête dans les toilettes des dames. Puis ils étaient partis, laissant Moira lessiver le sol, armée d'une brosse et d'une pelle à poussière, et ramasser les chips et les cacahuètes écrasées qui avaient glissé entre les dalles du linoléum. Les hommes se chargeraient de remettre les meubles en place quand ils reviendraient au bureau. Hormis quelques scintillantes guirlandes d'aluminium, l'endroit avait presque retrouvé l'aspect d'un lieu de travail.

Elle se tourna vers le sapin qui faisait triste mine, ses décorations brisées ou disparues, puis vers la petite boîte à vœux, écrasée comme si quelqu'un s'était assis dessus, le papier crépon se détachant tristement sur les côtés. Heureusement, sa mère n'était plus là pour voir ses précieuses boules de Noël traitées avec autant de négligence.

Elle finissait d'emballer la dernière quand elle aperçut M. Stirling. Il était assis dans son fauteuil de cuir, la tête entre les mains. Sur la table à côté de la porte, elle avait rassemblé les fonds de bouteille. Presque impulsivement, elle versa dans un verre deux doigts de whisky et alla frapper à la porte de son bureau. Il avait gardé sa cravate, toujours élégant même à cette heure tardive.

— Je viens de finir le ménage, annonça-t-elle d'une petite voix lorsqu'il leva vers elle un regard étonné.

De toute évidence, il n'avait pas remarqué qu'elle était toujours là.

— C'est très gentil de votre part, Moira, murmura-t-il. Merci.

Il prit le verre de whisky et le vida, plus lentement cette fois.

Moira jaugea l'air effondré de son patron, le tremblement de ses mains. Elle resta debout au coin de son bureau, certaine pour une fois qu'elle y avait sa place. Sur le sous-main, en piles bien nettes, étaient posées les lettres qu'elle lui avait déposées plus tôt dans la journée afin qu'il les signe. Elle avait l'impression que des mois s'étaient écoulés entre-temps.

— Vous en voulez un autre ? demanda-t-elle. Il en reste un peu dans la bouteille.

— Je pense que j'ai eu ma dose.

Un silence s'éternisa.

— Qu'est-ce que je suis censé faire, Moira ?

Il secoua la tête, comme en proie à une lutte intérieure.

— Je lui donne tout ce qu'elle veut. Tout ! Elle n'a jamais manqué de rien, gémit-il d'une voix brisée. Il paraît que les temps changent. Les femmes veulent autre chose… Dieu sait quoi. Pourquoi tout doit-il toujours changer ?

— Pas toutes les femmes, dit-elle à voix basse. Beaucoup de femmes trouvent cela merveilleux d'avoir un mari capable de subvenir à leurs besoins. Un homme et un foyer dont elles peuvent prendre soin.

— Vous croyez ?

Il semblait épuisé, les yeux cernés de rouge.

— Je le sais, assura-t-elle. Moi-même, je rêve d'un homme à qui je servirais à boire quand il rentre à la maison le soir, à qui je pourrais cuisiner et que je dorloterais un peu. Je… Ce serait merveilleux ! conclut-elle, rougissante.

— Alors pourquoi…

Il s'interrompit et soupira.

— Monsieur Stirling, dit-elle soudain, vous êtes un patron formidable. Un homme formidable. Vraiment. Votre femme a une chance incroyable de vous avoir. Il faut qu'elle le sache. Et vous ne méritez pas… Vous n'avez pas mérité…

Sa voix se brisa. Elle savait, alors même qu'elle parlait, qu'elle allait à l'encontre d'un accord tacite.

— Je suis désolée, reprit-elle quand le silence se fit interminable. Monsieur Stirling, je ne voulais pas…

— Est-ce que qu'un homme est toujours un homme s'il a besoin d'une épaule pour pleurer ? demanda-t-il d'une voix si basse qu'elle dut tendre l'oreille pour l'entendre.

Les larmes aux yeux, elle sentit naître en elle un sentiment plus sombre. Tout doucement, elle s'avança vers lui et passa un bras autour de ses larges épaules. Oh, cette sensation ! Il était grand et fort, et sa veste lui allait si bien… Elle savait qu'elle se rejouerait cet instant, encore et encore, pour le restant de ses jours. Cette liberté de le toucher, de sentir son corps sous ses doigts… Elle en défaillait presque de plaisir.

Comme il ne faisait rien pour l'arrêter, elle se pencha un peu et, retenant son souffle, posa la tête sur son épaule. Un geste de réconfort, de solidarité. C'était du moins ce qu'il allait penser, songea-t-elle, au comble de l'allégresse. Elle souhaita, rien qu'un instant, que quelqu'un les prenne en photo si intimement enlacés. Puis il releva la tête, et elle fut prise d'un brusque sursaut d'inquiétude – et de honte.

— Je suis désolée… Je vais…

Elle se redressa en bafouillant. Mais il posa la main sur la sienne. Tiède. Avide d'elle.

— Moira, dit-il, les yeux mi-clos, la voix rauque de désespoir et de désir.

Puis il prit son visage entre ses mains et l'attira vers le sien pour l'embrasser. Elle ne put contenir un halètement, à la fois choquée et ravie, puis lui rendit son baiser. Ce n'était que le deuxième homme qu'elle embrassait, mais l'expérience n'avait rien de comparable avec ce qu'elle avait connu, magnifiée par des années de passion non partagée. Son corps lui parut s'embraser, son sang se mettre à bouillir dans ses artères et son cœur vouloir s'extraire de sa poitrine.

Elle sentit qu'il la faisait basculer sur le bureau, ses mains sur son col et sa poitrine, son souffle tiède sur sa clavicule. Inexpérimentée, elle ne savait que faire de ses mains et de ses jambes, mais elle se surprit à s'agripper à lui, désireuse de le satisfaire, perdue dans de nouvelles sensations. *Je t'adore*, lui dit-elle en pensée. *Prends ce que tu veux de moi.*

Mais, même alors qu'elle s'abandonnait au plaisir, Moira savait qu'une part d'elle-même devait rester suffisamment lucide pour se souvenir. Même alors qu'il l'enveloppait, la pénétrait, sa jupe retroussée sur ses hanches, une bouteille d'encre lui meurtrissant l'épaule, elle savait qu'elle ne représentait pas une menace pour Jennifer Stirling. Les Jennifer de ce monde seraient toujours le premier prix et les femmes comme elle le lot de consolation. Mais Moira Parker avait un avantage : elle savait apprécier les choses d'une manière que Jennifer Stirling, comme toutes celles à qui on avait toujours tout donné, ne comprendrait jamais. Elle savait que même une courte nuit pouvait être le plus précieux de tous les trésors, que ce serait le point d'orgue de sa vie amoureuse, et qu'une partie d'elle-même devait rester suffisamment lucide pour ranger ce souvenir dans un endroit sûr. Ainsi, une fois que ce serait terminé, elle pourrait le revivre lors de ses longues soirées de solitude.

Quand il rentra chez lui, elle l'attendait, assise dans l'immense pièce qui servait de salon. Elle portait un manteau trapèze en tweed couleur framboise et un chapeau assorti, son sac à main et ses gants noirs vernis élégamment posés sur ses genoux. Elle entendit la voiture s'arrêter, vit les lumières s'éteindre et se leva. Elle tira le rideau de quelques centimètres et l'observa, assis sur le siège du conducteur, laissant courir ses pensées avec le moteur qui s'éteignait.

Elle jeta un regard à ses valises posées derrière elle et s'éloigna de la fenêtre.

Il entra en jetant son pardessus sur la chaise du vestibule. Elle entendit ses clés tomber dans le bol prévu à cet effet sur la console, puis le fracas d'un objet heurtant le sol. La photo de mariage. Il hésita un instant devant la porte du salon, puis l'ouvrit et l'aperçut.

—Je pense que je dois partir, dit-elle.

Elle vit son regard s'attarder sur la valise posée à ses pieds, celle-là même dont elle s'était servie pour quitter l'hôpital, de longues semaines auparavant.

—Tu penses que tu dois partir.

Elle prit une grande inspiration. Et prononça les mots qu'elle avait répétés pendant des heures :

—Cette situation nous rend malheureux tous les deux. Tu le sais aussi bien que moi.

Il passa devant elle et s'arrêta au bar pour se servir un whisky. À sa façon de tenir la carafe, elle se demanda combien de verres il avait bus depuis qu'elle avait quitté la soirée. Il prit le verre de cristal ouvragé et se laissa lourdement tomber dans un fauteuil. Puis il leva les yeux sur elle et la sonda du regard pendant plusieurs minutes. Nerveuse, elle se mit à se dandiner d'un pied sur l'autre.

—Alors…, dit-il enfin. Tu as d'autres projets ? Des projets qui te rendraient plus heureuse ?

Il parlait d'un ton sarcastique, déplaisant ; la boisson avait libéré quelque chose en lui. Mais elle n'avait pas peur, libérée par la certitude que cet homme n'était plus son avenir.

Ils se défiaient du regard, deux combattants coincés dans une pénible bataille.

—Tu es au courant, n'est-ce pas ? demanda-t-elle.

Il but une gorgée de whisky, sans quitter son visage des yeux.

—De quoi suis-je au courant, Jennifer ?

Elle prit une grande inspiration.

—Tu sais que j'en aime un autre. Et que ce n'est pas Reggie Carpenter. Que ça n'a jamais été lui.

Tout en parlant, elle jouait nerveusement avec le fermoir de son sac à main.

—Je l'ai compris ce soir. Reggie était une erreur, une simple diversion. Mais toi, tu n'as pas cessé de m'en vouloir. Tu es en colère contre moi depuis que je suis sortie de l'hôpital. Parce que tu sais, tout comme moi, qu'il y a un homme qui m'aime et qui n'a pas peur de me le dire. C'est pour ça que tu ne voulais pas que je pose trop de questions. C'est pour ça que ma mère – entre autres – a tellement insisté pour que j'accepte les choses telles qu'elles étaient, sans chercher plus loin. Tu ne voulais pas que je me souvienne. Tu ne l'as jamais voulu.

Elle s'était en partie attendue à le voir exploser de colère. Mais il se contenta de hocher la tête. Puis, alors qu'elle retenait son souffle, il leva son verre.

—Et donc… cet amant, à quelle heure arrive-t-il?

Il regarda sa montre, puis esquissa un geste en direction des valises.

—Je suppose qu'il va passer te prendre.

—Il'…, commença-t-elle avant de déglutir à grand-peine. Je… Ce n'est pas comme ça que…

—Alors tu vas le retrouver quelque part.

Il était tellement calme. Il semblait presque s'amuser.

—Ça va bien arriver, oui.

—Ça va bien arriver, répéta-t-il. Dans combien de temps?

—Je… je ne sais pas où il est.

—Tu ne sais pas où il est.

Laurence vida son verre et se leva en titubant pour s'en servir un autre.

—J'ai perdu la mémoire, tu le sais très bien. Mais les choses me reviennent peu à peu. Elles ne sont peut-être pas encore très claires dans ma tête, mais je comprends mieux pourquoi je ne me reconnais pas dans tout ça, dit-elle en embrassant la pièce d'un geste circulaire. Ça ne me convient pas parce que je suis amoureuse d'un autre. Alors je suis vraiment désolée, mais je dois m'en aller. C'est la chose la plus juste à faire. Pour nous deux.

Il hocha la tête.

— Puis-je te demander ce que cet homme – ton amant – a de plus que moi?

Le réverbère devant la maison se mit à clignoter.

— Je ne sais pas, admit-elle. Je sais seulement que je l'aime. Et qu'il m'aime.

— Oh, tu le sais, vraiment? Et qu'est-ce que tu sais d'autre? Où il vit? Ce qu'il fait dans la vie? Comment il va subvenir à tes besoins, avec tes goûts extravagants? S'il va t'offrir de nouvelles robes? Te payer une gouvernante? Des bijoux?

— Ces choses-là ne m'intéressent pas.

— Elles t'intéressaient, avant.

— J'ai changé. Tout ce que je sais, c'est qu'il m'aime, et c'est tout ce qui compte vraiment. Tu peux te moquer de moi autant que tu veux, Laurence, mais tu ne sais pas…

Il bondit de son fauteuil, et elle se recroquevilla dans le sien.

— Je sais tout de ton amant, Jenny! hurla-t-il.

Il sortit de sa poche une lettre froissée et la brandit devant ses yeux.

— Tu veux vraiment savoir ce qui t'est arrivé? Tu veux vraiment savoir qui est ton amant?

Le regard assassin, il s'époumonait en crachant des rafales de postillons.

Elle se figea, le souffle bloqué dans sa poitrine.

— Ce n'est pas la première fois que tu me quittes. Oh, non! Je le sais, tout comme je sais qu'il existe, parce que j'ai trouvé sa lettre dans ton sac après l'accident!

Elle reconnut l'écriture familière sur l'enveloppe et se trouva incapable d'en détacher les yeux.

— Ça vient de lui. Il te demande de le retrouver. Il veut s'enfuir avec toi. Rien que vous deux. Loin de moi. Pour bâtir une nouvelle vie ensemble.

Il grimaçait, à la fois de colère et de chagrin.

— Ça te revient maintenant, ma chérie?

Il lui jeta l'enveloppe, qu'elle ramassa, les mains tremblantes. Elle l'ouvrit et lut:

Mon cher et unique amour,
Je pensais tout ce que je t'ai dit. J'ai compris que la seule façon d'avancer, c'est que l'un d'entre nous prenne une grave décision.
Je vais accepter ce travail. Je serai sur le quai numéro 4, à Paddington, à 19 h 15 vendredi soir…

— Ça te dit quelque chose, pas vrai, Jenny?

— Oui, murmura-t-elle.

Des images lui revenaient. Des cheveux noirs. Une veste en lin froissée. Un petit parc rempli d'hommes en bleu.

Boot.

— Oui, ça te dit quelque chose? Ça te revient?

— Oui, ça me revient…

Elle pouvait presque voir son visage. Il était si proche à présent.

— Pas tout, on dirait.

— Qu'est-ce que tu…

— Il est mort, Jennifer. Il est mort dans la voiture. Tu as survécu à l'accident, et ton ami est mort. Mort sur le coup, d'après la police. Personne ne t'attend dehors. Il n'y a personne à la gare de Paddington. Il n'y a personne pour se rappeler à ton souvenir.

La pièce se mit à vaciller. Elle l'entendait parler, mais les mots semblaient vides de sens.

— Non, dit-elle d'une voix tremblante.

— Oh, j'ai bien peur que si. Je pourrais sûrement retrouver les articles de journaux, s'il te faut des preuves. Tes parents et moi avons tenu ton nom secret, pour des raisons évidentes. Mais ils ont rapporté sa mort.

— Non.

Elle le repoussa, frappant son torse en rythme : *non, non, non.* Elle refusait de l'entendre.

— Il est mort sur le coup.

— Arrête ! Arrête de dire ça !

Elle se jeta sur lui, furieuse, incontrôlable, hurlante. Elle entendait sa propre voix comme venue de très loin, sans même se rendre compte qu'elle couvrait le corps et le visage de Laurence de coups de poings. Des mains puissantes lui attrapèrent finalement les poignets pour l'immobiliser.

Ce qu'il venait de dire était irréversible.

Mort.

Elle se laissa retomber dans son fauteuil et, enfin, il la relâcha. Elle avait l'impression d'avoir rétréci, comme si la pièce autour d'elle s'était agrandie pour l'avaler. *Mon cher et unique amour.* Elle baissa la tête pour ne plus voir que le sol, et des larmes roulèrent sur son visage pour venir s'écraser sur l'épais tapis du séjour.

Un long moment plus tard, elle leva les yeux vers lui. Il avait les paupières closes, comme si la scène lui était intolérable.

— Si tu savais tout, commença-t-elle, si tu voyais que je commençais à me souvenir, pourquoi… pourquoi ne pas m'avoir dévoilé la vérité ?

Il n'était plus en colère. Il s'assit dans le fauteuil qui lui faisait face, soudain très abattu.

— Parce que j'espérais… Quand j'ai compris que tu ne te souvenais de rien, j'ai cru qu'on pourrait oublier tout ça. J'espérais qu'on pourrait continuer comme si de rien n'était.

Mon cher et unique amour.

Elle n'avait nulle part où aller. Boot était mort. Il était mort depuis le début. Elle se sentait stupide, dépossédée, comme une adolescente qui se serait inventé toute une histoire d'amour.

— Et puis, fit la voix de Laurence, brisant le silence, je ne voulais pas que tu vives avec sa mort sur la conscience. Sans toi, il serait encore en vie à l'heure qu'il est.

La douleur fut si intense qu'elle eut l'impression d'être écartelée.

— Quoi que tu puisses penser, Jennifer, c'est pour ton bien que j'ai fait ça.

Le temps passa. Plus tard, elle fut incapable de dire s'il s'était agi d'heures ou de minutes. Puis Laurence se leva. Il se versa un autre verre de whisky, qu'il but aussi facilement que si ç'avait été de l'eau. Puis il posa délicatement son verre sur le plateau d'argent.

— Alors, qu'est-ce qui se passe, maintenant? demanda-t-elle sourdement.

— Je vais me coucher. Je suis épuisé.

Il lui tourna le dos et fit quelques pas vers la porte.

— Je te suggère de faire la même chose, ajouta-t-il avant de disparaître.

Après son départ, elle resta un long moment assise dans son fauteuil, écoutant son pas lourd et irrégulier se déplacer sur le parquet de l'étage, le craquement du sommier quand il se coucha. Il était dans la chambre à coucher. Sa chambre à elle.

Elle relut la lettre. Elle y lut un avenir qui ne serait pas le sien. Un amour sans lequel elle n'avait pas pu vivre. Elle lut les mots d'un homme qui l'avait aimée plus que lui-même était capable de le dire, un homme dont elle avait involontairement causé la mort. Elle revit enfin son visage : animé, plein d'espoir, plein d'amour.

Jennifer Stirling se laissa glisser sur le sol et se roula en boule, la lettre serrée contre sa poitrine. Puis, en silence, elle se mit à pleurer.

Cher J… Je sais que j'ai été vache et j'en suis désolée. Je sais que tu rentres demain, mais je ne serai pas là pour t'accueillir. David et moi allons nous marier à ***, et nous ne nous reverrons plus. Quelque part au fond de moi, je t'aime encore, mais j'aime David encore plus. Bye, G***

Une femme à un homme, par lettre

CHAPITRE 11

Il les repéra derrière la vitrine, en partie obscurcie par la buée malgré la chaleur de cette soirée de fin d'été. Son fils, assis contre la vitre, lisait le menu en balançant les jambes. Il s'arrêta sur le trottoir, remarquant comme sa silhouette s'était allongée, comme les rondeurs de l'enfance avaient disparu. Il distinguait déjà l'homme que son fils allait devenir. Anthony sentit son cœur se serrer. Il cala son paquet sous son bras et entra.

C'était Clarissa qui avait choisi l'endroit, un grand bistrot animé où les serveuses portaient des uniformes à l'ancienne et des tabliers blancs. Elle l'avait appelé un salon de thé, comme si le mot « bistrot » l'embarrassait.

— Phillip ?

— Papa ?

Il s'arrêta devant leur table, ravi de voir le garçon lui sourire dès qu'il le reconnut.

— Clarissa, salua-t-il poliment.

Elle semble moins en colère, songea-t-il aussitôt. Ces dernières années, il avait lu sur son visage une tension perpétuelle qui avait attisé sa culpabilité chaque fois qu'il l'avait revue. À présent, elle l'examinait avec une sorte de curiosité attentive, comme on surveille un animal qui pourrait sans prévenir essayer de mordre : prudemment et à distance.

— Tu as l'air d'être en forme, dit-il.

— Merci.

— Et toi, tu as poussé comme un champignon, ajouta-t-il à l'intention de son fils. Bon sang, j'ai l'impression que tu as pris quinze centimètres en deux mois !

— Trois mois. Et, à son âge, c'est parfaitement normal, fit Clarissa avec une moue désapprobatrice qu'il lui connaissait bien.

Aussitôt, il songea à Jennifer. Il ne pensait pas l'avoir déjà vue déformer les lèvres de cette façon ; peut-être était-ce incompatible avec la forme de sa bouche.

— Et toi, tu vas… bien ? demanda-t-elle en lui servant une tasse de thé, qu'elle fit glisser vers son côté de la table.

— Très bien, merci. Je travaille dur.

— Comme toujours.

— Oui. Et toi, Phillip ? Comment ça se passe à l'école ?

Son fils était toujours absorbé dans la lecture du menu.

— Phillip, réponds à ton père.

— Ça va.

— Super. Tu as toujours de bonnes notes ?

— J'ai apporté son bulletin scolaire, annonça Clarissa en lui tendant le papier qu'elle venait d'extraire de son sac à main. Je me suis dit que ça pourrait t'intéresser.

Anthony prit connaissance, avec une fierté inattendue, des compliments qui soulignaient les « réels efforts » de cet « élève agréable ».

— Il est capitaine de l'équipe de football, ajouta Clarissa, incapable de dissimuler sa satisfaction.

— Bien joué, dit-il en tapotant l'épaule de son fils.

— Et il fait ses devoirs tous les soirs. J'y veille personnellement.

Phillip ne le regardait plus. Edgar avait-il déjà rempli le vide en forme de père qu'il craignait d'avoir laissé dans la vie de Phillip ? Jouait-il au cricket avec lui ? Lui lisait-il des histoires ? Anthony se rembrunit et prit une gorgée de thé, tentant de reprendre ses esprits. Puis il appela une serveuse et commanda une assiette de petits gâteaux.

—La plus grosse que vous ayez. On a quelque chose à fêter.

—Il ne va rien manger ce soir, objecta Clarissa.

—Pour une fois…

Elle détourna les yeux, semblant retenir à grand-peine une réplique cinglante.

Autour d'eux, le brouhaha parut s'intensifier. Les pâtisseries arrivèrent sur un plateau à plusieurs niveaux. Anthony vit le regard de son fils glisser vers les friandises et lui fit signe de se servir.

—On m'a proposé un nouveau poste, annonça-t-il lorsque le silence se fit trop pesant.

—À la *Nation* ?

—Oui, mais à New York. Leur attaché de presse aux Nations unies prend sa retraite, et ils m'ont proposé de prendre sa place pour un an. Je disposerais d'un appartement de fonction en plein cœur de la ville.

Il avait eu peine à le croire lorsque Don lui avait appris la nouvelle. C'était une preuve de leur confiance en lui, avait dit ce dernier. Et, s'il s'en sortait bien – qui sait ? – dans un an, à la même époque, il serait peut-être de nouveau sur la route.

—C'est formidable.

Clarissa sélectionna un petit gâteau à la crème et le posa sur son assiette.

—Je ne m'y attendais pas, mais c'est une opportunité à saisir.

—Oui. C'est vrai que tu as toujours aimé voyager.

—Il ne s'agit pas de voyager. Je vais travailler en ville.

La nouvelle avait presque été un soulagement. Au moins, il n'aurait plus à se poser de questions : grâce à ce poste, Jennifer pourrait l'accompagner et bâtir avec lui une nouvelle vie… et, si elle refusait, même s'il préférait ne pas envisager cette possibilité, ce travail lui offrirait une échappatoire. Londres était déjà inextricablement lié à leur relation : la ville regorgeait d'endroits imprégnés de souvenirs communs.

— Je reviendrai de temps en temps dans l'année, et je sais ce que tu m'as dit à ce sujet, mais j'aimerais lui écrire.

— Je ne sais pas…

— J'aimerais parler à Phillip de ma vie là-bas. Il pourra peut-être même me rendre visite quand il aura un peu grandi.

— Edgar pense qu'il vaut mieux pour tout le monde que les choses restent simples. Il n'aime pas les… complications.

— Edgar n'est pas le père de Phillip.

— Il est autant un père que tu l'as été par le passé.

Ils se fusillèrent du regard.

Phillip, assis en silence avec les mains sous les cuisses, n'avait pas touché à son gâteau.

— Ne parlons pas de ça maintenant. C'est l'anniversaire de Phillip. Tu veux voir ton cadeau, fiston ? demanda-t-il en affectant une joie qu'il ne ressentait pas.

Son fils ne répondit pas. *Bon sang*, songea Anthony. *Qu'est-ce qu'on est en train de lui faire subir ?* Il ramassa sous la table un grand paquet rectangulaire.

— Tu peux attendre le grand jour pour l'ouvrir, mais ta mère m'a dit que vous… que vous alliez sortir demain, alors je me suis dit que tu préférerais l'avoir maintenant.

Il lui tendit le paquet. Phillip le saisit et jeta à sa mère un regard inquiet.

— Je suppose que tu peux l'ouvrir, puisque tu n'auras pas beaucoup de temps demain, dit-elle avec un semblant de sourire. Si vous voulez bien m'excuser, je vais me repoudrer le nez.

Il la regarda s'éloigner entre les tables, se demandant si ces échanges la démoralisaient autant que lui. Peut-être était-elle partie chercher une cabine téléphonique d'où appeler Edgar pour se plaindre de l'attitude déraisonnable de son ex-mari.

— Vas-y, dit-il à son fils. Ouvre-le.

Libéré du regard de sa mère, Phillip sembla revenir à la vie. Il déchira le papier marron et se figea, émerveillé, en voyant ce qu'il recelait.

—C'est un Hornby, précisa Anthony. Ce qui se fait de mieux sur le marché. C'est le *Flying Scotsman*, tu en as déjà entendu parler ?

Phillip hocha la tête.

—Il y a une bonne longueur de rail, et j'ai demandé au vendeur de m'ajouter une petite gare et des bonshommes. Ils sont dans ce sac. Tu penses que tu sauras le monter ?

—Je demanderai à Edgar de m'aider.

Anthony eut l'impression de recevoir un coup de pied dans les côtes. Il serra les dents, s'obligeant à ignorer la douleur. Après tout, ce n'était pas la faute du garçon.

—Oui, grinça-t-il. Je suis sûr qu'il t'aidera.

Un silence s'installa. Puis la main de Phillip émergea de sous la table, attrapa son gâteau et le fourra dans sa bouche – un geste de pure gourmandise. Puis il en choisit un autre, un petit four au chocolat, et lui fit suivre le même chemin en adressant à son père un clin d'œil de conspirateur.

—Alors ? Tu es toujours content de revoir ton vieux père ?

Phillip s'approcha de lui et lui posa la tête sur la poitrine. Anthony le serra dans ses bras, respirant l'odeur de ses cheveux, tentant désespérément de faire abstraction de l'attachement viscéral qu'il ressentait pour lui.

—Tu es guéri ? demanda le garçon en reprenant sa place.

Il lui manquait une incisive.

—Pardon ?

Phillip entreprit de sortir la locomotive de sa boîte.

—Maman a dit que tu n'allais pas bien, que c'est pour ça que tu ne m'as pas écrit.

—Oui. Je vais mieux.

—Qu'est-ce qui s'est passé ?

— J'ai… j'ai vu des choses très pénibles quand j'étais en Afrique. Des choses qui m'ont bouleversé. Je suis tombé malade, alors j'ai été un peu idiot et j'ai trop bu.

— C'était vraiment idiot.

— Oui. Oui, c'est vrai. Ça n'arrivera plus.

Clarissa revint à la table. Il fut choqué de voir qu'elle avait le nez gonflé et les yeux cernés de rouge. Il tenta un sourire et en reçut un triste en retour.

— Il adore son cadeau, dit Anthony.

— Eh bien, ça, c'est du cadeau !

Elle contempla un instant la locomotive flambant neuve, pour le plus grand bonheur de son enfant, et ajouta :

— J'espère que tu as dit merci, Phillip.

Anthony déposa un petit gâteau dans une assiette, qu'il tendit à Clarissa, puis en prit un pour lui. Il avait l'impression de jouer dans la représentation dénaturée d'une parfaite petite vie de famille.

— Laisse-moi lui écrire, reprit-il après un bref silence.

— J'essaie de nous bâtir une nouvelle vie, Anthony, murmura-t-elle. J'essaie de repartir de zéro.

Elle le suppliait presque.

— Ce ne serait que des lettres, soupira-t-il.

Ils échangèrent un long regard de part et d'autre du plateau en Formica. À côté, leur fils faisait tourner les roues de son nouveau train, imitant avec bonheur le ronflement de la locomotive.

— Une simple lettre. Il n'y a rien de perturbant là-dedans.

Jennifer déplia le journal que Laurence venait de poser et l'ouvrit à plat sur la table. Par la porte ouverte de la cuisine, elle le voyait qui rajustait sa cravate devant le miroir du vestibule.

—N'oublie pas le dîner de ce soir. Les femmes aussi sont invitées, donc tu devrais peut-être commencer à réfléchir à ce que tu vas porter.

Comme elle ne répondait pas, il répéta d'un air irrité :

—Jennifer ? Le dîner de ce soir. On sera sous une marquise.

—En une journée, je suis à peu près sûre que j'aurai le temps de choisir une robe, répliqua-t-elle.

Debout sur le pas de la porte, il fronça les sourcils en voyant ce qu'elle faisait.

—Qu'est-ce que tu fais avec ça ?

—Je lis le journal.

—Ce n'est pas vraiment de ton ressort, si ? Tes magazines ne sont pas arrivés ?

—J'ai seulement… eu envie d'essayer de m'instruire un peu. De comprendre ce qui se passe dans le monde.

—Je ne vois pas ce qui pourrait t'intéresser là-dedans.

Elle jeta un regard à Mme Cordoza, qui lavait la vaisselle en faisant mine de ne pas les écouter.

—Je lisais un article, dit-elle en pesant bien ses mots, sur le procès des éditeurs de *L'Amant de lady Chatterley*. C'est fascinant.

Les yeux toujours baissés sur son journal, elle sentit plus qu'elle ne vit le malaise de Laurence.

—Je ne vois vraiment pas pourquoi tout le monde en fait une telle histoire, poursuivit-elle. Ce n'est qu'un livre. D'après ce que j'ai compris, ce n'est qu'une histoire d'amour entre deux personnes.

—Eh bien, tu n'as pas compris grand-chose. Ce roman est une immondice. Moncrieff l'a lu et l'a qualifié de subversif.

Mme Cordoza récurait une poêle avec une vigueur injustifiée. Elle s'était mise à fredonner doucement. Dehors, le vent se leva, envoyant voleter des feuilles rousses devant la fenêtre de la cuisine.

— Nous devrions être capables de juger de ces choses par nous-mêmes. Après tout, nous sommes tous adultes. Que ceux qui trouvent ce livre offensant se contentent de ne pas le lire.

— Oui. Si tu veux. Ne t'amuse pas à discuter de tes pseudo-opinions au dîner de ce soir. Personne là-bas n'aura envie d'entendre une femme pontifier sur des sujets dont elle ne sait rien.

Jennifer prit une grande inspiration avant de répondre.

— Eh bien, je demanderai à Francis de me prêter son exemplaire. Ainsi, je pourrai parler en connaissance de cause. Qu'est-ce que tu en penses ?

Laurence ne put dissimuler son mépris.

— Je te trouve très irritable depuis quelques jours, déclara-t-il en attrapant son attaché-case. J'espère que tu sauras te rendre un peu plus agréable ce soir. Si la lecture du journal te met dans cet état, je me le ferai désormais livrer au bureau.

Elle ne se leva pas pour l'embrasser sur la joue, comme elle l'aurait fait autrefois. Elle se mordit la lèvre et resta penchée sur son journal jusqu'à entendre la porte claquer, signe que son mari était parti travailler.

Pendant trois jours, elle n'avait presque pas mangé ni dormi. Souvent, la nuit, elle restait éveillée jusqu'aux petites heures du matin, s'attendant à ce qu'une malédiction biblique surgît de l'obscurité pour s'abattre sur elle. Elle éprouvait une rage silencieuse à l'égard de Laurence, qu'elle voyait à présent avec les yeux d'Anthony, se surprenant à partager son avis accablant. Puis elle haïssait Anthony pour avoir éveillé en elle ces sentiments à l'encontre de son mari, d'autant plus furieuse qu'elle ne pouvait le lui reprocher. La nuit, elle se souvenait des mains d'Anthony sur sa peau, de sa bouche sur la sienne, et s'imaginait lui faire des choses qui, à la lumière du matin, la faisaient rougir de honte. En une occasion, confuse, désespérée, elle était venue se coller tout contre son mari, glissant une jambe pâle entre les siennes, l'embrassant jusqu'à le réveiller tout à fait. Scandalisé, il lui avait demandé ce qui lui prenait et l'avait repoussée. Il lui avait tourné le dos, la laissant verser dans son oreiller de muettes larmes d'humiliation.

Durant ces longues heures d'insomnie, prise dans la conflagration toxique du désir et de la culpabilité, elle voyait défiler des possibilités sans fin : elle pouvait tout quitter et s'arranger pour surmonter le déshonneur, la perte financière et l'angoisse de sa famille ; elle pouvait avoir une aventure, trouver un moyen pour vivre sa relation avec Anthony en parallèle de leurs vies ordinaires. Après tout, lady Chatterley n'était pas la seule à l'avoir fait. Au sein de leur cercle d'amis, de nombreuses histoires de ce genre circulaient. Elle pouvait aussi tout arrêter et être une bonne épouse. Si son mariage battait de l'aile, c'était parce qu'elle n'y mettait pas assez du sien. Elle pouvait tourner la chose comme elle le voulait, tous les magazines féminins le disaient. Elle pouvait se montrer un peu plus aimable, un peu plus aimante, se faire plus belle. Elle n'avait qu'à cesser, comme disait sa mère, de considérer que l'herbe était plus verte dans le jardin d'à côté.

Elle avait atteint le début de la file.

— Voilà pour mon courrier, dit-elle. Et pourriez-vous vérifier le contenu de ma boîte postale ? Stirling, boîte numéro 13.

Elle n'était pas repassée à la poste depuis le dernier soir *Chez Alberto*, se convainquant que c'était la meilleure chose à faire. Ce qui se passait avec Anthony – elle n'osait appeler ça « une aventure » – était devenu trop passionnel. Ils devaient prendre un peu de recul pour y réfléchir à tête reposée. Mais, après la réflexion blessante de son mari ce matin-là, sa détermination s'était effondrée. Elle lui avait écrit en hâte, penchée sur le petit secrétaire du salon pendant que Mme Cordoza passait l'aspirateur. Elle l'avait supplié de la comprendre. Elle ne savait que faire : elle ne voulait pas le blesser… mais elle ne pouvait pas vivre sans lui :

Je suis mariée. Un homme qui abandonne son mariage, c'est une chose, mais une femme ? Pour le moment, je ne peux rien faire de mal à tes yeux : tu vois le meilleur dans tout ce que je fais. Mais je sais qu'un jour viendra où ton regard va changer. Je ne veux pas que tu voies en moi tout ce que tu as méprisé chez les autres.

C'était confus, désordonné ; son écriture était presque illisible.

La guichetière lui prit la lettre et revint avec une autre.

La simple vue de son écriture suffisait à faire chavirer son cœur. Ses phrases étaient si bien tournées qu'elle pouvait encore s'en réciter des passages entiers dans le noir, comme de la poésie. Sans prendre le temps de quitter le comptoir, elle ouvrit l'enveloppe, faisant un pas de côté pour laisser passer le suivant. Cette fois, cependant, les mots n'étaient pas tout à fait les mêmes que d'ordinaire.

Si quelqu'un remarqua la parfaite immobilité de la femme blonde au manteau bleu, ou la façon dont elle se retint au comptoir en achevant de lire sa lettre, cette personne était probablement trop occupée avec ses propres colis et formulaires pour y prêter beaucoup d'attention. Mais son changement d'attitude était frappant. Elle resta là quelques instants de plus, puis fourra la lettre dans son sac d'une main tremblante et sortit lentement, d'un pas hésitant, dans la rue inondée de soleil.

Elle erra tout l'après-midi dans les rues du centre de Londres, passant devant les vitrines sans réellement les voir. Incapable de rentrer chez elle, elle attendit sur les trottoirs bondés de la capitale que ses pensées s'éclaircissent. Des heures plus tard, quand enfin elle passa la porte d'entrée, Mme Cordoza l'attendait dans le vestibule, une robe sur chaque bras.

—Vous ne m'avez pas dit quelle robe vous voulez porter pour le dîner de ce soir, madame Stirling. J'ai repassé ces deux-là au cas où l'une d'elles vous conviendrait.

Jennifer resta un instant sur le seuil, laissant la lumière dorée du soleil de septembre se déverser dans l'entrée. Puis elle ferma la porte, et la triste pénombre reprit ses droits.

—Merci.

Elle passa devant la gouvernante et entra dans la cuisine. L'horloge indiquait presque 17 heures. Était-il en train de faire ses valises ?

Jennifer serra la lettre entre ses doigts. Elle l'avait relue trois fois. Elle vérifia la date : oui, c'était bien ce soir. Comment avait-il pu prendre une telle décision si rapidement ? Comment avait-il pu la prendre tout court ? Elle se maudit de n'avoir pas récupéré la lettre plus tôt, de n'avoir pas eu le temps de le conjurer de réfléchir.

Je n'ai pas autant de force que toi. Lors de notre première rencontre, je pensais que tu étais une petite chose fragile que je devais protéger. À présent, je me rends compte que je me trompais sur toute la ligne. Tu as plus de force que moi. C'est toi qui parviens à vivre avec la possibilité d'un amour comme celui-ci et le fait que jamais on ne nous le permettra.

Je te demande de ne pas me juger pour ma faiblesse. La seule façon pour moi de supporter la situation est d'être dans un endroit où je ne te verrai plus et où je n'aurai plus à redouter de t'apercevoir en sa compagnie. J'ai besoin de me trouver quelque part où les dures nécessités de la vie m'empêcheront de penser à toi, minute après minute, heure après heure. Ici, c'est impossible.

Elle ne cessait d'osciller entre des sentiments contra-dictoires : par moments, elle était furieuse contre lui pour avoir voulu lui forcer la main ; l'instant d'après, elle était saisie de terreur à l'idée de le voir s'en aller. Que ressentirait-elle en sachant qu'elle ne le reverrait jamais ? Comment pourrait-elle continuer à mener cette vie en ayant eu un aperçu de l'alternative qu'il lui proposait ?

Je vais accepter ce travail. Je serai sur le quai numéro 4, à Paddington, à 19 h 15 vendredi soir, et rien au monde ne pourrait m'apporter plus de bonheur que si tu trouvais le courage de partir avec moi.
Si tu ne viens pas, je saurai que, quoi que nous ressentions l'un pour l'autre, ce n'était pas assez fort. Je ne t'en blâmerai pas, mon amour. Je sais que ces dernières semaines ont fait peser beaucoup de pression sur tes épaules —je la ressens moi-même. Je ne supporte pas l'idée d'avoir pu te causer de la peine.

Elle avait été trop honnête avec lui. Elle n'aurait pas dû lui avouer sa confusion, ses insomnies. S'il l'avait crue moins malheureuse, il n'aurait pas éprouvé le besoin d'agir ainsi.

Sache que tu tiens mon cœur et mes espoirs entre tes mains.

Et puis il y avait ça : son immense tendresse. Anthony, qui ne pouvait supporter l'idée de faire d'elle moins ce qu'elle était, qui voulait la protéger de ses pires sentiments, lui offrait deux échappatoires : partir avec lui ou rester là où elle était, irréprochable, en se sachant aimée. Qu'aurait-il pu faire de plus ?

Comment pouvait-elle prendre une décision aussi monumentale en aussi peu de temps ? Elle songea à se rendre chez lui, mais elle n'était pas sûre de l'y trouver. Elle songea à se rendre au journal, mais elle craignait d'être reconnue par un échotier et de devenir un objet de curiosité ou, pire encore, de l'embarrasser. Et que pourrait-elle dire pour le faire changer d'avis ? Ce qu'il avait écrit était vrai : il n'y avait pas d'autre issue possible. Il n'y avait pas moyen de tout arranger.

— Oh. M. Stirling a appelé pour prévenir qu'il passera vous prendre vers 18 h 45. Il va travailler un peu tard au bureau. Il a envoyé son chauffeur chercher son smoking.

— D'accord, répondit Jennifer d'un air absent.

Prise d'un brusque malaise, elle s'appuya à la balustrade.

— Madame Stirling, tout va bien ?

— Ça va.

— Vous avez l'air épuisée.

Mme Cordoza posa délicatement les robes sur la chaise de l'entrée et aida Jennifer à ôter son manteau.

— Dois-je vous faire couler un bain ? Je peux vous servir une tasse de thé pendant que la baignoire se remplit, si vous voulez.

Elle se tourna vers la gouvernante.

— Oui. Je suppose. Vous avez dit 18 h 45, n'est-ce pas ?

Elle commença à monter l'escalier.

— Madame Stirling ? Les robes ? Laquelle ?

— Oh, je ne sais pas. Choisissez.

Étendue dans sa baignoire, elle sentait à peine l'eau chaude qui l'entourait, stupéfiée par la tournure des événements. *Je suis une bonne épouse*, se disait-elle. *Je vais me rendre à ce dîner, je serai joviale et entraînante, je ne pontifierai pas sur des choses dont je ne sais rien.*

Que lui avait écrit Anthony, une fois? Qu'on ressentait une réelle jouissance à être quelqu'un de bien. *Même si tu ne t'en rends pas compte pour le moment.*

Elle sortit du bain. Elle ne parvenait pas à se détendre. Elle avait besoin de se changer les idées. Elle regretta soudain de ne pas avoir de quoi se droguer et s'endormir pour les deux heures à venir. *Ou même pour les deux prochains mois*, songea-t-elle tristement en s'enveloppant d'une serviette.

Elle ouvrit la porte de la salle de bains. Là, sur le lit, Mme Cordoza avait étalé les deux robes. Celle de gauche était la robe bleu nuit qu'elle avait portée le soir de l'anniversaire de Laurence. Ç'avait été une joyeuse soirée au casino. Bill avait gagné des sommes folles à la roulette et avait tenu à payer le champagne à tout le monde. Elle avait trop bu, avait été pompette et incapable d'avaler quoi que ce soit de solide. Mais, à présent, dans la chambre silencieuse, elle se souvint d'autres moments de la soirée qu'elle avait sagement oblitérés de sa mémoire. Elle se souvint de Laurence, qui lui avait reproché de dépenser trop d'argent en jetons. Il lui avait murmuré qu'elle l'embarrassait – jusqu'à ce qu'Yvonne lui demande, avec sa délicatesse habituelle, de ne pas être aussi bougon.

Il va t'étouffer, souffler cette étincelle qui fait de toi ce que tu es.

Elle le revit, debout devant la porte de la cuisine ce matin-là.

Qu'est-ce que tu fais avec ça? J'espère que tu sauras te rendre un peu plus agréable ce soir.

Puis ses yeux se posèrent sur l'autre robe: du brocart or pâle, sans manches, avec un col mandarin. La robe qu'elle portait le soir où Anthony O'Hare avait refusé de faire l'amour avec elle.

C'était comme si un lourd brouillard venait de se lever. Elle abandonna sa serviette et enfila la première tenue qui lui tomba sous la main. Puis elle se mit à entasser des affaires sur le lit. Des sous-vêtements. Des chaussures. Des chaussettes. Qu'est-ce qu'on pouvait bien mettre dans sa valise quand on partait pour toujours?

Ses mains tremblaient. Elle attrapa machinalement la valise posée en haut de l'armoire et l'ouvrit. Elle y jeta des vêtements au hasard, prise d'une sorte de frénésie, craignant d'être incapable de continuer si elle s'arrêtait pour réfléchir.

—Vous allez quelque part, madame? Vous voulez que je vous aide à faire vos valises?

Mme Cordoza venait d'apparaître sur le pas de la porte, une tasse de thé à la main.

Jennifer sursauta et se retourna, tentant vainement de dissimuler la valise derrière elle.

—Non… non. J'emporte seulement quelques vêtements chez Mme Moncrieff. Pour sa nièce. Des tenues que je ne porte plus.

—Il y a dans la buanderie des affaires qui ne vous vont plus. Vous voulez que je vous les monte?

—Non. Je m'en chargerai moi-même.

Mme Cordoza jeta un coup d'œil derrière elle.

—Mais c'est votre robe dorée. Vous l'adorez.

—Madame Cordoza, s'il vous plaît, vous voulez bien me laisser trier ma propre garde-robe? lança-t-elle d'un ton sec.

La gouvernante tressaillit.

—Je suis désolée, madame Stirling, murmura-t-elle avant de se retirer dans un silence blessé.

Jennifer se mit à pleurer, secouée d'affreux sanglots. Elle rampa sur le couvre-lit, les mains sur la tête, et se mit à hurler. Elle ne savait plus quoi faire. À chaque seconde d'indécision, c'était tout son avenir qui se jouait. Elle entendit la voix de sa mère, vit son expression horrifiée à l'annonce du déshonneur de la famille, les murmures à la fois choqués et ravis à l'église. Elle contempla la vie qu'elle avait planifiée, les enfants qui auraient sûrement tempéré la froideur de Laurence, qui l'auraient obligé à se détendre un peu. Elle entrevit une série de chambres de location exiguës, Anthony travaillant toute la journée, la laissant seule et angoissée dans un pays étranger. Elle le vit se lasser d'elle dans ses vêtements miteux, posant déjà les yeux sur une autre femme mariée.

Jamais je ne cesserai de t'aimer. Je n'ai aimé personne avant toi et il n'y aura personne après toi.

Quand elle releva la tête, Mme Cordoza se tenait au bout du lit.

Elle s'essuya les yeux et le nez, prête à lui présenter ses excuses, puis s'aperçut que la gouvernante était en train de lui faire sa valise.

— Je vous ai mis vos chaussures plates et votre pantalon marron. Il n'a pas trop besoin d'être repassé.

Jennifer, toujours prise de hoquets, la regardait fixement.

— Et puis des sous-vêtements et une chemise de nuit.

— Je… je ne…

Mme Cordoza continua de s'affairer : elle sortit des vêtements de la valise, les plia dans du papier de soie et les replaça avec un soin empreint de respect, comme une mère d'occupant de son nouveau-né. Jennifer était hypnotisée par le manège de ces mains qui lissaient et ordonnaient.

— Madame Stirling, déclara Mme Cordoza sans lever les yeux, je ne vous en ai jamais parlé, mais quand je vivais en Afrique du Sud, on avait pour coutume de couvrir les fenêtres de cendres quand un homme mourait. Quand mon mari est mort, mes fenêtres sont restées claires. En fait, je les ai même nettoyées pour les faire briller.

Certaine d'avoir capté toute l'attention de Jennifer, elle poursuivit sa tâche. Les chaussures à présent, placées semelle contre semelle dans un petit sac de coton, soigneusement calées au fond de la valise avec une paire de tennis blanches et une brosse à cheveux.

—J'aimais mon mari quand nous étions jeunes, mais ce n'était pas un homme gentil. En vieillissant, il s'est montré de moins en moins prévenant envers moi. Quand il est mort sans prévenir, Dieu me pardonne, j'ai eu le sentiment qu'on venait de me libérer.

Elle hésita, le regard perdu dans la valise à moitié faite.

—Si quelqu'un m'en avait donné l'occasion, il y a des années, je serais partie. Je n'aurais pas raté la chance de vivre une autre vie.

Elle rangea les dernières petites affaires et ferma le couvercle, serrant les boucles de chaque côté de la poignée.

—Il est 18 h 30. M. Stirling a dit qu'il rentrait vers 18 h 45, au cas où vous l'auriez oublié.

Sans ajouter un mot, elle se redressa et quitta la pièce.

Jennifer consulta sa montre, puis finit de s'habiller. Elle traversa la pièce au pas de course, enfilant en toute hâte la paire de chaussures la plus proche, puis se rua vers sa coiffeuse pour fouiller au fond d'un tiroir à la recherche de l'argent qu'elle gardait toujours en cas d'urgence dans un bas roulé en boule. Elle fourra les billets dans sa poche, ainsi qu'une poignée de bagues et de colliers récupérés dans sa boîte à bijoux. Enfin, elle attrapa sa valise et dévala l'escalier.

Mme Cordoza lui tendit son imper.

—C'est sur New Cavendish Street que vous aurez le plus de chances de trouver un taxi. Je vous aurais bien suggéré Portland Place, mais il me semble que le chauffeur de M. Stirling passe toujours par là.

—New Cavendish Street.

Ni l'une ni l'autre ne bougea, effrayées, peut-être, par leur propre audace. Puis Jennifer fit un pas en avant et serra impulsivement sa gouvernante dans ses bras.

—Merci. Je…

—J'informerai M. Stirling que, à ma connaissance, vous êtes partie faire les boutiques.

—Oui. Oui, merci.

Puis elle sortit dans l'air du soir, qui semblait soudain chargé de possibilités. Elle descendit prudemment les marches du perron, cherchant des yeux la lumière jaune et familière d'un taxi. Puis elle partit en courant dans la ville qui s'assombrissait.

Elle se sentait comme soulagée d'un immense fardeau : elle n'était plus Mme Stirling. Elle était libre de s'habiller, de se conduire et d'aimer comme elle voulait. Elle se rendit compte, dans un vertige d'allégresse, qu'elle n'avait pas la moindre idée de qui et où elle serait dans un an, et cette pensée la fit presque éclater de rire.

Dans les rues fourmillantes de piétons pressés, les réverbères s'allumaient peu à peu. Jennifer courait, sa valise lui battant les jambes, le cœur cognant dans la poitrine. Il était presque 18 h 45. Elle s'imagina Laurence arriver à la maison et l'appeler d'un air irrité, et Mme Cordoza nouer son foulard sous son menton en déclarant que madame était partie faire les boutiques. Il mettrait bien une demi-heure avant de commencer à s'inquiéter, mais elle serait déjà sur le quai.

J'arrive, Anthony, lui dit-elle en silence. La boule qui se forma dans sa gorge devait être de l'excitation, ou de la peur, ou bien encore une enivrante combinaison des deux.

Le va-et-vient incessant des voyageurs l'empêchait de bien voir. Ils passaient devant lui en un flot continu, se faisant des signes les uns aux autres, si bien qu'il ne savait même plus ce qu'il cherchait. Anthony, debout à côté d'un banc en fer, ses valises à ses pieds, consulta sa montre pour la millième fois. Il était près de 19 heures. Si elle avait choisi de venir, elle aurait déjà dû être là…

Il leva les yeux sur le panneau d'affichage, puis se tourna vers le train qui devait l'emmener à Heathrow. *Pas de panique, mon vieux*, se dit-il. *Elle viendra.*

— Vous attendez le train de 19 h 15, monsieur ? fit derrière lui la voix du chef de gare. Il part dans quelques minutes. Si c'est le vôtre, je vous conseille de monter à bord.

— J'attends quelqu'un.

Il ne quittait plus des yeux le portillon automatique, à l'autre bout du quai. Une vieille femme se tenait là, fouillant ses poches à la recherche d'un billet perdu depuis longtemps. Elle secoua la tête d'un air dépité, semblant suggérer que ce n'était pas la première fois que son sac à main avalait un document important. Deux porteurs discutaient. Personne d'autre n'approchait.

— Le train ne va pas vous attendre, monsieur. Le prochain est à 21 h 45, si ça peut vous aider.

Il se mit à faire les cent pas entre deux bancs en fer, essayant de ne plus regarder sa montre. Il se remémora l'expression de son visage ce soir-là *Chez Alberto*, quand elle lui avait dit qu'elle l'aimait. Il n'avait pas décelé la moindre trace de duplicité dans son regard, rien que la plus pure honnêteté. Elle était incapable de mentir. Il n'osa pas songer à ce que ça lui ferait de se réveiller à ses côtés tous les matins, à la pure allégresse de se savoir aimé d'elle et d'être libre de l'aimer en retour.

La lettre qu'il lui avait envoyée, avec son ultimatum, avait été un pari fou, mais, ce fameux soir, il avait été forcé de reconnaître qu'elle avait raison : ils ne pouvaient pas continuer ainsi. La force de leurs sentiments aurait fini par se muer en quelque chose de toxique. Ils auraient fini par s'en vouloir mutuellement pour leur incapacité à accomplir ce dont ils rêvaient tant. Si le pire arrivait, se répétait-il encore et encore, au moins aurait-il agi de manière honorable. Mais, au fond de lui, il ne pensait pas que le pire arriverait. Elle viendrait. Tout ce qu'il savait d'elle lui laissait à penser qu'elle viendrait.

Il consulta de nouveau sa montre et se passa la main dans les cheveux, puis leva les yeux vers les banlieusards qui venaient de passer le portillon automatique.

« Ça te fera du bien, lui avait dit Don. Ça t'empêchera de t'attirer des ennuis. »

Il s'était demandé si son chef n'était pas secrètement soulagé de l'envoyer au bout du monde.

Tu as peut-être raison, Don, songea-t-il en s'écartant pour laisser monter dans le train un petit groupe d'hommes d'affaires agités. *Il me reste un quart d'heure pour le découvrir.*

C'était à peine croyable. Il s'était mis à pleuvoir peu après qu'elle eut atteint New Cavendish Street, le ciel ayant viré à l'orange boueux, puis au noir. Comme pour obéir à un ordre tacite, tous les taxis étaient pris d'assaut. Elle leur faisait quand même signe, à tout hasard. *Vous ne comprenez pas que c'est urgent ?* avait-elle envie de leur crier. *Ma vie dépend de cette course !*

La pluie était devenue torrentielle ; elle tombait en rideaux, comme une tempête tropicale. Des parapluies se déployaient autour d'elle, manquant de l'éborgner tandis qu'elle restait plantée sur le bord du trottoir, d'abord un peu mouillée, puis carrément trempée.

Alors que la petite aiguille de sa montre s'approchait doucement du chiffre sept, le frisson d'excitation du début s'était changé en une panique indicible. Elle n'allait pas y être à temps. D'un instant à l'autre, Laurence allait partir à sa recherche et, même en abandonnant sa valise, elle ne pouvait y arriver à pied.

Comme une marée, l'angoisse montait en elle tandis que les véhicules passaient en un courant ininterrompu, projetant de grandes gerbes d'eau sur les passants inattentifs.

Ce fut en apercevant l'homme à la chemise rouge qu'elle entrevit la solution. Elle se mit à courir, bousculant les gens sur son passage, oublieuse du qu'en-dira-t-on. Elle suivit un itinéraire familier jusqu'à trouver la rue qu'elle recherchait, puis posa sa valise en haut de l'escalier et dévala les marches, les cheveux voletant derrière elle, pour entrer dans le club assombri.

Felipe se tenait derrière le bar, essuyant des verres. L'endroit était désert et semblait pétrifié dans une étouffante atmosphère d'immobilité, malgré la musique qui passait en arrière-fond.

— Il n'est pas là, ma petite dame, déclara Felipe sans même lever les yeux.

— Je sais.

Elle était tellement hors d'haleine qu'elle pouvait à peine parler.

— Mais c'est terriblement important. Vous avez une voiture ?

Le regard qu'il lui adressa n'avait rien d'amical.

— Peut-être.

— Est-ce qu'il serait possible que vous m'emmeniez à la gare ? À Paddington ?

— Vous voulez que je vous conduise quelque part ?

Il prit le temps de détailler ses vêtements dégoulinants, ses cheveux trempés et plaqués sur son crâne.

— Oui. Oui ! Je n'ai qu'un quart d'heure. Je vous en supplie.

Il semblait réfléchir. Elle remarqua un grand verre de whisky à moitié vide posé devant lui.

— S'il vous plaît ! Je ne vous demanderais pas ça si ce n'était pas terriblement important. C'est pour retrouver Tony, ajouta-t-elle en se penchant vers lui. Écoutez, j'ai de l'argent…

Elle fouilla dans ses poches à la recherche de ses billets et les sortit, humides et froissés.

Il passa la main par une porte ouverte derrière lui et sortit un trousseau de clés.

— Je ne veux pas de votre argent.

—Merci, oh, merci, souffla-t-elle. Faites vite! On a moins d'un quart d'heure.

La voiture de Felipe n'était garée qu'à quelques mètres de là, mais quand ils l'atteignirent, il était aussi trempé que Jennifer. Il prit place sans prendre la peine de lui ouvrir, la laissant batailler avec la poignée de sa portière et jeter sa valise dégoulinante sur le siège arrière.

—S'il vous plaît! Allez-y! cria-t-elle en écartant des mèches mouillées de son visage, mais il restait immobile sur le siège du conducteur, apparemment perdu dans ses pensées.

Oh, bon sang, ne soyez pas soûl, l'adjura-t-elle en silence. *S'il vous plaît, ne me dites pas maintenant que vous ne pouvez pas conduire, que vous n'avez plus d'essence ou que vous avez changé d'avis!*

—S'il vous plaît. Je n'ai pas beaucoup de temps! dit-elle en essayant de maîtriser l'angoisse dans sa voix.

—Madame Stirling? Avant que je vous conduise…

—Oui?

—Il faut que je sache… Tony, c'est quelqu'un de bien, mais…

—Je sais qu'il a été marié. Je sais pour son fils. Je sais tout! s'écria-t-elle impatiemment.

—Il est plus fragile qu'il ne le laisse paraître.

—Quoi?

—Ne lui brisez pas le cœur. Je ne l'ai jamais vu comme ça avec une femme. Si vous n'êtes pas sûre de votre décision, si vous pensez qu'il y a une chance, même infime, pour que vous reveniez vers votre mari, je vous supplie de ne pas faire ça.

La pluie tambourinait sur le toit de la petite voiture. Elle posa la main sur le bras du barman.

—Je ne suis pas… Je ne suis pas celle que vous croyez. Vraiment.

Il lui jeta un regard oblique.

— Je… veux seulement être avec lui. Je laisse tout tomber pour lui. C'est lui. C'est Anthony, murmura-t-elle, et ses propres mots lui donnèrent envie de rire pour déjouer la peur et l'angoisse qui la tenaillaient. Maintenant, partons ! Je vous en supplie !

— OK, fit-il en manœuvrant violemment le véhicule, faisant crisser les pneus. On va où, déjà ?

Il prit la direction d'Euston Road, puis frappa le bouton d'allumage des essuie-glaces. Jennifer songea distraitement aux fenêtres étincelantes de propreté de Mme Cordoza, puis ressortit la lettre de son enveloppe.

Mon cher et unique amour,
Je pensais tout ce que je t'ai dit. J'ai compris que la seule
façon d'avancer, c'est que l'un d'entre nous prenne une
grave décision…
Je vais accepter ce travail. Je serai sur le quai numéro 4,
à Paddington, à 19 h 15 vendredi soir.

— Quai numéro quatre ! hurla-t-elle. On a onze minutes. Vous pensez qu'on va…

PARTIE II

INDÉSIRABLE – NE VIENS PAS

Un homme à une femme, mariée de la guerre,
par télégramme

CHAPITRE 12

Été 1964

L'infirmière traversait lentement le service, poussant un chariot de gobelets en carton contenant des pilules multicolores. L'occupante du lit 16C murmura :

—Oh, mon Dieu, pas encore…

—Allons, on ne va pas faire d'histoires, n'est-ce pas ? susurra l'infirmière en posant un verre d'eau sur la table de chevet.

—Si j'avale encore un de ces cachets, je vais me mettre à délirer.

—Peut-être, mais nous devons empêcher la tension de remonter, n'est-ce pas ?

—*Nous* devons ? Je ne savais pas que c'était contagieux…

Assise sur la chaise à côté du lit, Jennifer prit le verre et le tendit à Yvonne Moncrieff, dont le ventre rond s'élevait comme un dôme sous les couvertures, étrangement déconnecté du reste de son corps.

Yvonne soupira. Elle glissa les pilules dans sa bouche et les avala docilement, puis adressa un sourire sarcastique à la jeune infirmière de la maternité, qui s'approchait déjà de la prochaine patiente.

—Jenny chérie, mets au point un plan d'évasion. Je ne supporterai pas de passer une autre nuit ici. Tous ces grognements, ces gémissements… Tu n'y croirais même pas si je te racontais.

— Je croyais que Francis allait te mettre dans un service privé.

— Il a changé d'avis en apprenant que je risquais de rester ici pendant des semaines. Tu sais comme il surveille ses dépenses. « Ma chérie, quel est l'intérêt d'une chambre individuelle alors que tu peux recevoir les mêmes soins gratuitement ? En plus, ici, tu pourras bavarder avec les autres femmes. »

Elle fit la grimace en tournant la tête vers la grosse femme au visage constellé de taches de rousseur qui occupait le lit voisin.

— Parce que, tu vois, j'ai tellement de choses en commun avec Lilo Lil ! Treize enfants ! Treize ! Moi qui pensais être un monstre avec trois bébés en quatre ans, penses-tu ! Je ne suis qu'une amatrice !

— Je t'ai apporté de nouveaux magazines, annonça Jennifer en les sortant de son sac.

— Oh, *Vogue*. Tu es un amour, mais je vais devoir te demander de le remporter. Je vais mettre des mois avant de pouvoir rentrer dans le moindre petit haut qu'on trouve entre leurs pages, et ça va me déprimer. Je vais me faire ajuster une nouvelle gaine dès le lendemain de l'accouchement… Allez, raconte-moi plutôt quelque chose d'intéressant !

— D'intéressant ?

— Que vas-tu faire de ta semaine ? Tu n'imagines pas la torture que c'est d'être coincée ici depuis des jours, gavée de pudding au lait, avec la taille d'une baleine et pas la moindre idée de ce qui peut bien se passer dans le monde !

— Oh… rien de bien excitant. Ce soir, on a une réception à je ne sais quelle ambassade… J'aurais préféré rester à la maison, mais Larry tient absolument à ce que je l'accompagne. Il y a eu une conférence à New York sur les maladies liées à l'amiante, et il veut aller leur dire que le Dr Selikoff, qui est à l'origine de tout ça, n'est qu'un imposteur.

— Mais les cocktails, les jolies robes…

—Non, j'avais plutôt envie de me blottir devant la télé en regardant *The Avengers*. Il fait trop chaud pour ce genre de mondanités…

—Ah, ne m'en parle pas! J'ai l'impression de porter sur moi un petit calorifère à cet endroit précis, soupira-t-elle en se tapotant le ventre. Oh! Je savais bien qu'il y avait une chose dont je voulais te parler! Mary Odin est passée me voir hier, et il paraît que Katherine et Tommy Houghton se sont mis d'accord pour divorcer. Et tu ne devineras jamais ce qu'ils font!

Jennifer secoua la tête.

—Un divorce à l'hôtel. Apparemment, il a accepté de se faire « surprendre » dans une chambre d'hôtel avec une autre femme. Ainsi, ils seront libérés de leur mariage sans devoir passer par les délais habituels. Mais attends, tu ne sais pas la meilleure…

—Non?

—D'après Mary, la femme qui a accepté d'être prise en photo avec lui est véritablement sa maîtresse! Cette pauvre Katherine pense qu'il paie quelqu'un pour le faire. Quant à la lettre d'amour qui lui sert de preuve, il lui a raconté qu'il avait demandé à une amie de l'écrire pour que ça ait l'air plus authentique. N'est-ce pas la chose la plus atroce que tu aies jamais entendue?

—Atroce.

—Je prie pour que Katherine ne vienne pas me voir, car je sais que je serais incapable de garder le secret. Pauvre femme! Tout le monde est au courant sauf elle.

Jennifer prit un magazine et le feuilleta, commentant telle recette ou tel modèle de robe pour distraire son amie. Puis elle se rendit compte qu'Yvonne ne l'écoutait pas.

—Ça ne va pas? s'enquit-elle en posant la main sur la couverture. Tu veux que j'aille te chercher quelque chose?

—Surveille-le pour moi, tu veux bien?

La voix d'Yvonne était calme, mais ses doigts enflés battaient nerveusement sur les draps.

— Qui ça ?

— Francis. Il faut que je sache s'il reçoit des visites inhabituelles. De femmes, précisa-t-elle, le visage résolument tourné vers la fenêtre.

— Oh, je suis sûre que Francis…

— Jenny ? Fais-le pour moi, d'accord ?

Il y eut un court silence. Jennifer s'intéressa soudain à un fil collé sur sa jupe.

— Bien sûr.

— Bon, fit Yvonne, désireuse de changer de sujet, dis-moi ce que tu vas porter ce soir. Je vais me répéter, mais je n'attends plus qu'une chose, c'est de retrouver des vêtements civils. Tu sais que mes pieds ont doublé de volume ? Si ça continue, je vais sortir d'ici en bottes en caoutchouc.

Jennifer se leva et prit son sac, qu'elle avait laissé sur le dossier d'une chaise.

— Oh, j'ai failli oublier : Violet a dit qu'elle passerait après l'heure du thé.

— Mon Dieu… Encore un compte-rendu des terribles problèmes de constipation du petit Frederick…

— Je viendrai te voir demain si j'ai le temps.

— Amuse-toi bien, ma chérie. Je donnerais cher pour assister à une réception au lieu d'être coincée ici, à subir les jacasseries de Violet, soupira Yvonne. Passe-moi cet exemplaire de *Queen* avant de partir, tu veux bien ? Qu'est-ce que tu penses de la coiffure de Jean Shrimpton ? Ça ressemble un peu à celle que tu avais pour cet affreux souper chez Maisie Barton-Hulme.

Jennifer entra dans la salle de bains, ferma la porte à clé et laissa sa robe de chambre glisser à ses pieds. Elle avait préparé les vêtements qu'elle comptait porter ce soir-là : une robe trapèze de soie brute, d'une jolie couleur bordeaux, avec un châle en soie. Elle allait se faire un chignon et mettre les boucles d'oreilles en rubis que Laurence lui avait offertes pour son trentième anniversaire. Il se plaignait de la voir rarement les porter. S'il dépensait de l'argent pour elle, disait-il, le moins qu'elle pouvait faire était de le montrer.

Une fois son choix arrêté, elle s'étendrait dans son bain. Elle en sortirait juste à temps pour se vernir les ongles, puis s'habillerait et, à l'heure où Laurence rentrerait à la maison, elle apporterait la touche finale à son maquillage. Elle ferma les robinets et observa son reflet dans le miroir de l'armoire à pharmacie, essuyant le verre couvert par la buée. Elle se contempla ainsi jusqu'à ce que la buée revienne. Puis elle ouvrit l'armoire et fouilla parmi les flacons bruns qui s'entassaient sur le rayon du haut jusqu'à avoir trouvé ce qu'elle cherchait. Elle avala deux pilules de Valium, qu'elle fit descendre avec l'eau du verre à dents. Elle hésita devant le pentobarbital, mais renonça : elle voulait être en état de boire de l'alcool.

Elle entra dans la baignoire en entendant claquer la porte d'entrée, signe que Mme Cordoza était rentrée du parc, et se laissa glisser dans l'eau chaude et réconfortante.

Laurence avait appelé pour prévenir qu'il serait de nouveau en retard. Elle s'assit sur le siège arrière de la voiture tandis qu'Eric, le chauffeur, négociait les rues brûlantes et desséchées pour s'arrêter enfin devant les bureaux de son mari.

— Voulez-vous attendre dans la voiture, madame Stirling ?

— Oui, merci.

Elle regarda le jeune homme gravir les marches d'un pas vif et disparaître dans le bâtiment. Elle n'avait plus envie d'entrer dans les bureaux. Elle y faisait de rares apparitions lorsque Laurence insistait, à l'occasion de réceptions ou pour souhaiter un joyeux Noël au personnel, mais l'endroit la mettait mal à l'aise. L'assistante de direction la regardait toujours d'un air dédaigneux, comme si elle lui avait fait du tort. Peut-être était-ce le cas. Ces derniers temps, elle avait du mal à savoir ce qu'elle avait fait de travers.

La porte s'ouvrit devant Laurence, impeccable dans son costume de tweed gris foncé. Sans tenir compte de la température, Laurence Stirling portait toujours ce qu'il estimait approprié. Il trouvait incompréhensibles les nouvelles modes masculines.

—Ah, tu es là, dit-il en se glissant à côté d'elle sur la banquette arrière, apportant avec lui une bouffée d'air chaud.

—Oui.

—Tout va bien à la maison ?

—Tout va bien.

—Est-ce que le garçon qui devait lessiver le perron est passé ?

—Juste après ton départ.

—Je voulais rentrer à 18 heures… Maudits appels transatlantiques. Ils les passent toujours plus tard que prévu.

Elle hocha la tête. Elle savait que son mari n'attendait pas une réponse.

Ils s'engagèrent dans la circulation du soir. De l'autre côté de Marylebone Road, Jennifer entraperçut le mirage vert de Regent's Park ; non loin de là, des jeunes filles marchaient en petits groupes sur les trottoirs brûlants, s'arrêtant tous les trois pas pour échanger de joyeuses exclamations. Dernièrement, elle s'était mise à se sentir vieille face à ces poupées filiformes, avec leurs minijupes bleues et leur maquillage effronté. Elles ne semblaient pas se soucier le moins du monde de ce qu'on pensait d'elles.

Elles n'ont probablement que dix ans de moins que moi, songeait Jennifer, *mais, à côté, j'ai l'air d'être de la même génération que ma mère.*

—Oh. Tu as mis cette robe-là, fit remarquer Laurence d'une voix lourde de désapprobation.

—J'ignorais que tu ne l'aimais pas.

—Je n'ai pas d'avis particulier sur la robe en elle-même. Je pensais seulement que tu aurais voulu porter quelque chose qui te donnerait l'air un peu moins… maigre.

Ça n'en finirait jamais : même quand elle pensait avoir protégé son cœur d'une cuirasse indestructible, il trouvait toujours moyen de la percer.

Elle déglutit.

—Maigre. Merci. Mais je ne pense pas pouvoir y remédier maintenant.

—Ne fais pas tant d'histoires. J'aimerais simplement que tu fasses plus attention à ta présentation. Et tu pourrais mettre un peu plus de cette chose que tu t'étales sur le visage, ajouta-t-il en lui jetant un bref regard critique. Tu as l'air épuisée.

Il s'installa confortablement sur la banquette et alluma un cigare.

—Allons, Eric, plus vite. Je veux être arrivé pour 19 heures.

Avec un ronronnement docile, le véhicule accéléra. Jennifer se tourna vers les rues encombrées et ne dit plus rien.

Gracieuse. Calme. D'humeur toujours égale. C'était ainsi que la décrivaient ses amis, ainsi que ceux de Laurence et ses associés. Mme Stirling, ce parangon de vertu féminine, d'une dignité parfaite, jamais encline à l'excitation et à l'hystérie comme tant d'autres épouses moins dignes de ce nom. Parfois, lorsque ces compliments lui étaient adressés à portée de voix de Laurence, celui-ci s'esclaffait : « Une femme parfaite ? Si seulement ils savaient, hein, chérie ? » Les hommes riaient poliment, et Jennifer aussi souriait. Souvent, ces soirées se terminaient mal. Par moments, en surprenant les regards fugaces qu'échangeaient Yvonne et Francis après une remarque tranchante de Laurence, elle soupçonnait que leur relation avait dû faire l'objet de spéculations privées. Mais personne ne l'interrogeait. Après tout, la vie conjugale d'un homme ne regardait que lui. Yvonne et Francis étaient de bons amis, trop bien élevés pour s'immiscer.

— Et voici la charmante Mme Stirling. Quelle beauté! s'exclama l'attaché sud-africain en lui prenant les mains pour l'embrasser sur les deux joues.

— Pas trop maigre? demanda-t-elle d'un air innocent.

— Je vous demande pardon?

— Non, rien, sourit-elle. Vous êtes terriblement élégant, Sebastian. Le mariage vous réussit.

— Malgré toutes mes mises en garde, hein? lâcha Laurence avec une petite tape dans le dos du jeune homme.

Les deux hommes éclatèrent de rire et Sebastian Thorne, rayonnant comme un homme toujours en lune de miel, sourit fièrement.

— Pauline est là-bas, si vous voulez lui dire bonjour, Jennifer. Je sais qu'elle a hâte de vous voir.

— J'y vais, dit-elle, heureuse de pouvoir échapper à son mari aussi tôt dans la soirée. Excusez-moi.

Quatre ans avaient passé depuis l'accident. Quatre ans durant lesquels Jennifer avait vécu avec le deuil, la culpabilité et la perte d'une histoire d'amour dont elle ne se souvenait qu'à moitié, et s'était épuisée en vain pour sauver son mariage.

Dans les rares occasions où elle s'était autorisée à y songer, elle avait décidé qu'une sorte de folie avait dû s'emparer d'elle après avoir trouvé ces lettres. Elle se souvenait de ses efforts frénétiques pour découvrir l'identité de Boot, de son imprudente méprise avec Reggie, et avait presque l'impression que ces événements étaient arrivés à quelqu'un d'autre. Ressentir une pareille passion, éprouver un désir aussi intense lui était devenu inimaginable. Longtemps, elle avait été repentante. Elle avait trahi Laurence, et son seul espoir de rédemption était de se racheter auprès de lui. C'était le moins qu'il pouvait attendre d'elle. Elle s'était attelée à la tâche et avait banni de son esprit toute pensée pour un autre que lui.

Les lettres, celles qui restaient, étaient depuis longtemps consignées dans une boîte à chaussures dissimulée au fond de sa garde-robe.

À présent, elle regrettait de ne pas avoir su que la colère de Laurence serait si corrosive, si durable. Elle ne lui avait demandé qu'un peu de compréhension, une deuxième chance, mais il avait pris un plaisir presque sadique à lui rappeler toutes les offenses qu'elle lui avait fait subir. Il n'aimait pas mentionner explicitement sa trahison – après tout, cela impliquait une perte de contrôle de sa part, et elle comprenait à présent que Laurence éprouvait un besoin maladif de contrôler tous les aspects de son existence –, mais tous les moyens étaient bons pour lui rappeler quotidiennement ses faiblesses. La façon dont elle s'habillait. La façon dont elle tenait la maison. Son incapacité à le rendre heureux. Elle se disait parfois qu'elle allait le payer pour le restant de ses jours.

Depuis un an environ, il se montrait tout de même moins lunatique. Elle le soupçonnait d'avoir pris une maîtresse. Cette pensée ne la contrariait pas, bien au contraire : elle était soulagée. Ses exigences étaient devenues moins pressantes, moins épuisantes. Ses piques verbales semblaient presque machinales, comme une habitude trop enracinée dont on ne prend pas le temps de s'affranchir.

Le Valium l'aidait à tenir, comme M. Hargreaves l'avait promis. Et si ses sentiments étaient devenus étrangement plats, elle se disait que c'était probablement le prix à payer pour aller mieux. Oui, comme Laurence le lui faisait souvent remarquer, elle était parfois ennuyeuse. Elle ne pétillait peut-être plus à la table du dîner, mais au moins, grâce à ses pilules, elle ne fondait plus en larmes à des moments inopportuns et parvenait sans trop de mal à trouver le sommeil. Elle ne craignait plus les sautes d'humeur de son mari et pouvait surmonter son dégoût quand il s'approchait d'elle le soir. Et, surtout, elle n'était plus tenaillée par la douleur pour tout ce qu'elle avait perdu et tout ce dont elle était responsable.

Non. Jennifer Stirling traversait ses journées avec majesté, impeccablement coiffée et maquillée, un charmant sourire sur le visage. Digne, d'humeur égale, Jennifer donnait les dîners les plus raffinés, tenait parfaitement sa maison, avait tous les meilleurs contacts. Une épouse idéale pour un homme de sa qualité.

Et il y avait des compensations. Elle y avait droit.

— Je suis euphorique à l'idée qu'on possède notre propre maison, déclara Pauline Thorne. Vous n'avez pas ressenti la même chose quand vous et M. Stirling étiez jeunes mariés?

— Je ne me rappelle pas.

Elle jeta un coup d'œil à Laurence, qui conversait avec Sebastian en soufflant la fumée de son sempiternel cigare. Des ventilateurs vrombissaient paresseusement au plafond; les femmes se tenaient en dessous par petits groupes, couvertes de bijoux, se tamponnant le cou avec de fins mouchoirs de dentelle.

Pauline Thorne sortit un petit portefeuille renfermant des photographies de leur nouvelle maison.

— On a choisi un mobilier moderne, expliqua-t-elle. Sebastian m'a laissée faire à mon idée.

Jennifer songea à sa propre demeure, ses lourds meubles d'acajou, son décor sinistre. Elle admira les chaises blanches et immaculées des clichés, tellement lisses qu'on aurait dit des coquilles d'œuf, les tapis de couleurs vives, les œuvres d'art moderne sur les murs. Laurence estimait que sa maison devait être le reflet de sa personnalité. Il la voyait majestueuse, empreinte d'un sentiment historique. En regardant les photographies, Jennifer se rendit compte qu'elle trouvait ça pompeux, rétrograde. Étouffant. Puis elle se reprit. *Beaucoup de gens rêveraient de vivre dans une maison comme la mienne*, songea-t-elle.

— Les photos vont paraître dans *Your House* le mois prochain. La mère de Seb est horrifiée. Chaque fois qu'elle pose un pied dans notre salon, elle dit qu'elle a l'impression de s'être fait enlever par des extraterrestres. (La jeune femme éclata de rire, et Jennifer sourit.) Quand je lui ai annoncé que je pensais convertir l'une des chambres en nursery, elle a répliqué que, à en juger par le reste du décor, j'allais probablement pondre un bébé dans un œuf en plastique.

— Vous désirez des enfants ?

— Pas tout de suite. Pas même avant un bon moment…

Elle posa la main sur le bras de Jennifer.

— J'espère que vous ne serez pas gênée si je vous parle de ça, mais on vient de rentrer de lune de miel. Avant que je parte, ma mère m'a fait son grand discours. Vous savez… que je dois me soumettre à Seb, que ça pourrait être « un peu déplaisant ».

Jennifer cilla.

— Elle pensait vraiment que je serais traumatisée. Mais ce n'est pas du tout comme ça que ça se passe, n'est-ce pas ?

Jennifer but une gorgée de son cocktail.

— Oh, suis-je terriblement indiscrète ?

— Pas du tout, répondit poliment Jennifer, soupçonnant son visage d'afficher une terrifiante absence d'expression. Voulez-vous un autre verre, Pauline ? demanda-t-elle quand elle eut retrouvé l'usage de la parole. Je crois que le mien est vide.

Elle s'installa sur le siège des toilettes et ouvrit son sac à main. Elle dévissa le bouchon de la petite bouteille brune et prit un nouveau comprimé de Valium. Un seul, et peut-être un autre verre. Puis elle resta assise un instant, attendant que son rythme cardiaque revienne à la normale, et ouvrit son poudrier pour rafraîchir un maquillage encore impeccable.

Pauline avait semblé blessée quand Jennifer était partie, comme si celle-ci venait de traiter ses confidences avec dédain.

Pauline se comportait comme une petite fille tout excitée d'avoir été admise dans le monde des adultes.

Avait-elle ressenti la même chose pour Laurence ? se demanda-t-elle tristement. Parfois, elle passait devant la photo de mariage qui trônait dans l'entrée et avait l'impression de voir des étrangers. La plupart du temps, elle essayait de l'ignorer. Quand elle était dans un mauvais état d'esprit, comme Laurence le lui reprochait souvent, elle avait envie de crier à cette jeune fille aux grands yeux naïfs de ne jamais se marier. À présent, beaucoup de femmes s'en passaient. Elles avaient leur carrière, leur argent, et ne se sentaient pas obligées de faire attention à tout ce qu'elles disaient ou faisaient pour ne pas blesser la susceptibilité du seul homme dont l'opinion semblait importer.

Elle essaya de ne pas imaginer Pauline Thorne dans dix ans, lorsque les mots d'adoration de Sebastian auraient été oubliés depuis longtemps et que les exigences du travail, des enfants, les soucis d'argent ou simplement la routine quotidienne auraient eu raison de sa fraîcheur. Elle ne devait pas être aigrie. Elle devait laisser la jeune fille vivre son bonheur. Après tout, son histoire pouvait évoluer différemment.

Elle prit une profonde inspiration et se remit du rouge à lèvres.

Quand elle revint à la fête, Laurence était passé à un autre groupe. Elle resta sur le pas de la porte, le regardant s'incliner devant une jeune femme qu'elle ne connaissait pas. Il écoutait attentivement ce qu'elle racontait, sans la quitter des yeux. Puis elle fit une remarque, et tous les hommes s'esclaffèrent. Laurence lui glissa quelques mots à l'oreille, et elle hocha la tête en souriant. Elle devait le trouver absolument charmant.

Il était 21 h 50. Elle aurait aimé partir, mais elle savait qu'il valait mieux ne pas presser son mari. Ils ne s'en iraient que lorsqu'il serait prêt.

Le serveur s'approcha et lui présenta un plateau d'argent chargé de flûtes de champagne.

— Madame ?

Sa maison lui semblait soudain à une distance impossible à couvrir.

— Merci, dit-elle en prenant un verre.

C'est alors qu'elle l'aperçut, en partie dissimulé derrière les palmiers en pot. Son regard passa d'abord sur lui sans le voir, puis une petite voix lui souffla qu'elle avait autrefois connu un homme dont les cheveux trop longs retombaient ainsi sur le col de sa chemise. Il y avait eu une période – un an auparavant, peut-être même plus – où elle l'avait vu partout : son torse, ses cheveux, son rire, transplantés sur d'autres hommes.

Son interlocuteur éclata de rire, secouant la tête comme pour le supplier de ne pas continuer. Ils trinquèrent. Puis il se retourna.

Le cœur de Jennifer cessa de battre. La pièce sembla se figer, puis s'incliner. Elle ne sentit pas sa flûte lui glisser entre les doigts, ne fut que vaguement consciente du bruit de verre brisé qui résonna dans le vaste atrium, du bref silence qui s'ensuivit, des bruits de pas d'un serveur qui s'empressait de venir nettoyer. Elle entendit Laurence, à quelques pas de là, émettre une remarque désobligeante. Elle était clouée sur place. Puis le serveur lui posa la main sur le bras.

— Reculez, madame, s'il vous plaît, reculez.

La pièce s'emplit de nouveau du murmure des conversations. La musique continua. Et, alors qu'elle le dévisageait, l'homme croisa son regard.

Un conseil : la prochaine fois que tu sors avec une mère célibataire, n'attends pas des mois pour te faire présenter à son fils.
N'emmène pas ledit fils jouer au foot. Ne t'amuse pas à jouer les familles heureuses dans une pizzeria. Ne dis pas des trucs du genre « Qu'est-ce qu'on s'amuse bien tous ensemble » avant de te barrer parce que, comme tu le dis si bien, TU N'AS JAMAIS ÉTÉ SÛR DE L'AIMER VRAIMENT.

Une femme à un homme, par carte postale

CHAPITRE 13

—J e ne sais pas. Je pensais qu'on en avait fini avec cette
partie du monde. Pourquoi vouloir y retourner ?

—C'est une grosse histoire, et je suis le meilleur pour
le job.

—Tu fais du bon boulot aux Nations unies. Le patron
est satisfait.

—Mais la vraie histoire se passe au Congo, Don, tu le sais.

Malgré sa promotion au poste de rédacteur en chef, le
bureau de Don Franklin et l'homme lui-même avaient peu
changé depuis qu'Anthony O'Hare avait quitté l'Angleterre.
Chaque année, Anthony était rentré pour rendre visite à
son fils et faire une apparition en salle de rédaction, et
chaque année les fenêtres étaient un peu plus imprégnées
de nicotine et les immenses piles de coupures de presse
vacillaient davantage.

—J'aime ces choses telles qu'elles sont, disait Don à qui
voulait l'entendre. Et puis, d'abord, qu'est-ce que je ferais
d'une vue plus claire sur cette pluie déprimante ?

Cela dit, le bureau miteux et jonché de paperasses de Don
était une anomalie. *La Nation* évoluait. Ses pages étaient plus
épaisses et plus brillantes, adressées à un lectorat plus jeune. Il
y avait des articles de fond regorgeant d'astuces beauté et de
discussions sur les derniers courants musicaux, des courriers
de lecteurs sur la contraception, une rubrique « potins »
détaillant les affaires d'adultère des célébrités… Dans les
bureaux du journal, au milieu des hommes aux manches de

chemise retroussées, des filles en jupe courte faisaient la queue à la photocopieuse et se retrouvaient en petits groupes dans les couloirs, interrompant leurs conversations pour jeter des coups d'œil aguicheurs sur son passage. Les filles de Londres étaient devenues plus effrontées. Anthony était rarement seul lors de ses visites en ville.

— Tu le sais aussi bien que moi. Personne ici n'a mon expérience de l'Afrique. Et ce n'est plus uniquement le personnel du consulat américain qui est pris en otage, ce sont tous les Blancs sans distinction. Il se passe des choses terribles dans le pays – les leaders Simba se moquent de ce que font les rebelles. Allez, Don! Tu ne vas pas me dire que Phipps est le meilleur pour ce boulot? Ou MacDonald?

— Je ne sais pas, Tony.

— Crois-moi, les Américains n'apprécient pas que leur missionnaire, Carlson, soit montré partout comme une monnaie d'échange. On parle d'une opération de sauvetage, ajouta-t-il en baissant la voix. Le nom qui circule, c'est «Dragon rouge».

— Tony, je ne sais pas si le patron veut envoyer quelqu'un là-bas pour le moment. Ces rebelles sont fous à lier.

— Qui a de meilleurs contacts que moi? Qui en sait plus que moi sur le Congo, sur les Nations unies? J'ai passé quatre ans dans ce labyrinthe, Don, quatre putains d'années! Tu as besoin de moi là-bas. Et moi, j'ai besoin d'y aller.

Il vit que Don était sur le point de se laisser fléchir. L'autorité que lui avaient value ses années de terrain et son apparence policée ajoutaient un poids certain à ses revendications. Pendant quatre ans, il avait fidèlement rapporté les tours et détours politiques qui s'étaient joués dans le labyrinthe des Nations unies.

La première année, il n'avait pensé qu'à se lever le matin et faire son travail. Puis, de nouveau, il avait dû combattre cette impression tenace que la vraie histoire, que sa vraie vie, se déroulait ailleurs, loin de l'endroit où il se trouvait. À présent, le Congo menaçait d'imploser, vacillant au bord du chaos depuis l'assassinat de Lumumba, et son chant de sirène, autrefois un murmure distant, devenait insistant.

— Les règles du jeu ont changé là-bas, dit Don. Je n'aime pas ça. Je ne suis pas sûr qu'il faille envoyer qui que ce soit dans ce pays tant que la situation ne s'est pas stabilisée.

Malheureusement, Don connaissait aussi bien qu'Anthony la malédiction des reportages de guerre : ça vous donnait une notion très manichéenne du bien et du mal ; ça vous faisait monter l'adrénaline et vous emplissait de sentiments passionnés, de désespoir, de camaraderie… Il était très facile de se laisser consumer, mais quiconque y avait goûté éprouvait par la suite les plus grandes difficultés à savourer les efforts banals d'une vie ordinaire à la maison.

Tous les matins, Anthony passait des coups de fil et épluchait les journaux, interprétant les événements. Cette crise allait prendre une ampleur historique : il le sentait dans ses tripes. Il devait se rendre sur place, la sentir, la faire revenir sur le papier. Pendant quatre ans, il avait été comme mort. Il lui fallait être au cœur de l'action pour se sentir revivre.

Anthony se pencha sur le bureau.

— Écoute, Philmore m'a dit que le chef m'avait demandé expressément. Tu as envie de le décevoir ?

Don alluma une nouvelle cigarette.

— Bien sûr que non. Mais il n'était pas là quand tu as…

Il tapota sa cigarette sur le bord d'un cendrier qui débordait déjà.

— Alors c'est ça ? Tu as peur que je disjoncte encore ?

Le petit rire gêné de Don lui confirma tout ce qu'il avait à savoir.

— Je n'ai pas bu un verre depuis des années. Je suis *clean*. Et je vais me faire vacciner contre la fièvre jaune, si c'est ça qui t'inquiète.

—C'est pour toi que je m'inquiète, Tony. C'est risqué. Écoute. Qu'est-ce que tu fais de ton fils ?

—Il n'a rien à voir là-dedans.

Avec un peu de chance, il recevait deux lettres par an. Clarissa ne pensait qu'au bien de Phillip, bien sûr : il valait mieux pour lui de ne pas trop subir la perturbation d'un face-à-face avec son propre père.

—Laisse-moi partir trois mois. Tout sera terminé à la fin de l'année. C'est ce que tout le monde dit.

—Je ne sais pas…

—Est-ce que j'ai une seule fois dépassé un délai ? Est-ce que je n'ai pas rapporté des tas de bons articles ? Pour l'amour de Dieu, Don, tu as besoin de moi là-bas. Le journal a besoin de moi là-bas. Il faut quelqu'un sur place qui connaît la région. Quelqu'un qui a des contacts. Imagine un peu : « Notre reporter au Congo au moment de la libération les otages ». Allez, fais-le pour moi, Don !

—Tu as encore la bougeotte, hein ?

—Je sais où il faut que je sois.

Don gonfla les joues comme un hamster, puis souffla bruyamment.

—OK. Je vais en parler au grand patron. Je ne te promets rien… mais je lui parlerai.

—Merci, dit Anthony en se levant pour partir.

—Tony.

—Quoi ?

—Tu as l'air en pleine forme.

—Merci.

—Je le pense. Ça te dirait d'aller boire un verre ce soir ? Toi, moi et quelques vieux amis ? Miller est en ville. On pourrait aller se prendre quelques bières – ou bien de l'eau avec des glaçons, du Coca, tout ce que tu veux.

—J'ai prévu d'aller à une réception avec Douglas Gardiner.

—Ah ?

—À l'ambassade d'Afrique du Sud. Il faut bien que j'entretienne mes contacts.

Don hocha la tête, résigné.

—Gardiner, hein ? Dis-lui de ma part qu'il écrit comme un pied gauche.

Debout à côté du placard aux fournitures, Cheryl, la secrétaire, lui adressa un clin d'œil lorsqu'il passa devant elle en sortant. Un véritable clin d'œil. Anthony O'Hare se demanda à quel point les choses avaient changé depuis son départ.

—Un clin d'œil ? Tony, vieux brigand, tu as eu de la chance qu'elle ne t'ait pas entraîné avec elle dans ce placard !

—Je ne suis parti que quelques années, Dougie. C'est toujours le même pays.

—Non, fit Douglas en embrassant la pièce du regard. Non, ce n'est plus le même pays. Londres est devenu le centre du monde. Tout se passe ici, mon vieux. L'égalité homme-femme n'en est que la moitié.

Il y avait, Anthony devait le reconnaître, un fond de vérité dans ce qu'avait dit Douglas. Même l'aspect extérieur de la ville avait changé : nombreuses étaient les petites rues qui avaient disparu, tout comme les façades décrépites aux lignes élégantes et les échos des pénuries de l'après-guerre. Tout cela avait laissé la place à des enseignes au néon, des boutiques de prêt-à-porter pour femmes avec des noms comme *Party Girl* ou *Jet Set*, des restaurants exotiques et des gratte-ciel. Chaque fois qu'il revenait à Londres, Anthony se sentait un peu plus étranger : ses points de repère habituels s'évanouissaient, et ceux qui restaient se retrouvaient dans l'ombre de la Post Office Tower ou autres réalisations futuristes du même architecte. L'immeuble où il avait vécu avait été détruit pour être remplacé par une construction d'allure brutale et moderniste. Le jazz club d'Alberto s'était métamorphosé en bar rock'n'roll. Même les vêtements étaient plus tapageurs. Les gens de sa génération, en marron et bleu marine, semblaient plus vieux et dépassés qu'ils ne l'étaient en réalité.

—Alors… Ça te manque d'être sur le terrain ?

—Non. Tout le monde doit déposer les armes un jour ou l'autre, pas vrai ? Et une chose est sûre, c'est qu'il y a des tas de femmes sublimes dans ce boulot. Et New York, c'est comment ? Qu'est-ce que tu penses du président Johnson ?

—Ce n'est pas un Kennedy, c'est certain… Mais qu'est-ce que tu fais maintenant ? Tu t'incrustes dans la haute société ?

—Les temps ont changé depuis que tu es parti, Tony. Les infidélités des femmes d'ambassadeur, ça n'intéresse plus personne. Maintenant, il n'y en a plus que pour les pop stars – les Beatles et Cilla Black. Pas le moindre pedigree. Les carnets mondains sont devenus très égalitaires.

Soudain, un bruit de verre brisé résonna dans la vaste salle de bal. Les deux hommes interrompirent leur conversation.

—Oups. Quelqu'un a bu un verre de trop, fit remarquer Douglas. Certaines choses ne changeront pas : ces dames ne tiendront jamais l'alcool.

—Par contre, j'ai l'impression que certaines filles du journal n'auraient aucun mal à me faire rouler sous la table, fit remarquer Anthony avec un frisson.

—Toujours sobre ?

—Depuis plus de trois ans.

—Tu n'aurais pas tenu aussi longtemps si tu faisais mon boulot. Ça te manque ?

—Tous les jours.

Douglas, qui avait cessé de rire, regardait derrière lui. Anthony jeta un coup d'œil par-dessus son épaule.

—Tu dois parler à quelqu'un ? demanda-t-il en se décalant poliment sur le côté.

— Non, répondit Douglas en plissant les yeux. Je croyais que cette femme me regardait, mais je pense que c'est pour toi. Elle te dit quelque chose ?

Anthony se retourna – et eut comme une absence. Puis l'évidence le frappa, avec l'inévitable brutalité d'un boulet de destruction. Bien sûr qu'elle était là. La seule personne à qui il avait essayé de ne pas penser. La seule personne qu'il avait espéré ne plus jamais revoir. Il était revenu en Angleterre pour un peu moins d'une semaine, et elle était là. Le premier soir où il sortait.

Il étudia sa robe rouge sombre, sa posture presque parfaite qui la démarquait de toutes les autres femmes de la pièce. Lorsque leurs yeux se rencontrèrent, elle sembla vaciller.

— Ah non, ce n'était pas pour toi, dit Douglas. Regarde, elle part vers le balcon. Hé, je sais qui c'est. C'est…

Il claqua des doigts.

— Stirling. La femme de Stirling. Le magnat de l'amiante. Ça te dérange si j'y vais ? Ça pourrait me faire un paragraphe. Il y a quelques années, cette femme était une sacrée hôtesse. Ils vont sûrement mettre un article sur Elvis Presley à la place, mais on ne sait jamais…

Anthony déglutit.

— Bien sûr.

Il redressa son col, prit une grande inspiration et suivit son ami à travers la foule.

— Madame Stirling.

Elle leur tournait le dos, perdue dans la contemplation des rues encombrées de Londres. Sa coiffure était une véritable sculpture de boucles satinées, et elle avait orné son cou d'un collier de rubis. Elle se retourna lentement, et sa main se leva vers sa bouche.

Ça devait finir par arriver, se dit-il. Mais la voir ainsi, être obligé de la rencontrer, lui permettrait peut-être enfin de tourner la page. Malheureusement, il n'avait pas la moindre idée de ce qu'il pourrait lui dire. Allaient-ils s'engager dans un échange poli ? Allait-elle se trouver une excuse pour s'éloigner et passer droit devant lui sans même se retourner ? Était-elle gênée de ce qui s'était passé ? Se sentait-elle coupable ? Était-elle tombée amoureuse d'un autre ? Il était assailli de pensées contradictoires.

Douglas lui tendit la main, qu'elle serra, mais ses yeux restaient fixés sur Anthony. Elle était livide.

— Madame Stirling ? Douglas Gardiner, de l'*Express*. Nous nous sommes rencontrés à Ascot, il me semble, l'été dernier.

— Ah oui, dit-elle.

Sa voix tremblait.

— Je suis désolée, murmura-t-elle. Je… je…

— Vous allez bien ? Vous êtes atrocement pâle.

— Je… Je me sens un peu faible.

— Voulez-vous que j'aille chercher votre mari ? proposa Douglas en lui prenant le coude.

— Non ! s'écria-t-elle. Non. Juste un verre d'eau, demanda-t-elle en s'efforçant de reprendre son souffle. Si vous voulez bien.

Douglas adressa à Anthony un regard en coulisse. *Qu'est-ce qui se passe ici ?*

— Tony… tu veux bien rester une minute avec Mme Stirling ? Je reviens.

Douglas s'éloigna, et lorsque la porte-fenêtre se referma derrière lui, étouffant la musique, ils ne furent plus que tous les deux. Les yeux de Jennifer étaient grands ouverts, effrayants. Elle semblait incapable de parler.

— C'est si terrible que ça ? De me voir, je veux dire ? demanda-t-il sans parvenir à réprimer la légère agressivité de sa voix.

Elle cilla, détourna les yeux, puis le regarda de nouveau, comme pour s'assurer qu'elle n'était pas victime d'une hallucination.

—Jennifer? Tu veux que je m'en aille? Je suis désolé. Je ne voulais pas te déranger. Mais Dougie…

—On m'a dit… On m'a dit que tu… que tu étais mort, articula-t-elle alors que les mots s'étranglaient dans sa gorge.

—Mort?

—Dans l'accident.

Elle transpirait, le teint pâle et cireux. L'espace d'un instant, il se demanda si elle n'allait pas s'évanouir. Il s'avança vers elle et la pilota vers le bord du balcon, enlevant sa veste pour lui permettre de s'asseoir dessus. Elle se laissa tomber, la tête entre les mains, et émit un sourd gémissement.

—Tu ne peux pas être là.

On aurait dit qu'elle se parlait à elle-même.

—Quoi? Je ne comprends pas.

Il se demanda si elle n'était pas devenue folle.

Elle leva les yeux.

—On était en voiture. Il y a eu un accident… Ça ne peut pas être toi! Ce n'est pas possible!

Son regard descendit vers les mains d'Anthony, comme si elle s'attendait à les voir disparaître.

—Un accident? répéta-t-il en s'agenouillant à côté d'elle. Jennifer, la dernière fois que je t'ai vue, c'était dans un club, pas dans une voiture.

Elle secouait la tête, apparemment perdue.

—Je t'ai écrit une lettre…

—Oui.

—… pour te demander de partir avec moi.

Elle hocha la tête.

—Et je t'ai attendue à la gare. Tu n'es pas venue. Je me suis dit que tu avais pris ta décision. Puis j'ai reçu ta lettre, qu'on m'a fait suivre, où tu invoquais à plusieurs reprises le fait que tu étais mariée.

Il parvenait à formuler posément les événements, comme si ça n'avait pas eu la moindre importance, comme s'il n'avait attendu qu'une vieille amie. Comme si son absence n'avait pas gâché sa vie, ruiné son bonheur, pendant quatre longues années.

—Mais j'étais partie te retrouver.

Ils se regardèrent longuement.

Puis elle s'enfouit de nouveau le visage entre les mains, les épaules agitées de soubresauts. Il se leva, jeta un bref regard en direction de la salle de bal illuminée, et lui posa la main sur l'épaule. Elle tressaillit, comme s'il venait de la brûler. Il percevait les lignes de son dos à travers sa robe, et sa gorge se serra. Il était incapable de penser clairement. Incapable de penser tout court.

—Et pendant tout ce temps, murmura-t-elle en levant vers lui des yeux embués de larmes, pendant tout ce temps… tu étais en vie.

—J'ai cru… que tu ne voulais pas partir avec moi.

—Regarde !

Elle remonta sa manche, dévoilant la ligne dentelée, argentée, qui lui parcourait le bras.

—J'ai été amnésique. Pendant des mois. Je n'ai encore que très peu de souvenirs de cette période. Il m'a dit que tu étais mort. Il m'a dit…

—Mais tu n'as pas lu mon nom dans les journaux ? J'y écris des articles presque quotidiennement.

—Je ne lis pas les journaux. Plus maintenant. À quoi bon ?

Anthony chancela à son tour, toutes les implications de ce qu'elle venait de raconter commençant à faire leur chemin dans son esprit. Jennifer se tourna vers la porte-fenêtre, rendue presque opaque par la buée, puis s'essuya les yeux du bout des doigts. Il lui offrit son mouchoir, qu'elle prit timidement, comme si elle avait peur d'entrer en contact avec sa peau.

—Je ne peux pas rester dehors, dit-elle une fois qu'elle eut retrouvé son calme.

Le mascara lui avait laissé une trace noire sous un œil, mais il résista à l'impulsion de l'essuyer.

—Il va se demander où je suis passée.

De nouvelles marques de fatigue lui étaient apparues sous les yeux ; la fraîcheur de son teint s'était dissipée, révélant une tension nouvelle. Ses airs de petite fille s'étaient évanouis, supplantés par une circonspection qu'il ne lui connaissait pas. Il ne parvenait plus à détourner les yeux de son visage.

—Comment puis-je te joindre ? demanda-t-il.

—Tu ne peux pas.

Elle secoua la tête, semblant vouloir se clarifier les idées.

—Je suis au *Regent Hotel*, dit-il. Appelle-moi demain.

Il sortit de sa poche une carte de visite, où il griffonna un numéro.

Elle s'empara du bout de carton et le regarda fixement, comme pour en imprimer tous les détails dans sa mémoire.

—Et voilà, dit Douglas en apparaissant entre eux, un verre d'eau à la main. Votre mari est en train de parler à quelqu'un, juste derrière la porte-fenêtre. Je peux l'appeler, si vous voulez.

—Non… Non, ça va aller. Merci infiniment, dit-elle après avoir bu une gorgée. Je dois y aller, Anthony.

Cette façon de prononcer son nom… *Anthony*. Il se rendit compte qu'il souriait. Elle était là, à quelques centimètres de lui. Elle l'avait aimé, elle avait porté son deuil. Elle avait essayé de le rejoindre ce soir-là. C'était toute la détresse de quatre années qui venait d'être balayée en quelques secondes.

—Mais alors, vous vous connaissez ?

Comme de très loin, Anthony entendit la voix de Douglas, le vit faire un geste en direction de la porte-fenêtre. Jennifer buvait son verre d'eau sans le quitter des yeux. Il savait que, dans les heures à venir, il pleurerait le temps perdu et maudirait ce mauvais coup du sort qui les avait condamnés à vivre si loin l'un de l'autre. Mais, en attendant, il ne pouvait ressentir qu'une joie immense à l'idée que ce qu'il avait cru disparu pour toujours venait de lui être rendu.

Il était temps qu'elle s'en aille. Elle se leva, se lissa les cheveux.

— Est-ce que j'ai l'air… bien ?

— Tu es…

— Vous êtes sublime, madame Stirling. Comme toujours, fit Douglas en ouvrant la porte.

Elle esquissa un petit sourire. Ce qu'Anthony y lisait était déchirant. En passant devant lui, elle tendit une main fine et lui toucha le bras juste au-dessus du coude. Puis elle regagna la salle de bal.

Douglas haussa un sourcil lorsque la porte se fut refermée sur elle.

— Ne me dis pas que c'est une de tes conquêtes ? Vieille canaille ! Tu arrives toujours à tes fins, hein ?

Anthony n'avait pas quitté la porte des yeux.

— Non, dit-il à voix basse. Pas toujours.

Jennifer ne lâcha pas un mot durant le court trajet jusqu'à chez eux. Laurence avait proposé de ramener un collègue qu'elle ne connaissait pas, ce qui lui laissait le loisir de rester assise sans rien dire pendant que les hommes parlaient.

— Bien sûr, Pip Marchant va recommencer avec ses coups tordus. Tout son capital est attaché à un unique projet.

— Il est otage de sa fortune. Comme son père.

— Je suis sûr que si on remonte assez loin dans les ancêtres de cette famille, on tombera sur la bulle des mers du Sud.

— On en retrouvera même plusieurs ! Toutes remplies d'air chaud.

L'habitacle de la grosse voiture noire était empli de la fumée de leurs cigares. Laurence était volubile et avait des avis très arrêtés, comme souvent quand il était entouré d'hommes d'affaires ou imbibé de whisky. Jennifer l'entendait à peine, toujours frappée de stupeur. Elle regardait les rues désertes, mais ne voyait pas la beauté du quartier ni les rares passants rentrant chez eux d'un pas traînant. Anthony était la seule vision qui s'imposait à ses yeux. Son regard brun planté dans le sien, son visage un peu plus ridé mais peut-être plus beau, plus détendu. Elle croyait encore sentir la chaleur de sa main sur son épaule.

Comment puis-je te joindre ?

Ces quatre dernières années, il avait été vivant. Il avait vécu, respiré, bu du café, tapé à la machine. Il était vivant. Elle aurait pu lui écrire, lui parler. Partir avec lui.

Elle avala sa salive, essayant de contenir la tempête qui faisait rage en elle. En temps voulu, elle songerait à ce qui l'avait amenée à cette situation, à se retrouver là, dans cette voiture, avec un homme qui faisait soigneusement abstraction de sa présence. Mais ce n'était pas le moment. Le sang bouillonnait dans ses veines. *Vivant*, chantait-il.

La voiture s'arrêta sur Upper Wimpole Street, et Eric descendit de voiture pour ouvrir la portière côté passager. Le businessman descendit en soufflant la fumée de son cigare.

— Merci beaucoup, Larry. Tu seras au club cette semaine ? Je t'invite à dîner.

— J'attends ça avec impatience.

L'homme marcha lourdement jusqu'à sa porte, qui s'ouvrit devant lui comme si quelqu'un l'attendait. Laurence regarda son collègue disparaître, puis se tourna vers son chauffeur.

— À la maison, s'il vous plaît, Eric.

Il changea de position sur la banquette, et Jennifer sentit son regard se poser sur elle.

— Tu es bien silencieuse.

Il donnait toujours à ses remarques un ton désapprobateur.

—Vraiment ? Je ne pensais pas avoir quoi que ce soit à ajouter à votre conversation.

—Oui, bon. Dans l'ensemble, ce n'était pas une mauvaise soirée.

—C'est vrai, dit-elle à voix basse. C'était même une très bonne soirée.

Je suis désolé, mais je dois rompre avec toi. Ne t'en veux pas, ce n'est pas ta faute. Dave a dit qu'il aimerait avoir sa chance avec toi. Mais, s'il te plaît, évite, parce que ça m'obligerait à te revoir.

Un homme à une femme, par texto

Chapitre 14

À ton hôtel, à midi. J.

Anthony regardait fixement le billet, avec son unique ligne de texte.

— On me l'a délivré en personne ce matin même.

Cheryl, la secrétaire, se tenait devant lui, un stylo entre l'index et le majeur. Ses cheveux courts, incroyablement blonds, étaient tellement épais qu'il se demanda un instant si elle portait une perruque.

— J'hésitais à t'appeler, mais Don m'a dit que tu viendrais.

— Oui. Merci, dit-il en pliant le mot avec soin pour le glisser dans sa poche.

— Adorable.

— Qui… moi?

— Ta nouvelle copine.

— Très drôle.

— Non, je le pense vraiment. Mais je l'ai quand même trouvée beaucoup trop chic pour toi.

Elle s'assit sur le bord de son bureau, levant les yeux vers lui à travers des cils invraisemblablement maquillés.

— Tu as raison, elle est beaucoup trop chic pour moi. Et ce n'est pas ma copine.

— Oh oui, j'oubliais. Tu en as déjà une à New York. Celle-ci est mariée, non?

— C'est une vieille amie.

—Moi aussi, j'ai de vieux amis dans ce genre-là. Tu l'emmènes en virée en Afrique?

—Je ne sais même pas si je pars en Afrique.

Il s'appuya au dossier de sa chaise, croisant les doigts derrière la tête.

—Et je te trouve très indiscrète.

—On travaille dans un journal, au cas où tu ne l'aurais pas remarqué. L'indiscrétion, c'est notre boulot.

Il n'avait pas dormi de la nuit, tous ses sens étaient en alerte. Il avait arrêté de chercher le sommeil à trois heures du matin et était parti s'asseoir au bar de l'hôtel, buvant café sur café, se rejouant leur conversation, essayant de donner un sens à ce qu'elle avait dit. Au petit matin, il avait eu un mal fou à se retenir de prendre un taxi et d'aller se poster devant sa maison pour le seul plaisir de savoir qu'elle était dedans, à quelques mètres à peine.

J'étais partie te retrouver.

Cheryl le regardait toujours. Il tapota du bout des doigts sur le bureau.

—À mon avis, répliqua-t-il enfin, tout le monde s'intéresse beaucoup trop aux affaires des autres.

—Ah, alors il y a bien quelque chose entre vous! Tu sais que les secrétaires ont ouvert les paris à ce sujet?

—Cheryl…

—Quoi? Il n'y a pas grand-chose à faire dans les bureaux à cette heure avancée de la nuit! Et d'abord, qu'est-ce qu'il y a dans cette lettre? Tu dois la retrouver où? Un coin sympa, j'espère! Est-ce que c'est elle qui paie tout, vu qu'elle est pleine aux as?

—Bon sang, Cheryl!

—En tout cas, elle n'a vraiment pas l'habitude d'envoyer des mots doux. Dis-lui que, la prochaine fois, il vaudrait mieux qu'elle enlève son alliance.

Anthony soupira.

— Jeune fille, vous gâchez votre talent dans ce métier de secrétaire.

— Si tu me dis son nom et que tu me fais gagner le pari, murmura-t-elle, je partage mes gains avec toi. Il y a déjà un joli pactole!

— Mais qu'on m'envoie en Afrique, bon sang! À côté de toi, l'unité d'interrogatoire de l'armée congolaise n'est qu'une formalité!

Elle éclata de rire avant de retourner à sa machine à écrire.

Il déplia le mot de Jennifer. La simple vue de cette écriture ronde lui évoqua la France et les petits messages glissés sous sa porte au cours d'une semaine idyllique, des années auparavant. Au fond de lui, il avait la conviction qu'elle le contacterait. Il sursauta en s'apercevant que Don venait d'entrer.

— Tony. Le chef veut te dire un mot. Dans son bureau.

— Maintenant?

— Non. Mardi dans trois semaines. Oui, maintenant. Il veut discuter de ton avenir. Et non, malheureusement, tu ne vas pas te faire virer. Je pense qu'il essaie de savoir s'il peut ou non t'envoyer en Afrique.

Comme il ne répondait pas, Don lui assena une petite tape sur l'épaule.

— Ohé? Tu comprends ce que je te dis? Il faudrait au moins que tu aies l'air de savoir ce que tu fais!

Anthony l'entendait à peine. Il était déjà 11 h 15. Le rédacteur en chef n'était pas du genre à aimer faire les choses à la va-vite, et il était probable qu'il se retrouverait coincé dans son bureau pour une bonne heure. Il se tourna vers Cheryl en se levant.

— Blondie, fais-moi une faveur: appelle mon hôtel, dis-leur qu'une certaine Jennifer Stirling doit me retrouver à midi, et demande-leur de l'informer que je serai en retard mais qu'elle ne doit pas partir. Je serai là. Elle ne doit partir en aucun cas.

Cheryl lui décocha un grand sourire.

—*Madame* Jennifer Stirling?

—Je le répète, c'est une vieille amie.

Anthony remarqua que Don portait sa chemise de la veille. Comme toujours.

—Bon sang, soupira ce dernier en secouant la tête. Encore cette Stirling? Tu as à ce point envie de t'attirer des ennuis?

—Ce n'est qu'une amie.

—Et moi, je suis Twiggy Lawson. Allez. Va expliquer au Grand Chef Blanc pourquoi il doit t'autoriser à te sacrifier aux rebelles Simba.

Il constata, soulagé, qu'elle était toujours là. L'heure de leur rendez-vous était passée depuis trente bonnes minutes. Elle s'était installée au salon de l'hôtel, une pièce surchargée de dentelles et de moulures en plâtres, qui lui faisait penser au glaçage d'un gâteau de Noël trop décoré et où la plupart des tables étaient occupées par de vieilles veuves qui s'exclamaient, sidérées par la cruauté du monde moderne.

—J'ai commandé du thé, annonça-t-elle lorsqu'il s'assit à sa table en s'excusant pour la cinquième fois. J'espère que ça ne te dérange pas.

Ses cheveux étaient défaits. Elle portait un pull noir et un pantalon ajusté couleur fauve. Elle avait minci, probablement pour suivre la mode.

Il faisait tout son possible pour respirer normalement. Il s'était tant de fois imaginé ces retrouvailles passionnées, cet instant de grâce au cours duquel il la serrerait dans ses bras. À présent, il se sentait vaguement pris à contre-pied par le calme qu'elle affichait et la solennité de l'endroit.

Une serveuse arriva en poussant un chariot où elle prit une théière, un pot de lait, de petits sandwichs de pain blanc, des tasses, des soucoupes et des assiettes. Il pourrait probablement fourrer quatre de ces sandwichs dans sa bouche en même temps.

— Merci.

— Tu ne prends… pas de sucre, dit-elle en fronçant les sourcils, comme si elle s'efforçait de se souvenir.

— Non.

Ils sirotèrent leur thé. À plusieurs reprises, il ouvrit la bouche pour dire quelque chose, mais rien ne vint. Il ne cessait de lui jeter des regards furtifs, remarquant de minuscules détails. La forme familière de ses ongles. Ses poignets. Sa façon de se redresser régulièrement, comme si une petite voix intérieure lui rappelait de se tenir droite.

— Hier, ça a été un tel choc, dit-elle enfin en posant sa tasse sur sa soucoupe. Je… je dois te présenter mes excuses pour mon comportement. Tu as dû te dire que j'étais devenue folle.

— C'est parfaitement compréhensible. Ce n'est pas tous les jours qu'on rencontre un homme revenu d'entre les morts.

Elle eut un petit sourire.

— C'est vrai.

Leurs regards se croisèrent, puis se détournèrent. Elle se resservit de thé.

— Où est-ce que tu vis, maintenant ?

— J'étais à New York.

— Pendant tout ce temps ?

— Je n'avais pas vraiment de raison de rentrer.

Un lourd silence s'installa de nouveau, qu'elle finit par briser :

— Tu as l'air en forme. En pleine forme.

Elle avait raison. Il était impossible de rester miteux en vivant en plein cœur de Manhattan. Il était rentré en Angleterre cette année-là avec une garde-robe pleine de bons costumes et toute une série de bonnes habitudes : rasages à chaud, chaussures cirées. Il avait même cessé de boire de l'alcool.

— Tu es charmante, Jennifer.

—Merci. Tu es en Angleterre pour longtemps?

—Je ne pense pas. Je ne devrais pas tarder à repartir à l'étranger, annonça-t-il en scrutant son visage pour voir l'effet que la nouvelle aurait sur elle.

Mais elle se contenta d'attraper le pot de lait.

—Non, dit-il en levant la main. Pas de lait, merci.

Elle se figea, semblant déçue d'avoir oublié ce détail.

—Qu'est-ce que le journal te propose? demanda-t-elle en posant un sandwich sur une assiette, qu'elle fit glisser vers lui.

—Ils aimeraient que je reste ici, mais je veux retourner en Afrique. Les choses sont devenues très compliquées au Congo.

—Il est très dangereux de se rendre là-bas en ce moment, non?

—Ce n'est pas la question.

—Tu veux être au cœur des événements.

—Oui. C'est une histoire importante. Et j'ai horreur d'être sédentaire. Ces dernières années ont été...

Il chercha une expression relativement inoffensive.

Ces années à New York m'ont aidé à ne pas perdre la raison? À exister loin de toi?

M'ont empêché de me jeter sur une grenade dans un champ de bataille?

—... utiles, acheva-t-il enfin. Mon chef avait probablement besoin de me voir sous un jour nouveau. Mais, maintenant, j'ai envie de bouger. De revenir à ce que je fais de mieux.

—Et il n'y a pas des endroits plus sûrs où tu pourrais satisfaire cette envie?

—Est-ce que j'ai l'air d'un homme qui a envie de passer sa vie à jouer avec des trombones ou à classer des archives?

Elle esquissa un petit sourire.

—Et ton fils?

—Je l'ai à peine vu ces dernières années. Sa mère préfère que je ne me mêle pas de son éducation, répondit-il en avalant une gorgée de thé. Une affectation au Congo ne ferait pas une grosse différence, puisqu'on communique essentiellement par courrier.

—Ce doit être très dur.

—Oui. Oui, c'est dur.

Un quatuor à cordes s'était mis à jouer dans un coin. Jennifer tourna la tête, ce qui lui donna quelques secondes pour la contempler librement. Ce profil, cette légère inclinaison de la lèvre supérieure… Quelque chose en lui se serra, et il sut avec un douloureux pincement au cœur qu'il n'aimerait plus aucune femme comme il aimait Jennifer Stirling. Quatre années n'avaient pas suffi à le libérer d'elle, et dix autres n'auraient probablement pas plus d'effet. Lorsqu'elle se retourna vers lui, il comprit qu'il ne pouvait rien lui dire sans tout lui révéler, étalant ses tripes sur la table comme un homme atteint d'une blessure mortelle.

—Tu as aimé New York? demanda-t-elle.

—Ça valait toujours mieux que de rester ici.

—Où vivais-tu?

—À Manhattan. Tu connais New York?

—Pas assez pour me faire une véritable idée de l'endroit dont tu parles, admit-elle. Et est-ce que… tu t'es remarié?

—Non.

—Tu as une petite amie?

—J'ai fréquenté quelqu'un.

—Une Américaine?

—Oui.

—Mariée?

—Non. Une fois n'est pas coutume.

Elle resta inexpressive.

—C'est sérieux?

—Ça reste encore à définir.

Elle s'autorisa un sourire.

—Tu n'as pas changé.

—Toi non plus.

— Si, murmura-t-elle.

Il voulait la toucher. Il voulait balayer le service à thé de cette foutue table, se pencher sur elle et la prendre dans ses bras. Il se sentait soudain furieux, entravé par la solennité de cet endroit ridicule. Jennifer avait eu une attitude étrange la veille, mais, au moins, ses émotions tumultueuses avaient été réelles.

— Et toi ? La vie a été bonne pour toi ? demanda-t-il en constatant qu'elle n'avait pas l'intention de reprendre la parole.

Elle sirota son thé. Elle semblait presque léthargique.

— Si la vie a été bonne ?

Elle réfléchit longuement.

— À la fois bonne et mauvaise. Comme pour tout le monde.

— Tu es retournée sur la Côte d'Azur ?

— Pas quand je pouvais l'éviter.

« À cause de moi ? », voulut-il demander. Elle ne semblait pas avoir envie de parler spontanément. Où était passé son esprit ? Sa passion ? Cette impression qu'elle contenait en elle une chose qui menaçait sans cesse d'exploser en dehors, que ce soit un éclat de rire inattendu ou une rafale de baisers ? Sa lumière s'était éteinte, enfouie sous une couche glaciale de bonnes manières.

Dans son coin, le quatuor à cordes s'arrêta entre deux mouvements. Anthony se sentait en proie à une frustration grandissante.

— Jennifer, pourquoi m'avoir demandé de venir ici ?

Le rouge aux joues, elle semblait épuisée, presque fiévreuse.

— Je suis désolé, poursuivit-il, mais je ne veux pas de ces sandwichs. Je ne veux pas rester assis là en écoutant cette foutue musique. Si j'ai gagné quoi que ce soit à être mort à tes yeux pendant quatre ans, c'est peut-être le droit de ne pas être obligé de prendre le thé en échangeant des banalités.

— Je… j'avais seulement envie de te voir.

— Tu sais, quand je t'ai aperçue de l'autre côté de la salle hier soir, j'étais toujours furieux contre toi. Pendant tout ce temps, j'ai cru que tu l'avais choisi, lui et son train de vie, plutôt que moi. J'ai imaginé nos disputes, je t'ai engueulée en pensée pour ne pas avoir répondu à mes dernières lettres…

— S'il te plaît, arrête, dit-elle en levant la main pour l'interrompre.

— Et puis, le jour où je te retrouve, tu me dis que tu as essayé de partir avec moi. Et toutes mes convictions de ces dernières années sont balayées d'un revers de la main – tout ce que j'ai tenu pour vrai.

— Ne parlons pas de ça, Anthony. Pas de ce qui aurait pu…

Elle posa les mains à plat sur la table, comme si elle étalait des cartes.

— Je… je ne peux pas.

Ils étaient assis face à face, la femme impeccablement vêtue et l'homme à la mâchoire crispée. Un rire amer faillit lui échapper quand il songea que, vus de l'extérieur, ils devaient avoir l'air suffisamment malheureux pour être un couple marié.

— Dis-moi une chose, reprit-il. Pourquoi lui es-tu si fidèle ? Pourquoi es-tu restée avec un homme qui, visiblement, est incapable de te rendre heureuse ?

Elle leva les yeux vers lui.

— Parce que j'ai été infidèle, je suppose.

— Et tu t'imagines que, de son côté, il n'est pas allé voir ailleurs ?

Elle soutint un instant son regard, puis jeta un coup d'œil à sa montre.

— Il faut que j'y aille.

Il grimaça.

— Je suis désolé. Je ne dirai plus rien. J'ai juste besoin de savoir…

— Ce n'est pas à cause de toi. Vraiment. Je dois aller quelque part.

— Bien sûr. Je suis désolé. C'est moi qui étais en retard. Je suis désolé de t'avoir fait perdre ton temps.

Il ne parvenait pas à dissimuler la colère dans sa voix. Il maudissait son patron pour lui avoir fait perdre cette précieuse demi-heure, se maudissait lui-même pour ce qu'il savait déjà être une occasion perdue… et pour s'être laissé aller à s'approcher d'une chose qui avait toujours le pouvoir de le brûler.

Elle se leva pour partir, et un serveur apparut pour l'aider à enfiler son manteau. Il y aurait toujours quelqu'un pour lui venir en aide, songea-t-il distraitement. Elle était ce genre de femme. Lui-même restait figé, coincé derrière la table.

S'était-il trompé sur elle ? Avait-il surestimé l'intensité de leur brève liaison ? Cette idée l'attristait. Il se sentait sali, comme si le souvenir de quelque chose de parfait venait d'être entaché, remplacé par quelque chose d'inexplicable et de décevant.

Le serveur souleva son manteau par les épaules. Elle glissa les bras dans les manches, un à la fois, la tête basse.

— Alors c'est tout ?

— Je suis désolée, Anthony. Il faut vraiment que j'y aille.

Il se leva.

— On ne va parler de rien ? Après tout ce qui s'est passé ? As-tu seulement *pensé* à moi, pendant toutes ces années ?

Avant qu'il ne pût ajouter un mot, elle tourna les talons et disparut.

Pour la quinzième fois, Jennifer aspergea d'eau froide ses yeux rouges et bouffis. Le miroir de la salle de bains lui renvoyait l'image d'une femme vaincue par la vie, si éloignée de la pimbêche qu'elle avait été cinq ans auparavant que ces deux versions d'elle-même ne semblaient pas appartenir à

289

la même espèce. Elle suivit du bout des doigts l'ombre qui s'étalait sous ses yeux, les nouvelles rides de fatigue qui lui marquaient le front, et se demanda ce qu'Anthony avait vu en la regardant.

Il va t'étouffer, souffler cette étincelle qui fait de toi ce que tu es.

Elle ouvrit l'armoire à pharmacie et posa les yeux sur la rangée de petites bouteilles brunes. Elle ne pouvait lui dire que, avant de le rencontrer, elle avait eu si peur qu'elle avait pris deux fois la dose de Valium recommandée. Elle ne pouvait lui dire qu'elle l'avait entendu parler comme à travers un brouillard, qu'elle s'était sentie si dissociée de la réalité qu'elle avait tout juste été capable de tenir la théière. Elle ne pouvait lui dire qu'être aussi proche de lui, au point de distinguer chaque ligne de ses mains et l'odeur de son parfum, l'avait paralysée.

Jennifer ouvrit en grand le robinet d'eau chaude. L'eau se déversa dans la bonde, éclaboussant son pantalon clair. Elle prit une bouteille de Valium sur le rayon du haut et dévissa le bouchon.

« Tu as plus de force que moi. C'est toi qui arrives à vivre avec la possibilité d'un amour comme celui-ci et le fait que jamais on ne nous le permettra. »

Je ne suis pas aussi forte que tu le croyais, Boot.

Elle entendit la voix de Mme Cordoza monter du rez-de-chaussée et verrouilla la porte de la salle de bains. Puis elle posa les deux mains sur le rebord du lavabo. *Est-ce que j'en suis capable ?*

Elle leva le flacon et le vida dans la bonde, regardant l'eau emporter les petits comprimés blancs. Puis elle ouvrit le suivant, prenant à peine le temps d'en vérifier le contenu. Ses « petites aides ». Tout le monde en prenait, avait déclaré Yvonne avec insouciance la première fois que Jennifer, assise dans sa cuisine, avait fondu en larmes sans pouvoir s'arrêter.

Les médecins ne demandaient qu'à leur en prescrire. Ça dompterait un peu ses émotions.

Elles sont tellement domptées que je ne ressens plus rien, songea-t-elle en attrapant un troisième flacon.

Puis le rayon du haut fut vide. Jennifer se contempla dans le miroir tandis que, dans un gargouillis, le dernier comprimé disparaissait.

Il y avait du grabuge à Stanleyville. Une note était arrivée du journal, informant Anthony que les rebelles congolais de l'armée Simba s'étaient mis à rassembler de nouveaux otages à l'hôtel *Victoria*, en représailles contre les forces du gouvernement congolais et leurs mercenaires blancs. Elle disait :

Fais tes valises. Le rédacteur en chef te donne son feu vert. Avec ordre que tu ne te fasses pas tuer ou capturer.

Pour la première fois, Anthony ne se précipita pas au bureau pour vérifier les dernières dépêches. Il n'appela pas ses contacts des Nations unies ou de l'armée. Il resta étendu sur le lit de sa chambre d'hôtel, songeant à une femme qui l'avait aimé assez fort pour quitter son mari et qui, en l'espace de quatre ans, s'était évaporée.

Il sursauta lorsqu'on frappa à sa porte. La femme de chambre semblait vouloir faire le ménage toutes les demi-heures. Elle avait l'habitude agaçante de siffloter en travaillant, si bien qu'il ne pouvait jamais faire abstraction de sa présence.

—Revenez plus tard, grommela-t-il en roulant sur le côté.

Était-ce seulement le choc de le voir en vie qui l'avait littéralement bouleversée ? S'était-elle ensuite rendu compte que les sentiments qu'elle avait autrefois éprouvés pour lui s'étaient évanouis ? L'avait-elle simplement retrouvé pour la forme, comme on invite un vieil ami à prendre le thé ? Elle n'avait jamais fait d'entorse aux bonnes manières.

On frappa de nouveau, timidement. C'était presque plus exaspérant que si cette fille s'était contentée d'ouvrir la porte pour entrer. Au moins, il aurait eu une bonne raison de lui crier dessus. Il se leva et ouvrit la porte.

— J'aimerais vraiment…

Jennifer se tenait devant lui, le regard brillant.

— Tous les jours, dit-elle.

— Quoi ?

— Tous les mois. Tous les jours. Toutes les heures.

Elle fit une pause, puis ajouta :

— Pendant quatre ans.

Autour d'eux, le couloir était silencieux.

— Je te croyais mort, Anthony. J'ai porté ton deuil. J'ai porté le deuil de la vie que j'avais espéré vivre avec toi. J'ai lu et relu tes lettres jusqu'à ce qu'elles tombent en poussière. J'avais ta mort sur la conscience, je me détestais tellement que je parvenais à peine à survivre. Sans les…

Elle se reprit :

— Et puis, lors d'un cocktail où je n'avais même pas envie d'aller, je t'ai vu. Toi. Et tu me demandes pourquoi je voulais te revoir ?

Elle inspira profondément, comme pour reprendre ses esprits.

Des bruits de pas résonnèrent à l'autre bout du couloir. Il lui tendit la main.

— Entre, dit-il.

— Je ne pouvais pas rester sans rien faire à la maison. Je devais te parler avant que tu repartes.

Il recula d'un pas pour la laisser entrer dans la grande chambre double, dont le standing témoignait de sa promotion au sein du journal. Il était heureux, pour une fois, de l'avoir laissée en ordre, une chemise repassée sur le dossier d'une chaise, une élégante paire de chaussures contre le mur. La fenêtre était ouverte, laissant entrer le bruit de la rue ; il alla la fermer. Jennifer posa son sac sur la chaise et mit son manteau par-dessus.

— Il y a du progrès, dit-il, un peu gêné. La première fois que je suis revenu à Londres, j'ai eu droit à un hôtel bon marché sur Bayswater Road. Tu veux boire quelque chose ?

Elle s'assit à la petite table. Il se sentait étrangement mal à l'aise.

— Tu veux que j'appelle la réception pour qu'on nous apporte quelque chose ? Du café, peut-être ? poursuivit-il.

Bon sang, comme il voulait la toucher.

— Je n'ai pas dormi, dit-elle en se frottant tristement le visage. Quand je t'ai vu, j'étais incapable de penser clairement. Depuis, j'essaie de comprendre ce qui s'est passé. Plus rien n'a de sens.

— Cet après-midi-là, il y a quatre ans, tu étais en voiture avec Felipe ?

— Felipe ?

Elle semblait perplexe.

— Mon ami de *Chez Alberto*. Il est mort dans un accident de voiture, à peu près au moment où je suis parti. Ce matin, j'ai retrouvé les coupures de presse. Il y est fait mention d'une passagère inconnue. C'est la seule explication que j'ai trouvée.

— Je ne sais pas. Comme je te l'ai dit hier, il y a toujours des événements dont je ne me souviens pas. Si je n'étais pas tombée sur tes lettres, j'aurais aussi bien pu ne jamais me souvenir de toi. J'aurais pu ne jamais savoir…

— Mais qui t'a dit que j'étais mort ?

— Laurence. Non, ne prends pas cet air-là. Il n'est pas cruel à ce point. Je pense qu'il croyait sincèrement que tu l'étais.

Elle marqua une courte pause.

— Il savait qu'il y avait… quelqu'un avec moi, tu comprends. Il a lu ta dernière lettre. Après l'accident, il a dû faire le rapprochement…

—Ma dernière lettre?

—Celle où tu me demandais de te retrouver à la gare. Je l'avais sur moi pendant l'accident.

—Je ne comprends pas… Ce n'était pas ma dernière lettre…

—Arrête, le coupa-t-elle. S'il te plaît… C'est trop…

—Alors qu'est-ce qui s'est passé?

Elle le dévisageait intensément.

—Jennifer, je…

Elle s'avança si près de lui que, même dans la pénombre, il put distinguer sur son visage la moindre tache de rousseur, le moindre cil fuselé en pointe noire assez acérée pour percer le cœur d'un homme. Elle était là tout en étant lointaine, semblant se préparer à prendre une décision.

—Boot, dit-elle doucement, es-tu encore en colère contre moi?

Boot.

Il avala sa salive.

—Comment le pourrais-je?

Elle leva les mains pour suivre du bout des doigts les traits de son visage, si légèrement qu'elle le frôla à peine.

—Est-ce qu'on a fait l'amour?

Il la dévisagea.

Elle cilla.

—Je ne m'en souviens pas. Je ne connais que tes mots.

—Oui.

Sa voix se brisa.

—Oui, on l'a fait, reprit-il.

Il sentit ses doigts frais sur sa peau et se souvint de son parfum.

—Anthony, murmura-t-elle.

Il y avait une immense douceur dans sa manière de prononcer son nom, une insoutenable tendresse qui disait tout l'amour qu'elle avait éprouvé et dont elle avait brutalement été dépossédée, comme lui.

Elle pressa son corps contre le sien ; il sentit le soupir qui la traversa, puis son souffle sur sa bouche. Autour d'eux, l'atmosphère sembla se figer. Elle avait posé les lèvres sur les siennes, et quelque chose céda soudain en lui. Il se surprit à haleter et se rendit compte avec horreur qu'il avait les yeux pleins de larmes.

—Je suis désolé, murmura-t-il, mortifié. Je suis désolé. Je ne sais pas… pourquoi…

—Je sais, dit-elle. Je sais.

Elle noua les bras autour de son cou, embrassant les larmes qui lui roulaient sur les joues, lui murmurant des mots doux. Ils se collèrent l'un à l'autre, enivrés, désespérés, incapables de croire ce qui était en train de se passer. Le temps se brouilla, les baisers se firent plus passionnés, les larmes séchèrent. Il lui fit passer son pull par-dessus la tête et resta là, presque désarmé, tandis qu'elle défaisait les boutons de sa chemise. Puis il sentit sa peau contre la sienne. Ils se laissèrent tomber sur le lit, enroulés l'un autour de l'autre, avec des gestes qui, sous l'emprise de la passion, semblaient aussi sauvages que maladroits.

Il l'embrassa, et sut qu'il essayait de lui dire la profondeur de ses sentiments. Et alors qu'il se perdait en elle, qu'il sentait ses cheveux balayer son visage et son torse, ses lèvres et ses doigts sur sa peau, il comprit soudain pourquoi certains avaient la conviction que l'être aimé faisait partie d'eux-mêmes.

Elle était vivante sous lui ; elle enflammait ses sens. Il embrassa la cicatrice qui courait jusqu'à son épaule, ignorant sa réticence, jusqu'à ce qu'elle accepte ce qu'il lui disait : cette strie argentée était belle à ses yeux. C'était la preuve de son amour pour lui. La preuve qu'elle avait voulu le rejoindre. Il l'embrassa parce qu'il n'y avait aucune partie d'elle qu'il ne voulait pas soulager, aucune partie d'elle qu'il n'adorait pas déjà.

Il regarda le désir monter en elle comme un don partagé, l'infinie variété d'expressions qui lui traversaient le visage ; il la vit enfermée dans une lutte interne, et, quand elle rouvrit les yeux, il se sentit véritablement heureux.

Lorsqu'il jouit, il pleura encore, parce qu'une partie de lui avait toujours su, même s'il avait choisi de ne pas y croire, qu'il existait une chose capable de lui faire éprouver de pareilles sensations. Avoir retrouvé cette chose était plus que ce qu'il avait jamais pu espérer.

—Je te connais, murmura-t-elle, sa peau moite contre la sienne, des larmes lui roulant dans le cou. Je te connais vraiment.

Un court instant, il fut incapable de répondre, les yeux levés vers le plafond, sentant l'air refroidir autour de lui, les jambes de Jennifer serrées en une étreinte humide contre les siennes.

—Oh, Jenny, souffla-t-il. Je suis tellement heureux.

Une fois qu'elle eut repris son souffle, elle se redressa sur un coude et le contempla longuement. Quelque chose en elle avait changé : ses traits s'étaient détendus, les marques de fatigue avaient disparu autour de ses yeux. Il la prit dans ses bras, la serrant si fort contre lui qu'il eut l'impression que leurs corps ne faisaient plus qu'un. Il se sentit durcir de nouveau, et elle sourit.

—Je voudrais bien ajouter quelque chose, mais je ne trouve rien d'assez… retentissant.

Son sourire était radieux : rassasié, aimant, peut-être même un peu surpris.

—Je ne me suis jamais sentie comme ça de toute ma vie, dit-elle.

Ils se regardèrent.

—Si ? demanda-t-elle.

Il hocha la tête.

— Si tu le dis…, reprit-elle, le regard perdu au loin. Merci.

Il éclata de rire, et elle se laissa tomber en gloussant sur son épaule.

Quatre années de sa vie venaient de disparaître. Il voyait, avec une clarté nouvelle, le chemin de sa vie future. Il resterait à Londres. Il romprait avec Eva, sa petite amie de New York. C'était une fille joyeuse et sympathique, mais il savait à présent que toutes ses liaisons des quatre dernières années n'avaient été que de pâles substituts visant à remplacer la femme étendue à ses côtés. Jennifer quitterait son mari. Il prendrait soin d'elle. Ils n'allaient pas rater cette deuxième chance. Il eut une vision soudaine de Jennifer avec son fils, tous trois sortant en famille, et l'avenir sembla s'illuminer de promesses imprévues.

Ses pensées furent interrompues lorsqu'elle lui embrassa le torse, l'épaule et le cou avec une intense concentration.

— J'espère que tu te rends compte, dit-il en la faisant rouler sous lui pour que leurs jambes soient de nouveau entrelacées et sa bouche à quelques centimètres de la sienne, qu'on va devoir le refaire. Juste pour être sûrs que tu t'en souviendras.

Elle ne dit rien, se contentant de fermer les yeux.

Cette fois, il lui fit l'amour tout doucement. Son corps dialoguait avec le sien. Il sentit disparaître les inhibitions de Jennifer, et leur cœur battre à l'unisson. Il murmura son nom un million de fois, simplement pour le plaisir. Il lui révéla tout ce qu'il avait toujours ressenti pour elle.

Lorsqu'elle lui avoua qu'elle l'aimait, ce fut avec une intensité qui lui coupa le souffle. Le reste du monde ralentit et se resserra jusqu'à ce qu'il n'y ait plus qu'eux deux, dans un entremêlement de draps, de bras, de jambes, de cheveux et de soupirs.

— Tu es la plus exquise…

Il contempla ses yeux grands ouverts, commençant à comprendre ce qu'elle avait vécu.

—Je ferais ça avec toi plus d'une centaine de fois juste pour le plaisir de regarder ton visage.

Elle ne répondit pas.

—Par procuration, dit-il soudain. Tu te souviens ?

Plus tard, il fut incapable de dire combien de temps ils étaient restés là, étendus tous les deux, comme si chacun voulait absorber l'autre à travers sa peau. Il entendait le murmure de la rue, d'occasionnels bruits de pas dans le couloir, une voix qui résonnait au loin. Il sentait le rythme de son souffle contre sa poitrine. Il l'embrassa sur le haut du crâne, passant les doigts dans ses cheveux emmêlés. Il se sentit apaisé comme jamais, un apaisement qui se répandait au plus profond de lui. *Je suis chez moi*, se dit-il. *Enfin*.

Elle remua entre ses bras.

—Commandons quelque chose à boire, suggéra-t-il en lui déposant un baiser sur la clavicule, le menton, le point de jonction entre la mâchoire et l'oreille. On va fêter ça. Thé pour moi, champagne pour toi. Qu'est-ce que tu en dis ?

Il vit alors une ombre importune lui passer dans le regard ; ses pensées s'envolaient quelque part en dehors de la pièce.

—Oh ! s'écria-t-elle en s'asseyant toute droite. Quelle heure est-il ?

Il consulta sa montre.

—Il est 16 h 20. Pourquoi ?

—Oh, non ! Je dois être en bas à la demie !

Elle était déjà sortie du lit, se baissant pour ramasser ses affaires.

—Pourquoi ?

—Mme Cordoza.

—Qui ?

—Ma gouvernante. Elle doit me retrouver là. Je dois aller faire les boutiques.

—Alors sois en retard. C'est si important que ça, de faire les boutiques ? Jennifer, il faut qu'on parle… qu'on décide de ce qu'on va faire. Je dois dire à mon chef que je ne pars plus au Congo.

Elle se rhabillait sans élégance, comme si seule la vitesse comptait : le soutien-gorge, le pantalon, le pull. Le corps qu'il venait de faire sien, disparut à sa vue.

— Jennifer ?

Il se laissa glisser du lit, enfila son pantalon et boucla sa ceinture.

— Tu ne peux pas partir comme ça.

Elle lui tournait le dos.

— Il faut qu'on discute de certaines choses, il faut régler…

— Il n'y a rien à régler.

Elle ouvrit son sac à main, sortit une brosse et attaqua ses cheveux à petits coups énergiques.

— Je ne comprends pas.

Lorsqu'elle se retourna vers lui, son visage s'était fermé.

— Anthony, je suis désolée, mais nous… nous ne pouvons pas nous revoir.

— Quoi ?

Elle sortit son poudrier et essuya le mascara qui lui avait coulé sous les yeux.

— Tu ne peux pas dire ça après ce qu'on vient de faire ! Tu ne peux pas tout arrêter comme ça ! Qu'est-ce qui se passe, bordel ?

— Ça va aller, dit-elle, le port rigide. Tu peux tout surmonter. Écoute, je… je dois y aller. Je suis sincèrement désolée.

Puis elle sortit, attrapant au passage son sac et son manteau. La porte se referma derrière elle avec un « clic » sonore.

Anthony courut après elle et rouvrit violemment la porte.

— Ne fais pas ça, Jennifer ! Ne me quitte pas encore une fois !

Sa voix résonna dans le couloir déjà vide, l'écho rebondissant sur les portes closes des autres chambres.

—Ce n'est pas un jeu! Je ne vais pas t'attendre encore quatre ans!

Il resta un moment figé par le choc. Puis, jurant comme un charretier, il repartit en trombe dans sa chambre pour enfiler à grand-peine sa chemise et ses chaussures.

Il attrapa sa veste et sortit en courant dans le couloir, le cœur battant à tout rompre. Il dévala l'escalier quatre à quatre, arrivant dans l'entrée en même temps que l'ascenseur. Elle était là, ses talons claquant durement sur le sol de marbre, parfaitement calme, à des années-lumière de la femme qu'elle avait été à peine quelques minutes auparavant. Il s'apprêtait à crier son nom quand il entendit l'appel:

—Maman!

Jennifer s'accroupit, les bras déjà tendus. Une femme d'une cinquantaine d'années marchait vers elle, tenant une enfant par la main. La petite fille se libéra de sa poigne pour se jeter dans les bras de Jennifer, qui la souleva. Sa voix surexcitée résonna dans le hall:

—On va chez *Hamleys*? Mme Cordoza a dit qu'on y allait!

—Oui, ma chérie. On y va. Je dois juste régler quelque chose à la réception.

Elle reposa l'enfant et la prit par la main. Puis peut-être sentit-elle son regard posé sur elle, car quelque chose lui fit tourner la tête alors qu'elle s'avançait vers le comptoir. Elle l'aperçut. Elle plongea les yeux dans les siens, et il perçut dans son regard comme une lueur d'excuse – et de culpabilité.

Elle détourna les yeux, griffonna quelque chose, puis se tourna vers le réceptionniste. Après quelques mots échangés, elle poussa la porte vitrée pour sortir dans le soleil de l'après-midi, la petite fille jacassant à ses côtés.

Anthony prit la mesure de ce qu'impliquait cette situation. Il attendit qu'elles aient disparu, puis, comme au sortir d'un rêve, posa sa veste sur ses épaules.

Il s'apprêtait à sortir quand le réceptionniste se rua vers lui.

— Monsieur Boot ? La dame m'a dit de vous donner ça, annonça-t-il en lui fourrant dans la main un petit morceau du papier à lettres de l'hôtel.

Il déplia le message et lut :

Pardonne-moi. Il fallait seulement que je sache.

Nous ne concevons pas en notre cœur de prendre mari mais recommandons fortement cette vie solitaire.

La reine Élisabeth Ire au prince Éric de Suède, par lettre

Chapitre 15

Moira Parker entra dans le bureau des dactylos et éteignit le transistor posé en équilibre instable sur une pile de bottins téléphoniques.

— Eh! protesta Annie Jessop. J'étais en train d'écouter!

— Il est malvenu de faire beugler des musiques populaires dans les bureaux, répliqua fermement Moira. M. Stirling ne veut pas être déconcentré par un tel vacarme. Ceci est un lieu de travail.

C'était la quatrième fois de la semaine.

— Dis plutôt un funérarium. Oh, s'il te plaît, Moira! On n'a qu'à seulement baisser le son. Ça nous fait passer le temps.

— Travailler dur fait passer le temps.

Elle entendit l'éclat de rire méprisant et leva un peu plus le menton.

— Il serait temps pour vous de comprendre que chez *Acme Mineral and Mining*, seule une attitude professionnelle vous apportera de l'avancement.

— Ça ou passer sous le bureau, murmura quelqu'un derrière elle.

— Je vous demande pardon?

— Rien, mademoiselle Parker. Vous avez peut-être envie d'écouter les bonnes vieilles chansons de la guerre? Ça vous ferait plaisir? «On ira pendr' notre linge sur la ligne Siegfried…»

Un nouvel éclat de rire se fit entendre.

— Je vais déposer ce transistor dans le bureau de M. Stirling. Vous n'aurez qu'à lui demander ce qu'il préfère.

Elle perçut quelques murmures hostiles en traversant le bureau, mais fit comme si de rien n'était. Avec l'expansion de l'entreprise, les critères de sélection du personnel s'étaient considérablement assouplis. De nos jours, plus personne n'avait de respect pour la hiérarchie, l'éthique du travail ou ce que M. Stirling avait accompli. Souvent, Moira était d'une humeur si massacrante dans le bus qui la ramenait chez elle qu'elle était déjà arrivée avant même que son tricot n'ait commencé à la distraire. Parfois, on aurait dit qu'il n'y avait qu'elle et M. Stirling – et peut-être aussi Mme Kingston, la comptable – qui savaient se tenir.

Et leurs vêtements! On les appelait des poupées, et c'était terriblement approprié: pimpantes et pomponnées, vides et infantiles, les dactylos passaient bien plus de temps à songer à leur apparence, avec leurs minijupes et leur maquillage ridicule, qu'à s'occuper des lettres qu'elles étaient censées taper. Rien que la veille, Moira avait dû leur en renvoyer trois. Des fautes d'orthographe, des dates oubliées, et même des «meilleures salutations» là où elle avait expressément demandé des «sincères salutations». Quand elle lui en avait fait la remarque, Sandra avait ostensiblement levé les yeux au ciel.

Avec un soupir, Moira cala le transistor sous son bras et, remarquant au passage que la porte du bureau de M. Stirling était rarement fermée à l'heure du déjeuner, elle tourna la poignée et entra.

Marie Driscoll était assise en face de lui – pas sur la chaise que prenait Moira lorsqu'elle notait sous sa dictée, mais *sur son bureau*. C'était une vision si ahurissante qu'elle mit un moment à comprendre qu'il avait fait un pas en arrière en la voyant entrer.

—Ah. Moira.

—Je suis désolée, monsieur Stirling. Je ne savais pas que vous aviez de la visite.

Elle jeta à la jeune fille un regard acéré. Qu'est-ce qu'elle croyait être en train de faire ? Le monde était donc devenu fou ?

— Je… je vous apporte ce transistor. Les filles l'écoutent beaucoup trop fort. Je me suis dit que si elles devaient en rendre compte auprès de vous, ça pourrait les faire réfléchir.

— Je vois, dit-il en s'asseyant derrière son bureau.

— Il m'a semblé qu'elles risquaient de vous déranger.

Il y eut un long silence. Marie ne semblait pas décidée à bouger, se contentant de tirer d'un air absent sur un fil pris dans le tissu de sa jupe – qui lui arrivait à mi-cuisse. Moira attendit qu'elle s'en aille.

Mais M. Stirling parla :

— Je suis content que vous soyez venue. Je voulais justement vous parler en privé. Mademoiselle Driscoll, pouvez-vous nous laisser une minute ?

Visiblement à contrecœur, la jeune fille se laissa glisser au sol et passa d'un pas raide devant Moira, la défiant du regard au passage. Elle était trop parfumée, songea Moira. La porte se referma derrière elle, et ils ne furent plus que tous les deux. Elle préférait ça.

M. Stirling lui avait fait l'amour deux fois dans les mois qui avaient suivi cette fameuse première fois. Bon, « faire l'amour » était peut-être une légère exagération : les deux fois, il avait été soûl, ç'avait été plus court et plus pragmatique que la première fois, et il n'en avait pas reparlé le lendemain.

Puis, malgré ses tentatives pour lui faire savoir qu'elle ne le repousserait pas – les sandwichs maison qu'elle déposait sur son bureau, sa coiffure particulièrement soignée –, ça n'était plus arrivé. Mais elle savait à présent qu'elle était unique à ses yeux et avait savouré ce secret quand ses collègues parlaient du patron à la cantine. Elle comprenait la tension qu'il devait ressentir, confronté à une situation si délicate, et même alors qu'elle aurait voulu que les choses soient différentes, elle respectait son admirable retenue.

Lors des rares occasions où Jennifer Stirling était passée au bureau, elle ne s'était plus sentie intimidée par le charme de cette femme.

Si tu avais été une épouse digne de ce nom, il n'aurait jamais eu besoin de se tourner vers moi.

Mme Stirling avait été incapable de voir ce qui se déroulait juste sous son nez.

— Asseyez-vous, Moira.

Elle s'assit dans une posture bien plus convenable que celle de la fille Driscoll, positionnant ses jambes avec soin, regrettant soudain de ne pas avoir mis sa robe rouge. Il aimait la voir la porter, il l'avait dit plusieurs fois. Derrière la porte, elle entendit des rires et se demanda distraitement si elles s'étaient procuré un nouveau transistor.

— Je vais dire à ces filles de cesser cet affreux vacarme, murmura-t-elle. Je suis sûre qu'elles vous empêchent de vous concentrer.

Il ne semblait pas l'entendre, occupé à brasser des papiers sur son bureau. Lorsque enfin il leva la tête, il ne croisa pas son regard.

— Je vais faire évoluer Marie, avec effet immédiat…

— Oh, je pense que c'est une très bonne…

— … pour faire d'elle mon assistante.

Il y eut un bref silence. Moira fit tout son possible pour ne pas montrer à quel point elle était contrariée. La charge de travail s'était alourdie, se dit-elle. Il pouvait estimer qu'une seconde paire de mains était nécessaire, c'était compréhensible.

— Mais où s'installera-t-elle ? demanda-t-elle. Il n'y a de place que pour un seul bureau à côté du vôtre.

— J'en suis conscient.

— Je suppose que vous pourriez déplacer Maisie…

— Ce ne sera pas nécessaire. J'ai décidé d'alléger votre charge de travail. Vous allez… passer au service dactylo.

Elle ne pouvait pas avoir bien entendu.

—Le service dactylo?

—J'ai prévenu la comptabilité que vous garderez le même salaire, donc ce sera une bonne chose pour vous, Moira. Vous pourrez peut-être avoir une vie en dehors du bureau. Un peu plus de temps pour vous.

—Mais je ne veux pas plus de temps pour moi.

—Allons, ne faites pas tant d'histoires. Comme je l'ai dit, vous conserverez votre salaire et vous aurez autorité sur les filles du service. Je ferai en sorte qu'elles le comprennent bien. Après tout, vous avez dit vous-même qu'elles avaient besoin de quelqu'un qui puisse les prendre en charge.

—Mais je ne comprends pas…

Elle se leva, les doigts serrés sur le transistor. Une soudaine panique lui nouait la gorge.

—Qu'est-ce que j'ai fait de mal? Pourquoi me retirer mon travail?

Il sembla irrité.

—Vous n'avez rien fait de mal. Les temps changent, et je veux rafraîchir un peu les choses.

—Rafraîchir un peu les choses?

—Marie est parfaitement compétente.

—Marie Driscoll va reprendre mon travail? Mais elle ne sait rien de l'organisation du bureau. Elle ne sait pas comment réserver vos billets d'avion, ne connaît pas les numéros de téléphone, ignore tout du système de rémunération rhodésien… Elle passe les trois quarts de son temps aux toilettes à se repoudrer le nez. Et elle est en retard! Tout le temps! Rien que cette semaine, j'ai dû la réprimander deux fois. Vous avez vu les chiffres sur la pointeuse?

—Je suis sûr qu'elle apprendra très vite. Ce n'est qu'un travail d'assistante, Moira.

—Mais…

— Je n'ai vraiment pas le temps d'en discuter. S'il vous plaît, videz vos tiroirs cet après-midi, et la nouvelle organisation entrera en vigueur dès demain.

Il sortit un cigare de sa boîte, marquant ainsi la fin de la conversation. Moira se leva, les jambes tremblantes. Le goût amer de la bile lui montait dans la gorge, elle entendait le sang battre à ses tempes. Elle avait l'impression que le bureau s'effondrait sur elle, brique après brique.

Elle entendit résonner le claquement sec du coupe-cigares.

Elle s'avança lentement vers la porte et l'ouvrit. Au brusque silence qui s'installa à l'extérieur, elle comprit que les autres avaient su ce qui se passait avant qu'elle-même soit mise au courant.

Elle revit les jambes de Marie Driscoll, étendues sur son bureau. Des jambes longues, fuselées, moulées dans un collant grotesque. Comment diable une femme pouvait-elle porter des collants bleu roi au bureau et s'attendre à être prise au sérieux ?

Elle saisit prestement son sac à main posé sur son bureau et marcha vers les toilettes d'un pas mal assuré, sentant les regards des curieux et les sourires narquois des moins compatissants brûler le dos de son cardigan bleu.

— Moira ! Ta chanson passe à la radio ! « *Can't get used to losing you* »…

— Oh, Sandra, ne sois pas si méchante…

Il y eut un éclat de rire retentissant, et la porte des toilettes se referma sur elle.

Debout au milieu du petit terrain de jeu, Jennifer observait les nounous frigorifiées bavarder entre elles au-dessus de leurs landaus Silver Cross, écoutant les cris des bambins qui se heurtaient et se culbutaient comme autant de quilles sur le sol.

Mme Cordoza avait bien proposé d'emmener Esmé au parc, mais Jennifer lui avait dit qu'elle avait besoin de prendre l'air. Pendant quarante-huit heures, elle n'avait pas su quoi faire, sentant toujours ses caresses sur son corps, repensant sans cesse à ce qu'elle avait fait. Elle se sentait presque écrasée par l'énormité de ce qu'elle avait perdu, mais elle ne pouvait plus s'anesthésier au Valium : elle devait s'efforcer de tout ressentir. Sa fille serait là pour lui rappeler qu'elle avait fait le bon choix. Il y avait tant de choses qu'elle aurait voulu lui dire. Mais, même en se répétant qu'elle n'avait pas consciemment entrepris de le séduire, elle savait qu'elle se mentait à elle-même. Elle avait voulu une petite part de lui, un beau, un précieux souvenir, à emporter avec elle. Comment aurait-elle pu savoir qu'elle ouvrait une boîte de Pandore ? Pire encore, comment aurait-elle pu imaginer qu'il en serait si anéanti ?

L'autre soir, à l'ambassade, il avait paru si calme. Il ne pouvait pas avoir souffert autant qu'elle. Elle l'avait cru plus fort. Mais, à présent, elle ne pouvait s'empêcher de penser à lui, à sa vulnérabilité, à ses projets pleins d'optimisme. Et au regard qu'il avait posé sur elle quand elle avait traversé le hall de l'hôtel pour retrouver sa fille.

Elle entendit sa voix, perdue et angoissée, résonner dans le couloir derrière elle : *Ne fais pas ça, Jennifer ! Je ne vais pas t'attendre encore quatre ans !*

Pardonne-moi, lui disait-elle en silence, un millier de fois par jour. *Mais Laurence ne m'aurait jamais laissé sa garde. Tu ne peux pas me demander de l'abandonner. Tu es bien placé pour le comprendre.*

Régulièrement, elle s'essuyait les yeux, blâmant le vent ou quelque poussière s'étant mystérieusement glissée sous sa paupière. Elle se sentait à vif, consciente du moindre changement de température, ballottée par des émotions tempétueuses.

Laurence n'est pas un homme mauvais, se répétait-elle sans relâche. C'était un bon père, à sa manière. Et, s'il avait du mal à être tendre avec Jennifer, comment l'en blâmer ? Combien d'hommes avaient la force de pardonner à leur femme d'être tombée amoureuse d'un autre ? Parfois, elle s'était demandé s'il ne se serait pas lassé d'elle et n'aurait pas choisi de la laisser partir si elle n'était pas tombée enceinte aussi vite. Mais elle-même n'y croyait pas : Laurence ne l'aimait peut-être plus, mais il n'aurait jamais accepté de la savoir en train de mener sa vie ailleurs et sans lui.

Et elle est ma consolation.

Elle poussa sa fille sur la balançoire, regardant les jambes de la fillette s'élever vers le ciel, ses cheveux voleter dans la brise. C'était déjà tellement plus que ce qu'avaient beaucoup de femmes. Comme Anthony le lui avait dit autrefois, c'était un réel réconfort de savoir qu'on avait fait ce qui était juste.

— Maman !

Dorothy Moncrieff avait perdu son chapeau. Jennifer fut brièvement distraite par la recherche, faisant le tour des balançoires et du tourniquet avec les deux fillettes, regardant sous les bancs jusqu'à ce qu'on repère le couvre-chef sur la tête d'un autre enfant.

— C'est mal de voler, déclara Dorothy d'un air solennel tandis qu'elles retraversaient le terrain de jeu.

— Oui, dit Jennifer, mais je ne pense pas que ce petit garçon l'ait volé. Il ne savait probablement pas que c'était le tien.

— Si tu ne sais pas ce qui est bien et ce qui est mal, c'est que tu es stupide, affirma Dorothy.

— Stupide, répéta Esmé avec délice.

— Oui, c'est possible, dit Jennifer.

Elle renoua l'écharpe de sa fille et les renvoya jouer, cette fois dans le bac à sable, avec l'interdiction formelle de se jeter du sable.

Très cher Boot, écrivit-elle dans une autre des milliers de lettres imaginaires qu'elle avait rédigées ces deux derniers jours, *s'il te plaît, ne m'en veux pas. Il faut que tu saches que si j'avais la possibilité de te suivre, je le ferais sans hésiter…*

Elle ne lui enverrait pas de lettre. Qu'y avait-il à dire de plus que ce qu'elle avait déjà dit ? *Il me pardonnera avec le temps*, songea-t-elle. *Il aura une belle vie.*

Elle essaya de fermer son esprit à la question qui s'imposait à elle : comment allait-elle survivre ? Comment continuer à vivre alors qu'elle savait ? Elle sortit son mouchoir de sa poche et se tamponna les yeux, se détournant pour ne pas attirer l'attention. Après tout, peut-être allait-elle rendre une petite visite à son médecin. Il lui fallait juste un peu d'aide pour affronter les jours à venir.

Soudain, son attention fut attirée par une silhouette enveloppée de tweed qui traversait la pelouse en direction de l'aire de jeu. La femme marchait d'un pas lourd et déterminé, avec une régularité presque mécanique malgré la boue. Elle reconnut, stupéfaite, la secrétaire de son mari.

Moira Parker marcha droit sur elle, s'arrêtant si près que Jennifer dut faire un pas en arrière.

— Mademoiselle Parker ?

La secrétaire avait les lèvres serrées, le regard luisant.

— Votre gouvernante m'a indiqué où vous trouver. Puis-je vous dire un mot ?

— Euh… oui. Bien sûr.

Elle se tourna brièvement vers les enfants :

— Mes chéries ? Dottie ? Esmé ? Je vais un peu plus loin.

Les petites filles levèrent à peine les yeux, puis se remirent à creuser.

Elles s'éloignèrent de quelques pas, Jennifer se positionnant de manière à ne pas quitter les enfants des yeux. Elle avait promis à la nounou des Moncrieff qu'elle ramènerait Dorothy à la maison pour 16 heures, et il était presque 15 h 45. Elle se composa un sourire.

— Que se passe-t-il, mademoiselle Parker ?

Moira glissa la main dans un sac à main fatigué et en sortit un épais dossier.

—C'est pour vous, dit-elle d'un ton sec.

Jennifer prit le dossier. Elle l'ouvrit et posa aussitôt la main sur une pile de papiers que le vent menaçait d'emporter.

—N'en perdez pas un seul.

C'était un ordre.

—Je suis désolée… Je ne comprends pas. Qu'est-ce que c'est ?

—Les gens qu'il a payés pour qu'ils se taisent.

Comme Jennifer ne semblait toujours pas saisir, Moira poursuivit :

—Le mésothéliome. Une maladie des poumons. Voici la liste des ouvriers dont il a acheté le silence pour dissimuler la maladie mortelle qu'ils ont contractée en travaillant pour lui.

Jennifer se posa la main sur le front.

—Quoi ?

—Votre mari. Ceux qui sont déjà morts sont en bas de la liste. Leurs familles ont dû signer des contrats les obligeant à se taire s'ils voulaient toucher leur argent.

Jennifer peinait à comprendre ce que cette femme lui racontait.

—Morts ? De quels contrats parlez-vous ?

—Il les a forcés à prétendre qu'il n'était pas responsable. Il a acheté leur silence. Les Sud-Africains n'ont presque rien reçu. Les ouvriers des usines anglaises ont coûté bien plus cher.

—Mais l'amiante ne fait de mal à personne. Ce ne sont que des calomnies de ces New-Yorkais qui en veulent à son commerce. C'est Laurence qui me l'a dit.

Moira ne semblait pas l'écouter.

—Ils sont tous là, par ordre alphabétique, poursuivit-elle. Vous pouvez parler aux familles, si vous voulez. Les adresses figurent en haut de chaque page. Il est terrifié à l'idée que les journaux s'emparent de l'information.

—Ce ne sont que les syndicats… Il m'a dit…

—Les autres compagnies ont le même problème. J'ai écouté quelques conversations téléphoniques qu'il a eues avec *Goodasbest*, en Amérique. Ils financent des études ayant pour objectif de faire croire que l'amiante est inoffensive.

La secrétaire parlait si vite que Jennifer en avait le tournis. Elle jeta un coup d'œil aux deux enfants, qui s'étaient mises à se jeter des poignées de sable.

—Ce serait sa ruine si quiconque découvrait ce qu'il a fait, ajouta lourdement Moira Parker. Ça se saura un jour ou l'autre. C'est inévitable. Tout finira par se savoir.

Jennifer tenait le dossier du bout des doigts, comme si lui aussi pouvait être contaminé.

—Pourquoi me donnez-vous ça ? Qu'est-ce qui vous fait penser que je pourrais vouloir du mal à mon mari ?

L'expression de Moira Parker changea du tout au tout. Elle avait presque l'air coupable, les lèvres serrées en une mince ligne rouge.

—À cause de ça.

Elle sortit de son sac une feuille de papier chiffonnée et la fourra dans la main de Jennifer.

—C'est arrivé quelques semaines après votre accident. Il ne sait pas que je l'ai gardée.

Jennifer déplia la feuille, le vent la faisant claquer contre ses doigts. Elle reconnut aussitôt l'écriture.

Je me suis juré de ne plus te contacter. Mais six semaines ont passé, et je ne me sens pas mieux. Être loin de toi – à des milliers de kilomètres – ne m'apporte aucun réconfort. Le fait de ne plus être tourmenté par ta proximité, placé devant la preuve quotidienne de mon incapacité à obtenir la seule chose que je veux vraiment, ne m'a pas aidé à cicatriser. Ça n'a fait qu'empirer les choses. Mon avenir s'étend devant moi comme une route déserte et sombre.

Je ne sais pas ce que j'essaie de te dire, Jenny chérie. Mais si tu as ne serait-ce que l'impression fugace d'avoir pris la mauvaise décision, sache que ma porte est toujours grande ouverte.

Et si tu penses avoir fait le bon choix, sache au moins qu'il y a, quelque part dans le monde, un homme qui t'aime et qui comprend à quel point tu es précieuse, intelligente et douce. Un homme qui t'a toujours aimée et qui, pour son plus grand malheur, t'aimera toujours.

Ton B.

Jennifer, les yeux rivés sur la lettre, se sentit devenir blafarde. Elle regarda la date. Près de quatre ans auparavant. Juste après l'accident.

— Vous dites que c'était Laurence qui l'avait ?

Moira Parker regardait le sol.

— Il m'a demandé de faire fermer la boîte postale.

— Il savait qu'Anthony était en vie ?

Jennifer tremblait.

— Je ne sais rien de tout ça.

Moira Parker remonta le col de son manteau. Même en ces circonstances, elle parvenait à prendre un air désapprobateur.

Quelque chose se durcit en Jennifer. Elle avait l'impression que sa chair se pétrifiait tout autour de ce noyau dur.

Moira Parker referma son sac à main.

— Faites ce que vous voulez de ces documents. J'estime que cela ne me concerne plus.

En marmonnant toute seule, elle repartit à travers le parc. Jennifer se laissa tomber sur un banc, sans prendre garde aux deux enfants qui se frottaient joyeusement du sable dans les cheveux. Elle relut la lettre.

Elle ramena Dorothy Moncrieff à sa nounou, puis demanda à Mme Cordoza si elle voulait bien emmener Esmé à la confiserie.

— Achetez-lui une sucette, et peut-être aussi un petit sachet de bonbons.

Elle resta à la fenêtre pour les regarder descendre la rue, sa fille faisant à chaque pas un petit bond d'excitation. Une fois qu'elles eurent tourné au coin, elle ouvrit la porte du bureau de Laurence. C'était une pièce dans laquelle elle entrait rarement et d'où Esmé était bannie, de peur que ses petits doigts inquisiteurs ne se permettent de déplacer l'un de ses nombreux objets de valeur.

Après coup, elle ne sut plus exactement pourquoi elle y était entrée. Elle avait toujours détesté cette pièce : les sinistres rayonnages d'acajou encombrés de livres que Laurence n'avait jamais ouverts, l'odeur persistante de fumée de cigare, les trophées célébrant des exploits qu'elle ne pouvait reconnaître comme tels – *Businessman de l'année, Meilleur Tireur, Traque au cerf de Cowbridge 1959, Trophée de golf 1962*. Lui-même s'y installait rarement : ce n'était qu'un décor, une pièce où il promettait à ses invités mâles de pouvoir « échapper » aux femmes, un refuge dans lequel il prétendait trouver la paix.

Deux fauteuils confortables étaient placés de part et d'autre de la cheminée, leurs assises à peine usées. En huit ans, jamais un feu n'avait brûlé dans l'âtre. Sur le buffet, les verres de cristal taillé n'avaient jamais vu la couleur du bon whisky qui emplissait la carafe posée juste à côté. Les murs étaient couverts de photos de Laurence serrant la main à d'autres hommes d'affaires, à des dignitaires en visite, au ministre sud-africain du Commerce, au duc d'Édimbourg… Cette pièce était un musée à la gloire de Laurence, où tout était fait pour donner aux autres hommes de nouvelles raisons de l'admirer.

Jennifer resta plantée sur le pas de la porte, à côté d'un caddie de golf hors de prix. Un nœud, dur et serré, s'était formé dans sa poitrine. Elle prit un club de golf et s'avança au centre de la pièce, laissant échapper un léger halètement, comme un sportif au bout d'une longue course. Puis elle leva le club au-dessus de sa tête, semblant vouloir mimer un swing parfait, et le laissa aller de toutes ses forces contre la carafe de whisky. Des éclats de verre s'envolèrent à travers toute la pièce. Elle frappa encore, heurtant les murs, fracassant les cadres, cabossant les trophées, s'attaquant aux livres reliés de cuir, aux lourds cendriers de cristal. Elle frappa violemment, méthodiquement, sa frêle silhouette animée par une colère qui, même alors, continuait de grandir en elle.

Elle fit tomber les livres de leurs rayons, voler en éclats les cadres posés sur la cheminée. Se servant du club comme d'une hache, elle entailla le massif bureau victorien. Elle frappa, le souffle court, jusqu'à ce que ses bras lui fissent mal et que tout son corps fût baigné de sueur. Enfin, quand il n'y eut plus rien à casser, elle se figea au centre de la pièce, du verre brisé crissant sous ses semelles, écartant une mèche de son front moite en parcourant son œuvre du regard.

L'adorable Mme Stirling, au tempérament si doux. Si constante, si calme… Dépourvue de toute passion.

Jennifer Stirling laissa tomber le club à ses pieds. Puis elle s'essuya les mains sur sa jupe, d'où elle ôta un petit éclat de verre, et quitta la pièce en fermant soigneusement la porte derrière elle.

Mme Cordoza était assise dans la cuisine avec Esmé lorsque Jennifer annonça qu'elles allaient ressortir.

— Votre fille ne veut-elle pas prendre son goûter ? Elle va avoir faim.

— J'ai pas envie de sortir, protesta Esmé.

— Ce ne sera pas long, mon cœur, dit calmement Jennifer. Madame Cordoza, vous pouvez prendre le reste de la journée.

— Mais je…

— Vraiment. C'est mieux comme ça.

Elle prit sa fille dans ses bras, la valise qu'elle venait de faire et les bonbons dans le sachet en papier marron, ignorant l'air perplexe de la gouvernante. Puis elle sortit, descendit les marches et héla un taxi.

À peine entrée, elle l'aperçut, debout devant la porte de son bureau, occupé à parler avec une jeune femme. Elle entendit une salutation et sa propre réponse mesurée, vaguement surprise de prendre part à un échange aussi normal.

— Comme elle a grandi !

Jennifer baissa les yeux sur sa fille, qui jouait nerveusement avec son collier de perles, puis se tourna vers la femme qui venait de parler.

— Sandra, c'est bien ça ? fit-elle.

— Tout à fait, madame Stirling.

— Ça vous dérangerait beaucoup de laisser Esmé jouer quelques minutes avec votre machine à écrire pendant que je fais un saut au bureau de mon mari ?

Esmé fut enchantée qu'on la laisse libre de s'amuser avec le clavier, aussitôt entourée d'attentions par une nuée de femmes roucoulantes, ravies d'avoir une bonne raison d'interrompre leur travail. Jennifer repoussa les mèches de cheveux qui lui retombaient sur le visage et se dirigea vers le bureau de Laurence, s'arrêtant dans l'espace réservé à sa secrétaire.

— Jennifer, fit-il en haussant un sourcil. Je ne t'attendais pas ici.

— Juste un mot ?

— Je dois partir à 17 heures.

— Ce ne sera pas long.

Il lui fit signe d'entrer dans son bureau, ferma la porte derrière lui et lui indiqua une chaise. Il parut légèrement irrité quand elle refusa de s'asseoir, et se laissa tomber lourdement dans son fauteuil de cuir.

—Eh bien ?

—Qu'est-ce que je t'ai fait pour que tu me haïsses autant ?

—Quoi ?

—Je suis au courant pour la lettre.

—Quelle lettre ?

—Celle que tu as interceptée au bureau de poste, il y a quatre ans.

—Oh, ça, siffla-t-il d'un air méprisant.

Il affichait l'expression d'un homme à qui on vient de rappeler qu'il a oublié de prendre un petit quelque chose chez l'épicier.

—Tu savais tout et tu m'as laissée croire qu'il était mort. Tu m'as fait croire que j'en étais responsable !

—Je pensais qu'il l'était. Mais tout ça, c'est du passé. Je ne vois pas l'intérêt de déterrer cette vieille histoire.

Il sortit un cigare de la boîte en argent posée sur son sous-main.

Elle songea un instant à la boîte cabossée dans son bureau à la maison, étincelante de verre brisé.

—Tu m'as torturée, jour après jour, tu m'as laissée me punir moi-même. Qu'est-ce que j'ai bien pu te faire pour mériter ça ?

Il jeta son allumette dans le cendrier.

—Tu sais très bien ce que tu m'as fait.

—Tu m'as fait croire que je l'avais tué, Laurence !

—Je ne suis pas responsable de ce que tu as cru. Bref, comme je l'ai dit, c'est de l'histoire ancienne. Je ne vois vraiment pas pourquoi…

—Ce n'est pas de l'histoire ancienne. Parce qu'il est revenu.

Elle avait enfin capté son attention. Devinant que son assistante devait écouter derrière la porte, elle ne leva pas la voix.

—Et je pars avec lui. Et avec Esmé, bien entendu.

—Ne sois pas ridicule.

—Je suis sérieuse.

—Jennifer, aucun tribunal de ce pays ne laisserait une enfant à la garde d'une mère adultère – surtout si celle-ci est incapable de vivre sans une armoire à pharmacie pleine de pilules. Le Dr Hargreaves pourra témoigner de ta consommation exacte.

—Je ne les ai plus, ces pilules. Je les ai jetées.

—Vraiment ? fit-il en jetant un nouveau coup d'œil à sa montre. Félicitations. Donc tu as passé… vingt-quatre heures sans aide pharmaceutique ? Je suis sûr que le tribunal trouvera ça admirable.

Il éclata de rire, satisfait de sa réponse.

—Et tu penses qu'il trouvera tout aussi admirable le dossier sur la maladie du poumon ?

Elle nota la soudaine crispation de sa mâchoire, l'éclair d'incertitude qui passa dans son regard.

—Quoi ?

—Ton ancienne assistante me l'a donné. J'ai la liste de tes employés qui sont tombés malades ou morts ces dix dernières années. De quoi s'agit-il, déjà ? Ah, oui : mé-so-thé-liome, articula-t-elle, comme si elle découvrait le mot pour la première fois.

Il devint si pâle à ces mots qu'elle crut qu'il allait défaillir. Il se leva et marcha vers la porte. Il l'ouvrit, jeta un coup d'œil à l'extérieur avant de repousser le battant d'un geste ferme.

—De quoi tu parles ?

—J'ai toutes les informations, Laurence. J'ai même les papiers de la banque attestant les virements que tu as effectués.

Il ouvrit violemment un tiroir et en fouilla le contenu. Quand il releva la tête, il semblait ébranlé. Il fit un pas vers elle, l'obligeant à croiser son regard.

— Si tu me ruines, Jennifer, tu te ruines aussi.

— Tu crois vraiment que je me soucie de ça ?

— Jamais je ne divorcerai !

— Très bien, dit-elle, sa propre résolution raffermie par le trouble de son mari. Voilà ce qu'on va faire. Esmé et moi allons nous installer quelque part à Londres, et tu pourras venir la voir. Toi et moi ne serons mari et femme que de nom. Tu vas me verser une pension raisonnable pour l'élever, et, en retour, je ferai en sorte que ces papiers ne soient jamais rendus publics.

— Tu essaies de me faire chanter ?

— Oh non, je suis bien trop stupide pour ça, Laurence, comme tu me l'as rappelé un nombre incalculable de fois ces dernières années. Non, je te décris seulement ce que va être ma vie. Tu peux garder ta maîtresse, ta maison, ta fortune et… ta fameuse réputation. Aucun de tes collègues en affaires n'a besoin de le savoir, mais je ne remettrai plus jamais les pieds dans la même maison que toi.

Il n'avait jamais imaginé qu'elle était au courant pour sa maîtresse. Une expression de rage impuissante se lut sur son visage, ainsi qu'une terrible anxiété. Puis il tenta d'esquisser un sourire conciliant.

— Jennifer, tu es bouleversée. Cet homme qui revient d'entre les morts, ça a dû te faire un choc. Pourquoi ne pas rentrer à la maison, où on pourra reparler à tête reposée ?

— J'ai déposé les papiers chez une personne de confiance. Si quoi que ce soit m'arrivait, je lui ai donné mes instructions.

Il ne l'avait jamais regardée avec une expression si haineuse. Elle serra les doigts sur son sac à main.

— Tu n'es qu'une putain, dit-il.

— Avec toi, j'en ai été une, approuva-t-elle calmement. Puisque ce n'est pas par amour que j'ai partagé ton lit.

On frappa à la porte, et la nouvelle assistante entra. Le regard de la jeune fille, qui passait alternativement de l'un à l'autre, fut pour Jennifer une mine d'informations. Elle reprit courage.

— Bon, je crois que c'est tout ce que j'avais à te dire. Je vais te laisser, chéri.

Elle s'approcha de lui et l'embrassa sur la joue.

— Je t'appellerai. Au revoir, mademoiselle…

Elle attendit.

— Driscoll, dit la jeune fille.

— Driscoll, répéta-t-elle dans un sourire. Bien sûr.

Elle passa devant la jeune assistante, prit sa fille par la main et, le cœur battant, ouvrit la porte à double battant, s'attendant à chaque instant à entendre sa voix l'appeler, son pas résonner derrière elle. Elle dévala les deux volées de marches et retrouva le taxi qui l'attendait.

— On va où ? demanda Esmé tandis que Jennifer la sanglait sur le siège à côté d'elle.

La petite fille grignotait une poignée de bonbons, son butin amassé auprès des secrétaires.

Jennifer se pencha pour ouvrir la petite fenêtre et crier sa destination au chauffeur, d'une voix forte pour couvrir le bruit de la circulation. Elle se sentait soudain légère, triomphante.

— Au *Regent Hotel*, s'il vous plaît. Aussi vite que possible.

Plus tard, en repensant à ce trajet de vingt minutes, elle se rendit compte qu'elle avait regardé les rues encombrées et les vitrines multicolores avec les yeux d'une touriste, d'une correspondante étrangère, de quelqu'un qui ne les avait encore jamais vues. Elle ne retint que quelques détails et une impression dominante, sachant qu'elle allait peut-être ne plus jamais les revoir. Sa vie telle qu'elle l'avait toujours connue était terminée, et elle avait envie de chanter.

C'est ainsi que Jennifer Stirling avait dit au revoir à son ancienne vie, aux journées passées à arpenter ces rues, chargée de sacs pleins d'objets qui ne signifiaient plus rien pour elle dès son retour chez elle. C'était à cet endroit précis, près de Marylebone Road, qu'elle avait ressenti, jour après jour, un nœud se serrer dans sa poitrine en approchant de cette maison, qui n'était plus pour elle un foyer mais une prison.

Elle passa en un éclair devant sa demeure silencieuse, un monde où elle n'avait vécu qu'intérieurement, sachant qu'il n'y avait aucune pensée qu'elle pouvait exprimer, aucune action qu'elle pouvait accomplir sans s'attirer la critique d'un homme qu'elle avait rendu si malheureux qu'il mettait un point d'honneur à la punir sans cesse par son silence, ses continuelles humiliations et cette ambiance glaciale qu'il faisait régner dans la maison, même au cœur de l'été.

Un enfant pouvait vous protéger de ça, mais seulement jusqu'à un certain point. Et même si sa fuite la faisait tomber dans le déshonneur aux yeux de son entourage, au moins pourrait-elle prouver à sa fille qu'il existait d'autres façons de vivre. Des façons de vivre qui ne vous contraignaient pas à vous anesthésier ou à vous excuser d'exister.

Elle aperçut la fenêtre où, autrefois, les prostituées s'étaient exhibées. Les filles qui tapaient au carreau avaient disparu depuis longtemps. *J'espère que vous menez une vie meilleure là où vous êtes,* leur souhaita-t-elle en silence. *J'espère que vous vous êtes libérées de ce qui vous retenait ici. Tout le monde mérite cette chance.*

Esmé suçotait toujours ses confiseries, observant les rues noires de monde par la fenêtre de l'autre portière. Jennifer passa le bras sur les épaules de la fillette et l'attira contre elle. L'enfant déballa un autre bonbon et le fourra dans sa bouche.

—Maman, où on va?

—Retrouver un ami, et puis on part à l'aventure, mon cœur, répondit-elle, débordant soudain d'excitation.

Elle ne possédait rien, songea-t-elle. *Rien*.

—À l'aventure?

—Oui. Une aventure dans laquelle j'aurais dû me lancer il y a longtemps, très longtemps.

L'article sur les négociations de désarmement ne ferait pas un gros titre, songeait Don Franklin tandis que son assistant cherchait des alternatives. Il regrettait que sa femme ait mis des oignons crus dans ses sandwichs au pâté de foie. Ils lui donnaient toujours des aigreurs d'estomac.

—Si on décale de ce côté la réclame pour le dentifrice, on pourrait remplir cet espace avec l'histoire du prêtre dansant, suggéra l'assistant.

—Je déteste cette histoire.

—Et la critique de théâtre?

—Déjà page dix-huit.

—Regardez à 10 heures, patron.

Sans cesser de se masser l'estomac, Franklin leva les yeux pour voir une femme traverser à la hâte les bureaux du journal. Elle portait un court trench-coat noir et tenait par la main une gamine aux cheveux blonds. Don était mal à l'aise de voir une petite fille dans les bureaux d'un journal. Ce n'était pas normal. La femme s'arrêta pour demander quelque chose à Cheryl, qui fit un geste dans sa direction.

Un crayon au coin de la bouche, il la regarda s'approcher.

—Je suis désolée de vous déranger, mais je dois parler à Anthony O'Hare, dit-elle.

—Et vous êtes?

—Jennifer Stirling. Une amie. Je suis allée à son hôtel, mais on m'a dit qu'il était parti.

Elle semblait très inquiète.

—C'est vous qui avez déposé un petit mot il y a quelques jours, se souvint Cheryl.

—Oui, dit la femme.

Don remarqua la manière dont Cheryl la dévisageait. L'enfant tenait à la main une sucette déjà bien entamée, qui avait laissé une trace collante sur la manche de sa mère.

— Il est parti pour l'Afrique, annonça-t-il.

— Pardon ?

— Parti pour l'Afrique.

La femme s'immobilisa, tout comme la fillette.

— Non, lâcha-t-elle d'une voix brisée. Ce n'est pas possible. Il n'avait pas encore décidé s'il partait.

Don prit le crayon dans sa bouche et haussa les épaules.

— L'actualité n'attend pas. Il est parti hier, par le premier avion. Le voyage va lui prendre quelques jours.

— Mais je dois absolument lui parler.

— Il n'est pas joignable.

Il voyait Cheryl qui l'observait d'un drôle d'air. Deux autres secrétaires murmuraient entre elles.

La femme avait pâli.

— Il doit sûrement y avoir un moyen de le contacter. Il ne peut pas être parti pour longtemps.

— Il peut être n'importe où. C'est le Congo. Il n'y a pas le téléphone. Il enverra un télégramme dès que possible.

— Au Congo ? Mais pourquoi est-il parti si vite ? demanda-t-elle dans un murmure.

— Qui sait ? répliqua-t-il en lui jetant un regard lourd de sens. Quelqu'un l'a peut-être poussé à s'en aller.

Cheryl traînait toujours à proximité, faisant mine de trier une pile de papiers.

La femme semblait à présent incapable d'avoir une pensée claire. Elle porta la main à son visage. L'espace d'un instant, il crut qu'elle allait fondre en larmes – et s'il existait pire chose à ses yeux qu'une enfant dans une salle de rédaction, c'était bien une femme en pleurs accompagnée d'une enfant dans une salle de rédaction.

Cependant, elle prit une grande inspiration et se raffermit.

— Si vous entrez en contact avec lui, pourriez-vous lui demander de me passer un coup de fil?

Elle fouilla dans son sac, d'où elle sortit un dossier plein de documents ainsi que plusieurs enveloppes froissées. Elle hésita, puis fourra les enveloppes dans le dossier.

— Et donnez-lui ceci de ma part. Il comprendra.

Elle griffonna un petit mot sur son agenda, arracha la page et la glissa sous le rabat avant de déposer le dossier sur le bureau, juste devant elle.

— Bien sûr.

Elle l'attrapa par le bras. Elle portait une bague sertie d'un diamant de la taille du Koh-i-Noor.

— Vous le lui transmettrez? C'est vraiment important. C'est même une question de vie ou de mort.

— Je comprends. Maintenant, si vous voulez bien m'excuser, je dois me remettre au travail. On a tous des délais à tenir, ici.

— Je suis désolée, s'excusa-t-elle, l'air confus. S'il vous plaît, assurez-vous seulement qu'il récupère ce dossier. S'il vous plaît.

Don hocha la tête.

Elle attendit un instant, sans quitter son visage des yeux, essayant peut-être de se convaincre qu'il allait tenir parole. Puis, embrassant la salle d'un dernier regard, comme pour s'assurer que O'Hare n'était vraiment pas là, elle reprit sa fille par la main.

— Je suis sincèrement désolée de vous avoir dérangés.

Lorsqu'elle regagna la sortie d'un pas lent, comme si elle ne savait pas où aller, elle semblait étrangement plus petite qu'au moment où elle était entrée. Les quelques personnes rassemblées autour du bureau la regardèrent s'en aller.

— Au Congo, dit Cheryl après quelques secondes.

— Bon, il faut boucler la page 4, déclara Don sans lever les yeux de son bureau. Allons-y pour le prêtre dansant.

Ce ne fut que trois semaines plus tard que quelqu'un eut l'idée de ranger son bureau. Au milieu des vieilles épreuves et des feuilles de carbone bleu foncé traînait un dossier en piteux état.

— C'est qui, « B » ? demanda Dora, la secrétaire intérimaire, en soulevant la couverture. C'est pour Bentinck ? Il n'est pas parti il y a deux mois ?

Cheryl, qui se bagarrait au téléphone à propos des frais d'un voyage, haussa les épaules sans se retourner mais posa la main sur le combiné.

— Si tu ne sais pas à qui ça appartient, dit-elle en posant la main sur le combiné, descends les documents aux archives. C'est là que je mets tout ce qui traîne. Comme ça, Don ne peut pas te crier dessus. Enfin, si, il trouvera toujours quelque chose à te reprocher, ajouta-t-elle après une seconde de réflexion, mais pas d'avoir mal classé les papiers.

Le dossier atterrit donc sur le chariot destiné aux archives, avec la vieille édition du *Who's Who* du journal, et fut englouti dans les entrailles du bâtiment.

Il n'en ressortirait plus avant quarante longues années.

PARTIE III

Toi et moi, C terminé

Un homme à une femme, par texto

CHAPITRE 16

2003

Mardi ? Au *Red Lion* ? Ça te dit ? Bisous, John.

Elle patiente une bonne demi-heure avant de le voir arriver dans un courant d'air froid, se répandant en excuses. Une interview pour la radio a duré plus longtemps que prévu. L'ingénieur du son était un ancien camarade de fac qui a voulu prendre de ses nouvelles. Ç'aurait été impoli de partir tout de suite.

Par contre, ça n'a rien d'impoli de me laisser poireauter toute seule dans un pub, rétorque-t-elle intérieurement. Mais comme elle ne veut pas gâcher l'ambiance, elle sourit.

—Tu es charmante, dit-il en lui caressant la joue. Tu es allée chez le coiffeur ?

—Non.

—Ah. Alors c'est ton charme habituel.

Et voilà. Une simple phrase, et son retard est oublié.

Il porte une chemise bleu foncé et une veste kaki. Elle l'a déjà taquiné avec cette tenue, disant que c'est l'uniforme des écrivains : raffiné, discret et coûteux. C'est ainsi qu'elle l'imagine lorsqu'elle n'est pas avec lui.

—Alors, Dublin ? C'était comment ?

—Pressé. Pressant, dit-il en dénouant son écharpe. J'ai ce nouvel agent, Ros, qui se croit obligée de me caser quelque chose dans le moindre petit créneau de quinze minutes. Sérieusement, elle a même prévu des pauses-pipi.

Elle éclate de rire.

— Tu bois quelque chose ? demande-t-il en avisant son verre vide.

Sans attendre sa réponse, il fait signe au serveur.

— Vin blanc.

Elle n'avait pas prévu d'en prendre un autre ; elle essaie de réduire sa consommation, mais, maintenant qu'il est là, son estomac fait des nœuds que seul l'alcool pourra dénouer.

Il lui parle de son voyage, des livres qu'il a vendus, des nouveaux aménagements sur le front de mer de Dublin. Elle le regarde. Elle a lu quelque part qu'on ne voit vraiment une personne que dans les trois premières minutes suivant la rencontre. Par la suite, il ne s'agit plus que d'une impression basée sur l'opinion qu'on s'est faite de cette personne. Cette idée lui apporte un peu de réconfort les matins où elle se réveille avec la gueule de bois, le visage bouffi par l'alcool. *Tu seras toujours beau à mes yeux*, lui dit-elle en pensée.

— Du coup, tu ne travailles pas aujourd'hui ?

Elle se remet avec effort dans la conversation.

— Non, c'est mon jour de congé. J'ai travaillé dimanche dernier, tu te souviens ? Mais je vais quand même passer au bureau.

— Tu travailles sur quoi ?

— Oh, rien de bien palpitant. J'ai trouvé une lettre intéressante aux archives, et je voulais approfondir mes recherches au cas où il y en aurait d'autres dans la même veine.

— Une lettre ?

— Oui.

Il haussa un sourcil.

— Rien de spécial, vraiment, dit-elle en haussant les épaules. Un vieux courrier. De 1960.

Elle ne sait pas vraiment pourquoi, mais elle est réticente à lui dévoiler les émotions brutes qui s'étalent sur cette page. Elle a peur qu'il y perçoive un message caché.

—Ah, les années 1960. J'aime beaucoup écrire sur cette période. Il y avait tellement d'interdits, à l'époque… C'est terriblement efficace pour créer de la tension.

—De la tension ?

—Entre ce qu'on voudrait faire et ce que nous autorise la société.

Elle baisse les yeux sur ses mains.

—Ouaip. Je connais bien le sujet.

—Repousser les limites… Tous ces codes de conduite rigides…

—Redis-moi ça, susurre-t-elle en croisant son regard.

—Arrête, murmure-t-il en souriant. Pas au restaurant. Vilaine fille.

Le pouvoir des mots. Il se fait avoir chaque fois.

Elle sent la pression de sa jambe sur la sienne. Après le déjeuner, ils iront à son appartement et elle l'aura pour elle seule pendant au moins une heure. Ce n'est pas assez, ça ne l'est jamais, mais songer à son corps contre le sien suffit déjà à l'étourdir.

—Tu as… toujours envie de manger ? demande-t-elle lentement.

—Ça dépend…

Leurs yeux se perdent dans le regard de l'autre. Pour elle, il n'y a plus que lui dans ce pub.

Il s'agite sur sa chaise.

—Oh, avant que je n'oublie, je pars en voyage à partir du dix-sept.

—Encore une tournée promotionnelle ?

Sous la table, il serre ses jambes entre les siennes. Elle a toutes les peines du monde à se concentrer sur ses mots.

—Tu te fais vraiment exploiter par tes éditeurs.

—Non, dit-il d'une voix neutre. Je pars en vacances.

L'espace d'une fraction de seconde, tout se fige. Puis elle arrive. Une vraie douleur, comme un coup de poing, juste sous les côtes. Toujours l'endroit le plus sensible.

—C'est bien pour toi, dit-elle en ramenant les jambes sous sa chaise. Tu vas où?

—À la Barbade.

—À la Barbade! s'écrie-t-elle, incapable de dissimuler sa surprise.

La Barbade. Ce n'est pas une semaine de camping en Bretagne. Ce n'est pas le cottage d'un cousin éloigné sous la pluie du Devon. La Barbade, ce n'est pas la corvée habituelle des vacances en famille. C'est le luxe, le sable blanc, la femme en bikini. La Barbade, c'est une destination de plaisir, qui implique que leur mariage vaut toujours quelque chose, qu'ils pourraient faire l'amour…

—Je ne suis pas sûr d'avoir accès à Internet, et ce ne sera pas facile de téléphoner. Enfin, comme d'habitude.

—Silence radio, donc.

—Quelque chose comme ça.

Elle ne trouve rien à répondre. Elle se sait furieuse contre lui, mais elle sait également qu'elle n'a pas le droit de l'être. Après tout, il ne lui a jamais rien promis.

—Mais tout de même… De vraies vacances avec des enfants en bas âge, ça n'existe pas, déclare-t-il en portant son verre à ses lèvres. Il n'y a que le décor qui change.

—Vraiment?

—Tu n'imagines pas la quantité de trucs qu'il faut trimballer. Des landaus, des chaises hautes, des couches…

—Non, je n'ai pas idée.

Ils restèrent assis en silence jusqu'à l'arrivée du vin. Il lui sert un verre. Le silence s'étire, devient envahissant, catastrophique.

—Je ne peux rien changer au fait que je suis marié, Ellie, dit-il enfin. Je suis désolé si ça te fait de la peine, mais je ne peux pas annuler mes vacances simplement parce que…

—… ça me rend jalouse, achève-t-elle.

Elle déteste ce pour quoi elle passe. Elle se déteste elle-même pour rester assise là, sans rien faire, comme une ado qui fait la gueule. Mais elle est toujours en train de prendre conscience des implications de ces vacances à la Barbade : pendant deux semaines, elle va passer son temps à essayer de ne pas l'imaginer en train de faire l'amour à sa femme.

C'est à ce moment-là que je devrais partir, se dit-elle en prenant son verre. C'est à ce moment-là que toute personne sensée rassemble ce qui lui reste de fierté, déclare qu'elle mérite mieux et sort trouver un homme prêt à passer du temps avec elle – et pas seulement pour quelques déjeuners à la va-vite.

—Tu veux toujours m'emmener chez toi ?

Il l'observe attentivement. Tout en lui semble lui présenter des excuses, parfaitement conscient de ce qu'il lui fait subir. Cet homme. Ce champ de mines.

—Oui, dit-elle.

Il y a une hiérarchie au sein du journal, et les archivistes ne se trouvent pas très loin du bas. Pas tout à fait aussi bas que le personnel de cantine ou les agents de sécurité, mais loin en dessous des chroniqueurs, des rédacteurs et des reporters, qui constituent le visage de la publication. Ils sont le personnel de soutien, invisibles, sous-estimés, là pour répondre aux requêtes des employés plus importants qu'eux. Mais personne ne semble avoir expliqué ces notions à l'homme au tee-shirt à manches longues.

—On ne prend aucune demande aujourd'hui, déclare-t-il en désignant une affichette manuscrite scotchée sur ce qui fut autrefois le comptoir :

Désolé – pas d'accès aux archives avant lundi. La plupart des requêtes peuvent être soumises en ligne – essayez sa d'abord, et appelez le 3223 en cas d'urgence.

Lorsqu'elle relève les yeux, il n'est déjà plus là.

Elle pourrait s'en offusquer mais elle pense toujours à John, à sa façon de secouer la tête en enfilant sa chemise, une heure auparavant.

—Waouh! avait-il dit en rajustant sa tenue. Je n'avais encore jamais fait l'amour avec une femme en colère.

—Oh, ça va! avait-elle rétorqué, beaucoup plus désinvolte qu'une heure auparavant.

Étendue sur la couette, elle regardait les nuages gris d'octobre passer à travers la lucarne.

—C'est toujours mieux que de ne pas faire l'amour avec une femme en colère, fit-elle remarquer.

—Ça m'a plu, murmura-t-il en se penchant sur elle pour l'embrasser. J'aime l'idée que tu te sers de moi. Que je ne suis que l'objet de ton plaisir.

Elle lui jeta un oreiller au visage. Il affichait de nouveau cette expression, cet air tendre, comme un souvenir persistant de ce qui venait de se passer entre eux. *Il m'appartient.*

—Tu penses que ce serait plus facile si nous ne prenions pas autant de plaisir ensemble? demanda-t-elle en repoussant les mèches de cheveux qui lui tombaient devant les yeux.

—Oui et non.

Parce que sans ça, tu ne serais pas là?

Elle se redressa, soudain mal à l'aise.

—Bon! fit-elle vivement.

Elle l'embrassa sur la joue, puis, pour faire bonne mesure, sur l'oreille.

—Il faut que je file au bureau. Ferme à clé en partant, dit-elle en disparaissant dans la salle de bains.

Consciente de la stupéfaction de John, elle verrouilla la porte derrière elle et ouvrit le robinet d'eau froide pour la faire couler à grand bruit. Elle s'assit sur le bord de la baignoire et l'écouta traverser le salon, probablement pour retrouver ses chaussures, puis entendit des bruits de pas de l'autre côté de la porte.

—Ellie ? Ellie ?

Elle ne répondit pas.

—Ellie, je m'en vais.

Elle attendit.

—On se reparle plus tard, ma belle.

Il frappa deux coups à la porte, puis s'en alla.

Elle resta assise là une bonne dizaine de minutes après avoir entendu claquer la porte d'entrée.

L'archiviste réapparaît alors qu'elle s'apprête à partir. Il porte des boîtes de dossiers empilées en équilibre instable et s'apprête à ouvrir la porte en la poussant avec son dos pour disparaître de nouveau dans les entrailles du bâtiment.

—Toujours là ?

—Vous avez mal orthographié « essayez ça », fit-elle remarquer en désignant le panonceau.

Il y jette un vague regard.

—Ah, le petit personnel n'est plus ce qu'il était, pas vrai ? rétorque-t-il en se retournant vers la porte.

—Non, ne partez pas ! S'il vous plaît !

Elle se penche sur le comptoir en brandissant le dossier qu'il lui a confié.

—Il faut que je voie certains de vos journaux des années 1960. Et je voulais aussi vous demander une chose : est-ce que vous vous souvenez de l'endroit où vous avez trouvé les papiers que vous m'avez donnés ?

—Vaguement. Pourquoi ?

—Je… Il y avait quelque chose dedans. Une lettre. Je me disais que ça pourrait faire un bon article si j'avais de quoi étoffer un peu.

Il secoue la tête.

—Je ne peux pas faire ça maintenant, désolé – avec le déménagement, on est débordés.

—Je vous en supplie! Il faut que j'aie rédigé quelque chose d'ici la fin du week-end. Je sais que vous êtes très occupé, mais j'ai seulement besoin que vous me montriez où chercher. Je me charge du reste.

Il a les cheveux emmêlés, et son tee-shirt à manches longues est couvert de poussière. Cet homme n'a rien d'un archiviste – il a plus une tête à surfer sur les bouquins qu'à les empiler.

Il pousse un profond soupir et laisse tomber ses boîtes sur le bord du comptoir.

—OK. Quel genre de lettre?

—Celle-ci, dit-elle en sortant l'enveloppe de sa poche.

—Il n'y a pas beaucoup d'indications, déclare-t-il après un rapide coup d'œil. Une boîte postale et une initiale.

Il parle d'un ton très sec. Elle regrette sa remarque au sujet de son orthographe.

—Je sais. Mais je me disais que si vous en aviez d'autres ici, je pourrais…

—Je n'ai pas le temps de…

—Lisez-la, insiste-t-elle. Allez-y. Lisez-la…

Elle s'interrompt en se rendant compte qu'elle ne connaît pas son nom. Elle travaille ici depuis deux ans, et elle ne sait même pas comment s'appellent les archivistes.

—Rory.

—Moi, c'est Ellie.

—Je sais.

Elle hausse les sourcils.

—Ici, on aime bien mettre un visage sur une signature. Et, croyez-le ou non, on se parle aussi entre nous.

Il baisse les yeux sur la lettre.

—Je suis très occupé… Et la correspondance personnelle, ce n'est pas vraiment ce qui nous intéresse. Je ne sais même pas comment celle-ci a atterri ici.

—Rien que deux minutes ! insiste-t-elle. S'il vous plaît, Rory !

Il soupire, sort la lettre de l'enveloppe et la lit, en prenant tout son temps. Quand il a terminé, il la regarde.

—Osez me dire que vous n'êtes pas intrigué !

Il hausse les épaules.

—Vous l'êtes, dit-elle avec un grand sourire. Je suis prête à le parier !

L'air résigné, il ouvre le comptoir et lui fait signe de passer.

—Vous aurez les journaux qu'il vous faut sur le comptoir dans dix minutes. J'ai mis toutes les feuilles volantes dans des sacs pour les jeter, mais allez-y, fouillez, vous pourrez peut-être reconstituer le puzzle. Je vous demande seulement de ne pas en parler à mon chef. Et ne comptez pas sur moi pour vous aider.

Voilà près de trois heures qu'elle est en bas. Elle a oublié les journaux des années 1960 et s'est assise sur une caisse retournée dans un coin du sous-sol poussiéreux, remarquant à peine les hommes qui passent à côté d'elle en déplaçant des boîtes étiquetées *Élection 1967*, *Catastrophes ferroviaires* ou *Juin-juillet 1982*. Les mains noircies de poussière et de vieille encre, elle épluche le contenu des sacs-poubelle, en extrait des rames entières de papier poussiéreux, distraite par des publicités pour des remèdes contre le rhume, des toniques et des marques de cigarettes depuis longtemps oubliées, les mains noircies de poussière et de vieille encre. Elle empile les papiers autour d'elle en piles chaotiques, à la recherche d'une feuille manuscrite, de plus petit format que les autres. Elle est si absorbée par la tâche qu'elle en oublie de regarder si elle a reçu des messages sur son portable. Elle en oublie même, l'espace d'un instant, l'heure qu'elle a passée chez elle avec John et qui, en temps normal, aurait dû accaparer ses pensées pendant plusieurs jours.

Au-dessus d'elle, ce qui reste de la salle de rédaction est en effervescence, digérant et recrachant les nouvelles, écrivant des articles entiers avant de les rejeter en fonction des dernières mises à jour des fils d'information. Dans le silence et la pénombre du sous-sol, le calme est tel qu'on pourrait aussi bien se trouver sur un autre continent.

Aux alentours de 17 h 30, Rory apparaît avec deux gobelets de thé. Il lui en tend un, puis souffle sur le sien en s'appuyant sur un fichier vide.

—Alors, qu'est-ce que tu trouves ?

—Rien. Des tas de toniques révolutionnaires, des résultats de matchs de criquet à ne plus savoir qu'en faire, mais pas la moindre lettre d'amour.

—Les chances étaient infimes.

—Je sais. Ce n'était qu'une de ces…

Elle porte le gobelet à ses lèvres.

—Je ne sais pas. Je l'ai lue, et elle est restée imprimée en moi. Je voulais savoir ce qui s'était passé. Et toi, comment se passe le déménagement ?

Il s'assied à son tour sur une caisse. Il a les mains encrassées de poussière, et une trace noire sur le front.

—Presque fini. Je n'arrive pas à croire que mon chef ait refusé de laisser les pros s'en occuper.

Le chef archiviste travaillait au journal depuis des temps immémoriaux, et sa capacité à établir la date exacte de n'importe quel journal à partir de la plus vague description était devenue légendaire.

—Pourquoi ?

Il soupira.

—Il avait peur qu'ils ne rangent un fichier au mauvais endroit ou qu'ils ne perdent un carton. Je n'ai pas arrêté de lui dire que, de toute façon, tout va finir numérisé, mais vous savez comment il est avec les copies papier…

—Il y a combien d'années de journaux ici ?

—Si ma mémoire est bonne, il y a quatre-vingts ans de journaux archivés et soixante ans de coupures de presse et documents associés. Et ce qui me fait le plus peur, c'est qu'il connaît l'emplacement du moindre dossier.

Ellie commence à replacer les papiers dans un des sacs.

—Je devrais peut-être lui parler de cette lettre. Qui sait, il pourrait peut-être me dire qui l'a écrite.

—Seulement si ça ne te dérange pas de devoir la restituer. Il ne supporte pas l'idée de se débarrasser de quoi que ce soit. Avec les collègues, on fait sortir le bazar en douce dès qu'il rentre chez lui, sinon on aurait de quoi remplir plusieurs autres pièces comme celle-ci. S'il apprend que je t'ai donné ce dossier de vieux papiers, il va sûrement me virer.

Elle grimace.

—Alors je ne saurai jamais, soupire-t-elle d'un air théâtral.

—Tu ne sauras jamais quoi ?

—Ce qui est arrivé à mes amants maudits.

Rory réfléchit un instant.

—À mon avis, elle a dit non.

—Quel romantique tu fais…

—Elle avait trop à perdre.

Elle penche la tête de côté et le regarde d'un air songeur.

—Et puis d'ailleurs, reprend-elle, qu'est-ce qui te dit que la lettre était adressée à une femme ?

—Les femmes ne travaillaient pas à l'époque, si ?

—La lettre date de 1960. Ce n'était plus vraiment le temps des suffragettes.

—Remontre-la-moi, dit-il en tendant la main. Bon, admettons, elle avait peut-être un travail. Mais il me semble que ça parle d'un voyage en train. Je pense qu'une femme serait moins susceptible d'annoncer qu'elle part prendre un nouveau poste.

Il relit le message en soulignant du doigt certains passages.

—Tu vois, il lui demande de le suivre. Une femme n'aurait pas demandé à un homme de la suivre. Pas à l'époque.

—Tu as une vision très stéréotypée des hommes et des femmes…

—Non. J'ai seulement passé beaucoup de temps immergé dans le passé, réplique-t-il en embrassant la salle d'un geste circulaire. Et, crois-moi, ce n'était pas du tout le même pays.

—Mais, si ça se trouve, cette lettre n'est pas du tout adressée à une femme, plaisante-t-elle. Elle est peut-être adressée à un autre homme.

—Peu probable. Il me semble qu'à l'époque l'homosexualité était illégale. Il y aurait des références à un secret.

—Mais il y a des références à un secret.

—Ce n'est qu'une banale histoire d'adultère. C'est évident.

—Ah bon? C'est l'expérience qui parle?

—Ah, ah! Pas la mienne, non.

Il lui rend la lettre et boit une gorgée de thé.

Il a de longs doigts carrés. Des mains de travailleur manuel, pas d'archiviste, songe-t-elle distraitement. Mais à quoi sont supposées ressembler les mains d'un archiviste?

—Alors tu n'as jamais eu de relation avec une personne mariée? À moins que tu ne sois marié mais n'aies jamais eu d'aventure? demande-t-elle en jetant un coup d'œil furtif à son annulaire.

—Ni l'un ni l'autre. Je n'ai jamais eu d'aventure. Enfin, pas avec une personne mariée. Je n'aime pas me compliquer la vie.

Il fait un vague signe de tête en direction de la lettre, qu'elle est en train de ranger dans son sac.

—Ces choses-là ne se terminent jamais bien.

— Quoi ? Toute relation amoureuse qui n'est pas simple et sans histoire est vouée à finir en tragédie ?

Elle est sur la défensive, cela s'entend dans sa voix.

— Ce n'est pas ce que j'ai dit.

— Si. Tu penses qu'elle a refusé de le suivre.

Il termine son thé, écrase son gobelet et le jette dans le sac-poubelle.

— On ferme dans dix minutes. Tu ferais bien d'emporter ce qui t'intéresse. Montre-moi ce que tu n'as pas eu le temps d'examiner, j'essaierai de le mettre de côté.

Pendant qu'elle rassemble ses affaires, il ajoute :

— Et oui, pour ce que vaut mon avis, je pense qu'elle a refusé de le suivre…

Son expression est indéchiffrable.

— … mais pourquoi serait-ce forcément la pire issue possible ? conclut-il.

Je t'aime quand même. Je t'aimerais même s'il n'y avait pas de moi, pas d'amour ou pas de vie — je t'aime.

Zelda à Scott Fitzgerald, par lettre

CHAPITRE 17

Ellie Haworth vit un rêve. Elle se le répète souvent au réveil, surtout le lendemain d'une cuite au vin blanc, quand elle commence à déprimer dans son parfait petit appartement que personne ne dérange en son absence. (Elle a secrètement envie d'un chat, mais elle a peur de devenir un cliché ambulant.) Ses articles de fond sont publiés dans un journal national, elle a des cheveux faciles à coiffer, des courbes juste là où il faut et est assez jolie pour attirer l'attention des hommes et s'en prétendre offensée. Elle a la langue bien aiguisée – trop, à en croire sa mère –, l'esprit vif, plusieurs cartes de crédit et une petite voiture qu'elle parvient à réparer sans aide masculine. Lorsqu'elle tombe sur d'anciens camarades d'école, elle peut lire une certaine envie dans leur regard : elle n'a pas encore atteint l'âge où l'absence d'un mari et d'enfants commence à être vue comme un défaut. Quand elle rencontre un homme, elle le voit cocher mentalement la liste de ses qualités – super boulot, jolis nibards, sens de l'humour – comme si elle était un trophée.

Et même si, depuis peu, elle se rend compte que le rêve commence à s'effondrer, que le tranchant pour lequel elle était réputée au bureau s'est émoussé depuis l'entrée en scène de John, que leur relation autrefois stimulante s'est mise à la consumer d'une manière peu enviable, elle a choisi de ne pas y regarder de trop près. C'est facile quand on est entouré de gens qui nous ressemblent, de journalistes et d'écrivains qui boivent beaucoup, font la fête, ont des aventures désastreuses et des partenaires malheureux à la maison qui, fatigués de leur négligence, iront fatalement voir ailleurs. Elle fait partie de leur groupe, de leur cohorte, vivant la vie des pages glacées des magazines, une vie qu'elle avait recherchée dès l'instant où elle avait su qu'elle voulait écrire. Elle a du succès, elle est célibataire et égoïste. Ellie Haworth est aussi heureuse qu'elle peut l'être – que quiconque pourrait l'être, étant donné les circonstances.

Après tout, on ne peut pas tout avoir, se dit Ellie quand, parfois, elle se réveille en tentant de se rappeler le rêve qu'elle est censée vivre.

—Joyeux anniversaire, vieille bique!

Corinne et Nicky, qui l'attendaient dans le café, lui font de grands signes en tapotant une chaise tandis qu'elle se rue à l'intérieur, son sac volant derrière elle.

—Viens, viens! Tu es super en retard! On est censées être au boulot, là!

—Désolée. J'ai été un peu retenue.

Elles échangent un regard, et elle comprend qu'elles la soupçonnent d'avoir passé du temps avec John. Elle préfère ne pas leur avouer que, en réalité, elle attendait le facteur. Elle voulait voir s'il lui avait envoyé quelque chose. Maintenant, elle se sent bête d'avoir pris vingt minutes de retard pour retrouver ses amies.

—Alors, qu'est-ce que ça fait d'être aussi vieille?

Nicky s'est coupé les cheveux. Ils sont toujours blonds, mais courts et ébouriffés. Elle a l'air d'un ange.

—Je t'ai pris un latte sans sucre. J'imagine qu'à partir de maintenant, tu vas devoir surveiller ta ligne.

—Oh, ça va! Trente-deux ans, c'est le bel âge. Enfin, c'est ce que je me répète.

—Je n'ai pas hâte d'y arriver, dit Corinne. Quelque part, à trente et un ans, on a tout juste passé trente ans;

techniquement, on est presque encore dans la vingtaine. Mais trente-deux, ça m'a l'air horriblement proche de trente-cinq.

— Et trente-cinq n'est qu'à un pas de quarante…, surenchérit Nicky en vérifiant sa coiffure dans le miroir derrière la banquette.

— Joyeux anniversaire à vous aussi, raille Ellie.

— Mais tu sais qu'on t'aimera toujours, même quand tu seras vieille et seule, avec tes rides et tes grosses culottes couleur chair !

Ses amies déposent deux sacs sur la table.

— Voilà tes cadeaux. Mais, je te préviens, ils ne sont pas échangeables.

Elles ont fait des choix parfaits, comme seules savent le faire de vieilles amies. Corinne lui a acheté des chaussettes de cachemire gris colombe, si douces qu'Ellie a du mal à résister à l'envie de les enfiler sur place. Nicky, quant à elle, lui offre un bon pour un soin dans un salon de beauté aux tarifs prohibitifs.

— C'est pour un masque anti-âge, dit-elle d'un air taquin. C'était ça ou le Botox.

— Et on sait comme tu as peur des piqûres.

Ellie se sent soudain débordante d'amour et de gratitude envers ses amies. Nombreuses ont été les soirées où chacune a avoué considérer les deux autres comme sa nouvelle famille et a confié sa peur de les voir trouver chaussure à leur pied en premier, la laissant seule célibataire. Nicky a un nouveau copain qui, une fois n'est pas coutume, semble prometteur : il est solvable, sympathique, et se laisse juste assez désirer pour ne pas perdre tout intérêt à ses yeux – elle a passé dix ans à fuir comme la peste les hommes qui se montraient trop prévenants. Corinne, quant à elle, vient de sortir d'une relation d'un an. Il était très gentil, expliquait-elle, mais ils étaient devenus comme frères et sœurs, « et je pensais que ça n'arrivait qu'aux couples mariés avec enfants ».

Elles ne parlent jamais sérieusement de leur peur d'avoir raté le train que leurs mères et leurs tantes ne manquent jamais une occasion de leur rappeler. Elles évitent de penser que la plupart des hommes de leur entourage sont en couple avec des femmes qui ont cinq à dix ans de moins qu'elles. Elles rient beaucoup de la vieillesse. Elles collectionnent les amis gays qui leur promettent de leur faire des enfants si, « dans dix ans », ils sont encore tous deux célibataires – ce que ni l'un ni l'autre ne croit possible.

— Qu'est-ce qu'il t'a offert?

— Qui ça? demande innocemment Ellie.

— Monsieur Livre de Poche. À moins que son cadeau ne soit la raison qui t'a fait arriver en retard?

— Elle a déjà reçu sa piqûre de Botox, glousse Corinne.

— Vous êtes dégueulasses.

Elle avale une gorgée de café tiède.

— Je… je ne l'ai pas encore vu.

— Mais il t'invite quand même quelque part? demande Nicky.

— Je suppose.

Elle est soudain furieuse contre ses amies, parce qu'elles la regardent d'un air apitoyé et parce qu'elles ont déjà tout compris. Elle est furieuse contre elle-même pour avoir omis de préparer une excuse pour John. Elle lui en veut d'avoir besoin d'une excuse.

— Est-ce qu'il t'a appelée au moins?

— Non. Mais il n'est que 8 h 30… Oh merde, j'ai une réunion de rédaction à 10 heures et je n'ai pas une seule bonne idée!

— Oh, qu'il aille se faire voir! lance Nicky en se penchant sur elle pour la serrer dans ses bras. On va t'offrir un petit gâteau d'anniversaire, pas vrai, Corinne? Ne bouge pas, je vais te chercher un de ces muffins avec du glaçage. On va se faire un petit goûter d'anniversaire en avance.

C'est alors qu'elle entend la sonnerie étouffée de son portable. Elle l'ouvre d'un geste.

Joyeux anniversaire, ma belle. Le cadeau arrive plus tard. Bisou.

—C'est lui ? demande Corinne.

—Oui, dit-elle dans un grand sourire. Mon cadeau va arriver plus tard.

—Comme lui, grogne Nicky en revenant à la table avec le muffin. Il t'emmène où ?

—Euh… il ne l'a pas précisé.

—Fais voir, intervient Nicky en attrapant le portable. Qu'est-ce que c'est censé vouloir dire ?

—Nicky…, commence Corinne avec une nuance d'avertissement dans la voix.

—« Le cadeau arrive plus tard. Bisou. » C'est sacrément vague, tu ne trouves pas ?

—C'est son anniversaire.

—Exactement. Et c'est pour ça qu'on ne devrait pas avoir à déchiffrer les messages merdiques d'un connard. Ellie – chérie – qu'est-ce que tu fous avec lui ?

Ellie est pétrifiée. Nicky vient de briser l'accord tacite selon lequel il ne faut jamais dire de mal d'un petit ami, peu importe à quel point une relation est stupide. Les amies doivent se soutenir. Elles doivent exprimer subtilement leur inquiétude. Elles ne doivent pas dire des trucs du genre : « Qu'est-ce que tu fous avec lui ? »

—Ça va, dit-elle. Vraiment.

Nicky la dévisage.

—Ellie, tu as trente-deux ans. Tu es dans une relation – une relation amoureuse – avec cet homme depuis presque un an, et tout ce qu'il t'envoie pour ton anniversaire, c'est un minable petit texto qui sous-entend peut-être que vous allez coucher ensemble à une date indéterminée. Les maîtresses ne sont pas censées recevoir de la lingerie hors de prix ? Un week-end à Paris de temps en temps ?

Corinne fait la grimace.

—Je suis désolée, Corinne, mais, pour une fois, j'ai envie de dire la vérité. Ellie, chérie, entre nous, c'est à la vie à la mort. Mais, franchement, qu'est-ce que cette relation t'apporte ?

Ellie baisse les yeux dans son café. Tout le plaisir de son anniversaire est en train de s'évanouir.

—Je l'aime, dit-elle simplement.

—Et lui, il t'aime ?

Ellie sent monter en elle une brusque vague de haine envers Nicky.

—Est-ce qu'il sait que tu l'aimes ? Est-ce que tu es capable de le lui dire ?

Elle lève les yeux.

—Je n'ai rien à ajouter, dit Nicky.

Autour d'elles, le café est devenu très silencieux. Mais peut-être n'est-ce qu'une impression.

Ellie remue sur sa chaise.

Corinne fusille toujours Nicky du regard. Celle-ci hausse les épaules et tend à Ellie son muffin.

—Bref. Joyeux anniversaire, hein ? Quelqu'un veut un autre café ?

Arrivée à son bureau, Ellie se glisse devant son ordinateur. Pas de note la prévenant que des fleurs l'attendent à la réception, pas de chocolat ni de champagne. Il y a dix-huit mails dans sa boîte, sans compter les spams. Sa mère – qui s'est acheté un ordinateur il y a un an et ponctue chacune de ses phrases par un point d'exclamation – lui a écrit un message pour lui souhaiter un *joyeux anniversaire !* et l'informer que *le chien va bien depuis qu'on lui a remis la hanche en place !* et que *l'opération a coûté plus cher que celle de grand-mère*

Haworth !!! Un secrétaire lui a adressé un mémo pour lui rappeler l'heure de la réunion du matin, et Rory, l'archiviste, lui a envoyé un message pour lui demander de descendre au sous-sol dans la journée, mais pas avant 16 heures ; avant, ils seraient au nouveau bâtiment. Rien de la part de John. Un peu dépitée, elle grimace en voyant Melissa traverser à grands pas les bureaux, suivie de près par Rupert.

Elle va avoir des problèmes, comprend-elle en fouillant dans les papiers qui encombrent son bureau. Elle s'est tellement laissé absorber par cette lettre qu'elle n'a presque rien à présenter pour l'édition de 1960, et surtout pas un seul des exemples contrastés qu'a demandés Melissa. Elle se maudit d'être restée si longtemps au café, se passe la main dans les cheveux, attrape le dossier le plus proche – pour sauver les apparences – et file à la réunion.

— Bon ! Les pages santé sont à peu près bouclées, n'est-ce pas ? Où en est ce sujet sur l'arthrite ? Je voulais un encadré sur les remèdes alternatifs. Personne ne connaît une célébrité qui souffrirait d'arthrite ? Ça mettrait un peu de vie dans les illustrations, elles sont assommantes.

Ellie joue nerveusement avec ses papiers. Il est presque 11 heures. Qu'est-ce que ça lui aurait coûté de lui envoyer des fleurs ? S'il avait tellement peur que ça ne se voie sur le relevé de sa carte de crédit, il n'avait qu'à payer le fleuriste en liquide ; il l'avait déjà fait.

Ses sentiments pour elle refroidissent peut-être. Le voyage à la Barbade est sûrement un moyen d'essayer de renouer avec sa femme. Lui parler de ses vacances, ce doit être une manière lâche de lui faire comprendre qu'elle a moins d'importance qu'avant. Elle fait défiler les messages sauvegardés dans son portable, tentant de détecter un refroidissement notable dans ses communications.

Joli article sur les vétérans de guerre. Bisou.

Libre pour le déjeuner ? Je serai là vers 12 h 30. J.

Tu es plus que ça. Peux pas te parler ce soir. T'enverrai un message au réveil. Bisou.

Impossible de déceler le moindre changement de ton avec si peu de matière. Ellie pousse un soupir, découragée par ses propres pensées et par les commentaires trop francs de son amie. Qu'est-ce qu'elle fout avec lui ? Elle ne lui demande pas grand-chose. Pourquoi ? Parce qu'elle a peur, si elle en demande plus, qu'il ne se sente acculé et que tout ne se brise autour d'eux. Elle a toujours su à quoi s'en tenir. Elle ne peut pas prétendre avoir été menée en bateau. Mais combien de miettes peut-elle espérer grappiller ? C'est une chose de savoir qu'on est aimé passionnément et que seules les circonstances vous séparent. Mais quand il n'y a même pas ça pour faire voguer le navire…

— Ellie ?

— Hum ?

Elle lève la tête et voit dix paires d'yeux posées sur elle.

— Tu allais nous faire part de tes idées pour l'édition de lundi prochain, dit Melissa, le regard aussi vide que perçant. Les pages « hier et aujourd'hui ».

— Oui, marmonne-t-elle en se penchant sur le dossier posé sur ses genoux pour dissimuler sa rougeur. Oui… Eh bien, je me suis dit que ce pourrait être amusant de prélever directement les vieilles rubriques. Il y avait déjà un courrier du cœur à l'époque, donc on pourrait comparer et mettre en contraste hier et aujourd'hui.

— Oui, dit Melissa. C'est ce que je t'ai demandé de faire la semaine dernière. Tu devais me présenter le résultat de tes recherches.

—Oh. Oui, pardon. Les pages sont toujours aux archives. Avec le déménagement, les archivistes deviennent un peu paranos, ils veulent être sûrs de savoir où se trouvent les documents, bégaie-t-elle.

—Pourquoi ne pas avoir fait de photocopies?

—Je…

—Ellie, tu prends du retard. Tu aurais dû boucler ça depuis lontemps.

La voix de Melissa est glaciale. Les autres rédacteurs baissent la tête, ne voulant pas être témoins de l'inévitable décapitation.

—Tu veux sans doute que je confie la tâche à quelqu'un d'autre? Une stagiaire, peut-être?

Elle sait, se dit Ellie, que depuis des mois, ce travail n'est qu'une ombre sur le radar de ma journée. Elle sait que j'ai l'esprit ailleurs—dans le lit aux draps froissés d'une chambre d'hôtel, dans une pension de famille cachée à la campagne, menant une conversation parallèle avec un homme qui n'est pas là. Rien n'existe en dehors de lui, et elle a lu tout ça sur mon visage.

Melissa lève les yeux au ciel.

Ellie se rend compte, dans un éclair de lucidité, de la précarité de sa situation.

—Je, euh… j'ai mieux à proposer, dit-elle soudain. Je me suis dit que ça te plairait davantage.

Elle tend à sa chef l'enveloppe qui, par chance, était nichée au milieu de ses papiers.

—J'ai essayé de trouver quelques pistes à ce sujet.

Melissa lit la courte lettre et fronce les sourcils.

—Est-ce qu'on sait qui l'a écrite?

—Pas encore, mais j'y travaille. Je pense que ça ferait un super article si je pouvais découvrir ce qui leur est arrivé. S'ils ont fini ensemble.

Melissa hoche la tête.

—Oui. Ça m'a tout l'air d'une histoire d'adultère. Scandale dans les années 1960, hein ? On pourrait s'en servir comme prétexte pour parler de l'évolution des mentalités. Est-ce que tu penses bientôt retrouver ces gens ?

—Je tâte le terrain.

—Découvre ce qui s'est passé. S'ils ont été ostracisés.

—S'ils sont toujours mariés, c'est possible qu'ils ne veuillent pas de publicité, fait remarquer Rupert. À l'époque, ce genre d'histoire était bien plus grave qu'aujourd'hui.

—Offre-leur l'anonymat s'il le faut, dit Melissa, mais, dans l'idéal, j'aimerais avoir des photos – au moins datant de la même période que la lettre. Ça devrait les rendre plus difficilement identifiables.

—Je ne les ai pas encore trouvés, précise Ellie, qui sent que ce n'est pas une bonne idée.

—Mais tu vas les trouver. Si besoin, prends un de ces nouveaux journalistes pour t'aider. Ils sont doués pour mener l'enquête. Et, oui, je veux ça pour la semaine prochaine. Mais d'abord trouve-moi ces pages de courrier des lecteurs. Je veux des exemples à disposer sur une double page, et je les veux pour la fin de la journée. OK ? On se revoit demain, même heure.

Elle s'éloigne déjà vers la porte à grandes enjambées, ses cheveux parfaitement coiffés rebondissant souplement sur ses épaules à la façon d'une pub pour un shampooing.

—Mais voilà la championne d'orthographe !

Elle le retrouve assis à la cafétéria. Il retire ses écouteurs quand elle s'installe en face de lui. Il est plongé dans la lecture d'un guide de l'Amérique latine. Une assiette vide posée devant lui l'informe qu'il a déjà mangé.

—Rory, je suis dans la merde.

—Tu as écrit «anticonstitutionnellement» avec quatre «l» ?

—J'ai laissé ma bouche parler toute seule devant Melissa Buckingham, et maintenant je dois étoffer l'histoire d'amour du siècle pour sa rubrique.

—Tu lui as parlé de la lettre?

—J'ai été prise au dépourvu, il fallait bien que je sorte quelque chose. La façon qu'elle avait de me regarder… J'ai cru que j'allais être transférée aux avis de décès.

—Eh bien, ça promet d'être intéressant.

—Je sais. Et avant ça, je dois lire tout le courrier des lecteurs des années 1960 et trouver leur équivalent moral aujourd'hui.

—C'est simple, non?

—Oui, mais ça prend du temps et j'ai des tas d'autres choses à faire, même sans devoir découvrir ce qui est arrivé à nos mystérieux amants. Je suppose que tu ne peux rien pour moi? ajoute-t-elle avec un sourire plein d'espoir.

—Désolé. Moi aussi, je suis débordé. Mais je te sortirai les journaux de 1960 en redescendant.

—C'est ton boulot, proteste-t-elle.

Il sourit.

—Ouaip. Et écrire et faire des recherches, c'est le tien.

—C'est mon anniversaire.

—Alors bon anniversaire!

—Oh, comme tu es charitable!

—Et toi, tu es trop habituée à obtenir tout ce que tu veux.

Il lui sourit, et elle le regarde ramasser son livre et son lecteur MP3. Puis il la salue et s'éloigne vers la porte.

Tu n'imagines pas à quel point tu te trompes, songe-t-elle alors que le battant se referme derrière lui.

J'ai 25 ans et un assez bon travail, mais pas assez bien payé pour avoir tout ce que je veux — une maison, une voiture et une femme.

—Mais bien sûr, on s'en achète une avec la maison et la voiture, murmure Ellie devant la page défraîchie. Ou pourquoi pas après le lave-linge? Il devrait peut-être revoir ses priorités.

J'ai constaté que beaucoup de mes amis se sont mariés et que leur niveau de vie a chuté considérablement. Je sors assez régulièrement avec une fille depuis trois ans, et j'aimerais beaucoup l'épouser. Je lui ai demandé de patienter encore trois ans avant qu'on puisse se marier et profiter d'un meilleur confort, mais elle refuse de m'attendre aussi longtemps.

—Trois ans! s'exclame Ellie. Je ne la blâme pas. Tu ne lui donnes pas vraiment l'impression d'être le grand amour de ta vie, tu ne crois pas?

Soit on se marie cette année, soit elle refuse de m'épouser. Je trouve son attitude déraisonnable, puisqu'elle sait pertinemment qu'elle aurait un niveau de vie plutôt bas. Pensez-vous qu'il y ait d'autres arguments que je pourrais ajouter à ceux que je lui ai déjà présentés?

—Non, marmonne-t-elle en glissant une autre vieille page de papier journal sous le couvercle du photocopieur. Je crois que tu as été très clair.

Elle retourne à son bureau, s'assied et ressort de son dossier la lettre froissée.

Mon cher et unique amour… Si tu ne viens pas, je saurai que, quoi que nous ressentions l'un pour l'autre, ce n'était pas assez fort. Je ne t'en blâmerai pas, mon amour. Je sais que ces dernières semaines ont fait peser beaucoup de pression sur tes épaules – je la ressens moi-même. Je ne supporte pas l'idée d'avoir pu te causer de la peine.

Elle relit les mots, encore et encore. Même après tant d'années, leur passion, leur force étaient toujours palpables. Pourquoi devoir subir le suffisant « elle sait pertinemment qu'elle aurait un niveau de vie plutôt bas » quand on peut avoir un « sache que tu tiens mon cœur et mes espoirs entre tes mains » ? Elle espère que la petite amie du premier correspondant a eu la bonne idée de s'échapper.

Ellie vérifie à tout hasard qu'elle n'a pas reçu un nouveau mail ou un texto. Elle a trente-deux ans. Elle aime un homme marié. Ses amis ont commencé à suggérer que cette situation était ridicule et qu'elle était ridicule, elle aussi, par la même occasion. Elle les déteste parce qu'elle sait qu'ils ont raison.

Elle mâchouille le bout d'un crayon, prend la photocopie du courrier des lecteurs et la repose.

Puis elle ouvre un nouveau message dans sa boîte mail et, avant de pouvoir trop y réfléchir, elle tape :

Le seul cadeau que je veux vraiment pour mon anniversaire, c'est de savoir que je compte pour toi. J'ai besoin qu'on ait une conversation honnête et de pouvoir te dire ce que je ressens. J'ai besoin de savoir si on a un avenir ensemble.

Elle ajoute :

Je t'aime, John. Je t'aime plus que j'ai jamais aimé personne de toute ma vie, et ça commence à me rendre dingue.

Elle a les larmes aux yeux. Elle approche le pointeur de la souris de « Envoyer ». La pièce semble rétrécir autour d'elle. Elle ne voit plus ni Caroline, la rédactrice santé, qui parle au téléphone à quelques mètres à peine, ni le nettoyeur de vitres dans sa nacelle vacillante de l'autre côté de la fenêtre, ni le rédacteur des actualités qui se dispute avec un de ses reporters quelque part à l'autre bout de la salle, ni la dalle de moquette manquante à ses pieds. Elle ne voit plus que le curseur, ses mots, son avenir mis à nu sur l'écran devant elle.

Je t'aime plus que j'ai jamais aimé personne de toute ma vie.

Si je fais ça maintenant, se dit-elle, *la décision sera prise pour moi. Ce sera ma façon de prendre le contrôle. Et si je n'obtiens pas la réponse que je veux, au moins, ce sera clair.*

Son index est crispé sur le bouton de la souris.

Et je ne toucherai jamais plus ce visage, n'embrasserai jamais plus ces lèvres, ne sentirai jamais plus ces mains sur mon corps. Je ne l'entendrai jamais plus dire « Ellie Haworth » comme si les mots eux-mêmes étaient précieux.

Le téléphone de son bureau se met à sonner.

Elle sursaute et regarde l'appareil d'un air absent, comme si elle avait oublié où elle se trouvait, puis s'essuie les yeux du dos de la main. Elle se redresse et décroche le combiné.

— Allô ?

— Eh, la fille dont c'est l'anniversaire, dit Rory. Descends aux cachots à l'heure de la fermeture. J'ai peut-être quelque chose pour toi. Et apporte-moi un café, tant qu'à faire. Pour mes bons et loyaux services.

Elle repose le combiné, retourne à son ordinateur et clique sur « Annuler ».

—Alors, qu'est-ce que tu as trouvé ? demande-t-elle en lui tendant une tasse de café par-dessus le comptoir.

Il est couvert de poussière, et elle a du mal à s'empêcher de lui passer la main dans les cheveux pour l'en débarrasser, comme avec un enfant. Mais il l'a déjà trouvée condescendante au moins une fois, et elle ne voudrait pas risquer de l'offenser encore.

—Tu as apporté du sucre ?

—Non. Je ne pensais pas que tu en prenais.

—Je n'en prends pas. Écoute, poursuit-il à voix basse en se penchant sur le comptoir. Le chef rôde dans les parages. Je dois rester discret. Tu finis à quelle heure ?

—N'importe quand. J'ai presque bouclé ce que j'avais à faire.

Il se passe la main dans les cheveux. La poussière forme un nuage autour de lui.

—J'ai l'impression d'être un personnage de *Snoopy*. Lequel c'était, déjà ?

Elle secoue la tête.

—Pigpen ! se souvient-il. Celui qui a toujours de la poussière qui vole autour de lui… On déplace toute la journée des caisses qui n'ont pas bougé depuis des décennies. J'ai du mal à croire qu'on ait vraiment besoin des comptes rendus parlementaires de 1932, quoi que le chef en dise. Bref. Le *Black Horse* ? Dans une demi-heure ?

—Le bar ?

—Oui.

—C'est que j'ai peut-être prévu quelque chose…

Elle voudrait bien lui demander : « Tu ne peux pas simplement me donner ce que tu as trouvé ? » Mais elle se rend compte à quel point cela semblerait ingrat.

—On n'en aurait que pour dix minutes. De toute façon, je dois retrouver des amis après. Mais ça ne fait rien. Ça peut attendre demain, si tu préfères.

Elle pense à son téléphone, muet et accusateur, dans sa poche arrière. Quelle serait l'alternative ? Courir à la maison et attendre un coup de fil de John ? Une autre soirée passée assise devant la télé en sachant que le monde tourne quelque part sans elle ?

—Oh, et puis pourquoi pas ? Un petit verre ne me fera pas de mal.

—Je t'offrirai un demi-panaché. Soyons fous !

—Un panaché ! Waouh ! Bon, je te retrouve là-bas.

Il lui décoche un grand sourire.

—Je serai l'homme avec un dossier marqué « Top secret ».

—Ah oui ? Moi, je serai la femme criant : « Offre-moi une boisson digne de ce nom, rapiat ! C'est mon anniversaire. »

—Pas d'œillet rouge à la boutonnière ? Juste pour que je puisse t'identifier ?

—Pas de signe de reconnaissance. Comme ça, c'est plus facile pour moi de prendre la fuite si je n'aime pas ce que je vois.

Il hoche la tête d'un air approbateur.

—C'est raisonnable.

—Et je n'ai pas droit à un indice sur ce que tu as trouvé ?

—Si je te le disais, ce ne serait pas une vraie surprise d'anniversaire !

Sur ces mots, il passe une porte et s'en retourne dans les entrailles du journal.

Les toilettes des femmes sont vides. Elle se lave les mains, remarquant que depuis que les jours du bâtiment sont comptés, la compagnie ne prend plus la peine de remplir les distributeurs de savon ou de tampons.

La semaine prochaine, chacun devra venir au bureau avec son petit rouleau de papier toilette, soupçonne-t-elle.

Elle jette un coup d'œil à son reflet, se remet un peu de mascara et estompe les poches qu'elle a sous les yeux. Elle se met du rouge à lèvres, puis l'enlève. Elle a l'air fatiguée, mais elle se dit que la lumière est crue et qu'il ne s'agit pas de l'inévitable conséquence d'avoir un an de plus. Puis elle s'assied à côté du lavabo, sort son portable de son sac et tape un message :

Juste pour savoir… "À plus tard", ça veut dire ce soir ? J'essaie de m'organiser. E.

Très bien : ça ne lui donne pas l'air collante, ni possessive, ni même désespérée. Ça sous-entend qu'elle est une femme occupée, avec beaucoup de propositions et de choses à faire, tout en impliquant qu'elle le fera passer en priorité si nécessaire. Elle tripote son téléphone pendant encore cinq bonnes minutes, s'assurant que le ton est parfaitement adéquat, puis envoie son texto.

La réponse arrive presque instantanément. Son cœur fait un bond, comme toujours quand elle sait que c'est lui.

Difficile à dire pour le moment. Je t'appelle plus tard si je pense pouvoir venir. J.

Une rage soudaine l'envahit. C'est tout ? Elle a envie de lui hurler dessus. *C'est mon anniversaire, et le mieux que tu puisses faire, c'est « Je t'appelle plus tard si je pense pouvoir venir » ?*

Elle répond en appuyant rageusement sur les petites touches :

Pas de problème, Je vais sortir de mon côté.

Et, pour la première fois depuis des mois, Ellie Haworth éteint son téléphone et le range dans son sac.

Elle passe plus de temps que prévu à travailler sur l'article du courrier des lecteurs, rédige l'interview d'une femme dont l'enfant souffre d'une forme d'arthrite juvénile et, lorsque enfin elle arrive au *Black Horse*, Rory est déjà là. Elle l'aperçoit à l'autre bout de la salle, les cheveux débarrassés de leur poussière, et se fraie un passage à travers la foule, s'excusant pour les espaces mal négociés, déjà prête à lui dire « Désolée, je suis en retard », quand elle se rend compte qu'il n'est pas seul. Elle ne connaît pas les gens attablés avec lui : ils ne sont pas du journal. Il se tient au milieu du groupe, riant et discutant. Le voir ainsi, hors contexte, la désarçonne. Elle se détourne pour rassembler ses esprits.

— Eh ! Ellie !

Elle se compose un sourire et se retourne.

Il lève la main.

— Je ne t'attendais plus.

— J'ai été retenue. Désolée.

Elle rejoint le groupe et salue la tablée.

— Laisse-moi t'inviter pour ton anniversaire. Qu'est-ce qui te ferait plaisir ?

Elle accepte la rafale de « joyeux anniversaire » de tous ces inconnus et échange avec eux quelques sourires embarrassés, regrettant d'être venue. Raconter des banalités à des inconnus ne faisait pas partie du marché. Elle hésite à repartir, mais Rory est déjà au bar pour lui commander sa boisson.

— Vin blanc, dit-il en revenant avec un verre. J'aurais bien pris du champagne, mais…

— Mais j'ai trop l'habitude d'obtenir ce que je veux.

Il éclate de rire.

— Touché.

— Merci quand même.

Il la présente à ses amis, débitant une série de prénoms qu'elle oublie avant même qu'il ait terminé.

— Donc…, dit-elle.

—Passons à nos affaires. Excusez-nous un instant!

Ils s'isolent dans un coin moins fréquenté et moins bruyant. Comme il n'y a qu'un seul siège à leur table, il lui fait signe de s'y installer et s'assied sur ses talons à côté. Il ouvre son sac à dos et en sort un dossier marqué *Amiante/ étude de cas: symptômes*.

—Et ça m'intéresse parce que…

—Patience, rétorque-t-il en lui tendant le dossier. J'ai réfléchi à la lettre qu'on a trouvée la dernière fois. Elle était au milieu d'un tas de papiers sur l'amiante, c'est bien ça? Eh bien, il y a des tas de dossiers sur l'amiante en bas, principalement sur les actions en justice de ces dernières années, mais j'ai décidé de creuser un peu plus loin et j'ai trouvé des documents bien plus anciens, datant à peu près de la même période que ceux que je t'ai donnés la dernière fois. Je pense qu'ils ont dû être séparés de ce premier dossier, dit-il en feuilletant les pages de ses doigts experts. Et, ajoute-t-il en sortant une chemise plastifiée, j'ai trouvé ça.

Le cœur d'Ellie s'arrête. Deux enveloppes. La même écriture. La même adresse, une boîte postale du bureau de poste de Langley Street.

—Tu les as lues?

Il sourit.

—J'ai l'air de savoir résister à la tentation? Bien sûr que je les ai lues.

—Je peux?

—Vas-y.

La première indique pour toute date «vendredi».

Je comprends ta peur d'être mal comprise, mais je t'assure qu'elle est infondée. Oui, j'ai été un imbécile Chez Alberto, et je ne pourrai jamais repenser sans rougir à ce que je t'ai dit, mais ce ne sont pas tes mots qui ont provoqué ma colère. C'est leur absence. Ne vois-tu pas, Jenny, que je suis condamné à ne voir que le meilleur dans tout ce que tu fais, tout ce que tu dis ? Mais le cœur d'un homme, tout comme la nature, a horreur du vide. Puisque nous sommes si peu sûrs de ce que notre relation implique vraiment et que nous ne pouvons parler de là où elle va nous mener, tout ce qu'il me reste, homme idiot et faible que je suis, c'est de pouvoir me rassurer sur ce qu'elle peut signifier. J'ai seulement besoin de t'entendre dire qu'elle signifie pour toi la même chose que pour moi : en un mot, tout. Si ces mots t'effraient toujours autant, je t'offre une option plus simple. Réponds-moi simplement, en un mot : oui.

La seconde lettre est datée mais ne comporte pas de salutation. L'écriture, bien que reconnaissable, est griffonnée, comme si l'auteur de la lettre l'avait écrite à la va-vite, sans avoir pris le temps d'y réfléchir.

Je me suis juré de ne plus te contacter. Mais six semaines ont passé, et je ne me sens pas mieux. Être loin de toi – à des milliers de kilomètres – ne m'apporte aucun réconfort. Le fait de ne plus être tourmenté par ta proximité, placé devant la preuve quotidienne de mon incapacité à obtenir la seule chose que je veux vraiment, ne m'a pas aidé à cicatriser. Ça n'a fait qu'empirer les choses. Mon avenir s'étend devant moi comme une route déserte et sombre.

Je ne sais pas ce que j'essaie de te dire, Jenny chérie. Mais si tu as ne serait-ce que l'impression fugace d'avoir pris la mauvaise décision, sache que ma porte est toujours grande ouverte.

Et si tu penses avoir fait le bon choix, sache au moins qu'il y a, quelque part dans le monde, un homme qui t'aime et qui comprend à quel point tu es précieuse, intelligente et douce. Un homme qui t'a toujours aimée et qui, pour son plus grand malheur, t'aimera toujours.

Ton B.

—« Jenny », dit-il.

Ellie ne répond pas.

—Elle n'est pas venue, ajoute-t-il.

—Ouaip. Tu avais raison.

Il ouvre la bouche pour parler, mais quelque chose dans son expression le fait peut-être changer d'avis.

—Je ne sais pas pourquoi, soupire-t-elle enfin, mais ça me rend un peu triste.

—Au moins, tu as ta réponse. Et un indice pour la retrouver, si tu veux vraiment écrire cet article.

—« Jenny », dit-elle d'un air songeur. C'est un peu maigre, comme indice.

—Mais c'est la deuxième lettre qu'on trouve au milieu de dossiers sur l'amiante, donc elle y est peut-être liée. Ça pourrait valoir le coup de parcourir attentivement les deux dossiers. Juste pour voir s'il y a autre chose.

—Tu as raison.

Elle prend le dossier, replace soigneusement la lettre dans la pochette plastique et glisse le tout dans son sac.

—Merci, dit-elle. Vraiment. Je sais que tu es très occupé en ce moment, et j'apprécie ton aide.

Il l'observe longuement, un peu à la façon d'un étudiant qui scanne un document à la recherche d'informations. Lorsque John la regarde, songe-t-elle, c'est toujours avec l'air de vouloir tendrement s'excuser pour ce qu'ils sont devenus.

—Tu as vraiment l'air triste.

—Oh… J'espérais juste un *happy end*, soupire-t-elle avec un sourire forcé. Quand tu as dit avoir trouvé quelque chose, je m'attendais à une preuve que tout s'est bien terminé.

—Il ne faut pas que tu prennes cette histoire trop à cœur, dit-il en lui serrant le bras.

—Oh, ce n'est pas important, vraiment, réplique-t-elle brusquement, mais ça aurait mieux servi le sujet si on avait pu terminer sur une note positive. Si cette histoire n'a pas une fin heureuse, Melissa pourrait même refuser que j'écrive l'article.

Elle repousse une mèche de cheveux tombée devant son visage.

—Tu sais comment c'est…, poursuit-elle. « Il faut que ce soit optimiste… Les lecteurs lisent déjà assez de misère dans les pages d'actualité. »

—J'ai l'impression d'avoir gâché ton anniversaire, dit-il tandis qu'ils traversent le bar.

Pour se faire entendre, il doit se baisser et lui crier dans l'oreille.

—Ne t'en fais pas, hurle-t-elle en retour. C'est une fin conforme à la journée que j'ai passée.

—Reste avec nous, proposa Rory en l'arrêtant, la main posée sur son coude. On va à la patinoire. Quelqu'un s'est désisté, donc on a un ticket en rab.

—La patinoire ?

—Pour rigoler.

—J'ai trente-deux ans ! Je ne peux pas aller à la patinoire !

À son tour, il paraît incrédule.

—Oh… Très bien, fait-il avec un signe de tête compréhensif. On ne voudrait pas que tu te casses le col du fémur en glissant de ton déambulateur.

—Je croyais que la patinoire, c'était pour les enfants. Les ados.

—Alors vous êtes une personne très peu imaginative, mademoiselle Haworth. Allez, finis ton verre et viens avec nous. Amuse-toi un peu. À moins que tu ne puisses vraiment pas te libérer ce soir.

Elle cherche son portable à tâtons, au fond de son sac, tentée de le rallumer. Mais elle ne veut pas lire les inévitables excuses de John. Elle ne veut pas que le reste de la soirée porte la couleur de son absence, de ses mots, de son manque.

— Si je me casse une jambe, dit-elle, je t'oblige par contrat à m'amener et à me ramener du travail pour les six mois à venir.

— Ça pourrait être intéressant, sachant que je n'ai pas de voiture. Ça te va, si je te porte sur mon dos?

Il n'est pas du tout son genre. Il est sarcastique, un peu ombrageux, et probablement plus jeune qu'elle de plusieurs années. Elle le soupçonne d'avoir un salaire largement inférieur au sien et de vivre encore en colocation. Il n'a peut-être même pas son permis. Mais elle ne va probablement pas recevoir de meilleure proposition à 19 h 15, le jour de son trente-deuxième anniversaire, et Ellie vient de décider que le pragmatisme est une vertu trop souvent sous-estimée.

— Et si je me fais couper les doigts par un patin à glace, tu devras t'asseoir à mon bureau pour écrire à ma place.

— Tu n'as besoin que d'un doigt pour ça. Ou de ton nez. Bon sang, vous autres, les gratte-papier, vous ne reculez devant aucun caprice de diva. Allez, tout le monde! On se dépêche de finir son verre! On doit y être à la demie.

En sortant du métro, plus tard dans la soirée, Ellie comprend que ses douleurs dans les côtes ne proviennent pas du patinage – bien qu'elle ne soit pas tombée aussi souvent depuis l'âge où elle apprenait à marcher –, mais du fait qu'elle ait ri à gorge déployée pendant près de deux heures. Patiner est amusant, grisant, et elle s'est rendu compte en faisant ses premiers pas sur la glace qu'elle s'offre rarement le plaisir de se perdre dans une simple activité physique.

Rory patine très bien, comme la plupart de ses amis.

— On vient là tous les hivers, avait-il dit en désignant d'un geste la piste temporaire, inondée de lumière et entourée d'immeubles de bureaux. Ils installent la piste en novembre, et on vient à peu près tous les quinze jours. C'est plus facile quand on a un peu bu avant. On est plus détendu. Viens… laisse partir tes jambes. Penche-toi un peu en avant.

Il avait patiné à l'envers devant elle, les bras tendus pour lui permettre de s'y accrocher. Quand elle était tombée, il avait éclaté de rire, sans pitié. Elle avait trouvé libérateur d'être avec une personne dont l'opinion lui importait peu : si ç'avait été John, elle aurait craint que le froid de la glace ne lui fasse rougir le nez.

Et elle aurait appréhendé toute la soirée le moment où il aurait dû partir.

Ils sont arrivés devant sa porte.

— Merci, dit-elle à Rory. La soirée avait plutôt mal commencé, mais j'ai fini par passer un bon moment.

— C'était le moins que je puisse faire, après avoir ruiné ton anniversaire avec cette lettre.

— Oh, je vais m'en remettre.

— Qui l'eût cru ? Ellie Haworth a un cœur.

— Non, ce n'est qu'une affreuse rumeur.

— Tu t'en sors bien, tu sais, dit-il, un sourire dans le regard. Pour une petite vieille.

Elle veut lui demander s'il parle du patinage, mais elle a soudain peur de ce qu'il pourrait répondre.

— Charmant, réplique-t-elle.

— Tu es…

Il jette un regard vers le bas de la rue, vers la station de métro.

Elle se demande un instant si elle doit l'inviter à entrer. Mais, alors même qu'elle l'envisage, elle sait que ce serait une erreur. Sa tête, son appartement, sa vie, tout est rempli de John. Il n'y a pas de place pour cet homme. Ce qu'elle ressent pour lui n'est qu'une amitié fraternelle, peut-être juste un peu troublée par le fait qu'il ne soit pas tout à fait laid.

Il étudie de nouveau son visage, et elle a l'impression déroutante que son hésitation est inscrite sur son front.

— Il faut que j'y aille, dit-il en faisant un geste en direction de ses amis.

— Oui, dit-elle. Encore merci.

— Pas de problème. On se voit au travail.

Il l'embrasse sur la joue, puis se retourne et part en trottinant vers la station de métro. Elle le regarde s'éloigner, se sentant étrangement privée de quelque chose.

Ellie grimpe les marches du perron et sort sa clé. Elle va relire la nouvelle lettre et fouiller parmi les papiers, à la recherche d'indices. Elle va être productive. Elle va canaliser ses énergies. Elle sent une main se poser sur son épaule et fait un bond, étouffant un cri.

John se tient une marche derrière elle, une bouteille de champagne et un bouquet ridiculement grand à la main.

— Je ne suis pas là, dit-il. Je suis dans le Somerset, en train de donner un cours à un groupe d'écrivains. Ils n'ont aucun talent, et au moins un de mes élèves est un raseur au style interminable.

Puis il reste planté là pendant qu'elle se remet de la surprise.

— Tu peux dire quelque chose, tu sais… Tant que ce n'est pas « Va-t'en ».

Elle reste muette.

Il pose les fleurs et le champagne sur une marche et la prend dans ses bras. Son baiser est chaud ; il l'a attendue dans sa voiture.

— Je suis resté assis là pendant près d'une demi-heure. Je commençais à paniquer. Je me suis dit que tu n'allais pas rentrer.

Tout en elle se met à fondre. Elle laisse tomber son sac et se blottit contre lui. Il prend son visage froid entre ses mains chaudes.

— Joyeux anniversaire, dit-il dans un souffle quand ils se séparent enfin.

— Dans le Somerset? bafouille-t-elle, un peu étourdie. Ça veut dire…?

— On a toute la nuit.

C'est son trente-deuxième anniversaire, l'homme qu'elle aime est là avec du champagne et des fleurs, et il va passer la nuit avec elle.

— Alors, je peux rentrer? demande-t-il.

Elle fronce les sourcils, l'air de dire: «Tu as vraiment besoin de poser la question?» Puis elle ramasse les fleurs, le champagne, et finit de grimper les marches.

Mardi, je suis occupé. Et, à vrai dire, je n'ai pas tellement envie de te revoir… Je crois qu'être honnête avec toi dès maintenant sera moins insultant que de nous retrouver simplement pour convenir de ne plus se revoir.

Un homme à une femme, par mail

CHAPITRE 18

— Ellie? Je peux te dire un mot?
La jeune femme glisse son sac sous son bureau, la peau encore humide de la douche qu'elle a prise moins d'une demi-heure auparavant, la tête ailleurs. La dure voix de Melissa, qui l'appelle depuis le bureau à paroi de verre, est un retour brutal à la réalité.

— Bien sûr.

Elle hoche la tête et sourit obligeamment. Quelqu'un a déposé un café sur son bureau; il est tiède et, de toute évidence, déjà là depuis un moment. Il y a un petit mot en dessous, adressé à Jayne Torvill, qui dit : « Déjeuner ? »

Elle n'a pas le temps de comprendre la plaisanterie. Elle enlève son manteau en hâte et entre dans le bureau de Melissa, remarquant avec désarroi que la rédactrice en chef est toujours debout. Elle s'assied sur le bord d'une chaise et patiente un moment, le temps que Melissa contourne son bureau pour s'asseoir à son tour. Sous son jean en velours et son col roulé noirs, elle a les bras et le ventre toniques d'une femme qui s'adonne au Pilates plusieurs heures par jour. Elle porte un collier que les magazines de mode qualifieraient sûrement de bijou « *statement* » – ce qui, Ellie le soupçonne, n'est que le nouveau terme à la mode pour dire « gros ».

Melissa laisse échapper un léger soupir et la regarde longuement. Ses yeux sont d'une étonnante couleur violette, et Ellie se demande un instant si elle ne porte pas des lentilles : son iris est de la couleur exacte de son collier.

— Ce n'est pas une conversation que j'aime avoir, Ellie, mais je ne peux plus fermer les yeux.

— Ah ?

— Il est 10 h 45.

— Oh. Oui, je…

— J'apprécie que ma rubrique soit perçue comme la section la plus détendue de la *Nation*, mais je pense qu'on est tous d'accord sur le fait que, après 9 h 45, je veux voir tous les membres de mon équipe derrière leurs bureaux.

— Oui, je…

— J'aime laisser à mes rédacteurs le temps de bien se préparer pour les réunions : lire les journaux du jour, faire des recherches en ligne, discuter entre eux, s'inspirer mutuellement…

Elle pivote légèrement sur son siège pour consulter un mail.

— Assister à ces réunions est un privilège, Ellie, reprend-elle. Une chance que beaucoup d'autres rédacteurs seraient ravis d'avoir. Et j'ai du mal à comprendre comment tu trouves le temps de te préparer si tu te glisses dans les bureaux dix minutes à peine avant le début de la réunion.

Ellie se sent rougir.

— Et avec les cheveux humides, de surcroît.

— Je suis sincèrement désolée, Melissa. J'ai dû attendre le plombier et…

— Ça suffit, Ellie, l'interrompt-elle froidement. Je préférerais que tu évites d'insulter mon intelligence. Et à moins que tu ne trouves le moyen de me convaincre que tu as un plombier à attendre presque chaque jour de la semaine, j'ai bien peur de devoir conclure que tu ne prends pas ce travail très au sérieux.

Ellie avale sa salive.

— Grâce à notre présence sur Internet, les rédacteurs de ce journal n'ont plus moyen de dissimuler leur incompétence. La performance de chaque journaliste peut être évaluée, non seulement en fonction de la qualité de leur travail sur nos pages imprimées, mais aussi par le nombre de vues qu'obtiennent leurs articles en ligne. Ta performance, Ellie, conclut-elle en consultant un papier posé sur son bureau, a chuté de près de quarante pour cent en un an.

Ellie ne peut rien dire. Elle sent sa gorge s'assécher. Les autres rédacteurs ont déjà commencé à se rassembler devant le bureau de Melissa, armés de blocs-notes surdimensionnés et de gobelets en plastique. Elle les voit l'observer à travers la cloison de verre, certains curieux, d'autres vaguement embarrassés, comme s'ils savaient ce qui est en train de se passer. Elle se demande un instant si son travail a été un sujet de discussion entre eux et se sent humiliée.

Melissa se penche sur son bureau.

— Quand je t'ai engagée, tu avais la niaque. Tu avais toujours un train d'avance. C'est pour ça que je t'ai choisie parmi tous ces reporters régionaux qui, très franchement, auraient vendu père et mère pour être à ta place.

— Melissa, j'ai…

— Je ne veux pas savoir ce qui se passe dans ta vie, Ellie. Je ne veux pas le savoir si tu as des soucis personnels, si un de tes proches est mort, si tu as des montagnes de dettes. Je ne veux même pas savoir si tu as une maladie grave. Je veux seulement que tu fasses le travail pour lequel on te paie. Depuis le temps, tu dois être au courant que le monde de la presse ne pardonne rien. Si tu ne sors pas de bons articles, ça se répercute sur les chiffres de diffusion et on perd nos publicitaires. Et, sans publicitaire, tout le monde perd son travail, certains plus tôt que d'autres. Je me suis bien fait comprendre ?

— Parfaitement, Melissa.

— Bon. Je ne pense pas qu'il y ait le moindre intérêt à ce que tu assistes à la réunion d'aujourd'hui. Tu règles tes problèmes, et je te vois demain en réunion. Comment avance cet article sur les lettres d'amour ?

— Bien. Oui.

Elle se lève, essayant d'avoir l'air de savoir ce qu'elle fait.

— Bien. Tu pourras me montrer ça demain. Et s'il te plaît, en sortant, dis aux autres d'entrer.

Peu après 12 h 30, elle dévale les quatre étages en direction des archives, l'humeur toujours maussade, les joies de la veille au soir déjà oubliées. Les archives ont pris l'aspect d'un entrepôt désert. Les rayonnages sont vides tout autour du comptoir, l'affichette mal orthographiée a été arrachée, seuls deux morceaux de ruban adhésif restent en place. Derrière les portes battantes, elle entend des raclements de meubles qu'on déplace. Le chef archiviste fait courir son doigt le long d'une liste de chiffres, de petites lunettes perchées au bout du nez.

— Est-ce que Rory est là?

— Il est occupé.

— Est-ce que vous pourriez lui dire que je n'aurai pas le temps de déjeuner avec lui?

— Je ne sais pas où il est.

Elle craint que Melissa ne remarque son absence.

— Est-ce que vous pensez le croiser? Je voudrais qu'il sache que je dois sortir pour enquêter sur cet article. Vous pourrez lui dire que je passerai aux archives en fin de journée?

— Vous devriez peut-être lui laisser un message.

— Mais vous venez de me dire que vous ne savez pas où il est.

Il lève les yeux vers elle, les sourcils froncés.

— Navré, mais nous sommes dans les dernières étapes du déménagement. Je n'ai pas le temps de jouer les coursiers, grogne-t-il d'un air impatient.

— Très bien. Alors je dois remonter jusqu'au service du personnel et leur faire perdre leur temps pour leur demander son numéro de portable? Tout ça pour que lui ne perde pas son temps à m'attendre pour rien?

Il lève une main apaisante.

— Je lui dirai si je le croise.

— Oh non, ne vous embêtez pas. Désolée pour le dérangement.

Il se tourne lentement vers elle pour la dévisager avec une expression que sa mère aurait qualifiée de vieillotte.

— Nous, aux archives, représentons peut-être une perte de temps et d'espace pour vous et ceux de votre espèce, mademoiselle Haworth, mais, à mon âge, je ne vais pas m'amuser à jouer les larbins. Désolé si votre vie sociale s'en trouve contrariée.

Ellie se souvient alors, avec un sursaut, de ce que Rory lui avait affirmé lors de sa première incursion dans les entrailles du journal : les archivistes sont tous capables de mettre un visage sur une signature. Elle ne connaît pas le nom de cet homme.

Elle rougit et le laisse disparaître de l'autre côté des portes battantes. Elle s'en veut de s'être comportée comme une ado tyrannique, et en veut au vieil homme de s'être montré aussi peu coopératif. Elle est en colère parce que l'avertissement de Melissa l'empêche de profiter d'un agréable déjeuner à l'extérieur en une journée qui avait pourtant si bien commencé. John était resté chez elle jusqu'à près de 9 heures. Le train du Somerset n'arrivait pas avant 11 h 15, avait-il précisé, aussi n'avait-il pas besoin de se presser. Elle lui avait fait des œufs brouillés sur des toasts – c'était presque le seul plat qu'elle savait cuisiner – et s'était assise avec lui sur le lit, picorant béatement des morceaux dans son assiette pendant qu'il mangeait.

Ce n'était que la deuxième nuit qu'ils passaient ensemble depuis le début de leur relation, depuis ce fameux soir où il lui avait avoué qu'elle l'obsédait. Cette nuit avait été comme celle des premiers jours : il s'était montré tendre, affectueux, comme si ses vacances imminentes le rendaient plus sensible à ce qu'elle ressentait.

Elle n'avait pas essayé d'en reparler : si elle a appris une chose au cours de cette année passée avec lui, c'est de vivre le moment présent. Elle laisse l'instant l'envahir, refusant d'assombrir son bonheur en songeant à ce qu'il va lui coûter. La chute viendra – elle vient toujours –, mais elle a pris l'habitude de collecter suffisamment de bons souvenirs pour amortir le choc.

Debout dans l'escalier, elle songe au visage endormi de John sur l'oreiller, à ses bras nus couverts de taches de rousseur, enroulés autour d'elle. Parfait. Une petite voix en elle se demande si un jour, s'il prend le temps d'y réfléchir, il se rendra compte que toute leur vie pourrait être à l'image de ces nuits.

Le bureau de poste de Langley Street n'est qu'à quelques minutes en taxi. Avant de quitter le bureau, elle prend soin de prévenir la secrétaire de Melissa.

— Voilà mon numéro de portable, au cas où elle voudrait me joindre, dit-elle, dégoulinante de courtoisie professionnelle. Je reviens dans une heure.

C'est l'heure du déjeuner, mais le bureau de poste est presque vide. Elle se place à l'avant d'une file inexistante et attend sagement que la voix électronique appelle « Numéro 4, s'il vous plaît ».

— Est-ce que je pourrais parler à quelqu'un au sujet des boîtes postales, s'il vous plaît ?

— Un instant.

La guichetière disparaît, puis revient en lui indiquant une porte, à l'autre bout du bureau de poste.

— Margie va vous recevoir là-bas.

Une jeune femme passe la tête par la porte en question. Elle porte un badge à son nom, une grosse chaîne en or avec un crucifix et des talons si hauts qu'Ellie se demande comment elle peut tenir debout, sans parler d'aller au travail. Elle lui sourit, et Ellie songe à quel point il est devenu rare qu'une personne vous sourie en ville.

— La question va vous sembler un peu étrange, commence Ellie, mais y a-t-il moyen de savoir le nom d'une personne qui a loué une boîte postale il y a plusieurs années ?

— Les boîtes postales changent très souvent de locataire. Vous parlez d'il y a combien de temps ?

Ellie se demande ce qu'elle peut révéler de son histoire, mais puisque Margie semble sympathique, elle adopte le ton de la confidence. Elle sort les lettres de son sac, toujours soigneusement enfermées dans leur pochette plastique.

— Ce sont des lettres d'amour que je viens de trouver. Elles sont adressées à une boîte de ce bureau de poste, et je voulais les restituer.

Elle a capté l'intérêt de Margie. Cette histoire doit la changer agréablement des paiements d'allocations et des retours de catalogues.

— BP numéro 13, annonce Ellie en désignant l'enveloppe.

Le visage de Margie s'illumine.

— La treize ?

— Ça vous dit quelque chose ?

— Oh que oui.

Margie serre un instant les lèvres, comme si elle se demandait ce qu'elle avait le droit de divulguer.

— Cette boîte postale est détenue par la même personne depuis au moins quarante ans ! Ça n'a rien d'inhabituel en soi, mais…

— Mais quoi ?

— Mais elle ne reçoit jamais de lettre. Pas une seule. On contacte régulièrement la titulaire pour lui proposer de fermer la boîte, mais elle tient à la garder ouverte. Alors on lui a dit que c'était son problème si elle voulait jeter son argent par les fenêtres.

Elle jette un coup d'œil à la lettre.

— Une lettre d'amour, vous dites ? Oh, comme c'est triste !

— Pouvez-vous me donner son nom ? demande Ellie, un nœud dans l'estomac.

Cette histoire était encore meilleure que tout ce qu'elle avait imaginé.

La femme secoue la tête.

— Désolée, je ne peux pas. La protection des données…

— Oh, je vous en supplie !

Elle voit déjà l'expression de Melissa si elle revient au journal avec ce qui ressemble fort à un amour interdit qui dure depuis quarante ans.

— S'il vous plaît… Vous n'imaginez pas à quel point c'est important pour moi.

— Je suis désolée, vraiment, mais je risque ma place.

Ellie jure entre ses dents et jette un regard en arrière : une file est soudain apparue derrière le guichet. Margie se tourne vers sa porte.

— Merci quand même, dit Ellie, se souvenant juste à temps de ses bonnes manières.

— À votre service.

Derrière elle, un petit enfant pleure, essayant d'échapper à son landau.

— Attendez, dit soudain Ellie en fouillant dans son sac.

— Oui ?

Elle sourit.

— Est-ce que je peux… lui laisser un message ?

Chère Jennifer,
Je vous prie de pardonner ma démarche que vous
trouverez peut-être cavalière, mais je suis tombée sur
des lettres qui vous appartiennent, et je serais heureuse
de vous les restituer.
Vous pouvez me contacter au numéro ci-dessous.
Sincères salutations,

Ellie Haworth

Rory relit le message, assis avec Ellie à une table du bar qui fait face à la *Nation*. Il fait déjà très sombre, bien qu'on soit tôt dans la soirée, et des camions de déménagement stationnent toujours devant le journal, des hommes en bleu de travail montant et descendant les grandes marches de l'entrée à la lumière des lampadaires. Cela fait maintenant des semaines qu'ils font partie du décor.

— Qu'est-ce qu'il y a ? Tu penses que le ton n'est pas bon ?

— Non.

Il est assis à côté d'elle sur la banquette, la jambe calée contre le pied de la table.

— Alors quoi ? Tu as encore fait ce truc avec ton visage.

Il sourit.

— Je n'en sais rien, ne me demande pas… Je ne suis pas journaliste, moi.

— Allez… Qu'est-ce que ça veut dire, cette expression ?

— Eh bien, tu n'as pas l'impression d'être un peu…

— Quoi ?

— Je ne sais pas… C'est tellement personnel, cette histoire… Tu vas demander à cette femme de laver son linge sale en public.

— Pour ce qu'on en sait, elle pourrait être ravie de l'opportunité. Ça pourrait être pour elle l'occasion de le retrouver, dit-elle avec un optimisme un peu provocateur.

— Ou bien elle est mariée, et ça fait quarante ans qu'elle et son mari essaient de se remettre de cette liaison.

— Ça m'étonnerait. Et d'ailleurs qu'est-ce qui te dit que ce serait du linge sale ? Ils se sont peut-être retrouvés. Ils l'ont peut-être eu, leur *happy end*.

— Et elle a gardé sa boîte postale ouverte depuis quarante ans ? Ça n'a pas pu bien se terminer, affirme-t-il en lui rendant sa lettre. Elle est peut-être même devenue folle.

—Oui, bien sûr, être amoureux de quelqu'un, c'est une preuve de folie.

—Garder une boîte postale ouverte pendant quarante ans sans recevoir la moindre lettre, c'est tout de même à la limite d'un comportement normal.

Là, il marque un point, concède-t-elle. Mais l'image de Jennifer et de sa boîte vide a frappé son imagination. Et, plus important, l'histoire promet de donner matière à un très bon article.

—J'y penserai, dit-elle, omettant de mentionner qu'elle a déjà posté la bonne copie de la lettre dans l'après-midi.

—Et sinon, embraie-t-il, tu as passé un bon moment hier soir ? Pas trop courbaturée ?

—Quoi ?

—La patinoire.

—Ah. Oui, un peu.

Elle déplie les jambes, sentant la tension dans ses cuisses, et rougit un peu quand leurs genoux se frôlent. Ils partagent à présent de petites blagues d'initiés : elle est Jayne Torvill, la grande patineuse ; il est un modeste archiviste, seulement là pour exaucer ses quatre volontés ; il lui envoie des messages avec des fautes d'orthographe délibérées :

Sil vous plé, eske la grande damme viendras boire un ver avec le maudeste archiviste ?

—On m'a dit que tu étais descendue me voir aux archives. Elle le regarde, et il sourit de plus belle. Elle fait la grimace.

—Ton chef est un vieux grincheux. Vraiment. On aurait dit que je lui demandais de sacrifier son premier-né, alors que tout ce que je voulais, c'était qu'il te transmette un message.

—Il est très gentil, dit Rory en fronçant le nez. Il est seulement stressé. Très stressé. Ce déménagement est sa dernière mission avant qu'il prenne sa retraite, et il a quarante mille documents à transporter dans l'ordre, sans parler de ceux qu'on scanne pour les fichiers numériques…

— On est tous débordés, Rory.

— Il veut que tout soit parfait. Il est de la vieille école, il ne jure que par le papier. Je l'aime bien, tu sais. Il n'y en a plus beaucoup, des comme lui.

Ellie pense à Melissa, à son regard froid et à ses talons hauts, et ne peut qu'acquiescer.

— Il sait tout ce qu'il y a à savoir sur ce bâtiment. Tu devrais aller lui parler, un de ces jours.

— Bien sûr. Parce que, de toute évidence, il a eu un gros coup de cœur pour moi !

— Je suis sûr qu'il t'aurait adorée si tu lui avais parlé gentiment.

— Comme je te parle à toi, tu veux dire ?

— Non. Gentiment.

— Et quand il sera parti, tu voudras prendre sa place ?

— Moi ? s'étonne Rory en portant son verre à ses lèvres. Non. Je veux voyager. En Amérique du Sud. Pour moi, ce travail était censé être un petit boulot saisonnier. Et puis, je ne sais pas comment, je me suis rendu compte que j'étais déjà là depuis dix-huit mois.

— Tu es là depuis dix-huit mois ?

— Tu veux dire que tu ne m'avais jamais remarqué ?

Il prend un air faussement blessé, et elle rougit de plus belle.

— C'est juste que… je trouve étrange de ne pas t'avoir croisé pendant tout ce temps.

— Vous autres, les pisse-copie, vous ne voyez que ce que vous avez envie de voir. Nous sommes vos laquais invisibles, nous n'existons que pour vous servir.

Il sourit et parle sans amertume, mais elle a conscience du désagréable fond de vérité qui sous-tend ses propos.

— Donc je suis une pisse-copie égoïste et indifférente, aveugle aux besoins des vrais travailleurs et cruelle envers les honnêtes vieillards, dit-elle d'un air songeur.

— En gros, oui.

Puis il la regarde dans les yeux, et son expression change radicalement.

— Qu'est-ce que tu vas faire pour te racheter ? demande-t-il.

Elle éprouve une surprenante difficulté à soutenir son regard. Tandis qu'elle réfléchit à une réponse appropriée, la sonnerie de son téléphone retentit.

— Désolée, marmonne-t-elle en fouillant dans son sac.

Elle ouvre le SMS.

Voulais te faire un petit coucou. Pars en vacs demain, t'appellerai en rentrant. Prends soin de toi, J.

Elle est déçue. « Un petit coucou », après toutes ces confidences sur l'oreiller ? Après leurs retrouvailles passionnées de la veille ? Il voulait juste lui « faire un petit coucou » ?

Elle relit le message. Il ne lui dit jamais grand-chose par texto, elle le sait. Il lui a expliqué dès le début que c'était trop risqué, au cas où sa femme lui emprunterait son portable avant qu'il n'ait pu effacer les messages incriminants. Mais il y a une certaine tendresse dans « prends soin de toi », n'est-ce pas ? Il se soucie de son bien-être. Elle se demande soudain à quel point elle déforme ses messages, trouvant une multitude de significations cachées derrière le moindre mot qu'il lui envoie. D'ordinaire, elle pense qu'ils sont si bien connectés l'un à l'autre qu'elle comprend sans peine tout ce qu'il veut vraiment lui dire. Mais parfois, comme aujourd'hui, elle doute qu'il y ait réellement quoi que ce soit derrière les abréviations.

Comment répondre ? Elle peut difficilement lui écrire « bonnes vacances » alors qu'elle lui souhaite de passer le pire moment de sa vie : que sa femme soit victime d'une intoxication alimentaire, que ses enfants pleurent sans arrêt et que la météo se dégrade de manière spectaculaire, les confinant dans un hôtel miteux. Elle voudrait qu'il passe deux semaines assis sur une chaise à penser à elle, rien qu'à elle…

Toi aussi, prends soin de toi.

Lorsque enfin elle lève les yeux, Rory est en train d'observer le manège des déménageurs, faisant mine de ne pas s'intéresser au drame qui se déroule juste à côté de lui.

— Désolée, dit-elle en fourrant son téléphone dans son sac. Le travail.

Elle ne sait pas vraiment pourquoi elle a menti. Après tout, Rory n'est qu'un ami. Alors pourquoi ne pas lui parler de John ?

— D'après toi, pourquoi on n'écrit plus de lettres d'amour comme celles-ci ? demande-t-elle en en sortant une de son sac. Je veux dire, bien sûr, il y a les textos, les mails, mais personne ne les rédige aussi bien. Plus personne n'écrit comme notre amant mystère.

Les camions sont partis. La façade du journal est blanche et immaculée, son entrée forme un gouffre sombre sous la lumière des lampadaires, et le personnel restant est profondément enfoui à l'intérieur, opérant des changements de dernière minute à la une de demain.

— Il y en a peut-être qui le font, réplique-t-il. Ou peut-être que, si tu es un homme, il est impossible de savoir ce que tu es censé dire.

La salle de gym de Swiss Cottage ne se trouve plus à proximité de leurs domiciles, ses équipements sont régulièrement hors d'usage et sa réceptionniste tellement grincheuse qu'elles se demandent souvent si elle n'a pas été postée là par la concurrence, mais ni Ellie ni Nicky n'ont jamais pris la peine de mettre fin à leur abonnement pour chercher une nouvelle salle. C'est devenu leur lieu de rencontre hebdomadaire. Il y a quelques années, elles s'essoufflaient en chœur sur les vélos elliptiques ou se soumettaient aux soins d'un coach privé à l'air dédaigneux. À présent, après quelques longueurs dans la petite piscine, elles s'installent dans le sauna pendant quarante minutes pour discuter, étant parvenues à se convaincre que la chaleur est « bonne pour la peau ».

Nicky arrive en retard : elle se préparait pour une conférence en Afrique du Sud et a été retenue plus longtemps que prévu. Elles ne se font jamais la moindre remarque sur leurs retards respectifs, suivant la convention tacite que tout inconvénient causé par la carrière de l'une ou de l'autre n'est pas à lui reprocher. D'ailleurs, Ellie n'a jamais bien compris en quoi consistait le travail de Nicky.

— Il va faire chaud, en Afrique du Sud ? demande-t-elle en ajustant sa serviette sur le banc brûlant du sauna tandis que Nicky s'essuie les yeux.

— Probablement, mais je n'aurai pas vraiment le temps d'en profiter. Ma nouvelle patronne est une accro au travail. J'espérais prendre une semaine de vacances après la conférence, mais elle prétend qu'elle ne peut pas se passer de moi ici.

— Elle est comment ?

— Oh, elle est très bien, elle n'essaie pas de se faire pousser une paire de testicules ou quoi que ce soit. L'ennui, c'est qu'elle ne compte pas ses heures et qu'elle ne voit pas pourquoi le reste du monde n'en ferait pas autant. Je regrette le vieux Richard. J'aimais bien nos longs déjeuners du vendredi.

— Je ne connais plus personne qui ait une pause-déjeuner correcte.

— À part vous autres, les journaleux. Je croyais que ton travail ne consistait qu'en déjeuners bien arrosés avec tes contacts.

—Très drôle. Pas tant que j'ai ma chef sur le dos.

Elle lui raconte sa convocation du matin, et les grands yeux de Nicky s'emplissent de compassion.

—Méfie-toi, dit-elle. J'ai comme l'impression que tu es dans son collimateur. Cet article que tu prépares, ça avance? Elle va te lâcher après ça?

—Je ne sais pas si ça va aboutir. Je n'ai plus très envie de me servir de ces documents.

Elle s'interrompt un instant pour se masser le pied.

—Ces lettres sont si belles, reprend-elle. Et vraiment intenses. Si quelqu'un m'avait écrit ça, je ne voudrais pas que ça paraisse dans un journal.

Elle entend l'écho de la voix de Rory dans la sienne, et se rend compte qu'elle ne sait plus ce qu'elle doit penser. Elle ne s'était pas préparée à le voir tant détester l'idée que ces lettres soient publiées. Elle est habituée à ce que tout le monde à la *Nation* partage le même état d'esprit.

—Personnellement, si on m'avait écrit cette lettre, j'en aurais fait des agrandissements pour l'afficher sur tous les murs de la ville, dit Nicky. Je ne connais plus personne qui rédige des lettres d'amour. Ma sœur en recevait quand son fiancé est parti à Hong Kong dans les années 1990, au moins deux par semaine. Elle m'en a montré une. Enfin, ajoute-t-elle avec un petit ricanement, la plupart disaient juste à quel point son petit cul lui manquait.

Elles cessèrent de rire quand une autre femme entra dans le sauna. Elles échangèrent des sourires polis et la femme prit place sur le banc le plus haut, étalant soigneusement sa serviette sous elle.

—Oh, j'ai vu Doug le week-end dernier.

—Ah, comment il va? Il n'a pas encore engrossé Lena?

—En fait, il a demandé de tes nouvelles. Il a peur que tu ne lui en veuilles. Il m'a dit que, lui et toi, vous vous étiez disputés.

La sueur a coulé dans les yeux d'Ellie, et ce qui lui reste de mascara la brûle atrocement.

—Oh, ça va. Il a seulement…

Elle jette un coup d'œil furtif à l'autre femme, sur le banc du haut.

—Il vit dans un autre monde.

—Oui, un monde où personne n'a jamais eu de liaison extraconjugale.

—Et il a commencé à… à me juger. On n'était pas d'accord au sujet de la femme de John.

—Pourquoi ?

Un peu gênée, Ellie remue sur sa serviette.

—Ne vous en faites pas pour moi, s'esclaffe l'autre femme. Ce qu'on entend dans cette pièce ne sort pas de cette pièce.

Elles lui sourient poliment, et Ellie baisse la voix :

—Il a dit que je ne me montrais pas assez attentive à ce qu'elle pouvait ressentir.

—Pour moi, c'est plutôt à John de s'en inquiéter.

—Oui, mais tu connais Doug, l'homme le plus gentil de la planète, soupire Ellie en écartant ses cheveux de son visage. Il n'a pas tout à fait tort, mais ce n'est pas comme si je la connaissais, la femme de John. Ce n'est pas comme si c'était une vraie personne. Alors pourquoi je devrais m'inquiéter pour elle ? Elle détient la seule chose que je veux vraiment, la seule chose qui me rendrait heureuse. Et, de toute façon, elle ne peut pas être vraiment amoureuse de lui, tu ne crois pas ? Sinon, elle ferait plus attention à ses envies, à ses désirs. S'ils étaient si heureux, il ne serait pas avec moi, pas vrai ?

Nicky secoue la tête.

—Je ne sais pas. Quand ma sœur a eu son gamin, elle n'a pas eu les idées claires pendant six mois.

—Leur plus jeune a presque deux ans.

Elle devine le haussement d'épaules moqueur de Nicky. C'est le mauvais côté des vrais amis : ils ne vous laissent jamais vous en tirer à bon compte.

— Tu sais, Ellie, dit Nicky en s'installant plus confortablement sur le banc, les mains calées derrière la tête, d'un point de vue moral, je n'ai pas d'avis à donner, mais pour ce qui est du moral, ça n'a pas l'air d'aller fort.

— Je suis parfaitement heureuse, rétorque Ellie, aussitôt sur la défensive.

Nicky hausse un sourcil.

— D'accord, concède Ellie. Je suis à la fois plus heureuse et plus malheureuse avec lui que je ne l'ai jamais été avec aucun homme, si tu vois ce que je veux dire.

Contrairement à ses deux meilleures amies, Ellie n'a jamais vécu en couple. Jusqu'à ses trente ans, elle a rangé « le mariage » et « les enfants » – qu'elle met dans le même panier – dans la liste des choses à remettre pour plus tard, bien après avoir démarré sa carrière, entre boire avec modération et contracter un plan de retraite. Elle ne voulait pas finir comme certaines filles de son lycée, épuisées de pousser des landaus à même pas vingt-cinq ans et dépendantes financièrement d'un mari qu'elles semblaient mépriser.

Son dernier petit ami s'est plaint d'avoir passé la plus grande partie de leur relation à la suivre pendant qu'elle courait partout en « aboyant comme un roquet dans son portable ». Elle a trouvé ça très drôle, ce qui l'a encore plus énervé. Mais, depuis ses trente ans, la situation est devenue un peu moins amusante. Lorsqu'elle rend visite à ses parents dans le Derbyshire, ces derniers font de visibles efforts pour ne pas évoquer devant elle un éventuel fiancé, si bien que c'est devenu une autre forme de pression. Elle aime rester seule, leur dit-elle, ainsi qu'à tous les autres – et c'était la vérité jusqu'à ce qu'elle rencontre John.

—Il est marié, chérie? demande la femme à travers la vapeur.

Ellie et Nicky échangent un regard en coin.

—Oui, dit Ellie.

—Si ça peut vous réconforter, je suis moi aussi tombée amoureuse d'un homme marié. On va fêter nos quatre ans de mariage mardi prochain.

—Félicitations, disent-elles en chœur, bien qu'Ellie trouve le mot incongru en de telles circonstances.

—On est plus heureux que jamais. Bien sûr, sa fille refuse catégoriquement de lui adresser la parole, mais tant pis. On est heureux, c'est tout ce qui compte.

—Il a mis combien de temps avant de quitter sa femme? demande Ellie en se redressant.

L'inconnue rassemble ses cheveux en queue-de-cheval.

Elle n'a pas de seins, et il a quand même quitté sa femme pour elle, songe Ellie.

—Douze ans, répond-elle. Du coup, on n'a pas pu avoir d'enfants, mais, comme je viens de le dire, ça valait le coup. On est très heureux.

—Je suis ravie pour vous, dit Ellie tandis que la femme redescend vers la sortie.

La porte de verre s'ouvre, laissant entrer un courant d'air froid. Puis elles se retrouvent de nouveau seules dans la cabine chaude et obscure.

Un bref silence s'installe.

—Douze ans! s'exclame Nicky en s'essuyant le visage avec sa serviette. Douze ans d'attente, une belle-fille qui ne veut rien avoir à faire avec elle et pas d'enfants. Eh bien, je parie que tu te sens vachement réconfortée!

Deux jours plus tard, le téléphone sonne. Il est 9 h 15, et Ellie est déjà derrière son bureau au journal. Elle se lève pour répondre, de manière à ce que sa chef la voie en train de travailler. À quelle heure Melissa arrive-t-elle au travail ? Elle semble toujours être la première arrivée et la dernière partie, et pourtant ses cheveux et son maquillage sont toujours parfaits et ses tenues coordonnées avec soin. Ellie la soupçonne d'avoir une séance de coaching personnel à 6 heures du matin, suivie d'un brushing dans un salon de coiffure sélect une heure plus tard. Melissa a-t-elle une vie privée ? Quelqu'un lui a parlé d'une petite fille, mais Ellie a du mal à y croire.

— La *Nation*, dit-elle en jetant un regard distrait vers le bureau aux cloisons de verre.

Melissa fait les cent pas en téléphonant, se passant une main dans les cheveux.

— Bonjour, ai-je bien affaire à Ellie Haworth ?

Une voix distinguée, vestige d'un âge révolu.

— Oui. C'est elle-même.

— Ah. Je crois que vous m'avez envoyé une lettre. Je me nomme Jennifer Stirling.

Qu'est-ce que j'ai fait de mal? Jeudi, tu disais que tu refusais de me laisser partir. Ce sont tes mots, pas les miens. Et ensuite, plus rien. J'ai même cru que tu avais eu un accident! S*** m'a dit que tu avais déjà fait ça et je n'ai pas voulu la croire, mais maintenant, je me sens vraiment idiote.

Une femme à un homme, par lettre

CHAPITRE 19

E lle marche d'un bon pas, la tête baissée contre la pluie battante, se maudissant de n'avoir pas pensé à prendre un parapluie. Des taxis passent dans le sillage des bus aux vitres couvertes de buée, projetant de grandes gerbes d'eau sur le bord du trottoir. Elle est dans le quartier de St John's Wood par un samedi après-midi pluvieux, tâchant de ne pas penser aux plages de sable blanc de la Barbade, à une grande main couverte de taches de rousseur étalant de la crème sur le dos d'une femme. Cette image la hante littéralement depuis six jours – depuis que John est parti. Le climat exécrable lui fait l'effet d'un pied-de-nez du destin.

L'immeuble se dresse devant elle, le long d'un large trottoir bordé d'arbres. Elle gravit en trébuchant les marches de pierre du perron, presse le bouton de l'interphone et attend, sautillant impatiemment d'un pied sur l'autre.

—Oui?

La voix est claire, moins chevrotante qu'elle l'a imaginée. Elle remercie les cieux que Jennifer Stirling ait proposé de la rencontrer aujourd'hui: l'idée de passer un samedi entier sans son travail ni ses amies, qui semblent toutes débordées, la terrifie. Encore cette main couverte de taches de rousseur.

—C'est Ellie Haworth. Je viens vous remettre vos lettres.

—Ah. Entrez. Je suis au quatrième étage. Vous devrez peut-être attendre l'ascenseur un moment. Il est terriblement lent.

C'est le genre de bâtiment où elle entre rarement, dans un quartier qu'elle connaît à peine : tous ses amis occupent des appartements récents, avec de petites pièces et un parking souterrain, ou des maisonnettes mitoyennes serrées comme des sardines. Ce quartier sent le vieil argent et semble hors du temps. Il lui fait penser au mot « douairière », que John adore glisser dans ses romans, et elle sourit.

L'entrée est tapissée d'une moquette turquoise, une couleur d'un autre âge. La rampe cuivrée qui suit les marches de marbre porte la patine profonde d'un polissage fréquent. Elle a une pensée pour les parties communes de son propre immeuble, avec ses piles de courrier abandonné et ses vélos qui traînent au milieu du couloir.

L'ascenseur monte en grinçant les quatre étages avec une majestueuse lenteur, et la libère dans un couloir carrelé.

— Il y a quelqu'un ? appelle-t-elle en voyant une porte ouverte.

Plus tard, elle ne saura pas dire ce qu'elle s'était imaginé : une vieille femme voûtée au regard brillant, un châle sur les épaules, dans un appartement plein à craquer de petits animaux en porcelaine. Jennifer Stirling n'a rien à voir avec cette femme. Elle doit avoir une soixantaine d'années, mais sa silhouette est mince et toujours droite. Seuls ses cheveux argentés, coupés en carré dégradé, trahissent son âge. Elle porte un pull en cachemire bleu foncé et une veste en laine cintrée sur un pantalon à la coupe impeccable qui lui fait plus penser à du Dries van Noten qu'à du Marks & Spencer. Une écharpe vert émeraude est nouée autour de son cou.

— Mademoiselle Haworth ?

Elle sent que cette femme l'a observée avec attention, peut-être même évaluée, avant de prononcer son nom.

— C'est moi, dit-elle en lui tendant la main. Je vous en prie, appelez-moi Ellie.

Le visage de la femme se détend légèrement. Quel qu'ait été le test, elle semble l'avoir passé avec succès – du moins pour le moment.

—Entrez donc. Vous venez de loin?

Ellie la suit dans son appartement. Une fois encore, ce qu'elle voit ne correspond pas du tout à ses attentes. Pas le moindre bibelot animalier. La pièce est grande, lumineuse et peu meublée. Le plancher de bois clair est agrémenté de quelques grands tapis persans, et deux sofas damassés se font face de part et d'autre d'une table basse. Les rares autres éléments de mobilier sont éclectiques et raffinés: une chaise danoise aux lignes modernes qu'Ellie soupçonne de valoir une fortune, et une petite table ancienne marquetée de noyer. Des photos de famille et de jeunes enfants.

—Quel bel appartement! s'écrie Ellie, qui ne s'est jamais intéressée à la décoration mais qui vient soudain de découvrir dans quel genre d'intérieur elle a envie de vivre.

—C'est joli, n'est-ce pas? J'ai emménagé ici en… 1968, je crois. C'était un vieil immeuble assez miteux à l'époque, mais je me suis dit que ce serait un bel endroit pour élever ma fille, puisqu'il fallait qu'elle vive en ville. Cette fenêtre a une vue sur Regent's Park. Puis-je vous débarrasser de votre manteau? Voulez-vous un peu de café? Vous avez l'air trempée jusqu'aux os.

Ellie prend place sur le sofa tandis que Jennifer Stirling disparaît dans la cuisine. Sur les murs, de la plus pâle nuance de crème, sont accrochés quelques grands tableaux d'art moderne. Ellie regarde Jennifer Stirling revenir dans la pièce, et se rend compte qu'elle n'est pas surprise que cette femme ait pu inspirer une telle passion à son mystérieux correspondant.

Au milieu des photos disposées sur la table se trouve le portrait d'une femme incroyablement belle, posant à la façon des modèles de Cecil Beaton; un peu plus loin, la même femme, peut-être quelques années plus tard, baisse les yeux sur un nouveau-né, le visage marqué par l'épuisement, l'émerveillement et l'allégresse que semblent partager toutes les jeunes mamans – ses cheveux sont coiffés à la perfection, bien qu'elle vienne d'accoucher.

— C'est très gentil de votre part de vous donner tout ce mal. Je dois dire que votre message m'a intriguée.

Elle sert un café à Ellie et s'assied en face d'elle, remuant le contenu de sa propre tasse à l'aide d'une petite cuiller en argent ornée au bout du manche d'un grain de café en émail rouge.

Bon sang, se dit Ellie. *Elle a la taille plus fine que la mienne.*

— Je suis curieuse de savoir de quelle lettre il s'agit. Je ne pense pas avoir jeté quoi que ce soit par accident. J'ai tendance à déchiqueter tous mes vieux papiers. Mon comptable m'a offert une de ces machines infernales à Noël dernier.

— En fait, ce n'est pas vraiment moi qui l'ai trouvée. Un ami triait les archives du journal la *Nation*, et il est tombé sur un dossier.

Jennifer Stirling semble soudain étrangement tendue.

— Et, dedans, il y avait ceci.

Avec mille précautions, Ellie sort de son sac la pochette en plastique contenant les trois lettres d'amour. Elle les tend à Mme Stirling sans quitter son visage des yeux.

— Je vous les aurais bien envoyées par la poste, poursuivit-elle, mais…

Jennifer Stirling tient les lettres à deux mains, avec révérence.

— Je n'étais pas sûre… de ce que… enfin, je ne savais pas si vous teniez à les retrouver.

Jennifer ne dit rien. Brusquement mal à l'aise, Ellie boit une gorgée de café. Elle ne sait pas pendant combien de temps elle reste là, à siroter son café, mais elle finit par détourner le regard sans vraiment savoir pourquoi.

— Oh, si, j'y tiens beaucoup.

Lorsque Ellie elle lève les yeux, Jennifer est transfigurée. Elle ne pleure pas tout à fait, mais elle a le visage blême d'une personne assaillie par une vive émotion.

—J'imagine que vous les avez lues.

Ellie se sent rougir.

—Je suis désolée. Elles se trouvaient dans un dossier qui n'avait rien à voir. Je ne savais pas que je finirais par découvrir leur propriétaire. Je les ai trouvées très belles, ajoute-t-elle maladroitement.

—Oui, elles le sont, n'est-ce pas ? Eh bien, Ellie Haworth, il n'y a pas beaucoup de choses qui me surprennent encore à mon âge, mais, aujourd'hui, vous avez réussi.

—Vous n'allez pas les lire ?

—Inutile. Je les connais par cœur.

Ellie sait depuis longtemps que le talent le plus important d'un bon journaliste est de savoir se taire. Mais, à présent, elle est de plus en plus mal à l'aise face à cette vieille femme qui semble partie loin, très loin d'ici.

—Je suis désolée si je vous ai contrariée, dit-elle prudemment lorsque le silence devient oppressant. Je ne savais pas trop quoi faire, puisque je ne savais pas quelle était votre...

—... situation, achève-t-elle.

Elle sourit, et Ellie ne peut s'empêcher d'admirer son superbe visage.

—C'est très diplomatique de votre part. Mais il n'y a pas de quoi être embarrassée. Mon mari est mort il y a des années. Ça fait partie des choses dont on ne nous parle jamais et qu'on n'apprend qu'en vieillissant, dit-elle avec un petit sourire ironique : les hommes partent beaucoup plus tôt que nous.

Pendant quelques minutes, elles écoutent la pluie tomber et les bus tourner au croisement dans un crissement de pneus.

—Alors, demande enfin Mme Stirling, dites-moi une chose, Ellie : pourquoi avoir déployé de tels efforts pour me rapporter ces lettres ?

Ellie se demande si elle doit parler de l'article. Son instinct lui souffle de s'abstenir.

— Parce que je n'ai jamais rien lu de tel ?

Jennifer Stirling l'observe attentivement.

— Et… parce que moi aussi, j'ai un amant, ajoute-t-elle sans savoir pourquoi.

— Un « amant » ?

— Il est… marié.

— Ah. Alors ces lettres ont fait écho à votre histoire personnelle.

— Oui. Toute votre histoire m'a parlé. Vouloir une chose qui nous est interdite. Et ne pas pouvoir dire ce qu'on ressent réellement.

Ellie a baissé les yeux et parle à ses genoux.

— L'homme avec qui j'ai cette relation, John… Je ne sais pas vraiment ce qu'il en pense. On ne se parle jamais de l'histoire que nous vivons.

— C'est ce que font la plupart des gens, fait remarquer Mme Stirling.

— Mais votre amant vous parlait de ses sentiments. Boot.

— Oui.

De nouveau, la vieille femme semble se perdre dans un autre temps.

— Il me disait tout. C'est une chose stupéfiante de recevoir ce genre de lettre. De se savoir aimée aussi intensément. Il a toujours été doué avec les mots.

La pluie devient torrentielle et gronde contre les fenêtres ; en bas, dans la rue, des gens se mettent à crier.

— Je sais que ça va vous paraître étrange, mais j'étais presque obsédée par votre histoire d'amour. J'ai désespérément souhaité que vous l'ayez retrouvé. Il faut que je vous demande, vous êtes-vous… vous êtes-vous un jour remis ensemble ?

Les expressions modernes lui semblent déplacées, inappropriées. Ellie se sent soudain intimidée. Il y a quelque chose d'inélégant dans sa question, songe-t-elle. Elle est allée trop loin.

Juste au moment où elle s'apprête à s'excuser et à s'en aller, Jennifer Stirling prend la parole :

— Voulez-vous une autre tasse de café, Ellie ? Je ne pense pas que ce soit une bonne idée de partir sous ce déluge.

Assise sur son canapé recouvert de soie, son café refroidissant sur ses genoux, Jennifer Stirling lui raconte l'histoire d'une jeune épouse partie en vacances dans le sud de la France et d'un mari qui, selon elle, n'était probablement pas pire que tous les autres maris de l'époque. C'était un homme de son temps, à qui on avait appris qu'exprimer ses émotions était un signe de faiblesse, une indignité. Elle lui parle aussi d'un autre homme, au caractère diamétralement opposé : un être bourru, intransigeant, passionné, torturé, qui l'a troublée dès leur première rencontre, lors d'un dîner au clair de lune.

Ellie est captivée, des images plein la tête, tâchant de ne pas penser au magnétophone qu'elle a allumé dans son sac. Mais elle ne se sent plus aussi indélicate. Mme Stirling lui parle avec animation, comme s'il s'agissait d'un récit qu'elle rêvait de raconter depuis des dizaines d'années. Elle lui explique qu'elle a reconstitué toute l'histoire au fil des années, et Ellie, bien qu'elle ne comprenne pas tout à fait, n'ose pas l'interrompre pour lui demander de clarifier.

Jennifer Stirling lui raconte le brusque ternissement de sa petite vie dorée, les nuits sans sommeil, la culpabilité, la terrifiante fascination de l'interdit, la terrible impression que la vie que l'on mène n'est peut-être pas la bonne. En l'écoutant, Ellie se mordille les ongles, se demandant si c'est ce que pense John en ce moment même, sur une lointaine plage inondée de soleil. Comment peut-il aimer sa femme et entretenir une liaison avec une autre ? Comment peut-il ne pas ressentir cette terrible fascination ?

L'histoire devient plus sombre, la voix plus basse. Elle lui parle d'un accident de voiture sur une chaussée humide, d'un innocent tué et de ces quatre années durant lesquelles elle a vécu comme une somnambule, tenant seulement grâce aux pilules et à la naissance de sa fille.

Elle s'interrompt un instant, attrape quelque chose derrière elle et lui tend un cadre. Sur la photo, une grande femme blonde pose debout, en short, entre les bras d'un homme. Deux enfants et un chien se traînent à ses pieds nus. On pourrait croire à une publicité pour Calvin Klein.

— Esmé ne doit pas être beaucoup plus âgée que vous, dit-elle. Elle vit à San Francisco avec son mari, un médecin. Ils sont très heureux. Enfin, pour autant que je sache, ajoute-t-elle avec un petit sourire.

— Est-ce qu'elle est au courant ? Pour les lettres ?

Ellie pose doucement le cadre sur la table basse, essayant de ne pas jalouser Esmé pour sa spectaculaire hérédité et sa vie apparemment enviable.

Cette fois, Mme Stirling hésite avant de répondre.

— Je n'ai raconté cette histoire à personne. Quelle fille a envie d'entendre que sa mère a aimé un homme qui n'était pas son père ?

Puis elle relate une rencontre fortuite, quelques années plus tard, et le merveilleux choc de découvrir qu'elle était là où elle était censée être.

— Je ne sais pas si vous pouvez comprendre… Pendant si longtemps, je ne me suis pas sentie à ma place… Et soudain, Anthony est apparu et j'ai eu cette sensation, explique-t-elle en se tapotant le sternum. Cette sensation d'avoir trouvé ma raison d'être. C'était lui.

— Je vois, dit Ellie.

Elle est perchée tout au bord du canapé. Le visage de Jennifer Stirling semble illuminé de l'intérieur. Soudain, Ellie croit voir dans la vieille femme la jeune fille qu'elle a été.

— Je connais cette sensation.

— Ce qui était terrible, évidemment, c'était que même en l'ayant retrouvé, je n'étais pas libre de partir avec lui. À l'époque, un divorce était une affaire très sérieuse. C'était terrible. On traînait votre nom dans la boue. Je savais que mon mari me détruirait si j'essayais de partir. Et je ne pouvais pas quitter Esmé. Lui – Anthony – avait dû abandonner son fils, et je pense qu'il ne s'en est jamais remis.

— Donc vous n'avez jamais vraiment quitté votre mari ? demande Ellie, profondément déçue.

— Je l'ai quitté, grâce à ce dossier que vous avez trouvé. Il avait cette drôle de vieille secrétaire, Mlle Machin – je n'ai jamais pu me rappeler son nom, ajoute-t-elle avec une grimace. Je crois qu'elle était amoureuse de lui. Et puis, pour je ne sais quelle raison, elle m'a offert le moyen de le détruire. Il savait que j'étais intouchable une fois en possession de ces papiers.

Elle décrit sa rencontre avec la secrétaire sans nom, le choc de son mari lorsqu'elle lui avait révélé ce qu'elle savait.

— Le dossier sur l'amiante.

Ce dossier lui avait paru tellement inoffensif, son pouvoir envolé avec le temps.

— Bien sûr, à l'époque, personne ne savait pour l'amiante. On pensait que c'était la découverte du siècle. Ça a été pour moi un choc terrible de découvrir que l'entreprise de Laurence avait détruit autant de vies. C'est pour ça que j'ai créé la fondation après sa mort. Pour aider les victimes. Regardez.

Elle ouvre son secrétaire et en sort une brochure proposant une aide juridique aux personnes souffrant de mésothéliome après avoir été exposées à de l'amiante dans le cadre de leur activité professionnelle.

— Il n'y a plus beaucoup d'argent dans les caisses, mais on offre toujours une aide juridique. J'ai des amis avocats qui proposent gratuitement leurs services, ici et à l'étranger.

— Vous avez toujours l'argent de votre mari?

— Oui. C'était notre arrangement. J'ai conservé son nom et suis devenue aux yeux du monde une de ces épouses recluses qui ne sortent jamais avec leur mari. Tous nos amis ont cru que je renonçais aux mondanités pour me consacrer à l'éducation d'Esmé. Ce n'était pas inhabituel à l'époque, vous savez. Et Laurence s'est contenté d'emmener sa maîtresse à ma place à tous les événements mondains.

Elle éclate de rire et secoue la tête.

— Cela pouvait se concevoir, à l'époque.

Ellie s'imagine au bras de John lors de la soirée de lancement d'un livre. Il a toujours fait très attention à ne pas la toucher en public, à ne donner aucun indice concernant leur relation. Elle a secrètement espéré qu'ils seraient un jour surpris en train de s'embrasser, ou que leur passion serait si apparente qu'elle deviendrait l'objet de racontars préjudiciables.

Elle relève la tête et surprend le regard de Jennifer Stirling, posé sur elle.

— Encore un peu de café, Ellie? Vous n'êtes pas pressée d'aller autre part?

— Je veux bien un peu de café, merci. Et j'aimerais beaucoup savoir ce qui s'est passé.

Son expression se transforme. Son sourire s'éteint. Un bref silence s'installe.

— Il est reparti au Congo, dit-elle. Il avait l'habitude de voyager dans les endroits les plus dangereux. Les Blancs n'y étaient pas en sûreté à l'époque, et il n'était pas très…

Elle ne paraît même plus s'adresser à Ellie.

— Les hommes sont souvent bien plus fragiles qu'ils en ont l'air, n'est-ce pas?

Ellie digère l'information, essayant de surmonter l'amère déception qu'elle sent monter en elle.

Ce n'est pas ta vie, se dit-elle fermement. *Ce n'est pas ta tragédie.*

—Comment s'appelait-il? Je me doute bien que Boot n'était pas son vrai nom.

—Non. C'était notre petite blague. Vous avez lu Evelyn Waugh? Il s'appelait Anthony O'Hare. C'est très étrange de prononcer son nom après tout ce temps. C'était l'amour de ma vie, mais je n'ai aucune photo de lui, et très peu de souvenirs. Sans mes lettres, j'aurais pu croire que j'avais tout imaginé. C'est pour cela que je vous suis tellement reconnaissante de me les avoir rapportées.

Ellie a la gorge nouée.

Le téléphone sonne, les faisant sursauter.

—Excusez-moi, dit Jennifer.

Elle sort dans l'entrée, décroche un téléphone. Ellie l'entend répondre, la voix très calme, pleine de distance professionnelle.

—Oui, dit-elle. Oui, on le fait toujours. Quand a-t-il été diagnostiqué?… Je suis désolée…

Ellie griffonne sur son bloc-notes le nom d'Anthony O'Hare et le range dans son sac. Elle vérifie que son magnétophone tourne toujours, que le micro est toujours en place. Satisfaite, elle reste un peu assise, regardant les photos de famille, puis comprend que Jennifer va être occupée un bon moment. Cela ne semble pas juste de bousculer une personne qui, de toute évidence, est aux prises avec une terrible maladie des poumons. Elle arrache une page de son bloc, gribouille un petit mot et reprend son manteau. Elle se poste un instant à la fenêtre. Dehors, le temps s'est éclairci; les flaques sur le trottoir brillent d'un bleu éclatant. Puis elle s'approche de la porte et reste plantée là, son petit mot à la main.

— Pouvez-vous patienter un instant ? demande Jennifer avant de poser la main sur le combiné. Je suis désolée, ajoute-t-elle à l'intention d'Ellie. Ça risque de prendre un moment.

Au ton de sa voix, Ellie comprend qu'elles ne pourront pas poursuivre leur conversation aujourd'hui.

— Quelqu'un doit demander des dommages et intérêts.

— Pourra-t-on se reparler ? murmure Ellie en lui tendant le morceau de papier. Voici mes coordonnées. Je veux vraiment savoir…

Jennifer hoche la tête, toujours absorbée par sa conversation téléphonique.

— Oui. Bien sûr. C'est le moins que je puisse faire. Et merci encore, Ellie.

La jeune femme s'apprête à partir, son manteau sur le bras. Puis, alors que Jennifer remet le combiné à son oreille, elle se retourne de nouveau.

— Dites-moi juste une chose – très vite. Quand il est reparti, qu'est-ce que vous avez fait ?

Jennifer Stirling rabaisse le combiné, le regard clair et calme.

— Je l'ai suivi.

Il n'y a pas eu la moindre liaison entre nous. Si tu tentes de suggérer le contraire, j'expliquerai très clairement que tu as tout imaginé.

Un homme à une femme, par lettre, 1960

CHAPITRE 20

— M adame ? Voulez-vous boire quelque chose ?
Jennifer ouvrit les yeux. Depuis près d'une heure,
elle serrait à s'en faire mal les accoudoirs de son fauteuil tandis
que l'aéroplane de la BOAC poursuivait sa course tressautante
en direction du Kenya. Elle-même n'avait jamais beaucoup
aimé l'avion, mais les incessantes turbulences de ce voyage
avaient si bien fait monter la tension dans le *Comet* que même
les vieux habitués de ces vols long-courriers grinçaient des
dents à chaque soubresaut. Elle grimaça en sentant ses fesses
se soulever de son siège, et un cri de terreur retentit à l'arrière
de l'avion. La fumée des cigarettes allumées à la hâte avait créé
dans la cabine une étrange atmosphère brumeuse.

— Oui, dit-elle. S'il vous plaît.

— Je vais vous en donner un double, dit l'hôtesse avec un
clin d'œil. L'arrivée va être mouvementée.

Jennifer avala un demi-verre en une seule gorgée. Elle avait
les yeux secs après un long périple de près de quarante-huit
heures. Avant son départ, elle avait passé plusieurs nuits sans
dormir à Londres, se demandant si ce qu'elle s'apprêtait à
faire était une pure folie, comme le reste du monde semblait
le croire.

— Vous en voulez un ?

L'homme d'affaires assis à côté d'elle lui tendit une petite
boîte, le couvercle incliné vers elle. Il avait les mains très larges
et les doigts comme des saucisses.

— Merci. Qu'est-ce que c'est ? Des pastilles à la menthe ?

Il sourit sous son épaisse moustache blanche.

— Oh, non, dit-il avec un fort accent afrikaans. C'est pour se calmer les nerfs. Vous risquez d'en avoir bientôt besoin.

Elle retira sa main.

— Non, merci. Un jour, quelqu'un m'a dit qu'en avion il ne fallait pas avoir peur des turbulences.

— Il a raison. Ce sont des turbulences au sol qu'il faut se méfier.

Voyant qu'elle ne riait pas, il l'observa un instant.

— Où allez-vous ? Faire un safari ?

— Non. Je dois attraper une correspondance pour Stanleyville. On m'a dit qu'il n'y avait pas de vol direct depuis Londres.

— Au Congo ? Mais, madame, qu'allez-vous faire là-bas ?

— J'essaie de retrouver un ami.

— Au Congo ? répéta-t-il d'un air incrédule.

— Oui.

Il la regardait comme si elle était folle. Elle se redressa dans son siège, relâchant temporairement sa prise sur les accoudoirs.

— Vous ne lisez pas les journaux ?

— Un peu, mais pas ces derniers jours. J'ai été… très occupée.

— Très occupée, hein ? Ma petite dame, vous devriez faire demi-tour et rentrer directement en Angleterre. Je suis prêt à parier que vous n'arriverez jamais au Congo, ajouta-t-il avec un petit rire.

Elle se détourna de lui pour regarder par le hublot. Des nuages et des montagnes enneigées s'étendaient au loin. Elle se demanda soudain s'il y avait la moindre chance pour que, à cet instant précis, il se trouvât juste là, dix mille pieds en dessous d'elle. *Vous n'avez pas idée du chemin que j'ai déjà fait*, lui répondit-elle en silence.

Deux semaines auparavant, Jennifer Stirling était sortie d'un pas mal assuré des bureaux de la *Nation*. Là, debout sur les marches, serrant la petite main potelée de sa fille dans la sienne, elle s'était rendu compte qu'elle n'avait pas la moindre idée de ce qu'elle allait pouvoir faire. Un vent violent s'était levé, faisant tourbillonner des feuilles dans le caniveau, leur trajectoire hasardeuse reflétant la sienne. Comment Anthony pouvait-il avoir disparu ? Pourquoi n'avait-il laissé aucun message ? Elle se souvint de sa détresse dans le hall de l'hôtel et craignit de deviner la réponse. Les mots de ce gros journaliste résonnaient encore dans sa tête. Le monde semblait vaciller. L'espace d'un instant, elle crut qu'elle allait s'évanouir.

Puis Esmé se plaignit d'avoir envie de faire pipi. La demande immédiate et concrète de la fillette la tira de sa torpeur.

Elle se rendit au *Regent Hotel*, comme si une infime part d'elle-même s'imaginait qu'il serait plus facile pour lui de la trouver s'il choisissait de revenir. Elle avait besoin de croire qu'il tenterait de la retrouver, qu'il voudrait savoir qu'elle était enfin libre.

La seule chambre disponible était une suite au quatrième étage, qu'elle s'empressa d'accepter. Laurence n'oserait pas ergoter sur des questions d'argent. Et tandis qu'Esmé regardait sagement la télévision, s'interrompant de temps à autre pour sauter sur le grand lit double, elle passa le reste de la soirée à faire les cent pas, cherchant désespérément un moyen de faire parvenir un message à un homme perdu au beau milieu des vastes étendues de l'Afrique centrale.

Enfin, lorsque Esmé se fut endormie, roulée en boule à côté d'elle sous la couverture de l'hôtel, le pouce dans la bouche, Jennifer resta couchée là à la regarder, écoutant les bruits de la ville, retenant à grand-peine des larmes d'impuissance, essayant en désespoir de cause de lui envoyer un message par télépathie.

Boot. S'il te plaît, entends-moi. Il faut que tu reviennes me chercher. Je ne peux pas faire ça toute seule.

Le deuxième et le troisième jour, elle passa la majeure partie de son temps à s'occuper d'Esmé. Elle l'emmena visiter le musée d'Histoire naturelle et prendre le thé à *Fortnum & Mason*; elles achetèrent des vêtements dans les boutiques de Regent Street et commandèrent au room-service des sandwichs au poulet rôti pour le dîner, qu'on leur monta sur un plateau d'argent. Régulièrement, Esmé demandait où étaient son papa et Mme Cordoza. Jennifer la rassurait, lui disait qu'elle les reverrait bientôt. Elle était reconnaissante du courant continu de petites requêtes, la plupart du temps réalisables, que sa fille lui formulait, et des routines imposées par le thé, le bain et la sieste. Mais le soir, dès que la fillette s'endormait, elle fermait la porte de la chambre et se laissait envahir par une sombre terreur. Qu'avait-elle fait? À chaque heure qui passait, elle prenait un peu plus conscience de l'énormité de ses actes – et, paradoxalement, de leur futilité. Elle avait fait une croix sur toute son existence, emmené sa fille dans une chambre d'hôtel… Et tout ça pour quoi?

Elle appela la *Nation* deux fois encore. Elle avait parlé à l'homme bourru au gros ventre; elle reconnaissait à présent sa voix, sa manière abrupte de s'exprimer. Il lui répéta d'une voix excédée qu'il passerait le message à O'Hare dès que celui-ci donnerait signe de vie. La deuxième fois, elle eut clairement l'impression qu'il ne disait pas la vérité.

—Mais il doit bien être arrivé, à l'heure qu'il est? Les journalistes ne se retrouvent pas tous au même endroit? Personne ne peut lui faire parvenir un message?

—Je ne suis pas secrétaire. Je vous ai dit que je lui passerai votre message, et je le ferai, mais le Congo est une zone de guerre. J'imagine qu'il a d'autres préoccupations.

Et il avait raccroché.

Leur suite devint une bulle coupée du monde, avec pour uniques visiteurs la femme de chambre et le garçon du room-service. Jennifer n'osait appeler personne, que ce fussent ses parents ou ses amis, car elle ne savait pas encore comment s'expliquer. Elle s'efforçait de manger, parvenait à peine à dormir. Au fur et à mesure que sa confiance se dissipait, son anxiété croissait.

De plus en plus, elle se disait qu'elle ne pouvait pas rester seule. Comment survivrait-elle ? Elle n'avait jamais rien fait toute seule. Laurence allait s'arranger pour l'isoler de tous. Ses parents allaient la renier. Tous les jours, elle combattait la tentation de commander une boisson alcoolisée pour estomper son sentiment de terreur grandissante. Et, tous les jours, la petite voix qui résonnait dans sa tête se faisait un peu plus distincte : *Tu peux toujours revenir vers Laurence.* Quelle autre option s'offrait à elle, elle dont l'unique talent était d'être décorative ?

Dans ces hauts et ces bas, dans ce fac-similé surréaliste d'une vie normale, les jours passèrent. Le sixième jour, elle appela chez elle, devinant que Laurence serait au travail. Mme Cordoza, qui répondit à la deuxième sonnerie, fut bouleversée par l'évidente détresse de la jeune femme.

— Où êtes-vous, madame Stirling ? Laissez-moi vous apporter vos affaires. Laissez-moi voir Esmé. Oh, j'ai été si inquiète !

Jennifer faillit se mettre à pleurer de soulagement.

En moins d'une heure, la gouvernante arriva à l'hôtel avec une valise remplie de ses affaires. M. Stirling, lui apprit-elle, n'avait rien dit en dehors du fait qu'elle ne devait pas s'attendre à avoir du monde à la maison pendant quelques jours.

— Il m'a demandé de ranger le bureau. Et quand je suis entrée dans la pièce… (Elle leva la main à son visage, l'air horrifiée.) Je n'ai pas su quoi penser.

— Tout va bien. Vraiment.

Jennifer ne pouvait se résoudre à lui expliquer ce qui s'était passé.

— Je serais heureuse de vous aider comme je peux, poursuivit Mme Cordoza, mais je ne crois pas qu'il…

Jennifer lui posa sur le bras une main apaisante.

— Tout va bien, madame Cordoza. Croyez-moi, on aimerait toutes les deux vous avoir avec nous, mais je pense que ce serait difficile. Et puis, une fois que tout se sera un peu tassé, Esmé ira à la maison rendre visite à son père, donc il vaudrait peut-être mieux pour tout le monde que vous soyez sur place pour vous occuper d'elle.

Esmé montra à Mme Cordoza tous ses nouveaux vêtements et se blottit sur ses genoux. Jennifer commanda du thé et le servit à sa gouvernante, échangeant avec elle des sourires gênés.

— Merci d'être venue, dit Jennifer quand Mme Cordoza se leva pour partir.

Elle avait le sentiment qu'on venait de lui retirer quelque chose de précieux.

— Tenez-moi au courant de ce que vous déciderez de faire, demanda la gouvernante en enfilant son manteau.

Elle regardait fixement Jennifer, les lèvres pincées en une ligne anxieuse. La jeune femme, prise d'une impulsion soudaine, fit un pas en avant et la prit dans ses bras. La gouvernante lui rendit puissamment son étreinte, comme si elle essayait de lui transmettre un peu de sa force, comme si elle avait compris à quel point Jennifer en avait besoin. Elles restèrent longtemps enlacées au milieu de la pièce. Puis, peut-être un peu gênée, la gouvernante recula. Elle avait les yeux rouges.

— Je ne reviendrai jamais, déclara Jennifer, entendant ses propres mots frapper l'air immobile avec une force inattendue. Je trouverai un endroit où vivre. Mais je ne reviendrai pas.

La vieille femme hocha la tête.

—Je vous appelle demain, dit-elle en griffonnant un petit mot sur le papier à lettres de l'hôtel. Vous pouvez dire à Laurence où nous sommes. Il vaut probablement mieux qu'il le sache.

Cette nuit-là, après avoir couché Esmé, elle appela tous les journaux de Fleet Street pour demander si elle pouvait envoyer des messages à leurs correspondants étrangers, au cas où ces derniers tomberaient sur Anthony en Afrique centrale. Elle appela un oncle qui avait autrefois travaillé là-bas, et lui demanda s'il se souvenait des noms de quelques hôtels. Elle passa des appels *via* l'opérateur international en direction de deux hôtels, un à Brazzaville, l'autre à Stanleyville, et laissa des messages aux réceptionnistes. L'un d'eux lui répondit d'un ton plaintif :

—Madame, nous n'avons pas de Blancs ici. Il y a des émeutes dans notre ville.

—S'il vous plaît, dit-elle, rappelez-vous seulement son nom. Anthony O'Hare. Dites-lui « Boot », il comprendra.

Elle avait envoyé un nouveau petit mot au journal, espérant qu'il lui fût transmis :

Je suis désolée. S'il te plaît, reviens-moi. Je suis libre et je t'attends.

Elle l'avait déposé à la réception, songeant que, une fois qu'il serait parti, le sort serait jeté. Elle ne devait pas penser à son parcours, elle ne devait pas tenter de deviner, durant les jours ou les semaines à venir, où son courrier était arrivé. Elle avait fait tout son possible, il était grand temps à présent de se concentrer sur la construction de sa nouvelle vie. Elle devait se tenir prête au moment où l'un de ses nombreux messages lui parviendrait enfin.

M. Grosvernor souriait toujours. Ça ressemblait à un rictus nerveux, et elle faisait de son mieux pour l'ignorer. C'était le onzième jour.

— Je vous demanderai seulement d'apposer votre signature ici, dit-il en désignant l'emplacement d'un doigt superbement manucuré, et là. Et puis, bien sûr, vous aurez besoin de la signature de votre mari ici.

Il sourit de nouveau, les lèvres tremblant légèrement.

— Oh, vous n'aurez qu'à le lui envoyer directement, dit-elle.

Le salon de thé du *Regent Hotel* était bondé de gentilshommes à la retraite et de femmes fatiguées de faire les boutiques en ce mercredi après-midi pluvieux.

— Je vous demande pardon?

— Je ne vis plus avec mon mari. Nous communiquons exclusivement par courrier.

Il sembla atterré. Son sourire disparut. Il attrapa les papiers posés sur ses genoux, comme s'il essayait de reprendre le cours de ses pensées.

— Je crois que je vous ai déjà donné son adresse. La voilà, dit-elle en désignant une des lettres constituant le dossier. Nous sommes toujours d'accord pour emménager lundi prochain? Ma fille et moi sommes fatiguées de vivre à l'hôtel.

Mme Cordoza avait emmené Esmé faire de la balançoire. Elle venait quotidiennement à présent, durant les heures de bureau de Laurence. « Il y a si peu à faire dans cette maison depuis que vous n'êtes plus là », avait-elle soupiré. Jennifer avait vu s'éclairer le visage de la vieille gouvernante quand elle avait tenu Esmé dans ses bras, et senti qu'elle préférait de loin être avec elles à l'hôtel que dans la grande maison vide du square.

M. Grosvernor fronça les sourcils.

— Ah, madame Stirling, pouvez-vous seulement préciser… Vous dites que vous ne vivrez pas dans la propriété avec M. Stirling ? C'est que le propriétaire est un homme respectable. Il pensait louer l'appartement à une famille.

—Nous sommes une famille.

—Mais vous venez de dire…

—Monsieur Grosvernor, nous allons payer vingt-quatre livres par semaine pour cette location. Je suis une femme mariée. Je suis sûre qu'un homme tel que vous conviendra que la fréquence à laquelle mon mari et moi choisissons de nous voir ne regarde personne d'autre que nous.

Il leva la main en signe de conciliation, une rougeur se répandant sur sa nuque, et se mit à bafouiller des excuses :

—C'est seulement que…

Il fut soudain interrompu par une femme qui cria le nom de Jennifer. Cette dernière se retourna sur sa chaise et vit Yvonne Moncrieff traverser le salon de thé plein à craquer, son parapluie dégoulinant déjà fourré entre les mains d'un serveur peu méfiant.

—Te voilà !

—Yvonne, je…

—Où étais-tu passée ? Je n'avais pas la moindre idée de ce qui t'était arrivé ! Je suis sortie de l'hôpital la semaine dernière, et ta satanée gouvernante n'a pas voulu lâcher un mot ! Et puis Francis m'a dit…

Elle s'interrompit, comprenant à quel point elle avait parlé fort. Toute la salle s'était tue, et des visages attentifs s'étaient tournés vers elles.

—Vous nous excuserez, monsieur Grosvernor ? De toute manière, il me semble qu'on en avait terminé, dit Jennifer.

Le notaire, déjà debout, referma sa mallette d'un geste théâtral.

—J'enverrai ces papiers à M. Stirling dans l'après-midi. Je vous recontacterai ensuite.

Sur ces mots, il s'éloigna en direction du hall d'entrée.

Dès qu'il fut parti, Jennifer posa la main sur le bras de son amie.

— Je suis désolée, dit-elle. J'ai des tas de choses à t'expliquer. Tu as le temps de monter dans ma suite ?

Yvonne Moncrieff avait passé quatre longues semaines à l'hôpital : deux semaines avant et deux semaines après la naissance de bébé Alice. Puis, une fois rentrée chez elle, elle avait été si épuisée qu'elle avait mis encore une semaine à se rendre compte qu'elle n'avait pas vu Jennifer depuis une éternité. Par deux fois, elle était venue sonner chez ses voisins pour se faire entendre dire que Mme Stirling n'était pas là pour le moment. Quelques jours plus tard, elle avait décidé de découvrir par elle-même ce qui se tramait.

— Ta gouvernante n'a fait que me répéter de poser la question à Larry.

— Je suppose qu'il lui a demandé de ne rien dire.

— À quel sujet ?

Yvonne jeta son manteau sur le lit et s'assit sur un fauteuil tapissé.

— Qu'est-ce que tu fais ici ? Tu t'es disputée avec Larry ?

Des ombres mauves cernaient les yeux d'Yvonne, mais sa coiffure était toujours parfaite. Elle lui semblait déjà étrangement distante, comme une relique d'une autre vie.

— Je l'ai quitté, annonça-t-elle.

Les grands yeux d'Yvonne scrutèrent son visage.

— Larry est venu se soûler chez nous, avant-hier soir. Ce n'était pas joli. Je me suis dit que c'était à cause des affaires, et je suis montée me coucher avec le bébé pour laisser les hommes parler entre eux. Quand Francis m'a rejointe, j'étais à moitié endormie, mais il m'a dit que, d'après Larry, tu avais un amant et que tu avais perdu la tête. Je croyais avoir rêvé.

— Eh bien, dit lentement Jennifer, c'était en partie vrai.

Yvonne se plaqua la main sur la bouche.

— Oh, mon Dieu ! Pas Reggie !

412

Jennifer secoua la tête et parvint à sourire.

—Non.

Puis elle poussa un long soupir.

—Yvonne, tu m'as terriblement manqué. J'avais tellement envie de te parler…

Elle raconta l'histoire à son amie, éludant certains détails mais relatant une grande partie de la vérité. C'était Yvonne, après tout. Les mots, dans leur grande simplicité, semblaient démentir l'énormité de ce qu'elle avait vécu durant les semaines passées. Tout avait changé. Tout.

—Mais je le retrouverai, conclut-elle avec panache. Je sais que je le retrouverai. Je dois seulement tout lui expliquer.

Yvonne l'avait écoutée attentivement, et Jennifer fut frappée de découvrir à quel point sa présence, sa franchise et ses sarcasmes lui avaient manqué.

Enfin, Yvonne eut un faible sourire.

—Je suis sûre qu'il te pardonnera, dit-elle.

—Quoi ?

—Larry. Je suis sûre qu'il te pardonnera.

—Larry ? répéta Jennifer en reculant sur son siège.

—Oui.

—Mais je ne veux pas qu'il me pardonne !

—Tu ne peux pas faire ça, Jenny.

—Il a une maîtresse.

—Oh, tu peux t'en débarrasser ! Ce n'est qu'une secrétaire, pour l'amour du ciel ! Dis-lui que tu veux remettre les compteurs à zéro. Dis-lui qu'il n'a qu'à en faire autant.

Jennifer en bafouillait presque :

—Mais je ne veux plus de lui, Yvonne. Je ne veux plus être son épouse.

—Tu préfères attendre un misérable petit reporter qui pourrait très bien ne jamais revenir ?

—Oui.

Yvonne sortit un paquet de cigarettes de son sac, en alluma une et souffla une longue bouffée de fumée au milieu de la pièce.

—Et Esmé?

—Quoi, Esmé?

—Comment va-t-elle grandir sans son père?

—Elle aura toujours son père. Elle le voit tout le temps. En fait, elle va rester à la maison ce week-end. Je lui ai écrit, et il m'a répondu pour confirmer.

—Tu sais que les enfants de parents divorcés subissent de terribles moqueries à l'école? La petite Allsop ne va pas bien du tout.

—On ne va pas divorcer. Ses camarades n'en sauront rien.

Yvonne tirait furieusement sur sa cigarette.

—S'il te plaît, dit Jennifer d'une voix plus douce, essaie de comprendre. Je ne vois pas pourquoi Laurence et moi ne pourrions pas vivre séparément. La société évolue. Nous ne sommes pas obligés de rester enfermés dans une situation qui... Je suis sûre que Laurence sera bien plus heureux sans moi. Et cette décision ne devrait pas bouleverser le reste. Pas vraiment. Toi et moi pouvons rester amies comme toujours. En fait, je me disais qu'on pourrait peut-être sortir les enfants ensemble cette semaine. On pourrait les emmener au musée de Madame Tussauds. Je sais qu'Esmé a très envie de revoir Dotie...

—Au musée?

—Ou dans les jardins botaniques de Kew. Mais je ne suis pas sûre que le temps...

—Arrête, l'interrompit Yvonne en levant une main élégante. Arrête. Je ne veux pas écouter un mot de plus. Tu es la femme la plus extraordinairement égoïste que je connaisse.

Elle écrasa sa cigarette, se leva et prit son manteau.

—En quoi crois-tu que la vie consiste, Jennifer? Une sorte de conte de fées? Tu t'imagines qu'on n'en a pas toutes ras-le-bol de nos maris? Tu crois pouvoir nous demander de rester sans rien dire pendant que tu te pavanes comme si... comme si tu n'étais même pas mariée ? Si tu veux te vautrer dans la décadence morale, libre à toi, mais tu ne dois pas t'attendre à ce qu'on cautionne ton attitude !

Jennifer en resta bouche bée.

Yvonne se détourna, comme si elle ne pouvait même plus la regarder.

— Et je ne serai pas la seule à penser ça. Je te suggère de bien réfléchir à ce que tu vas faire.

Elle plia son manteau sur son bras et quitta la pièce.

Trois heures plus tard, Jennifer avait pris sa décision.

À midi, l'aéroport d'Embakasi était une véritable fourmilière. Après avoir récupéré sa valise sur le tapis roulant, Jennifer se fraya un chemin vers les toilettes, s'aspergea le visage d'eau froide et enfila un chemisier propre. Elle s'attacha les cheveux, la nuque déjà moite à cause de la chaleur. Quand elle fut ressortie des toilettes, son chemisier lui colla au dos au bout de quelques secondes.

L'aéroport grouillait de voyageurs qui se tenaient en groupes ou en files indisciplinées, s'invectivant les uns les autres. Jennifer resta un instant pétrifiée, regardant passer des femmes africaines aux vêtements colorés, chargées de valises et d'immenses sacs de linge qu'elles faisaient tenir en équilibre sur leur tête. Des hommes d'affaires nigériens fumaient dans un coin, la peau luisante, tandis que de petits enfants slalomaient en courant entre les gens assis par terre. Une femme poussant une petite brouette se frayait un passage au milieu de la foule en vendant des boissons. Les panneaux des départs annonçaient que plusieurs vols étaient en retard, mais ne donnaient aucune indication complémentaire.

Par contraste avec la cacophonie qui régnait dans le bâtiment, l'extérieur était silencieux. Le mauvais temps s'était éclairci, la chaleur ayant fait disparaître toute l'humidité restante, si bien que Jennifer pouvait apercevoir des montagnes mauves à l'horizon. La piste était déserte, à l'exception de l'avion qui l'avait amenée ; en dessous, un homme solitaire passait le balai d'un air méditatif. De l'autre côté de la bâtisse moderne et rutilante, on avait bâti un petit jardin de rocaille agrémenté de cactus et de plantes grasses. Elle admira les blocs de roche arrangés avec soin, s'émerveillant que quelqu'un se fût donné autant de mal dans un endroit si chaotique.

Les guichets du BOAC et de l'East African Airways étaient fermés, si bien qu'elle dut retraverser la foule dans l'autre sens. Elle commanda au bar une tasse de café, dénicha une table et s'assit, entourée de valises et de paniers tressés, sous le regard sinistre d'un coquelet dont on avait lié les ailes à l'aide d'une cravate d'écolier.

Qu'allait-elle bien pouvoir lui dire ? Elle l'imagina dans un club de correspondants étrangers, à des kilomètres du cœur de l'action, où les journalistes se retrouvaient pour boire et discuter des événements du jour. Serait-il en train de boire de l'alcool ? Le monde était petit, lui avait-il dit. Une fois arrivée à Stanleyville, elle trouverait bien quelqu'un qui le connaîtrait. Quelqu'un qui serait en mesure de lui dire où il était. Elle se vit arriver, épuisée, à son club, une image récurrente qui lui avait permis de tenir durant ces derniers jours. Elle le voyait clairement, debout sous un ventilateur, discutant avec un collègue. Elle imagina son ahurissement lorsqu'il se retournerait pour l'apercevoir. Elle comprendrait sa surprise : au cours des dernières quarante-huit heures, elle-même s'était à peine reconnue.

Rien dans sa vie ne l'avait préparée à ce qu'elle venait de faire ; rien n'avait même indiqué qu'elle serait capable de le faire. Et pourtant, dès l'instant où elle était montée dans cet avion, malgré sa peur, elle s'était sentie étrangement enivrée, comme si elle venait seulement de découvrir ce que c'était qu'être vivante. Elle avait alors ressenti, peut-être à cause de ce court instant d'exaltation, un lien étrange se nouer entre elle et Anthony O'Hare.

Elle le trouverait. Elle avait pris sa vie en main au lieu de se laisser ballotter par les événements. Elle allait décider de son propre avenir. Elle se retint de penser à Esmé, se disant que ses efforts seraient récompensés quand elle pourrait enfin la présenter à Anthony.

Finalement, un jeune homme revêtu d'un bel uniforme bordeaux prit place derrière le comptoir de la BOAC. Elle abandonna son café et traversa le hall au pas de course.

— Il me faut un billet pour Stanleyville, dit-elle en cherchant de l'argent dans son sac. Le prochain vol. Vous voulez voir mon passeport ?

Le jeune homme la dévisagea.

— Non, madame, dit-il en remuant violemment la tête de droite à gauche. Pas de vol pour Stanleyville.

— Mais on m'a dit qu'il y avait une ligne directe.

— Je suis désolé. Tous les vols pour Stanleyville ont été annulés.

Elle resta figée là, muette de frustration, jusqu'à ce qu'il se répète, puis traîna sa valise jusqu'au guichet de la EAA. La jeune fille derrière le comptoir lui donna la même réponse.

— Non, madame. Les vols entrants sont annulés à cause des troubles, dit-elle en roulant ses « r ».

— Et quand vont-ils reprendre ? C'est une urgence, je dois absolument me rendre au Congo.

Les deux membres du personnel échangèrent un regard.

— Pas de vol vers le Congo, répétèrent-ils.

Elle n'était pas venue si loin pour se retrouver bloquée face à des regards vides et des refus.

Je ne peux pas l'abandonner maintenant.

Au-dehors, le balayeur continuait à parcourir la piste.

C'est alors qu'elle aperçut un homme blanc qui remontait le terminal d'un pas vif, un dossier de cuir à la main, arborant la posture bien droite de la haute administration. La sueur avait formé un triangle plus foncé dans le dos de sa veste de lin beige.

Il croisa son regard, bifurqua et s'avança vers elle.

— Madame Ramsey ? dit-il en lui tendant la main. Je suis Alexander Frobisher, du consulat. Où sont vos enfants ?

— Non. Je m'appelle Jennifer Stirling.

Il referma la bouche et la dévisagea, semblant se demander si elle aussi l'avait pris pour un autre. Il avait le visage bouffi, ce qui lui faisait peut-être paraître plus vieux qu'il l'était réellement.

— Mais j'ai besoin de votre aide, monsieur Frobisher, poursuivit-elle. Il faut absolument que je me rende au Congo. Savez-vous si je peux prendre un train jusqu'à Stanleyville ? On m'a dit qu'il n'y avait pas d'avions. En fait, je n'ai pas pu obtenir beaucoup d'informations.

Elle était consciente que son propre visage luisait à cause de la chaleur et que sa coiffure avait déjà commencé à se défaire.

Lorsqu'il prit la parole, ce fut comme s'il essayait d'expliquer quelque chose à un désaxé :

— Madame…

— Stirling.

— Madame Stirling, personne ne va au Congo. Vous n'êtes pas au courant qu'il y a…

— Oui, je sais qu'il y a des conflits. Mais je dois retrouver quelqu'un, un journaliste qui est arrivé il y a peut-être deux semaines. C'est d'une importance capitale. Il s'appelle…

— Madame, il n'y a plus de journalistes au Congo, dit-il en déchaussant ses lunettes. Avez-vous la moindre idée de ce qui s'y passe ?

— Un peu. En fait non, je voyageais depuis l'Angleterre. J'ai dû prendre un chemin assez tortueux.

—Les États-Unis, ainsi que notre gouvernement, ont pris part à la guerre. Il y a encore trois jours, nous étions en crise avec trois cent cinquante otages blancs, y compris des femmes et des enfants, qui pouvaient être exécutés à tout moment par les rebelles Simba. Des troupes belges les combattent dans les rues de Stanleyville. On a rapporté la mort de près d'une centaine de civils.

Elle l'entendait à peine.

—Mais je peux payer… et je paierai, quoi qu'il en coûte. Je dois aller là-bas.

Il la prit par le bras.

—Madame Stirling, je vous dis que vous ne pourrez pas aller au Congo. Il n'y a pas de trains, pas d'avions, pas de routes. Les troupes ont été acheminées par pont aérien. Et, même s'il y avait un moyen de transport, je ne permettrais pas qu'un citoyen britannique – une femme, qui plus est – pénètre dans une zone de guerre.

Il griffonna quelques mots sur son calepin.

—Je vous trouverai un endroit où patienter et vous aiderai à réserver votre vol de retour. L'Afrique n'est pas un endroit pour une femme blanche seule.

Il poussa un soupir épuisé, comme si elle venait d'ajouter un nouveau poids à son fardeau.

Jennifer réfléchissait.

—Combien de gens sont morts ?

—On ne sait pas.

—Avez-vous leurs noms ?

—Pour le moment, je n'ai qu'une liste des plus rudimentaires. Elle est loin d'être exhaustive.

—S'il vous plaît.

Son cœur s'était presque arrêté de battre.

—S'il vous plaît, laissez-moi la voir. Je dois savoir s'il est…

Il sortit de son dossier une feuille de papier froissé tapé à la machine.

Elle parcourut la liste, les yeux si fatigués que les noms, inscrits par ordre alphabétique, se brouillaient. *Harper. Hambro. O'Keefe. Lewis.* Le sien n'était pas là.

Le sien n'était pas là.

Elle releva les yeux vers Frobisher.

—Avez-vous les noms des otages ?

—Madame Stirling, nous ne savons même pas combien de citoyens britanniques se trouvaient dans la ville. Regardez.

Il sortit une autre feuille et la lui tendit, écrasant de sa main libre un moustique qui s'était posé sur sa nuque.

—C'est le dernier communiqué envoyé à lord Walston.

Elle se mit à lire, les phrases lui sautant au visage :

Cinq mille morts rien qu'à Stanleyville… Nous pensons qu'il reste environ vingt-sept citoyens britanniques dans le territoire contrôlé par les rebelles… Nous ne pouvons donner aucune indication sur l'heure à laquelle nous atteindrons les zones où se trouvent les Britanniques, même si nous les connaissions avec un quelconque degré d'exactitude.

—Il y a des soldats belges et américains dans la ville. Ils sont en train de reprendre Stanleyville, et nous avons un avion pour secourir ceux qui le veulent.

—Comment puis-je savoir s'il est secouru ?

Il se gratta la tête.

—Vous ne pouvez pas. Certaines personnes semblent ne pas vouloir qu'on les sauve. Ces gens-là préfèrent rester au Congo. Ils peuvent avoir leurs raisons.

Elle songea soudain au gros rédacteur du journal.

« Qui sait ? Quelqu'un l'a peut-être poussé à s'en aller. »

—Si votre ami veut sortir de la ville, il en sortira, dit-il en s'essuyant le visage avec son mouchoir. S'il veut rester, il est parfaitement possible qu'il disparaisse – au Congo, il n'y a rien de plus facile.

Jennifer s'apprêtait à parler mais fut interrompue par un sourd murmure qui se répandait dans l'aéroport tandis que, par les portes d'arrivées, une famille faisait son entrée. Tout d'abord apparurent deux petits enfants, muets, les bras et la tête bandés, le regard étonnamment grave. Une femme blonde, les suivait, serrant un bébé dans ses bras, les yeux hagards, les cheveux sales et le visage marqué par l'épuisement. Lorsqu'elle les aperçut, une femme bien plus âgée se libéra du bras de son mari qui la retenait, passa de l'autre côté de la barrière et, gémissante, les attira contre elle. La famille bougea à peine. Puis la jeune mère, tombant à genoux, se mit à pleurer, la bouche formant un grand « o » de douleur, la tête posée sur l'épaule rebondie de la vieille femme.

Frobisher rangea ses papiers dans son dossier.

— Les Ramsey. Excusez-moi. Je dois m'occuper d'eux.

— Ils y étaient ? demanda-t-elle en regardant le grand-père prendre la petite fille sur ses épaules. Pendant le massacre ?

À la vue des enfants, de leur visage figé par le choc, elle avait senti ses entrailles se tordre.

Il la regarda d'un air sévère.

— Madame Stirling, s'il vous plaît, vous devez rentrer, maintenant. Ce soir, il y a un avion de la East African Airways qui part pour l'Angleterre. Alors, à moins que vous n'ayez des amis bien placés dans cette ville, je ne peux que vous encourager à le prendre.

Elle mit deux jours pour rentrer à Londres. Puis, dès cet instant, sa nouvelle vie commença. Yvonne tint parole : elle ne la recontacta pas, et l'unique fois où Jennifer tomba sur Violet, celle-ci sembla si mal à l'aise qu'elle n'eut pas le cœur à la poursuivre. Cette froideur la toucha moins qu'elle aurait pu s'y attendre : les deux femmes appartenaient à son ancienne vie, qu'elle avait déjà peine à reconnaître comme ayant été la sienne.

Presque tous les jours, Mme Cordoza lui rendait visite à son nouvel appartement, trouvant sans cesse de nouvelles excuses pour passer du temps avec Esmé ou aider Jennifer aux tâches ménagères. Lors d'un après-midi pluvieux, tandis qu'Esmé faisait la sieste, Jennifer parla d'Anthony à Mme Cordoza, qui se confia un peu plus au sujet de son mari. Puis, en rougissant, elle évoqua un homme sympathique qui lui avait envoyé des fleurs depuis un restaurant, à deux rues de là.

— Je ne voulais pas l'encourager, dit-elle doucement en faisant son repassage, mais après tout…

Laurence communiquait par petits mots, se servant de Mme Cordoza comme émissaire.

J'aimerais emmener Esmé au mariage de mon cousin à Winchester samedi prochain. Je la ramènerai pour 19 heures.

Ses mots étaient distants, formels, mesurés. Parfois, en les lisant, Jennifer s'étonnait d'avoir pu être mariée à cet homme.

Chaque semaine, elle se rendait au bureau de poste de Langley Street pour voir s'il n'y avait rien de nouveau dans la boîte postale. Et, chaque semaine, elle rentrait chez elle en essayant de ne pas se laisser démonter par le « non » de la guichetière.

Elle emménagea dans son appartement de location et, quand Esmé entra à l'école, elle prit un travail bénévole au Bureau d'aide sociale de son quartier, la seule organisation qui ne semblait pas se soucier de son manque d'expérience. Elle apprendrait sur le tas, avait dit son superviseur. « Et, croyez-moi, vous apprendrez vite. » Moins d'un an plus tard, on lui offrit un poste salarié au sein du même bureau. Elle conseillait les gens sur des problèmes pratiques tels que la gestion de leur argent, les conflits de location – il y avait bien trop de mauvais propriétaires – ou la division du cercle familial.

Au début, cette incessante litanie de problèmes, cette marée de misère humaine, l'avait découragée, mais peu à peu, en prenant de l'assurance, elle s'aperçut qu'elle était loin d'être la seule à avoir gâché sa vie. En remettant les choses en perspective, elle découvrit qu'elle était heureuse de ce qu'elle était devenue et ressentait une certaine fierté quand quelqu'un revenait pour lui dire qu'elle l'avait un peu aidé.

Deux ans plus tard, Esmé et elle déménagèrent de nouveau. Jennifer avait acheté le deux pièces de St John's Wood avec l'argent fourni par Laurence et l'héritage d'une tante éloignée. Les semaines devinrent des mois, puis des années, et elle en vint à accepter l'idée qu'Anthony O'Hare ne reviendrait pas. Il ne répondrait pas à ses messages. Elle ne s'était laissé submerger par le désespoir qu'en une seule occasion, le jour où les journaux avaient rapporté les détails du massacre de l'*Hôtel Victoria*, à Stanleyville. Puis elle avait définitivement cessé de lire la presse.

Elle n'avait appelé la *Nation* qu'une seule fois. Une secrétaire avait répondu, et, quand elle avait donné son nom, espérant vaguement qu'Anthony serait là, elle avait entendu : « C'est encore cette Mme Stirling ? »

Et la réponse : « Ce n'est pas celle à qui il ne voulait pas parler ? »

Elle avait reposé le combiné.

Sept ans plus tard, elle revit son mari. D'un commun accord, ils venaient d'inscrire Esmé dans une pension du Hampshire, un vaste bâtiment de brique rouge à l'architecture chaotique d'une maison de campagne très aimée. Jennifer avait pris un après-midi de congé pour l'emmener, et elles firent route dans sa nouvelle Mini. Elle portait un tailleur bordeaux et s'attendait presque à ce que Laurence lui fasse un commentaire désagréable à ce sujet – il n'avait jamais aimé cette couleur sur elle.

S'il te plaît, abstiens-toi devant Esmé, le conjura-t-elle en silence. *S'il te plaît, restons courtois.*

Mais l'homme assis dans le hall du collège n'avait rien de commun avec le Laurence dont elle se souvenait. En fait, elle ne le reconnut pas immédiatement. Il avait le teint grisâtre, les joues creuses ; il semblait avoir vieilli de vingt ans.

— Salut, papa, fit Esmé en l'étreignant.

Il adressa un signe de tête à Jennifer, mais ne lui tendit pas la main.

— Jennifer, dit-il.

— Laurence, répondit-elle, toujours sous le choc.

La rencontre fut brève. La directrice, une jeune femme au regard calme et évaluateur, ne fit aucune allusion au fait qu'ils avaient fourni deux adresses différentes.

Cela doit devenir de plus en plus commun, songea Jennifer.

Au cours de la semaine, elle avait reçu au bureau pas moins de quatre femmes qui cherchaient à quitter leurs maris.

— Nous ferons tout notre possible pour qu'Esmé fasse ici un agréable séjour, déclara Mme Browning.

Elle a un regard doux, se dit Jennifer.

— Tout se passe vraiment mieux quand les filles choisissent elles-mêmes de venir en pension, et j'ai cru comprendre qu'elle a déjà des amies ici, donc je suis sûre qu'elle se sentira très vite chez elle.

— Elle lit beaucoup de romans d'Enid Blyton, indiqua Jennifer. Je la soupçonne de penser que, à l'internat, on passe son temps à organiser des banquets de minuit dans les dortoirs.

— Oh, il y en a parfois. C'est à peu près dans ce seul but que la confiserie est ouverte le vendredi après-midi. On tend à fermer l'œil, à condition que ce ne soit pas trop bruyant. On aime que les filles découvrent quelques avantages à la vie en pension.

Jennifer se détendit. C'était Laurence qui avait choisi l'école, mais ses craintes semblaient infondées. Les quelques semaines à venir allaient être difficiles, mais elle s'était habituée aux absences d'Esmé lorsque celle-ci passait la nuit chez Laurence, et elle avait son travail pour s'occuper l'esprit.

La directrice se leva et lui tendit la main.

— Je vous remercie. Bien évidemment, nous vous appellerons en cas de problème.

Lorsque la porte se referma derrière eux, Laurence se mit à tousser – une toux dure, sèche, qui lui fit serrer la mâchoire. Elle voulut dire quelque chose, mais il leva la main comme pour lui demander de n'en rien faire. Ils marchèrent lentement vers l'escalier, côte à côte, comme s'ils ne s'étaient jamais séparés. Elle aurait pu presser l'allure, mais cela lui aurait semblé trop cruel : Laurence, essoufflé, était visiblement au bord du malaise. Enfin, incapable de le supporter plus longtemps, elle arrêta une jeune fille qui passait et lui demanda de bien vouloir lui chercher un verre d'eau. Quelques minutes plus tard, la fille revint, et Laurence s'assit lourdement sur une chaise en acajou dans le couloir lambrissé.

Jennifer trouva le courage de le regarder longuement.

— Est-ce que c'est… ? commença-t-elle.

— Non, dit-il en finissant son verre d'eau avant de prendre une longue et douloureuse inspiration. Apparemment, ce sont les cigares. Je suis bien conscient de l'ironie de la situation.

Elle s'assit à côté de lui.

— Tu dois savoir que j'ai pris une assurance. Vous ne manquerez de rien, Esmé et toi.

Elle lui jeta un regard sceptique, mais il semblait réfléchir.

— On a élevé une gentille petite fille, dit-il enfin.

Par la fenêtre, ils voyaient Esmé discuter avec deux autres filles sur la pelouse. Puis, comme répondant à un signal qu'ils n'entendirent pas, les trois gamines se mirent à courir dans l'herbe, leurs jupes volant au vent.

—Je suis désolée, dit-elle en se retournant vers lui. Pour tout.

Il reposa son verre et se leva avec peine. Il resta là une bonne minute, lui tournant le dos, observant les fillettes qui jouaient au-dehors, puis se retourna et, sans croiser son regard, hocha légèrement la tête.

Elle le regarda passer la grande porte d'un pas raide et traverser la pelouse pour retrouver sa maîtresse qui l'attendait dans sa voiture. Sa fille, qui l'avait accompagné, lui fit de grands gestes d'adieu quand la Daimler avec chauffeur remonta l'allée.

Deux mois plus tard, Laurence était mort.

Je te hais et je sais que tu m'aimes toujours bien mais je ne t'aime pas je me fiche de ce que tes amis débiles disent tu me fais te toucher les mains pour des raisons stupides tu dis accidentellement que tu m'as pris dans tes bras je ne t'aimerai plus jamais jamais je TE HAIS JE TE HAIS PLUS QUE TOUT DANS CE PUTAIN DE MOOOONDE je préférerais me taper une araignée ou un rat plutôt que toi tu es trop moche et gros!

Une femme à un homme, par mail

CHAPITRE 21

La pluie n'a pas cessé de tomber de toute la soirée ; des nuages sombres filent sur l'horizon de la ville avant de se faire avaler par la nuit. Le déluge continuel confine les gens dans leurs appartements, étouffe les rues, si bien que les seuls bruits audibles à l'extérieur sont des dérapages occasionnels de pneus sur la chaussée mouillée, le gargouillis des gouttières pleines ou le pas rapide d'un passant solitaire, pressé de rentrer chez lui.

Il n'y a aucun message sur son répondeur, et pas la moindre enveloppe lumineuse sur l'écran de son portable. Ses mails se limitent au travail, à des pubs pour des génériques du Viagra et à un message de sa mère lui racontant dans les moindres détails le rétablissement du chien après son opération de la hanche. Assise en tailleur sur le canapé, Ellie sirote son troisième verre de vin rouge en relisant les lettres qu'elle a photocopiées avant de les restituer. Cela fait maintenant quatre heures qu'elle a quitté l'appartement de Jennifer Stirling, mais son esprit est toujours en ébullition. Elle imagine ce Boot, téméraire, le cœur brisé, parti au Congo à une époque où les Européens s'y faisaient massacrer. « J'ai lu les rapports sur les tueries, et il y a eu tout un hôtel de victimes à Stanleyville, avait dit Jennifer. J'en ai pleuré de terreur. » Elle la voit se rendre au bureau de poste semaine après semaine, attendant en vain une lettre qui n'arriverait jamais. Une larme s'écrase sur sa manche, et elle renifle en l'essuyant.

Leur histoire d'amour valait vraiment le détour, songe-t-elle.

Il s'agissait d'un homme qui avait ouvert son cœur à la femme qu'il aimait ; il avait cherché à la comprendre et tenté de la protéger, des autres comme d'elle-même. Et quand, au bout du compte, ils n'avaient pas pu être ensemble, il s'était retiré à l'autre bout du monde et s'était sacrifié, la laissant porter son deuil pendant quarante longues années.

Et moi, se dit-elle, *qu'est-ce que j'ai? Un homme qui me fait l'amour une fois tous les dix jours et m'envoie quelques messages évasifs. J'ai trente-deux ans, ma carrière part en vrille, mes amis savent que ma vie sentimentale est vouée à l'échec. J'ai de plus en plus de mal à me convaincre que je mène l'existence que je me suis choisie.*

Il est 21 h 15. Elle sait qu'elle devrait arrêter de boire, mais elle est triste, en colère et d'humeur autodestructrice. Elle se sert un autre verre, verse quelques larmes et relit une fois encore la dernière lettre. Comme Jennifer, elle a maintenant l'impression de connaître ces mots par cœur. Ils trouvent en elle une terrible résonance :

> *Être loin de toi – à des milliers de kilomètres – ne m'apporte aucun réconfort. Le fait de ne plus être tourmenté par ta proximité, placé devant la preuve quotidienne de mon incapacité à obtenir la seule chose que je veux vraiment, ne m'a pas aidé à cicatriser. Ça n'a fait qu'empirer les choses. Mon avenir s'étend devant moi comme une route déserte et sombre.*

Elle pourrait presque tomber amoureuse de ce Boot. Elle se représente John, l'entend lui prononcer ces mots, et, l'alcool aidant, les deux hommes se fondent l'un dans l'autre. Comment élever sa vie au-dessus du quotidien et la rendre épique ? Pour ça, il faut sûrement avoir le courage d'aimer. Elle sort son portable de son sac, sentant se glisser en elle quelque chose de sombre et de téméraire. Elle rédige un message, les doigts pressant maladroitement les touches :

Appelle-moi, s'il te plaît. J'ai besoin de t'entendre.

Elle appuie sur «Envoyer», prenant déjà la mesure de l'énormité de son erreur. Il risque d'être furieux. Ou de ne pas répondre. Elle se demande ce qui est le pire. La tête entre les mains, elle se met à pleurer. Pour Boot, pour Jennifer, pour les occasions qu'on rate et les vies qu'on sabote. Elle pleure aussi pour elle-même, parce que personne ne l'aimera jamais comme cet homme a aimé Jennifer et parce qu'elle se dit qu'elle est en train de gâcher ce qui aurait pu être une vie agréable bien qu'ordinaire. Elle pleure parce qu'elle est soûle, toute seule dans son appartement, et que l'un des rares avantages à vivre seule, c'est justement de pouvoir pleurer sans retenue quand on en a envie.

Elle sursaute en entendant la sonnette de l'entrée, lève la tête et se fige jusqu'à ce que la sonnerie retentisse de nouveau. L'espace d'un bref instant de folie, elle imagine que c'est John, en réponse à son message. Soudain galvanisée, elle court au miroir de l'entrée, frottant frénétiquement les marbrures rouges sur son visage, et décroche l'interphone.

— Allô?

— Alors, madame je-sais-tout, comment tu orthographies «visiteur importun»?

Elle cligne des yeux.

— Rory.

— Mauvaise réponse.

Elle se mord la lèvre et s'appuie contre le mur. Un bref silence s'installe.

— Tu es occupée? Je passais juste dans le coin.

Il parle d'un ton joyeux, exubérant.

— Bon, d'accord… J'ai fait un grand détour pour venir jusqu'ici.

— Monte.

Elle raccroche et va s'asperger le visage d'eau froide, peinant à surmonter sa déception alors qu'il était tellement évident que ça n'aurait pas pu être John.

Elle l'entend monter les marches quatre à quatre, puis pousser la porte d'entrée qu'elle a laissée entrebâillée.

— Je suis venu t'obliger à sortir prendre un verre. Oh !

Il aperçoit la bouteille de vin vide, puis, une seconde plus tard, son visage.

— Ah. Trop tard.

Elle parvient à esquisser un sourire sans conviction.

— Je n'ai pas passé une super soirée.

— Ah.

— Je comprendrai si tu veux t'en aller.

Il porte une écharpe grise qui ressemble à du cachemire. Elle-même n'a jamais eu de pull en cachemire. Comment a-t-elle pu atteindre l'âge de trente-deux ans sans avoir de pull en cachemire ?

— Je ne suis pas sûre d'être de très bonne compagnie ce soir.

Il pose de nouveau les yeux sur la bouteille de vin.

— Eh bien, Haworth, dit-il en dénouant son écharpe, c'est une chose qui ne m'a jamais arrêtée jusqu'ici. Et si j'allumais la bouilloire ?

Il fait bouillir de l'eau et fouille dans les placards de la minuscule cuisine jusqu'à trouver des sachets de thé, du lait et des cuillers. Elle pense à John qui a fait exactement la même chose il y a à peine une semaine, et à ce souvenir elle a les larmes aux yeux. Puis Rory s'assied en posant une tasse devant elle et, pendant qu'elle boit, plus volubile que d'ordinaire, il lui raconte sa journée et lui parle de l'ami avec qui il vient de boire un verre et qui lui a suggéré un trajet inédit à travers la Patagonie. L'ami en question – il le connaît depuis l'enfance – est devenu une sorte de voyageur de compétition.

— Tu vois le genre. Tu lui dis que tu as l'intention d'aller au Pérou, et il te répond : « Oh, oublie le Machu Picchu, j'ai passé trois nuits avec les pygmées dans la jungle d'Atacanta.

Ils m'ont cuisiné un de leurs parents quand on s'est retrouvés en pénurie de viande de babouin. »

— Charmant, dit-elle, roulée en boule sur le canapé, sa tasse serrée contre elle.

— Il est sympa, mais je doute de pouvoir le supporter pendant six mois.

— Tu pars pour six mois ?

— J'espère.

Elle se sent ébranlée par un nouveau séisme de tristesse. Certes, Rory n'est pas John, mais ça lui a fait du bien d'avoir un homme avec qui sortir le soir de temps en temps.

— Alors, qu'est-ce qui t'arrive ? demande-t-il.

— Oh… J'ai eu une drôle de journée.

— Mais on est samedi ! Je croyais que les filles comme toi passaient la journée à échanger des potins en écumant les boutiques de chaussures.

— Non, aujourd'hui, je n'ai pas fait dans le cliché. Je suis allée voir Jennifer Stirling.

— Qui ?

— La femme des lettres.

La surprise se lit sur le visage du jeune homme. Il se penche en avant.

— La vache ! Alors elle t'a vraiment appelée ! Qu'est-ce qui s'est passé ?

Brusquement, c'est plus fort qu'elle, elle se remet à pleurer.

— Je suis désolée, murmure-t-elle en cherchant à tâtons un paquet de mouchoirs. Je suis désolée. Je ne sais pas pourquoi je suis aussi ridicule.

Elle sent sa main se poser sur son épaule, son bras se glisser autour d'elle. Elle sent sur lui une odeur de bar, de déodorant, de cheveux propres et d'extérieur.

— Eh, dit-il doucement. Ça ne te ressemble pas.

Qu'est-ce que tu en sais ? songe-t-elle. *Personne ne sait ce qui me ressemble. Moi-même, je ne suis pas sûre de le savoir.*

— Elle m'a tout raconté. Toute son histoire d'amour. Oh, Rory, c'est à vous briser le cœur. Ils se sont tellement aimés, mais ils n'ont pas cessé de se manquer jusqu'à ce qu'il meure en Afrique et qu'elle ne le revoie plus jamais.

Elle pleure si fort que les mots sont presque inaudibles.

Il la serre dans ses bras, la tête penchée vers elle pour mieux l'entendre.

— C'est de parler à une vieille dame qui t'a rendue si triste? Un amour brisé qui date d'il y a quarante ans?

— Tu aurais dû être là. Tu aurais dû l'entendre…

Elle lui raconte une partie de l'histoire et s'essuie les yeux.

— Elle est si belle, si gracieuse et si triste…

— Toi aussi, tu es belle, gracieuse et triste. Bon, peut-être pas gracieuse…

Elle pose la tête sur son épaule.

— Je n'aurais jamais cru que tu étais… Ne le prends pas mal, Ellie, mais je suis surpris. Je ne pensais pas que tu pouvais être affectée par ces lettres.

— Il n'y a pas que les lettres, renifle-t-elle.

Il attend. Il s'installe plus confortablement sur le canapé, mais sa main reste posée sur sa nuque. Elle se rend compte qu'elle ne veut pas qu'il l'enlève.

— Alors?

Sa voix est douce, interrogative.

— J'ai peur…

— De?

— J'ai peur que personne ne m'aime jamais comme ça, murmure-t-elle.

L'alcool l'a rendue plus téméraire. Son regard à lui s'est adouci et son sourire sarcastique a disparu, comme par compassion. Il la regarde, et elle se tamponne les yeux. Un instant, elle pense qu'il va l'embrasser, mais il se contente de s'emparer d'une lettre pour la lire à haute voix :

En rentrant à la maison ce soir, je me suis laissé prendre dans une rixe devant un pub. Deux hommes se bagarraient, encouragés par des supporters ivres morts. Soudain j'ai été pris dans leur vacarme et leur confusion, au milieu des jurons et des bouteilles qui volaient. Une sirène de police a résonné au loin. Les hommes se sont éparpillés dans toutes les directions, des voitures faisaient des écarts pour éviter la bagarre. Et, au milieu du chaos, la seule chose qui me venait à l'esprit, c'était la façon dont le coin de ta bouche remonte quand tu souris. Et j'ai eu l'incroyable sensation que, à cet instant précis, tu pensais aussi à moi.

Ça doit te paraître fou ; peut-être pensais-tu au théâtre, à la crise économique, ou à t'acheter de nouveaux rideaux. Mais j'ai soudain compris, au milieu de ce petit tableau de folie, qu'avoir quelqu'un qui vous comprend, qui vous désire, qui vous voit comme une meilleure version de vous-même, est le don le plus extraordinaire qui soit. Même si nous ne sommes pas ensemble, savoir que, pour toi, je suis cet homme, est pour moi un immense réconfort.

Elle a fermé les yeux pour écouter la voix de Rory, qui lit doucement ces mots. Elle imagine ce que Jennifer a dû ressentir en se sachant aussi aimée, adorée, désirée.

Je ne sais pas comment j'en ai gagné le droit. Même maintenant, je n'ai pas tout à fait l'impression de le mériter. Mais la chance de pouvoir imaginer ton beau visage, ton sourire, en me disant qu'une partie pourrait un jour m'appartenir, est probablement la meilleure chose qui me soit jamais arrivée.

Rory s'est tu. Ellie rouvre les yeux et voit ceux de Rory à quelques centimètres.

— Pour une femme intelligente, dit-il, tu es remarquablement bouchée.

D'un revers de pouce, il lui essuie une larme qui coule sur son visage.

— Tu ne sais pas…, commence-t-elle. Tu ne comprends pas…

— Je crois que j'en sais assez.

Avant qu'elle ne puisse ajouter un mot, il l'embrasse. Elle se fige un instant, et cette main couverte de taches de rousseur revient la tourmenter.

Pourquoi devrais-je être fidèle envers un homme qui est sûrement en train de s'envoyer en l'air sous les tropiques à cet instant précis ?

Puis la bouche de Rory se pose sur la sienne, ses mains sur son visage, et elle lui rend son baiser, résolue à garder l'esprit vide, à profiter simplement de ces bras qui la serrent, de ces lèvres sur les siennes. *Efface tout*, le supplie-t-elle en silence. *Réécris cette page.* Elle s'agite, vaguement surprise de pouvoir à ce point désirer cet homme en dépit de son désespoir. Puis elle est n'est plus capable de penser à quoi que ce soit.

Elle se réveille devant deux paires de cils noirs. *Qu'est-ce qu'ils sont noirs !* se dit-elle, plongée dans un demi-sommeil. Ceux de John sont couleur caramel, et il a un cil blanc dans le coin extérieur de l'œil droit. Elle est à peu près sûre d'être la seule personne au monde à l'avoir remarqué.

Des oiseaux chantent. Une voiture fait vrombir son moteur. Il y a un bras posé sur sa hanche nue. Il est étonnamment lourd, et, quand elle veut se retourner, une main se referme un instant sur sa fesse, comme par réflexe, pour l'empêcher de s'en aller. Elle ne quitte pas ces cils des yeux, se remémorant les événements de la soirée. Rory et elle, sur le sol devant son canapé. Lui qui va chercher la couette en voyant qu'elle a froid. Ses cheveux, épais et doux entre ses doigts, son corps, étonnamment large, au-dessus d'elle, son lit, sa tête disparaissant sous la couette.

Parcourue d'un léger frisson, elle ne parvient pas encore à déterminer ce qu'elle ressent.

John.

Un texto.

Du café, songe-t-elle, cherchant un repère sûr. Du café et des croissants. Elle se glisse hors de son étreinte, les yeux toujours fixés sur son visage endormi. Elle lui soulève le bras et le repose doucement sur la couverture. Il s'éveille, et elle se fige. Elle lit un instant dans ses yeux le reflet de sa propre confusion.

— Bonjour, dit-il, la voix enrouée de sommeil.

À quelle heure se sont-ils enfin endormis ? Vers 4 ou 5 heures du matin ? Elle se souvient d'avoir ri avec lui en voyant le jour se lever. Il se frotte le visage et se redresse maladroitement sur le coude. Ses cheveux sont dressés sur le côté de sa tête, son menton rendu rugueux par sa barbe naissante.

— Quelle heure il est ?

— Presque 9 heures. Je vais descendre chercher du bon café.

Elle recule vers la porte, consciente de sa nudité dans la lumière trop vive du matin.

— Tu es sûre ? crie-t-il tandis qu'elle disparaît. Tu ne veux pas que j'y aille ?

— Non, non, dit-elle en sautant dans le jean qu'elle vient de trouver devant la porte du salon. Ça va.

— Noir pour moi, s'il te plaît.

Elle l'entend se renfoncer dans les oreillers en marmonnant quelque chose au sujet d'une migraine.

Sa culotte est partie se coincer sous le lecteur DVD. Elle la ramasse en hâte et la fourre dans sa poche. Puis elle se passe un tee-shirt par-dessus la tête, enfile sa veste et, sans même s'arrêter pour jeter un coup d'œil à son reflet, dévale l'escalier. Elle marche d'un pas vif vers le café du coin, composant déjà un numéro sur son portable.

Réveille-toi. Décroche.

Elle fait la queue devant le comptoir. Nicky décroche à la troisième sonnerie.

—Ellie?

—Oh, mon Dieu, Nicky. J'ai fait quelque chose d'affreux.

Elle baisse la voix pour ne pas se faire entendre de la petite famille qui vient d'entrer derrière elle. Le père est silencieux, et la mère tente de diriger deux petits enfants vers une table. Leurs visages pâles aux yeux cernés témoignent d'une nuit blanche.

—Ne quitte pas, je suis à la gym. Je sors.

À la gym? À 9 heures, un dimanche matin? Elle entend derrière la voix de Nicky la rumeur lointaine de la circulation.

—Affreux comment? Un meurtre? Un viol sur mineur? Tu n'as pas appelé la femme de Machin pour lui dire que tu étais sa maîtresse?

—J'ai couché avec ce type du boulot.

Bref silence au bout du fil. Ellie lève les yeux pour voir la serveuse qui la regarde en haussant les sourcils. Elle pose la main sur le téléphone.

—Oh. Deux grands Americanos, s'il vous plaît. Un noir et un avec du lait. Et des croissants. Deux – non – trois.

—L'homme des archives?

—Oui. Il s'est pointé hier soir, j'étais bourrée, je me sentais comme une merde, et il m'a lu une de ces lettres d'amour, et… je ne sais pas…

—Et alors?

—Et alors j'ai couché avec un autre!

—C'était si affreux que ça?

Les yeux de Rory, pétillant d'amusement. Sa tête penchée contre ses seins. Ses baisers. Ses baisers sans fin.

—Non. C'était… plutôt bien. Vraiment bien.

—Et ton problème, c'est que…?

—Je suis censée être avec John.

La serveuse échange un regard avec le Père Épuisé. Elle se rend compte qu'ils sont tous deux en train de l'écouter.

—Six livres soixante-trois, dit la fille avec un petit sourire.

Ellie cherche de la monnaie dans sa poche et se retrouve avec à la main sa culotte de la veille. Le Père Épuisé se met à tousser – à moins qu'il ne dissimule un éclat de rire. Elle s'excuse, le visage brûlant, tend sa monnaie à la serveuse et se rend au bout du comptoir pour attendre son café, la tête basse.

—Nicky...

—Oh, pour l'amour du ciel, Ellie! Tu couches avec un homme marié qui couche sûrement encore avec sa femme. Il ne te fait aucune promesse, ne t'emmène jamais nulle part, n'a pas prévu de la quitter...

—Tu n'en sais rien.

—Je le sais. Je suis désolée, ma chérie, mais je serais prête à parier mon horrible maison trop petite et totalement hypothéquée. Alors si tu me dis que tu viens de coucher avec un beau mec, bon au pieu et célibataire, qui t'apprécie et qui a l'air de vouloir passer du temps avec toi, je ne vais pas me mettre à chercher du Prozac. OK?

—OK, acquiesce Ellie à voix basse.

—Maintenant, tu rentres chez toi, tu le réveilles et tu t'offres avec lui la partie de jambes en l'air de ta vie. Puis tu me retrouves avec Corinne demain matin au café et tu nous racontes tout.

Elle sourit. Comme ce serait bien de pouvoir fêter le fait d'être avec quelqu'un, au lieu de devoir perpétuellement s'en justifier.

Elle pense à Rory couché dans son lit. Rory, avec ses très longs cils et ses doux baisers. Serait-ce si mal de passer la matinée avec lui? Elle prend les cafés et rentre chez elle, surprise de voir ses jambes marcher si vite.

—Ne bouge pas! crie-t-elle en arrivant en haut de l'escalier, se déchaussant d'un coup de pied. Je t'apporte le petit déjeuner au lit!

Elle pose le café sur le sol et entre dans la salle de bains. Elle essuie le mascara sous ses yeux, s'asperge le visage d'eau froide et se vaporise de parfum. Puis, comme sur le coup d'une pensée soudaine, elle ouvre le tube de dentifrice et arrache d'un coup de dents un morceau de pâte de la taille d'un petit pois, qu'elle se passe dans la bouche.

—C'est pour que tu arrêtes de me voir comme une femme brutale, égoïste et sans cœur, dit-elle. Et aussi pour que tu me doives un café au travail. Mais ne t'en fais pas, je reviendrai demain à mon personnage habituel de journaliste froide et égocentrique.

Elle sort de la salle de bains, se baisse pour ramasser les cafés et, tout sourires, entre dans la chambre. Le lit est vide et défait. Il ne peut pas être dans la salle de bains, elle vient d'en sortir.

—Rory ? appelle-t-elle dans le silence.

—Je suis là.

Sa voix provient du salon. Elle traverse le couloir.

—Tu étais censé rester au lit, le gronde-t-elle. Ce n'est pas vraiment un petit déjeuner au lit si tu…

Debout au centre de la pièce, il termine d'enfiler sa veste. Il s'est rhabillé, a remis ses chaussures et mis de l'ordre à ses cheveux.

Elle s'arrête sur le pas de la porte. Il ne la regarde pas.

—Qu'est-ce que tu fais ? demande-t-elle en lui tendant le café. Je croyais qu'on allait prendre le petit déjeuner.

—Oui, eh bien, je ferais mieux de m'en aller.

Un courant froid la traverse de part en part. Quelque chose ne va pas.

—Pourquoi ? dit-elle en se forçant à sourire. Je ne suis pas partie plus d'un quart d'heure. Tu as vraiment un rendez-vous à 9 h 20 un dimanche matin ?

Il baisse les yeux sur ses pieds, semble chercher ses clés au fond de ses poches. Il les trouve et les fait sauter dans sa main. Quand enfin il relève la tête, son visage est inexpressif.

—Tu as reçu un coup de fil quand tu étais sortie. Il a laissé un message. Je n'avais pas l'intention d'écouter, mais ce n'est pas facile de faire autrement dans un si petit appartement.

Ellie sent un bloc froid et dur s'installer au creux de son estomac.

—Rory, je…

Il lève la main.

—Je t'ai dit que je n'aimais pas les histoires compliquées. Y compris… coucher avec quelqu'un qui entretient une liaison avec quelqu'un d'autre.

Il passe devant elle, ignorant le café qu'elle tient toujours à la main.

—À plus tard, Ellie.

Elle entend le bruit de ses pas s'évanouir dans l'escalier. Il ne claque pas la porte, mais celle-ci a une façon tristement définitive de se refermer derrière lui. Elle se sent engourdie. Elle pose doucement le café sur la table. Puis, au bout d'une minute, s'avance vers le répondeur et appuie sur « Play ».

La voix de John, basse et mélodieuse, emplit la pièce :

« Ellie, je ne peux pas parler longtemps. Je voulais juste savoir si tu allais bien. Je ne sais pas trop ce que tu as voulu me dire hier soir. Tu me manques aussi. Être avec toi me manque. Mais écoute… s'il te plaît, ne m'envoie plus de messages. C'est… (Un bref soupir.) Écoute, je te recontacte dès qu'on… dès que je serai rentré. »

Le bruit du combiné qui retombe.

Ellie laisse ces mots résonner dans l'appartement silencieux, puis se laisse tomber sur le canapé et reste parfaitement immobile tandis que le café refroidit à côté.

Cher M. B.
Re : 48, avenue T.
[…] je comprends donc que l'achat de la maison se
fera à votre nom uniquement et n'enverrai plus de
correspondance à signer à votre adresse actuelle jusqu'à
votre retour le 14.

Lettre ouverte par erreur par une femme

Chapitre 22

À : Phillip O'Hare, phillipohare@thetimes.co.uk
De : Ellie Haworth, elliehaworth@thenation.co.uk

Vous trouverez peut-être cette prise de contact un peu cavalière, mais j'espère que, en tant que journaliste, vous comprendrez ma requête. J'essaie de retrouver la trace d'un certain Anthony O'Hare, et je viens de dénicher un article du Times de mai dernier où vous indiquez que votre père porte le même nom.

Cet Anthony O'Hare doit avoir séjourné à Londres au début des années 1960 et passé beaucoup de temps à l'étranger, plus particulièrement en Afrique centrale, où il a pu trouver la mort. Je ne sais que très peu de choses à son sujet, hormis le fait qu'il avait un fils du même nom que vous.

Si vous êtes ce fils ou si vous savez ce qu'il est devenu, pourriez-vous s'il vous plaît me répondre par retour de mail ? Lui et moi avons une amie commune qui l'a connu il y a des années et qui aimerait savoir ce qu'il est devenu. J'ai conscience que les chances sont faibles, car c'est un nom assez courant, mais toute l'aide que je peux trouver sera la bienvenue.

Bien à vous,
Ellie Haworth

Le nouveau bâtiment se trouve dans un quartier de la ville qu'Ellie n'a plus revu depuis le temps où il n'était qu'un ramassis aléatoire d'entrepôts décrépits et d'affreuses échoppes de plats à emporter. Elle aurait préféré mourir de faim plutôt que d'y acheter quoi que ce soit. Tout ce qui se trouvait dans ce kilomètre carré a été rasé, balayé et remplacé par de grands squares immaculés, des bornes métalliques et des immeubles de bureaux flambant neufs, dont beaucoup portent encore, sous forme d'échafaudages, les marques de leur naissance prématurée.

On leur a organisé une visite guidée pour les familiariser avec les nouveaux bureaux, ordinateurs et systèmes téléphoniques avant l'emménagement final du lundi. Ellie suit son groupe à travers les divers départements du journal tandis qu'un jeune homme armé d'un porte-bloc et d'un badge indiquant « coordinateur de transfert » leur parle d'aires de production, de hubs d'information et de toilettes. Ellie écoute son interlocuteur d'une oreille distraite, et observe les diverses réactions des membres de son équipe, et notamment l'excitation de certains parmi les plus jeunes, qui aiment les lignes lisses et modernes du bureau. Melissa, qui n'en est visiblement pas à sa première visite, ajoute de temps à autre des informations qu'elle juge indispensables.

— Là c'est sûr, il n'y a plus d'endroits où se cacher! plaisante Rupert en embrassant du regard le vaste open-space sobre et immaculé.

Ellie perçoit derrière la plaisanterie l'amer constat de la réalité. Le bureau de Melissa, qui occupe le coin sud-ouest, est entièrement vitré et surplombe tout le « hub » de la rédaction. Personne d'autre dans le département n'a son propre bureau, une décision qui est apparemment restée en travers de la gorge de certains de ses collègues.

— Et voilà où vous serez installés.

Tous les rédacteurs sont rassemblés autour d'un unique bureau, une immense table ovale dont le centre vomit des câbles reliés à une série d'ordinateurs à écran plat.

—Qui est placé où ? demande l'un des chroniqueurs.

Melissa consulte sa liste.

—J'y travaille. Certaines places sont encore indéterminées. Mais Rupert, tu es là. Arianna, ici. Tim, près de cette chaise. Edwina…

Elle indique une place à chacun. Ça rappelle à Ellie les sports en commun à l'école : le soulagement de ceux qui étaient choisis et autorisés à rejoindre une équipe ou l'autre. Sauf que presque tous les sièges sont pris et qu'elle est toujours debout.

—Euh… Melissa ? hasarde-t-elle. Je suis censée m'installer où ?

—Certains devront partager un bureau. Ce serait une perte d'espace d'attribuer à tout le monde un poste de travail à plein temps, déclare-t-elle sans même la regarder.

Ellie sent ses orteils se crisper dans ses chaussures.

—Tu es en train de me dire que je n'aurai pas mon propre coin de bureau ?

—Non, je dis que certaines personnes vont devoir se partager un poste de travail.

—Mais je suis là tous les jours. Je ne vois pas comment ça pourrait fonctionner.

Elle devrait prendre Melissa à part pour lui demander pourquoi Arianna, qui n'est là que depuis un mois, serait prioritaire pour l'attribution d'un bureau. Elle devrait chasser de sa voix cette légère intonation angoissée. Elle devrait la fermer.

—Je ne comprends pas pourquoi je serais la seule rédactrice de la rubrique à ne pas…

—Comme je l'ai dit, Ellie, cette organisation est provisoire. Mais il y aura toujours une place quelque part pour te permettre de travailler. Bon. Poursuivons vers l'espace des pages d'actualité. Les membres de ce service vont emménager le même jour que nous…

La conversation est close. Ellie se rend compte que ses actions ont chuté bien plus bas que ce qu'elle croyait. Elle croise le regard d'Arianna. La petite nouvelle détourne aussitôt les yeux et fait semblant de lire des messages sur son portable.

Les archives ne sont plus en sous-sol. Le nouveau «centre de ressources et d'informations» se trouve deux étages au-dessus des salles de rédaction, dans un atrium au centre duquel est disposée une collection de plantes en pots gigantesques et étrangement exotiques. Il y a un îlot au milieu, derrière lequel elle aperçoit le grincheux archiviste en chef, occupé à parler à voix basse avec un homme bien plus jeune que lui. Elle admire un instant les rayonnages, proprement divisés en deux zones bien distinctes, numérique et documents imprimés.

Globalement, la nouvelle salle est l'antithèse absolue des anciennes archives, avec leurs espaces confinés et poussiéreux, leur odeur de journaux moisis et leurs angles morts. Elle est victime d'un soudain accès de nostalgie.

Elle ne sait pas exactement pourquoi elle est venue. Elle cherche instinctivement à se rapprocher de Rory, peut-être parce qu'elle a besoin de savoir si elle est en partie pardonnée, peut-être parce qu'elle a besoin de parler à quelqu'un de la décision de Melissa concernant son bureau. Il est le seul auquel elle peut se confier. L'archiviste la repère.

— Pardon de vous déranger, dit-elle en levant la main. Je ne fais que jeter un coup d'œil.

— Si c'est Rory que vous cherchez, annonce-t-il, il est au vieux bâtiment.

Sa voix n'est pas hostile.

— Merci, dit-elle, essayant d'apporter à sa voix une intonation contrite – il lui semble important de ne s'aliéner personne d'autre. C'est magnifique. Vous avez… fait un travail formidable.

— C'est presque fini, dit-il avec un sourire.

Il semble plus jeune quand il sourit, moins accablé de soucis. Sur son visage, elle entrevoit quelque chose qu'elle n'a encore jamais remarqué : du soulagement, mais aussi de la gentillesse. *Comme on peut se tromper sur les gens !* songe-t-elle.

— Je peux vous aider ?

— Non, je…

Il sourit de nouveau.

— Comme je viens de vous le dire, il est à l'ancien bâtiment.

— Merci. Je… je vais vous laisser. Je vois que vous êtes occupé.

Elle s'avance vers une table, s'empare d'une photocopie du guide d'utilisation des archives, le plie soigneusement et le glisse dans son sac en partant.

Elle reste assise tout l'après-midi derrière son bureau bientôt obsolète, à taper le nom d'Anthony O'Hare dans divers moteurs de recherche. Elle l'a déjà fait de nombreuses fois, mais elle ne manque jamais de s'étonner devant le nombre impressionnant d'homonymes qui existent, ou ont existé, dans le monde. Il y a des adolescents sur des réseaux sociaux, des Anthony O'Hare morts depuis des siècles et enterrés dans des cimetières en Pennsylvanie, tirés de l'anonymat par des généalogistes amateurs. Il y a un physicien travaillant en Afrique du Sud, un auteur de fantasy auto-publié, une victime d'une agression dans un bar à Swansea. Chaque fois qu'elle en trouve un nouveau, elle se renseigne sur son âge et son identité, juste au cas où.

Son portable sonne, l'avertissant d'un message reçu. Elle voit le nom de John et, confusément, regrette que ce ne soit pas Rory.

—Réunion.

La secrétaire de Melissa est debout devant son bureau.

Dsl, je n'ai pas pu beaucoup te parler l'autre soir. Je
voulais seulement que tu saches que tu me manques.
Hâte de te voir. J

—Oui, désolée, dit-elle.

La secrétaire ne bouge pas.

—Pardon. J'arrive.

Elle relit attentivement le message, tâchant de s'assurer
que, pour une fois, elle ne se construit pas une montagne
d'interprétations capillotractées à partir d'un gravillon. Mais
c'est écrit noir sur blanc :

Je voulais seulement que tu saches que tu me manques.

Elle rassemble ses papiers et, les joues en feu, entre dans le
bureau de Melissa juste avant Rupert. Il est important de ne
pas entrer en dernier. Elle ne veut pas être la seule rédactrice
à ne pas avoir de siège dans le bureau de Melissa.

Elle s'assied en silence tandis qu'on dissèque les articles des
jours à venir. Les humiliations de la matinée sont oubliées.
Même le fait qu'Arianna soit parvenue à interviewer une actrice
notoirement recluse ne la décontenance pas. Les quelques mots
qui viennent de tomber à l'improviste sur ses genoux tournent
et retournent dans son esprit :

Je voulais seulement que tu saches que tu me manques.

Qu'est-ce que ça veut dire ? Elle ose à peine imaginer que
ses espoirs puissent enfin devenir réalité. L'épouse bronzée en
bikini a bel et bien disparu du tableau. La main fantomatique
aux taches de rousseur, étalant l'huile solaire, est remplacée

par un poing rageur. Elle se représente John et sa femme se disputant tout au long de vacances qu'ils avaient secrètement considérées comme la dernière tentative de sauvetage de leur mariage. Elle le voit épuisé et furieux, secrètement ravi de recevoir son message, même s'il doit lui rappeler de ne plus lui en envoyer.

Ne rêve pas trop, se raisonne-t-elle. *Tout le monde en a marre de son partenaire à la fin des vacances.* Peut-être cherche-t-il seulement à s'assurer sa fidélité. Mais, même alors qu'elle s'interroge, elle sait quelle version elle veut croire.

— Et Ellie ? L'histoire des lettres d'amour ?

Oh, merde !

Elle remue les papiers posés sur ses genoux et adopte un ton confiant :

— J'ai obtenu des tas d'informations. J'ai rencontré la femme. Il y a de quoi écrire plusieurs colonnes.

— Bien.

Melissa hausse élégamment les sourcils, l'air étonnée.

— Mais… (Ellie avale sa salive.) Je ne sais pas exactement de quoi on peut se servir… Ça me semble… un peu délicat.

— Ils sont tous les deux vivants ?

— Non. Lui est mort. Ou du moins c'est ce qu'elle croit.

— Alors change le nom de la femme. Je ne vois pas où est le problème. Tu te sers de lettres qu'elle a probablement oubliées depuis longtemps.

— Non, je ne crois pas, répond Ellie en essayant de bien choisir ses mots. En fait, elle semble terriblement bien s'en souvenir. Du coup, je pensais que ce serait peut-être mieux si je m'en servais comme accroche pour étudier le langage de l'amour. Tu sais, comment les lettres d'amour ont évolué avec le temps.

— Sans inclure les véritables lettres ?

— Non.

Ellie se sent profondément soulagée. Elle ne veut pas que les lettres de Jennifer soient rendues publiques. Elle la revoit encore, assise dans son canapé, le visage radieux tandis qu'elle raconte une histoire qu'elle a gardée pour elle pendant des dizaines d'années. Elle ne veut pas ajouter quoi que ce soit à son sentiment de perte.

— Enfin, je pourrais peut-être trouver d'autres exemples…

— Pour mardi ?

— Il doit bien y avoir des livres, des compilations…

— Tu veux qu'on publie des documents déjà parus ?

Autour d'elles, un lourd silence est tombé. C'est un peu comme si Melissa Buckingham et elle-même se trouvaient enfermées dans une bulle toxique. Elle comprend alors que plus rien de ce qu'elle dira ne pourra satisfaire cette femme.

— Depuis le temps que tu travailles là-dessus, la plupart des autres rédacteurs ont sorti trois articles de deux cents mots, assène Melissa en tapotant le bureau du bout de son stylo. Écris-moi cet article, Ellie, poursuit-elle d'une voix glaciale. Écris-le, ne cite pas les noms, et ton contact ne saura jamais de quelles lettres il s'agit. Et, vu tout le temps que tu as passé dessus, j'espère que ton travail sera extraordinaire.

Elle adresse un sourire étincelant au reste de l'assistance.

— Bien. Poursuivons. Je n'ai pas reçu de liste pour les pages Santé. Quelqu'un en a une ?

Alors qu'elle sort du bâtiment, elle l'aperçoit soudain. Il partage une plaisanterie avec Ronald, le vigile, puis descend les marches d'un pas léger et s'éloigne sous la pluie, la tête baissée contre le froid.

— Eh ! s'écrie-t-elle en courant pour le rattraper.

Il tourne la tête.

— Salut, dit-il d'un ton neutre.

Il se dirige droit vers la station de métro et ne ralentit pas l'allure en descendant les marches.

—Je me disais… ça te dirait d'aller boire un verre, vite fait?

—Je suis occupé.

—Tu vas où?

Elle doit élever la voix pour se faire entendre dans le tonnerre des bruits de pas, maudissant l'acoustique victorienne du réseau souterrain.

—Au nouveau bâtiment.

C'est l'heure de pointe. C'est tout juste si ses pieds ne se soulèvent pas du sol tandis que la marée humaine l'entraîne au bas de l'escalier.

—Eh bien! Tu ne lésines pas sur les heures supplémentaires!

—J'essaie seulement d'aider le chef à terminer le boulot, histoire qu'il ne s'épuise pas complètement.

—Je l'ai vu aujourd'hui.

Face au silence de Rory, elle ajoute :

—Il a été très gentil.

—Ouais. C'est quelqu'un de très gentil.

Elle parvient à rester à sa hauteur jusqu'à ce qu'ils atteignent les tourniquets. Là, il fait un pas de côté pour laisser passer d'autres gens.

—C'est idiot, vraiment, dit-elle. On passe tous les jours devant des gens très sympathiques sans même se dire…

—Écoute, Ellie, qu'est-ce que tu veux?

Elle se mord la lèvre. Autour d'eux, la masse des banlieusards se sépare comme les eaux de la mer Rouge pour les éviter. Certains, les écouteurs vissés sur les oreilles, expriment ouvertement leur mécontentement face aux obstacles humains qui leur barrent le passage. Ellie passe sa main dans ses cheveux humides.

—Je voulais juste te dire que j'étais désolée. Pour l'autre matin.

—Pas de problème.

—Si, justement. Mais c'est… Écoute, ce qui s'est passé, ça n'a rien à voir avec toi. Je t'apprécie vraiment. Mais c'est quelque chose que…

—Tu sais quoi? Ça ne m'intéresse pas. C'est bon, Ellie. Restons-en là.

Il passe le tourniquet. Elle le suit. Elle a le temps d'apercevoir son expression en une fraction de seconde avant qu'il se retourne, et se sent terriblement mal.

Elle se place derrière lui sur l'escalator. De petites perles de pluie parsèment son écharpe grise, et elle résiste à grand-peine à la tentation de les balayer d'un revers de la main.

—Rory, je suis vraiment désolée.

Il lève vers elle un regard glacial.

—Il est marié, hein?

—Quoi?

—Ton… ami. C'est assez évident, vu ce qu'il t'a dit.

—Ne me regarde pas comme ça.

—Comme quoi?

—Je n'ai pas fait exprès de tomber amoureuse.

Il laisse échapper un rire bref et déplaisant. Ils ont atteint le bas de l'escalator. Il accélère l'allure, la forçant à trottiner pour rester à sa hauteur. Le tunnel sent le renfermé et le caoutchouc brûlé.

—Je n'ai pas voulu ça.

—Tu as fait un choix. On a toujours le choix.

—Alors tu n'as jamais été transporté par quelque chose? Tu n'as jamais cédé à un élan vraiment irrésistible?

Il se tourne vers elle.

—Bien sûr que si. Mais si y céder signifie blesser quelqu'un, je préfère m'abstenir.

Elle se sent rougir.

—Eh bien, quel être exceptionnel tu es!

— Non. Pas plus que tu n'es une victime des circonstances. J'imagine que tu savais dès le début qu'il était marié et que tu as choisi de continuer malgré tout. Tu aurais pu refuser.

— Je n'ai pas eu cette impression.

— « C'était plus grand que toi et moi », déclame-t-il d'un ton sarcastique. Je pense que ces lettres d'amour t'ont plus affectée que tu ne le crois.

— Oh, d'accord, très bien, monsieur le pragmatique. Tant mieux pour toi si tu es capable d'ouvrir et de fermer tes sentiments comme des robinets. Oui, je me suis laissé entraîner ! Oui, c'était immoral. Et malavisé. Mais j'ai ressenti quelque chose de magique, et… Mais ne t'en fais pas, j'en paie le prix.

— Peut-être, mais tu n'es pas la seule. Tout acte a ses conséquences, Ellie. Pour moi, le monde se divise en deux groupes : ceux qui sont capables de comprendre ça et de prendre leurs décisions en connaissance de cause, et ceux qui suivent l'impulsion du moment.

— Oh, bon sang ! Est-ce qu'au moins tu te rends compte à quel point tu as l'air pédant ? hurle-t-elle, à peine consciente des curieux qui défilent devant eux pour s'engouffrer dans les tunnels des lignes District et Circle.

— Oui.

— Et, dans ton univers, personne n'a le droit à l'erreur ?

— Une seule. On a droit à une seule erreur.

Son regard se perd au loin et il serre la mâchoire, comme s'il hésitait à lui confier quelque chose. Puis il se retourne pour lui faire face.

— Je me suis déjà retrouvé du mauvais côté de ce genre d'histoire, tu piges ? J'ai aimé une fille qui a trouvé quelqu'un d'autre à qui elle n'a pas pu résister. C'était « plus grand que lui et elle ». Enfin, ça l'a été jusqu'à ce qu'il la plaque, bien sûr. Je l'ai laissée revenir dans ma vie, et elle m'a blessé une seconde fois. Alors oui, j'ai une opinion sur ce sujet.

Ellie reste figée sur place. Elle perçoit confusément une vague de bruit et une explosion d'air chaud et mouvant tandis qu'une rame approche. Des passagers se ruent en avant.

—Tu sais quoi ? dit-il, levant la voix pour couvrir le vacarme. Je ne te juge pas pour être tombée amoureuse de cet homme. Qui sait ? C'est peut-être l'amour de ta vie. Peut-être que sa femme sera bien mieux sans lui. Peut-être que tous les deux, vous êtes vraiment « faits l'un pour l'autre ». Mais, dans ce cas, tu aurais dû me dire « non ».

Soudain, elle aperçoit une chose inattendue : une émotion puissante, à vif, qui passe en un éclair sur son visage.

—Voilà ce que j'ai du mal à avaler. Tu aurais dû me repousser. C'était la chose la plus juste à faire.

D'un bond léger, il entre dans la rame bondée juste à l'instant où les portes se referment. Le métro démarre dans un gémissement assourdissant.

Elle le regarde s'éloigner derrière la vitre illuminée jusqu'à ce qu'il disparaisse.

La chose la plus juste pour qui ?

Hey, bébé,

J'ai pensé à toi tout le week-end. C'est comment, la fac ? Barry n'arrête pas de dire que toutes les filles qui partent à l'université finissent par se trouver un nouveau mec, mais je lui ai dit qu'il racontait des conneries. Il est seulement jaloux. Il est sorti avec cette fille de l'agence immobilière mardi dernier, et elle l'a laissé en plan entre le plat et le dessert. Elle a dit qu'elle allait se repoudrer le nez, et elle s'est barrée ! Il est resté assis là vingt minutes avant de s'en rendre compte. On a bien rigolé…
J'aurais voulu que tu sois là, bébé. Les nuits sont longues sans toi. Écris-moi vite. Clive.

Assise au milieu de son lit, une boîte à chaussures poussiéreuse sur les genoux, Ellie a étalé autour d'elle toute la correspondance de ses années d'adolescence. Elle s'est mise au lit à 21 h 30, tentant désespérément de trouver un moyen de sauver son article sans exposer Jennifer à la vue du public. Elle pense à Clive, son premier amour, le fils d'un arboriculteur qui était en classe avec elle. À la fin du lycée, ils avaient discuté pendant des heures pour décider si oui ou non elle irait à la fac, et s'étaient juré que, quoi qu'il arrive, ça n'affecterait pas leur relation. Celle-ci avait encore tenu trois mois après son départ pour Bristol. Elle se souvient que le sentiment d'exaltation qu'elle ressentait au début en voyant apparaître sa Mini cabossée dans le parking s'était vite changé en un vague malaise, puis en une sombre tristesse quand elle avait compris que le seul sentiment qu'il lui restait pour lui, c'était la sensation d'être retenue contre son gré dans une vie dont elle ne voulait plus.

Cher Clive,
J'ai passé la plus grande partie de la nuit à chercher comment m'y prendre sans trop nous faire souffrir, toi comme moi. Mais il n'y a pas de manière facile de
Cher Clive,
C'est une lettre très difficile à écrire, mais je dois me lancer et te dire que je
Cher Clive,
Je suis vraiment désolée, mais je ne veux plus que tu reviennes. Merci pour tous ces bons moments. J'espère qu'on pourra rester bons amis.

Ellie

Elle frôle du bout des doigts ses essais raturés, pliés en une pile bien propre au milieu d'autres courriers. Après avoir reçu sa dernière lettre, il avait fait trois cent cinquante kilomètres en voiture rien que pour le plaisir de la traiter de salope en personne. Elle se souvient d'y avoir été curieusement insensible, peut-être parce qu'elle était déjà passée à autre chose. À la fac, elle avait entrevu une nouvelle existence, loin de la petite ville de sa jeunesse, loin des Clive, des Barry, des samedis soir au pub et de cette vie où tout le monde te connaît, sait ce que tu as fait à l'école, ce que font tes parents et a entendu parler de la fois où tu as chanté à la chorale et où tu as perdu ta jupe. On ne peut vraiment se réinventer que loin de chez soi. Quand elle revient voir ses parents, elle se sent toujours un peu étouffée par leur histoire commune.

Elle boit son thé et se demande ce que Clive est devenu. Il a dû se marier, songe-t-elle, et il doit être heureux : il n'a jamais été du genre à se prendre la tête. Elle suppose qu'il a deux enfants et que le meilleur moment de sa semaine est toujours le samedi soir passé au pub avec des potes qu'il connaît depuis l'école primaire.

Bien sûr, aujourd'hui, les Clive de ce monde n'écrivent plus de lettres. Ils envoient des SMS. *Ça va, bébé ?* Elle se demande si elle aurait pu mettre fin à leur relation par texto.

Elle regarde le lit vide autour d'elle, les vieilles lettres étalées sur la couette. Elle n'a pas relu celles de Jennifer depuis sa nuit avec Rory : elles sont maintenant inextricablement liées à sa voix. Elle songe à l'expression de son visage dans le métro. *Tu aurais dû me dire non.* Puis c'est le visage de Melissa qui lui apparaît, et elle essaie de ne pas envisager la possibilité de retourner à son ancienne vie. Elle peut échouer. Elle n'en est pas très loin. Elle se sent comme en équilibre au sommet d'un précipice. Le changement est proche.

La sonnerie de son portable retentit. Presque soulagée, elle s'allonge sur le lit pour l'attraper, enfonçant son genou dans une pile de papiers couleur pastel.

Pas de réponse ?

Elle relit et tape :

Désolée. Je croyais que tu ne voulais pas que je
te contacte.

Les choses ont changé. Tu peux me dire tout ce que
tu veux.

Elle lit les mots à haute voix dans le silence de la petite pièce,
à peine capable d'en croire ses yeux. Ça peut donc arriver en
dehors des comédies romantiques ? Ces situations, celles que
tout le monde tente d'éviter, se résolvent donc vraiment toutes
seules, comme par enchantement ? Elle se voit déjà au café,
dans un avenir indéterminé, en train d'annoncer fièrement
à Nicky et Corinne : « Oui, bien sûr qu'il emménage ici.
Juste le temps de trouver quelque chose de plus grand. On va
prendre les enfants un week-end sur deux. » Elle le voit rentrer
à la maison le soir, laissant tomber son sac pour l'embrasser
longuement dans l'entrée. Le scénario est si improbable qu'elle
se met soudain à paniquer. Est-ce vraiment ce qu'elle désire ?
Puis elle se réprimande pour cet instant de doute : bien sûr que
oui, c'est ce qu'elle a toujours voulu. Si ce n'était pas le cas, elle
n'aurait pas ressenti ça pendant tout ce temps.

Tu peux me dire tout ce que tu veux.

Reste calme, se dit-elle. *Rien n'est encore joué. Il t'a souvent
déçue.*
Sa main s'abaisse sur les petites touches, plane au-dessus
du clavier, indécise.

D'accord, mais pas comme ça. Je suis contente de
savoir que nous allons pouvoir parler.

Elle réfléchit un instant, puis poursuit :

Je trouve ça un peu gros à avaler. Mais tu m'as manqué.
Appelle-moi à ton retour. E.

Elle s'apprête à poser son téléphone sur sa table de nuit
lorsqu'il sonne de nouveau.

Tu m'aimes encore ?

Son souffle se bloque un instant dans sa gorge.

Oui.

Elle envoie sa réponse avant même d'y avoir réfléchi.
Elle attend quelques minutes, mais ne reçoit rien en retour.
Alors, sans savoir si elle est heureuse ou triste, Ellie se cale
contre ses oreillers, face à la fenêtre, et se perd dans la
contemplation de ce carré de ciel noir et vide, regardant les
avions clignoter en silence dans l'obscurité, s'éloignant vers
des destinations inconnues.

J'ai essayé de te faire comprendre ce que je pensais pendant ce voyage de Padma à Milan, mais tu t'es comporté comme un enfant gâté et je n'ai pas voulu te blesser. Ce n'est que maintenant que j'en trouve le courage, car je suis loin de toi. Le moment est donc venu de t'annoncer que — et crois-moi quand je te dis que pour moi aussi, c'est très soudain — je vais bientôt me marier.

Agnes von Kurowsky à Ernest Hemingway, par lettre

CHAPITRE 23

Rory sent une main se poser sur son épaule et retire un de ses écouteurs.

—Thé.

Il hoche la tête, coupe la musique et glisse son lecteur MP3 dans sa poche. Les camions de déménagement ont fini leur travail ; seules les camionnettes de la *Nation* sont encore à la tâche, allant et venant à toute allure entre les anciens et les nouveaux locaux pour livrer des cartons oubliés, de petites choses vitales à la survie du journal. C'est jeudi. Dimanche, les derniers paquets auront été livrés, les derniers mugs et tasses de thé expédiés. Lundi, la *Nation* démarrera une nouvelle vie dans ses bureaux flambant neufs et le vieux bâtiment sera préparé pour la démolition. Dans un an, un immeuble moderne en verre et métal aura pris sa place.

Rory s'assied à l'arrière de la camionnette à côté de son chef, qui contemple d'un air rêveur la vieille façade de marbre noir. L'enseigne métallique du journal, un pigeon voyageur posé en haut des marches, est en train de se faire détacher de son socle.

—Drôle de vision, n'est-ce pas ?

Rory souffle sur son thé.

—Ça doit vous faire bizarre, après tout ce temps.

—Pas vraiment. Tout a une fin. Il y a une partie de moi qui se réjouit de pouvoir passer à autre chose.

Rory boit une gorgée.

—C'est une chose étrange que de passer ses journées au milieu des histoires des autres, reprend le vieil archiviste. On dirait que la mienne a été suspendue.

Rory a l'impression d'entendre parler un tableau. C'est improbable. Fascinant. Il pose son thé pour l'écouter.

—Vous n'êtes pas tenté d'écrire votre propre histoire?

—Non, répond son chef d'un air dédaigneux. Je ne suis pas écrivain.

—Alors qu'est-ce que vous allez faire?

—Je ne sais pas. Voyager, peut-être. Je pourrais partir comme toi, avec mon sac à dos.

Les deux hommes sourient à cette idée. Ils ont travaillé ensemble en silence pendant des mois, ne s'adressant la parole qu'en cas de besoin, mais la fin imminente de leur tâche les rend à présent plus bavards.

—Mon fils pense que je devrais le faire.

—Je ne savais pas que vous aviez un fils! s'exclame Rory, incapable de dissimuler sa surprise.

—J'ai même une belle-fille. Et trois petits-enfants très mal élevés.

Rory doit soudain remettre en question tout ce qu'il pensait savoir de son chef. Ce dernier fait partie de ces gens qui dégagent une impression de profonde solitude et qu'on peine à imaginer en chef de famille.

—Et votre femme?

—Elle est morte il y a longtemps.

Il a répondu d'un ton neutre, mais Rory se sent mal à l'aise, comme s'il venait de dépasser une limite. Si Ellie était là, se dit-il, elle n'aurait pas hésité à lui demander ce qui était arrivé à sa femme.

Si Ellie était là, Rory aurait préféré disparaître dans un coin éloigné des archives plutôt que de lui adresser la parole. Il ne veut plus la voir. Il ne veut plus penser à elle. Il ne veut plus songer à ses cheveux, à son rire, à sa manière de froncer les sourcils quand elle réfléchit. À son corps sous ses caresses, étrangement docile. Étrangement vulnérable.

—Alors, c'est pour quand, ce grand voyage ?

Rory s'arrache à ses pensées. On lui tend un livre, puis un autre. Ces archives sont un véritable Tardis : toutes sortes de choses ne cessent d'y apparaître, sorties de nulle part.

—J'ai envoyé mon préavis hier. Je n'ai plus qu'à me trouver un billet d'avion.

—Ta copine va te manquer ?

—Ce n'est pas ma copine.

—Ah non ? Je pensais que tu l'aimais bien.

—C'était le cas.

—J'ai toujours eu l'impression que vous étiez très complices.

—Moi aussi.

—Alors où est le problème ?

—Elle est… plus compliquée qu'elle en a l'air.

—Comme toutes les femmes, rétorque le vieil homme avec un sourire sans conviction.

—Oui… Sans doute. Mais je n'aime pas les complications.

—Les complications font partie de la vie, Rory. On finit tous par faire des compromis.

—Pas moi.

L'archiviste hausse un sourcil. Un petit sourire se dessine sur son visage.

—Quoi ? s'écrie Rory. Vous n'allez pas me faire la leçon sur les occasions manquées, façon Werther's Original, et me raconter comment vous regrettez de ne pas avoir fait les choses autrement ?

Il a parlé plus sèchement qu'il aurait voulu, mais c'est plus fort que lui. Il se met à remuer des cartons à l'intérieur de la camionnette.

—De toute façon, marmonne-t-il, ça ne sert à rien. Je vais partir. Je n'ai pas besoin de complications.

—Non.

Rory lui jette un regard oblique et surprend l'expression malicieuse du vieil homme.

—Ah non, ne commencez pas à vous attendrir ! J'ai besoin de me souvenir de vous comme d'un horrible vieux casse-pieds.

L'horrible vieux casse-pieds laisse échapper un petit rire.

—Je n'oserais pas. Bon, allons inspecter une dernière fois le coin des microfiches et embarquons le service à thé. Ensuite, je t'invite à déjeuner et tu pourras ne pas me parler de ce qui s'est passé entre toi et cette fille que, visiblement, tu n'aimes pas beaucoup.

Devant l'immeuble de Jennifer Stirling, le trottoir prend une teinte gris clair sous le soleil hivernal. Un balayeur municipal longe la bordure, ramassant habilement les ordures à l'aide d'une paire de pinces. Ellie se demande quand elle a vu pour la dernière fois un balayeur dans son propre quartier. L'ampleur de la tâche les a probablement découragés : sa rue n'est qu'un ramassis d'enseignes de restauration rapide et de boulangeries bon marché, leurs sacs en papier à rayures rouges et blanches voletant joyeusement dans tout le voisinage, témoins muets d'une nouvelle orgie de sucre et de graisses saturées.

—C'est Ellie. Ellie Haworth, crie-t-elle dans l'interphone. Je vous ai laissé un message. J'espère que ça ne vous dérange pas si je…

—Ellie, dit Jennifer d'une voix chaleureuse. Je m'apprêtais à descendre.

Tandis que l'ascenseur descend sans se presser, elle pense à Melissa. Incapable de trouver le sommeil, Ellie était arrivée aux bureaux de la *Nation* peu après 7 h 30. Il fallait qu'elle trouve un moyen de sauver son article sur les lettres d'amour ; en relisant les petits messages de Clive, elle avait compris qu'elle ne pouvait pas revenir à son ancienne vie. Elle écrira cet article. Elle obtiendra de Jennifer Stirling les informations manquantes et se débrouillera avec. Elle est enfin redevenue elle-même : concentrée, déterminée. Ça l'aide à ne pas penser au chaos de sa vie sentimentale.

En arrivant au bureau, elle avait été choquée de découvrir que Melissa était là. La salle de rédaction était déserte, à l'exception d'une femme de ménage qui poussait mollement un aspirateur entre les tables restantes. La porte du bureau de Melissa était grande ouverte.

—Je sais, ma puce, mais Nina va t'emmener.

Melissa jouait nerveusement avec ses cheveux. Les mèches brillantes et souples, illuminées par le soleil bas de l'hiver, se tordaient entre ses longs doigts minces.

—Non, je te l'ai dit dimanche soir. Tu te souviens ? C'est Nina qui t'emmène et qui revient te chercher… Je sais… Je sais… mais maman doit aller travailler. Tu sais qu'il faut que je travaille, ma chérie…

Elle s'assit, la tête posée sur la main, si bien qu'Ellie dut tendre l'oreille pour entendre la suite :

—Je sais, je sais. Je viendrai la prochaine fois. Mais tu te souviens, je t'ai expliqué qu'on déménageait les bureaux. C'est très important. Maman ne peut pas…

Il y eut un long silence.

—Daisy chérie, tu veux bien me passer Nina ?… Je sais. Passe-la-moi juste une minute… Oui, je te reparle après. Passe-moi…

Elle leva les yeux et aperçut Ellie. Celle-ci, gênée d'avoir été surprise à l'écouter, détourna aussitôt le regard et décrocha son propre téléphone, comme si elle aussi était occupée à passer un coup de fil tout aussi important. Quand elle releva les yeux, la porte du bureau de Melissa était fermée. C'était difficile à dire à cette distance, mais elle avait l'impression qu'elle avait pleuré.

— Eh bien, quelle bonne surprise!

Jennifer Stirling porte une chemise de lin à la coupe impeccable et un jean indigo.

Moi aussi, je porterai des jeans quand j'aurai soixante ans, songea Ellie.

— Vous avez dit que je pouvais revenir.

— Bien sûr. Je dois admettre que j'ai éprouvé un plaisir coupable à m'épancher auprès de vous la semaine dernière. C'est un vrai bonheur pour moi de vous parler, car vous me faites un peu penser à ma fille. Elle me manque.

À s'entendre ainsi comparée à la femme Calvin Klein de la photographie, Ellie se sent parcourue d'un ridicule frisson de fierté. Elle essaie de ne pas trop penser aux raisons qui l'amènent ici.

— Du moment que je ne vous dérange pas…

— Pas du tout. Du moment que les divagations d'une vieille femme ne vous ennuient pas trop. Je comptais aller me promener sur Primrose Hill. Voulez-vous m'accompagner?

Elles se mettent en route et parlent un peu du quartier, des endroits où elles ont vécu et des chaussures d'Ellie, que Mme Stirling avoue lui envier.

— Mes pieds sont hideux, déclare-t-elle. Quand j'avais votre âge, on les coinçait toute la journée dans des escarpins. Votre génération est tellement plus décontractée.

— Oui, mais ma génération n'aura jamais votre élégance.

Elle songe à la photo de Jennifer en jeune maman, avec sa coiffure et son maquillage irréprochables.

— Oh, on n'avait pas vraiment le choix. C'était une affreuse tyrannie. Laurence – mon mari – ne m'aurait jamais permis de me faire prendre en photo si je n'avais pas été parfaite.

Elle semble d'humeur plus légère aujourd'hui, moins affligée par la résurgence de ses souvenirs. Elle marche d'un pas vif, comme une femme bien plus jeune, et Ellie doit parfois trottiner pour rester à sa hauteur.

—Je vais vous raconter quelque chose : il y a quelques semaines, je suis descendue faire des commissions, et il y avait une fille avec un pantalon qui était clairement un bas de pyjama et une paire de ces énormes bottes en peau de mouton… Comment les appelez-vous, déjà ?

—Des Ugg.

—C'est ça, dit joyeusement Jennifer. Des choses affreuses. Quand je l'ai vue acheter sa bouteille de lait dans cette tenue, avec ses cheveux qui rebiquaient à l'arrière de la tête, je l'ai terriblement enviée pour sa liberté. Je devais avoir l'air d'une véritable aliénée, plantée là à la regarder, ajoute-t-elle en riant à ce souvenir. Danushka, la caissière, m'a demandé ce que cette pauvre fille m'avait fait… Avec le recul, je me rends compte que mon existence était terriblement rigide.

—Puis-je vous demander une chose ?

—Je suppose que vous allez le faire, répond Jennifer avec un léger sourire.

—Est-ce qu'il vous arrive de vous sentir mal par rapport à ce qui s'est passé ? Votre liaison ?

—Vous voulez savoir si je regrette d'avoir fait du mal à mon mari ?

—Je suppose, oui.

—Et c'est… par pure curiosité ? Ou cherchez-vous l'absolution ?

—Je ne sais pas. Probablement les deux, murmure Ellie en se rongeant un ongle. Je pense que mon… John… va peut-être quitter sa femme.

Un bref silence s'installe. Elles sont arrivées à l'entrée de Primrose Hill. Jennifer s'arrête.

—Il a des enfants ?

Ellie ne lève pas les yeux.

—Oui.

—C'est une grande responsabilité.

—Je sais.

—Et vous avez peur.

Ellie trouve alors les mots qu'elle n'a su dire à personne d'autre :

—J'aimerais être sûre de faire ce qui est juste. Que ça va en valoir la peine, malgré toute la douleur que je vais causer.

Qu'y a-t-il chez cette femme qui la rend incapable de mentir ? Ellie sent le regard de Jennifer posé sur elle. Elle a raison, elle cherche l'absolution. Elle se souvient des mots de Boot : *Tu me donnes envie de devenir un homme meilleur.* Elle aussi veut devenir une meilleure personne. Elle ne veut pas être là avec une moitié de son esprit qui se demande quelles parties de cette conversation elle va pouvoir piller et publier dans un journal.

Toutes ses années passées à écouter les problèmes des autres ont donné à Jennifer une expression de neutralité avisée. Lorsque enfin elle prend la parole, Ellie sent bien qu'elle a choisi ses mots avec soin :

—Je suis sûre que vous allez pouvoir régler ça ensemble. Vous avez seulement besoin d'être honnêtes l'un envers l'autre. Parfaitement honnêtes. Mais vous devez savoir que vous n'obtiendrez pas toujours les réponses que vous attendez. C'est ce qui m'est revenu en relisant les lettres d'Anthony après votre départ, la semaine dernière. Il n'y avait pas de petits jeux entre nous. Je n'ai jamais rencontré personne – avant ou après lui – avec qui je pouvais être aussi honnête.

Elle soupire et fait signe à Ellie de passer le portail. Elles commencent à gravir le sentier menant au sommet de la colline.

—Malheureusement, il n'y a pas d'absolution pour les gens comme nous, Ellie. La culpabilité va peut-être jouer un rôle bien plus important dans votre vie future que ce que vous auriez voulu. Ce n'est pas pour rien que la passion brûle, et, quand il s'agit d'une liaison adultère, il n'y a pas que les protagonistes qui sont touchés. Pour ma part, je me sens toujours coupable du mal que j'ai fait à Laurence… Je me suis trouvé des raisons à l'époque, mais je vois maintenant que ce qui s'est passé… nous a fait du mal à tous. Mais… celui pour qui je me suis toujours sentie le plus mal, c'est Anthony.

—Vous alliez me raconter la fin de l'histoire.

Le sourire de Jennifer s'efface.

—À vrai dire, Ellie, ce n'est pas une fin heureuse.

Elle lui raconte son voyage avorté en Afrique, ses longues recherches, le silence assourdissant d'un homme qui l'avait pourtant habituée à lui dire ce qu'il ressentait, et enfin la construction de sa nouvelle vie à Londres, seule.

—Et c'est tout ?

—En quelques mots, oui.

—Pendant toutes ces années, vous n'avez jamais… il n'y a jamais eu personne d'autre ?

Jennifer Stirling sourit de nouveau.

—Si, parfois. Je suis humaine. Mais je dirais que je ne me suis jamais impliquée sentimentalement avec quiconque. Après Boot, je… je ne voulais plus vraiment être proche de qui que ce soit. Pour moi, il n'y a eu que lui. Et puis, j'avais Esmé, ajouta-t-elle en souriant. Un enfant est une formidable consolation.

Elles ont atteint le sommet de la colline. Tout le nord de Londres s'étend en dessous d'elles. Elles respirent profondément, les yeux tournés vers l'horizon lointain. La rumeur de la circulation et les cris des promeneurs de chiens et des enfants leur parviennent comme étouffés par la distance.

—Puis-je vous demander pourquoi vous avez gardé la boîte postale ouverte toutes ces années ?

Jennifer s'appuie sur le dossier d'un banc de fer forgé et réfléchit avant de répondre :

—Ça va vous sembler stupide, mais nous nous étions déjà manqués deux fois, vous comprenez, et les deux fois à quelques heures près. Cette fois, je me suis sentie obligée de mettre toutes les chances de notre côté. Fermer cette boîte reviendrait à admettre que tout est terminé.

Elle hausse tristement les épaules et poursuit :

— Chaque année, je me dis qu'il est temps d'arrêter. Mais les années passent sans même que je m'en rende compte, et je ne l'ai jamais fait. Je me dis que ce n'est qu'un petit plaisir inoffensif.

— Alors c'était vraiment sa dernière lettre ? demande Ellie avec un geste vague en direction de St John's Wood. Vous n'avez plus jamais entendu parler de lui ? Comment avez-vous supporté l'idée de ne pas savoir ce qui lui est arrivé ?

— Pour moi, il y avait deux possibilités. Ou bien il était mort au Congo, ce qui était, à l'époque, une perspective trop insurmontable pour être envisagée. Ou bien, comme je le soupçonne, il s'est senti trop blessé pour revenir vers moi. Il a cru que je n'allais jamais quitter mon mari, ou piétiner ses sentiments, et je pense que nos retrouvailles lui ont trop coûté. Malheureusement, je n'ai pas compris à quel point avant qu'il ne soit trop tard.

— Vous n'avez jamais essayé de retrouver sa trace ? Un détective privé ? Des petites annonces ?

— Oh non, je n'aurais pas fait ça. Il aurait su où je me trouvais. Je lui avais clairement fait part de mes sentiments, et je devais respecter les siens. Vous savez, ajoute-t-elle en regardant Ellie d'un air grave, vous ne pouvez pas forcer quelqu'un à vous aimer. Peu importe à quel point vous le désirez. Parfois, malheureusement, les choses ne se passent pas comme on veut quand on veut.

Le vent souffle fort à cette altitude : il s'insinue dans son col, forçant le moindre interstice. Ellie glisse les mains dans ses poches.

— D'après vous, qu'est-ce qui vous serait arrivé s'il vous avait retrouvée ?

Pour la première fois, Jennifer Stirling a les larmes aux yeux. Scrutant l'horizon, elle secoue imperceptiblement la tête.

— Les jeunes n'ont pas le monopole des cœurs brisés, vous savez.

Elle commence à redescendre doucement le chemin, dissimulant ainsi son visage. Le silence qui s'étire avant qu'elle se remette à parler imprime au cœur d'Ellie une petite déchirure.

— J'ai appris il y a longtemps, Ellie, que le jeu des « si » est un jeu très dangereux.

Est-ce qu'on peut se voir ? J

On peut se servir de nos portables ?

J'ai beaucoup à te dire. Il faut qu'on se voie. *Les Percivals* sur Derry Street. Demain, 13 heures.

Percivals ?!? Ce n'est pas ton genre.

Je suis plein de surprises en ce moment. J

Assise à une table recouverte d'une nappe de lin, Ellie feuillette les notes qu'elle a prises dans le métro. Elle sait au fond d'elle qu'elle ne peut pas se servir de cette histoire. Elle sait aussi que, si elle ne le fait pas, sa carrière à la *Nation* est terminée. Par deux fois, elle a songé à se rendre en courant à l'appartement de St John's Wood pour tout avouer à la vieille dame, la suppliant de la laisser raconter sa tragique histoire d'amour dans le journal. Mais chaque fois elle revoit le visage de Jennifer Stirling, entend sa voix : *Les jeunes n'ont pas le monopole des cœurs brisés, vous savez.*

Elle regarde d'un air absent le plat en céramique blanche rempli d'olives qu'on a posé sur sa table. Elle n'a pas d'appétit. Si elle n'écrit pas cet article, elle perd son travail. Si elle l'écrit, elle perd son intégrité. Elle regrette, une fois encore, de ne pas pouvoir parler à Rory. Il saurait sûrement ce qu'il convient de faire. Elle a la désagréable intuition que cela ne correspondrait pas à ce qu'elle envisage de faire, mais elle sait qu'il aurait raison. Ses pensées se pourchassent l'une l'autre, argument et contre-argument.

Jennifer Stirling ne lit probablement pas la Nation. *Elle pourrait très bien ne jamais savoir ce que tu as fait. Melissa cherche une excuse pour te foutre à la porte. Tu n'as pas vraiment le choix.*

Puis la voix de Rory, sardonique : *Tu te fous de moi ?*

Son estomac se serre douloureusement – une sensation bien trop familière à son goût ces derniers temps. Une pensée lui vient à l'esprit : si elle parvient à découvrir ce qui est arrivé à Anthony O'Hare, Jennifer sera bien obligée de lui pardonner. Au début, elle sera peut-être contrariée, mais finalement elle se rendra sûrement compte qu'Ellie lui a fait un cadeau… La réponse à tous ses problèmes vient de lui tomber du ciel : elle le trouvera. Ça lui prendra peut-être dix ans, mais elle découvrira ce qui lui est arrivé. L'espoir est mince, mais il suffit à lui remonter le moral.

Je suis à cinq minutes. Tu es là ? J

Oui. Une table au rez-de-chaussée. Un verre frais t'attend. E

Inconsciemment, elle se passe la main dans les cheveux. Elle ne comprend toujours pas pourquoi John n'a pas voulu se rendre à son appartement. L'ancien John insistait toujours pour l'y retrouver directement. C'était comme s'il était incapable

470

de vraiment lui parler ou de la voir avant d'avoir évacué au lit toute la tension accumulée. Durant les premiers mois de leur relation, elle avait trouvé cela flatteur. Puis, au fil du temps, de plus en plus irritant. Maintenant, une petite partie d'elle-même se demande si ce rendez-vous au restaurant n'est pas une manière de lui annoncer qu'il est prêt à la voir à l'extérieur. Tout semble avoir changé de manière si radicale que le nouveau John lui semble parfaitement susceptible de lui faire une sorte de déclaration publique. Elle remarque les habits luxueux des gens assis aux tables voisines, et ses orteils se crispent à cette pensée.

— Qu'est-ce qui te rend si nerveuse ? lui a demandé Nicky ce matin-là. Ça veut dire que tu as eu ce que tu voulais, non ?

— Oui, je sais.

Elle l'a appelée à 7 heures, remerciant le ciel d'avoir des amies comprenant qu'une urgence romantique était une raison légitime de téléphoner à une heure aussi matinale.

— C'est juste que…

— Tu n'es plus tout à fait sûre de vouloir de lui.

— Si ! s'est-elle écriée en fusillant le téléphone du regard. Bien sûr que je veux encore de lui ! C'est juste que tout change tellement vite que je n'ai pas eu le temps de me faire à l'idée.

— Alors tu ferais mieux de t'y faire très vite. Si ça se trouve, il va se pointer à l'heure du déjeuner en traînant derrière lui deux valises et ses gamins hurlants.

Pour une raison qui échappe toujours à Ellie, Nicky a trouvé l'image si amusante qu'elle s'est mise à glousser jusqu'à ce que ça en devienne un peu agaçant.

Ellie avait l'impression que Nicky ne lui avait toujours pas pardonné d'avoir « tout foutu en l'air », comme elle disait, avec Rory. « C'est un gentil garçon, lui a-t-elle dit à plusieurs reprises. Avec lui, j'aurais été heureuse d'aller au bar. » Traduction : Nicky n'acceptera jamais de sortir au bar avec John. Elle ne pourrait jamais lui pardonner d'être le genre d'homme capable de tromper sa femme.

Elle jette un coup d'œil à sa montre, puis fait signe au serveur de lui apporter un deuxième verre de vin. Il a vingt minutes de retard. En n'importe quelle autre occasion, elle aurait ruminé sa colère en silence, mais elle est si nerveuse qu'une petite part d'elle-même se demande si elle ne va pas simplement se mettre à vomir en l'apercevant. Oui, c'est toujours une bonne façon d'être accueilli. Puis elle lève les yeux et aperçoit une femme debout de l'autre côté de la table.

Sa première pensée est qu'il s'agit d'une serveuse, puis elle se demande pourquoi elle ne lui apporte pas son verre de vin. Puis elle se rend compte que non seulement la femme porte un manteau bleu marine en lieu et place de l'uniforme des serveuses, mais qu'en plus elle la regarde un peu trop fixement, comme quelqu'un qui ne va pas tarder à se mettre à chanter tout seul dans le bus.

— Bonjour, Ellie.

Ellie cligne des yeux.

— Je suis désolée, dit-elle après avoir parcouru mentalement le trombinoscope de ses contacts récents et n'avoir trouvé aucune correspondance. Est-ce qu'on se connaît ?

— Oh oui, je crois bien. Je suis Jessica.

Jessica. Ça ne lui dit rien. Jolie coupe de cheveux. Belles jambes. Peut-être un peu fatiguée. Bronzée. La réponse lui explose alors au visage. Jessica. *Jess.*

La femme remarque sa stupeur.

— Oui, je me disais bien que mon nom vous dirait quelque chose. Ça vous arrangeait bien de ne pas avoir de visage à mettre dessus, pas vrai ? Ça vous permettait de ne pas trop penser à moi. Je suppose que le fait que John soit marié n'était à vos yeux qu'un petit inconvénient.

Ellie a perdu l'usage de la parole. Elle remarque à peine les autres clients qui se retournent, ayant perçu les étranges vibrations émanant de la table 15.

Jessica Armour fait défiler des messages sur un portable étrangement familier. Elle hausse le ton pour en faire la lecture :

— « Je me sens d'humeur coquine aujourd'hui. Viens. Débrouille-toi comme tu veux, mais viens. Tu ne le regretteras pas. » Hum ! Oh, et là, un bon : « Je devrais rédiger l'interview de la femme du député, mais je n'arrête pas de repenser à mardi dernier. Vilain garçon ! » Oh, et mon préféré : « Suis allée chez *Victoria's Secret.* Photo en pièce jointe… »

Quand elle relève les yeux, sa voix tremble d'une rage à peine contenue.

— Pas facile de rivaliser quand on doit gérer deux enfants malades et les travaux de la maison. Mais, oui, mardi 12. Je me souviens de ce jour-là. Il est rentré avec un bouquet de fleurs pour s'excuser de son retard.

Ellie ouvre la bouche, mais aucun mot n'en sort. Elle rougit jusqu'à la racine des cheveux.

— J'ai fouillé dans son téléphone pendant les vacances. Je me demandais à qui il téléphonait depuis le bar, et j'ai trouvé votre message. « *Appelle-moi, s'il te plaît. J'ai besoin de t'entendre.* » Comme c'est touchant, ricane-t-elle. Il pense qu'on lui a volé son portable.

Ellie a envie de ramper sous la table. Elle voudrait rapetisser jusqu'à disparaître.

— J'aimerais vous souhaiter de finir triste et seule. Mais, en fait, j'espère que vous aurez un jour des enfants, Ellie Haworth. Vous saurez alors ce que ça fait d'être vulnérable. Devoir se battre, être constamment sur le qui-vive, tout ça pour être à peu près sûre que vos enfants grandissent avec un père. Pensez-y la prochaine fois que vous achèterez de la lingerie transparente pour divertir mon mari.

Sur ces mots, Jessica Armour s'éloigne à travers les tables et sort dans le soleil de midi. Tout le monde s'est peut-être tu dans le restaurant ; Ellie n'en sait rien à cause des tintements dans ses oreilles. Enfin, les joues en feu, les mains tremblantes, elle fait signe au serveur d'apporter l'addition.

Quand il s'approche, elle marmonne quelque chose à propos d'une affaire urgente. Elle ne sait pas vraiment ce qu'elle dit : sa voix ne semble plus lui appartenir.

— L'addition ? demande-t-elle.

Il fait un geste en direction de la porte. Son sourire est compatissant.

— Pas la peine, madame. Cette femme a réglé la note.

Ellie rentre à pied au travail, ignorant la circulation, les banlieusards qui se bousculent sur le trottoir, les regards accusateurs des vendeurs de journaux de rue. Elle voudrait s'enfermer, seule, dans son petit appartement, mais la précarité de son emploi le lui interdit. Elle traverse les bureaux, terriblement consciente du regard des autres, convaincue au plus profond d'elle-même que le monde entier peut lire sa honte sur son visage, comme si toute l'histoire y était inscrite en lettres de feu.

— Ça va, Ellie ? Tu es atrocement pâle…

La tête de Rupert vient d'émerger de derrière son écran. On a collé un autocollant « à incinérer » à l'arrière de son ordinateur.

— Mal à la tête, répond-elle d'une voix rauque.

— Terri a des cachets pour ça – elle a des cachets pour tout, cette fille, dit-il avant de disparaître de nouveau derrière son écran.

Ellie s'assied à son bureau et allume son ordinateur pour consulter ses mails. Le voilà :

Ai perdu mon portable. En achète un autre à l'heure du déjeuner. T'enverrai mon nouveau numéro par mail. J

C'est arrivé dans sa boîte de réception pendant son interview de Jennifer Stirling. Elle ferme les yeux de toutes ses forces tandis que la scène repasse en boucle dans son esprit : la mâchoire serrée de Jessica Armour, son regard terrifiant, ses cheveux hérissés autour de son visage, la colère et la douleur qui émanaient d'elle. Au fond, Ellie ne peut s'empêcher de songer que, en d'autres circonstances, elle aurait aimé le style de cette femme, et peut-être même apprécié de boire un verre avec elle. En rouvrant les yeux, elle espère presque que les mots de John auront disparu. Elle refuse de voir l'image qu'ils lui renvoient d'elle-même. Elle a l'impression de s'éveiller d'un rêve particulièrement réaliste, un rêve qui aurait duré toute une année. Elle mesure soudain l'étendue de son erreur. Elle efface le message.

— Tiens, dit Rupert en déposant une tasse de thé sur son bureau. Ça va te faire du bien.

Rupert ne fait jamais de thé à personne. Par le passé, les autres rédacteurs ont tenu des paris sur le temps qu'il lui faudrait pour se rendre à la cafétéria. Ellie ne sait pas si elle doit se sentir touchée par cet acte de compassion inaccoutumé ou redouter la raison pour laquelle il pense qu'elle en a besoin.

— Merci, dit-elle en prenant la tasse.

Alors que son collègue part se rasseoir, elle aperçoit un nom familier sur un autre mail : Phillip O'Hare. Son cœur s'arrête dans sa poitrine, oubliant provisoirement l'humiliation qu'elle vient de vivre. Elle clique sur le lien et voit que le message vient du Phillip O'Hare qui travaille pour le *Times*.

Bonjour,

Je suis un peu confus à la lecture de votre message.
Pourriez-vous m'appeler ?

Elle s'essuie les yeux. *Le travail est la réponse à tout*, se dit-elle. *Le travail est tout ce qui me reste*. Elle découvrira ce qui est arrivé à l'amant de Jennifer, et Jennifer lui pardonnera pour ce qu'elle s'apprête à faire.

Elle compose le numéro inscrit en bas du mail. Un homme décroche à la deuxième sonnerie. En fond sonore, elle entend le bourdonnement familier d'une salle de rédaction.

— Bonjour, dit-elle d'une voix timide. Ici Ellie Haworth. Vous venez de m'envoyer un mail.

— Ah. Oui. Ellie. Une minute s'il vous plaît.

Il a la voix d'un homme d'une quarantaine d'années. Une voix qui ressemble vaguement à celle de John. Elle chasse cette pensée et entend Phillip O'Hare poser la main sur le combiné pour prononcer quelques mots inintelligibles. Puis il revient :

— Pardon. Le travail. Écoutez, merci de m'avoir rappelé… Je voulais seulement vérifier une chose. Où avez-vous dit que vous travailliez ? La *Nation* ?

— Oui.

Sa bouche est devenue sèche. Elle se met à bredouiller :

— Mais je tiens à vous assurer que son nom ne va pas forcément apparaître dans mon article. Je veux juste seulement découvrir ce qu'il est devenu pour une de ses amies qui…

— La *Nation* ?

— Oui.

Un bref silence.

— Et vous dites vouloir découvrir ce qu'est devenu mon père ?

— Oui, répond-elle d'une voix mourante.

— Et vous êtes journaliste ?

— Je suis désolée, dit-elle. Je ne vois pas où vous voulez en venir. Oui, je suis journaliste. Tout comme vous. Vous êtes en train de me dire que vous ne voulez pas donner d'informations à un concurrent ? Je vous ai dit que…

— Mon père est Anthony O'Hare.

— Oui. C'est celui que je…

L'homme au bout du fil éclate de rire.

— Vous n'êtes pas journaliste d'investigation, j'imagine ?

— Non.

Il met un moment à s'en remettre.

— Mademoiselle Haworth, mon père travaille à la *Nation*. Votre journal. Depuis plus de quarante ans.

Ellie s'immobilise sur sa chaise. Elle lui demande de répéter.

— Je ne comprends pas, bafouille-t-elle en se levant. J'ai fait une recherche de signature. J'ai fait des tas de recherches. Je n'ai rien trouvé. Seulement votre nom dans le *Times*.

— C'est parce qu'il n'écrit pas.

— Alors qu'est-ce qu'il…

— Mon père travaille aux archives. Depuis… 1964.

[…] toujours est-il que coucher avec toi et gagner le prix Somerset-Maugham, ce n'est pas compatible.

Un homme à une femme, par lettre

Chapitre 24

— Et donnez-lui ceci de ma part. Il comprendra.

Jennifer Stirling griffonna un petit mot sur son agenda, arracha la page et la glissa sous la couverture du dossier, qu'elle posa sur le bureau du secrétaire de rédaction.

—Bien sûr, dit Don.

Elle s'avança vers lui et lui serra le bras.

—Vous le lui transmettrez? C'est vraiment important. C'est même une question de vie ou de mort.

—J'ai compris. Madame, si vous voulez bien m'excuser, je dois me remettre au travail. C'est notre heure la plus chargée de la journée. On a tous des délais à tenir, ici.

Don voulait qu'elle sorte de son bureau. Il voulait que l'enfant sorte de son bureau.

Le visage de Jennifer se chiffonna.

—Je suis désolée. S'il vous plaît, assurez-vous seulement qu'il l'ait. S'il vous plaît.

Bon sang, il voulait seulement qu'elle s'en aille. Il était incapable de la regarder en face.

—Je… je suis désolée de vous avoir dérangé.

Elle parut soudain mal à l'aise, comme si elle venait de prendre conscience du spectacle qu'elle offrait. Elle attrapa la main de sa fille avant de s'éloigner à contrecœur. Les quelques personnes rassemblées autour du bureau la regardèrent partir en silence.

—Au Congo, dit Cheryl après un instant.

—On doit boucler la page 4, dit Don en fixant obstinément le bureau. Va pour le prêtre dansant.

Cheryl ne le quitta pas des yeux.

—Pourquoi tu lui as dit qu'il était parti au Congo ?

—Tu voulais quoi ? Que je lui dise la vérité ? Qu'il est plongé dans une saloperie de coma éthylique ?

Cheryl se mit à mordiller son stylo, le regard perdu en direction des portes battantes.

—Mais elle avait l'air tellement triste…

—Elle peut. Elle est la cause de tous ses ennuis.

—Mais tu ne peux pas…

La voix de Don explosa dans la salle de rédaction :

—La dernière chose dont ce garçon a besoin, c'est que cette femme revienne foutre le bordel dans sa vie ! Tu comprends ça ? C'est un service que je lui rends.

Il arracha du dossier le petit mot de Jennifer et le jeta dans la corbeille.

Cheryl glissa son stylo derrière l'oreille, jeta à son chef un regard sévère et s'en alla vers son bureau.

Don prit une profonde inspiration.

—Bon, est-ce qu'on peut en finir avec la vie sentimentale de O'Hare et se remettre à l'histoire de ce foutu prêtre dansant ? Un volontaire ? Qu'on m'envoie une copie *fissa*, sinon les livreurs de journaux vont partir avec une liasse de pages blanches demain matin !

Dans le lit voisin, un homme toussait – une toux continue et saccadée, comme s'il avait une arrête coincée en travers de la gorge. Il le faisait même dans son sommeil. Anthony O'Hare laissait le bruit s'estomper dans un lointain recoin de sa conscience, comme tout le reste. Il avait compris comment faire. Comment faire disparaître les choses.

—Vous avez de la visite, monsieur O'Hare.

Le bruit des rideaux tirés, la lumière du jour qui se répandait à l'intérieur. La jolie infirmière écossaise. Des mains fraîches. À chaque mot qu'elle prononçait, on aurait dit qu'elle s'apprêtait à lui faire un cadeau. *Je vais vous faire une petite piqûre, monsieur O'Hare. Dois-je demander à quelqu'un de vous aider à aller au lavabo, monsieur O'Hare ? Vous avez de la visite, monsieur O'Hare.*

Un visiteur ? Un instant, une lueur d'espoir vacilla ; puis il entendit la voix de Don derrière les rideaux et se rappela où il était.

—Ne faites pas attention à moi, ma jolie.

—Bien sûr que non, répliqua-t-elle sagement.

Un visage lunaire et rougeaud apparut quelque part au niveau de ses pieds.

—Alors, on traîne au lit ?

—Très drôle, marmonna Anthony, la voix étouffée par son oreiller.

Il tenta de se redresser. Tout son corps lui faisait mal. Il cligna des yeux.

—Je dois sortir d'ici.

Sa vision s'éclaircissait. Don était debout au pied du lit, les bras croisés, posés sur son gros ventre.

—Tu ne vas nulle part, fiston.

—Je ne peux pas rester ici.

Sa voix semblait monter directement de sa poitrine. Elle croassait et crissait comme une roue en bois dans une ornière.

—Tu ne vas pas bien, Tony. Ils veulent évaluer les fonctions de ton foie avant de te laisser partir. Tu nous as fichu une trouille bleue.

—Qu'est-ce qui s'est passé ?

Il ne se souvenait de rien.

Don hésita, semblant réfléchir à ce qu'il pouvait se permettre de révéler.

—Tu n'es pas venu au bureau de Marjorie Spackman pour la grande réunion. À 18 heures, comme personne n'avait de tes nouvelles, j'ai eu un mauvais pressentiment. J'ai confié les rênes à Michaels et je suis passé à ton hôtel. Je t'ai trouvé couché par terre, pas beau à voir. Tu avais encore plus sale mine que maintenant, et ce n'est pas peu dire.

Il se souvint. Le bar du *Regent Hotel*. Le regard circonspect du barman. La douleur. Les éclats de voix. Le voyage sans fin pour remonter jusqu'à sa chambre, s'accrochant aux murs, titubant dans les escaliers. Les bruits d'objets brisés. Puis plus rien.

—J'ai mal partout.

—Tu m'étonnes. Dieu seul sait ce qu'ils t'ont fait. Quand je t'ai vu hier soir, tu avais l'air d'un coussin à épingles.

Des aiguilles. Des voix paniquées. La douleur. Oh, bon sang, la douleur.

—Qu'est-ce qui s'est passé, O'Hare ?

Dans le lit voisin, l'homme s'était remis à tousser.

—C'est cette femme ? Elle t'a encore plaqué ?

Don était physiquement mal à l'aise lorsqu'il s'agissait de parler de sentiments. Ça se manifestait par une jambe qui tressautait, une main qui passait et repassait sur sa calvitie. *Ne me parle pas d'elle. Ne me fais pas penser à son visage.*

—Ce n'est pas si simple.

—Alors qu'est-ce qui s'est passé, bordel ? Aucune femme ne vaut de se mettre dans des états pareils, fit Don en embrassant d'un geste la chambre d'hôpital.

—Je… je voulais juste oublier.

—Alors trouve-toi une autre femme. Une que tu peux vraiment avoir. Tu t'en remettras.

À force de le répéter, cela finirait peut-être par arriver.

Le silence d'Anthony dura juste assez longtemps pour décevoir tous ses espoirs.

Pardonne-moi. Il fallait seulement que je sache.

— Des papillons attirés par la flamme. On a tous connu ça. *Pardonne-moi.*

Anthony secoua la tête.

— Non, Do. Pas comme ça.

— C'est toujours « pas comme ça » quand c'est toi qui…

— Si elle ne peut pas le quitter, c'est parce qu'il ne lui laissera jamais la garde de sa fille.

La voix d'Anthony, soudain plus claire, résonna dans le petit espace clos par les rideaux. Rien qu'une seconde, l'homme du lit d'à côté cessa de tousser. Anthony vit son chef froncer les sourcils en saisissant tout ce que cette phrase impliquait.

— Ah, fit-il d'un air compatissant. Dur.

— Oui.

La jambe de Don se remet à tressauter.

— Mais ce n'est pas une raison pour essayer de se soûler à mort. Tu sais ce que les médecins ont dit ? La fièvre jaune t'a bousillé le foie. Bousillé, O'Hare. Encore une beuverie comme celle-là, et tu…

Anthony se sentit soudain infiniment épuisé. Il se retourna sur son oreiller.

— Ne t'en fais pas, ça n'arrivera plus.

À son retour de l'hôpital, Don resta assis une bonne demi-heure à son bureau, songeur. Autour de lui, comme tous les jours, la salle de rédaction s'éveillait lentement, tel un géant endormi qui revient à la vie à contrecœur : des journalistes parlaient au téléphone, des nouvelles se soulevaient et retombaient sur les listes d'information, des pages étaient mises en forme, la une se faisait maquetter…

Il se frotta la mâchoire du plat de la main et appela sa secrétaire.

— Eh, Blondie ! Trouve-moi le numéro de machin Stirling. L'homme à l'amiante.

Cheryl l'écouta en silence. Quelques minutes plus tard, elle lui tendait le numéro qu'elle avait recopié depuis l'annuaire du bureau.

—Comment va Anthony ?

—D'après toi ?

Il tapota sur le bureau du bout de son stylo, toujours plongé dans ses pensées. Puis, lorsque sa secrétaire se fut éloignée, il décrocha le téléphone et donna ses indications au standard.

Il s'éclaircit la gorge, mal à l'aise pour parler au téléphone.

—J'aurais voulu parler à Jennifer Stirling, s'il vous plaît.

Il sentait le regard de Cheryl posé sur lui.

—Puis-je lui laisser un message ?… Quoi ? Ah bon ? Oh… Je vois.

Une pause.

—Non, ce n'est pas grave. Navré de vous avoir dérangé, dit-il en raccrochant.

—Qu'est-ce qui s'est passé ? demanda Cheryl, debout devant son bureau, le surplombant de toute sa hauteur sur ses nouveaux talons. Don ?

—Rien, répliqua-t-il en se redressant. Oublie ça. Va me chercher un sandwich au bacon, tu veux bien ? Et n'oublie pas la sauce. Je ne peux pas le manger sans.

Il roula le numéro en boule et le jeta dans la corbeille posée à ses pieds.

La peine était plus forte encore que si quelqu'un était mort ; la nuit, elle revenait par vagues, implacable et destructrice. Il revoyait son visage chaque fois qu'il fermait les yeux, ses paupières closes de plaisir, son air coupable et désespéré quand elle l'avait aperçu dans le hall de l'hôtel. Son visage lui disait qu'ils étaient perdus et qu'elle savait déjà ce qu'elle avait fait en le lui disant.

Et elle avait raison. Il l'avait d'abord haïe pour l'avoir laissé reprendre espoir sans lui avouer toute la vérité sur sa situation. Pour être entrée de nouveau dans son cœur, par effraction, tout en sachant pertinemment qu'il n'y avait pas pour eux la moindre chance. Que disait le dicton ? *C'est l'espoir qui nous tue.*

Ses sentiments passaient d'un extrême à l'autre. Il lui pardonna. Il n'y avait même rien à pardonner. Elle l'avait fait parce que, comme lui, elle n'aurait pas pu ne pas le faire. Et parce que c'était tout ce qu'elle pouvait raisonnablement espérer obtenir de lui. *J'espère que ce souvenir te permettra d'avancer, Jennifer, parce que moi, il m'a détruit.*

Il combattait la certitude que, cette fois, il n'y avait pour lui plus rien à espérer. Il se sentait physiquement diminué, fragilisé par ses choix désastreux. Son esprit affûté en était émoussé, sa lucidité embrumée ; il ne percevait plus que la pulsation régulière de la perte, un battement continuel identique à celui qui l'avait poursuivi ce jour-là, à Léopoldville.

Jennifer ne serait jamais sienne. Ils avaient été à deux doigts de s'appartenir, mais elle ne serait jamais sienne. Comment vivre avec cette certitude ?

Au petit matin, il envisagea un millier de solutions. Il exigerait que Jennifer obtienne le divorce. Il ferait son possible pour la rendre heureuse sans sa fille, par la pure force de sa volonté. Il engagerait le meilleur avocat. Il lui ferait d'autres enfants. Il affronterait Laurence – dans ses rêves les plus fous, il lui sautait même à la gorge.

Mais Anthony avait toujours été solidaire des autres hommes, et, même à cet instant, il comprenait au fond de lui ce que Laurence avait pu ressentir en apprenant que sa femme en aimait un autre – sans parler de devoir laisser son enfant aux mains de l'homme qui la lui avait volée. Anthony lui-même s'en était senti estropié, même s'il n'avait jamais éprouvé pour Clarissa les sentiments qu'il nourrissait à l'égard de Jennifer.

Il pensait à son fils, triste et silencieux, à la culpabilité qui n'avait jamais cessé de le ronger, et savait que, s'il imposait cela à une autre famille, tout le bonheur qu'ils construiraient reposerait sur la base mouvante du chagrin. Il ne pouvait pas retourner là-bas. Il ne pouvait pas se replonger dans la routine de New York, dans ces journées rythmées par les allers-retours entre son appartement et le bâtiment des Nations unies : tout y serait corrompu, imprégné du souvenir de Jennifer, de son parfum, du goût de sa chair, de l'idée qu'elle était là, quelque part, à vivre, à respirer sans lui. Sa peine s'était accrue depuis qu'il savait qu'elle l'avait désiré autant que lui : à présent, sa colère ne suffisait plus à chasser de ses pensées la femme qu'il aimait.

Pardonne-moi. Il fallait seulement que je sache.

Il devait aller dans un endroit où il serait incapable de penser. Pour survivre, il devait s'exiler en un lieu où la survie serait sa seule préoccupation.

Le jour où l'hôpital accepta enfin de le laisser sortir, avec les résultats de ses examens et de funestes prédictions sur ce qui lui arriverait s'il avait le malheur de boire encore, ce fut Don qui vint le chercher.

—On va où ?

Il regarda Don charger sa petite valise dans le coffre de sa voiture, et se sentit comme un réfugié.

—Tu viens chez moi.

—Quoi ?

—C'est Viv qui a décidé, précisa-t-il en évitant son regard. Elle pense que tu as besoin de réconfort domestique.

Tu parles ! C'est toi qui penses que je ne peux pas rester seul.

—Je ne crois pas que je…

—Il n'y a pas à discuter, répliqua Don en s'installant sur le siège du conducteur. Mais je te préviens, je ne suis pas responsable de la qualité de la nourriture. Ma femme connaît déjà mille et une façons d'incinérer une vache et, pour autant que je sache, elle n'en est encore qu'à ses balbutiements.

Il était toujours déconcertant d'observer un collègue de travail dans un contexte domestique. Avec les années, même s'il avait déjà rencontré Viv – une petite femme rousse, aussi vive que Don était renfrogné – en diverses occasions professionnelles, Anthony avait toujours eu l'impression que Don, plus que quiconque, vivait véritablement dans les locaux de la *Nation*. Il semblait y passer chaque heure de chaque jour. Son bureau, avec ses énormes piles de papiers, ses notes griffonnées à la va-vite et ses cartes épinglées au hasard sur les murs, était son habitat naturel. Don dans sa maison avec des chaussons en velours, les pieds posés sur un canapé, Don redressant des bibelots ou allant chercher des bouteilles de lait… ça allait à l'encontre des lois de la nature.

Malgré tout, sa maison avait quelque chose de reposant. C'était une maison mitoyenne de style Tudor, située en grande banlieue, assez vaste pour ne pas donner à Anthony l'impression d'être de trop. Les enfants étaient grands et avaient quitté le nid, ce qui faisait que, en dehors de quelques photographies encadrées, il n'y avait rien pour lui rappeler son propre échec en tant que parent.

Viv l'accueillit en l'embrassant sur les deux joues, en se gardant bien de toute allusion au contexte douloureux.

— Je me suis dit que vous aimeriez jouer au golf cet après-midi, entre garçons, dit-elle.

Ce qu'ils firent. Don s'avéra être un si mauvais golfeur qu'Anthony comprit après coup que cela avait dû être la seule activité masculine à laquelle ses hôtes avaient pensé qui n'impliquait pas de consommer de l'alcool. Don ne parla pas une seule fois de Jennifer. Il était cependant inquiet, Anthony le voyait bien : il faisait de constantes références à la santé d'Anthony et au retour à la normale, quelle qu'elle soit. Il n'y eut pas de vin sur la table au déjeuner ni au souper.

—Alors, quel est le programme ? demanda Anthony, assis sur un canapé du salon.

Au loin, ils entendaient Viv faire la vaisselle en chantant avec la radio.

—Demain, on se remet au travail, déclara Don en se frottant le ventre.

Le travail. Une partie de lui voulut demander en quoi cela consisterait, mais il n'osa pas. Il avait déjà échoué une fois à la *Nation* et craignait que la deuxième n'eût été la fois de trop.

—J'ai discuté avec Spackman.

Oh, merde. On y est.

—Tony, elle n'est pas au courant. Personne en haut n'est au courant.

Anthony cligna des yeux.

—Au bureau, il n'y a que nous. Moi, Blondie et quelques rédacteurs que j'ai dû prévenir de ton absence quand on t'a emmené à l'hôpital. Ils vont se taire.

—Je ne sais pas quoi dire.

—Pour changer. Bref.

Don alluma une cigarette et souffla un long nuage de fumée. Son regard, presque coupable, croisa celui d'Anthony.

—Elle est d'accord avec moi sur le fait qu'il faille te renvoyer sur le terrain.

Anthony mit un instant à comprendre ce qu'il disait.

—Au Congo ?

—Tu es le meilleur pour ce travail.

Le Congo.

—Mais je dois savoir une chose…, poursuivit Don en tapotant sa cigarette au-dessus d'un cendrier.

—Je vais bien.

—Laisse-moi finir. J'ai besoin de savoir que tu vas prendre soin de toi. Je ne veux pas avoir à m'inquiéter.

—Pas d'alcool. Pas d'imprudences. J'ai seulement… j'ai seulement besoin de faire ce boulot.

—C'est ce que je pensais.

Mais Don ne le croyait pas – Anthony le voyait bien dans son regard fuyant. Il marqua une pause.

—Je me sentirais responsable s'il t'arrivait quoi que ce soit, conclut-il.

—Je sais.

Mais Anthony savait qu'il ne pouvait pas le rassurer. Comment l'aurait-il pu ? Il ne savait pas lui-même s'il allait survivre à la prochaine demi-heure, alors qui pouvait dire ce qu'il allait devenir en plein cœur de l'Afrique ?

La voix de Don interrompit le cours de ses pensées avant que la réponse ne devînt trop évidente. Il écrasa sa cigarette.

—Le foot commence dans une minute. Chelsea contre Arsenal. Ça te dit ?

Il s'extirpa de son fauteuil pour allumer le poste en acajou qui trônait dans un coin de la pièce.

—Je vais te donner une bonne nouvelle, ajouta-t-il : tu ne peux plus attraper cette saloperie de fièvre jaune. Quand on a été aussi malade que toi, apparemment, on est immunisé à vie.

Anthony regardait sans le voir l'écran en noir et blanc. *Comment s'immuniser contre tout le reste ?*

Ils se retrouvèrent dans le bureau du rédacteur en chef des affaires étrangères. Paul de Saint, un homme grand, aristocratique, aux cheveux coiffés en arrière et aux airs de poète romantique, étudiait une carte étalée sur le bureau.

—Le gros des événements se passe à Stanleyville. Il y a au moins huit cents non-Congolais retenus en otages, la plupart au *Victoria Hotel*, et peut-être mille de plus dans les environs. Pour l'instant, les efforts diplomatiques pour les sauver ont échoué. Il y a tellement de dissensions internes chez les rebelles que la situation évolue à toute heure et qu'il

489

est presque impossible d'en avoir une vision exacte. C'est le chaos là-bas, O'Hare. Jusqu'à il y a peut-être six mois, j'aurais pu vous affirmer que la sûreté d'un homme blanc était garantie malgré tout ce qui se passait entre les autochtones. Maintenant, j'ai bien peur qu'ils ne s'en prennent aux colons. D'affreuses histoires circulent à ce sujet – rien que nous pouvons publier dans le journal. Les viols n'en sont qu'une partie, ajoute-t-il après un silence.

— Comment puis-je rentrer dans la zone ?

— C'est notre premier problème. J'en ai parlé avec Nicholls, et le meilleur passage devrait être la Rhodésie – ou la Zambie, comme ils appellent maintenant la partie nord. L'homme que nous avons sur place essaie de vous trouver un passage par la terre, mais la plupart des routes ont été détruites. Ça vous prendra plusieurs jours.

Tandis que Paul parlait logistique avec Don, Anthony se laissa bercer par la conversation. Il constata, non sans une certaine reconnaissance, que non seulement une demi-heure entière venait de passer sans qu'il pense une seule fois à elle, mais aussi que cette histoire commençait à l'intéresser. Il sentait monter en lui une excitation mêlée de nervosité. Le défi de traverser un terrain hostile lui plaisait. Il n'avait pas peur. Que pouvait-il lui arriver de pire ? Qu'avait-il à perdre ?

Il feuilleta les dossiers que le secrétaire de Paul de Saint lui avait confiés : le contexte politique, l'aide que les communistes avaient apportée aux rebelles et qui avait tellement eu le don d'agacer les Américains, l'exécution de Paul Carlson, le missionnaire américain. En lisant les rapports de base sur les exactions des rebelles, il serra la mâchoire : ces comptes rendus le ramenaient en 1960, dans les troubles qui avaient accompagné le bref règne de Lumumba. Il les lisait cependant avec une certaine distance, comme si l'homme qui avait été là-bas – l'homme tellement ébranlé par ce qu'il avait vu – était un parfait étranger.

—Alors c'est entendu, on réserve dès demain un billet pour le Kenya ? Notre contact de Sabena nous dira s'il existe des vols internes vers le Congo. Dans le cas contraire, on te dépose à l'aéroport de Salisbury et tu passes la frontière rhodésienne. D'accord ?

—Est-ce qu'on sait quels correspondants ont réussi à passer ?

—On ne reçoit pas beaucoup d'informations. Je suppose que les communications sont difficiles. Mais Oliver a sorti un article dans le *Mail* aujourd'hui, et j'ai entendu dire que le *Telegraph* préparait quelque chose d'énorme pour demain.

La porte s'ouvrit. Le visage de Cheryl, l'air anxieux, s'encadra dans l'embrasure.

—On est occupés, Cheryl, fit Don d'un ton sec.

—Pardon, dit-elle, mais ton fils est là.

Anthony mit plusieurs secondes à comprendre que c'était à lui qu'elle s'adressait.

—Mon fils ?

—Je l'ai installé dans le bureau de Don.

Anthony se leva, en croyant à peine ses oreilles.

—Excusez-moi un instant, souffla-t-il avant de suivre Cheryl à travers la salle de rédaction.

Il le sentait : ce choc viscéral qui l'ébranlait dans les rares occasions où il pouvait voir Phillip, constatant à quel point son fils avait changé depuis sa dernière visite, percevant les nombreux centimètres qu'il avait pris comme autant de reproches muets pour son absence.

En six mois, la silhouette de Phillip s'était allongée d'une manière impressionnante, lui donnant l'allure dégingandée d'un adolescent qui a grandi trop vite. Assis derrière le bureau, replié sur lui-même, il ressemblait à un grand point d'interrogation. Il leva la tête lorsqu'Anthony entra, dévoilant un visage blafard, des yeux cernés de rouge.

Anthony resta figé sur le pas de la porte, tentant de deviner les raisons de la peine qui s'inscrivait sur le visage pâle de son fils. Quelque part au fond de lui, il ne put s'empêcher de se demander : *Est-ce que c'est encore ma faute ? Sait-il où m'ont mené mes derniers excès ? Suis-je un raté à ses yeux ?*

—C'est maman, murmura Phillip.

Il cligna furieusement des yeux et s'essuya le nez du revers de la main.

Anthony fit un pas vers lui. Le garçon se déplia soudain et se jeta avec une force inattendue dans les bras de son père. Anthony se sentit agrippé, les mains de Phillip s'accrochant à sa chemise comme s'il ne voulait plus jamais le laisser partir. Il posa doucement la main sur la tête de son fils, dont le corps maigre était secoué de profonds sanglots.

La pluie tambourinait si fort sur le toit de la voiture de Don qu'il était presque impossible de penser. Presque, mais pas tout à fait. Durant les vingt minutes qu'il leur avait fallu pour traverser les embouteillages de Kensington High Street, les deux hommes étaient restés assis sans rien dire, Don tirant nerveusement sur sa cigarette.

—Probablement un accident, dit enfin Don en suivant des yeux l'interminable file de feux arrière qui s'étirait devant eux. Un gros. On devrait prévenir le journal, ajouta-t-il sans manifester le moins du monde l'intention de se garer à côté des cabines téléphoniques.

Comme Anthony ne répondait pas, Don se mit à tripoter la radio ; puis il abandonna, vaincu par les parasites. Il contempla un instant le bout de sa cigarette et tira une bouffée, la faisant rougeoyer.

—De Saint a dit qu'on avait jusqu'à demain. Si on attend plus longtemps, le prochain vol est dans cinq jours.

Il parlait comme s'ils avaient une décision à prendre.

—Tu peux toujours y aller, reprit-il, et on te rappellera si son état se détériore.

—Il s'est déjà détérioré.

Le cancer de Clarissa avait été fulgurant.

—Elle ne passera pas la semaine.

—Saleté de bus! Regarde-moi ça, il prend la moitié de la route!

Don abaissa sa vitre et jeta son mégot sur la rue détrempée. Il balaya les gouttes de pluie sur sa manche avant de refermer.

—À propos, comment est son mari?

—Je ne l'ai rencontré qu'une fois.

Je ne veux pas rester avec lui. S'il te plaît, papa, ne m'oblige pas à rester avec lui.

Phillip s'était agrippé à sa ceinture comme à une bouée de sauvetage. Lorsque Anthony l'avait finalement ramené à la maison de Parsons Green, il avait continué à sentir cette étreinte longtemps après l'avoir déposé.

«Je suis sincèrement désolé», avait-il dit à Edgar. Le marchand de rideaux, plus vieux qu'il l'aurait cru, l'avait dévisagé d'un air suspicieux, comme s'il cherchait l'insulte cachée dans les mots d'Anthony.

—Je ne peux pas aller au Congo.

C'était sorti. C'était presque une libération. Comme recevoir la peine de mort après des années de grâces rejetées.

Don soupira. Anthony ne sut si c'était de déception ou de soulagement.

—C'est ton fils.

—C'est mon fils.

Il lui avait promis: «Oui, bien sûr que tu peux rester avec moi. Bien sûr. Tout va bien se passer.» Mais, même en prononçant ces mots, il n'avait pas saisi l'ampleur de ce qu'il devrait abandonner.

La circulation reprit, d'abord au pas, puis un peu plus vite.

Don ne reprit la parole qu'une fois arrivé à Chiswick:

— Tu sais, O'Hare, ça pourrait être une bonne chose. C'est peut-être même pour le mieux. Après tout, Dieu seul sait ce qui aurait pu t'arriver là-bas.

Il lui jeta un regard en biais et poursuivit :

— Et puis… qui sait ? Une fois que le garçon aura pris ses marques, tu pourrais repartir sur le terrain. On pourrait le prendre à la maison pendant ton absence. Viv s'en occuperait. Il se plairait chez nous. Oh, merde ! ajouta-t-il, pris d'une pensée subite. Tu vas devoir te trouver une maison ! Tu ne peux plus vivre à l'hôtel.

Anthony laissa Don parler tout seul, étalant devant lui cette nouvelle vie hypothétique comme des articles sur une page, lui faisant des promesses, tentant de le réconforter, d'étouffer le battement du tambour qui résonnait toujours quelque part dans les zones les plus sombres de son âme.

On lui avait accordé deux semaines de congé exceptionnel pour se trouver un endroit où vivre et pour accompagner son fils dans l'épreuve de la mort et de l'austère solennité de l'enterrement. Phillip n'avait jamais plus pleuré devant lui. Il avait manifesté un plaisir poli en découvrant la petite maison mitoyenne qu'Anthony avait achetée au sud-ouest de Londres – proche à la fois de son école et de chez Don et Viv, qui s'était jetée avec délice dans le rôle de la bonne tante protectrice. Puis il s'était assis en posant à ses pieds sa triste petite valise, comme s'il attendait d'autres instructions. Edgar n'appela pas une seule fois pour prendre de ses nouvelles.

Anthony avait l'impression de vivre avec un étranger : Phillip était si désireux de plaire, comme s'il craignait d'être renvoyé au premier faux pas. Anthony faisait tous les efforts du monde pour lui montrer à quel point il était ravi de l'avoir, mais il avait la secrète impression d'avoir trompé quelqu'un, de s'être emparé d'une chose qu'il ne méritait pas. Il se sentait incapable d'aider le garçon à surmonter cette peine qui semblait l'accabler, lui qui parvenait à peine à survivre à la sienne.

Il s'efforça de réapprendre les aptitudes pratiques les plus élémentaires. Il envoya leurs vêtements à la laverie automatique et emmena Phillip chez le coiffeur. Comme ses talents de cuisinier se limitaient essentiellement à la cuisson des œufs durs, ils descendaient tous les soirs au café du coin pour un repas copieux à base de steaks, de tourtes aux rognons, de légumes trop cuits et de puddings à la vapeur nageant dans une pâle crème anglaise. Phillip disait toujours que tout était «délicieux, merci», comme si manger là-bas était le plus grand cadeau qu'on pût lui faire. De retour à la maison, Anthony traînait souvent devant la porte de la chambre de son fils, se demandant s'il devait entrer ou si avouer sa tristesse ne ferait qu'empirer les choses.

Le dimanche, ils étaient invités chez Don. Viv leur servait un rôti avec sa garniture, puis insistait pour les faire jouer à des jeux de société après qu'elle eut débarrassé la table. Anthony avait mal au cœur en voyant le garçon sourire aux taquineries de Viv, à son insistance obstinée pour qu'il se joigne à eux, à sa volonté de l'inclure dans cette étrange famille étendue.

Un soir, en montant en voiture, tandis que Phillip faisait signe à Viv, qui leur envoyait des baisers par la fenêtre, il vit une larme solitaire rouler sur la joue du garçon. Il agrippa le volant à deux mains, paralysé par l'ampleur de ses responsabilités. Il ne savait que dire. Que pouvait-il apporter à Phillip alors qu'il ne se passait pas une heure sans qu'il se dise qu'il aurait mieux valu pour lui que Clarissa fût celle qui avait survécu?

Cette nuit-là, il s'assit au coin du feu, regardant à la télévision les premières images de la libération des otages de Stanleyville. Leurs silhouettes floues émergèrent d'un avion de l'armée pour se rassembler sur le Tarmac.

Les troupes belges ont pu sécuriser la ville en quelques heures. Il est encore trop tôt pour compter les victimes, mais les premiers rapports suggèrent qu'au moins une centaine d'Européens ont trouvé la mort durant la crise. Beaucoup n'ont pas été recensés.

Il éteignit la télévision et resta hypnotisé par l'écran longtemps après que le point blanc eut disparu. Puis il monta à l'étage, hésitant devant la porte de son fils, écoutant le bruit caractéristique des sanglots étouffés. Il était 22 h 15.

Anthony ferma un instant les yeux, puis les rouvrit et poussa la porte. Son fils sursauta et glissa quelque chose sous le couvre-lit.

Anthony alluma la lumière.

— Fiston ?

Silence.

— Qu'est-ce qu'il y a ?

— Rien.

Le garçon se recomposa, s'essuyant le visage.

— Ça va.

— Qu'est-ce que tu caches ? demanda-t-il d'une voix douce en s'asseyant sur le bord du lit.

Phillip était chaud et moite. Il avait dû pleurer pendant des heures. Anthony se sentit soudain écrasé par son inaptitude à être un père.

— Rien.

— Laisse-moi voir.

Il tira doucement sur la couverture. C'était un petit cadre argenté renfermant une photo de Clarissa, les mains posées fièrement sur les épaules de son fils, un grand sourire aux lèvres.

Le garçon frissonna. Anthony posa la main sur la photographie et essuya du pouce les larmes qui s'étaient écrasées sur le verre.

J'espère qu'Edgar a su le faire sourire comme ça, se dit-il.

— C'est une jolie photo. Tu voudrais qu'on la mette en bas ? Sur la cheminée, peut-être ? À un endroit où tu pourrais la regarder dès que tu en aurais envie ?

Il sentait le regard de Phillip s'attarder sur son visage. Il se préparait peut-être à encaisser un commentaire acerbe, une charge résiduelle de ressentiment, mais Anthony ne quittait pas des yeux le portrait de la femme au sourire radieux. Ce n'était pas elle qu'il voyait. C'était Jennifer. Il la voyait partout. Il la verrait toujours partout.

Reprends-toi, O'Hare.

Il rendit le portrait à son fils.

— Tu sais… c'est normal d'être triste. Vraiment. On a le droit d'être triste quand on perd quelqu'un qu'on aime.

Il devait absolument le lui faire comprendre. Sa voix se brisa. Quelque chose de profondément enfoui en lui tentait de remonter à la surface. Il luttait pour ne pas se laisser submerger.

— En fait, moi aussi, je suis triste, avoua-t-il. Terriblement triste. Perdre quelqu'un qu'on aime, c'est… c'est insupportable. Je comprends ça.

Il attira son fils contre lui, baissant la voix en un murmure :

— Mais je suis si content que tu sois là, parce que je pense… je pense que toi et moi allons pouvoir surmonter ça ensemble. Qu'est-ce que tu en dis ?

La tête de Phillip se posa sur sa poitrine. Un bras mince se glissa dans son dos. Il sentit son fils se détendre et le serra fort contre lui. Ils restèrent là, enveloppés par la pénombre et le silence, chacun perdu dans ses pensées.

Anthony n'avait pas compris que la semaine où il devait reprendre le travail coïnciderait avec les vacances scolaires de son fils. Viv proposa aussitôt d'accueillir Phillip pour la fin de la semaine, mais elle serait en visite chez sa sœur jusqu'au mercredi. Par conséquent, pour les deux premiers jours, Anthony dut trouver d'autres arrangements.

— Il peut venir au bureau pour servir le café, dit Don. Se rendre un peu utile avec la théière.

Connaissant l'opinion de Don sur les interférences de la vie de famille avec celle du journal, Anthony lui fut reconnaissant. Il avait désespérément attendu de se remettre au travail, de retrouver un semblant de vie. Il était touchant de constater à quel point Phillip avait hâte d'accompagner son père.

Anthony s'assit à son nouveau bureau et parcourut les journaux du matin. Il n'y avait pas eu de poste disponible dans la rubrique d'informations locales, aussi était-il devenu journaliste itinérant — un titre honorifique créé tout spécialement pour le rassurer, soupçonnait-il. Il but une gorgée de café et grimaça. Comme d'habitude, il était infect. Phillip passait de bureau en bureau en proposant du thé, très élégant dans la chemise qu'Anthony lui avait repassée le matin même. Avec bonheur, celui-ci se rendit compte qu'il se sentait chez lui. C'était là que sa nouvelle vie commençait. Tout allait bien se passer. Ils allaient s'en sortir. Il refusait de regarder vers le bureau des correspondants étrangers. Il ne voulait pas savoir qui ils avaient envoyé à Stanleyville à sa place.

— Tiens.

Don lui jeta un exemplaire du *Times*, où un article était entouré en rouge.

— Fais-moi une réécriture rapide de l'article sur le lancement spatial américain. On n'obtiendra pas de nouvelle déclaration des États-Unis à cette heure, mais ça nous fera au moins une petite colonne en page 8.

— Combien de mots ?

— Deux cents, dit Don avec un air d'excuse. Je te trouverai mieux plus tard.

— Ça me va très bien.

Il le pensait vraiment. Son fils souriait en portant son plateau avec d'infinies précautions. Il jeta un regard à son père, qui lui adressa un signe de tête approbateur. Il était fier de son garçon, il admirait son courage. C'était vraiment merveilleux d'avoir quelqu'un à aimer.

Anthony tira vers lui sa machine à écrire et glissa des feuilles de carbone entre les pages. Une pour le rédacteur en chef, une pour le correcteur, une pour lui. La routine avait son charme. Il tapa son nom en haut de la page, écoutant le claquement satisfaisant des lettres d'acier frappant le papier.

Il lut et relut l'article du *Times* en prenant quelques notes sur son carnet. Il fit un saut aux archives, d'où il sortit le dossier sur les missions spatiales, et parcourut les coupures les plus récentes. Il prit de nouvelles notes. Puis il posa les doigts sur les touches de sa machine.

Rien.

C'était comme si ses mains refusaient de travailler.

Il écrivit une phrase. Elle était plate. Il arracha les feuilles et en enroula de nouvelles sur le cylindre.

Il tapa une autre phrase. Elle était plate. Il en tapa une autre. Ça allait bien finir par prendre forme. Mais les mots refusaient obstinément de se ranger comme il l'aurait voulu. C'était une phrase, certes, mais pas du genre de celles qui pourraient trouver leur place dans un grand titre de la presse quotidienne nationale. Il se remit en tête la règle pyramidale du journalisme : les informations fondamentales dans la première phrase, puis des détails de moins en moins importants au fil du texte. Rares étaient ceux qui lisaient un article jusqu'au bout.

Ça ne venait pas.

À 12 h 15, Don apparut près de lui.

—Alors, cet article ?

Anthony s'était renversé contre le dossier de sa chaise, la tête entre les mains, entouré d'une jonchée de papiers chiffonnés.

— O'Hare ? Tu es prêt ?

— Je n'y arrive pas, Don, dit-il d'une voix rauque, incrédule.

— Quoi ?

— Je n'y arrive pas. Je ne peux plus écrire.

— Ne sois pas ridicule. Qu'est-ce que c'est ? L'angoisse de la page blanche ? Tu te prends pour qui, F. Scott Fitzgerald ?

Il ramassa une page froissée et la lissa sur le bureau. Il en prit une autre, la lut et la relut.

— Tu en as bavé ces derniers temps, dit-il enfin. Tu as sûrement besoin de vacances.

Il parlait sans conviction. Anthony venait de rentrer de congé.

— Ça va te revenir, ajouta-t-il. Non, ne dis rien. Détends-toi. Je vais confier ce travail à Smith. Aujourd'hui, repose-toi. Ça finira par revenir.

Anthony posa les yeux sur son fils, qui taillait des crayons pour Obits. Pour la première fois de sa vie, on lui confiait des responsabilités. Pour la première fois de sa vie, son salaire était vital. La main de Don sur son épaule lui semblait peser une tonne.

— Mais qu'est-ce que je vais bien pouvoir faire si ça ne me revient pas ?

Pour un Irlandais, courir après une fille de San Diego, c'est un peu comme essayer d'attraper une vague avec ses mains… impossible… Parfois, il faut seulement savoir larguer les amarres et s'émerveiller.

Un homme à une femme, par texto.

CHAPITRE 25

E llie reste éveillée jusqu'à 4 heures du matin. Cela n'a rien d'une épreuve : pour la première fois depuis des mois, elle considère la situation avec lucidité. Elle passe le début de la soirée pendue au téléphone, le combiné coincé sur l'épaule, les yeux rivés à l'écran de son ordinateur. Elle envoie des messages, demande des faveurs. Elle flatte, elle cajole, elle ne tolère aucun refus. Lorsque enfin elle a obtenu ce qu'elle voulait, elle s'assied à son bureau en pyjama, s'attache les cheveux et commence à écrire. Elle tape très vite sur son clavier, les mots semblant couler naturellement de ses doigts. Pour une fois, elle sait exactement ce qu'elle a à dire. Elle retravaille chaque phrase jusqu'à en être parfaitement satisfaite ; elle remanie les informations de façon à en maximiser l'impact. Une fois, en se relisant, elle se met à pleurer. Plusieurs fois, elle éclate de rire. Elle retrouve en elle-même une femme qu'elle pensait avoir perdue depuis longtemps. Une fois son travail terminé, elle en imprime deux copies et s'endort comme une pierre.

Pendant deux heures. À 7 h 30, elle est au bureau. Elle veut attraper Melissa avant que quiconque soit arrivé. Elle s'est douchée pour bien se réveiller, a bu deux expressos bien serrés, a pris soin de se sécher les cheveux. Elle déborde d'énergie ; le sang lui bouillonne dans les veines. Elle est déjà assise à son poste de travail quand Melissa, un sac à main hors de prix balancé sur l'épaule, ouvre la porte de son bureau. Lorsque sa supérieure hiérarchique s'installe, Ellie constate le léger temps d'arrêt qu'elle marque quand elle comprend qu'elle n'est pas seule.

Ellie termine son café, puis fait un saut aux toilettes pour vérifier qu'elle n'a rien entre les dents. Elle porte un chemisier blanc parfaitement repassé, son plus beau pantalon et des escarpins. Elle ressemble à une grande personne, comme ses amis n'auraient pas manqué de lui dire en riant.

—Melissa?

—Ellie.

Melissa, stupéfaite, parvient tout de même à faire passer dans sa voix une légère intonation de reproche.

Ellie n'en tient pas compte.

—Je peux te dire un mot?

Melissa consulte sa montre.

—Juste un, alors. Je dois appeler la Chine dans cinq minutes.

Ellie s'assied en face d'elle. Le bureau de Melissa a presque été entièrement vidé, à l'exception des quelques dossiers nécessaires à l'édition du jour. Seule reste bien en évidence la photo de sa fille.

—C'est au sujet de mon article.

—Tu vas me dire que tu ne peux pas le faire?

—Oui.

Melissa semble s'être préparée à cette réponse: elle est déjà sur le point d'éclater de colère.

—Eh bien, Ellie, ce n'est vraiment pas ce que j'avais envie d'entendre. On a le week-end le plus chargé de la vie du journal, et tu as eu des semaines pour le faire. Tu ne te rends vraiment pas service en venant me voir à ce…

—Melissa… S'il te plaît. J'ai découvert l'identité de l'homme.

—Et?

Melissa hausse les sourcils comme seules peuvent le faire les femmes épilées au fil par une professionnelle.

—Il travaille ici. On ne peut pas se servir de ses lettres parce qu'il travaille pour nous.

La femme de ménage passe l'aspirateur devant la porte du bureau, son sourd vrombissement noyant un instant la conversation.

—Je ne comprends pas, dit Melissa lorsque le bruit s'éloigne.

—L'homme qui a écrit ces lettres d'amour est Anthony O'Hare.

Melissa lui renvoie un regard vide. Ellie comprend, gênée, que même la rédactrice en chef n'a pas la moindre idée de qui il est.

—Le chef archiviste. Il travaille en bas. Ou travaillait.

—Celui qui a les cheveux gris ?

—Oui.

—Oh.

Elle est si prise au dépourvu qu'elle oublie un instant d'être en colère contre Ellie.

—Ça alors, dit-elle enfin. Qui aurait pu deviner ?

—Je sais.

Elles y réfléchissent un instant dans un silence presque complice jusqu'à ce que Melissa, se souvenant peut-être de son personnage, dérange des papiers sur son bureau.

—Mais, aussi fascinante que cette coïncidence puisse être, Ellie, elle ne nous sauve pas d'un très gros problème : nous avons une édition commémorative qui doit partir à l'impression ce soir avec un trou de deux mille mots à la place de l'article principal.

—Non, dit Ellie. Il n'y a pas de problème.

—Ne me ressors pas ce truc sur le langage de l'amour. Je ne veux pas d'un article recyclant des...

—Non, dit Ellie une fois encore. Je l'ai fait : deux mille mots originaux. Voilà mon article. N'hésite pas à me dire si tu penses qu'il a besoin d'être remanié, d'accord? Ça va si je repasse dans une heure?

Melissa semble déstabilisée. Ellie lui tend les pages et la regarde parcourir la première, le regard brillant comme chaque fois qu'elle lit quelque chose qui l'intéresse.

—Quoi? Oui. Bien. Peu importe. Tâche d'être revenue pour la réunion.

Ellie combat l'envie de lancer son poing en l'air en sortant du bureau. Résister à la tentation n'est pas si difficile: en équilibre instable sur ses talons hauts, elle parvient à peine à remuer les bras.

Elle lui a envoyé un mail la veille au soir, et il a accepté sans discuter. Ce n'est pourtant pas son genre d'endroit: d'ordinaire, il ne jure que par les restaurants élégants et discrets. *Chez Giorgio*, en face de la *Nation*, on sert des œufs, des frites et du bacon de provenance inconnue à des tarifs défiant toute concurrence.

Quand elle arrive, il est déjà assis à une table, très élégant dans sa veste Paul Smith et sa chemise claire, détonnant étrangement au milieu des ouvriers du bâtiment qui composent la clientèle habituelle.

—Je suis désolé, dit-il avant même qu'elle s'assoie. Je suis vraiment désolé. Elle a pris mon portable. Je croyais l'avoir perdu. Elle a lu quelques messages que je n'avais pas supprimés et a trouvé ton nom… le reste…

—Elle aurait fait une bonne journaliste.

Il semble un instant distrait et fait signe à la serveuse de commander un autre café. De toute évidence, ses pensées sont ailleurs.

—Oui. Oui, je suppose.

Ellie s'assied et prend le temps d'observer attentivement l'homme assis en face d'elle, l'homme qui a hanté ses rêves pendant toute une année. Son hâle ne dissimule pas les

505

cernes mauves qui s'étalent sous ses yeux. Elle se demande distraitement ce qui s'est passé la veille au soir.

—Ellie, je pense que ce serait une bonne idée de faire une pause. Juste pour quelques mois.

—Non.

—Quoi?

—C'est fini, John.

Il ne semble pas aussi surpris que ce qu'elle aurait cru.

Il choisit bien ses mots avant de répondre. Puis:

—Tu veux... tu es en train de me dire que tu veux qu'on arrête?

—Eh bien, il faut voir les choses en face: nous ne vivons pas une grande histoire d'amour, si?

Malgré elle, elle est déçue de ne pas le voir protester.

—Je tiens à toi, Ellie.

—Mais pas assez. Tu ne t'intéresses pas à moi, à ma vie. À notre vie. Je ne crois pas que tu me connaisses réellement.

—Je sais tout ce que j'ai besoin de...

—Comment s'appelait mon premier animal de compagnie?

—Quoi?

—Alf. Mon hamster. Où est-ce que j'ai grandi?

—Je ne comprends pas pourquoi tu me demandes ça.

—Qu'est-ce que tu attendais de moi, en dehors de nos parties de jambes en l'air?

Il jette un regard furtif aux alentours. Les ouvriers assis à la table derrière eux sont devenus étrangement silencieux.

—Qui était mon premier petit ami? Quel est mon plat préféré?

—C'est ridicule, grogne-t-il en serrant les lèvres, prenant une expression qu'elle ne lui connaît pas.

—Non. La seule chose qui t'intéresse chez moi, c'est la vitesse à laquelle je me déshabille.

—C'est ce que tu penses?

—Est-ce que tu t'es déjà préoccupé de ce que je ressentais ? De ce que je vivais ?

Exaspéré, il lève les deux mains.

—Bon sang, Ellie, arrête de te faire passer pour une victime ! Ne fais pas comme si j'étais un affreux séducteur et toi une vierge effarouchée. Est-ce que tu m'as parlé une seule fois de sentiments ? Est-ce que tu m'as dit une seule fois que ce n'était pas ce que tu voulais ? Tu t'es toujours fait passer pour une femme moderne et indépendante. Une petite partie de jambes en l'air quand tu en as envie. La carrière avant tout. Tu étais… impénétrable, finit-il par ajouter après une brève hésitation.

Le mot la blesse étrangement.

—Je me protégeais, c'est tout.

—Et je suis censé le savoir comment ? Par télépathie ? Tu trouves que ça, c'est être honnête ?

Il semble sincèrement choqué.

—Je voulais juste être avec toi.

—Mais tu voulais plus que ça… Tu voulais une vraie relation.

—Oui.

Il la regarde comme s'il la voyait pour la première fois.

—Tu espérais que je quitte ma femme.

—Bien sûr. Au bout du compte. Et je pensais que si je te disais ce que je ressentais réellement, tu me quitterais.

Derrière eux, les ouvriers se remettent à parler. Elle comprend à leurs regards furtifs qu'ils sont en train de parler d'eux.

Il passe la main dans ses cheveux blond-roux.

—Ellie, dit-il, je suis désolé. Si j'avais su que tu ne pouvais pas supporter ça, je n'aurais jamais commencé.

Et voilà la vérité. Celle qu'elle a refusé d'admettre pendant un an.

—Alors c'est tout ?

Elle se lève pour partir. Le monde s'est effondré et, étrangement, elle fait un pas hors des gravats. Toujours debout. Sans une égratignure.

— Toi et moi…, dit-elle. Malgré les métiers de communicants que nous exerçons, nous ne nous sommes jamais parlé. Quelle ironie du sort!

Elle reste debout un instant sur le trottoir devant le café, sentant l'air froid sur sa peau et l'odeur de la ville lui emplir les narines. Elle sort son portable de son sac, tape un message, l'envoie et, sans même attendre une réponse, traverse la rue. Elle ne jette pas un seul regard en arrière.

Melissa passe à côté d'elle dans l'entrée, ses talons claquant avec élégance sur le sol de marbre poli. Elle est plongée dans une discussion avec le directeur général, mais elle s'interrompt en arrivant à la hauteur d'Ellie. Elle lui adresse un signe de tête, les cheveux rebondissant sur les épaules.

— Ça m'a plu.

La jeune femme respire enfin. Elle ne s'était pas rendu compte qu'elle retenait son souffle.

Puis Melissa s'engouffre dans l'ascenseur en reprenant sa conversation, et les portes se referment derrière elle.

Les archives sont désertes. Ellie pousse la porte battante et découvre que seuls quelques rayonnages poussiéreux sont encore debout. Plus de périodiques, plus de magazines, plus de vieux volumes du Hansard. Elle écoute cliqueter les tuyaux de la chaudière qui courent au plafond, puis grimpe par-dessus le comptoir, laissant son sac sur le sol.

La première pièce, celle qui a contenu près d'un siècle de copies reliées de la *Nation*, est entièrement vide, à l'exception de deux cartons posés dans un coin. La salle lui fait l'effet d'une caverne. Le bruit de ses pas résonne sur le carrelage tandis qu'elle s'avance vers le centre.

La salle des coupures de presse de A à M est vide, elle aussi. Il ne reste plus que les étagères. Les fenêtres, six pieds au-dessus du sol, semblent projeter des particules de poussière scintillante autour d'elle quand elle se déplace. Même si les journaux ont disparu, l'air est infusé de l'odeur biscuitée du vieux papier. D'humeur fantasque, elle croit presque entendre les échos des histoires passées suspendues dans l'air – cent mille voix qui se sont tues à jamais. Des vies bouleversées, perdues, brisées par le destin. Dissimulées dans des dossiers que personne ne prendra la peine d'ouvrir avant le siècle prochain. Elle se demande quels autres Anthony et Jennifer sont inhumés entre ces pages, leurs vies attendant sagement d'être bousculées par accident ou par coïncidence. Dans un coin, une chaise à pivot bien rembourrée porte l'étiquette « Archives numériques ». Elle s'en approche, la fait tourner dans un sens, puis dans l'autre.

Elle se sent soudain ridiculement fatiguée, comme si l'adrénaline qui l'a alimentée ces dernières heures s'était épuisée. Elle s'assied lourdement, dans la tiédeur et le silence. Pour la première fois depuis ce qui lui semble une éternité, Ellie se sent paisible. Tout en elle est calme, tranquille. Elle laisse échapper un long soupir d'aise.

Elle se réveille en entendant le cliquètement de la porte, ignorant combien de temps elle est restée endormie.

Anthony O'Hare lui tend son sac à la main.

— C'est à vous ?

Elle se redresse avec peine, désorientée, un peu étourdie. L'espace d'un instant, elle ne se sait plus où elle se trouve.

— Oh, mon Dieu ! Je suis désolée.

Elle se frotte le visage.

— Vous n'allez pas trouver grand-chose ici, lui dit-il en lui restituant son sac.

Il observe son visage chiffonné, ses yeux rétrécis de sommeil.

—Tout est parti dans le nouveau bâtiment. Je suis juste venu récupérer les dernières tasses de thé. Et cette chaise.

—Oui… très confortable. J'ai du mal à la quitter… Oh, merde, quelle heure il est?

—Il est 10 h 45.

—Ça va… La réunion est à 11 heures.

Elle bafouille en cherchant autour d'elle ses affaires inexistantes. Puis elle se souvient de la raison qui l'a amenée ici. Elle s'efforce de rassembler ses pensées, mais elle ne sait pas comment avouer à cet homme ce qu'elle doit lui dire. Elle l'observe à la dérobée, apercevant un autre homme derrière les cheveux gris et le regard mélancolique. Elle le voit maintenant à travers ses mots.

Elle serre son sac contre elle.

—Euh… Rory est dans le coin?

Rory saura. Rory saura quoi faire.

Le sourire qu'il lui adresse est une excuse muette.

—J'ai bien peur qu'il ne soit pas là aujourd'hui. Il doit être chez lui en train de se préparer.

—Se préparer?

—Pour son voyage. Vous étiez au courant qu'il partait?

—J'espérais qu'il ne le ferait pas tout de suite.

Elle prend un morceau de papier dans son sac et griffonne un petit mot.

—J'imagine que… vous n'avez pas son adresse?

—Si vous voulez bien entrer dans ce qui reste de mon bureau, je vous déterrerai ça. Je ne pense pas qu'il s'envole avant une bonne semaine.

Quand il se retourne, elle peine à reprendre son souffle.

—En fait, monsieur O'Hare, il n'y a pas que Rory que je voulais voir.

—Oh?

Il est manifestement surpris de l'entendre prononcer son nom.

Elle sort le dossier de son sac et le lui tend.

—J'ai trouvé quelque chose qui vous appartient. Il y a quelques semaines. Je vous l'aurais bien restitué plus tôt, mais j'ai seulement… Jusqu'à hier soir, je ne savais pas que c'était à vous.

Elle le regarde déplier les copies des lettres. Son visage se transforme quand il reconnaît sa propre écriture.

—Où avez-vous trouvé ça ?

—Ici, répond-elle timidement, craignant l'effet que cette information risque de lui faire.

—Ici ?

—Enterré. Dans vos archives.

Il regarde autour de lui, comme si les rayons vides pouvaient lui apporter l'explication qui lui manque.

—Je suis désolée. Je sais que ces lettres sont… personnelles.

—Comment avez-vous su que c'étaient les miennes ?

—C'est une longue histoire, dit-elle, le cœur battant. Mais vous devez savoir une chose. Jennifer Stirling a quitté son mari le lendemain du jour où elle vous a vu en 1964. Elle est venue ici, au journal, et on lui a assuré que vous étiez parti en Afrique.

Il ne bouge pas d'un cil, entièrement concentré sur ses mots. Il l'écoute si attentivement qu'il en vibre presque.

—Elle a tenté de vous retrouver. Elle a essayé de vous dire qu'elle était enfin libre.

Ellie est un peu effrayée par l'effet que cette information semble avoir sur Anthony. Pâle comme la mort, il s'assied sur la chaise, haletant. Mais il est trop tard pour revenir en arrière.

—Tout ça s'est…, commence-t-il, l'air troublé, si loin du ravissement à peine dissimulé de Jennifer. Tout ça s'est passé il y a si longtemps…

—Je n'ai pas terminé, l'interrompt-elle. S'il vous plaît.

Il attend.

— Si ces lettres ne sont que des copies, c'est parce que j'ai dû restituer les originaux.

Elle lui tend le numéro de boîte postale, la main tremblante, aussi nerveuse qu'excitée.

Elle a reçu un texto deux minutes avant de descendre aux archives :

Non, il n'est pas marié. Pourquoi cette question ?

— Je ne sais pas quelle est votre situation personnelle. Vous trouverez sans doute que je me montre horriblement intrusive. Je suis peut-être en train de commettre une grave erreur. Mais voici son adresse, monsieur O'Hare.

Il la prend.

— C'est là qu'il faut que vous écriviez.

Un jour, quelqu'un de sage m'a dit qu'écrire est dangereux, car on n'est jamais sûr que les mots seront lus dans l'esprit avec lequel ils ont été écrits. Alors je vais rester simple. Je suis désolée. Vraiment désolée. Pardonne-moi. S'il y a un moyen de te faire changer d'opinion à mon sujet, il faut que je le sache.

Une femme à un homme, par lettre

CHAPITRE 26

Chère Jennifer,
Est-ce vraiment toi ? Pardonne-moi. J'ai réécrit cette lettre
une bonne douzaine de fois, mais je ne sais pas quoi dire.
                                                    Anthony O'Hare.

Ellie range les notes sur son bureau, éteint son ordinateur et, en fermant son sac, traverse la salle de rédaction. Elle adresse un « au revoir » silencieux à Rupert, toujours penché sur l'interview d'un auteur qui – il s'en est plaint tout l'après-midi – est d'un ennui mortel. Ellie a demandé expressément à ne pas écrire dans la rubrique littéraire pour le moment. Elle vient de boucler son article sur les mères porteuses et s'envole dès demain pour Paris, où elle doit interviewer une travailleuse bénévole chinoise qui n'a plus le droit de rentrer dans son pays à cause des remarques controversées qu'elle a faites dans un documentaire britannique. Elle vérifie l'adresse, puis court attraper son bus. Alors qu'elle se cale au fond du siège, son esprit est tout aux informations contextuelles qu'elle a rassemblées pour son article, les organisant déjà en paragraphes.

Plus tard, elle doit retrouver Corinne et Nicky dans un restaurant largement au-dessus de leurs moyens. Douglas les accompagne. Il s'est montré si gentil quand elle l'a appelé la veille… Elle s'est sentie ridicule de ne pas lui avoir adressé la parole pendant tout ce temps. Après quelques secondes de conversation, Ellie a compris qu'il était au courant de ce qui s'était passé avec John. Si Corinne et Nicky se lassent de leur travail actuel, une carrière toute tracée les attend à la *Nation*, dit-elle.

— Et ne t'inquiète pas, je ne vais pas t'infliger le décorticage de mes sentiments, a-t-elle déclaré quand il accepta de la voir.

— Merci infiniment !

— Mais ce soir, c'est moi qui t'invite à dîner, lui dit-elle. Pour m'excuser.

— Pas de sexe entre amis ?

— Seulement si ta copine participe. Elle est plus belle que toi.

— J'étais sûr que tu dirais ça.

Elle sourit en raccrochant le téléphone.

Cher Anthony,
Oui, c'est bien moi. Quel que puisse être ce « moi »,
comparé à celle que tu as connue autrefois. Je devine
que tu es au courant que notre amie journaliste m'a parlé.
J'ai toujours du mal à comprendre ce qu'elle m'a raconté.
Mais dans la boîte postale, ce matin, il y avait ta lettre.
À la vue de ton écriture, quarante ans se sont effacés.
Est-ce que ça te paraît fou ? Le temps passé n'était plus
rien. J'ai du mal à croire que je tiens à la main une lettre
que tu as écrite il y a à peine quelques jours. J'arrive à
peine à imaginer ce que cela signifie.
Elle m'a un peu parlé de toi. Je suis restée assise à l'écouter,
osant à peine songer que je pourrais avoir l'occasion de
rester assise à te parler.   •
J'espère que tu es heureux.

Jennifer

C'est le bon côté des journaux : deux bons articles d'affilée, et vous voilà devenu le grand sujet de conversation de la salle de rédaction, le centre des bavardages et de l'admiration. Votre article est reproduit sur Internet, publié en simultané à New York, en Australie, en Afrique du Sud… Tout le monde aime son article. C'est exactement le genre de matériau pour lequel ils peuvent trouver un marché. En quarante-huit heures, elle a reçu des centaines de mails de lecteurs lui racontant leurs propres histoires. Un agent littéraire l'avait appelée pour lui demander si elle avait suffisamment de matière pour en faire un livre.

Pour Melissa, Ellie ne peut plus rien faire de travers. Elle est la première personne vers qui elle se tourne en réunion s'il y a un bon article de mille mots à attribuer. Deux fois cette semaine, ses petits articles sont passés à la une. Dans un journal, c'est l'équivalent de gagner à la loterie : sa nouvelle visibilité fait qu'elle est plus demandée. Elle voit partout de bons sujets de chronique. Elle est devenue un aimant à contacts et à reportages. Elle est assise à son bureau dès 9 heures et travaille jusqu'au début de la soirée. Cette fois, elle sait qu'il ne faut pas gâcher sa chance.

Son espace sur le grand bureau ovale est blanc et immaculé. Au-dessus est installé un écran haute résolution de dix-sept pouces, non réfléchissant, ainsi qu'un téléphone avec son nom inscrit sur le numéro de poste.

Rupert ne lui offre plus de tasses de thé.

Chère Jennifer,

Je te présente mes excuses pour cette réponse tardive et ce qui peut, à tes yeux, passer pour de la réticence. Cela fait des années que je n'ai plus posé la plume sur le papier, à part pour signer des factures ou enregistrer une plainte. Je ne sais pas quoi dire. Pendant des dizaines d'années, je n'ai vécu qu'à travers les mots des autres ; je les range, les archive, les copie et les classe. Je les protège. Je crois

*que j'ai oublié les miens depuis longtemps. L'auteur de
ces lettres me fait l'effet d'un étranger.*

*Tu as l'air si différente de la fille que j'ai vue au Regent
Hotel. Et pourtant, par toutes tes qualités, tu es visiblement
la même. Je suis heureux que tu ailles bien. Je suis heureux
d'avoir eu l'occasion de te le dire. J'aurais bien sollicité
une rencontre, mais j'ai peur que tu ne me trouves bien
différent de l'homme dont tu te souviens. Je ne sais pas.
Pardonne-moi.*

Anthony

Deux jours auparavant, Ellie avait entendu une voix un
peu essoufflée crier son nom alors qu'elle descendait pour
la dernière fois l'escalier des anciens locaux du journal. Elle
s'était retournée pour apercevoir Anthony O'Hare en haut
des marches. Il tenait une feuille de papier où était griffonnée
une adresse.

Elle était remontée pour lui épargner un effort
supplémentaire.

—Je voulais vous dire une chose, Ellie Haworth, dit-il
d'une voix pleine de joie, d'appréhension et de regret. Ne lui
écrivez pas. Ça vaudrait sûrement mieux si, vous savez, si vous
alliez juste le voir. En personne.

Cher, très cher Boot,
*Ma voix vient d'exploser en moi ! J'ai l'impression d'avoir
vécu un demi-siècle sans pouvoir parler. J'ai passé ma vie
à tenter de limiter les dégâts, à vouloir séparer ce qui était
bon de ce qui me semblait détruit. C'était ma pénitence
pour ce que j'avais fait. Et maintenant… maintenant ?
J'ai submergé de paroles cette pauvre Ellie Haworth
jusqu'à ce qu'elle me regarde dans un silence atterré, et
je l'ai vue se dire : "Où est passée la dignité de cette vieille
femme ? Comment peut-elle parler comme une gamine*

de quatorze ans ?" Je veux te parler, Anthony. Je veux te
parler jusqu'à ce que nous perdions la voix. J'ai quarante
ans de confidences à rattraper.

Comment peux-tu me dire que tu ne sais pas ? Tu ne peux
pas avoir peur. Comment pourrais-tu me décevoir ? Après
tout ce qui s'est passé entre nous, comment pourrais-je
ressentir autre chose qu'une immense joie en ayant
simplement la chance de te revoir ? Mes cheveux sont gris.
Les rides sur mon visage sont emphatiques, déterminées.
J'ai des douleurs, des articulations rouillées, et mes petits-
enfants refusent de croire que je n'ai pas connu le temps
des dinosaures.

Nous sommes vieux, Anthony. Oui. Et nous n'avons plus
quarante ans devant nous. Mais si tu es toujours là,
quelque part, si tu es prêt à me laisser remplacer la vision
que tu as peut-être encore de cette fille que tu as connue,
je serais heureuse de faire la même chose pour toi.

Jennifer

Jennifer Stirling est debout au milieu de la pièce, vêtue d'une simple robe de chambre, coiffée avec la raie sur le côté.

— Regardez-moi, dit-elle d'un air désespéré. Quelle horreur ! Quelle horreur absolue ! Je n'arrivais pas à dormir hier soir, je n'ai trouvé le sommeil que vers 5 heures. Résultat : je n'ai pas entendu mon réveil et j'ai raté mon rendez-vous chez le coiffeur !

Ellie la dévisage, ébahie. Elle ne l'a jamais vue comme ça. Elle tremble d'anxiété. Sans maquillage, ses expressions semblent enfantines, son visage vulnérable.

— Vous… vous êtes très jolie.

— J'ai appelé ma fille hier soir, vous savez, et je lui en ai un peu parlé. Je ne lui ai pas tout raconté, bien sûr. Je lui ai dit que j'allais rencontrer un homme que j'avais aimé il y a longtemps. Est-ce un affreux mensonge ?

—Non, dit Ellie.

—Vous savez ce qu'elle m'a envoyé par mail, ce matin ? Ceci.

Elle lui tend une page imprimée, une copie d'un article paru dans un journal américain, au sujet d'un couple qui s'est enfin marié après une rupture de quarante ans dans leur relation.

—Qu'est-ce que je suis censée faire de ça ? Est-ce que vous avez déjà lu une histoire aussi absurde ?

Sa voix se brise.

—À quelle heure devez-vous le retrouver ?

—Midi. Je ne serai jamais prête. Je devrais annuler.

Ellie se lève et allume la bouilloire.

—Allez vous habiller. Vous avez quarante minutes. Je vous emmène.

—Vous me trouvez ridicule, n'est-ce pas ?

C'est la première fois qu'Ellie voit en Jennifer autre chose que la femme la plus calme de l'univers.

—Une vieille dame ridicule, voilà ce que je suis. Comme une ado avant son premier rendez-vous.

—Non, dit Ellie.

—C'était très bien quand il ne s'agissait que de lettres, dit Jennifer, ignorant sa réponse. Je pouvais être moi-même. Je pouvais être cette personne dont il se souvient. J'étais si calme et rassurante… Mais maintenant… Ma seule consolation, c'était de savoir qu'il y avait cet homme, quelque part, qui m'aimait, qui voyait le meilleur en moi. Même durant notre horrible dernière rencontre, je savais qu'il voyait en moi une chose qu'il désirait plus que tout au monde. Alors s'il était déçu en me voyant, ce serait encore pire que si on ne s'était jamais retrouvés. Bien pire.

—Montrez-moi sa lettre, dit Ellie.

—Je ne peux pas faire ça. Vous ne pensez pas que, parfois, il vaut mieux s'abstenir ?

—La lettre, Jennifer.

Jennifer prend l'enveloppe sur le buffet, la retient un moment, puis la lui donne.

Très chère Jennifer,

Un vieil homme est-il censé pleurer? Je suis assis là, à lire et à relire la lettre que tu m'as envoyée, et j'ai toutes les peines du monde à comprendre que ma vie vient de prendre un tour si inattendu, si heureux. Ces choses-là ne sont pas censées se passer. J'ai appris à me contenter des bonheurs les plus ordinaires: mon fils, ses enfants, une vie agréable bien que tranquille. Survivre. Oh, oui, toujours survivre.

Et maintenant toi. Tes mots, tes émotions ont éveillé une avidité en moi. A-t-on le droit d'en demander autant? Oserai-je te revoir? Le destin a été si cruel, une partie de moi croit toujours que nos retrouvailles sont impossibles. Je vais me retrouver terrassé par la maladie, heurté par un bus, avalé tout rond par le premier monstre marin sorti de la Tamise. (Oui, je vois toujours la vie en gros titres…)

Ces deux dernières nuits, j'ai entendu tes mots dans mon sommeil. J'entends ta voix, et ça me donne envie de chanter. Je me souviens de choses que je pensais avoir oubliées. Je souris à des moments incongrus, effrayant ma famille au point qu'on se demande dans mon entourage si je ne suis pas devenu sénile.

La jeune fille que j'ai vue la dernière fois était brisée; savoir que tu es parvenue à te bâtir une telle vie a remis en question toute ma vision du monde. Finalement, l'univers n'est peut-être pas si malveillant. Il a pris soin de toi et de ta fille. Tu ne peux imaginer la joie que ça m'a apporté. Par procuration. Je ne peux pas en écrire davantage.

Alors je me lance, avec appréhension : Postman's Park.
Mardi. Midi ?

Ton Boot

Des larmes brillent dans les yeux d'Ellie.

— Vous savez quoi ? dit-elle. Je ne pense vraiment pas que vous ayez matière à vous inquiéter.

Anthony O'Hare, assis sur un banc dans un parc qu'il n'a plus visité depuis quarante-quatre ans, avec à la main un journal qu'il ne lira pas, se rend compte, un peu surpris, qu'il se souvient des détails de chaque plaque commémorative.

« Mary Rogers, stewardess du *Stella*, s'est sacrifiée en donnant sa bouée de sauvetage et en sombrant volontairement avec le navire. »

« William Drake a perdu la vie en sauvant d'un grave accident une dame dont les chevaux s'étaient emballés à Hyde Park. »

« Joseph Andrew Ford, a sauvé six personnes d'un incendie sur Grays Inn Road mais a été tué par les flammes lors de son dernier acte héroïque. »

Il est assis là depuis 11 h 40. Il est 12 h 07.

Il porte sa montre à son oreille et la secoue. Au fond de son cœur, il avait cessé d'y croire. Comment aurait-il pu continuer à espérer ? Si on passe assez de temps dans les archives d'un journal, on se rend compte que les mêmes histoires ne cessent de se répéter, encore et encore : les guerres, les famines, les crises financières, les amours perdues, les familles éclatées. La mort. Les cœurs brisés. Rares sont les dénouements heureux. *Tous les bonheurs que j'ai connus n'étaient que de petits bonus,* se dit-il fermement tandis que les minutes passent. Cette phrase lui est douloureusement familière.

La pluie tombe plus fort, et le petit parc s'est vidé. Il est seul dans l'abri. Au loin, il aperçoit la rue principale, les voitures qui passent en projetant des gerbes d'eau sur les passants imprudents.

12 h 15.

Anthony O'Hare énumère dans sa tête toutes les raisons qu'il a d'être heureux. Son médecin n'en revient pas qu'il soit encore en vie. Anthony le soupçonne d'avoir longtemps cherché à se servir de lui comme d'une sorte de parabole pour sensibiliser les autres patients aux dommages du foie. Sa santé insolente est un défi à l'autorité du médecin et à la médecine en général. Il se demande un instant s'il devrait vraiment se remettre à voyager. Il ne tient pas particulièrement à retourner au Congo, mais l'Afrique du Sud le tente. Peut-être le Kenya. En rentrant chez lui, il fera des projets. Il se donnera de quoi réfléchir.

Il entend le crissement des freins d'un bus, le cri furieux d'un coursier à bicyclette. Ça lui suffit de savoir qu'elle l'a aimé. Qu'elle est heureuse. Ça devrait lui suffire, n'est-ce pas? L'un des avantages du grand âge, c'est la capacité à mettre les choses en perspective, c'est bien connu. Il a autrefois aimé une femme, et cette femme l'a aimé plus qu'il l'a cru. Voilà tout. Ça devrait lui suffire.

12 h 21.

Puis, alors qu'il s'apprête à se lever et à plier son journal sous son bras pour rentrer, il voit qu'une petite voiture s'est arrêtée près de l'entrée du parc. Il attend, dissimulé dans l'ombre de l'abri.

Quelques minutes passent. Puis la portière s'ouvre et un parapluie en surgit. Le parapluie se dresse, et Anthony aperçoit une paire de jambes dissimulée en dessous, ainsi qu'un imperméable noir. La silhouette se penche pour dire quelques mots au conducteur, puis les jambes entrent dans le parc et suivent l'allée étroite, marchant tout droit en direction de l'abri.

Anthony O'Hare se rend compte qu'il s'est levé, qu'il a lissé sa veste et s'est passé la main dans les cheveux. Il ne peut détacher les yeux de ces chaussures, de ce port de tête reconnaissable entre mille, même sous ce parapluie. Il fait un pas en avant, ignorant ce qu'il est censé dire, ce qu'il est censé faire. Son cœur s'est logé quelque part au fond de sa gorge. Un chant résonne à ses oreilles. Les pieds, revêtus de collants noirs, s'arrêtent devant lui. Le parapluie se lève lentement. Et elle apparaît, inchangée, ridiculement inchangée, un sourire jouant au coin des lèvres lorsque ses yeux rencontrent les siens. Il a perdu l'usage de la parole. Il peut seulement la regarder tandis que son nom résonne à ses oreilles.

Jennifer.

— Bonjour, Boot.

Assise dans la voiture, Ellie essuie d'un revers de manche la buée qui obscurcit la vitre côté passager. Elle s'est garée sur un stationnement interdit, s'attirant sans doute la colère des dieux du parking, mais elle s'en fiche. Elle ne peut pas bouger.

Elle observe la progression régulière de Jennifer sur le sentier, perçoit une légère hésitation dans son allure, révélatrice de ses peurs. Par deux fois, la vieille femme lui a demandé de la ramener chez elle, arguant qu'elles étaient en retard, que tout était perdu, inutile. Ellie a fait la sourde oreille. Elle a chanté « lalalalalalala » jusqu'à ce que Jennifer, avec une mauvaise humeur inhabituelle, lui rétorque sèchement qu'elle était une fille « assommante et ridicule ».

Elle regarde Jennifer avancer sous son parapluie, craignant de la voir faire demi-tour et s'enfuir. Toute cette histoire lui a appris que l'âge ne protège pas des hasards de l'amour. Elle a écouté les divagations de Jennifer, allant et venant frénétiquement entre triomphe et désastre, entendu ses propres analyses interminables des moindres messages de

John, son propre besoin désespéré de rendre bonne une chose qui, manifestement, ne l'était pas.

Mais Anthony O'Hare n'avait rien de commun avec John Armour.

Elle essuie de nouveau la vitre et voit Jennifer ralentir, puis s'arrêter. Il émerge alors de l'ombre, étrangement plus grand qu'il semblait l'être auparavant, s'inclinant légèrement pour sortir de l'abri avant de se redresser face à elle. Ils se font face, la femme mince en imperméable et l'archiviste. Même à cette distance, Ellie voit bien qu'ils ont tout oublié de la pluie, du joli petit parc, des regards curieux des observateurs. Leurs yeux se sont croisés et ne se quittent plus, comme s'ils pouvaient rester là, debout dans cette allée, pour un millier d'années. Jennifer laisse tomber son parapluie, penche la tête sur le côté et lève tendrement la main à son visage. Puis, sous les yeux d'Ellie, Anthony lève la main à son tour et presse la paume de Jennifer contre sa joue.

Ellie Haworth les observe encore un instant, puis s'éloigne de la vitre, laissant la buée lui obscurcir la vue. Elle passe sur le siège du conducteur, se mouche et tourne la clé dans le contact. Les meilleurs journalistes savent quand se retirer.

La maison est située dans une rue victorienne, ses fenêtres et ses portes encadrées de pierres blanches, ses rideaux dépareillés trahissant le nombre de ses propriétaires. Ellie coupe le contact, descend de voiture et s'avance vers la porte d'entrée, examinant les noms sur les deux sonnettes. Sur celle du rez-de-chaussée, il n'y a que le sien. Elle est un peu surprise : elle avait cru qu'il vivait en colocation. Mais, après tout, que sait-elle de sa vie avant qu'il arrive au journal ? Rien du tout.

Elle a mis une copie de l'article dans une grande enveloppe marron, avec son nom écrit dessus. Elle le glisse dans la fente de la boîte aux lettres, laissant le clapet retomber bruyamment. Puis elle retourne à la porte d'entrée, grimpe et s'assied sur le pilier de briques qui la soutient, l'écharpe remontée sur le visage. Elle est devenue très douée pour rester assise. Elle s'est découvert une joie nouvelle à regarder le monde tourner autour d'elle. Il le fait souvent d'une manière des plus inattendues.

De l'autre côté de la rue, une femme corpulente fait de grands signes à un adolescent qui s'éloigne. Il met sa capuche et ses écouteurs sans jeter un regard en arrière. En bas de la rue, deux hommes sont appuyés contre le capot relevé d'une grosse voiture. Ils discutent entre eux, sans prêter grande attention au moteur.

— Tu as mal orthographié « Ruaridh ».

Elle se retourne et le voit appuyé contre l'encadrement de la porte, son article à la main.

— Ce n'est pas la première chose que je fais de travers, réplique-t-elle.

Il porte le même tee-shirt à manches longues que la première fois qu'ils se sont parlé, adouci par les années d'usure. Elle se rend compte qu'elle aime sa façon simple de s'habiller. Elle connaît la sensation de ce tee-shirt sous ses doigts.

— Bel article, dit-il en levant le journal. « Cher John… Cinquante ans de lettres de rupture ». Je vois que tu es redevenue l'enfant prodige de la rédaction.

— Pour le moment. En fait, dit-elle, il y en a une là-dedans que j'ai inventée. C'est quelque chose que j'aurais pu dire. Si j'avais eu l'occasion.

Il semble ne pas l'avoir entendue.

— Et Jennifer t'a laissée te servir de la première.

— De manière anonyme. Oui. Elle a été géniale. Je lui ai tout raconté, et elle a été super.

Le visage du jeune homme reste égal, serein.

Tu as entendu ce que j'ai dit ? demande-t-elle en silence.

— Je pense qu'elle était un peu choquée, mais, après tout ce qui s'est passé, je ne crois pas qu'elle m'en ait voulu.

— Anthony est passé hier. Il était métamorphosé. Je ne sais pas pourquoi il est venu. Je crois qu'il avait juste envie de parler à quelqu'un. Il avait une chemise neuve et une cravate, se souvient-il en hochant la tête d'un air songeur. Et il s'est fait couper les cheveux.

Ellie sourit malgré elle.

Dans le silence, Ruaridh s'étire, debout sur le perron, les mains croisées au-dessus de la tête.

—C'est chouette, ce que tu as fait.

—J'espère, dit-elle. J'aime croire que quelqu'un a eu droit à son *happy end*.

Un vieil homme passe avec son chien, le bout du nez couleur de raisin rouge, et tous trois murmurent une salutation. Lorsqu'elle lève les yeux, Ruaridh fixe ses pieds. Elle le regarde, se demandant si c'est la dernière fois qu'elle va le voir. *Je suis désolée*, lui dit-elle en pensée.

—Je t'inviterais bien à rentrer, dit-il, mais je suis en train de faire mes valises. Je n'ai pas beaucoup de temps.

Elle lève une main à son visage, tâchant de ne pas trahir sa déception. Elle descend du pilier, le tissu de son pantalon accrochant légèrement la surface rugueuse, et jette son sac sur son épaule. Elle ne sent plus ses pieds.

—Alors… tu voulais quelque chose ? À part jouer les livreuses de journaux ?

Il commence à faire froid. Elle glisse les mains dans ses poches. Il la regarde, l'air d'attendre une réponse. Elle a peur de parler. S'il dit non, elle sera sans doute anéantie. C'est pour ça qu'elle a mis des jours avant d'oser venir. Mais, après tout, elle n'a rien à perdre. Elle ne va jamais le revoir.

Elle prend une grande inspiration.

—J'aurais voulu savoir… si tu voulais m'écrire.

—T'écrire ?

—Pendant ton voyage. Ruaridh, j'ai merdé. Je ne suis pas en droit d'exiger quoi que ce soit de ta part, mais tu me manques. Tu me manques vraiment. Je… j'aimerais juste croire que ce n'est pas fini. Qu'on pourrait… s'écrire.

—S'écrire ?

—Juste… que tu me donnes de tes nouvelles. Ce que tu fais. Comment ça se passe. Où tu es.

Sa voix parvient assourdie à ses oreilles.

Il a mis les mains dans ses poches, et son regard se perd au bout de la rue. Il ne répond pas. Le silence s'éternise.

—Il fait froid, dit-il enfin.

Un bloc de glace se forme au creux de l'estomac d'Ellie.

Notre histoire est terminée. Il n'a plus rien à me dire.

Il jette un regard par-dessus son épaule, l'air gêné.

—Je laisse la chaleur sortir de la maison.

Elle est incapable de dire un mot de plus. Elle hausse les épaules, comme pour acquiescer, se compose un sourire qui ressemble sans doute à une grimace. Puis, alors qu'elle tourne les talons, il ajoute :

—Tu pourrais entrer et me faire un café pendant que je trie mes chaussettes. D'ailleurs, tu me dois un café, si mes souvenirs sont bons.

Quand elle se retourne vers lui, le visage de Ruaridh s'est comme dégivré. On est encore loin d'une expression chaleureuse, mais on est sur la bonne voie.

—Ah, et tu pourrais peut-être jeter un coup d'œil à mon visa péruvien, tant que tu y es, histoire de vérifier que tout est correctement orthographié.

Elle l'observe longuement, de ses chaussettes à ses cheveux châtains trop longs pour être bien coiffés.

—Il ne faudrait pas que tu confondes ton Patallacta avec ton Phuyupatamarca, s'esclaffe-t-elle.

Il lève les yeux au ciel en secouant doucement la tête. Puis, essayant de dissimuler son sourire éclatant, Ellie le suit à l'intérieur.

Achevé d'imprimer en décembre 2015
Par CPI France
N° d'impression : 3014893
Dépôt légal : janvier 2016
Imprimé en France
81121431-2